Für Lori

›Ich glaube, wenn ich als Verteidiger mit
diesem Fall betraut gewesen wäre,
hätte ich die Anklage in der Luft zerrissen.‹

Major Donald Thomson, United States Marine Corps
ehemaliger Hauptanklagevertreter
Vereinigte Staaten gegen Corporal Lindsey Scott

Vorwort

›Personen, die vom Naval Investigative Service (seien es Admirale, Seeleute oder Marineinfanteristen) aufs Korn genommen werden, klagen, daß die Agenten des NIS häufig vorab über Schuld oder Unschuld entscheiden und dann ihre Ermittlungen dahingehend führen, ihre Theorien zu untermauern.‹

U.S. News & World Report
(Titelstory, 9. November 1992)

Es war das brutalste und aufsehenerregendste Verbrechen in der Geschichte von Quantico, dem Hauptstützpunkt des United States Marine Corps: Am Abend des 20. April war eine junge Weiße, die Ehefrau eines Militärpolizisten, angeblich auf Regierungsgelände von einem Schwarzen entführt, vergewaltigt, zum Oralverkehr gezwungen, mit einem Messer in den Hals gestochen und in der Annahme, sie wäre tot, zurückgelassen worden. Aufgrund der vagen Identifizierung seitens des Opfers – und keinem einzigen anderen Beweis – wurde Corporal Lindsey Scott, USMC, der einzige schwarze MP der Elitetruppe der Quantico Criminal Investigation Division, vom NIS verhaftet, vor Gericht gestellt und in allen Punkten der Anklage für schuldig befunden. Der Marine wurde zu einer langen Haftstrafe und Zwangsarbeit im berüchtigten Leavenworth-Gefängnis verurteilt.

Lori Jackson, eine engagierte Bürgerrechtlerin – Mutter von fünf Töchtern und zwei Söhnen, Mitte Vierzig, groß, schlank, mit hohen Wangenknochen und erdbeerblondem Haar, stolz auf ihre gemischte Abstammung (sie war teils Schwarze, teils Weiße, teils Cherokee-Indianerin) und das Produkt einer turbulenten Kindheit in Alabama, wo ihre Familie jahrelang diskriminiert und einige Angehörige sogar vom Ku-Klux-Klan umgebracht worden waren – tat sich mit John Leino, einem kämpferischen Strafverteidiger aus

Washington D.C. und ehemaligen Marinekommandanten zusammen. Gemeinsam machten sie sich mit an Besessenheit grenzender Entschlossenheit daran, die Unschuld eines Mannes zu beweisen, der ihrer Ansicht nach ›reingelegt‹ und Opfer von Vorurteilen geworden war. Schließlich setzten sich Bürgerrechtler, Kongreßabgeordnete, Zeitungsherausgeber und sogar die CBS-Fernsehsendung *60 Minutes* für den ihrer Ansicht nach unschuldig verurteilten Marine ein.

Diese packende wahre Geschichte – eine Mischung aus Krimi und spannendem Gerichtssaaldrama – die auf Protokollen des Militärgerichts, Gerichtsakten, NIS-Berichten und exklusiven Vor-Ort-Interviews mit einer interessanten Auswahl von Persönlichkeiten basiert – wird die volle und schockierende Wahrheit enthüllen und darlegen, inwieweit die kriminaltechnischen Ermittlungen der US-Regierung an sich kriminell waren: neben Beweisen, die zurückgehalten wurden, waren die Ermittlungen von Stümperhaftigkeit, Vorurteilen, politischem Druck und einem fehlgeleiteten Gefühl von ›Semper Fidelis‹ – bedingungsloser Treue – gegenüber der Marineinfanterie geprägt, was in diesem Fall dazu führte, daß das gesamte militärische Rechtssystem ins Kreuzfeuer der Kritik geriet.

›Wenn es einen Fall gibt, bei dem sämtliche Elemente fehlerhafter Polizeiarbeit innerhalb des NIS zusammentreffen, dann der Fall von Lindsey Scott, einem Corporal des Marine Corps, der beschuldigt wurde, 1983 auf dem Marineinfanteriestützpunkt von Quantico in Virginia eine Frau vergewaltigt und niedergestochen zu haben. Scotts Anwälte sind der Überzeugung, daß der NIS sich von vornherein auf Scott eingeschossen und alles belastende Material gezielt auf ihn zugeschnitten hat.‹

U.S. News & World Report
(Titelstory, 9. November 1992)

Danksagungen

Sich ein Jahrzehnt lang mit etwas zu befassen ist im Leben eines jeden Menschen eine lange Zeit. Die Arbeit an *Dangerous Evidence* ist mir manchmal endlos vorgekommen.

Es hat Zeiten gegeben, in denen ich von unzähligen Menschen umgeben war, und dann wieder Zeiten, in denen ich sehr allein gewesen bin. Aber in all diesen Jahren war ein Ende in Sicht. Und wenn ich eins aus dieser Geschichte gelernt habe, dann das, was meine Eltern mir unablässig gepredigt haben: »Du mußt glauben ...«

Es gibt zahlreiche Menschen, denen ich für ihre große Unterstützung danken möchte, denn ohne sie wäre *kein* Ende in Sicht gewesen.

An erster Stelle stehen (wie gewöhnlich) meine lieben Eltern, Leonard und Selma, die sich als wahre Zauberer entpuppt und immer wieder das Unmögliche gemacht haben: Sie haben immer neue ›Kaninchen‹ aus dem Hut gezaubert und mich ermutigt, dieses mir sehr am Herzen liegende Projekt zu verwirklichen. Ihre Liebe und ihre zahlreichen persönlichen Opfer haben mir geholfen, einige sehr schwierige, einsame und sogar gefährliche Augenblicke zu überstehen. Ich danke Gott dafür, daß ich Eltern habe, die außerdem meine besten Freunde sind und stets hundertprozentig hinter mir stehen. Der Versuch, mir jeden Tag ihre größten Vorzüge (und derer gibt es viele) zum Vorbild zu nehmen, ist mein ›Dankeschön‹ an sie, dafür, daß ich das unbeschreibliche Glück habe, sie als Eltern zu haben.

Ohne Lori Jackson hätte diesem Buch das Ende gefehlt. Ohne Lori Jackson würde Corporal Lindsey Scott immer noch eine dreißigjährige Haftstrafe in Leavenworth absitzen. Und ohne Lori Jackson hätten ich und viele andere Menschen nie erfahren, was ›Glauben‹ und ›Opfer bringen‹ wirklich bedeutet und was es heißt, einen Schutzengel zu haben. Sie hat vielen Menschen viel bedeutet, aber für mich war sie eine ganz besonders liebe Freundin. Sie hat mir in fünf Jahren mehr über das Leben beigebracht als alle Bücher, mit denen ich aufgewachsen bin. ›Dangerous Evidence‹, das ich Lori widme, ist ein letzter Gruß an einen der besten Menschen, die die Welt je gesehen hat. ›Ruhe in Frieden!‹

John Leino, außergewöhnlicher Rechtsanwalt und Freund fürs Leben, ›Danke‹ dafür, daß er all die Jahre zu mir gestanden hat und ich stets auf seine Unterstützung und Freundschaft zählen konnte – unabhängig vom Ausgang dieses Projekts. Für seine bedingungslose Loyalität und all die Zeit, die er den Recherchen zu diesem Buch gewidmet hat, werde ich ewig dankbar sein. John, nochmals danke für deine ›Semper Fidelis‹.

›Danke‹ an: Susan Allison, meine Herausgeberin, für ihren Glauben an mich und ihre Hilfe bei der Entstehung dieses Buches. Ihre Lebenserfahrung und ihre Herausgebertalente haben unermeßlich zur Tiefe und Klarheit des fertigen Buches beigetragen.

›Danke‹ an: Jennifer Lata, Susan Allisons Assistentin, für ihre große Hilfe während der gesamten Entstehungsphase dieses Buches.

›Danke‹ an: Milt Shapiro, der meine Vision verstanden und an sie geglaubt hat. Seine jahrelange Erfahrung als Schriftsteller ist in diesem Buch auf eindrucksvolle Weise spürbar. Es war ein Vergnügen, mit ihm zusammenzuarbeiten.

›Danke‹ an: Bernd Kurman, der das Manuskript an die Berkley Publishing Group verkauft hat.

Von Beginn dieses Projektes an haben mir viele weitere wichtige und bedeutende Personen entscheidend dabei geholfen, die ›Wahrheit‹ über diesen unglaublichen Fall ans Licht zu bringen:

›Danke‹ an: Joe Wershba, ehemaliger Senior-Producer von *60 Minutes*, der als erster angedeutet hat, daß sich hinter *seiner* Story eine brisante Geschichte verberge. Ohne seinen Hinweis würde es ›Dangerous Evidence‹ nicht geben.

›Danke‹ an: wunderbare ehemalige Kollegen von CBS Entertainment, die an meine langfristige Vision dieser Story geglaubt haben, lange bevor sie zu einem gewaltigen nationalen Phänomen wurde: Bob Silberling, Steve Mills, Sid Lyons,

Kim LeMasters, Jane Rosenthal, John Kander, Bill Wells, Maddie Horne, Adele O'Dutton, Larry Strykman, Lynne Fields, Norman Powell, Elsie Walton, Richard Katz, Jonathan Levin, Susan Holliday, Mary Mazur, Pat Guy, Lo Gorious, Elizabeth Masterton und Ken Stowe.

›Danke‹ an: eine Reihe von Personen, ohne deren Unterstützung dieses Buch nie fertiggestellt worden wäre: Gary & Sheila Lattin, Jean & Dave Caplan, Suzanne M. Ford, Betty Gomes, Roseanne Hartmann, Frau Needle (›Ruhe in Frieden!‹), Dorothy Moen und mein Bruder Jerry.

›Danke‹ an: einige der bedeutenden *echten* Personen dieser Geschichte für ihre Mitarbeit über die Jahre: Gary R. Myers (der ein besonders lieber Freund geworden ist); Laurie Tag-Myers (Garys Frau); Patty Leino (Johns Frau und eine engagierte Anhängerin dieses Projektes); Paul Jackson (Loris Mann); Loris sieben Kinder, Lindsey, Lola & Latavia Scott, James & Mildred Scott (Lindseys Eltern); James ›Tommy‹ & Jewell Howard (Lolas Eltern); Lieutenant Colonel Richard Thomas Harry USMC (a.D.) und Francis Scott (Lolas ›Freund in der Not‹).

›Danke‹ an: einige der Marines, die mir all die Jahre geholfen haben, indem sie meine vielen Fragen beantwortet, mir zahlreiche wichtige Dokumente beschafft und mir gewöhnlich verschlossene Türen geöffnet haben: Major Ron McNeil (jemand, den ich sehr respektiere und stolz bin, meinen Freund nennen zu dürfen – besonderen Dank an Rons Frau Dale für ihre Unterstützung, als ich ihren Mann ausfindig machen mußte); Lieutenant Colonel John Shotwell; Major Kathy Robbs; Lieutenant Colonel Fred Peck, Lieutenant Colonel David Tomsky; Lieutenant Colonel Rick Stepien; Lieutenant Colonel Bobbi Weinberger; W.O. Bill Henderson; W.O. Randy Gado; Lieutenant Colonel Jim Messer; Captain Brennan Lynch; Major Frank Pote; 1st Lieutenant Margaret Kuhn; Corporal Tony Garcia; 1st Lieutenant Suzanne Brown; Commander David Larson; Major Jerry Broeckert; Lieutenant James Brooks, Major Alan Roach; Captain Steve Hinkle; Richter Atkins; Richter Clark; Commanding General Frank Petersen; Gunnery Sergeant Paul Gasparotty. Mein ganz besonderer Dank geht an Major Donald Thomson, dafür, daß er mich in Regierungs›geheimnisse‹ eingeweiht hat.

›Danke‹ an: einige weitere Personen und Organisationen, die an der Entstehung dieser Geschichte mitgewirkt haben, sei es durch Interviews oder auf irgendeine andere Weise: NIS-Agenten, die mir einige Zeit gewidmet und mir Einblick in ihre Welt verschafft haben – die Agenten Lindner, Wardman, Rivers und Martin sowie die Beamten der Abteilung für Öffentliche Angelegenheiten; Ervan Kuhnke; Ruby Hills; Judy Connors; Nellie McLeod; M. Morgan Cherry; Dave Lagerveld. Darüber hinaus möchte ich weiteren Mitgliedern des Prince William County Police Departments meinen Dank aussprechen sowie Mitgliedern des Criminal Investigation Division of Security Battalion, USMC (Quantico); Mitgliedern des Department of the Navy; Beamten des FBI; Beamten der United States Marshals sowie Mitgliedern von SAVAS, Inc (Sexual Assault Vicitim's Advocacy Service).

›Danke‹ an: einige der vielen Reporter (der Elektronik- und Printmedien) und Gerichtszeichner, mit denen ich viele Fragen, Antworten, Notizen und Gerüchte ausgetauscht habe: Lee Hockstader *(Washington Post);* Kim Clarke (WJLA-TV/ABC-TV, Washington DC); Gary Craig *(Potomac News/Associated Press);* Mike Brown *(The Courier-Journal);* Joe Johns (WRC-TV/NBC-TV, Washington DC); Julie Brienza *(United Press International);* Renée Pullum (WUSA-TV/CBS-TV, Washington DC); Ron Sauder *(Richmond Times Dispatch);* Eileen Mead *(Potomac News);* Nancy Cook *(The Free Lance Star);* Judy Lineberger (Gerichtszeichnerin); John McGrath (WHAS-TV/CBS-TV, Louisville, Kentucky); Everett Mitchell, II *(The Courier-Journal);* Karen Gummick (Gerichtszeichnerin); Lynda Richardson *(The Washington Post);* Richard Cohen *(The Washington Post Magazine);* Dana Verkouteren (Gerichtszeichnerin); John Hannerhand (WTTG-TV/Fox-TV, Washington DC) sowie diverse freie Mitarbeiter von CNN.

Und schließlich möchte ich noch einigen engen Freunden meinen Dank aussprechen: Ellen Muir, die Nummer eins unter den Berichterstattern in New York City, die mir über zwanzig Jahre eine hilfreiche Kollegin gewesen ist und der es eines Tages noch gelingen wird, mich zu überreden, meinen Wohnsitz wieder in den ›Big Apple‹ zu verlegen; ›Big George‹ Roberson, der immer wieder unter Beweis stellt, was ein Freund fürs Leben ist; Lisa Mackey-Ferrell, einer der besten Visagistinnen in den USA, die außerdem eine liebe Freundin und Cheerleader ist; Steve Yeager, einem überaus talentierten Schriftsteller-Producer-Regisseur, der mir seit dreißig Jahren mit Rat und Tat zur Seite steht; Jana Gladstone, die mir Mut gemacht hat, als ich anfing, mich für diese Geschichte zu interessieren, und die ich bis heute als meinen persönlichen ›Glücksbringer‹ betrachte; Lee Kappelman, meinem wundervollen Fernsehfilm-Agenten, der echte Aufregung und Vernunft in meine Alltagsroutine bringt; Linda Lichert, meiner Rechtsberaterin in Sachen Entertainment, die ein aufmerksames Auge auf die Geschäfte meiner Firma hält; Sue Kanta und Michelle Druckart-Branco, zwei der fähigsten leitenden Angestellten der United Airlines Premier Executive Division, die mir unzählige Male bei meinen Flügen von Küste zu Küste behilflich waren; Eve Lapolla, meiner lieben Freundin, die immer noch versucht, das richtige ›Ohio‹-Filmprojekt für mich zu finden; John Moore und James Barnett, meinen Freunden beim US Post Office, die meine Post immer mit besonderer Sorgfalt behandeln, und dem ›kleinen Jungen‹, der meine Familie stets am Lächeln hält.

Ellis A. Cohen

Anmerkungen des Autors

Dieses Buch handelt von wahren Erlebnissen realer Personen im Rahmen eines Falles, der in der Öffentlichkeit einiges Aufsehen erregt hat. Die Personen, Ereignisse, Handlungen und Unterhaltungen, die in diesem Buch wiedergegeben werden, wurden anhand von profunden Recherchen und Interviews rekonstruiert, anhand von Gerichtsakten, Briefen, persönlichen Unterlagen, Presseberichten, persönlichen Beobachtungen und Erfahrungen sowie Erinnerungen der Beteiligten.

In dem Bestreben, die Privatsphäre bestimmter Personen zu schützen, habe ich ihre Namen und in einigen Fällen bestimmte Charakteristika geändert, die auf die Identität des Betreffenden schließen lassen würden.

Sämtliche Ereignisse, in die die Charaktere verwickelt sind, haben sich so zugetragen wie in diesem Buch beschrieben. Nur unbedeutende Einzelheiten wie die Erzähldauer wurden verändert.

TEIL 1

Es ist besser, das Risiko einzugehen,
einen Schuldigen vor seiner gerechten Strafe zu bewahren,
als einen Unschuldigen zu verurteilen.

Voltaire

Kapitel 1

20. April 1983

Sie waren auf dem Weg in die Stadt, um dort ihren freien Abend zu verbringen, ›Mainside‹, wie man es auf dem Marinestützpunkt von Quantico nannte, dem riesigen militärischen Komplex, der in den Wäldern entlang des Potomac River, fünfunddreißig Meilen südlich von Washington D. C., aus dem Boden gestampft worden war. Todd Hamilton, ein Navy-Reservist, der zu zwei Wochen aktivem Dienst herangezogen worden war, hatte seine Freundin, den einundzwanzigjährigen Marine Sergeant Kathleen Brower, in der Frauenkaserne abgeholt. Es war kurz nach 21 Uhr 30, als sie auf der Hauptstraße, die durch den dichten Wald führte und das Camp Upshur von Quantico mit der Außenwelt verband, in Richtung Stadt fuhren. Plötzlich erfaßten Hamiltons Scheinwerfer in der Schwärze des Kiefernwaldes unter einem fahlen Halbmond die Konturen einer Gestalt, die etwa einhundert Meter vor ihnen mitten auf der Straße stand.

Als der Plymouth Baujahr vierundsiebzig die leichte Steigung der Straße erklommen hatte, erkannte Hamilton, daß es sich um eine Frau handelte. Sie torkelte von links nach rechts und erinnerte ihn daran, wie daheim in Michigan ein Reh von seinen Scheinwerfern erfaßt worden war. Die Frau umklammerte mit einer Hand ihren Hals und begann, auf merkwürdige, verzweifelte Art mit den Armen zu rudern. Hamilton trat auf die Bremse. Die Frau taumelte auf den Wagen zu. Sie stützte sich haltsuchend auf die Motorhaube und schleppte sich schwerfällig zum Fenster auf der Fahrerseite. Als sie auf seiner Höhe war, sah Hamilton, daß ihr Gesicht und ihr Hals blutverschmiert waren. Der Ärmel ihrer Jacke war voller Blutflecken. Bestürzt kurbelte er das Fenster herunter, aber noch bevor er ein Wort sagen konnte, rief die Frau: »O Gott! O Gott, ich sterbe. Bitte helfen Sie mir … Er hat mich vergewaltigt! Er hat mir ein Messer in den Hals gestochen ... Ich glaube, ich sterbe!«

Sie ließ sich kraftlos auf den Rücksitz fallen, während das entsetzte Pärchen hastig die Wagentüren sicherte und ihr einen Packen Servietten reichte, die sie auf die Halswunde pressen sollte, um die Blutung zu stoppen. Sie konnten in der Dunkelheit nicht viel sehen, jedoch erkennen, daß die Frau noch sehr jung war, Anfang Zwanzig vielleicht, zierlich und etwa eins sechzig groß. Ihr kurzes braunes Haar war blutverklebt, ihr rundes Gesicht zu einer Maske der Angst erstarrt. Die Frau war der Hysterie nah und keuchte, daß sie keine Luft bekäme. Hamilton fürchtete um ihr Leben. Er legte den Rückwärtsgang ein, wendete und raste zurück zum etwa zehn Fahrminuten entfernten Stützpunkt.

Die Frau schluchzte leise und atmete schwer. Hamilton und Brower sagten sich, daß es das beste wäre, sie durch Reden abzulenken, damit sie nicht das Bewußtsein verlor. Brower redete ihr gut zu, versicherte ihr, daß sie jetzt in Sicherheit wäre. Hamilton fuhr so schnell er es in Anbetracht des älteren Baujahres seines Wagens wagte – über siebzig Meilen in der Stunde – und versuchte, sich aufs Fahren zu konzentrieren, während er sie mit Fragen bombardierte, teils, um zu erfahren, was geschehen war, teils in dem Bestreben, sie bei Bewußtsein zu halten, bis sie sie der Obhut der Sanitäter des Marinekorps übergeben konnten.

»Werde ich sterben?« wimmerte die Frau.

Nein, nein, versicherten sie ihr. Der Mann, der sie überfallen habe, habe die Hauptschlagader verfehlt, erklärte Hamilton, wenngleich er sich dessen in Anbetracht des Blutstroms und der Lage der Wunde nicht so sicher war.

»Wer sind Sie?« fragte er.

Langsam und stockend antwortete sie schluchzend: »Ich bin J-Judy ... Judy C-Connors.«

»Sind Sie verheiratet?«

»Ja ... mein Mann heißt K-Kevin. Corporal Kevin C-Connors.«

Kathy Brower fragte, wo sie ihn finden könnten, um ihn zu verständigen. Sie sagte, er wäre ein Cop, Lance Corporal

Kevin Connors, ein MP des Marinekorps, Angehöriger des Sicherheitsbataillons, das den gigantischen Stützpunkt überwachte.

»Judy, was ist passiert?« fragte Hamilton.

»Er ... er hat mich vergewaltigt. Er hat ... er hat versucht, mich zu erwürgen ... er hat auf mich eingestochen und verversucht, mir die Kehle durch-durchzuschneiden ... O mein Gott. Ich bin Ihnen ja so dankbar, daß Sie angehalten haben!«

Ihre Stimme war inzwischen ganz schwach, und Hamilton fühlte eine Welle der Panik in sich aufsteigen bei dem Gedanken, daß die Frau gleich hier in seinem Wagen sterben könnte.

»Wer hat Ihnen das angetan, Judy?«

»Ein großer Schwarzer! Er hat mich angerufen ... er sagte, mein Mann hätte einen schweren Autounfall gehabt ... er solle mich zu ihm bringen. Er hat mich vergewaltigt! ... Bitte beeilen Sie sich! Ich bekomme keine Luft!«

Zwischen Schluchzen und Stöhnen atmete sie schwer, aber Hamilton fragte dennoch weiter nach Einzelheiten, weil er das ungute Gefühl hatte, daß sie möglicherweise keine Gelegenheit mehr haben würde, ihre Geschichte jemand anderem zu erzählen.

Er holte alles aus seinem Wagen heraus und verpaßte in seiner Eile die Abzweigung. Er trat auf die Bremse, legte den Rückwärtsgang ein und fluchte stumm wegen der Verzögerung. Ihr Stöhnen klang immer schwächer, und es schien, als würde sie jeden Moment das Bewußtsein verlieren.

Schließlich, nach einer Fahrt, die Hamilton endlos erschienen war, kam das Gebäude der MASH-Einheit des Stützpunktes in Sicht. Hamilton brachte den Wagen mit quietschenden Reifen in der Auffahrt zum Stehen. Brower lief hinein, um Hilfe zu holen und die MP zu verständigen, während Hamilton die zierliche Frau vorsichtig vom blutdurchtränkten Rücksitz hob und in den behelfsmäßigen Behandlungsraum trug. Die Sanitäter erkannten auf den ersten Blick, daß es sich um einen Notfall handelte. Diese Frau brauchte einen Arzt, und das sofort. Hastig hoben sie sie in einen Krankenwagen, der in Richtung des stützpunkteigenen Krankenhauses etwa fünf Meilen entfernt davonraste.

Von der MP alarmiert, wartete Special Agent James F. Lindner, der diensthabende Ermittler des Naval Investigative Service (NIS) bereits auf der Erste-Hilfe-Station, als Judy Connors auf einer Bahre in die Notaufnahme geschoben wurde. Lindner war ehemaliger Police Lieutenant der US Army und erst seit achtzehn Monaten beim NIS, der Abteilung, die sich mit Schwerverbrechen befaßte, die Angehörige der Navy und der Marines betrafen. Trotz seiner begrenzten Erfahrung im Dienst des NIS spürte Lindner, dem telefonisch erste Informationen mitgeteilt worden waren – eine Weiße, die Frau eines Cops der Marineinfanterie, von einem Schwarzen vergewaltigt und niedergestochen –, daß es sich hierbei möglicherweise um das aufsehenerregendste Verbrechen handelte, das sich seit vielen Jahren im Zusammenhang mit dem Marinestützpunkt ereignet hatte.

Der Agent eilte auf das Opfer zu, um es zu befragen. Die Navy-Sanitäter in der völlig überfüllten Notaufnahme versperrten ihm den Weg und teilten ihm entschieden mit, daß er sich würde gedulden müssen. Das Opfer hatte viel Blut verloren, die Körpertemperatur war auf 20,76 Grad abgesackt. Sie hatte eine tiefe Schnittwunde und vier Stichwunden gefährlich nah an der Halsschlagader und der Luftröhre.

»Werde ich sterben? Werde ich sterben?« stöhnte Judy Connors. Lindner neigte insgeheim dazu, dies zu bejahen. Sie kam ihm unglaublich klein und zerbrechlich vor. Die Sanitäter wickelten sie in eine warme Decke, stachen ihr eine Infusionsnadel in den Arm und schlossen zwei Blutkonserven an. Sie hustete und spuckte geronnenes Blut, und die Ärzte fürchteten, daß die tieferen Messerwunden lebensgefährlich sein könnten. Sie beschlossen, sie unverzüglich ins Navel Regional Medical Center in Bethesda zu verlegen, dem Vorzeigekrankenhaus der Navy, das dadurch berühmt geworden war, daß dort der Präsident der Vereinigten Staaten behandelt worden war.

NIS-Agent Claude Rivers und Marine Sergeant Andrew Bryant, der mit dem Ehemann des Opfers bei der Criminal Investigation Division von Quantico, der stützpunkteigenen Polizei, arbeitete, stießen zu Lindner. Die drei Ermittler brauchten unbedingt weitere Einzelheiten, bevor das Opfer weggebracht wurde. Lindner nahm ihre blutgetränkte Jacke und Bluse an sich, um sie im Labor auf Haare und Fasern analysieren zu lassen. Er machte sich eine gedankliche Notiz, in Bethesda anzurufen, um sicherzugehen, daß der dortige NIS-Agent die restlichen Kleider an sich nahm, damit sie ebenfalls einer Laboruntersuchung unterzogen wurden. Auch war eine gynäkologische Untersuchung auf Spuren einer Vergewaltigung für die Beweisaufnahme unbedingt erforderlich: Schamhaare und Spermaproben, Kratzer sowie jedes noch so winzige Materialteilchen konnten von großer Bedeutung sein, gleich ob mikroskopisch klein oder auf den ersten Blick unbedeutend.

Aber das alles würde warten müssen, bis das Opfer im Krankenhaus war. Inzwischen brauchte Lindner jedoch mehr Informationen, um die Ermittlungen in Gang zu setzen. Sie würden natürlich zum Schauplatz des Verbrechens fahren, aber zuvor mußten sie so viele Details als möglich aus der Frau herausquetschen und das so bald als möglich, solange der Überfall ihr noch frisch im Gedächtnis war.

Selbst während die Frau auf einer fahrbaren Trage zum Krankenwagen geschoben wurde, bombardierte Lindner sie mit Fragen. Benommen und mit brüchiger Stimme erzählte sie den Agenten im groben, was sich zugetragen hatte: Ihr Mann Kevin hatte Nachtdienst, und sie war allein in ihrer Erdgeschoßwohnung gewesen. Gegen acht hatte jemand bei ihr angerufen. Der Mann hatte seinen Namen nicht genannt, und seine Stimme war ihr fremd gewesen, aber er hatte ihr mitgeteilt, ihr Mann wäre bei einem schweren Autounfall in der Nähe des Camp Upshur verletzt worden. Der Anrufer sagte, sie würden sofort jemanden vorbeischicken, der sie zum stützpunkteigenen Krankenhaus brachte.

Sie hatte sich rasch umgezogen und war zum Parkplatz gelaufen, wo bereits ein Wagen auf sie gewartet hatte, der rückwärts auf sie zu gefahren war. Sie war eingestiegen. Der Mann war durch den Wald gefahren, in die Richtung, in der sie das Krankenhaus vermutete. Nach einer langen Fahrt durch den Wald war er jedoch an den Straßenrand gefahren und hatte angehalten. Er hatte ein Messer gezückt und sie gezwungen, ihn oral zu befriedigen. Sie hatte versucht zu fliehen, aber er hatte sie mit dem Messer bedroht und gesagt: »Das würde ich an deiner Stelle nicht tun.« Dann hatte er sie auf dem Vordersitz vergewaltigt.

Danach hatte er ihr befohlen auszusteigen und sie in den Wald geführt, wobei er sie weiter mit dem Messer bedrohte. Er hatte sie zu Boden geworfen und sie gewürgt, bis sie ohnmächtig geworden war. Als sie wieder zu sich gekommen war, war er fort gewesen, und ihr war bewußt geworden, daß er ihr mit dem Messer in den Hals gestochen hatte.

Lindner hatte noch Dutzende weiterer Fragen, aber es schien, als würde das Opfer das Bewußtsein verlieren. Trotzdem setzte er die Befragung eindringlich fort und brachte sie dazu, den Wagen des Vergewaltigers zu beschreiben. Sie sagte, er wäre beige oder goldfarben gewesen, mit dunkler Innenausstattung. Außerdem erinnere sie sich an etwas wie einen Kübel oder Eimer auf dem Rücksitz, weil sie etwas klappern gehört hatte. Trotz ihrer Benommenheit war sie in der Lage, den Agenten den Täter grob zu beschreiben: ein großer Schwarzer, vielleicht eins achtzig groß, mit kurzem Haar und Brille. Er habe eine gelbliche oder beigefarbene Jacke getragen.

An dieser Stelle bestanden die Sanitäter darauf, sie in den Krankenwagen zu heben, und während dieser davonschoß, blieben die polizeilichen Ermittler mit vagen Angaben zurück, einer Täterbeschreibung, die auf Hunderte von Schwarzen auf dem riesigen Stützpunktgelände passen konnte und auf Hunderte mehr in der Zivilbevölkerung.

Einer von ihnen äußerte sich jedoch sehr rasch zu der Täterbeschreibung des Opfers. »Klingt nach Scotty«, sagte er.

Lindner wußte, wen Rivers meinte. Natürlich gab es an die tausend Schwarze unter den neuntausend Menschen, die in Quantico lebten und arbeiteten, und unzählige andere Schwarze, die in der Umgebung des Stützpunktes lebten. Das Opfer hatte mit keinem Wort erwähnt, daß der Angreifer ein Soldat gewesen wäre, und auch sonst deutete nichts darauf hin. Genaugenommen bestand der einzige wirklich konkrete

Hinweis auf den Täter darin, daß es sich um einen Schwarzen handelte. Und doch kannten Rivers und Lindner innerhalb der enggeknüpften Polizei-Bruderschaft nur einen einzigen Schwarzen, der es geschafft hatte, in die Ränge der Criminal Investigation Division aufzusteigen, innerhalb derer der Mann des Opfers arbeitete. Nur ein einziger Schwarzer unter Hunderten aus der MP auf dem Stützpunkt strebte an, in den Dienst des Elitecorps der Polizeiermittler aufzusteigen: Marine Corporal Lindsey Scott.

Lindsey Scott, Marine Nr. 407-78-9524, war ein stiller Kollege, der eine Brille trug und in Louisville, Kentucky, studiert hatte. Er war siebenundzwanzig und war drei Jahre zuvor, nachdem er an der Eastern Kentucky University sein Studium der Kriminologie abgeschlossen hatte, dem Marineinfanteriekorps beigetreten. Auf der DeSaley High, einer katholischen High-School für Weiße in Louisville hatte er als ernsthafter wenn auch durchschnittlicher Schüler gegolten und war im Dreikampf aktiv gewesen. Seine Eltern waren sehr stolz darauf, daß er der erste schwarze Absolvent dieser Schule war. Scott war das zweitjüngste von sieben Geschwistern einer religiösen Arbeiterklasse-Familie. Sein Vater James war leitender Angestellter in einem Werk von General Electric. Seine Mutter Mildred war in einer Fabrik beschäftigt.

Lindsey Scott legte eine große Bewunderung für die Marines an den Tag, Bewunderung für das Korps, das gegründet worden war, als er noch ein kleiner Junge gewesen war, der sich in weitgehend nach Rassen getrennten Kinos glorifizierende Militärfilme anschaute. Ganz zweifellos waren die Marines die Besten. Der kleine Lindsey wollte zu den Besten gehören. Seit der Grundausbildung hatte er sich stetig nach oben gedient: eine Trainingseinheit in Fort McCelland, Alabama, wo er zum MP ausgebildet worden war, zwei Beförderungen, mehrere Belobigungen für seinen Einsatz und seine Tüchtigkeit. Im Augenblick wurde er zum Ermittler der Criminal Investigation Division ausgebildet, mit dem Ziel, sich an der Offiziersanwärterschule zu bewerben.

Natürlich hob Scott sich als einziger Schwarzer beim CID, als einziger Schwarzer, der direkt mit den Ermittlern des

Stützpunktes zusammenarbeitete, deutlich von den anderen ab. Aber es gab noch etwas, was Corporal Scott von den anderen unterschied, ein körperliches Merkmal. Er hatte eine ganz leichte Hasenscharte, weshalb er hin und wieder lispelte. Darüber hinaus prangte ein vorstehender Goldzahn zwischen seinen Vorderzähnen. Da er dazu neigte, durch den Mund zu atmen, war Scotts Goldzahn auch dann deutlich zu sehen, wenn er nicht lächelte. Jeder, der ihm begegnete, erinnerte sich später an diesen Goldzahn.

In der Nacht des 20. April 1983 war Lindsey Scott zu Hause. Er lag mit seiner Frau Lola in ihrer Wohnung außerhalb des Stützpunktgeländes im Bett, während der Krankenwagen mit Judy Connors gefolgt von einer Militäreskorte in halsbrecherischem Tempo zum Krankenhaus von Bethesda raste. Am früheren Abend war er unterwegs gewesen, um einige Geschenke für Lola zu besorgen, die am folgenden Tag Geburtstag hatte – es war ein ganz besonderer Geburtstag. Lindsey und Lola hatten sich auf dem College kennengelernt. Sie war glücklich mit Lindsey verheiratet, und nachdem sie mehrere Jahre vergeblich versucht hatte, ein Kind zu empfangen und eine Fehlgeburt erlitten hatte, war Lola nun im fünften Monat schwanger.

Scott war ein unbescholtener Marine. Er war nie in irgendwelchen Schwierigkeiten gewesen. Als er und Lola an diesem Abend ins Bett gingen, ahnten sie nicht, daß dies für lange Zeit ihre letzte friedliche Nacht sein sollte. Lindsey Scott stand ein kafkaesker Alptraum bevor.

Kapitel 2

Am Morgen nach dem Verbrechen fuhr Agent Lindner die fünfundvierzig Meilen von Quantico zum Bethesda Naval Medical Center, um den ersten Schritt seiner Ermittlungen einzuleiten – er wollte, daß das Opfer ein Porträt des Täters zusammenstellte. Er hatte eine kleine braune Kiste bei sich, die das ›Identi-Kit‹ enthielt, eine Erfindung der Smith & Wesson Company, die häufig von Polizeibeamten eingesetzt wurde. Lindner war mit der Benutzung des kleinen braunen Kästchens bestens vertraut; er hatte es bei Dutzenden von Ermittlungen eingesetzt und wußte, daß ein übereinstimmendes Phantombild für den Fall von entscheidender Bedeutung sein würde.

Währenddessen würden die NIS-Agenten in Quantico die Liste der Fahrzeuge von Stützpunktangehörigen durchsehen, um zu prüfen, ob einer der Wagen auf die Beschreibung von Judy Connors paßte. Weitere Agenten würden den Wald durchkämmen und versuchen, den Tatort zu finden. Lindner schauderte, als er sich das übel zugerichtete, blutige Gesicht von Judy Connors in Erinnerung rief. Dann, als er sich dem Krankenhaus näherte, versuchte er, sich das Gesicht des Täters vorzustellen

›Klingt nach Scotty‹, ging Lindner Claude Rivers' Kommentar durch den Kopf. Er war jedoch in seiner Eigenschaft als Agent erfahren genug, um zu wissen, daß er sich von Rivers' spontaner Bemerkung bei der Handhabung des Identi-Kit nicht beeinflussen lassen durfte. Und doch kannte Lindner Scott, seine Gesichtszüge waren ihm vertraut: ein wenig pausbäckig für einen Marine, volle Lippen, kurzes Haar, Brille und diese kleine Mißbildung an der Oberlippe. Immerhin war es ein vertrautes Gesicht, da die beiden Männer bis zu Scotts Umzug vor kurzem im selben Wohnkomplex – Spanish Gardens – gewohnt hatten. Judy Connors lebte ebenfalls in Spanish Gardens, wo sie Lindsey Scott des öfteren gesehen haben mußte.

Die meisten Polizeieinheiten würden von Hause aus keinen Beamten mit einem Fall betrauen, in dem er sowohl den Tatverdächtigen als auch das Opfer kannte. Private Kenntnisse – vielleicht sogar Vorurteile – konnten die Eindrücke und die Urteilskraft des ermittelnden Beamten beeinträchtigen, seine Art der Beweisermittlung beeinflussen. Aber in der insularen Welt des Naval Investigative Service wurden diese potentiellen Komplikationen ignoriert. Der Fall wurde

NIS-Agent Lindner übergeben. Daß der NIS sich der Ermittlungen annahm, obgleich ein Interessenkonflikt wahrscheinlich war, war nicht überraschend; die Agency hatte sich in der Vergangenheit nicht unbedingt wegen gewissenhafter, sorgfältiger Detailtreue hervorgetan.

Lindner wußte, daß die Verwendung des Identi-Kit schwierig sein würde, aber unter den gegebenen Umständen gab es keine geeignete Alternative. Als er nun Judy Connors' verquollene Augen, ihr bandagiertes Gesicht und ihren von Verbänden verdeckten Hals betrachtete, fragte er sich, wie genau ihre Angaben sein würden. Er zog einen Stuhl an ihr Krankenbett, setzte sich und begann, ihr den Umgang mit dem Identi-Kit zu erklären. Es handelte sich um ein Ringbuch, in dem durchsichtige Plastikseiten mit verschiedenen Gesichtsmerkmalen abgeheftet waren – Hunderte verschiedener Lippen, Nasen, Augen, Kinnpartien und Frisuren – die sich, wenn man sie übereinanderlegte, zu einem Gesicht zusammenfügen ließen. Lindner und das Opfer waren in dem Krankenzimmer unter sich, während sie versuchten, das Gesicht des Vergewaltigers zusammenzustellen. Da Lindner spürte, wie aufgewühlt Judy war, sprach er langsam und mit sanfter Stimme.

Ihre Beschreibung zugrunde legend – ein Schwarzer, etwa fünfundzwanzig Jahre alt, mittelgroß, schlank bis kräftig gebaut – machte Lindner sich daran, die ersten Plastikseiten zusammenzusuchen. Dann legte er die entsprechenden Seiten übereinander und fügte die einzelnen Merkmale zu einem Gesicht zusammen.

Er begann mit Kinn 03, konsultierte dann die Angaben im Begleitheft des Identi-Kit, die sich mit der Zusammensetzung des Gesichts eines männlichen Schwarzen befaßten, und fügte eine Nase 21 und Lippen 23 hinzu. Die Unterlagen von Smith & Wesson empfahlen Augen 25. Ein Gesicht mit breiter Nase und dicken Lippen nahm langsam Gestalt an, ein Gesicht mit kalten, leeren Augen.

Judy Connors hatte angegeben, der Angreifer habe eine eckige Brille mit schwarzem Gestell getragen. Lindner fügte eine entsprechende Vorlage hinzu und machte sich dann an das Haar, von dem er wußte, daß es gewöhnlich den schwierigsten Teil einer Identifizierung darstellte. Das war der einzige Abschnitt, bei dem der Ermittler aufgefordert war, dem Zeugen vorab die verschiedenen Vorlagen zu zeigen. Frisuren sind zu vielfältig, als daß sie sich durch eine verbale Aussage exakt beschreiben ließen, und häufig ist das Haar das charakteristischste Merkmal einer Person.

Lindner forderte Judy Connors auf, sich sämtliche Frisurenvorlagen anzusehen. Sie wählte Nummer 136, eine Masse kurzen krausen Haars.

Der Agent legte Nummer 136 über die bereits zusammengestellten Seiten und zeigte ihr das halbfertige Gesicht.

»Zu kurz ... länger«, sagte sie und deutete auf das Kinn. Lindner zog das Plastikblatt mit der Kinnvorlage ein wenig tiefer, um das Gesicht optisch zu verlängern. Dann zeigte er ihr den Entwurf erneut.

»Hmmm ... die Lippen. Die Lippen sind zu voll.«

Er tauschte die Lippenvorlage Nummer 23 gegen die Nummer 22 und zeigte ihr das Ergebnis. Immer noch zu voll. Er tauschte die Nummer 22 gegen Nummer 21.

»Okay, Judy«, sagte er sanft. »Ich werde Ihnen das Gesicht jetzt noch einmal zeigen, und Sie sagen mir bitte, ob Ihnen an dem Gesicht etwas auffällt, was noch nicht ganz stimmt.«

Sie betrachtete den Entwurf stirnrunzelnd. »Die Brille war irgendwie anders.« Quadratischer, sagte sie. Lindner wählte eine andere Brille, die ein wenig quadratischer war, Nummer 15.

»Das Haar ist immer noch nicht ganz richtig«, sagte sie.

Lindner zeigte ihr das Buch und erlaubte ihr erneut der vom Hersteller empfohlenen Vorgehensweise entsprechend, die Frisur selbst zu wählen. Diesmal entschied sie sich für Nummer 133, nachdem er das Blatt jedoch über die anderen Vorlagen gelegt hatte, schüttelte sie enttäuscht den Kopf. Die Haare waren oben zu lang. Der Mann hatte ganz anders ausgesehen.

Wie üblich war das Haar der Knackpunkt. Sie wollte kürzeres Haar, aber eine solche Vorlage gab es im Identi-Kit nicht. Improvisierend nahm er wieder Nummer 136 zur Hand, die sie als erstes gewählt hatte, und setzte das Haar tiefer an, so daß es kürzer aussah. Dann drehte er das Ringbuch herum und zeigte ihr das Resultat.

Judy Connors' Augen weiteten sich, und ihr wich alle Farbe aus dem Gesicht. Sie schlug die Hände vor den Mund, begann zu schluchzen und schüttelte heftig den Kopf.

»Das ist er«, sagte sie. Sie schloß eine Weile die Augen, schlug sie dann wieder auf und starrte auf den Entwurf. »Genau so hat der Mann ausgesehen.«

Lindner musterte sie einen Augenblick und sah dann wieder auf das Identi-Kit. Das Gesicht, das er zusammengefügt hatte, war das Gesicht von Lindsey Scott. Er ließ das Ringbuch neben ihrem Bett liegen und ging hinaus auf den Flur, auf der Suche nach einem Telefon.

Es war ein strahlender Frühlingsmorgen in Quantico. Corporal Lindsey Scott genoß in seiner besten Galauniform einen seltenen freien Tag und beobachtete eine Militärparade auf der breiten, gepflegten Rasenfläche des stützpunkteigenen Exerzierplatzes. Er nahm Haltung an und grüßte die vorbeimarschierende Fahnenwache, als sein Vorgesetzter, Sergeant David Martin, seinen Jeep neben ihm zum Stehen brachte. »Steigen Sie ein, Scotty«, forderte Martin ihn freundlich auf und klopfte auf den freien Beifahrersitz. Als sie losfuhren, fragte Martin scheinbar beiläufig, ob er die Neuigkeit schon gehört hätte. Scott machte erst ein verwirrtes – welche Neuigkeit? – und dann ein entsetztes Gesicht, als der Sergeant ihm von dem verabscheuungswürdigen Verbrechen erzählte, das sich am vergangenen Abend in den Wäldern in der Nähe vom Camp Upshur ereignet hatte.

Martin sagte, das wäre das gräßlichste Verbrechen seit Bestehen des Stützpunktes und das Opfer wäre die Frau von Kevin Connors. Scott, der mit Connors in der Ausbildung gewesen war und sich zeitweise mit ihm zu einer Fahrgemeinschaft zusammengeschlossen hatte, brachte seine Bestürzung und sein Mitgefühl zum Ausdruck.

Sergeant Martin hätte Scott einige Minuten zugestehen

und ihm Gelegenheit geben können, seine Paradeuniform abzulegen, aber statt dessen fuhr er ihn auf direktem Wege zum Camp Upshur, wo die Suche nach dem Tatort in vollem Gang war.

Als der Jeep abseits der Straße im Dickicht zum Stehen kam, hörte Scott das Bellen der Spürhunde und sah Dutzende Männer des Sicherheitsbataillons die unebene Straße und das Unterholz absuchen. Sämtliche Marines trugen ›Cammies‹, Tarnanzüge. Scott, der als einziger Schwarzer seiner Einheit schon genügend auffiel, kam sich nun in seiner Paradeuniform völlig fehl am Platze vor. Was er nicht wissen konnte – wovon er und seine Anwälte jedoch später überzeugt sein sollten – war, daß dies Teil einer kalkulierten Taktik des NIS war, um ihn zu isolieren. Sie wollten sehen, wie er auf den Schauplatz des Verbrechens reagierte.

Als Mitglied der Criminal Investigation Division und als angehender Ermittler hatte Scott bislang noch nie an einem so brisanten Fall gearbeitet. Also stellte er im Laufe der folgenden Stunde, während derer die Suche nach dem Tatort fortgesetzt wurde, verschiedenen Kollegen Fragen: wie Ermittlungen in einem solchen Fall durchgeführt wurden, wie Beweise sichergestellt wurden, wie lange eine Spermaprobe analysiert werden konnte und so weiter. Ihm wurde knapp und schroff geantwortet, und Scott hatte den Eindruck, als musterten seine Kollegen ihn mißtrauisch und abschätzend. Er sagte sich, daß er vielleicht zu viele Fragen stellte. Andererseits machte er gerade eine Ausbildung zum Kriminalermittler, und sein kommandierender Offizier hatte ausdrücklich gesagt: »Sie werden nichts lernen, wenn Sie keine Fragen stellen.«

Am frühen Nachmittag, nach erfolgloser Suche – sie waren nicht einmal sicher, daß sie überhaupt am richtigen Ort gesucht hatten – fuhr Scotts Einheit zurück zur Operationsbasis, dem Provost Marshal's Office (PMO) (Kommandeur der Militärpolizei; Anm. des. Übers.)

Daß sie den Schauplatz des Verbrechens nicht hatten finden können, stellte die Ermittler vor frustrierende Probleme, da am Tatort bestimmt wichtige forensische Beweise sichergestellt werden konnten. Sie würden es wieder und wieder versuchen. Derweil diskutierten die Männer im PMO über die Vergewaltigung. Scott spürte, daß wenn er seine Kollegen darauf ansprach, sie irgendwie merkwürdig reagierten, kalt und abweisend. Ihr Verhalten ihm gegenüber hatte sich verändert. Er war nicht sicher, warum, bis ihm plötzlich ein Licht aufging und er unter den durchdringenden mißtrauischen Blicken ins Schwitzen geriet.

Am Abend wandelte die nagende Unruhe sich in nackte Angst. Zwei Ermittler, darunter Rivers, der Mann der ihn als erster verdächtigt hatte, richteten ihm aus, er solle sich in der Kommandostelle des NIS melden. »Wenn wir dort sind«, sagte Rivers geheimnisvoll, »schlagen wir dir einen Handel vor.« Während er zu dem abweisenden roten Backsteingebäude eskortiert und aufgefordert wurde, in einem leeren Büro zu warten, kämpfte er gegen die aufsteigende Panik an.

Scott wußte besser als die meisten Marines, daß er allen Grund hatte, den NIS zu fürchten. Er hatte von seinen Methoden gehört und wußte, daß man geliefert war, wenn der NIS einen aus welchem Grund auch immer aufs Korn genommen hatte.

Sie ließen ihn endlos in dem kargen Raum warten, allein – eine psychologische Standardprozedur – bis schließlich NIS-Agent Kenneth Rodgers, ein großgewachsener, kräftiger Kerl, mit einem zweiten Mann hereinkam, den Scott noch nie gesehen hatte: David Lagerveld, Topermittler der Polizei von Prince William County, der County, in dem sich der Stützpunkt von Quantico befand. In dem engen Verhörzimmer begannen sie, ihn mehrere Stunden lang mit Fragen zu bombardieren.

»Wo waren Sie gestern abend?«

»... Haben Sie irgend jemandem Ihren Wagen geliehen?«

»... Mit wem waren Sie gestern abend zusammen?«

»... Können Sie beweisen, daß Sie nicht unser Mann sind?«

Scott war verwirrt und wußte nicht, wie er auf ihre rasch aufeinanderfolgenden Fragen antworten sollte. Das mußte ein böser Traum sein. Er versuchte, Ruhe zu bewahren, war jedoch wie erstarrt, wütend und zutiefst verletzt, daß seine Kollegen sich so abrupt gegen ihn wandten und das allein aufgrund seiner Hautfarbe, wie er inzwischen fest glaubte. Er beantwortete ihre Fragen so gut er konnte, aber sie ließen nicht locker, fragten immer weiter, wiederholten sich, versuchten, ihn in Widersprüche zu verstricken und kleinzukriegen. Wieder und wieder leugnete Scott jede Kenntnis von dem Verbrechen.

»Hören Sie auf mit dem Scheiß«, sagte Rodgers schließlich. »Sie sind unser Hauptverdächtiger.«

Scott war ganz benommen, und das Herz schlug ihm bis zum Hals, als sie ihm seine Rechte vorlasen und ihm Gelegenheit boten, einen Anwalt hinzuzuziehen. Nein, entgegnete er, er brauche keinen Anwalt und werde alle Fragen beantworten. Dann berichtete er ihnen in allen Einzelheiten, wo er am vergangenen Tag gewesen war und was er getan hatte.

Scott gab an, er habe am Nachmittag seine Dienststelle verlassen und sei in die Wohnung in Spanish Gardens gegangen, aus der er vor kurzem ausgezogen sei. Seine ehemalige Vermieterin, Maxine Knight, hatte ihm mitgeteilt, er müsse die Wohnung noch einmal gründlich putzen, die Böden wischen und den Herd säubern, ehe sie ihm die Kaution in Höhe von zweihundertzwanzig Dollar erstattete.

Während des Putzens war ihm eingefallen, daß er noch zur Bank mußte, weil seine Frau am nächsten Tag Geburtstag hatte und er noch ein Geschenk besorgen wollte. Er betrat die Virginia National Bank kurz vor deren Schließung um 19 Uhr, kehrte zurück in die Wohnung, um fertig zu putzen, und ließ sich anschließend seine Kaution rückerstatten. Von dort, erklärte Scott, war er in den Nachbarort Dumfries gefahren, wo er Lola in einem Discount-Drugstore ein Fußmassagegerät kaufte. Ihre Schwangerschaft machte diesen Geburtstag zu etwas Besonderem, und gegen 19 Uhr 30 beschloß er, sich nach einem zweiten Geschenk umzusehen. Er fuhr etwa zwanzig Meilen zum Zayre's Kaufhaus in Woodbridge. Dort hielt er sich eine Weile auf, sah sich erst in der Herrenbekleidungsabteilung um und dann nach einem Geschenk für seine Frau. Er fand nichts, was ihm gefallen hätte. Am Getränkestand kaufte er sich eine Cola und fuhr dann zurück zu seiner neuen Wohnung in den Chesapeake Apartments an der US 1.

Auf der Heimfahrt machte er an einer Eisdiele mit Namen Quikee's halt, um sich ein Eis zu holen, aber obwohl Angestellte im Laden waren, schien die Eisdiele geschlossen zu sein. Also setzte er den Heimweg fort und traf gegen 21 Uhr 30 zu Hause ein.

Wenn seine Geschichte stimmte, konnte Scott unmöglich zwischen 20 und 21 Uhr über Judy Connors hergefallen sein.

Während des stundenlangen Verhörs wurde Scott gestattet, zu Hause anzurufen. Zu seiner Verblüffung war Lola bereits über alles informiert. Sie erzählte ihm, daß Rivers und Martin vom NIS sie aufgesucht hätten. Sie hatten erklärt, sie wären Cops und mit Scott befreundet und wollten ihm helfen, und so hatte sie ihnen erlaubt, einige Kleidungsstücke von ihm mitzunehmen. Aus irgendeinem Grund, berichtete sie, hätten sie auch ihren Aluminiumkochtopf mitgenommen.

Letzteres irritierte Scott, bis er dann später von Judy Connors' Aussage erfuhr, derzufolge sie auf dem Rücksitz des Wagens des Vergewaltigers einen Metalleimer habe klappern hören. Tatsächlich hatte Scott im Verlauf des Verhörs erwähnt, bei der Säuberung der alten Wohnung einen grünen Plastikeimer benutzt zu haben; er hätte nie einen Kochtopf zum Putzen verwendet, warum sollten sie also diesen Topf mitnehmen? Er war ratlos, bis ihm schließlich ein Gedanke kam. Sie wollten ihn hereinlegen.

»Ich bin unschuldig!« rief er, nachdem er aufgelegt hatte. »Ich bin es nicht gewesen!« Am merkwürdigsten erschien Scott, daß Judy Connors ihn kannte. Ganz sicher würde sie dem NIS sagen, daß er es nicht gewesen war. Die Connors' und die Scotts hatten bis zum Vortag, an dem die Scotts ausgezogen waren, in ein und demselben Komplex gewohnt. Sie waren sich des öfteren begegnet. Er und Lola waren erst wenige Tage zuvor Kevin und Judy in einem K-Mart-Kaufhaus über den Weg gelaufen. Das Ganze war grotesk! »Wir sind Nachbarn!« erklärte Scott. »Fragen Sie sie doch. Sie wird Ihnen die Wahrheit sagen. Sie wird Ihnen sagen, daß ich es nicht gewesen bin. Sie wird Ihnen sagen, daß Kevin und ich zusammen zum Stützpunkt fahren. Wir waren zusammen in der Ausbildung!«

Scotts Proteste stießen auf taube Ohren. Er spürte, daß das Verhör feindseliger wurde. Häßlich. Er hatte auf sein Recht auf einen Anwalt verzichtet, nach einer weiteren endlosen, ermüdenden Verhörphase sagte er jedoch, daß wenn sie ihn weiter schikanierten, er auf einem Anwalt bestehen würde. Hierauf wurde das Verhör abgebrochen.

Scott stimmte einer Durchsuchung seines Spindes am Arbeitsplatz und seines Wagens zu. Die Agenten fanden nichts Verdächtiges. Die Spurensicherung der Prince William County Police untersuchte seinen Wagen auf Fingerabdrücke. Sie fanden keine.

Jedoch entdeckten sie etwas, was sie für sehr bedeutsam hielten. Die County Police hatte den Eindruck, daß das Fenster auf der Beifahrerseite, die Innenseite der Beifahrertür sowie die Vordersitze sorgfältig abgewischt worden waren – um Fingerabdrücke zu beseitigen, schlossen sie. Mit diesem Vorwurf konfrontiert, leugnete Scott vehement. Dennoch war dies für die NIS-Ermittler ein klarer Beweis seiner Schuld. Sie waren der Überzeugung, daß er aufgrund seiner Kenntnisse als Kriminalermittler alle belastenden Spuren an und in seinem Wagen beseitigt hatte.

Keine vierundzwanzig Stunden nachdem sie die Ermittlungen aufgenommen hatten, waren die Agenten der NIS überzeugt davon, den Fall gelöst zu haben. Ihre Ermittlungen hatten bei Lindsey Scott begonnen und würden bei Lindsey Scott enden.

Kapitel 3

In Quantico, wo der brutale Überfall auf Judy Connors bald nur noch als ›das Verbrechen des Jahrhunderts‹ bezeichnet wurde, begannen die NIS-Agenten, die Schlinge um Lindsey Scotts Hals fester zu ziehen. Special Agent James Lindner war sehr wohl bewußt, daß die ersten Stunden nach einem

Verbrechen die wichtigsten für die Sicherstellung von Beweisen und die Lösung eines Falles waren. Dann ließ die Erinnerung nach, und die Spur erkaltete. Also kehrte Lindner am Tag nach dem Verbrechen, während andere Agenten Scott in die Mangel nahmen und seine Wohnung, seinen Wagen und seinen Spind durchsuchten, zurück ins Krankenhaus von Bethesda, um Judy Connors einige Photos zu zeigen, aus denen sie das des Täters herauspicken sollte. Dies diente als Vorbereitung für eine tatsächliche Gegenüberstellung.

Das Opfer war immer noch von den Medikamenten benommen und vom Blutverlust geschwächt, als Lindner die sechs Photographien vorlegte, darunter auch eine Aufnahme von Scott. Laut anschließendem schriftlichem Bericht des Agenten stimmten die Photos ›von der photographischen Komposition her‹ überein, und sämtliche Personen ›wiesen ähnliche äußerliche Merkmale auf‹. Zuerst zeigte Lindner ihr die Photos eins nach dem anderen. Bei den ersten drei schüttelte sie den Kopf. Als er ihr das vierte Photo vorlegte – eine Aufnahme von Scott – reagierte sie Lindner zufolge ›sichtlich nervös‹ und sagte: »Das könnte er sein.«

Der Agent fuhr fort, und als sie bei Photo Nummer sechs angelangte, reagierte das Opfer erneut ›sichtlich nervös‹ und sagte: »Das könnte er auch sein.«

Dann breitete Lindner alle Photos auf einem großen Umschlag aus und zeigte sie ihr alle zusammen. Die Aufnahme von Scott war wieder die vierte (von links) und die des anderen Mannes, den sie ebenfalls herausgepickt hatte, die sechste (von links).

Judy zeigte auf Scott.

»Woran erkennen Sie diesen Mann?« fragte Lindner.

»Das ist der Mann, der mich vergewaltigt hat.«

»Sind Sie ganz sicher?«

»Nun ... dieser Mann hier sieht ihm auch sehr ähnlich«, sagte sie und zeigte auf das zweite Photo, das sie schon beim erstenmal ausgewählt hatte.

»Welchen der beiden Männer würden Sie eher als den Täter identifizieren?«

»Ja, Nummer vier (Scott) sieht ihm ein wenig ähnlicher; bei Nummer sechs sind die Lippen ein wenig zu breit.«

In Agent Lindners Bericht steht weiter: ›Das Opfer fügte jedoch hinzu, daß beide Männer wie der Täter aussähen.‹

Obwohl die Agenten des NIS nicht genug in der Hand hatten, um Scott zu verhaften, legten sie sogleich seinem Bataillonskommandanten Lieutenant Colonel Philip Hemming nahe, ihn aus der Criminal Investigation Division zu entfernen. Hemming befahl, daß Scott zu einer Versorgungseinheit auf dem Stützpunkt versetzt wurde, was dazu führte, daß sofort Gerüchte kursierten, er wäre der Täter. Er wurde geschnitten, isoliert, vor allem von den weißen Marines. Ein paar Freunde erzählten ihm, daß das Gerücht umginge, Judys Ehemann Kevin habe es auf ihn abgesehen.

Scott hatte kaum in seiner neuen Einheit angefangen, als Lindner entschied, daß die Gefahr eines unerlaubten Entfernens von der Truppe gegeben war. Er empfahl Hemming, Scott sofort in Haft nehmen zu lassen. Hemming stimmte zu, und keine achtundvierzig Stunden nach dem Verbrechen wurde Scott in Handschellen gelegt und in Untersuchungshaft genommen. Im Gegensatz zu zivilen Verdächtigen, die innerhalb von zweiundsiebzig Stunden wieder auf freien Fuß gesetzt werden mußten, konnte Scott nach Gutdünken seines kommandierenden Offiziers endlos festgehalten werden.

Scott wurde gestattet, Lola anzurufen, und sie eilte sofort zu ihm in das berühmt-berüchtigte Gefängnis von Quantico, der Bundesstrafanstalt, in der kürzlich John Hinckley, der Beinahe-Mörder von Präsident Reagan, eingesessen hatte. In einem gesicherten Besuchszimmer fielen Lindsey und Lola sich vor den Augen der Wachen in die Arme und weinten. Er gestand ihr, daß er entsetzliche Angst hätte und der NIS sich auf ihn eingeschossen habe. Er sagte, er sollte sich besser sofort einen Anwalt nehmen, daß er aber keinen kenne und auch niemanden wüßte, dem er hinsichtlich einer Empfehlung trauen würde. In seiner Verzweiflung bat er die Wachen um die Gelben Seiten und überflog die Rubrik ›Rechtsanwälte‹. Vielleicht war es Zufall, vielleicht auch ein Beweis für effiziente Werbung – Scott vermochte es später nicht zu erklären – jedenfalls wählte er die Dumfries Law Offices an der Triangle Plaza South in der Nähe des Stützpunktes. Unter den Fachgebieten der Kanzlei waren zwölf Punkte aufgelistet: an letzter Stelle ›Strafverteidigung‹.

Scott rief die Kanzlei an und bat darum, mit Ervan Kuhnke oder Marilyn Rose zu sprechen, den ersten der drei aufgelisteten Anwälte der Kanzlei. Da keiner von beiden zugegen war, nahm die Sekretärin den Anruf entgegen und hinterließ eine Nachricht auf Kuhnkes Schreibtisch. Als er später am Nachmittag in sein Büro zurückkehrte, besprach Kuhnke Scotts Anruf mit Marilyn Rose. Sie sagte, sie wäre nicht interessiert, und so rief Kuhnke – ein zweiundsechzigjähriger ehemaliger CIA-Agent – Scott an, ließ sich in groben Zügen die Situation darlegen und versprach, ihn im Gefängnis aufzusuchen, um weitere Einzelheiten mit ihm zu besprechen. Das war der Beginn einer Beziehung, die unter keinem guten Stern stand.

Bei ihrer ersten Begegnung im ›Bunker‹ versicherte Scott Kuhnke, daß er unschuldig sei. Er schilderte ihm detailliert, was er zur Tatzeit getan und wo er sich aufgehalten hatte. Der Rechtsanwalt, ein Mann mit Brille, schütterem Haar und Pfeife, die er nie aus dem Mund zu nehmen schien, hörte aufmerksam zu, während Scott sein Alibi Punkt für Punkt darlegte, Namen nannte oder zumindest Personen beschrieb, die er am Nachmittag und Abend des Verbrechens gesehen hatte. Kuhnke glaubte ihm und erklärte sich einverstanden, ihn für ein Honorar von eintausend Dollar zu vertreten, was darauf schließen ließ, daß er mit einer raschen Abwicklung rechnete. Aufgrund dessen, was Scott ihm erzählt hatte, der fehlenden Beweise und des scheinbar wasserdichten Alibis stand der Fall Kuhnkes Meinung nach auf so schwachen Füßen, daß die Marines es niemals zum Prozeß kommen lassen würden.

Im späteren Verlauf sollte Kuhnkes Erinnerung an sein erstes Treffen mit Scott sowohl vom Inhalt als auch von der Interpretation her sehr von der seines Klienten abweichen – ebenso wie die Erinnerung beider Männer zu späteren Begegnungen sich stark unterscheiden sollten. Aber sie blieben nicht die einzigen, die mit dem Treibsand der Erinnerung zu kämpfen haben würden.

Drei Tage später, am Morgen des 25. April, rief Scott Kuhnke in der Kanzlei an und teilte ihm mit, daß der NIS für 13 Uhr eine Gegenüberstellung angesetzt habe. Scott bat Kuhnke, zugegen zu sein und seine Interessen wahrzunehmen. Kuhnke entgegnete, das würde nicht nötig sein. Statt dessen rief er das Büro des Militärgerichtsrates an (ein Äquivalent zum Generalstaatsanwalt) und sprach mit Major Alan Roach, dem ranghöchsten Juristen. Er erklärte Major Roach, daß er einen Mandanten habe, der der Vergewaltigung und des versuchten Mordes verdächtigt werde und am frühen Nachmittag beim Sicherheitsbataillon an einer Gegenüberstellung teilnehmen solle. Er bat darum, daß ein Verteidiger des Militärs hingeschickt wurde, um die Interessen seines Mandanten wahrzunehmen (hierauf hat jeder eines Verbrechens beschuldigte Angehörige des Militärs ein Anrecht).

Major Roach, der die Ernsthaftigkeit der Anschuldigung erkannte, übernahm den Fall persönlich, rief beim Security Bataillon an, vereinbarte ein Treffen mit Scott und bat dann Special Agent Lindner telefonisch, persönlich bei der Gegenüberstellung zugegen zu ein. Vor der tatsächlichen Gegenüberstellung fand eine ›Probe‹ mit den vom NIS ausgewählten Männern statt. Major Roach lehnte zwei der Männer ab, weil sie im Vergleich zu Scott zu schmächtig wären. Schließlich wurden fünf Männer ausgewählt: ein Corporal, drei Sergeants und interessanterweise Major Thomson, ein Anklagevertreter vom Büro des Militärgerichtsrates. Er war aufgrund seiner Scotts ähnlichen stämmigen Statur ausgewählt worden und mußte sich für die Gegenüberstellung seinen Schnurrbart abrasieren – als der prozeßerfahrenste Anklagevertreter des Militärgerichtsrates sollte der Major zu einem späteren Zeitpunkt eine weit wichtigere Rolle in diesem surrealistischen Drama spielen.

NIS-Agenten holten eine verschreckte Judy Connors aus ihrem Krankenhausbett und brachten sie zur Gegenüberstellung nach Quantico. Sie wurde in einem Rollstuhl hereingeschoben, Hals und Gesicht dick bandagiert. Sie zitterte und fürchtete sich davor, dem Mann gegenübergestellt zu werden, der sie vergewaltigt und niedergestochen hatte. Inzwischen hatte sie eine vollständige Aussage zu dem Verbrechen gemacht und einige abscheuliche Einzelheiten hinzugefügt: als der Vergewaltiger sie zum Oralsex gezwungen hatte, hatte er gefragt, ob sie das auch mit ihrem Mann mache, dessen Name ihm bekannt war. Auch hatte sie sich erinnert, daß der Mann gelacht habe, als er sie würgte und sie das Bewußtsein verlor; ein abartiges, schrilles Lachen.

Die stützpunkteigene Zeitung von Quantico und die lokalen Medien brachten inzwischen Schlagzeilen über den Fall, obwohl Scott noch nicht offiziell angeklagt worden war. Der Druck auf Lindner und die anderen Ermittler, die Sache abzuschließen, wurde immer größer, und sie waren entschlossener denn je. Sie brachten Judy Connors zur Gegenüberstellung in das Fernsehstudio des Stützpunktes und führten Scott zu Fuß – mit Hand- und Fußschellen – vom Bunker zum Studio, damit ihn alle sehen konnten.

Im Studio wurden die sechs schwarzen Marines in gleichen weißen T-Shirts, Tarnuniformhosen und schwarzen Springerstiefeln aufgereiht. Sie standen einer hölzernen Trennwand zugewandt, während das übel zugerichtete Opfer, das von einer Krankenschwester betreut wurde, durch einen ›Spion‹ sah.

Zwei entscheidende Faktoren sprachen gegen eine faire Gegenüberstellung: Scott war der einzige unter den sechs Männern, dessen Photo Judy Connors bereits vorgelegt worden war, so daß sein Gesicht ihr bekannt vorkommen mußte. Außerdem kannte Judy Scott bereits aus Spanish Gardens und hatte ihn erst vier Tage vor dem Überfall gesehen, als die Scotts und die Connors sich im K Mart begegnet waren und die Männer kurz miteinander gesprochen hatten.

Als alles bereit war, wurden die Marines aufgefordert, sich synchron nach links zu drehen, wieder nach vorn, nach rechts, nach hinten und schließlich wieder nach vorn, worauf das Opfer gefragt wurde: »Erkennen Sie einen der Männer wieder?«

»Die beiden rechts sehen aus wie der Mann, der mich überfallen hat«, entgegnete Judy. Scott stand als fünfter in der Reihe.

Die beiden Männer wurden aufgefordert, nacheinander vorzutreten und sich nach links zu wenden. Das Opfer wurde gefragt, ob es einen der beiden identifizieren konnte.

»Nummer fünf sieht aus wie der Täter«, sagte sie.

»Sind Sie sicher?«

»Nummer fünf und Nummer sechs sehen beide aus wie der Mann, der mich vergewaltigt hat. Nummer sechs hat längeres Haar, mehr wie der Täter, aber ich kann nicht mit Sicherheit sagen, welcher von beiden ihm ähnlicher sieht. Es tut mir leid. Ich habe ihn mir nicht so genau angesehen. Aber Nummer fünf macht mir am meisten angst.«

Wie erfahrene Strafverteidiger wissen, sorgen Identifizierungen durch Augenzeugen im Fernsehen für dramatische Gerichtsszenen, aber tatsächlich sind sie in echten Gerichtssälen stets unzuverlässig, vor allem, wenn ein Zeuge eine Person anderer Hautfarbe identifizieren soll. Studien belegen, daß Zeugen gleich welcher ethnischen Herkunft bei der Identifizierung von Personen ihrer eigenen Hautfarbe viel zuverlässiger sind als bei Personen anderer Hautfarbe. Jedoch war dies nicht das richtige Leben, sondern das Militär. Judy Connors' Identifizierung des Täters reichte dem NIS; obwohl nicht eindeutig, war dies bisher das einzige und somit beste Beweisstück, das sie besaßen, um Lindsey Scott festzunageln.

In einem Fall wie diesem kann es zu einer Art kollektiver Täuschung kommen; wenn die Ermittler erst an die Identifizierung durch das Opfer glauben, neigen sie dazu, den Rest des Falles mit Scheuklappen zu betrachten. Haben sie die Identifizierung erst anerkannt, müssen auch die anderen Beweisstücke passen. Tun sie das nicht, werden Nuancen und offene Widersprüche eher ignoriert als näher untersucht.

Tatsächlich gab es Widersprüche. Beispielsweise gab es deutliche Diskrepanzen zwischen Scotts Wagen und dem Wagen, den das Opfer beschrieben hatte. Judy Connors sagte zu Anfang aus, sie wäre in einem gelblichen oder beigefarbenen Wagen vergewaltigt worden, bei dem es sich ihrer

Ansicht nach um einen Chevy Nova gehandelt habe. Scott fuhr einen Buick Skylark Baujahr sechsundsiebzig, der zwar von der Karosserie her dem Nova ähnelte, jedoch zweifarbig war. Der Wagen war beige mit einem weißen Faltdach und auffälligen Felgen, Details, die Judy Connors in ihrer Aussage mit keinem Wort erwähnt hatte.

Unmittelbar nach der Gegenüberstellung fuhr NIS-Agent Richard Wardman Judy, obwohl sie noch stark unter Medikamenteneinfluß stand, auf dem Stützpunktgelände umher, um zu sehen, ob sie den Wagen entdeckte, in dem sie vergewaltigt worden war. Bedeutungsvollerweise saß ihr zorniger Ehemann Kevin im Fond; bedeutungsvoll deshalb, weil er mit Scott eine Fahrgemeinschaft gebildet hatte und seinen Wagen kannte – zweifelsohne ein fragwürdiges Vorgehen seitens der Ermittlungsbeamten. Es gab viele Möglichkeiten, wie Judys Ehemann, bewußt oder unbewußt, ihre Identifizierung beeinflussen konnte – durch ein Hüsteln, einen Blick oder eine Bemerkung an Wardman.

Während sie umherfuhren, vermochte Judy, wenngleich sie einige Wagen sah, von denen sie sagte, daß sie dem Fahrzeug des Täters in bezug auf Größe und Farbe ähnlich seien, keinen Wagen eindeutig zu identifizieren. Dann, auf dem Parkplatz des PMO, sagte sie, sie hätte einen Wagen entdeckt, der in puncto Farbe, Größe und Karosserie dem des Täters sehr ähnlich wäre. Dem offiziellen Bericht des NIS zufolge stieg sie aus dem NIS-Wagen und sah ins Innere des verdächtigen Fahrzeugs. ›Das Opfer wurde sichtlich nervös‹ und sagte, daß Einzelheiten wie die Position des Aschenbechers, die Tankanzeige und das Wageninnere allgemein dem des Wagens des Täters ›vergleichbar‹ wären.

Es handelte sich um Lindsey Scotts Wagen. Er war beschlagnahmt und auf den Parkplatz des PMO gestellt worden.

Eine weitere wichtige Frage war die der Identifizierung des Messers, das vom Täter benutzt wurde. Scott hatte zugegeben, sich am Tag des Verbrechens von seiner Vermieterin ein kleines Steakmesser mit gezackter Klinge geliehen zu haben, um Eingebranntes vom Herd seiner alten Wohnung zu kratzen. Die Agenten des NIS verlangten von ihm, ihnen das Messer auszuhändigen, wozu Scott nicht in der Lage war. Er sagte, er müsse es, als er die Putzutensilien zusammengesucht und die alte Wohnung verlassen hatte, zusammen mit dem Müll weggeworfen haben. Die Agenten glaubten ihm nicht. Sie waren überzeugt, daß es sich bei dem verschwundenen Messer um die Tatwaffe handelte.

Das Problem bei ihrer Schlußfolgerung war allerdings, daß Judy in ihrer Aussage eindeutig ein Messer mit Heft beschrieben und sogar gezeichnet hatte. Die Zeichnung ähnelte ganz und gar nicht einem gewöhnlichen Steakmesser, und Scotts Vermieterin bestätigte, daß das Messer, daß er sich von ihr geliehen habe, kein Heft gehabt habe.

Derweil waren die Agenten des NIS nicht untätig gewesen. Die Agenten Claude Rivers und Kenneth Rodgers waren nach Dumfries zum Drugstore gefahren, um das Verkaufspersonal zu befragen. Eine der Verkäuferinnen sagte – und so stand es auch im Bericht der Agenten –, daß sie sich erinnern könne, Scott am Abend des 20. April zwischen 19 Uhr 30 und 20 Uhr gesehen und ihm ein Fußmassagegerät verkauft zu haben. Sie erinnerte sich, daß er erwähnt hatte, der Apparat wäre ein Geschenk für seine schwangere Frau. Sie erinnerte sich, daß er eine Brille trug und es eilig zu haben schien.

Die Lücken in der Beweiskette gegen Scott waren nach normalen Ermittlungsmaßstäben immer noch riesig. Vor allem das Fehlen forensischer Beweise, die gewöhnlich benötigt wurden, um eine Verbindung zwischen einem Vergewaltigungsopfer und einem mutmaßlichen Vergewaltiger herzustellen. Scott, der immer noch im Bunker von Quantico hinter Gittern saß, wurde aufgefordert, dem NIS eine sogenannte ›zulässige Durchsuchungserlaubnis‹ zu erteilen, damit sie sich eine Blutprobe von ihm beschaffen konnten. Über seinen militärischen Verteidiger Major Roach weigerte sich Scott.

Der NIS ließ sich nicht beirren. Am folgenden Tag erteilte Lieutenant Colonel Hemming per Befehl die Erlaubnis zu einer ›Durchsuchung und Sicherstellung von Beweismaterial‹ aufgrund ›dringenden Tatverdachts‹. In der eidlichen Erklärung zu dieser erzwungenen Blutentnahme, die vom ermittelnden Agenten Lindner verfaßt wurde, stand unter anderem: ›… es besteht Grund zu der Annahme, daß im Blut von Corporal Lindsey Scott, USMC 407-78-9524 … Bestandteile gefunden werden, die mit jenen übereinstimmen, die an der Kleidung des Opfers und des Verdächtigen gefunden wurden, sowie mit den Spermaproben, Schamhaaren und Vaginalabstrichen, die am Opfer durchgeführt wurden …‹

Ein Navy-Sanitäter führte in Anwesenheit Lindners die Blutentnahme durch. Scott, der sich inzwischen mit der Prozedur abgefunden hatte, gab in Anbetracht der ›befehlsmäßig erteilten Erlaubnis‹ Lindners Bitte nach Speichel- und Schamhaarproben nach.

Während Scott weiter in Haft saß, ordnete Major General Twomey, der kommandierende Offizier des Stützpunktes, für den 27. April einen Haftprüfungstermin an, im Rahmen dessen darüber entschieden werden sollte, ob Scott in Haft bleiben oder während der weiteren Ermittlungsdauer auf freien Fuß gesetzt werden sollte. Der Militärrichter war Lieutenant Colonel Richard T. Harry, ein auffallender, vielfach dekorierter Marineveteran mit zwanzigjähriger Dienstzeit, der in Vietnam als Kampfhubschrauberpilot im Einsatz gewesen war.

Scott, der seine Tage im Bunker mit Lesen und Beten verbracht hatte, wurde wieder in Hand- und Fußschellen zu Fuß von der MP zum Gerichtssaal von Quantico in der LeJeune Hall gebracht. In dem nach General John A. LeJeune, einem hochverehrten ehemaligen Marinekommandanten, benannten vierstöckigen roten Backsteingebäude befanden sich außerdem im dritten Stock die Büros des Stützpunktkommandanten Major General David Twomey.

Lieutenant Colonel Harry hatte bei der Anhörung am folgenden Tag den Vorsitz inne. Scotts Frau war zugegen. Außerdem waren Major Roach und Ervan Kuhnke als Verteidiger anwesend, Special Agent Lindner, Lieutenant Colonel Hemming und, diesmal als Vertreter der Anklage, Major Thomson, der zu den sechs Männern bei der Gegenüberstellung gehört hatte.

Lindner präsentierte die Beweise, die bislang gegen Scott zusammengetragen worden waren, darunter das anhand der Folien des Identi-Kit erstellte Phantombild, die Ergebnisse der photographischen und der eigentlichen Gegenüberstellung sowie Judy Connors' Aussage, daß Scotts Wagen soweit sie sich erinnern könne, dem des Täters ›vergleichbar‹ wäre.

Scott erzählte seine Geschichte erneut, jedoch fügte er ein Detail hinzu, daß möglicherweise in bezug auf sein Alibi von Bedeutung sein konnte. Er erinnerte sich, daß er sich bei Zayre's, als er sich die Cola gekauft hatte, mit der Verkäuferin unterhalten hatte, einer Weißen namens Pat oder Pam. Scott baute immer noch auf seinen Besuch bei Zayre's, weil er glaubte, daß wenn er beweisen konnte, dort gewesen zu sein, mehr noch, zu der *von ihm angegebenen Zeit* dort gewesen war, dies beweisen würde, daß er das Verbrechen, dessen man ihn beschuldigte, unmöglich begangen haben konnte. Im Verlauf der Anhörung zeigte Lola Lieutenant Colonel Harry eine ›Zivilbrille‹ mit leichterem Gestell und runderen Gläsern als bei den Militärbrillen, wie sie Judy Connors beschrieben und Lindner bei allen drei Identifizierungsmaßnahmen verwendet hatte. Lola erklärte, daß ihr Mann am Abend des Verbrechens diese Brille getragen habe, was Scott bestätigte.

Zu Scotts Verteidigung konnten weder Kuhnke noch Major Roach irgendwelche Beweise vorlegen.

Am Ende der Anhörung erklärte Lieutenant Colonel Harry, er wäre weder von Scotts Geschichte noch von den Ausführungen der Anklage völlig überzeugt. Er ordnete an, daß Scott in Untersuchungshaft blieb, setzte jedoch für den 5. Mai eine zweite Anhörung an. In der Zwischenzeit, erklärte er, müsse die Anklage überzeugendere Beweise für Scotts Schuld beschaffen, wenn er weiter in Haft bleiben sollte.

Die NIS-Agenten verloren keine Zeit. Ihnen blieben nur acht Tage, genügend eindeutige Beweise auszugraben, um dafür zu sorgen, daß Scott im Gefängnis blieb, und darüber hinaus der Anklagevertretung genügend Material für den Prozeß vor dem Militärgericht zu liefern. Immerhin war dies das eigentliche Ziel ihrer Ermittlungen.

Und allen Beteiligten der Kommandantur von Quantico –

von Major General David M. Twomey über Bataillon Commander Hemming und Anklagevertreter Thomson zu den rangniedrigeren Ermittlern – war sehr wohl bewußt, daß Scott, wenn er vom Militärgericht der Vergewaltigung und des versuchten Mordes für schuldig befunden wurde, die Todesstrafe drohte.

Nach der Anhörung ging Lindner zum PMO, um mit Captain Andrew Unsworth zu sprechen, dem Kommandeur des Security Bataillon. Der Captain lieferte ihm Informationen zu Scotts Tagesablauf am Abend des Verbrechens, die Scott bei seiner ersten Aussage gegenüber den NIS-Agenten am 21. April nicht angeführt hatte. Captain Unsworth erklärte, als er am Abend des Verbrechens gegen 20 Uhr das PMO verlassen habe, wäre er Scott begegnet und hätte sich zwei oder drei Minuten mit ihm unterhalten. Er habe Scott auf seine ungewöhnliche Aufmachung angesprochen, worauf Scott erwidert habe, daß er so angezogen wäre, weil er seine alte Wohnung geputzt habe. Der Captain beschrieb die Kleidung als ›alte grüne Arbeitskleidung aus Baumwolle. Die Hose war nicht militärisch gebauscht, und das Hemd hing ihm lose über den Hosenbund. Darüber trug er eine leichte beigefarbene, hüftlange Jacke aus einem lederähnlichen Material.‹

Lindner zeigte Captain Unsworth eine Brille mit schwarzem Gestell, wie sie vom Militär ausgegeben wurde. Der Captain sagte: »Diese Brille ist in bezug auf Form und Farbe beinahe identisch mit jener, die Scott getragen hat.« Captain Unsworth sagte, er habe hierauf das Gebäude verlassen und könne nicht sagen, wann Scott gegangen sei.

Der Captain erzählte weiter, daß er zwei Tage später, am 22., gegen Viertel vor neun abends im Gebäude des Security Bataillons von Scott angesprochen und gefragt worden sei, um wieviel Uhr sie sich am Abend des 20. begegnet wären. »… Ich sagte ihm, das wäre irgendwann nach 18 Uhr 30 gewesen … Scott meinte, es müsse später gewesen sein. Dann sagte ich, es müsse zwischen 19 Uhr 15 und 19 Uhr 30 gewesen sein, weil ich abgeschlossen hätte. Ich wollte mich ihm gegenüber nicht festlegen, weil ich das Gefühl hatte, daß er versuchte, mich auszufragen und mich auf eine exakte Uhrzeit festzunageln. Da ich außerdem wußte, daß er bei den laufenden Ermittlungen als Verdächtiger galt, wollte ich ihm keine genaue Zeit nennen und blieb vage, obwohl ich den exakten Zeitpunkt unserer Begegnung und unseres Gesprächs an jenem Abend ziemlich genau kannte.«

Wenn diese Aussage stimmte, würde dies Scotts Alibi für den Abend zunichte machen, da sie im Widerspruch zu Scotts eigenen Zeitangaben stand. Jedoch paßte Captain Unsworth' Aussage, derzufolge er sich gegen 20 Uhr im PMO mit Scott unterhalten habe, nicht zu einem früheren Bericht der Agenten Rodgers und Rivers, in dem stand, daß eine Verkäuferin der Apotheke in Dumfries sich erinnerte, Scott zwischen 19 Uhr 30 und 20 Uhr ein Fußmassagegerät verkauft zu haben.

Dieser Widerspruch in den Zeitangaben gewann besondere Bedeutung, als Rodgers und Lindner begannen umherzufahren und die Entfernungen und Fahrtzeiten zwischen Scotts Wohnung, Judy Connors' Apartment, dem PMO, der Stelle, an der Judy gefunden wurde, und den anderen Orten, an denen Scott sich nach eigener Aussage aufgehalten hatte, zu prüfen. Den Termin der zweiten Anhörung unter Vorsitz von Lieutenant Colonel Harry sehr deutlich vor Augen, überprüfte Lindner den Manager und die drei weiblichen Angestellten des Quikee's, die am Abend des 20. Dienst hatten. Der Manager bestätigte, daß sämtliche Angestellten an diesem Abend um 20 Uhr 50 Feierabend gemacht hätten. Lindner zeigte den drei weiblichen Angestellten Photos von Scott, aber keine konnte sich erinnern, ihn gesehen zu haben.

Er fand tatsächlich die von Scott erwähnte ›Pam‹, die am Getränkestand von Zayre's arbeitete. Sie sagte, sie hätte am Abend des 20. Dienst gehabt, als Lindner ihr jedoch ein Photo von Scott zeigte und fragte, ob sie ihn wiedererkenne, verneinte sie. Er fragte sie, ob sie sich erinnern könne, ihn am fraglichen Abend bedient oder mit ihm gesprochen zu haben. Sie erinnerte sich nicht.

Hierauf führte Lindner noch einige weitere Zeit/Entfernung-Messungen vom PMO zu Zayre's und zu Quikee's durch. Er kam zu dem Schluß, daß ›die Zeit nicht ausgereicht hätte, am Quikee's einzutreffen, bevor das gesamte Personal die Eisdiele verlassen hatte‹. Mit anderen Worten behauptete Lindner, daß Scott entgegen seiner Aussage keine Angestellten im Quikee's gesehen haben konnte, da sie zum Zeitpunkt seines Eintreffens bereits alle fort gewesen sein mußten. Hiermit nagelte er Scott mit einer weiteren angeblichen Lüge bezüglich seines Alibis fest.

Was offensichtlich bei all diesen Zeit/Entfernung-Überprüfungen fehlt, ist Scotts Einkauf in Dumfries, den der Bericht von Rodgers und Rivers zu bestätigen scheint. Lindner war von der Stelle ausgegangen, an der Judy aufgegriffen worden war, und nicht vom tatsächlichen Tatort (der nie gefunden wurde). Scott hatte, ob nun zu Recht oder zu Unrecht, das Gefühl, daß Lindner sich von Vorurteilen und Vermutungen leiten ließ. Aber der Ermittler stand unter Druck, und er hatte keinen Grund an Captain Unsworth' Aussage zu zweifeln, daß Scott um 20 Uhr im PMO gewesen war.

Lindner war nun ziemlich sicher, daß es ihm gelingen würde, aufgrund der Zeit/Entfernung-Meßergebnisse sowie seiner Gespräche mit den Angestellten von Quikee's und Pam von Zayre's, Scotts Alibi zu torpedieren. Jetzt wollte er mit unwiderlegbaren forensischen Beweisen die Hinweise auf Scotts Schuld untermauern.

Am 28. bat Special Agent Wardman den Direktor des FBI in Washington D. C. per Eilbrief offiziell um eine Laboruntersuchung. Wardman legte den Fall gegen Scott in groben Zügen dar und teilte mit, welche forensischen Beweise vorlägen. Wardman schrieb, daß Scott sich in Untersuchungshaft befände, der Richter ›hat jedoch zusätzliche forensische Beweise gefordert … Aufgrund der Schwere der Vergehen bitte ich darum, daß die Beweise so schnell als möglich untersucht werden … Sollten überzeugende Ergebnisse vor Abschluß sämtlicher Untersuchungen vorliegen, unterrichten Sie bitte den ermittelnden Agenten, dessen Name und Telefonnummer unten aufgeführt sind …

… Sämtliche Beweise werden persönlich dem FBI-Labor überbracht und auf gleiche Weise wieder dort abgeholt. Nach

Abschluß der Untersuchungen informieren Sie bitte Special Agent James F. Lindner.‹

Am 29. übergab Lindner dem forensischen Labor des FBI sämtliche Beweismittel, die der NIS zusammengetragen hatte: die Kleider des Opfers und jene Kleidungsstücke, die aus Scotts Wohnung stammten und von denen Lola behauptet hatte, sie glaube, Scott hätte sie am Abend des Verbrechens getragen; Blutproben von Scott und Judy Connors, Vaginalabstriche und Spermaproben, die am Opfer sichergestellt worden waren, Schamhaare und Speichelproben von Scott, alles, was aus seinen Wangen gesaugt worden war und was der NIS sonst noch für wichtig hielt.

Am 4. und 5. Mai (vor Beginn der Anhörung am 5.) wurde Lindner vom FBI angerufen. Der Agent gab ihm die vorläufigen Ergebnisse der Laboruntersuchungen durch. Keine guten Nachrichten für den NIS.

Es gab keine Querverbindungen von Haaren oder Fasern zwischen dem Verdächtigen und dem Opfer. Das Haar des Opfers stimmte nicht mit dem Haar überein, das im Fahrzeug gefunden worden war.

Es gab keine Übereinstimmung zwischen Fasern der Kleidung des Opfers und Fasern aus dem Staubsaugerbeutel und somit aus dem Wagen des Verdächtigen.

Die Untersuchung von Zigarettenkippen ergab, daß es sich nicht um die Marke des Opfers handelte.

Weder an den Kleidern noch an den Haarproben des Opfers oder des Verdächtigen wurden Spermaspuren gefunden. Die Untersuchung der Spermaproben ergab, daß die sichergestellte Spermamenge für eine Bestimmung der Blutgruppe nicht ausreichte.

Darüber hinaus teilte der FBI-Agent Lindner mit, daß die Untersuchung sämtlicher Gegenstände auf Blut sowie die jeweilige Blutgruppenbestimmung etwa zwei Wochen in Anspruch nehmen würden.

Der einzige Gegenstand, der Lindners Interesse weckte, war der Laborbericht, demzufolge auf der Innenseite des Pullovers des Opfers ein etwa fünf Zentimeter langes Haar negroiden Ursprungs gefunden worden war.

Sicher, das Haar war zu lang, um von Scott zu sein – aber stammte es vielleicht von Lola, Scotts Frau? Darauf, welche Verbindung zwischen Lola und dem Verbrechen bestanden haben sollte, ging Lindner in seinem schriftlichen Bericht nicht ein, aber er verschwendete keine Zeit, sich Lolas Erlaubnis zu beschaffen, eine Probe ihres Kopfhaares zu nehmen. Diese schickte er an das FBI-Labor, um sie mit dem Kopfhaar negroiden Ursprungs vergleichen zu lassen, das an Judys Pullover gefunden worden war.

Bei der Anhörung später an diesem Tag beantragte Scotts Zivilverteidiger Ervan Kuhnke Scotts Entlassung aus der Untersuchungshaft auf der Grundlage, daß es verfassungswidrig sei, ihn länger festzuhalten. Lieutenant Colonel Harry behielt sich seine Entscheidung vor, bis er den Beweisvortrag gehört hatte. Scotts militärischer Verteidiger Major Roach erschien gar nicht erst zu dieser zweiten Anhörung. Kuhnke führte keinerlei Beweise an und rief auch keine Entlastungszeugen auf.

Major Thomson von der Anklage verwies erneut darauf, daß Scott bei der Vorlage der Photos sowie bei der Gegenüberstellung vom Opfer identifiziert worden wäre, sowie auf die anderen Beweise, die schon bei der ersten Anhörung vorgelegt worden seien. Lieutenant Colonel Harry verlangte die forensischen Beweise. Lindner übergab ihm den Bericht des FBI-Labors, sich wohl bewußt, daß er negativ ausgefallen war oder zumindest nicht aufschlußreich. Jedoch hatte der NIS noch ein As im Ärmel, eine ›Bombe‹, in Anbetracht derer die negativen forensischen Beweise irrelevant würden: Captain Unsworth' Aussage, derzufolge Scott sich um 20 Uhr im PMO aufgehalten hatte. Major Thomson führte dies triumphierend an, da es Scotts Alibi zunichte machte, vor allem, da er zu keiner Zeit erwähnt hatte, an diesem Abend im PMO gewesen zu sein.

Lieutenant Colonel Harry forderte Scott auf, zu Captain Unsworth' Behauptung Stellung zu nehmen. Sichtlich verlegen und stammelnd gab Scott zu, im PMO gewesen zu sein, allerdings nur für einen Augenblick, um die Toilette zu benutzen. Er habe vergessen, dies bei der ersten Anhörung den

NIS-Agenten gegenüber zu erwähnen. Er fügte jedoch hinzu, daß er seiner Ansicht nach früher im PMO gewesen war, gegen 19 Uhr 20 und nicht erst um 20 Uhr, wie Captain Unsworth behauptete. Lieutenant Colonel Harry schien sich seine Version verständnisvoll anzuhören.

Am Ende der Anhörung, die etwa eine Dreiviertelstunde dauerte, beantragte Major Thomson, daß Scott in U-Haft verblieb, da er in der Gegend keine Bindungen besäße und Fluchtgefahr bestünde.

Lieutenant Colonel Harry lehnte den Antrag ab und verkündete seine Entscheidung: Er erklärte, daß, nachdem er zwei Wochen lang Beweise gehört und geprüft hätte, seiner Ansicht nach kein eindeutiger Beweis dafür hatte erbracht werden können, der Scott mit dem Verbrechen in Verbindung brachte. Die Ergebnisse der forensischen Untersuchung bewiesen gar nichts. Das Photo und die Gegenüberstellung ließen Raum für begründete Zweifel. Und da seiner Meinung nach bei Scott keine Fluchtgefahr bestünde, ordnete er Scotts Entlassung aus der Untersuchungshaft an.

Freude in Scotts Lager; Wut beim Quantico-Kommando.

Dies war die letzte richterliche Entscheidung von Lieutenant Colonel Harry in seiner Eigenschaft als Militärrichter. Am darauffolgenden Tag wurde er vom Commanding General Twomey seines Amtes enthoben. Harry betrachtet es heute noch als Rausschmiß. Die Marines behaupten, Harry habe schon zuvor seine Pensionierung beantragt, und das Timing wäre reiner Zufall gewesen.

Kapitel 4

Lieutenant Colonel Harry, der ehemalige Vietnam-Kampfhubschrauberpilot und Marineveteran mit zwanzig Jahren Dienstzeit, ließ den Befehl Twomeys, den er als Schlag ins

Gesicht betrachtete, nicht auf sich beruhen. Prompt schickte er ihm einen zornigen Protestbrief:

Sir,
Sie haben mich ohne Rechtsbeistand gekreuzigt und Corporal Scott ohne Prozeß verurteilt. Bitte gestatten Sie mir, die Gelegenheit wahrzunehmen, Ihnen die ›Beweise‹ zu nennen – und ich verwende diesen Begriff bewußt in Anführungsstrichen –, die mir in dieser Sache vorgelegt wurden.

Haftbericht ... das einzige Beweisstück von gewisser Glaubwürdigkeit, das jedoch nicht für sich allein als eindeutiger Beweis gewertet werden kann, da das Opfer bei der Gegenüberstellung nicht einen, sondern *zwei* Männer als möglichen Täter identifizierte.

Was die Aussage von Captain Unsworth betrifft, er sei Corporal Scott am fraglichen Abend zwischen 19 Uhr 55 und 20 Uhr 5 im PMO begegnet – er hat mir persönlich gesagt, es wäre 19 Uhr 30 gewesen. Demzufolge ist dieses Beweisstück nicht so belastend wie es scheint.

Die Berichte des FBI-Labors: Wie von den NIS-Agenten bestätigt, wurde nichts gefunden, das auf Corporal Scott oder sonst jemanden als Täter hinweist.

Die Anklage ... hat versucht, ihren Antrag, Scott in Untersuchungshaft zu belassen, damit zu begründen, daß der Corporal in der Gemeinde keinerlei Bindungen habe. Dies entbehrt jeder Grundlage, da seine schwangere Frau ebenso hier lebt wie sein Rechtsanwalt Mr. Kuhnke und darüber hinaus seine eigene Familie und die seiner Frau hinter ihm stehen.

Wenn Sie meine ehrliche Meinung hören wollen: Der Fall stinkt, und die Anklage arbeitet schlampig. Ich war der Ansicht, Corporal Scott weiter in U-Haft zu belassen, könnte für Sie und das gesamte Marinekorps unangenehm werden und sich darüber hinaus bei jedem Vorwurf, der möglicherweise irgendwann in der Zukunft gegen Corporal Scott erhoben werden könnte, als schädlich erweisen.

Ich maße mir nicht an darüber zu urteilen, ob Corporal Scott schuldig ist oder nicht; darüber wird entschieden, wenn und falls er vor einem Militärgericht angeklagt wird. Ich verweise jedoch darauf, daß wir uns an die bestehende Rechtssprechung halten müssen ... die da lautet: ›In Fällen, in denen der Militärrichter aufgrund der vorgelegten Beweise der Ansicht ist, daß weitere Ermittlungen notwendig sind, müssen weitere Informationen zum vorliegenden Fall erbracht werden. Jedoch darf keinesfalls die Entscheidung bezüglich der Entlassung des Militärangehörigen aus der Untersuchungshaft von der ersten Anhörung an unangemessen hinausgezögert werden.‹ Ich habe die Entscheidung acht Tage hinausgeschoben, um der Anklage Gelegenheit zu geben, handfeste Beweise zu erbringen, wozu sie jedoch nicht in der Lage war.

Auch heißt es im Gesetz weiter: ›Fehlen eindeutige Beweise, die für eine Belassung des Verdächtigen in Haft unter bestehendem Militärgesetz sprechen, hat der Soldat ein Anrecht auf Entlassung aus der Untersuchungshaft.‹

... Zusammenfassend habe ich mich während der acht Tage, die ich auf die Laborergebnisse gewartet habe, mit diesem Fall gequält. Da kein einziger eindeutiger Beweis für Corporal Scotts Schuld vorgebracht werden konnte, hielt ich es für meine Pflicht, ihn aus der Untersuchungshaft zu entlassen.

Darum ersuche ich Sie höflichst, Ihren Befehl vom 6. Mai 1983, mit dem Sie Major Dorman zum Military Magistrate Traffic-Court Officer ernannt haben, zu widerrufen.

Major General Twomey kam dieser Bitte nicht nach. Genaugenommen schenkte er ihr keinerlei Beachtung. Kurze Zeit später wurde Lieutenant Colonel Harry gezwungen, den Dienst beim Marineinfanteriekorps zu quittieren und in den Ruhestand zu gehen.

Wie erwartet leugnete die Führungsspitze von Quantico Lieutenant Colonel Harrys Vorwürfe. Der Militärgerichtsrat behauptete, es wäre purer Zufall, daß Major General Twomey Harry am Tag nach seiner richterlichen Entscheidung, Scott aufgrund mangelnder Beweise aus der Untersuchungshaft zu entlassen, abberufen und seinen Posten neu besetzt habe. Harrys Pensionierung habe unmittelbar bevorgestanden, sagte er. Man habe kurzfristig Ersatz gebraucht, und Major Dorman sei sofort verfügbar gewesen.

Jedoch sollten die Marines noch von Lieutenant Colonel Harry hören. Und nicht nur die Marines.

Interessanterweise war dies nicht das erstemal, daß Major General Twomey in eine ernste Kontroverse verstrickt war. 1975, als er noch Colonel und Generalstabschef des Marine Recruit Depot in San Diego war, kam es zu einem Skandal, als ein junger Rekrut bei einer Übung ums Leben kam und ein Ausbilder wegen Totschlags vor das Militärgericht gestellt wurde.

Lynn McClure war ein eins fünfundsiebzig großer, einhundertfünfzehn Pfund leichter Außenseiter in San Diego. Er schaffte es auf der Schule nicht weiter als bis zur zehnten Klasse. Von der Army und der Air Force abgelehnt, mit einem Vorstrafenregister und einem vorangegangenen Aufenthalt in einer psychiatrischen Anstalt, wurde er trotz allem in das Marineinfanteriekorps aufgenommen. Kurz nach seinem Dienstantritt in San Diego entfernte er sich unerlaubt von der Truppe. Nachdem er gefaßt worden war, steckte man ihn in eine ›Besserungseinheit‹ und anschließend in eine ›Motivationseinheit‹, die speziell für schwierige Rekruten gedacht waren. Eines Tages befahl ihm der Ausbilder einen Kampf mit einem anderen Marine – als Waffen dienten lange, gepolsterte Stangen, die beim Bajonetttraining eingesetzt wurden. Diese Kämpfe waren so anstrengend und unter Umständen auch schmerzhaft, daß in den Vorschriften verankert war, daß niemand mehrere dieser Übungskämpfe hintereinander austragen dürfe. Aber McClure wurde gezwungen, gegen mehrere Gegner hintereinander anzutreten, Gegner, die im Durchschnitt doppelt so schwer waren wie er. Er bezog anständig Prügel, bis er schließlich nach einem besonders schweren Schlag bewußtlos zu Boden ging und in ein Koma fiel, aus dem er nicht mehr erwachte. Drei Monate später starb er.

Der ausbildende Sergeant wurde wegen fahrlässiger Tötung vor ein Militärgericht gestellt. Die Geschworenen befanden ihn nicht schuldig.

Die Umstände von McClures Tod führten zu bundesweiten Protesten bezüglich der Rekrutierung und Ausbildung bei der Marineinfanterie. Das House Armed Services Committee untersuchte den Fall. Colonel Twomey, der von dem Skandal unberührt blieb, wurde zum Brigadier General und Assistant Commander von San Diego befördert. Er versprach Reformen. McClures Tod, sagte er, wäre ein ›dunkler Fleck in der Geschichte des Korps ... ein dunkler Fleck in meiner Karriere, weil ich zur damaligen Zeit Generalstabschef war‹.

Auch hatte der Zulauf damals stark nachgelassen, so daß den Marines die Rekruten ausgingen. Um die Quote zu erfüllen, begannen die Marines, Freiwillige anzunehmen, die von anderen Zweigen des Militärs abgelehnt worden waren, Männer, die häufig nur eine mangelhafte Schulbildung besaßen und nicht unbedingt für die harte Grundausbildung der Marineinfanterieeinheit geeignet waren. Männer wie Lynn McClure. Sie waren schwer auszubilden, schwer zu disziplinieren. Viele von ihnen gaben auf. Die Marines waren nicht glücklich über die hohen Ausfallraten. Twomey war nicht glücklich.

Er wollte aus den rohen Rekruten, die ihm geschickt wurden, so viele Marines wie möglich machen. Also startete er das, was er ›einen letzten Versuch‹ nannte.

Er führte einen Strafkatalog ein: Rekruten, die gegen die Disziplin verstießen und/oder Befehle verweigerten, wurden in Hand- und Fußschellen gelegt und gezwungen, den Helm auf dem Kopf, den ganzen Tag in praller Sonne zu stehen.

»Ich hätte das nicht tun sollen«, gestand Twomey später in einem Interview mit der *Washington Post.* »Das war gesetzwidrig ... Ich wußte nicht, daß es gegen die Vorschriften verstieß.«

Dennoch wurde Twomey erneut befördert. Diesmal sollte er das Oberkommando über den größten Marineinfanteriestützpunkt der Vereinigten Staaten übernehmen. Er traf als der Inbegriff des stahlharten Marineinfanteriegenerals in Quantico ein, ein Mann mit Biß und klarem Blick, ein Kommandeur, der ein straffes Regiment führte. Er hatte die Zügel fest in der Hand und ließ hieran auch keinen Zweifel aufkommen. Colonels, die auf den ersten Brigadier-Stern an ihrem Kragen aus waren, Majors, die eine Beförderung zum Lieutenant Colonel anstrebten, ja, jeder Offizier auf dem Stützpunkt, der aufsteigen wollte, war sich der Macht des Commanding General bewußt, seine Karriere zu fördern oder zu zerstören.

Major General Twomey widerrief Lieutenant Colonel Harrys Entscheidung, Lindsey Scott aus der Untersuchungshaft zu entlassen, nicht. Andererseits setzte er ihn auch nicht auf freien Fuß. Er verbot ihm, den Stützpunkt zu verlassen. Scott beschwerte sich bei seinem Bataillonskommandanten, Lieutenant Colonel Hemming und führte an, seine Frau mache eine schwierige Schwangerschaft durch, die durch die stressige Situation noch erschwert würde, und brauchte zu Hause seine Hilfe. Hemming wies ihn ab. Tage später erkrankte Lola Scott und wurde in ein Krankenhaus eingeliefert. Erst jetzt gab Hemming nach. Er stellte Scott unter Hausarrest. Er schränkte Scotts Bewegungsfreiheit auf die Strecke zwischen dem Stützpunkt und seiner Wohnung ein.

Als Lola einige Zeit später wieder nach Hause durfte, setzte Hemming jedoch den Befehl wieder in Kraft, der es Scott verbot, das Stützpunktgelände zu verlassen. In derselben Nacht erlitt Lola erneut schwere Blutungen und mußte wieder ins Krankenhaus gebracht werden. Scott legte Hemming Briefe von den Ärzten vor, denenzufolge Lola sich zu Hause unter keinen Umständen anstrengen dürfe, möglichst im Bett bleiben solle und auf die Hilfe ihres Mannes angewiesen sei. Hemming erklärte sich einverstanden, ihn wieder unter Hausarrest zu stellen. Ob er sich daran hielt wurde durch häufige Anrufe kontrolliert. Darüber hinaus wurde Scott angewiesen, mehrmals am Tag und im Verlauf des Abends seine Vorgesetzten anzurufen und mitzuteilen, wo er sich befände. Scott war wütend und empfand dies als reine Schikane.

Derweil wurden die Ermittlungen des NIS unermüdlich weitergeführt. Agenten suchten überall nach etwas, das als wasserdichter Beweis gegen Scott gelten konnte.

NIS-Agent Lindner fuhr zum Hardee's, dem Fast-food-Restaurant, in dem Judy Connors bis zum Tag des Verbrechens gearbeitet hatte. Der Agent wußte, wie wichtig es war, die Berichte über das Opfer ebenso sorgfältig zu führen wie jene über den Verdächtigen. Zufällig hatte Judy Connors an eben jenem Nachmittag, an dem sie Opfer der Vergewaltigung und des Mordversuches geworden war, ihre Stelle gekündigt. Lindner hatte sie erzählt, sie wäre die Arbeitszeiten leid gewesen. Der NIS-Agent befragte einige ihrer Kollegen. Sofern er etwas Interessantes herausfand, vermerkte er es nicht in seinem schriftlichen Bericht.

Immer noch fehlte es den Ermittlern an handfesten forensischen Beweisen. Lindner beschloß, Judy Connors' und Scotts Schuhe ins FBI-Labor zu schicken, um sie ›auf ungewöhnliche Rückstände untersuchen zu lassen, die möglicherweise übereinstimmten‹.

Das Ergebnis der Laboruntersuchung war negativ. Ebenso wie das Ergebnis der Laboruntersuchung des Kopfhaares negroiden Ursprungs, das an Judys Pullover gefunden worden war – es konnte keine Übereinstimmung mit dem Haar von Scotts Frau festgestellt werden. Die Bedeutung dieser Untersuchungen wurde in keinem offiziellen NIS-Bericht erwähnt. Wenn das Haar weder von Lola noch von Scott stammte, von wem dann?

Während er unter Hausarrest stand, hatte Scott weiter mit seinem Alptraum zu kämpfen. Lola war sichtlich deprimiert und litt unter häufigen Weinkrämpfen. Während des Dienstes auf dem Stützpunkt wurde Scott von seinen Kameraden geschnitten. Die Zeitung von Quantico berichtete über den Fall, und Scott spürte die anklagenden Blicke und die Kälte, die ihm überall entgegenschlug. Jeden Tag rief er seinen Anwalt Ervan Kuhnke an und erkundigte sich nach dem Stand der Dinge: würde er vor ein Militärgericht gestellt werden, überprüfte der Anwalt die potentiellen Zeugen, die er, Scott, ihm genannt hatte. Kuhnke sagte ihm, er solle sich keine Sorgen machen, seiner Ansicht nach hätte die Regierung nicht genug in der Hand, ihn anzuklagen.

Die Marines sahen das anders. Am 26. Mai 1983, fünf Wochen nach dem Verbrechen, klagte das Marineinfanteriekorps Corporal Lindsey Scott offiziell der Entführung, der Vergewaltigung, des erzwungenen Oralverkehrs und des versuchten Mordes an und erklärte, der Fall würde vor einem Militärgericht und somit laut Uniform Code of Military Justice verhandelt werden, der für diese Art Verbrechen die Möglichkeit einer Verurteilung zur Todesstrafe vorsieht.

Erst sollte jedoch das nächste Stadium des Falles Vereinigte Staaten gegen Scott eintreten: eine Anhörung gemäß Artikel 32 am 1. Juni. Eine Artikel-32-Anhörung dient dazu, eine Empfehlung dahingehend zu erbringen, ob Anklage vor einem Militärgericht erhoben werden soll, ähnlich der zivilen Grand Jury (Anklagejury, die sich aus auf Zeit ernannten Bürgern zusammensetzt und die öffentliche Anklage ablehnt oder für recht befindet; Anmerkung des Übersetzers). Während jedoch bei einer zivilen Grand Jury die Argumente von Anklage und Verteidigung zwölf Juristen vorgetragen werden, wird eine Artikel-32-Anhörung von einer Einmannjury bestimmt, die in Scotts Fall vom Stützpunktkommandanten Major General Twomey bestellt wurde.

Der Investigating Officer Major Richard E. Quellette wurde von Twomey bestellt, die Aufgabe dieser Einmannjury zu übernehmen. Die Marines wurden erneut von Major Donald Thomson vertreten, Scott von Kuhnke und Major Roach.

Major Quellette sagte, er wolle vorab einige Bemerkungen zu seiner persönlichen Stellung in diesem speziellen Fall abgeben. Er sagte, er habe erst an diesem Morgen den Namen des Verdächtigen erfahren, wenngleich er drei Wochen zuvor gebeten worden sei, bei der Artikel-32-Anhörung als Investigating Officer zu fungieren (eine bedeutsame Tatsache, da dies darauf schließen läßt, daß der Commanding General unabhängig vom Ausgang der Anhörung vor dem Militärrichter einen Prozeß vor dem Militärgericht anstrebte). Major Quellette fügte hinzu, daß er zwar wisse, daß in der stützpunkteigenen Zeitung über den Fall berichtet worden wäre, er den Artikel jedoch nicht gelesen habe. Er sagte, er habe gehört, »daß es bei diesem Fall um eine Frau geht, die Opfer einer mutmaßlichen Vergewaltigung wurde … daß ein Verdächtiger identifiziert worden ist, daß die Beweislage dünn ist, der Verdächtige nicht in Untersuchungshaft einsitzt und aufgrund dessen eine gewisse Unzufriedenheit herrscht. Dies alles habe ich vom stellvertretenden Militärgerichtsrat erfahren.«

Major Thomson erklärte, daß er nur zwei Zeugen anrufen werde, das Opfer Judy Connors und den ermittelnden Agenten James Lindner.

Um sicherzugehen, daß Major Quellette einen Prozeß vor dem Militärgericht befürwortete, mußte Major Thomson als erstes Judy Connors sehr sorgfältig und ausführlich befragen, wobei er aus rechtlichen Gründen sämtliche intimen Einzelheiten des Überfalls ans Licht brachte, um zu beweisen, daß eine Vergewaltigung im Sinne der Anklage überhaupt stattgefunden hatte.

Die Artikel-32-Anhörung als Präludium des Militärgerichtsprozesses ist wichtig genug, größere Abschnitte an dieser Stelle wiederzugeben, wobei einige Stellen dem Protokoll entnommen sind. Tatsächlich führten Anklage und Verteidigung exakt dieselben Beweise und Argumente an, die sie auch im Verlauf des eigentlichen Prozesses vortragen sollten. Der Investigating Officer konnte sich durchaus gegen eine Anklageerhebung vor einem Militärgericht aussprechen.

Im Zeugenstand sagte Judy, die immer noch eine Halskrause trug und deren Narben und andere Wunden noch deutlich sichtbar waren, daß sie, obgleich sie noch verheiratet sei, derzeit bei ihren Eltern in Columbus, Ohio, wohne und sich dort eine Arbeit gesucht habe (in Quantico ging das Gerücht um, sie habe sich von ihrem Mann Kevin getrennt).

Als sie die Ereignisse vom Abend des 20. April erzählte, sagte sie nun, daß gegen 20 Uhr 15 das Telefon zweimal geklingelt habe, sich jedoch niemand gemeldet hätte, als sie an den Apparat gegangen sei. Beim dritten Anruf habe ihr ein Mann, der sich als MP ausgab, mitgeteilt, daß ihr Mann einen schweren Autounfall gehabt habe und ins Krankenhaus von Camp Upshur gebracht worden sei. Der Mann habe gefragt, ob sie allein wäre. Sie habe bejaht und gefragt, ob sie jemand abholen könne. Der Mann habe entgegnet, er würde jemanden vom CID vorbeischicken.

Judy sagte, er hätte sie gebeten, in zwei Minuten draußen auf dem Parkplatz bei ihrem Wagen zu warten.

Judy erzählte weiter, daß sie sich schnell umgezogen habe, in Pullover und Mantel geschlüpft und hinaus auf den Parkplatz gelaufen sei. Zu ihrer Linken sei ihr ein Wagen mit laufendem Motor aufgefallen. Der Wagen wäre rückwärts auf sie zugefahren, hätte gehalten, und der Fahrer habe sie gefragt, ob sie Mrs. Connors wäre. Sie habe bejaht, und bevor sie eingestiegen sei, gefragt, ob er vom CID sei, was er bestätigt habe.

Auf Major Thomsons Fragen antwortend, beschrieb sie die Fahrt – vom Parkplatz auf die Fuller Heights Road und auf die Route 619. Von der 619 bog der Fahrer nach links in eine dunkle Straße ein, die durch den Wald führte. Sie erzählte, daß sie nach einer Weile den Eindruck gehabt hätte, er habe sich verfahren. Er brachte den Wagen auf einem unbefestigten Weg zum Stehen, wühlte in einem Eimer auf dem Rücksitz und erklärte, er suche nach seinem Funkgerät.

(Das folgende ist ein Ausschnitt aus dem Protokoll).

> F. Sie haben einen Eimer erwähnt. Wie hat dieser Eimer ausgesehen?
> A. Er war rund und ziemlich groß. Er war nicht aus Plastik, während er darin herumwühlte, hörte ich nämlich ein Klappern, als Gegenstände gegen den Rand stießen.

Der Eimer war nicht tief, aber rund und ziemlich groß.

F. Was hatte er für eine Farbe?

A. Es war dunkel. Soweit ich es erkennen konnte, handelte es sich um einen Metalleimer.

F. Was geschah als nächstes?

A. Er schien wütend, daß er sein Funksprechgerät nicht finden konnte, drehte sich wieder nach vorn, startete den Wagen und wir fuhren noch ein Stück weiter, bis wir an eine Stelle kamen, wo er … mir kam es vor wie eine kleine unbefestigte Parkfläche mitten im Nirgendwo.

F. Und was geschah dann?

A. Er schaltete den Motor ab, stellte die Scheinwerfer aus und sagte: ›Da sind wir.‹

F. Und was geschah dann?

A. An diesem Punkt wußte ich, daß etwas nicht stimmte, und als erstes versuchte ich die Tür zu öffnen und auszusteigen. Aber noch bevor ich … kaum daß ich eine Hand an der Tür hatte, packte er meinen Arm und sagte: ›Laß das. Ich habe das hier.‹ Ich wandte mich ihm zu und sah, daß er ein Messer in der Hand hielt.

F. Wie sah das Messer in etwa aus?

A. Ich habe nur die Klinge gesehen – ich habe die Klinge schimmern sehen. Es war kein kleines Taschenmesser. Es sah länger aus. Die Klinge war ziemlich lang.

F. Und was geschah dann?

A. Ich habe ihn immer wieder angefleht, mir nichts zu tun. Ich wußte, daß er mir etwas antun wollte, und ich habe ihn einfach immer wieder angefleht, mir nicht weh zu tun. Er sagte, ich solle nicht in Panik geraten. Er sagte: ›Sei still. Kein Wort mehr.‹ Dann öffnete er seine Hose und befahl mir …

F. Erzählen Sie weiter.

A. Er sagte mir, was ich tun sollte. Er befahl mir, mit der Hand seinen Penis zu reiben.

F. Haben Sie getan, was er Ihnen befohlen hat?

A. Ja, Sir.

F. Was geschah dann?

A. Nach ein oder zwei Minuten sagte er ›Okay‹ und

befahl mir, sein Glied in den Mund zu nehmen.
F. Haben Sie diesen Befehl befolgt?
A. Ja, Sir.
F. Was geschah dann?
A. Nach einigen Minuten sagte er ›Okay‹ und forderte mich auf, mich aufzurichten. Er hielt noch das Messer in der Hand und sagte, ich solle meine Hose ausziehen, mich zur Seite drehen und meine Beine auf den Sitz legen.
F. Hat er, während er Sie zum oralen Sex zwang, irgend etwas gesagt?
A. Er hat mir nur Anweisungen gegeben und gesagt, ich solle den Mund halten.
F. Was geschah dann?
A. Er hat seine Hose heruntergezogen. Er hielt das Messer in der Hand und vergewaltigte mich.
F. Mrs. Connors, erzählen Sie uns – ich weiß, wie schwer das für Sie ist – erzählen Sie uns genau, was er getan hat.
A. Er ist in mich eingedrungen.
F. Hat er seinen Penis in ihre Vagina eingeführt?
A. Ja, Sir.
F. Erinnern Sie sich daran, was für Sitze er in seinem Wagen hatte?
A. Es waren durchgehende Sitze.
F. Als er Sie zum Sex gezwungen hat, hielt er da das Messer noch in der Hand?
A. Ja, Sir.
F. Und wie lange hat der Verkehr gedauert?
A. Etwa fünf bis acht Minuten.
F. Haben Sie während Ihrer Unterhaltung mit ihm eingewilligt, Sex mit ihm zu haben?
A. Nein, Sir.
F. Hat er Sie zum Verkehr gezwungen?
A. Ja, Sir.
F. Als er sie zum Oralsex gezwungen hat, sie gezwungen hat, seinen Penis in den Mund zu nehmen, hat er da Gewalt angewendet?
A. Ja, Sir.

Hier beschrieb Judy, wie der Mann ihr hinterher befahl, aus dem Wagen zu steigen. Er führte sie in den Wald, befahl ihr, sich hinzulegen, kniete sich neben sie und fing an, sie zu würgen. Er würgte sie immer fester, bis sie schließlich das Bewußtsein verlor. Als sie wieder zu sich kam, wurde ihr bewußt, daß der Mann, der jetzt mit dem Messer in der Hand über ihr stand, auf ihren Hals eingestochen hatte. Da habe der Mann gelacht, sagte sie, ein tiefes, leises Lachen. Dann ging er weg. Sie hörte die Wagentür zuschlagen und den Wagen wegfahren. Sie sagte, sie glaube, für einige Minuten erneut das Bewußtsein verloren zu haben. Schließlich sei sie aufgestanden und in Richtung Straße gelaufen.

Sie wollte einen vorbeifahrenden Wagen anhalten, hatte jedoch Angst, daß der Mann zurückkommen könnte, und so ließ sie erst zwei Wagen vorbei, ehe sie dann den dritten anhielt.

Major Thomson forderte Judy auf, den Wagen des Mannes, der sie überfallen hatte, möglichst genau zu beschreiben, von innen und außen, so wie sie sich von jenem Abend her an ihn erinnere. Dann:

F. Haben Sie seit jenem Abend einen Wagen gesehen, der so aussah wie der des Mannes, der über Sie hergefallen ist?
A. Ja, Sir.
F. Und erinnern Sie sich, wann das war?
A. Ja, Sir.
F. Und wann war das?
A. Das war, nachdem ich mit den Ermittlern der Marineinfanterie gesprochen hatte. Ich glaube, es war Mr. Wardman, der mich zu dem Wagen gefahren hat, der irgendwo in der Nähe des PMO stand. Ich glaube, auf dem Parkplatz gegenüber.
F. Können Sie den Mann, der Sie überfallen hat, beschreiben?
A. Ja, Sir.
F. Würden Sie ihn bitte beschreiben?
A. Es war ein Schwarzer. Er trug eine Brille.

F. Was für eine Art Brille?

A. Die Gläser schienen mir nicht getönt zu sein. Sie sahen deutlich größer aus als die, die vom Militär ausgegeben werden. Das ist in etwa alles, woran ich mich hinsichtlich der Brille erinnere.

F. Fahren Sie bitte mit Ihrer Beschreibung fort.

A. Er schien mir zwischen drei- oder vierundzwanzig und achtundzwanzig zu sein. Er war gepflegt. Etwa einssiebzig groß. Er war weder dick noch dünn. Mittelschwer, würde ich sagen.

F. Mrs. Connors, ist dieser Mann im Gerichtssaal anwesend?

A. Ja, Sir.

F. Würden Sie bitte auf ihn zeigen und beschreiben, auf wen Sie zeigen?

(Die Zeugin zeigt auf den Verdächtigen)

F. Würden Sie bitte beschreiben, auf wen Sie zeigen?

A. Seinen Namen?

F. Wie er aussieht.

A. Schwarzes Haar, Brille, die gleiche Statur, das gleiche geschätzte Alter und die gleichen Gesichtszüge.

Major Quellette: Vermerken Sie im Protokoll, daß die Zeugin auf den Angeklagten gezeigt hat.

Während seines Kreuzverhörs von Judy Connors stellte Kuhnke ihr Fragen nach den Anrufen, den Lichtverhältnissen auf dem Parkplatz von Spanish Gardens und ihrer Identifizierung von Scotts Wagen. An dieser Stelle erhielt er einen Widerspruch zu Agent Wardmans Aussage zu ihrer Identifizierung. Nachdem Judy Fragen bezüglich der Fahrt mit Wardman über das Stützpunktgelände, im Laufe derer sie sich die Wagen angesehen hatten, beantwortet hatte, fragte Kuhnke:

F. Haben Sie sich das Innere irgendeines anderen Wagens angesehen?

A. Nein, nur das dieses einen.

F. Sie haben sich also nur den Wagen auf dem Parkplatz

vor dem PMO von innen angesehen?
A. Ich glaube nicht, daß wir aus dem Wagen gestiegen sind. Mr. Wardman hat uns um den Parkplatz herumgefahren, aber ich kann mich nicht erinnern, ausgestiegen zu sein.

(In seiner Aussage hatte Wardman behauptet, sie hätte in Scotts Wagen gesehen und wäre dabei ›sichtlich nervös‹ geworden. Außerdem hätte sie Einzelheiten wie die Tankanzeige, den Aschenbecher und das Innere ganz allgemein als mit dem des Wagens ihres Angreifers übereinstimmend bezeichnet.)

Kuhnke fuhr fort und kam auf die Beleuchtung innerhalb des Wagens am Abend des Verbrechens zu sprechen.

F. Während Sie sich in dem Wagen befanden, war es die ganze Zeit über dunkel, oder?
A. Ja, Sir.
F. Die Innenbeleuchtung war zu keinem Zeitpunkt eingeschaltet?
A. Nein, Sir.
F. Ist es dann richtig, daß bis auf den kurzen Augenblick, als Sie abgeholt wurden, die Lichtverhältnisse die ganze Zeit über sehr schlecht waren?
A. Nein, Sir.
F. Nun, Sie konnten aber den Mann nicht deutlich sehen, oder?
A. Nein, Sir.
F. Könnte das die Schwierigkeiten erklären, die Sie bei der Vorlage der Photos und später bei der Gegenüberstellung hatten, den Mann eindeutig zu identifizieren?
A. Ja, das und die Tatsache, daß ich während ich noch glaubte, wir würden zum Camp Upshur fahren, nach vorn durch die Windschutzscheibe gesehen habe.
F. Hmmmm.
A. Neunundneunzig Prozent der Zeit.

Nachdem Judy auf seine Fragen hin erklärt hatte, sie habe während der Fahrt zwei oder drei Zigaretten geraucht und im Aschenbecher ausgedrückt, fragte Kuhnke Judy nach dem Messer, der Kleidung des Vergewaltigers, der Farbe seiner Jacke, der Art Brille, die er getragen hatte, und seiner Haarlänge. Wieder stellte Kuhnke ihre Identifizierung von Scott in Frage.

F. Als Sie … der Mann, der Sie überfallen hat … Sie sagten, er hätte kurzes Haar gehabt?
A. Ja, Sir, das ist richtig.
F. Und Sie haben bei der Gegenüberstellung zwei Männer als mutmaßliche Täter identifiziert?
A. Ja, Sir.
F. Und Nummer sechs hatte längeres Haar als Nummer fünf?
A. Ja, Sir.
F. Und aus diesem Grund … Ist das der Grund, weshalb Sie anfänglich Nummer sechs für den Mann hielten, der Sie überfallen hat?
A. Nein, die erste Person … die erste Nummer, die ich genannt habe, war die Nummer fünf. Dann erst habe ich gesagt: ›Aber sein Haar sieht zu kurz aus.‹ So wie ich mich erinnerte, war sein Haar am Abend der Tat länger als bei der Gegenüberstellung.
F. Ich bitte Sie, sich diesen Mann jetzt genau anzusehen (zeigt auf den Angeklagten). War er die Nummer fünf oder die Nummer sechs?
A. Nummer fünf.
F. Sehen Sie ihn sich bitte noch einmal an. Ist sein Haar länger oder kürzer als das des Mannes, der Sie überfallen hat?
A. Kürzer.

Kuhnke fuhr in dieser Art noch eine Weile fort und stellte weitere Fragen zu Haarlängen und der Gegenüberstellung. Dann:

F. Sie würden also sagen, daß das Haar des Mannes, der Sie überfallen hat, länger war als das?
(Zeigt wieder auf den Angeklagten)

A. Ein bißchen länger.

F. Haben Sie erwähnt, daß Sie sich nicht ganz sicher wären, weil Sie den Täter nicht deutlich genug gesehen hätten?

A. Ich habe gesagt, daß ich ihn nicht deutlich genug gesehen hätte, um zweifelsfrei behaupten zu können, daß ich an diesem Punkt absolut sicher wäre, daß er es gewesen sei. Ich habe bei der Gegenüberstellung gesagt: ›Er sieht aus wie er.‹ Ich habe gesagt: ›Sein Haar ist zu kurz‹ und daß ich absolut sicher sein wolle.

F. Nun, es ist wichtig, daß Sie sich absolut sicher sind, vor allem jetzt, da das Leben dieses Mannes auf dem Spiel steht. Sie sind sich dessen bewußt?

A. Ja, Sir.

F. Ich weiß, daß Sie keinen Fehler machen wollen, nicht wahr?

A. Nein, das will ich nicht.

F. Sie sind nicht hundertprozentig sicher, daß dies der Mann ist, der Sie überfallen hat, oder?

A. Ich bin ziemlich sicher, daß das der Mann ist, der mich überfallen hat.

F. Sie sind sich ziemlich sicher, aber nicht hundertprozentig sicher?

A. Er sieht aus wie er.

F. Aber Sie sind sich nicht hundertprozentig sicher?

A. Ich habe den Mann nicht deutlich genug gesehen, um behaupten zu können: ›Das ist er eindeutig und ohne jeden Zweifel.‹ Ich habe ihn an diesem Abend aber deutlich genug sehen können, um zu sagen, daß dieser Mann dort genauso aussieht wie er.

F. Er sieht aus wie er?

A. Ja, und ich glaube, daß er es gewesen ist.

F. Sie glauben, daß er es gewesen ist, aber Sie sind nicht sicher, nicht absolut sicher, daß er es gewesen ist?

A. Ich bin so sicher, wie ich es in Anbetracht der Umstände sein kann.
F. Sie sind also nicht absolut sicher. Bei der Vorlage der Photos waren Sie sich da absolut sicher?
A. Nein, Sir. Ich war mir bei der Vorlage der Photos nicht absolut sicher.
F. Und Sie sind sich auch jetzt nicht absolut sicher?
A. Er sieht aus wie der Mann, ja.
F. Aber Sie sind nicht absolut sicher, daß das der Mann ist, der Sie überfallen hat, oder?
A. Nein, Sir, nicht ohne …
F. Als Sie auf Major Thomsons Frage ›Sehen Sie diesen Mann in diesem Gerichtssaal‹ mit ›Ja‹ geantwortet und auf ihn gezeigt haben, waren Sie sich also nicht absolut sicher, daß er der Täter war, richtig?
A. Ich bin so sicher, wie ich mir in Anbetracht der Umstände sein kann, daß dies der Mann ist, der mich vergewaltigt hat, aber … bei der Vorlage der Photos wollte ich … ich wollte ganz sicher sein, verstehen Sie. Ich habe gesagt: ›Ich will absolut sicher sein‹, und ich habe gesagt: ›Dieser Mann sieht genauso aus wie der Mann, der mich überfallen hat‹. Soweit ich den Mann an diesem Abend gesehen habe, würde ich sagen, daß er es gewesen ist.
F. Sie haben ihn zwanzig oder dreißig Minuten in dem dunklen Wagen gesehen?
A. Ja.
F. Sie haben ihn höchstens zwanzig oder dreißig Minuten in einem dunklen Wagen gesehen?
A. Ich habe ihn nicht die ganze Zeit angestarrt, aber ab und zu habe ich ihn angesehen, sein Gesicht.
F. … Ihnen sind keine besonderen Merkmale an ihm aufgefallen? Narben, ein abgebrochener Zahn oder etwas in der Art?
A. Nein, Sir.
F. Sie erinnern sich an keine Auffälligkeit bezüglich seiner Zähne, ist das richtig?
A. Ja, Sir.

Kuhnke hatte keine weiteren Fragen.

Major Quellette und anschließend Major Thomson befragten Judy kurz, und nachdem weder Thomson noch Kuhnke weitere Fragen hatten, entließ Major Quellette Judy aus dem Zeugenstand und sagte ihr, sie brauchte nicht in der Nähe zu bleiben und könne nach Hause, zurück nach Ohio, fahren.

Inzwischen war es 12 Uhr 10. Major Quellette vertagte die Anhörung auf 14 Uhr. Um diese Zeit sollte auch Special Agent James Lindner in den Zeugenstand gerufen werden.

Kapitel 5

Special Agent Lindner, ein wichtiger Zeuge der Anklage, stellte sich als der ermittelnde Beamte im Fall Scott vor. Zu Beginn seiner Schilderung der Ereignisse erwähnte er gleich, fast beiläufig, daß man in dem Krankenhaus, in das Judy von der MASH-Einheit aus gebracht worden war, der Ansicht gewesen sei, ihre Verletzungen wären zu ernst für die ansonsten in solchen Fällen übliche gynäkologische Untersuchung auf Spuren einer Vergewaltigung. Lindner sagte, er habe den NIS-Agenten in Bethesda angerufen und darum gebeten, dafür zu sorgen, daß dort eine gründliche Untersuchung auf Vergewaltigung durchgeführt würde. Was diese Behauptung so wichtig macht, ist der Umstand, daß bislang niemand – schon gar nicht die Verteidigung – verlangt hatte, den Arztbericht vom Bethesda Naval Hospital einzusehen. Was immer dieser Bericht bezüglich einer Vergewaltigung ergeben – oder nicht ergeben – haben könnte, bleibt im chronologischen Kontext des Falles gegen Lindsey Scott rein hypothetisch. Dennoch handelt es sich um ein strittiges Beispiel fragwürdiger Vorgehensweise beider Seiten in einem Fall, bei dem ein Schuldspruch für den Angeklagten die Todesstrafe bedeuten konnte.

Lindner führte seine Aussage mit einer detaillierten

Erläuterung seiner Zeit/Entfernung-Studien fort, die, wie er behauptete, Scotts Alibi widerlegten. Jedoch ging er hierbei davon aus, daß Scott sich um 20 Uhr im PMO aufgehalten hatte und zitierte diesbezüglich Captain Unsworth. Ob Lindner von Lieutenant Colonel Harrys Brief an Major General Twomey wußte ist an dieser Stelle irrelevant. So oder so konnte er sicher sein, wessen Aussage vor einem Militärgericht größeres Gewicht beigemessen werden würde.

Kuhnke erhob Einspruch gegen Lindners Ausführungen und verwies darauf, daß es sich nur um Hörensagen handle, das heißt, daß er nur wiedergebe, was andere Agenten und Captain Unsworth ihm gesagt hätten. Major Quellette lehnte den Einspruch ab, sagte jedoch, daß er ihn notieren, sich die Aussage anhören und später entscheiden würde, ob und inwieweit er sie berücksichtigen werde.

Lindner äußerte sich zur Vorlage der Photos und zur Gegenüberstellung und gab zu, daß Judy in beiden Fällen *zwei* Männer identifiziert habe und sich nicht absolut sicher gewesen sei, welcher von beiden der Täter gewesen wäre.

Major Quellette fragte Lindner, ob bei der Gegenüberstellung die Anordnung der Männer für eine weitere Identifizierung verändert worden sei. Lindner verneinte.

Ob Lindner wisse, ob das Opfer seit der Gegenüberstellung mit dem Angeklagten in Kontakt gekommen sei? Lindner verneinte, seines Wissens nicht. Aber Major Thomson, der Vertreter der Anklage erklärte, seines Wissens hätte das Opfer am Vortag Kontakt zu dem Angeklagten gehabt. Kuhnke erklärte, die Verteidigung würde dem nachgehen. (Ein solcher Kontakt wäre nicht rechtens, und die Verteidigung könnte behaupten, dieser Kontakt habe die hierauf folgende Identifizierung des Angeklagten im Gerichtssaal beeinflußt.)

Kuhnke nahm Lindner ins Kreuzverhör.

Auf Kuhnkes Fragen antwortend, erklärte Lindner, er kenne Scott seit etwa einem Jahr und dies sei das erste Mal, daß er mit Ermittlungen gegen jemanden betraut wäre, der ihm persönlich bekannt sei. Er wies Kuhnkes Vorwurf zurück, dies sei nicht statthaft und stehe objektiver Polizeiarbeit im Wege. Ebenso leugnete er, daß der Umstand, daß er Scott kannte, seine Urteilskraft beeinträchtigen würde.

Kuhnke fragte Lindner nach dem Haar, das an Judys Pullover gefunden worden war. Stimmte es mit der Haarprobe von Mrs. Scott überein?

Lindner: »Nein, es stimmte nicht überein.«

Ob er Judy Connors je gefragt habe, woher das Haar an ihrem Pullover stammen könne?

Lindner: »Nein, das habe ich sie nicht gefragt. Ich habe keine Ahnung, wessen Haar das ist, nein.«

Möglicherweise ist es bedauerlich, daß Kuhnke diesen Punkt nicht weiterverfolgte.

Statt dessen kam er auf die Ergebnisse aus dem FBI-Labor zu sprechen. Lindner gab zu, daß sie allesamt negativ ausgefallen waren. Sie hätten dem Opfer Fingerabdrucke abgenommen, weil an der Scheibe des Wagens ein Abdruck gefunden worden war. Das Ergebnis war negativ – der Fingerabdruck auf der Scheibe stammte nicht von Judy Connors.

Linder: »Ob es ein Fingerabdruck des Verdächtigen war, war uninteressant – immerhin war es sein Wagen.«

Es gäbe also keine forensischen Beweise, die den Verdächtigen in irgendeiner Weise mit dem Opfer in Verbindung brächten?

Lindner gab zu, daß es keine solchen forensischen Beweise gebe.

Kuhnke änderte abrupt die Richtung und fragte Lindner, ob andere Verdächtige überprüft worden seien.

Lindner: »Meines Wissens sind in diesem Fall keine weiteren Verdächtigen überprüft worden. Es gibt keinen anderen Hauptverdächtigen ... Wir haben unsere Ermittlungen auf das Security Bataillon beschränkt, weil der Täter offensichtlich mit der Vorgehensweise der Militärpolizei vertraut war.«

Ob sie ehemalige MP überprüft hätten?

»Nein, das haben wir nicht. Ich schätze, es ist nicht auszuschließen, daß viele Angehörige des Marineinfanteriekorps bis zu einem gewissen Grad polizeilich ausgebildet worden sind und einigermaßen über Vorgehensweisen der Militärpolizei Bescheid wissen. Allerdings bezweifle ich das.«

Eigenartigerweise widersprach er sich, da er gerade erst behauptet hatte, seines Wissens seien keine weiteren Verdächtigen überprüft worden, im nächsten Moment selbst.

Kuhnke formulierte seine vorangegangene Frage um. Ob es nicht den Tatsachen entspreche, daß der NIS andere Spuren verfolge?

Lindner: »Ja, es stimmt, daß der NIS in diesem Fall noch anderen Spuren nachgeht.«

Kuhnke: »Wären Sie so freundlich, uns etwas über diese anderen Spuren zu erzählen? Ich bin sicher, daß der Major (er bezog sich hiermit auf Quellette, den Investigating Officer) gern erfahren würde, ob es andere Beweise gibt, da die Beweise, von denen Sie uns bislang berichtet haben, wenig aufschlußreich sind.«

Major Thomson sprang wie von der Tarantel gestochen auf und erhob Einspruch gegen diese Art der Befragung, ehe der NIS nicht Gelegenheit gehabt habe, diesen anderen Spuren nachzugehen. Er sagte, ihm wäre bewußt, daß die Vorschriften in bezug auf die Beweisführung großzügig ausgelegt wären, er jedoch der Ansicht sei, daß Spuren, die nichts ergeben hätten, im Rahmen der Anhörung wohl kaum von irgendeinem Nutzen seien.

Die blitzartige Reaktion des Anklagevertreters schien Major Quellettes Neugier geweckt zu haben, und er fragte Lindner, ob besagte Spuren den Angeklagten beträfen und ob er so freundlich wäre, der Verteidigung seine Informationen diesbezüglich kundzutun.

Lindner: »Ob die Spuren, denen wir nachgehen, den Angeklagten betreffen oder nicht, steht noch nicht fest. Wenn jemand behauptet: ›Hey, der war es nicht‹, werden wir dem nachgehen. Ich habe es auf niemanden abgesehen. Und was Ihre Bitte betrifft, der Verteidigung diesbezüglich Informationen zu geben, muß ich darauf hinweisen, daß ich hierzu zum gegenwärtigen Zeitpunkt nicht befugt bin.«

Major Quellette klärte Kuhnke dahingehend auf, daß er als Investigating Officer nicht befugt sei, dem Zeugen zu befehlen, die Information preiszugeben. Und so wurde die unverhofft geöffnete Tür, die vielleicht auf neue und interessante

Wege hätte führen können, ebenso plötzlich wieder zugeschlagen.

Kuhnke konnte nicht mehr tun, als mit den Achseln zu zucken und fortzufahren. »Das ist mir klar«, sagte er, »aber ich wollte, daß dem Major dieser Aspekt des Falles bekannt ist.«

Major Quellette: »Mir ist absolut bewußt, daß die Verteidigung hiermit bezweckt, *die Schwächen der Anklage herauszustellen, indem sie auf eine Lücke in der Beweisführung gegen den Angeklagten als mutmaßlichem Täter hinweist.*«

Der Major sagte, er würde berücksichtigen, daß die Ermittlungen noch nicht abgeschlossen wären, und klärte Major Thomson darüber auf, daß es ihm jederzeit gestattet sei, neue Ermittlungserkenntnisse einzubringen.

Kuhnke setzte das Kreuzverhör Lindners fort, indem er ihn fragte, warum der NIS die Suche nach Verdächtigen auf das Security Bataillon beschränkt habe.

»Wir waren der Ansicht, in Corporal Scott einen guten Verdächtigen zu haben«, entgegnete Lindner. »Die Täterbeschreibung paßte auf ihn, und auch das Phantombild wies eine große Ähnlichkeit auf. Darüber hinaus fuhr er einen Wagen, der der Beschreibung des Opfers entsprach. Es gab innerhalb des Security Bataillons sonst niemanden, auf den die Beschreibung gepaßt hätte. Er war über die Verfahrensweise der MP informiert, und es war sehr wahrscheinlich, daß er Mrs. Connors und Corporal Connors kannte.

Und der Täter hat Corporal Connors und Mrs. Connors gekannt.«

Im nachhinein kann man sich fragen, warum, wenn bekannt und unbestritten war, daß Scott und die Connors' einander kannten, Judy ihn bei der Gegenüberstellung nicht eindeutig identifizieren konnte. Warum war eine solche Gegenüberstellung überhaupt notwendig? Oder ein Phantombild? Warum hatte sie nicht frei heraus gesagt: ›Es war dieser Lindsey Scott, der mich überfallen hat‹? Bei seiner ersten Befragung durch Agenten des NIS am Tag nach dem Verbrechen, beteuerte Scott seine Unschuld unter Verweis auf eben diese Tatsache. »Wir sind Nachbarn!« hatte Scott zu NIS-

Agent Rodgers gesagt. »Fragen Sie sie. Sie wird Ihnen bestätigen, daß ich es nicht gewesen bin!«

Eigenartigerweise stellte weder vor der Artikel-32-Anhörung noch bei der Anhörung selbst die Verteidigung oder sonst irgend jemand diese Frage. Als Lindner eingestand, daß Scott und das Opfer sich kannten, griff Kuhnke dies nicht auf. Lindner fuhr einfach fort. »Er [der Täter] kannte Mrs. Connors und Corporal Connors beim Namen. Wir waren der Ansicht, das sei genug.«

Kuhnke: »Aber es haben doch sicher viele Leute Mrs. Connors beim Namen gekannt, oder nicht?«

Lindner: »Ja, ich bin sicher, daß viele Leute Mrs. Connors beim Namen gekannt haben.«

Kuhnke fragte ihn, wie viele Schwarze, deren äußerliche Erscheinung Scotts glich, seiner Schätzung nach auf dem Stützpunkt arbeiteten.

»Ich möchte mir keine Schätzung dazu erlauben, wie viele Schwarze auf dem Stützpunkt arbeiten, deren Größe und Statur mit der des Angeklagten vergleichbar sind. Es könnten Hunderte, sogar Tausende sein …«

»Und wann fiel der Verdacht des NIS erstmals auf Scott?«

»Ich würde sagen, unser Verdacht fiel auf Corporal Scott, nachdem anhand der Folien aus dem Identi-Kit ein Phantombild angefertigt worden war, das ich mir genauer ansah. Ich bin sicher, daß manche ihn schon vorher im Verdacht hatten. Wir begannen im Security Bataillon mit der Suche nach Verdächtigen, was aus Gründen, die ich bereits angeführt habe, nur logisch war. Ich weiß, daß die Verteidigung Einspruch dagegen erhoben hat, aber es war logisch, dort anzusetzen, und als wir auf einen Mann stießen, der als Täter in Frage kam, haben wir unsere Ermittlungen in dieser Richtung fortgesetzt.

Kuhnke hatte keine weiteren Fragen an Lindner, und der Anklagevertreter hatte keine Einwände, den Agenten aus dem Zeugenstand zu entlassen.

Kuhnke rief nur einen einzigen Zeugen der Verteidigung auf, Captain Unsworth. Der Verteidiger konnte keine Kenntnis des Briefes haben, den Lieutenant Colonel Harry Major

General Twomey geschickt hätte, und er vermochte auch nicht, Captain Unsworths Aussage bezüglich des Zeitpunkts seiner Begegnung mit Scott vor dem PMO am Abend des Verbrechens zu erschüttern.

»Ich sah ihn, als ich irgendwann nach 19 Uhr 30 absperrte«, sagte Captain Unsworth. »Ich habe an diesem Abend länger gearbeitet. Ich habe den Bereich der Sicherheitsstufe eins abgeschlossen und befand mich in der Lobby bei dem Sergeant am Empfang, als ich Corporal Scott sah ... Ja, das war irgendwann nach 19 Uhr 30. Ich habe den ganzen Tag darüber nachgedacht, um wieviel Uhr genau ich Corporal Scott begegnet bin. Ich bin von dort aus ins Fitneßstudio gefahren. Ich bin kurz nach 20 Uhr im Larson-Fitneßstudio eingetroffen. Vom PMO aus sind es bis zum Studio nur drei oder vier Minuten Fahrt. Ich bin gegen 20 Uhr 15 dort eingetroffen.«

Strittig war im Hinblick auf Scotts Identifizierung durch Judy Connors auch die Art von Brille, die der Täter ihrer Aussage nach getragen hatte. Sie hatte sie als eckig, mit einem schwarzen Gestell beschrieben. Bei der ersten Anhörung unter Vorsitz von Lieutenant Colonel Harry hatte Scotts Frau Lola als Beweisstück eine Zivilbrille mit größeren, runderen Gläsern vorgelegt. Sie hatte – was von Scott bestätigt worden war – angegeben, daß dies die Brille war, die ihr Mann am Abend des 20. April getragen hatte.

Kuhnke fragte Captain Unsworth, ob er sich erinnern könne, welche Art von Brille Scott getragen habe.

»Ich habe nicht darauf geachtet«, entgegnete Captain Unsworth. »Aber ich glaube, er trug dieselbe Brille wie immer. Ob er allerdings gewöhnlich dieselbe Brille getragen hat, die er jetzt auf hat, kann ich nicht sagen.« Der Captain erklärte, seines Wissens habe Scott an jenem Abend dieselbe Brille getragen, die er jetzt im Gerichtssaal trage.

Die Verteidigung hatte keine weiteren Fragen.

Major Quellette teilte beiden Parteien mit, daß er das Protokoll der Anhörung noch einmal durchlesen und den NIS-Bericht sehr sorgfältig prüfen würde, bevor er sich mit ihnen in Verbindung setzte, um sich zu erkundigen, ob Anklage oder Verteidigung eine weitere Anhörung wünschten. Sollte dies nicht der Fall sein, würde er seine Empfehlung, diesen Fall betreffend, aussprechen.

Am 9. August gab Major Quellette seine Entscheidung bekannt: er sprach sich für einen Prozeß vor einem Militärgericht aus. Scotts Bataillonskommandant, Lieutenant Colonel Hemming, stimmte der Entscheidung zu. Major General Twomey – der als kommandierender General zu jeder Zeit Befugnis hatte, die Anklage fallenzulassen – ebenfalls.

Die einzige erfreuliche Nachricht – sofern man unter den gegebenen Umständen eine Strafmilderung als solche bezeichnen konnte – war die Empfehlung des Militärgerichtsrates Colonel David Cassady hinsichtlich des Strafmaßes. Er wies in seiner Beurteilung des Falles darauf hin, daß wenngleich Scott ›dem Buch‹ (Katalog der Höchststrafen) nach, sofern er für schuldig befunden wurde, zur Todesstrafe verurteilt werden könne, ›der Oberste Gerichtshof entschieden habe, daß die Verhängung der Todesstrafe in Vergewaltigungsfällen generell verboten sei‹. Die Gesetzmäßigkeit der Todesstrafe innerhalb des Militärs und im Rahmen des Uniform Code of Military Justice werde derzeit vor dem militärischen Bundesberufungsgericht verhandelt.

»Meiner Meinung nach«, fuhr Colonel Cassady fort, »würde die zulässige Höchststrafe darin bestehen, den Schuldigen unehrenhaft zu entlassen, ihm jedweden Rentenanspruch abzuerkennen und ihn zu lebenslanger Zwangsarbeit zu verurteilen.«

(Letztendlich entschied das US-Militärappelationsgericht, daß die Todesstrafe für Vergewaltigung nicht verfassungswidrig sei.)

Zwei Wochen später war Scott im Kreißsaal dabei, als seine Frau eine Tochter zur Welt brachte – Latavia. Seine Freude wurde jedoch von der Furcht überschattet, daß er sie möglicherweise nie richtig kennenlernen, geschweige denn aufwachsen sehen würde.

Ein überwältigendes Gefühl der Angst und des Unglaubens hüllte Scott ein, während er auf den Prozeß wartete. Er war mit dem militärischen Rechtssystem vertraut. Er kannte die Methoden des NIS. Er bat seinen Anwalt Kuhnke, potentielle Zeugen ausfindig zu machen und vorzuladen, aber Kuhnke winkte nur ab und versicherte ihm, daß die Beweislage so dünn wäre, daß das Marineinfanteriekorps es niemals wagen würde, ihn tatsächlich vor Gericht zu stellen.

Scott teilte die Zuversicht seines Rechtsanwaltes nicht. Er sah eine lebenslange Haftstrafe in einem Militärgefängnis vor sich.

Seine Chancen standen schlecht, und er wußte es, allein aufgrund der Natur der militärischen Rechtssprechung, einem sehr strengen System, das ursprünglich entwickelt worden war, die Disziplin aufrechtzuerhalten und nicht Recht zu sprechen; ein System mit einer Verurteilungsrate von annähernd fünfundneunzig Prozent.

Wenn bei einem Zivilprozeß auch nur ein einziger Geschworener nicht von der Schuld des Angeklagten überzeugt ist, wird dieser freigesprochen. Ein Angeklagter vor einem Militärgericht kann jedoch nicht von einer einzigen oder auch zwei Gegenstimmen gerettet werden. Vor einem Militärgericht genügt eine Zweidrittelmehrheit für eine Verurteilung, sogar bei Kapitalverbrechen. In Scotts Fall genügten schon fünf Stimmen der insgesamt sieben Geschworenen, ihn lebenslänglich hinter Gitter zu bringen (die Todesstrafe erfordert in Militärgerichtsprozessen ein einstimmiges Urteil).

Auch garantiert die zivile Prozeßordnung die Rechte eines Angeklagten, eine Vorgehensweise, die auf einem alten Grundsatz des Rechtssystems basiert: ›Wenn hundert Schuldige ungeschoren davonkommen, ist das immer noch besser, als einen einzigen Unschuldigen zu bestrafen‹. Innerhalb des Militärs ist die Tradition jedoch eine völlig andere und basiert auf einer Hierarchie, die eine weit größere Rolle spielt als der Schutz des Angeklagten. Militärgerichtsprozesse werden vom Stützpunktkommandanten angestrengt, der unangefochtene Autorität besitzt sowie die uneingeschränkte Macht, Prozesse anzuordnen und sogar Urteile für ungültig zu erklären. Diese Macht ist absolut, unanfechtbar, wie aus einem

Rechtsartikel aus der Zeit um den Zweiten Weltkrieg herum ersichtlich: ›Es obliegt beinahe ausschließlich dem Kommandanten, nicht nur darüber zu entscheiden, wem der Prozeß gemacht wird, für welches Vergehen und vor welchem Gericht, sondern auch darüber, wie das jeweilige Urteil auszufallen hat.‹ Das Militär hat dieses System in den fünfziger Jahren reformiert, um den Angeklagten größeren Schutz zu garantieren, aber für den Beschuldigten existiert immer noch das Gespenst vom ›Einfluß der Obrigkeit‹ und der Macht des Stützpunktkommandanten, den Ausgang eines Militärgerichtsprozesses zu bestimmen.

Um die entscheidende Rolle zu verstehen, die der Einfluß der Obrigkeit hinsichtlich des Prozeßergebnisses haben kann, muß man sich als erstes vor Augen halten, daß ein Militärgericht anders als ein Zivilgericht nicht innerhalb einer offenen, freien Gesellschaft stattfindet, sondern innerhalb der strikten Hierarchie, die auf einem militärischen Stützpunkt herrscht. Kommandanten stellen Menschen vor Gericht, die sie für schuldig halten, und bestellen dann ihnen unterstehende Offiziere als Geschworene. Diese Militärgeschworenen, die auch ›Angehörige des Gerichts‹ genannt werden, sind Männer und Frauen, die Jahre darauf gedrillt wurden, ihrem Kommandanten zu gehorchen. Außerdem sind sie in bezug auf Beförderungen, Aufgabenverteilung und Schutz innerhalb eines Systems, in dem Fehlverhalten eine fragwürdige Entlassung oder die Versetzung auf einen Posten irgendwo am Ende der Welt bedeuten kann, von eben diesem Kommandanten abhängig. Oder, wie im Fall von Lieutenant Colonel Harry, kann es bedeuten, daß man einer verantwortungsvollen Position enthoben und dazu verdammt wird, bis zur Pensionierung Papierkram zu erledigen.

Wenngleich Militärgeschworene schwören müssen, allein der Gerechtigkeit zu dienen, kommt es selten vor, daß ein Berufsoffizier bereit ist, sich gegen das System zu stellen, oder daß ein Geschworener sich querstellt, wenn die Wünsche der Marineinfanterie ›klar und deutlich‹ sind.

Als in diesem September der Prozeßtermin immer näher rückte, steigerte sich Scotts Furcht zu Panik. Scott hatte den Eindruck, als wäre sein militärischer Verteidiger, Major Roach, während der gesamten bisherigen Vorgänge schlichtweg unsichtbar gewesen. Überhaupt fragte er sich, ob er darauf vertrauen konnte, daß ein Berufsoffizier der Marines sich voll für ihn einsetzte. Und sein ziviler Anwalt, Kuhnke, der immer noch leere Phrasen der Ermutigung drosch, unternahm offenbar nichts, sich auf den bevorstehenden Prozeß vorzubereiten. Er hatte sich nicht einmal die Mühe gemacht, die Zeugen zu befragen, die Scott ihm genannt hatte. So hatte er beispielsweise nicht mit der Getränkeverkäuferin bei Zayre's gesprochen, weil im NIS-Bericht gestanden hatte, die Agenten hätten sie bereits befragt und sie habe Scott auf einem Photo, das ihr vorgelegt worden war, nicht wiedererkannt.

Ein verzweifelter Scott setzte sich hin und schrieb einen langen, ausführlichen Bericht seiner Situation nieder. Es war ein leidenschaftlicher Brief, ein wortreiches vierzehnseitiges Dokument, der Aufschrei eines Mannes, der das Gefühl hatte, daß ihm niemand glaubte und der NIS darauf aus war, ihn um jeden Preis ins Gefängnis zu bringen – eines Mannes, der seine Unschuld beteuerte. Scott schickte seinen Brief an verschiedene Regierungsbeamte und bat um deren Hilfe. Seine Briefe blieben unbeantwortet. Dann eines Abends, als er und Lola einsam und bedrückt in ihrer Wohnung saßen, zeigte sie ihrem Mann einen Artikel aus der Potomac-Zeitung. Er handelte von einer Bürgerrechtlerin, die die Lokalpolitiker gezwungen hatte, sich in stärkerem Maße für die Belange der Minderheiten einzusetzen. Die betreffende Frau setzte sich darüber hinaus für andere Zwecke ein und hatte beispielsweise durchgesetzt, daß die Rassentrennung in einem Restaurant abgeschafft wurde, das sich bis dahin geweigert hatte, Schwarze zu bedienen.

»Mit dieser Frau mußt du dich in Verbindung setzen«, sagte Lola. »Ich wette, daß du von ihr eine Antwort bekommst.« Scott ließ sich von der Zeitung die Telefonnummer der Bürgerrechtlerin geben, rief sie an und erzählte ihr seine Geschichte. Sie bat ihn, ihr eine Abschrift seines Briefes zu schicken.

Scott tat, worum sie ihn gebeten hatte, und beendete den Brief mit folgenden Worten: ›Ich würde durch eine so entsetzliche Tat niemals mein Leben, meine Ehe oder meine Karriere aufs Spiel setzen. Ich habe es durch Flexibilität und Geduld so weit gebracht, durch Vertrauen und meinen Glauben an den Herrn, dank der Unterstützung meiner Frau, meiner Familie und meiner Freunde. Ich flehe Sie an, mir in dieser Stunde der Not beizustehen.‹

Da sie selbst sehr gläubig war, war die Bürgerrechtlerin von dieser flehentlichen Bitte gerührt. Aber sie wollte erst mehr erfahren, diesen Mann und seine Frau kennenlernen. Sie rief Scott an und sagte, sie würde sie an diesem Abend besuchen.

Damit kam Lori Jackson ins Spiel, was eine völlig neue Dimension im Fall *Vereinigte Staaten gegen Corporal Lindsey Scott* eröffnete.

Kapitel 6

Lori Jackson war eine großgewachsene, auffallend schöne Frau von sechsundvierzig Jahren mit hohen Wangenknochen und erdbeerblondem Haar. Ihrer Abstammung nach war sie teils Schwarze, teils Weiße, teils Cherokee-Indianerin – und ein wahres Energiebündel. Außerdem war sie Mutter von sieben gemischtrassigen Kindern. Bürgerrechte und soziale Gerechtigkeit waren für sie mehr als nur Schlagworte; sie setzte sich mit Leib und Seele für sie ein. Sie führte ihren Kreuzzug manchmal mit beinahe skrupelloser Intensität, ließ sich völlig vereinnahmen, zum Leidwesen ihrer Familie und ihrer Freunde. Sie war in Decatur, Alabama geboren, und konnte sich noch sehr gut an die Zustände im Süden in den vierziger Jahren erinnern. Sie war sechs Jahre alt, als sie mit ihrer Familie am Ufer des Tennessee River stand und zusah, wie die übel zugerichteten Leichen ihrer Cousins aus dem eisigen Wasser gefischt wurden. Schlackeblöcke waren an ihre Leiber gekettet, um sie auf dem Grund des Flusses zu halten.

Nie vergaß sie den Tod ihrer Angehörigen, die Molotowcocktails, die vom Ku-Klux-Klan in Häuser und Kirchen geworfen wurden, die ständige Furcht vor Schlägen und Hinrichtungen durch berittene Mörderbanden. Und sie erinnerte sich an die sorgfältig getarnte geheime Falltür unter dem Küchentisch, an die kleine Luke, die in einen versteckten Kellerraum führte, der ihnen im Notfall Schutz bieten sollte, wenn die vermummten Reiter des Klans die primitiven Hütten der schwarzen Viertel heimsuchten. Diese Kammer wurde für Lori (Geburtsname Minnie Lorene) mehr als nur ein Versteck vor dem Klan, sie wurde zu einer Zuflucht vor der realen Welt des Hasses und der Bigotterie, vor einem Weltkrieg, den sie nicht verstehen konnte. In diesem Versteck dachte Lori sich Freunde aller Hautfarben aus, die glücklich in einer perfekten, geheimen Welt lebten.

Jedoch war das Leid der kleinen Minnie Lorene nicht auf die Furcht vor den vermummten Reitern des Klan beschränkt. In der Grundschule für Schwarze in Decatur wurde sie von ihren Klassenkameraden wegen ihrer hellen Hautfarbe und ihres langen schwarzen Haares, das ihr bis zu den Hüften reichte, gnadenlos schikaniert. Sie war keine von ihnen. Sie war fast weiß. Sie fesselten sie an einen Baum und verhöhnten sie als ›Minnie-Ha-Ha‹, nach der Indianerheldin in Longfellows *Hiawatha.* Sie stahlen ihr ihre Pausenbrote, schlichen sich in den Fluren der Schule mit Scheren von hinten an sie heran und schnitten ihr Büschel ihres langen Haares ab. Als ihre Mutter ihr das Haar flocht, schnitten sie ihr den ganzen Zopf ab.

Eines Tages traten einige ihrer Klassenkameraden an sie heran und reichten ihr in einer scheinbar freundlichen Geste eine Papiertüte. »Hier, Minnie, nimm dir auch etwas«, sagten sie. Die siebenjährige Minnie Lorene wünschte sich so sehr, einen Freund zu haben, irgendeinen Freund, daß sie mit der

Hand in die Tüte langte – und ein Knäuel schleimiger Schlangenleiber fühlte. Sie brach in Tränen aus und lief, obwohl sie nicht schwimmen konnte, blindlings in Richtung des Tennessee River, um ihren Peinigern zu entfliehen. Die Clique holte sie am Ufer ein, warf sie zu Boden, zog ihre Bluse hoch und leerte die Tüte voller Schlangen auf ihren nackten Bauch. Hiernach litt Minnie Lorene Zeit ihres Lebens an einer Schlangenphobie.

Einsam, schüchtern, ohne Freunde, unglücklich, unfähig, mit der boshaften Bigotterie der Weißen und der Grausamkeit ihrer schwarzen Schulkameraden fertig zu werden, erhielt die kleine Minnie Lorene eine Lektion in ›affirmative action‹ – positivem Handeln – lange bevor dieser Slogan populär wurde (Affirmative Action: Amerikanisches Programm, das die Diskriminierung von Minderheitsgruppen, Frauen etc. bekämpft; Anmerkung des Übersetzers). Sie war auf dem Weg von der Schule nach Hause, als ihr wie gewöhnlich eine Gruppe Klassenkameraden folgte, sie herumstieß und ihre Bücher zu Boden warf. Ein Mädchen war besonders gemein. Sie titulierte Lori – Minnie Lorene – mit allerlei Schimpfnamen, schubste sie, schlug sie und verhöhnte sie, als plötzlich Minnie Lorenes zwanzigjährige Schwester Vera hinter einem großen Baum hervortrat.

»Minnie«, sagte sie, »leg deine Bücher hin und komm her.« Sie packte Minnie Lorene beim Kragen und sagte: »Und jetzt versohlst du diesem Mädchen den Hintern, oder ich versohle dir deinen, wenn du nach Hause kommst.« Minnie Lorene kannte die berühmt-berüchtigten Wutanfälle Veras, und anstatt sich später von ihrer Schwester verhauen zu lassen, zog sie es vor, sich ihrer Peinigerin zu stellen. Sie kämpfte mit ihr – und gewann.

Als sie zu Hause waren, sagte Vera zu ihr: »Ich bin stolz auf dich. Du hast getan, was du tun mußtest, und das wirst du so lange tun müssen, bis die anderen aufhören, dich zu schlagen.«

Aber das genügte Vera nicht. Sie war eine stahlharte Lady, wie Lori später des öfteren erklärte. Als sie von Minnie Lorene erfuhr, daß nicht nur die Kinder, sondern auch die Lehrer sie aufgrund ihres Aussehens und ihrer gemischten Abstammung schlecht behandelten, marschierte Vera mit zwei .38er Special Revolvern und einem Eimer Munition in die Schule. Sie setzte sich im Schneidersitz auf den Rasen des Footballfeldes neben der Schule und begann, in die Luft zu schießen. Der Schuldirektor kam an die Tür und blickte hinaus, um zu sehen, was die Schüsse zu bedeuten hatten.

»Wenn irgendein Arschloch auch nur den Kopf durch die Tür steckt, puste ich ihm das Gehirn weg! Ich will, daß meine kleine Schwester hier anständig behandelt wird, ansonsten bin ich gezwungen, einigen Leuten das Licht auszublasen!«

Der Direktor zog sich zurück und rief den Sheriff an. Der lachte nur und sagte: »Keine Sorge, ihr wird letztendlich die Munition ausgehen.«

Später fragte Minnie Lorene ihre Schwester: »Würdest du wirklich jemanden erschießen, Vera?«

»Nun, ich glaube nicht, Minnie, aber auch wenn ich es täte, würden sie mir nichts tun. Niemanden hier interessiert es, wenn man einen Schwarzen umbringt.«

Hiernach hatte Minnie Lorene keinerlei Schwierigkeiten mehr, und tatsächlich wurde sie eines der beliebtesten Mädchen an ihrer Schule. Diese Ereignisse brannten sich unauslöschlich in ihr Bewußtsein ein. Es war eine Lektion, die sie niemals vergaß.

Vor dem Hintergrund ihrer großen Familie mit vielen Tanten, Onkeln und Cousins war Minnie Lorenes Aussehen – für jemanden, der als Schwarze galt – nicht ungewöhnlich. Sie hatte schwarze Verwandte und solche mit blauen Augen und blondem Haar. Irgendwann verfolgte Lori ihre Herkunft zurück bis zu einer afrikanischen Ahnin, die im Jahre 1809 als Sklavin an einen deutschen Plantagenbesitzer verkauft wurde. Sie bekam dreizehn Kinder von ihm. Einer ihrer Söhne floh, schloß sich einem Cherokee-Stamm an und heiratete ein Cherokee-Mädchen. Eine ihrer Töchter wurde mit dreizehn Jahren bei einem Überfall entführt und als Dienerin an einen weißen Sklavenbesitzer verkauft. Dieses Mädchen namens Mary Wahaleha bekam acht Kinder von ihrem weißen Besitzer und zwei von ihrem ›Ehemann‹, der ebenfalls ein

Sklave war. Als sie nach dem Bürgerkrieg frei waren, blieben einige der Nachfahren dieser weißen, schwarzen und indianischen Vorfahren dennoch in Verbindung, als eine Familie verschiedener Hautfarben, aber eines Geistes.

Diese ›Regenbogenkoalition‹ (auch dieser Begriff gehörte zu ihrem Wortschatz, lange bevor das heute populäre Schlagwort daraus wurde) sorgte mehr als einmal an verschiedenen Orten für Verwirrung. Bei einem Familientreffen in Alabama vor einigen Jahren tauchte plötzlich der Sheriff auf, nachdem er telefonisch über eine merkwürdige Gruppe von Menschen unterrichtet worden war, die im Freien picknickten. »Was ist hier los?« fragte er und ließ den Blick über die Menschen verschiedenster Schattierungen schweifen. »Nur ein Familientreffen«, entgegnete Loris Großvater.

»Ein Familientreffen, ja?« rief der Sheriff aus. »Sieht eher nach einem Treffen der Vereinten Nationen aus!« worauf er sich kopfschüttelnd zurückzog.

Genaugenommen hätte Lori sich selbst und ihre Kinder offiziell als Cherokee-Indianer bezeichnen können anstatt als Schwarze.

Bei einer Volkszählung 1980 kreuzte sie in der Rubrik ›Rasse‹ Schwarz, Weiß und Indianer an. Den ersten Anruf erhielt sie vom örtlichen Volkszählungsbüro. »Wir haben ein Problem mit Ihrem Volkszählungsformular«, sagte die Frau. »Sie haben drei Kästchen angekreuzt. Welcher Rasse gehören Sie denn nun an?«

»Ich weiß nicht, welcher Rasse ich angehöre«, entgegnete Lori. »In meinen Adern fließt Blut von allen dreien. Sagen Sie mir, was ich bin.«

»Unsere Computer sind für solche Fälle nicht ausgerichtet.«

»Dann wird die Regierung eben neue Computer anschaffen müssen, in die Menschen wie wir hineinpassen«, erwiderte Lori.

Am darauffolgenden Tag rief ein Mann vom Federal Census Bureau an, und das Spiel wiederholte sich. Schließlich fragte er: »Was für eine Mischung sind Sie denn nun genau?«

»Kaukasierin, Schwarze und Cherokee, väterlicherseits

kommt vermutlich noch ein wenig französisches und Schwarzfußindianer-Blut hinzu. Wie soll ich mich also einer bestimmten Rasse zurechnen? Wenn Sie eine Lösung wissen, bitte.«

»Okay, was war Ihre Großmutter mütterlicherseits?«

»Cherokee.«

»Das erleichtert das Ganze!« rief er aus. »Das macht Sie zu einer Cherokee!«

»Ach ja? Und meine Kinder auch?«

»Genau.«

»Wie kommen Sie darauf?« fragte Lori.

»Nun, der Kongreß hat bestimmt, daß die Kinder der Rasse zuzuordnen sind, die bei der Mutter dominiert.«

»Wollen Sie damit sagen, daß ich eine Cherokee bin?« fragte Lori. »Nach all den Jahren, in denen ich von der Regierung in Wohnungen und Schulen für Schwarze gesteckt wurde, erzählen Sie mir jetzt, ich wäre eine Cherokee?«

»Ja, Ma'am, genauso ist es«, entgegnete der Regierungsbeamte.

Vermutlich glaubte er, die Angelegenheit wäre damit erledigt, aber da kannte er Lori schlecht. Wenn sie sich erst in etwas festgebissen hatte, ließ sie nicht mehr los. Prompt rief sie das Bureau of Indian Affairs an und erzählte ihre Geschichte. Der Mann in dem Büro lachte schallend. »Das ist das Komischste, was ich je gehört habe!«

»Ich rufe nicht an, weil ich das komisch finde«, sagte Lori. »Was ich wissen will, ist folgendes: Wenn ich jetzt Indianerin bin und meine Kinder Indianer sind, haben wir da Anspruch auf Zuschüsse?« (Sie hatte nie die Absicht, irgendwelche Gelder in Anspruch zu nehmen, hielt es aber für einen wunderbaren Weg, der Regierungsbürokratie ein Schnippchen zu schlagen!)

»Aber selbstverständlich, Ma'am.«

»Und welcher Art sind diese Finanzhilfen?«

»College-Stipendien, medizinische Versorgung und dergleichen, und wenn Ihre Großeltern in einem Reservat gelebt haben oder noch leben, haben Sie auch Anspruch auf finanzielle Unterstützung in Höhe von etwa einhundert Dollar im

Monat.« Aber erst, erklärte er, müsse sie das Council of the Cherokee Nation aufsuchen und beantragen, als Stammesmitglied anerkannt zu werden.

Das schreckte Lori nicht im mindesten. Sie schrieb dem Council mit Sitz in Cherokee, North Carolina, legte ihre Herkunft dar und erhielt sechzig Tage später einen Brief, in dem sie als Mitglied der Cherokeenation willkommen geheißen wurde und dem ein Ausweis und ein Schreiben beilagen, die sie berechtigten, staatliche Zuschüsse in Anspruch zu nehmen.

Sie wandte sich wieder an das Bureau for Indian Affairs und fragte, wann sie ihr unter anderem ihren ersten Monatsscheck schicken würden. »Und die Zahlungen erfolgen doch selbstverständlich rückwirkend, oder?«

Stille am anderen Ende der Leitung.

»Hallo, hallo, sind Sie noch dran?« fragte Lori.

»Ja, Ma'am. Sagten Sie rückwirkend?«

»Sicher. Wenn die Regierung sagt, ich wäre eine Cherokee, bin ich ja nicht erst seit gestern Indianerin. Das heißt, ich wurde als Indianerin geboren. Richtig? Ich habe also Anspruch auf Zuschüsse vom Tag meiner Geburt an.«

Zutiefst erschüttert sagte der Angestellte des Bureaus, daß er sich kundig machen werde.

Jedoch verfolgte Lori diese bizarre Angelegenheit nicht weiter. Sie wurde schon bald von ernsteren und traurigeren Vorfällen überschattet: einem Anruf von Corporal Lindsey Scott.

Lori konnte nie – nicht einmal sich selbst – erklären, warum das Gericht von Decatur, Alabama, eine solche Anziehung auf die zehnjährige Minnie Lorene ausgeübt hatte. Sie war fasziniert vom Gerichtssaal. Aufgrund ihrer traumatischen Erlebnisse ausgesprochen reif für ihr Alter, begriff und registrierte sie die Ungerechtigkeiten, die Schwarzen durch weiße Richter und Geschworene widerfuhren. Und in der arglosen Art eines Kindes schwor sie sich, daß sie, wenn sie groß wäre, das alles irgendwie ändern würde. Damals konnte sie nicht ahnen, wie erfolgreich sie diesen Schwur erfüllen würde.

Sie war erst siebzehn, als sie James Collier heiratete, einen weißen Berufssoldaten der US Army. Sie bekamen sieben Kinder, einige davon mit blauen Augen, die als Weiße durchgehen konnten, andere von sehr dunkler Hautfarbe und die restlichen in verschiedenen Schattierungen. Inzwischen hatte Lori den Vornamen ›Minnie‹ abgelegt, zusammen mit all den hiermit verbundenen demütigenden Erinnerungen. Sie wurde Lorene Collier, aber alle nannten sie nur Lori. Und sie setzte sich schon früh für die Bürgerrechte ein, auf Army-stützpunkten, auf denen ihr Mann stationiert war, und in Übersee, als sie ihn nach Deutschland begleitete, wo sie dazu beitrug, bei der deutschen Bevölkerung ein anderes Bild der Schwarzen zu schaffen, die unter Hitler als Untermenschen gegolten hatten.

Zurück in den Staaten, gelang es Lori, die Bereiche Ehefrau, Mutter und Bürgerrechtlerin unter einen Hut zu bringen. Sie arbeitete ehrenamtlich für die American Civil Liberties Union, marschierte in den sechziger Jahren mit Martin Luther King jr. und erfuhr, was es hieß, angepöbelt und geschlagen, mit Feuerwehrschläuchen verprügelt und von Hunden angegriffen zu werden. Als ›Nigger‹ beschimpft zu werden war natürlich nichts Neues für sie. Der haßerfüllte Hohn riß alte Wunden auf.

Es dauerte nicht lange, bis das Militär Lori Collier als Außenseiterin und Störenfried einstufte. Sie gehörte nicht zu der Art von Soldatenfrauen, wie sie gern gesehen wurden: eine Frau, die kochte und das Haus sauberhielt, Kinder gebar und großzog, mit anderen Soldatenfrauen Bridge spielte, sich um ihre eigenen Angelegenheiten kümmerte und ihrem Mann treu rund um die Welt von einem Stützpunkt zum anderen folgte, die ebenso gehorsamen Kinder im Schlepptau. Inoffiziell blickte das Militär stirnrunzelnd auf Mischehen. So wie der mehrfarbige Dreamcoat des biblischen Joseph seine Brüder befremdet hatte, waren Loris verschiedenfarbige Sprößlinge den Offizieren in ihren gestärkten Hemden ein Dorn im Auge.

Zum Eklat kam es im Februar 1971 in Fort Campbell, Kentucky, wo die 101ste Airborne Division stationiert war, die berühmten ›Screaming Eagles‹ aus dem Zweiten Weltkrieg. Lori lebte seit August 1969 mit ihrer Familie in Campbell, als Collier, der inzwischen zum Master Sergeant aufgestiegen war, nach Korea geschickt wurde. Als er im darauffolgenden Sommer zurückkehrte, wurde er nach Fort Knox in Kentucky versetzt, etwa einhundertzwanzig Meilen von Fort Campbell entfernt.

Die für die Unterbringung der Soldatenfamilien zuständige Stelle befahl Lori, den Stützpunkt zu verlassen und zu ihrem Mann nach Fort Knox zu ziehen. Die Army erklärte, sie ließe ihr Zeit bis Dezember. Lori behauptete, sie wäre erst am 18. Februar informiert worden, daß sie bis zum 8. März ausgezogen sein sollte. Lori protestierte, daß die Familienunterkünfte in Fort Knox unangemessen seien, und bat darum, wenigstens bis Juni, bis zum Ende des Schuljahres, in Campbell bleiben zu dürfen.

Und so kam es zum Kampf, einem Kampf, dessen Rauch und Lärm über das ganze Land hinweg Aufsehen erregten und bis in die Seiten der *New York Times* gelangten. Lori beschuldigte hochrangige Offiziere des Stützpunktes, sie als ›unruhestiftende schwarze Militante‹ betitelt zu haben und zu versuchen, sie aufgrund ihres Einsatzes für die Bürgerrechte und ihrer mehrfachen Bitte, Schwarze Geschichte in den Lehrplan an den Grundschulen aufzunehmen, hinauszuwerfen.

Die Army behauptete im Gegenzug, daß sie bei Baseballspielen, an denen ihr Sohn James als Star der Fort Campbell Schulmannschaft teilgenommen habe, Unruhe gestiftet hätte und mehrfach wegen lauter Feiern aufgefallen sei. Für keinen dieser Vorwürfe gab es irgendwelche Beweise – ganz im Gegenteil. Mehrere Schüler erklärten, daß Lori häufig schlichte, wenn es zwischen Schwarzen und Weißen in der Schule zu Reibereien käme oder schwarze Schüler mit der MP aneinandergerieten.

Die Army ließ sich nicht erweichen. Lori und ihre Kinder mußten Fort Campbell verlassen. Allerdings würde sich, so ein ranghoher Offizier, niemand daran stören, wenn sie bis Juni bliebe, ›vorausgesetzt, daß sie sich still verhalte‹.

Ein hochgestellter Mannschaftsoffizier zum Räumungsbefehl: »Wir sind für Präventivmaßnahmen. Es ist wie bei einem Pickel. Man drückt ihn aus, bevor er sich weiter entzündet.«

Schließlich gab die Army angesichts der Publicity nach und erlaubte Lori mit ihren Kindern offiziell bis Ende des Schuljahres im Juni auf dem Stützpunkt wohnen zu bleiben. Bedauerlicherweise ließen sie und Collier sich infolge dieser Auseinandersetzung scheiden. Aber Lori lernte zweierlei aus dem Konflikt mit der Army: Das Militär war vom Rassismus verseucht, und es reagierte auf entsprechenden Druck seitens der Medien.

Und so waren Scotts Anruf und der vierzehnseitige Brief keine große Überraschung für sie. Sie war nach ihrer Scheidung nach Woodbridge, Virginia, gezogen, in die Nähe des Marineinfanteriestützpunktes von Quantico, und hatte sich dort sofort in lokalpolitische und bürgerrechtliche Aktivitäten gestürzt. Sie arbeitete mit Victor Glasberg zusammen, einem Rechtsanwalt, der sich auf Fälle spezialisiert hatte, in denen es um Bürgerrechtsfragen ging. Sie trug Informationen für ihn zusammen, sprach mit potentiellen Zeugen und war behilflich, wo und wie sie nur konnte.

Vor allem Scotts Brief machte Lori neugierig, da sie die von Rassismus geprägte Atmosphäre auf solchen militärischen Stützpunkten kannte, wo Schwarze die niedersten militärischen und zivilen Jobs innehatten und wo Vorfälle wie das Verbrennen von Kreuzen und rassistische Graffitis unauslöschlich in die Erinnerung eingebrannt waren – jedoch von den Oberbefehlshabern des Stützpunktes als dumme Scherze und trivialer Vandalismus abgetan wurden.

Aber sie mußte mehr über den Fall erfahren, und so spürte sie an jenem bedeutsamen Abend, als sie bei den Scotts klingelte, ein erwartungsvolles Kribbeln. Was mochten Lindsey und Lola Scott für Menschen sein?

Lindsey öffnete ihr. »Hallo«, sagte er lächelnd. »Sie müssen Lori sein.«

Im ersten Augenblick war Lori zu verblüfft, um zu antworten. Sie ignorierte Lindseys dargebotene Hand und starrte auf seinen goldenen Vorderzahn, der im Licht des Flurs schimmerte. »Mein Gott, er strahlt wie ein Leuchtturm«, dachte sie. »Gott schickt mir ein Zeichen. Dieser Mann braucht mich. Ich muß ihm helfen.«

Kapitel 7

Zum erstenmal in ihrem Leben fühlte Lori sich von ihren Verpflichtungen übermannt, von einer Welle der Geschäftigkeit überrollt, die drohte, sie zu ersticken. Sie war zum Opfer ihres eigenen Erfolges geworden. Sie war dazu berufen, jenen zu helfen, die sich nicht selbst helfen konnten – und jene, die sie riefen, waren zahlreich.

Sie unterstützte die American Civil Liberties Union, die Equal Opportunity Conference, die National Association for the Advancement of Colored People (NAACP) und den Rechtsanwalt für Bürgerrechtsfragen Victor Glasberg. Ihr Arbeitstag war oft zwölf oder sechzehn Stunden lang, und das angestrengte sieben Tage die Woche. Sie trat gegen bigotte Gastronomen an, die sich weigerten, Schwarze zu bedienen, kämpfte gegen Diskriminierung auf dem Wohnungs- und Arbeitsmarkt und gegen Polizeigewalt. Sie kämpfte an vorderster Front in Gefängnissen und Gerichtssälen.

Lori war im Norden Virginias als leidenschaftliche Verfechterin für Gerechtigkeit sowie für ihren Einsatz für die Unterprivilegierten – ob schwarz oder weiß – bekannt. Sie schüchterte ihre Gegner ein, und das wußte sie, nutzte es aus, nutzte ohne Zögern das unwillkommene Licht der Öffentlichkeit als unausgesprochene Drohung. Eine ihrer bevorzugten Taktiken bei einer Konfrontation bestand darin, zu sagen: »Nun, wir können diese Angelegenheit gleich hier in Ihrem Büro bereinigen oder vor Gericht.«

Sie betrachtete sich selbst als Frau der Tat – was auch der Realität entsprach. Sie verachtete die bürokratische Arbeitsweise einiger Bürgerrechtsgruppen und ihre Schwerfälligkeit, was dazu führte, daß sie sich kurz bevor sie Lindsey Scott kennenlernte, vom NAACP lossagte. Sie war Vorsitzende des Rechtskomitees der örtlichen Niederlassung, da sämtliche Fälle ihr zugetragen wurden, aber die ganzen Formalitäten weckten langsam ihren Unwillen. Das war keine Bürgerrechtsorganisation mehr, klagte sie, sondern eine Firma, eine Gesellschaft. Es kam zum Eklat, als Lori von einer Mutter angerufen wurde, die ihr berichtete, daß ihr Sohn verhaftet und auf der Polizeiwache so schlimm zusammengeschlagen worden sei, daß er in ein Krankenhaus eingeliefert werden mußte. Er sei auf der Hin- und Rückfahrt vom Krankenhaus geschlagen und anschließend in eine Zelle gesteckt worden, wo man ihn gezwungen habe, die Scherben einer zerbrochenen Glühbirne zu schlucken.

Dies erforderte rasches Handeln. Lori trug den Fall noch am selben Abend bei einer NAACP-Versammlung vor und bat um sofortige Intervention. Der Präsident erinnerte sie an die Vorschriften: sie benötigten eine schriftliche Beschwerde. Dann würde der Vorstand zusammentreten und abstimmen, und weitere dreißig Tage später müßten dann die restlichen Mitglieder ebenfalls abstimmen.

»Hören Sie«, protestierte Lori, »ich habe keine Zeit für Abstimmungen und die ganze Rhetorik, die Sie so lieben, weil der Mann bis dahin tot sein könnte.«

Sie kündigte, übernahm den Fall persönlich und begann kurze Zeit später ihre eigene Aktionsgruppe von Bürgerrechtlern aufzubauen – Women für Equal Social Justice.

Irgendwie fand Lori trotz ihres hektischen Alltags die Zeit, wieder zu heiraten. Eines Abends wurde sie auf einer Wohltätigkeitsveranstaltung einem jungen weißen Ingenieur namens Paul Jackson vorgestellt, der zwanzig Jahre jünger war als sie. Er war liberal eingestellt, interessierte sich jedoch nicht für Politik und die Bürgerrechtsbewegung. Für Paul, den eine Freundin mitgebracht hatte, war die Veranstaltung nur eine angenehme Art, den Abend zu verbringen. Er und Lori kamen ins Gespräch. Sie tauschten die bei einer ersten Begegnung üblichen Nettigkeiten aus, und letztendlich dauerte ihre Unterhaltung über drei Stunden. Er war völlig fasziniert von dieser warmherzigen und dabei so energischen Frau. Er wußte sofort, daß er sie heiraten wollte, und sie ihrerseits war angetan von seinem jugendlichen Enthusiasmus und seinem toleranten, weltoffenen Verstand. Er konnte ihre Arbeit respektieren, ohne selbst zum Aktivisten zu werden, und das genügte ihr.

Ihre Ehe wurde von Pauls Familie nicht gutgeheißen. Sie hielten nichts von Mischehen. Seine Eltern enterbten ihn, und seine beiden Brüder verstießen ihn. Loris sieben Kinder akzeptierten ihn ohne Vorbehalte. Sie würden ihn zwar nie mit ›Dad‹ ansprechen, aber er gehörte jetzt zur Familie.

An dem Tag, an dem Corporal Lindsey Scott Lori anrief, packten sie und Paul gerade ihre Koffer für ihre Hochzeitsreise nach Hawaii. Die Flugtickets waren gekauft, das Hotel gebucht, und sie freuten sich auf einen wohlverdienten und dringend benötigten Urlaub.

Aber wie der häufig zitierte schottische Dichter Burns einst schrieb: ›Auch die sorgfältigsten Pläne von Mäusen und Menschen werden oft durchkreuzt.‹

An diesem Samstagabend Ende September 1983, zwei Wochen vor Scotts Prozeß vor dem Militärgericht, saß Lori Jackson mit Lindsey, Lola und ihrer neugeborenen Tochter in ihrer Wohnung und lauschte ihrer Geschichte, wobei ihr Blick immer wieder zu dem auffälligen Goldzahn glitt. Lindseys Tonfall, sein Gesichtsausdruck und seine Körpersprache verrieten Lori ebensoviel wie das, was er sagte. Lori besaß die seltene Fähigkeit, sich rasch ein zutreffendes Urteil über einen Menschen zu bilden.

Nach einer knappen Stunde wußte sie, daß sie Lindsey Scott unbedingt helfen mußte, daß sein Fall vor allen anderen Dingen Vorrang hatte. Sie glaubte an Scotts Unschuld, aber das sagte sie ihm nicht – noch nicht.

Möglicherweise weil er glaubte zu spüren, daß Lori zögerte, sich für ihn einzusetzen, sagte Scott: »Ich habe ein Protokoll der Artikel-32-Anhörung. Möchten Sie es vielleicht lesen? Ich denke, es wird Ihnen beweisen, daß ich Ihnen die

Wahrheit gesagt habe. Der NIS will mir etwas anhängen. Sie haben keinen einzigen handfesten Beweis. Sie wollen mich nur deshalb verurteilt sehen, weil ich schwarz bin und sie gesagt hat, es wäre ein Schwarzer gewesen.«

»Das werde ich«, entgegnete Lori und erhob sich, um zu gehen. »Ich werde das Protokoll am Wochenende lesen und rufe Sie am Montag an.«

»Bitte«, flehte Scott. »Ich weiß nicht mehr ein noch aus. Ich weiß, daß Sie anderen helfen. Bitte helfen Sie mir.«

Den ganzen Sonntag über las Lori immer wieder das Protokoll der Artikel-32-Anhörung. Am Abend sagte sie zu Paul: »Ich fürchte, wir werden die Hochzeitsreise verschieben müssen.«

»Verschieben? Warum denn um alles in der Welt? Wir haben die Flugtickets, das Hotel ist gebucht. Lori, ich brauche dringend einen Urlaub! Wir brauchen ein wenig Zeit für uns, wir sind so beschäftigt gewesen.«

Lori hielt das Protokoll der Anhörung hoch. »Die Marines wollen diesem Jungen etwas anhängen. Sie sind fest entschlossen, ihn für den Rest seines Lebens nach Leavenworth zu schicken für etwas, das er möglicherweise nicht getan hat.«

»Aber möglicherweise hat er es doch getan?«

»Ich glaube nicht, daß er es getan hat, nicht nach allem, was er und seine Frau mir erzählt haben und nachdem ich das hier gelesen habe. Es gibt so viele Diskrepanzen, beispielsweise was die Täterbeschreibung anbelangt, und die Beweise sind dürftig … Aber das alles ist nicht der Punkt, Paul. Ich spüre, daß es hierbei nicht allein um Lindsey Scott geht. Es geht nicht darum, ob er schuldig oder unschuldig ist. Das hier erinnert mich zu sehr an die Hinrichtungskommandos aus meiner Kindheit in Alabama. Es war ihnen gleich, wen sie umbrachten, Hauptsache, er war schwarz.

Paul, hier geht es um Women for Equal Social Justice. Hier geht es um die Bürgerrechte. Es geht um das verfassungsmäßige Recht jedes Menschen auf einen fairen Prozeß, und den wird dieser Junge nicht bekommen, es sei denn, ich kann ihm irgendwie helfen. Ich muß es einfach tun, Paul. Gott sagt mir, daß ich helfen muß.«

»Nun, ich will mich nicht mit Gott anlegen«, entgegnete Paul. »Ich weiß, daß wenn dir etwas so wichtig ist, du gar nicht anders kannst, als dich dafür einzusetzen. Dafür liebe und respektiere ich dich. Hawaii wird noch da sein, wenn dies alles vorüber ist.«

Montagmorgen rief Lori Scott an und willigte ein, alles in ihrer Macht Stehende zu tun, um ihm zu helfen. »Aber ich kann nichts unternehmen, bevor ich nicht mit Ihrem Anwalt gesprochen habe. Er muß sich mit meiner Hilfe einverstanden erklären, und er wird darüber informiert werden müssen, worin meine Arbeit besteht.«

Scott gab ihr Ervan Kuhnkes Telefonnummer. Sie rief ihn sofort an, stellte sich vor und erklärte, Scott habe sie um Hilfe gebeten. »Aber ich habe ihm gesagt, daß ich erst mit Ihnen sprechen und Ihr Okay einholen müsse.«

»Das haben Sie«, erwiderte Kuhnke. »Ich habe von Ihnen gehört. Ich habe viel über Sie in der Zeitung gelesen. Sie arbeiten viel mit Vic Glasberg zusammen, stimmt's?«

»Das ist richtig.«

»Ich habe auch einmal mit ihm zusammen an einem Fall gearbeitet«, sagte Kuhnke. »Hören Sie, ich bin für jede Hilfe Ihrerseits dankbar.«

»Also, ich könnte die lästigen Arbeiten übernehmen und versuchen, Informationen zu beschaffen«, entgegnete Lori.

Da Scotts Anwalt ihr keine konkreten Anweisungen gab, beschloß Lori, das Protokoll der Anhörung noch einmal durchzulesen. Später vertraute sie sich ihrem Mann an und sagte: »Mir scheint, das Sinnvollste wäre, wenn ich versuche, Lindseys Alibi zu rekonstruieren. Ich werde mir eine Liste sämtlicher im Protokoll genannten Zeugen aufstellen und jeden einzelnen aufzusuchen.«

»Hat Scotts Anwalt das denn nicht bereits getan?«

»Scott sagt nein.«

Wenngleich Lori aufgrund ihres Einsatzes für die Bürgerrechte Erfahrung in ehrenamtlicher Ermittlungsarbeit besaß, war dies ihr erster Fall, in dem es um ein Schwerverbrechen ging. Sie erfuhr sofort eine Reihe von Einzelheiten, die sich als wichtig erweisen konnten: Sie fuhr nach Quantico Stadt, stellte Fragen und erfuhr, daß es seit April in der Gegend zwei weitere Vergewaltigungen gegeben hatte, bei denen die Täter Schwarze gewesen waren, auf die die Beschreibung paßte, die Judy Connors zu Protokoll gegeben hatte. Zu dieser Zeit hatte Scott bereits unter Hausarrest gestanden. Auch kamen ihr Gerüchte zu Ohren, denen zufolge es in der Ehe der Connors' kriselte und Judy möglicherweise nicht so unschuldig war, wie es auf den ersten Blick scheinen mochte.

Aufgrund der im Protokoll erwähnten Diskrepanz zwischen der Haarlänge des Täters, wie Judy sie beschrieben hatte, und Scotts gewöhnlicher Haarlänge, suchte Lori seinen Friseur auf. Sie teilte ihm mit, Scotts Anwalt würde sich mit ihm in Verbindung setzen, und berichtete Kuhnke, was sie herausgefunden hatte. »Gute Arbeit«, sagte Kuhnke. »Aber machen Sie sich keine Sorgen. Der Fall ist im Sack, es wird nie zum Prozeß kommen.«

Dann konzentrierte Lori sich auf Scotts Alibi und rekonstruierte die Etappen, die er seinen Angaben zufolge an jenem Abend beschritten hatte. Sie fuhr nach Dumfries und sprach mit derselben Verkäuferin, die die NIS-Agenten Rodgers und Rivers bereits befragt hatten. Wieder bestätigte sie, daß Scott an diesem Abend dort gewesen und ein Fußmassagegerät gekauft habe. Dann unterhielt sie sich mit den drei Angestellten vom Quikee's und erhielt dieselben Antworten wie NIS-Ermittler Lindner. Lori erkannte, daß dies nicht die wichtigsten Zeugen waren; Schlüsselpunkt war die Getränkeverkäuferin bei Zayre's, weil Scott behauptete, mehr oder weniger zu dem Zeitpunkt dort gewesen zu sein, da Judy Connors ihrer Aussage zufolge vergewaltigt und niedergestochen worden war.

Sie rief Kuhnke an, berichtete ihm, was sie bislang erreicht hatte, und teilte ihm mit, daß Zayre's als nächstes auf ihrer Liste stünde. Sie wollte die Getränkeverkäuferin namens Pam ausfindig machen, von der Scott behauptete, daß sie ihm an jenem Abend eine Cola verkauft hätte.

Kuhnke sagte, es wäre unnötig, sie zu befragen, da der NIS bereits mit ihr gesprochen und ihr ein Photo von Scott gezeigt habe, anhand dessen sie ihn nicht wiedererkannt hatte.

Aber damit wollte Lori sich nicht zufriedengeben. Sie hatte kein allzu großes Vertrauen in die Berichte des NIS. Sie fuhr also zum Zayre's, um selbst mit Pam zu sprechen. Das erwies sich als schwierig; Pam war im Begriff, eine andere Stelle anzutreten, und der Manager von Zayre's teilte ihr mit, daß es gegen die Firmenpolitik verstoße, Adressen und Telefonnummern von Angestellten herauszugeben. Allerdings, fügte er hinzu, würde Pam in ein oder zwei Tagen vermutlich im Laden sein, um einige letzte Einzelheiten zu erledigen. Lori könne versuchen, sie anzurufen und ein Treffen mit ihr zu vereinbaren.

Da ihr, was Pam betraf, für den Augenblick die Hände gebunden waren, sprach Lori mit einigen anderen Angestellten von Zayre's und zeigte ihnen ein Photo von Scott. Niemand erkannte ihn wieder. Zwei Tage vergingen, zwei kostbare Tage, in denen sie nichts erreichte, abgesehen davon, daß sich auf dem Quantico-Stützpunkt herumsprach, daß Lori Jackson herumschnüffelte und versuchte, Lindsey Scott zu helfen, worauf einige schwarze Marines sie um ein Treffen bei Lindsey baten. Dort erzählten sie ihr unglaubliche Geschichten von Schikane und Diskriminierung auf dem Stützpunkt. Sie erzählten ihr, einige der Offiziere wären überzeugte Rassisten und würden mit allen Mitteln versuchen, die schwarzen Marines des Bataillons loszuwerden.

Diese Informationen legte sie zur späteren Verwendung ad acta. Sie konnten sich als nützlich für Kuhnke erweisen, aber was sie vor allem brauchte, waren handfeste Beweise, um Scotts Alibi zu untermauern – und die konnte ihr nur Pam von Zayre's liefern. Wieder rief sie bei Zayre's an. Diesmal traf sie Pam an (wie sich herausstellte, war ihr Nachname Biller). Sie erklärte ihr mit wenigen Worten, daß sie in einem Fall recherchiere, bei dem es um Vergewaltigung ginge, und sie ihr gern einige Photos zeigen würde. Pam willigte ein, sich am darauffolgenden Tag mit ihr zu treffen.

Sie war ein sehr junges, freundliches und höfliches weißes Mädchen. Sie unterhielten sich ein paar Minuten, und dann zeigte Lori ihr ein Schwarzweißpaßphoto von Scott – dasselbe Photo, das Lindner ihr gezeigt hatte, das Photo vom NIS.

Pam Biller schüttelte den Kopf. »Tut mir leid«, sagte sie. »Ich sage das nur ungern, und ich möchte Sie ganz sicher nicht beleidigen, aber für mich sieht er aus wie jeder andere Schwarze.«

Lori war auf diese Antwort vorbereitet. »Ich habe da noch einige private Aufnahmen, die ich Ihnen gerne zeigen möchte.« Sie nahm einige Farbphotographien aus ihrer Handtasche, die Lola ihr gegeben hatte, Photos von Lindsey, Lola und Lindseys Eltern am Strand. Auf einem der Photos stand Lindsey allein neben seinem Wagen. Er trug eine Baseballmütze, wie er sie seiner Aussage nach am Abend des Verbrechens getragen hatte.

Als sie dieses Photo sah, klickte es bei Pam Biller. »O ja, jetzt erkenne ich ihn«, sagte sie. »Ich habe ihn im Laden gesehen. Ich habe ihm eine Cola verkauft. Ich erinnere mich, weil er mit Kleingeld bezahlt hat.«

»Erinnern Sie sich, ob das am 20. April gewesen ist?«

»Vor fünf Monaten? Tut mir leid, ich kann nicht sagen, ob das am 20., am 21. oder an irgendeinem anderen Tag war.«

»Nun gut«, sagte Lori. »Aber hören Sie. Scotts Anwalt, Ervan Kuhnke, wird sich trotzdem mit Ihnen in Verbindung setzen und mit Ihnen sprechen.«

Enttäuscht rief Lori Kuhnke an und teilte ihm die Neuigkeit mit. Pam Biller hatte Scott wiedererkannt, konnte sich jedoch nicht auf das Datum festlegen, an dem sie ihn bei Zayre's gesehen hatte.

»Wenn sie nicht bezeugen kann, daß er am 20. April dort gewesen ist, nützt uns ihre Aussage nichts«, entgegnete Kuhnke. »Aber machen Sie sich deswegen keine Sorgen. Die Sache ist im Sack. Es wird nicht zum Prozeß kommen.«

Lori fuhr an diesem Abend bedrückt nach Hause. Scott rief regelmäßig bei ihr an und erkundigte sich nach ihren Fortschritten, und sie hatte ihm nichts Ermutigendes zu berichten. Kuhnke meinte, sie solle sich keine Sorgen machen, »aber«, sagte sie an diesem Abend zu Paul, »er hat gut reden, er muß ja nicht lebenslänglich nach Leavenworth.«

»Vielleicht hat er recht, Lori«, sagte Paul. »Vielleicht kommt es gar nicht zum Prozeß.«

»Und ob sie ihn vor Gericht stellen. Mr. Kuhnke kennt das Militär nicht so gut wie ich. Sie sind so weit gegangen und werden ganz sicher keinen Rückzieher machen. Niemals.«

»Und was willst du jetzt tun?«

»Ich habe nachgedacht, Paul. Es muß jemanden bei Zayre's geben, der ihn an diesem Abend gesehen hat und sich daran erinnert. Ich habe da eine Idee. Wenn er, wie er sagt, etwa eine Viertelstunde bei Zayre's gewesen ist, ist er vielleicht dem Wachpersonal aufgefallen.«

»Warum sollte er dem Wachpersonal aufgefallen sein?«

»Hey, wenn ein Schwarzer eine Viertelstunde bei Zayre's umherschlendert, ohne etwas zu kaufen außer vielleicht einer Cola, ist sehr wahrscheinlich, daß er jemandem vom Wachpersonal auffällt und der ihn im Auge behält. Ich rufe Kuhnke an und frage ihn, was er davon hält.«

Der Anwalt stimmte zu, daß das ein guter Einfall wäre und es den Versuch wert sei. Also fuhr Lori am darauffolgenden Tag erneut zu Zayre's und versuchte herauszufinden, wer vom Wachpersonal am 20. April Dienst hatte. Der Personalchef, der Lori aus den Zeitungen kannte, ging die Dienstpläne fünf Monate zurück, um die Antwort zu finden.

»Das war Ruby Hills. Sie hatte am Abend des 20. Dienst.«

»Großartig! Können Sie mir sagen, wo ich sie erreichen kann?«

»Wir geben weder Adressen noch Telefonnummern unserer Angestellten heraus. Erst recht nicht die des Wachpersonals. Aber wenn Sie morgen wiederkommen, könnte sie hier sein.«

Ruby Hills war am nächsten Tag nicht dort, aber am übernächsten Tag traf Lori sie bei Zayre's an, und Ruby erklärte sich bereit, mit ihr zu sprechen. Sie setzten sich draußen an einen Tisch neben dem Getränkestand. Als erstes zeigte Lori ihr das Paßphoto von Scott.

»Zeigen Sie mir nicht so was. Solche Photos sehe ich jeden Tag. Anhand einer solchen Aufnahme könnte ich ihn niemals identifizieren.«

Hierauf verfuhr Lori wie schon zuvor bei Pam Biller. Sie

zeigte Ruby Hills die privaten Farbphotos – mit demselben Erfolg.

»O ja, ich erinnere mich an ihn. Ich kann Ihnen sogar sagen, was er anhatte.«

»War das am 20. April?«

»Vor fünf Monaten? Ich bin nicht einmal sicher, ob ich an diesem Abend Dienst hatte.«

»Der Personalchef sagt, Sie hatten Dienst.«

»Dann könnte das stimmen, aber ich möchte trotzdem erst in meinen eigenen Unterlagen nachsehen.«

»Könnten Sie das jetzt gleich tun?«

»Nein, das würde zuviel Zeit in Anspruch nehmen. Kommen Sie morgen wieder, dann sage ich Ihnen Bescheid.«

»In Ordnung. Inzwischen erzähle ich Lindsey Scotts Anwalt, Ervan Kuhnke, von Ihnen. Er wird sich mit Ihnen in Verbindung setzen.«

Aufgeregt rief Lori Kuhnke an und erzählte ihm von ihrem Gespräch mit Ruby Hills. »Ich fahre morgen wieder hin und melde mich dann wieder bei Ihnen.«

Bei ihrem Treffen am nächsten Tag bestätigte Ruby Hills, daß sie am Abend des 20. April Dienst gehabt hatte.

»Und Sie erinnern sich, Lindsey Scott an diesem Abend gesehen zu haben?«

»Das habe ich nicht gesagt. Ich kann nur soviel sagen, daß ich an diesem Abend gearbeitet habe und ich mich erinnere, diesen Mann im Laden gesehen zu haben. Aber eine Verbindung zwischen beidem kann ich nicht herstellen. Ich weiß nicht, an welchem Abend ich ihn hier gesehen habe.«

»Könnten Sie das nicht irgendwie herausfinden?«

»Vielleicht. Möglich. Ich werde noch mal in meinen Unterlagen nachsehen, ob ich mir an diesem Abend Notizen über Festnahmen, verdächtige Personen oder dergleichen gemacht habe.«

»Es ist sehr wichtig, Ruby. Würden Sie das für mich tun?«

»Okay, aber es könnte ein oder zwei Tage dauern.«

»Gut. Ich gebe Mr. Kuhnke Bescheid. Er meldet sich dann bei Ihnen.«

Lori rief den Anwalt an und erzählte ihm, wie aufgeregt sie

wäre, daß Ruby Hills eindeutig an diesem Abend Dienst gehabt und Scott wiedererkannt, ja sogar seine Kleidung beschrieben habe. Das einzige Problem wäre, daß sie nicht sagen könne, ob Scott tatsächlich am 20. April dort gewesen sei. Aber sie würde ihre Unterlagen auf einen möglichen Vermerk hin prüfen.

»Ich denke, sie ist möglicherweise eine vielversprechende Zeugin«, sagte Lori.

»Lori, wenn sie nicht mit Bestimmtheit sagen kann, daß Scott am 20. April dort gewesen ist, ist ihre Aussage so wertlos wie die von Pam Biller«, entgegnete Kuhnke.

Lori ärgerte sich über diese Bemerkung. »Wollen Sie sie und die anderen Personen, die ich für Sie aufgesucht habe, denn nicht vorladen? Wollen Sie nicht mit ihnen sprechen, sie befragen oder sonst etwas unternehmen?«

»Lori, ich habe Ihnen schon mehrmals gesagt, daß kein Grund zur Sorge besteht. Sie machen sich zu viele Sorgen. Die Sache ist im Sack.«

Verzweifelt fragte Lori Kuhnke, ob es in Ordnung wäre, wenn sie ein Treffen zwischen Ruby Hills und Lindsey Scott arrangiere. »Vielleicht hilft es ihr, sich zu erinnern, wenn sie ihn in Person sieht. Vielleicht kann sie dann den Bezug zum 20. April herstellen.«

»Sicher, tun Sie das, wenn Sie wollen«, entgegnete Kuhnke.

Am 29. September, fünf Tage vor dem Prozeßtermin, arrangierte Lori ein Treffen für 14 Uhr auf dem Parkplatz von Zayre's. Bei dem Treffen waren Lindsey und seine Frau, Lori, Ruby Hills und ein weiterer Sicherheitsbeamter namens Philip Quarrels zugegen.

Ruby zeigte ohne zu zögern auf Scott und sagte: »Ja, das ist der Mann, den ich im Laden gesehen habe.«

»Am Abend des 20. April?«

Ruby schüttelte den Kopf. »Ich weiß es nicht. Ich hatte noch keine Zeit, meine Unterlagen durchzusehen.«

Lori seufzte. »Also gut. Im Augenblick können wir nicht viel mehr tun. Danke für Ihre Hilfe. Ich sage Mr. Kuhnke, daß er sich bezüglich Ihrer Unterlagen mit Ihnen in Verbindung setzen soll. Es wäre wirklich äußerst wichtig, wenn Sie sich erinnern könnten, Lindsey am 20. April im Laden gesehen zu haben.«

»Ich weiß. Aber ich möchte mich dazu nicht äußern, solange ich mir nicht absolut sicher bin.«

Wieder war Lori in einer Sackgasse gelandet. Sie rief Kuhnke an, berichtete ihm vom Ergebnis des Treffens und hörte sich erneut seinen Rat an, sich keine Sorgen zu machen.

An diesem Punkt beschloß Lori, sich für den Augenblick ein wenig aus den Ermittlungen zurückzuziehen. Zu ihrem Mann sagte sie: »Vielleicht geht hinter meinem Rücken etwas vor, das Kuhnke mir nicht sagen will. Vielleicht bereitet er ein Plea-bargaining vor« (Plea-bargaining: inoffizielle Absprache, nach der ein Angeklagter durch Schuldbekenntnis dem Gericht Prozeßzeit erspart und dafür eine milde Strafe zugesichert bekommt; Anmerkung des Übersetzers).

An dem Samstag vor Prozeßbeginn rief sie Victor Glasberg an und erklärte ihm die Situation. »Das macht mich wahnsinnig«, sagte sie. »Ich drehe noch durch. Ich rufe ständig bei Kuhnke an und frage, ob er irgendeinen der Zeugen, die ich für ihn ausfindig mache, sprechen oder vorladen möchte, und er antwortet immer nur, daß ich mir zu viele Sorgen mache. ›Es ist alles im Sack‹, erklärt er mir andauernd. ›Es wird nie zum Prozeß kommen‹. Also, ich sage dir, Vic, dieser Kerl macht mich ganz kribbelig!«

Glasberg konnte nicht mehr für sie tun, als ihr mitfühlend zuzuhören.

Lori konnte für sich selbst und für Lindsey Scott nicht mehr tun, als abzuwarten und das Beste zu hoffen.

Und Lindsey Scott konnte an diesem Wochenende vor Prozeßbeginn nicht mehr tun, als stumm zu Hause bei seiner Frau und seiner kleinen Tochter zu sitzen und sich zu fragen, was aus ihm werden würde. Und aus ihnen.

Am Montagmorgen, dem 3. Oktober 1983 erklärte Militärrichter Lieutenant Colonel H. S. Atkins vom U.S. Marine Corps die Verhandlung für eröffnet. Der Prozeß *Vereinigte Staaten gegen Corporal Lindsey Scott* begann.

Kapitel 8

Das Militär zieht es vor, in einer Welt zu operieren, die es sich selbst geschaffen hat, mit klaren Abgrenzungen, eigenen Kommandierenden in ihrer Illusion nachsichtigen Despotismus, einer Welt, innerhalb derer sie ihresgleichen belohnen, ihresgleichen bestrafen, fernab vom Licht der Öffentlichkeit, innerhalb der stillen Abgeschiedenheit ihrer von tiefen Gräben umgebenen Festungen. Lori Jackson war jedoch entschlossen, dafür zu sorgen, daß die Marines und der NIS im Fall *Vereinigte Staaten gegen Corporal Lindsey Scott* nicht in den Genuß eines diskreten Militärgerichtsprozesses kommen würden.

»Wenn die glauben, daß sie mit einer Randnotiz in der Zeitung von Quantico davonkommen, haben sie sich geschnitten«, sagte sie am Wochenende vor dem Prozeß zu ihrem Mann. »Und sie werden diesen kleinen Gerichtssaal nicht allein mit ihresgleichen füllen. Ich sorge dafür, daß ein paar von uns anwesend sind, die Presse, Bürgerrechtler. Wir brauchen Menschen als Zeugen dieses Prozesses, ich habe nämlich ein ungutes Gefühl.«

Ihre Fähigkeit, Aufsehen zu erregen, war überdeutlich, noch bevor Militärrichter Harry S. Atkins den Hammer niedersausen ließ und die Vorverhandlung eröffnete. Vertreter der örtlichen Nachrichtenmedien und Bürgerrechtler strömten auf den Quantico-Stützpunkt, ein seltenes Ereignis in der traditionell abgeschlossenen Welt der Militärgerichtsbarkeit. Aber das erste strahlende Licht der Öffentlichkeit fiel auf den Fall, als die *Washington Post* entsprechend auf Loris Anruf reagierte, in dem sie hatte durchblicken lassen, daß es sich hier um eine dramatische Story über Rassendiskriminierung und Ungerechtigkeit handle.

»Es ist unglaublich, daß das Militär überhaupt entschieden hat, diesen Fall vor Gericht zu bringen«, verkündete Lori vor versammelten Reportern auf den Stufen der LeJeune Hall bei ihrer ersten von zahlreichen solcher spontanen Pressekonferenzen. »Ich habe den Eindruck, daß sie unter Druck standen, einen Verdächtigen zu präsentieren, und Lindsey kam ihnen gerade recht.«

Kuhnke, der an Loris Seite stand, erklärte, daß er eine Verlegung des Verhandlungsortes beantragen werde. »Ich bin der Überzeugung, daß mein Klient keinen fairen Prozeß bekommen wird«, sagte er. »Ich bin sicher, daß wir gewinnen werden, aber es besteht immer die Gefahr, daß etwas unerwartet schiefgeht, wenn es um eine so emotionale Angelegenheit geht wie in diesem Fall, bei dem eine Frau beinahe ums Leben gekommen wäre.«

Seiner Ankündigung entsprechend stellte Kuhnke bei der Vorverhandlung an diesem bedeckten Morgen des 3. Oktober, noch bevor Richter Atkins Scott fragte »Wie plädieren Sie?«, den Antrag auf Verlegung des Verhandlungsortes. »Aus zwei Gründen kann Corporal Scott unserer Ansicht nach keinen fairen und unvoreingenommenen Prozeß bekommen; aufgrund des Einflusses, den hohe Offiziere auf die Verhandlung nehmen – ein unzulässiger Einfluß, wie ich anmerken möchte – und aufgrund der Berichterstattung in den Medien im Vorfeld des Prozesses ...«

Um seine Behauptung, daß Einfluß von ›oben‹ genommen werde, zu untermauern, rief Kuhnke als Zeugen (unter anderem) Lieutenant Colonel Harry (inzwischen pensioniert), Major General Twomey und Colonel Bruce Truesdale, Twomeys Stabschef auf.

Kuhnke hatte von vornherein keine Chance, aber man muß ihm zugute halten, daß er vermutlich keine Ahnung von der Vorgehensweise des Militärs in solchen Fällen hatte. Anders als bei einem Zivilprozeß konnte Kuhnke keine Militärangehörigen als Zeugen aufrufen. Der Richter und die kommandierenden Offiziere hatten die uneingeschränkte Entscheidungsgewalt darüber, welche Militärangehörigen aufgerufen werden durften. Und so lehnte die Anklagevertretung seinen Antrag, Harry und Truesdale in den Zeugenstand zu rufen, mit der Begründung ab, ihre Aussage wäre nicht sachdienlich. Major Twomey machte praktischerweise gerade Urlaub in Übersee.

Kuhnke argumentierte, daß Harry aussagen werde, auf

Twomeys Befehl hin seines Richteramtes enthoben worden zu sein, nachdem er Scott aus der Untersuchungshaft entlassen habe. Der Befehl sei von Truesdale ausgeführt worden, der Harry, als dieser sich bereit erklärt habe, sich gegen Twomey zu stellen und diese Angelegenheit zur Sprache zu bringen, geraten habe, den Mund zu halten. Da Twomey nicht zur Verfügung stünde, argumentierte Kuhnke, sollte die Entscheidung über seinen Antrag auf Verlegung des Verhandlungsortes vertagt werden, bis das Gericht Harry und Truesdale als Zeugen gehört hatte.

Richter Atkins: »Sind Sie der Ansicht, Mr. Kuhnke, daß die Amtsenthebung Colonel Harrys irgendeinen Einfluß auf die Entscheidung hatte, diesen Fall an ein Militärgericht zu verweisen?«

Kuhnke: »Ich bin der Ansicht, daß aufgrund der Amtsenthebung und der deutlichen Botschaft an die Kommandierenden Corporal Scott seitens der Mitglieder dieses Kommandostabes kein fairer Prozeß gemacht werden kann. Ich weise darauf hin, daß wir keine Einwände gegen diesen Verhandlungsort hätten, wenn die Geschworenen unter Mitgliedern des Marineinfanteriekorpsstabes oder dem Navy-Kontingent ausgewählt würden. Dies, Euer Ehren, wäre für alle Beteiligten ein Zeichen dafür, daß Corporal Scott doch einen fairen Prozeß bekommen könnte … Daran bestehen derzeit Zweifel … und deshalb würde ich auch gern diese beiden Gentlemen in den Zeugenstand rufen.«

Richter Atkins: »Und diese Gentlemen könnten bezeugen, inwieweit die künftigen Prozeßangehörigen nicht in der Lage wären, objektiv und fair zu urteilen?«

Kuhnke: »Nein. Ich meine, daß wenn sie aussagen, daß er aufgrund dieser Entscheidung seines Amtes enthoben wurde, was ich als erwiesen betrachte … dies für alle in dieser Einheit bedeutet, daß die Obrigkeit mit dieser Entscheidung unzufrieden war und dieser Mann hier somit schuldig sein muß. Der Führungsstab hält ihn für schuldig, und ich bin der Ansicht, daß um diese Möglichkeit auszuschließen, mir zumindest die Möglichkeit gegeben werden sollte, diese beiden Männer in den Zeugenstand zu rufen, damit Sie sich anhören können, was sie zu sagen haben, und anschließend beurteilen können, ob eine unzulässige Beeinflussung durch die Obrigkeit vorliegt ...«

Richter Atkins: Können Sie beweisen, daß diese Prozeßangehörigen über diese Handlung General Twomeys informiert sind?«

Kuhnke: »Nein, das kann ich nicht. Noch nicht. Aber ich kann beweisen, daß der Stabschef im Namen des Generals den Military Magistrate seines Amtes enthoben hat und dieses Vorgehen als deutliches Signal ausgelegt werden kann, daß der Kommandostab die richterliche Entscheidung mißbilligte, wollte, daß Corporal Scott in Haft blieb, und somit der Überzeugung war, daß mein Mandant sich des Verbrechens, dessen man ihn anklagt, schuldig gemacht hat.«

Major Jim Messer, zweiter Anklagevertreter neben Major Thomson, widersprach Kuhnkes Ausführungen. »Der Herr Verteidiger mischt Äpfel und Orangen. Jetzt sind wir plötzlich von dem Versuch, einen klassischen Fall von Beeinflussung seitens der Obrigkeit nachzuweisen, dazu übergegangen, zu diskutieren, ob die Geschworenen sich soweit von der Entscheidung haben beeinflussen lassen, Lieutenant Colonel Harry seines Amtes zu entheben, daß sie nicht in der Lage sind, in diesem vorliegenden Fall fair und unvoreingenommen zu urteilen.« Obwohl er nur zweiter Anklagevertreter war, sollte sich bald herausstellen, daß Major Messer von Beginn an die Zügel in der Hand hielt und Thomson die Rolle des Beisitzers übernahm.

Messer, der in Militärkreisen als ›Killer-Ankläger‹ bekannt war, machte Kuhnkes Antrag wirkungsvoll zunichte. »Wenn die Verteidigung es so möchte, ist die Anklage gern bereit zuzugeben, daß Lieutenant Colonel Harry am 5. Mai als Military Magistrate fungiert hat, Corporal Scott aus der Untersuchungshaft entließ und hierauf am 6. Mai seines Amtes enthoben wurde. Die Anklagevertretung hat dies zu keinem Zeitpunkt bestritten. Na und? Es gibt keinen Zusammenhang zwischen diesem Vorfall und Beeinflussung durch den Führungsstab, worauf der Antrag der Verteidigung scheinbar basiert.«

Richter Atkins: »Der Antrag der Verteidigung auf Vertagung wird abgelehnt.«

Kuhnkes Frustration war deutlich sichtbar, als er sich den Schweiß von Stirn und Oberlippe wischte. Im Rahmen seines Bestrebens, Beeinflussung durch den Führungsstab nachzuweisen, wurde ihm gestattet, folgende Zeugen aufzurufen: Lieutenant Colonel Quellette (inzwischen vom Major befördert), Lieutenant Colonel Hemming, Lieutenant Colonel Walls (stellvertretender Militärgerichtsrat unter Militärgerichtsrat Colonel Cassady). Es war Walls, der, nachdem er das Protokoll der Artikel-32-Anhörung gelesen hatte, Colonel Cassady empfohlen hatte, sich für einen Prozeß vor einem Militärgericht auszusprechen.

Es war eine ebenso mutige wie sinnlose Geste Kuhnkes. Keiner der drei hochrangigen Offiziere konnte irgendwelchen Druck seitens Major General Twomeys bezeugen. Und es stimmte auch keiner von ihnen von Kuhnkes Behauptung zu, Harry wäre seines Amtes enthoben worden, weil er Scott aus der Untersuchungshaft entlassen habe.

Kuhnke (an Walls): »Gab es innerhalb des Justizsenatsbüros Unstimmigkeiten, als Corporal Scott aus der Untersuchungshaft entlassen wurde?«

Walls: »Nun, Unstimmigkeiten ist kein sehr präziser Begriff. Ich persönlich hielt die Entscheidung aufgrund der meines Wissens vorliegenden Beweise für unangebracht.«

Im Rahmen seines Schlußplädoyers für eine Verlegung des Verhandlungsortes führte Kuhnke erneut seine Anschuldigung von Beeinflussung durch Major General Twomey an. »Ich behaupte, daß der Umstand, daß mir verweigert wurde, Zeugen vorzuladen, die meiner Überzeugung nach den Beweis für Beeinflussung durch die Obrigkeit liefern würden, einen weiteren offenkundigen Beweis für Beeinflussung seitens des Führungsstabes in dieser Sache deutlich macht«, sagte er an Richter Atkins gewandt. »Insbesondere in bezug auf Colonel Harry, der von einer Unterhaltung mit Colonel Truesdale berichtet hätte, im Verlaufe derer er gewarnt wurde, den Mund zu halten. Ich wurde daran gehindert, den Colonel in den Zeugenstand zu rufen. Und ich wurde daran gehindert, einen Mann als Zeugen zu hören, der ihm diese Instruktionen gab, vermutlich auf Befehl von Major General Twomey.

»Ich weise erneut darauf hin, daß die Weigerung des Gerichts, mich diese beiden Männer, von denen ich bei allem gebotenen Respekt behaupte, daß sie Beeinflussung durch den Führungsstab bestätigen würden, in den Zeugenstand rufen zu lassen, an sich schon ein Beweis für eine solche Beeinflussung ist, die die Möglichkeit einer fairen Verhandlung für Corporal Scott vor diesem Gericht ernsthaft in Frage stellt ... Ich beantrage erneut eine Verlegung des Verhandlungsortes und bitte das Gericht eindringlich, diesem Antrag stattzugeben.«

Major Messer konterte, daß es der Verteidigung, auch nachdem ihr die Befragung mehrerer Zeugen gestattet worden sei, nicht einmal in ihrem Schlußplädoyer gelungen wäre, auch nur den Schatten eines Beweises dafür zu erbringen, daß es im Zusammenhang mit diesem Fall irgendwelche Einflußnahme seitens des Führungsstabes gebe.

Richter Atkins: »Der Antrag der Verteidigung auf Verlegung des Verhandlungsortes wird abgelehnt. Möchte die Verteidigung noch irgendwelche Anträge stellen?«

»Nein, Euer Ehren.«

»Gut. Dann möchte ich jetzt hören, wie der Angeklagte plädiert.«

»Euer Ehren, mein Mandant plädiert auf nicht schuldig im Sinne der Anklage.«

So endete der erste Tag der Vorverhandlung, die am darauffolgenden Morgen fortgesetzt wurde. Als erstes rief die Anklagevertretung Special Agent Lindner in den Zeugenstand, damit er zur Identifizierung des Täters seitens des Opfers anhand des Identi-Kits aussagte. Anschließend würden die Geschworenen aus der Liste ausgewählt werden und der eigentliche Prozeß beginnen.

Prozeßankläger Major Thomson, ein Schwarzer, fühlte die eisigen Blicke Loris und einiger anderer Bürgerrechtler auf sich ruhen, während er Lindner Fragen zu den einzelnen Schritten der Identifizierung anhand des Identi-Kits stellte. Der NIS-Agent demonstrierte dem Richter sowie den Vertretern von Anklage und Verteidigung, wie die Methode funktionierte, und erklärte Judys Reaktion auf jeden einzelnen Schritt. Dies, erklärte Thomson, lege den Grundstein zur Gültigmachung der Photographien, die allen Beteiligten zwecks Zeiteinsparung ausgehändigt werden würden; ansonsten müßte die Prozedur Schritt für Schritt nachvollzogen und Abzüge sämtlicher Etappen vorgelegt werden.

Kuhnke nahm Lindner ins Kreuzverhör und befragte ihn ausführlich zur Entstehung des Phantombildes anhand des Identi-Kits. Er versuchte zu beweisen, daß Judy durch die Art von Lindners Fragestellung möglicherweise beeinflußt worden war. Das Resultat war fragwürdig, da bislang noch keine Geschworenen anwesend oder auch nur bestellt worden waren. Aber er wußte, daß er Gelegenheit haben würde, das Verhör zu wiederholen, wenn die Anklage Lindner im Laufe der Verhandlung als Zeugen aufrief.

Schließlich folgte an diesem Vormittag die Auswahl der Jury, die über Corporal Lindsey Scott urteilen sollte. Neun Offiziere waren vom Führungsstab des Quantico-Stützpunktes aufgelistet worden, von denen sieben im Rahmen einer *voir-dire*-Befragung ausgewählt werden würden. Hierbei handelt es sich um einen juristischen Ausdruck für eine Vorvernehmung unter Eid eines Geschworenen oder Zeugen zur Feststellung seiner Eignung. Das Wort stammt ursprünglich aus dem Französischen und bedeutete so viel wie ›die Wahrheit sagen‹.

Bei seiner Befragung der zur Auswahl stehenden Geschworenen, konzentrierte sich Major Messer auf zwei Hauptfaktoren: berechtigte Zweifel und Indizienbeweise.

Dem ersten potentiellen Geschworenen, Colonel J. O. Marsh, las Messer folgenden Text aus dem Gesetzesbuch des Militärrichters vor: »Mit begründetem Zweifel ist kein eingebildeter oder ausgedachter Zweifel gemeint, sondern ein aufrichtiger, gewissenhafter Zweifel aufgrund der vorliegenden Beweise oder des Mangels eben solcher im vorliegenden Fall.

Es handelt sich um einen ernsthaften Zweifel aufgrund mangelhafter Beweise für die Schuld des Angeklagten. Beweis jenseits begründeter Zweifel bedeutet Beweis aufgrund moralischer Gewißheit, wenn auch nicht zwingend absoluter Gewißheit ... Der Aspekt des begründeten Zweifels bezieht sich auf jedes einzelne Element der Anklage, wenngleich nicht jedes von der Anklagevertretung angeführte Faktum, das in sich kein geschlossenes Element darstellt, jenseits begründeten Zweifels dargelegt werden muß. Sollten Sie jedoch ohne begründeten Zweifel von der Wahrheit jedes einzelnen Elements überzeugt sein, ist es Ihre Aufgabe, den Angeklagten schuldig zu befinden.

Sir, haben Sie den Unterschied zwischen Zweifel und begründetem Zweifel verstanden?«

»Ja, Sir.«

»Und stimmen Sie der Anklage darin zu, daß sie die Schuld des Angeklagten nicht bis hin zu mathematischer Gewißheit belegen muß?«

»Ja, Sir.«

Hierauf faßte Messer die Instruktionen zu Indizienbeweisen aus demselben Gesetzestext zusammen. »Colonel Marsh, es gibt zwei Arten von Beweisen, die Sie zur Beurteilung der Fakten dieses Falles verwenden können – den unmittelbaren Beweis und den Indizienbeweis. Der unmittelbare Beweis beruht auf tatsächlichem Wissen oder einer Beobachtung, während es sich bei einem Indizienbeweis um einen mittelbaren Beweis oder Umstände handelt, die Sie von der Existenz oder dem Fehlen eines Faktums überzeugen. Wenn Sie beispielsweise am Morgen aufwachen, aus dem Fenster blicken und eine nasse Straße sehen, führt dieser Umstand zu der Annahme, daß es in der Nacht geregnet hat. Sir, glauben Sie, daß Sie die Tatsache in Betracht ziehen können, daß Indizienbeweise das gleiche Gewicht haben wie unmittelbare Beweise?«

»Ja, Sir.«

»Und wenn die Anklage einen Fall darlegen würde, der ausschließlich auf Indizienbeweisen basiert, könnten Sie dann den Angeklagten der Verbrechen, derer er beschuldigt wird, für schuldig befinden – allein aufgrund von Indizienbeweisen?«

»Ja, Sir.«

Bei seiner Befragung von Colonel Marsh warf Kuhnke eine interessante Frage direkte Beweise gegenüber Indizienbeweisen betreffend auf – und verlor. »Würden Sie zustimmen, daß Indizienbeweise einer gründlicheren Prüfung bedürfen?«

Major Messer: »Einspruch. Das ist keine auf dem Gesetz basierende Prämisse.«

Kuhnke: »Vielleicht nicht in der militärischen Rechtsprechung – sollte das der Fall sein, ziehe ich die Frage zurück.«

Dieser kurze Austausch legte die Grundlage der Anklage dar: die Anklagevertretung verließ sich völlig auf Indizienbeweise, denen jedoch in der militärischen Rechtsprechung dieselbe Bedeutung beigemessen wurde wie unmittelbaren Beweisen – von denen es in diesem vorliegenden Fall keinen einzigen gab.

Die Befragung durch Major Messer und Kuhnke ging glatt über die Bühne, bis der Anklagevertreter über Lieutenant Colonel Rafael Negron, einen Operation Officer, stolperte. Besagter Offizier stimmte Major Messer dahingehend zu, daß die Anklagevertretung den Beweis nicht bis hin zu mathematischer Gewißheit belegen müsse. Als Major Messer jedoch fragte: »Wenn die Anklage einen Fall darlegen würde, der allein auf Indizienbeweisen basiert, könnten Sie dann den Angeklagten der Verbrechen, derer er beschuldigt wird, für schuldig befinden?« entgegnete Lieutenant Colonel Negron:

»Nein, das könnte ich nicht.«

Der Colonel erklärte, daß er für einen Schuldspruch auch unmittelbare Beweise wie beispielsweise einen Zeugen brauche. »Indizienbeweise reichen nicht aus, jemanden zu verurteilen«, sagte er.

Es ist wohl überflüssig, darauf hinzuweisen, daß nachdem sämtliche potentiellen Geschworenen befragt und geprüft worden waren, Major Messer Lieutenant Colonel Negron als Geschworenen ablehnte. Es wurde noch ein weiterer Offizier von Major Messer abgelehnt, Captain Brian Murray. Der Captain war nicht sicher, ob er in der Lage wäre, Scott allein aufgrund von Indizienbeweisen schuldig zu sprechen. Wenngleich Major Messer seine Gründe, den Captain als Geschworenen abzulehnen, nicht offenbaren mußte, waren diese offenkundig.

Und so setzte sich die Sieben-Mann-Jury aus drei Majors, zwei Lieutenant Colonels und zwei Colonels zusammen. Vier Geschworene waren Weiße, zwei hispanischer Herkunft und einer schwarz.

Richter Atkins forderte die Geschworenen auf, Platz zu nehmen, belehrte sie mit wenigen Worten über ihre Pflichten und ihre Verantwortung und ordnete eine kurze Unterbrechung der Verhandlung an.

Drei Minuten nach 14 Uhr am 4. Oktober wurden mit den Eröffnungsplädoyers des Anklägers Major Thomson und des Verteidigers Ervan Kuhnke die ersten Salven im Prozeß gegen Corporal Lindsey Scott abgefeuert.

Kapitel 9

Der Nachmittag war für die Jahreszeit ungewöhnlich warm und schwül, und in dem kleinen Gerichtssaal der LeJeune Hall war es unerträglich stickig. Die sieben Geschworenen, die auf einer erhöhten Plattform am Kopfende des holzgetäfelten Raumes saßen, fühlten sich in der drückenden Hitze sichtlich unwohl. Zu ihrer Linken stand die Richterbank, an der Lieutenant Colonel Atkins saß. Unterhalb und im rechten Winkel zum Richtertisch standen keine drei Meter entfernt der Tisch und die geradlinigen Stühle der Verteidigung. Hier saßen Kuhnke, wie gewöhnlich eine kalte Pfeife zwischen den Zähnen, Major Roach und Corporal Lindsey Scott in seiner Ausgehuniform, wie es das Militärgerichtsprotokoll vorschrieb. Auf der gegenüberliegenden Seite des kleinen Raumes, den Geschworenen und dem Richter gegenüber, befanden sich Tisch und Stühle der Anklagevertretung. Dort saßen der Anklagevertreter Major Donald Thomson und sein Beisitzer Major Jim Messer. Der Zeugenstand, an dessen Seite ein Standmikrophon aufgestellt war, befand sich unmittelbar an der Wand, zwischen den Bänken der Jury und dem Tisch der Anklagevertretung. Darüber an der Wand tickte eine Uhr im Minutentakt.

Hinter einem niedrigen Holzgeländer waren vier Reihen einfacher Stühle aufgestellt, die Platz für nur siebenundzwanzig Zuschauer boten. An diesem Nachmittag waren die Plätze, von einigen Pressevertretern abgesehen, zum Großteil von Freunden, Anhängern und Verwandten Lindsey Scotts besetzt. Seine Eltern waren aus ihrer Heimatstadt Louisville angereist. Lori, die ihre zahlreichen handschriftlichen Notizen bei sich hatte, war in Begleitung zweier ihrer fünf Töchter sowie einiger Mitglieder ihrer Aktivistengruppe Women for Equal Social Justice erschienen. Darüber hinaus waren zwei Beobachter der Southern Christian Leadership Conference und der Prince-William-County-Vertretung des NAACP anwesend, zwei ehemalige hochrangige schwarze Offiziere: Vice Admiral S. L. Gravel jr. und Army Major General R. C. Gaskill, beide Offiziere a. D., Loris ›Zeugen‹.

Als die Vertreter von Anklage und Verteidigung in ihren Unterlagen blätterten und die schwitzenden Zuschauer unruhig auf ihren harten Holzstühlen herumrutschten, ließ Richter Atkins seinen Hammer niedersausen, bat um Ruhe und forderte die Anklage auf, mit ihrem Eröffnungsplädoyer zu beginnen.

Major Donald Thomson erhob sich, nahm Haltung an und wandte sich – natürlich – an die Geschworenen.

»Hohes Gericht, meine Herren Geschworenen, wir stehen noch ganz am Anfang dieses Prozesses. Wie üblich tragen wir als Vertreter der Vereinigten Staaten die Beweislast. Unsere Aufgabe ist es, zu beweisen, daß Corporal Scott ohne begründeten Zweifel der Verbrechen schuldig ist, derer man ihn anklagt. Aufgabe und Funktion der Verteidigung ist es, ihren Klienten engagiert und so gut sie es vermag zu vertreten. Diese verschiedenen Funktionen sollten entscheidend sein bei der Beurteilung dessen, was wir sagen und tun, denn das, was wir als Vertreter von Anklage oder Verteidigung sagen, darf nicht als Beweis gewertet werden oder als das Gesetz. Es gibt in diesem Gerichtssaal nur eine Person, die von Rechts wegen qualifiziert ist, Sie darüber zu belehren, was Gesetz ist, und das ist der Richter.

»... In diesem konkreten Fall, Vereinigte Staaten gegen Scott, wird es – auch wenn die Beweisführung möglicherweise viel Zeit in Anspruch nehmen wird und zahlreiche Beweisstücke vorgelegt werden – um Vorfälle gehen, die sich in einem Zeitraum von weniger als einer Stunde ereignet haben. Die Vereinigten Staaten werden diese Vorfälle anhand von unmittelbaren und Indizienbeweisen rekonstruieren.

Mrs. Judy Connors, das Opfer, ist selbstverständlich am besten mit den Fakten, Ereignissen und Umständen des 20. April 1983 vertraut. Mrs. Connors ist innerhalb einer Stunde – von 20 bis 21 Uhr – Einschneidendes widerfahren, wozu sie sich im Zeugenstand äußern wird. Sie wird erwartungsgemäß aussagen, daß sie mittels eines Telefonanrufs aus ihrer Wohnung gelockt ... an einen dunklen Ort in der Nähe der Marine Corps Development and Education Command gebracht und von einem Mann zum Oralsex gezwungen wurde. Sie wurde vergewaltigt ... gewürgt, niedergestochen und am abgelegenen Tatort zurückgelassen ...

Andere Personen werden sich im Zeugenstand zu den Folgen dieses Verbrechens und den hierauf folgenden Ereignissen äußern ...

Wir möchten an diesem Punkt darauf hinweisen, daß Qualität und nicht Quantität der Beweise belegen wird, daß Corporal Lindsey Scott derjenige war, der sich dieses Verbrechens gegen die Vereinigten Staaten und Judy Connors schuldig gemacht hat. Wir sind der Überzeugung, daß, wenn Sie sich zurückziehen, um sich aufgrund der vorgelegten Beweise zu beraten, Sie zu dem Schluß gelangen werden, daß Sie gar keine andere Wahl haben, als den Angeklagten in allen Punkten der Anklage schuldig zu befinden.«

Kuhnke nahm feierlich die Pfeife aus dem Mund und legte sie vorsichtig vor sich auf den Tisch, ehe er sich mit seinem Eröffnungsplädoyer an die Geschworenen wandte:

»Herr Vorsitzender und meine Herren Geschworenen, ich schließe mich der Bitte meines Kollegen von der Anklagevertretung dahingehend an, daß Sie sich die Beweise – alle Beweise – sehr sorgfältig anhören sollten. Was er oder ich Ihnen sagen werden, ist nicht als Beweis zu bewerten. Die Beweise entnehmen Sie den Zeugenaussagen und den als Beweismittel vorgelegten Dokumenten. Auch ich möchte Sie eindringlich bitten – und an diesem Punkt gehen die Meinungen von Anklage und Verteidigung bezüglich der Art der Beweise auseinander –, daß Sie sich auf die Qualität der Beweise konzentrieren, Gentlemen. Auf die Qualität. Wir sind überzeugt, daß Sie nach eingehender Prüfung der Beweise in bezug auf deren Qualität den Angeklagten in allen Punkten nicht schuldig befinden werden.

Sie, Gentlemen, werden gemeinsam über die Fakten urteilen müssen, Sie urteilen über die Glaubwürdigkeit und Überzeugungskraft der Beweise, die sie im Verlauf dieses Prozesses zu hören bekommen werden. Ich möchte Sie noch einmal bitten, nicht nur sorgfältig auf das zu achten, was gesagt wird, sondern außerdem auf das Verhalten sämtlicher Zeugen.

Die Verteidigung ist nicht verpflichtet, irgendwelche Beweise anzuführen. Wir werden es dennoch tun. Es obliegt dem Staat, jedes einzelne Element der Verbrechen, derer Corporal Scott beschuldigt wird, zweifelsfrei zu beweisen. Wir sind nicht verpflichtet, irgendwelche Beweise anzuführen, aber wir werden es dennoch tun, und lassen Sie mich kurz die Art von Beweisen darlegen, die wir vorlegen werden. Wir werden einen Zeugen aufrufen, der Corporal Scott an jenem Nachmittag gesehen hat, seine Kleidung beschreiben und aussagen wird, daß der Corporal sich zu einer bestimmten Zeit an einem bestimmten Ort aufgehalten hat. Wir bitten Sie, sehr sorgfältig auf bei den Zeugenaussagen auftretende Widersprüche hinsichtlich der Kleidung und allgemeinen Erscheinung zu beachten, da einer der Schlüsselaspekte dieses Prozesses die Identifizierung ist, beziehungsweise die

Frage, ob es eine solche eindeutige Identifizierung überhaupt gibt. Dann werden wir einen Friseur aufrufen, der dem Corporal regelmäßig das Haar schneidet. Er wird sich zu dessen Haarlänge äußern, da diese, wie Sie noch sehen werden, in diesem Fall eine wichtige Rolle spielt.

Außerdem werden wir zwei Zeugen aufrufen, die aussagen werden, den Corporal zu einer Zeit gesehen zu haben, die es ihm unmöglich gemacht hätte, die ihm zur Last gelegten Verbrechen zu begehen. Einer der beiden Männer ist ein Sergeant, der in der Nähe von Mrs. Connors' Wohnung an seinem Wagen arbeitete. Er wird aussagen, daß er bis 20 Uhr 30 an seinem Wagen gearbeitet hat und in dieser Zeit weder den Corporal noch den Wagen des Corporals gesehen hat. Tatsächlich glaube ich, daß er aussagen wird, auch Mrs. Connors in dieser Zeit nicht gesehen zu haben. Ich möchte Sie noch einmal bitten, sehr genau auf die Zeiten zu achten und den Aussagen aufmerksam zuzuhören ...

Sie werden darüber hinaus einen Zeugen hören, der aussagen wird, daß Corporal Scott sich zur Tatzeit dreizehn oder fünfzehn Meilen vom mutmaßlichen Tatort entfernt aufgehalten hat, so daß er das Verbrechen unmöglich begangen haben kann. Bei dieser Person handelt es sich um ein Mitglied des Wachpersonals eines Ladens in Woodbridge. Diese Frau hat den Corporal an jenem Abend gesehen, sie hat ihn identifiziert und ist bereit, dies zu bezeugen.

Schließlich werden wir den Corporal in den Zeugenstand rufen, und er wird sich ebenso dazu äußern, wann er sich an diesem Abend wo aufgehalten hat und in welcher Beziehung er zu dem Opfer stand. Er wird jede Frage beantworten, die Sie, Gentlemen, oder die Anklage ihm stellen werden.

Wie ich schon sagte, bin ich der Überzeugung, daß Sie, nachdem Sie alle Beweise gehört haben, meinen Mandanten nicht schuldig befinden werden ...«

Als Major Thomson den ersten Zeugen der Anklage aufrief, NIS Special Agent James Lindner (konservativ gekleidet in einem dunklen Anzug), unterbrach Richter Atkins kurz und bat den Gerichtsdiener, die Außentür zu öffnen, um ›ein wenig Luft hereinzulassen‹. In dem bis auf den letzten Platz besetzten kleinen Gerichtssaal war es erstickend heiß.

Nachdem er Lindner vereidigt hatte, ging Major Thomson mit ihm die Ermittlungen von Beginn an durch, hob für die Geschworenen seine Erfahrung als NIS-Agent hervor, ließ ihn die Benutzung des Identi-Kits erklären (jeder Geschworene hatte einen vollständigen Satz Folienvorlagen erhalten) und forderte ihn auf, den Verlauf der Photovorlage und der Gegenüberstellung zu schildern. Lindner gab zu, daß Judy Connors in beiden Fällen zwei Männer als mögliche Täter identifiziert habe.

Major Thomson: »Was – sofern überhaupt – haben Sie während der Gegenüberstellung zu ihr gesagt?«

Lindner: »Ich habe sie gefragt, ob sie einen der Männer wiedererkenne.«

»Und mit welchem Ergebnis?«

»Sie sagte, die beiden Männer zur Rechten, die Nummern fünf und sechs, sähen aus wie der Mann, der sie überfallen habe.«

»Was geschah dann?«

»Ich ließ jeden der beiden Männer – die Nummer fünf und die Nummer sechs – nacheinander vortreten, sich von allen Seiten zeigen und dann wieder in die Reihe zurücktreten. Ich fragte Mrs. Connors erneut, ob sie den Mann identifizieren könne, der sie überfallen habe, worauf sie entgegnete, die Nummer fünf sähe aus wie der Täter. Ich fragte sie, ob sie ganz sicher sei, worauf sie erwiderte: ›Die Nummer sechs sieht ihm auch sehr ähnlich‹.«

»Was geschah dann?«

»Ich fragte sie erneut, ob sie mit Sicherheit sagen könne, ob es Nummer fünf oder Nummer sechs gewesen wäre, und Mrs. Connors entgegnete: ›Nummer fünf macht mir am meisten angst, aber ich bin mir immer noch nicht ganz sicher‹.«

»Hat Mrs. Connors sich in irgendeiner Weise zu den Haaren geäußert?«

»Ja. Sie sagte, das Haar von Nummer sechs wäre länger und dem des Täters ähnlicher.«

»Würden Sie dem Gericht bitte sagen, wer der Mann mit der Nummer fünf war?«

»Nummer fünf war der Angeklagte, Corporal Lindsey Scott.«

Major Thomson führte seine Befragung mit einer Zusammenfassung darüber fort, wo Judy Connors wohnte, wo sie gefunden wurde und wo sich der mutmaßliche Tatort befand. Lindner zeigte die verschiedenen Stellen auf einer Karte, die Major Thomson vorlegte, und markierte sie nebst dem Standort des PMO. Mit dieser Strategie bezweckte die Anklage, die Zuständigkeit der Marines für den vorliegenden Fall festzustellen, was selbstverständlich Grundlage für ein Militärgericht war, jedoch bis zuletzt in Frage stand und nie bewiesen wurde. Hiernach fuhr Major Thomson mit Lindner fort.

»Special Agent Lindner, entsprechen die markierten Stellen auf der Karte den Fakten dieses Falles, soweit diese Ihnen bekannt sind?«

»Ja, Sir.«

»Und wer ist aufgrund der Stelle, an der das Opfer aufgegriffen wurde, für diesen Fall zuständig?«

»Das Verbrechen ereignete sich auf Militärgelände.«

Kuhnke erhob sich. »Euer Ehren, ich erhebe Einspruch gegen die Zulassung dieser Karte als Beweisstück, bis der Tatort festgestellt wurde … bis es weitere Zeugenaussagen gibt, denen zufolge … bis eindeutig feststeht – darf ich …«

Richter Atkins: »Ihr Einsprach bezieht sich auf die Festlegung …?«

»Des Tatorts, der Stelle, die als Tatort bezeichnet wurde.«

Richter Atkins: »Ich gebe Ihrem Einspruch statt …«

Major Thomson versuchte es erneut: »Special Agent Lindner, Sie haben auf der Karte vermerkt ›Ort, an dem das Opfer aufgegriffen wurde‹.«

»Ja.«

»Haben Sie als zuständiger Ermittler in diesem Fall eine Ahnung, wo sich der eigentliche Tatort im Verhältnis zu der Stelle befindet, an der das Opfer gefunden wurde?«

»Ja, meines Erachtens befindet sich der Tatort auf Militärgelände, und das Opfer wurde auf Militärgelände gefunden.«

»Einspruch. Mutmaßung!«

»Stattgegeben.«

Major Thomson unternahm einen dritten Versuch aus einer anderen Richtung. »Was haben Sie, sofern überhaupt, unternommen, den Tatort zu finden?«

»Wir haben noch in derselben Nacht Spürhunde von der Prince William County geborgt, die die Fährte des Opfers aufnehmen und uns zum Tatort führen sollten. Wir hatten keinen Erfolg damit. Die Militärpolizei, Ermittler vom CID und aus unserer Abteilung haben die gesamte Gegend durchkämmt, um den Tatort zu finden. Außerdem wurde Mrs. Connors in das Waldstück gebracht, weil wir hofften, sie könnte uns möglicherweise Hinweise auf den Schauplatz des Verbrechens geben, aber sie konnte uns leider auch nicht helfen.«

Aufgrund dieser Aussage beantragte Major Thomson erneut, die Karte und Lindners Ansicht als Beweismittel für die Zuständigkeit des Militärs zuzulassen. Wieder erhob Kuhnke Einspruch.

»Dieses Dokument darf nicht zugelassen werden. Special Agent Lindner hat zugegeben, daß es der Polizei auch nach gründlicher Suche nicht gelungen ist, den Tatort zu finden. Aufgrund der Nähe der Grenze zwischen Militärgelände und Prince William County basiert die Annahme, der Tatort befinde sich auf dem MCDEC-Gelände auf reiner Spekulation. Wir wissen nicht, wo das Verbrechen begangen wurde, und es wäre irreführend für die Geschworenen, diese Mutmaßung als Beweismittel zuzulassen. Sie haben meinem Einspruch bezüglich des Ortes stattgegeben, an dem der Ansicht des Agenten nach das Verbrechen begangen wurde. Aufgrund dessen müssen Sie meinem Einspruch gegen die Zulassung dieses Dokumentes ebenfalls stattgeben.«

»Ich gebe dem Einspruch der Verteidigung statt. Dem Gericht liegen keine Beweise hinsichtlich der Tatzeit und des Tatortes vor.«

Ein wichtiger Punkt für Kuhnke. Major Thomson zog die Karte als Beweismittel zurück.

Nach einigen weiteren Fragen der Anklage an Lindner nahm Kuhnke den NIS-Agenten ins Kreuzverhör.

Er befragte Lindner ausführlich zur Erstellung des Phantombildes anhand des Identi-Kits, bezog sich auf Lindners Aussage bei der Artikel-32-Anhörung im Juni, stellte die Methoden des Agenten in Frage sowie erneut Judy Connors' Identifizierung von Scott als dem Täter.

Kuhnke: »Galt Corporal Scott bereits als verdächtig, als sie mit Hilfe des Identi-Kits ein Phantombild erstellten?«

Lindner: »Nein, Sir.«

Kuhnke: »Würden Sie diesen Absatz aus dem Kreuzverhör Seite vierzig vorlesen?« Kuhnke reichte dem Zeugen eine Abschrift des Anhörungsprotokolls.

Lindner las: »Ich kenne Corporal Scott seit etwa einem Jahr. Ich habe noch nie gegen jemanden ermittelt, den ich so lange oder überhaupt gekannt habe. Wenn Sie jedoch meinen, dies wäre vorschriftswidrig und stünde objektiven Ermittlungen im Wege, würde ich dies verneinen. Ja, ich habe das Phantombild vorbereitet. Es stimmt, daß ich ihn als Verdächtigen betrachtete und in diesem Fall der ermittelnde Beamte war …«

Kuhnke: »Diese ersten Zeilen. Finden Sie daran etwas unzutreffend?«

»Ja.«

»Würden Sie dem Gericht verraten, was unzutreffend ist und was der Wahrheit entspricht?«

»Im Protokoll der Anhörung heißt es, er wäre verdächtig gewesen, aber tatsächlich war er das zu diesem Zeitpunkt noch nicht … Sein Name war an jenem Abend, an dem Mrs. Connors ins Krankenhaus gebracht wurde, gefallen. Jemand sagte: ›Klingt nach Scotty‹. Es war mein Partner an diesem Abend, NIS-Agent Rivers. Wir anderen haben beide nur darüber gelacht. Dann am darauffolgenden Morgen fiel sein Name erneut …«

»Diese Aussage entspricht also nicht den Tatsachen?«

»Nein, Sir.«

Kuhnke fuhr mit Fragen zur Photovorlage und Gegenüberstellung fort, während Messer und Thomson unbehagliche Blicke tauschten und miteinander tuschelten. Lindner mußte natürlich zugeben, daß Judy Connors Scott nicht eindeutig hatte identifizieren können und in beiden Fällen zwei Männer in die engere Wahl gezogen hatte, mit den Worten ›Ich bin mir nicht ganz sicher‹.

Immer noch auf der Kontroverse der Zuständigkeit sowie auf der Identifizierung Scotts herumreitend, sagte Kuhnke zu Lindner: »Sie kennen die exakte Lage des Tatortes immer noch nicht, richtig?«

»Ja, Sir.«

»Wann wurde die Suche – der Versuch, den Tatort zu finden, abgebrochen?«

»Ich glaube, das war am 26. April, nachdem Mrs. Connors aus dem Krankenhaus entlassen worden war, wir mit ihr die Gegend abfuhren und sie schließlich sagte, sie könne sich nicht mehr sicher erinnern.«

»Und nach dem 26. wurde kein Versuch mehr unternommen, den Ort zu finden, an dem ein so schweres Verbrechen wie dieses begangen worden war?«

»Meines Wissens nicht, Sir.«

»Die Beschreibung des Wagens. Wie hat sie den Wagen des Täters beschrieben?«

»Als einen zweitürigen Sedan, gelblich oder goldfarben, passende helle Innenausstattung.«

»Wie würden Sie Corporal Scotts Wagen beschreiben?«

»Ich glaube, er fährt einen zweitürigen Buick Regal.«

»Wären Sie überrascht zu hören, daß der Wagen beigefarben ist, mit weißem Faltdach?«

»Nein, ich schätze, man könnte ihn als beigefarben bezeichnen.«

»Aber ist Ihnen auch das weiße Faltdach aufgefallen?«

»Ja, Sir.«

»Hat das Opfer etwas von einem weißen Faltdach gesagt?«

»Nein, Sir.«

Kuhnke wandte sich hierauf den forensischen Beweisen zu.

»Haben Sie irgendwelche Laboruntersuchungen durchgeführt oder angeordnet?«

»Ich habe sie persönlich angeordnet, Sir. Ich habe das Material dem FBI-Labor überbracht.«

»Welche Art von Tests haben Sie angeordnet?«

»Serologische Untersuchungen.«

»Erklären Sie doch bitte dem Gericht, worum es sich hierbei handelt.«

Lindner zählte die einzelnen Tests auf: Blut, Sperma, Haar, Erdproben von den Schuhen des Opfers und des Verdächtigen. Sämtliche Tests, sagte er, wären negativ oder ohne schlüssiges Resultat ausgefallen.

»Fingerabdrücke? Irgendwelche Fingerabdrücke?«

»Nein, Sir.«

»Sein Wagen wurde gesaugt und der Inhalt des Beutels analysiert. Gab es irgendwelche Hinweise dafür, daß das Opfer sich zu irgendeinem Zeitpunkt im Wagen des Verdächtigen aufgehalten hat?«

»Nein, Sir.«

»Wurden noch andere Test durchgeführt, Analysen, die von Ihnen veranlaßt wurden?«

»Blut, Haare, Sperma, Fingerabdrücke. Sonst fällt mir nichts ein. Erdpartikel.«

»Alle negativ?«

»Oder ohne schlüssiges Ergebnis.«

»Hat das Opfer Ihnen gesagt, welche Zigarettenmarke es raucht?«

»Marlboro Lights.«

»Haben Sie Zigarettenstummel dieser Marke gefunden?«

»Nein, Sir, das haben wir nicht.«

»Sie haben also keinen einzigen eindeutigen Beweis finden können. Haben Sie vielleicht etwas versäumt, irgendeine Analyse?«

»Nein, Sir. Ich denke, wir haben sämtliche Standardtests im Rahmen der Ermittlungen durchgeführt.«

»Mit negativen oder nicht schlüssigen Ergebnissen?«

»Ja, Sir.«

An diesem Punkt, es war inzwischen 16 Uhr 20, nickte

Richter Atkins dem Gerichtsdiener zu, der daraufhin bellte: »Erheben Sie sich!« Als erstes entließ der Richter die Geschworenen, so wie es das Protokoll verlangte. Die Verhandlung wurde bis zum kommenden Morgen vertagt, an dem Kuhnke das Kreuzverhör von Special Agent Lindner fortführen würde.

Lori war nicht ganz glücklich mit den Ergebnissen des ersten Verhandlungstages. Sie machte sich Sorgen, weil Kuhnke immer noch keinen einzigen der potentiellen Alibizeugen vorgeladen hatte oder sich auch nur mit ihnen in Verbindung gesetzt hatte. Besonders beunruhigt war sie von der Tatsache, daß Kuhnke in seinem Eröffnungsplädoyer auf einen Zeugen hingewiesen hatte, den er aufzurufen gedächte, der Mitglied des Wachpersonals eines Ladens wäre und Scott ein wasserdichtes Alibi liefern könne. Natürlich hatte er damit Ruby Hills von Zayre's gemeint. Lori wußte sehr wohl, daß Kuhnke sie nicht einmal angerufen geschweige denn als Zeugin vorgeladen hatte. Des weiteren bestärkten sie Richter Atkins' Ablehnung hinsichtlich einer Verlegung des Verhandlungsortes sowie Kuhnkes vergeblicher Versuch, Beeinflussung seitens des Kommandostabes nachzuweisen, in ihrer Überzeugung, daß Scott keine Chance auf einen fairen Prozeß hatte.

Scott war ebenfalls pessimistisch. Er verließ das Gebäude mit Lola und der fünf Wochen alten Latavia in dem Bewußtsein, daß einige kritische Elemente von Kuhnkes Verteidigung bereits fortgewischt worden waren. »Ich kann nur auf ein Wunder hoffen«, sagte er zu den wenigen Reportern, die ihn um eine Stellungnahme baten.

Die Fortsetzung des Kreuzverhörs von Lindner am darauffolgenden Morgen ergab nichts Besonderes – was durchaus der Fall hätte sein können, als Kuhnke Lindner zu möglichen anderen Verdächtigen als Scott befragte.

»Während der Artikel-32-Anhörung hat es Ihnen widerstrebt oder, besser gesagt, haben Sie sich geweigert, sich zu anderen Verdächtigen in diesem Fall zu äußern. Können Sie mir und dem Gericht jetzt sagen, ob es andere Verdächtige gegeben hat?«

»Nein, Sir.«

»›Nein, Sir‹? Sie können es mir nicht sagen?«

»Nein, Sir, ich meinte, daß es keine anderen Verdächtigen gegeben habe.«

»Ist Ihnen bewußt … Nein, lassen Sie mich das anders formulieren. Hat jemand Sie auf einen möglichen Verdächtigen aufmerksam gemacht, der Corporal Scott ähnelte und einen Wagen von ähnlicher Farbe wie Corporal Scotts besaß?«

»Meines Wissens nicht, Sir, nein.«

»Ist es richtig, wenn ich Ihre Aussage dahingehend zusammenfasse, daß Sie Ihre Ermittlungen auf das Security Bataillon beschränkt haben?«

»Ja, Sir.«

Hiermit beendete Kuhnke sein Kreuzverhör.

Aber was die Möglichkeit anderer Verdächtiger betraf, hätte er hartnäckiger sein können. Ebenso offen blieb die Angelegenheit des Haares, das auf der Innenseite des Pullovers, den Judy Connors am Abend des Verbrechens getragen hatte, gefunden worden war. Außerdem hatte Lori Kuhnke von weiteren Vergewaltigungen in der Gegend von Quantico berichtet, bei denen die Täter als Schwarze beschrieben wurden. Auch hatte sie ihm von Gerüchten erzählt, die bei Hardee's über Judy im Umlauf waren und die sich auf Judy und einige ihrer schwarzen Kollegen bezogen. Lindner hatte während der Anhörung eindeutig erklärt, die Ermittlungen liefen noch, weshalb er sich hierzu nicht äußern könne, worin ihn Major Thomson unterstützt hatte.

Es ist müßig, sich zu fragen, welchen Vorteil, sofern überhaupt, Kuhnke sich dadurch hätte verschaffen können, daß er Lindner in diesem Punkt beharrlicher befragte. Jedoch hätte es ein wenig Unruhe in die Verhandlung bringen können.

Nach einigen Fragen der Anklage und einem erneuten Kreuzverhör Lindners zu Judy Connors' Beschreibung des Gegenstandes, den sie als Metallkübel oder Eimer auf dem Rücksitz des Wagens des Täters bezeichnet hatte, rief die Anklage als nächstes Judy in den Zeugenstand.

Kapitel 10

Trotz der drückenden Hitze trug Judy Connors einen Rollkragenpullover, um die Narben ihrer Halswunden zu verbergen. Als sie, eine auffällige Menge Taschentücher in der Hand, im Zeugenstand Platz nahm, erhob sich Major Jim Messer, um mit der Befragung zu beginnen. Messer war ein Marine par excellence, ein Marine wie von einem Rekrutierungsplakat, mit kantigen, ernsten Zügen, die aus Stein hätten gemeißelt sein können.

Ruhig rekonstruierte er gemeinsam mit Judy die Ereignisse des 20. April von dem Augenblick an, da sie von ihrem letzten Arbeitstag bei Hardee's nach Hause gekommen war – wenngleich auf diesen Punkt nicht näher eingegangen wurde – bis zu dem Moment, da sie den Anruf erhalten hatte, der sie über den angeblichen Unfall ihres Mannes unterrichtete, und auf den Parkplatz des Spanish-Gardens-Komplexes, in dem sie wohnte, gelaufen war.

Sie sagte, es wäre bereits dunkel gewesen. Eine klare Nacht mit Sternen und Mond. Ungefähr sieben bis neun Meter von der Stelle, an der sie gestanden und auf den Wagen gewartet habe, der rückwärts auf sie zugefahren sei, habe sich eine eingeschaltete Laterne befunden. Auf eine diesbezügliche Frage von Major Messer entgegnete sie, daß sie ein paar Worte mit dem Mann in dem Wagen gewechselt habe, bevor sie eingestiegen sei.

Judy: »Die Person in dem Wagen sagte: ›Mrs. Connors?‹ und ich entgegnete: ›Ja‹. Dann sagte er: ›Steigen Sie ein, wir müssen los‹. Ich bin natürlich davon ausgegangen, daß das der Mann vom CID wäre. Ich ging um den Wagen herum zur Beifahrertür. Ich öffnete die Tür, beugte mich vor, sah ihn an und fragte, ob er der Mann vom CID wäre, was er bejahte.«

Sie erzählte weiter, daß sie den Mann auf der Fahrt gefragt habe, was ihrem Mann passiert sei. Sie habe geraucht, und er habe gefragt, ob er auch eine Zigarette haben könne. Sie habe ihm eine Zigarette und Feuer gegeben.

Für das Gericht beschrieb Judy in allen Einzelheiten, was ihr widerfahren war – den Oralsex, die Vergewaltigung und den Angriff mit dem Messer. Sie beschrieb, wie sie, während ihr Angreifer über ihr gekniet und sie gewürgt hatte, versucht habe, seine Arme wegzustoßen. Sie sagte, sie hätte einen Augenblick das Bewußtsein verloren und als sie wieder zu sich gekommen sei, »stand er mit dem Messer in der Hand über mir und lachte eigenartig.«

Major Messer: »Judy, wenn Sie diesen Mann wiedersehen würden, würden Sie ihn dann wiedererkennen?«

»Ja, Sir.«

»Dann möchte ich Sie bitten, sich im Gerichtssaal umzusehen und mir zu sagen, ob Sie den Mann sehen, der Sie gezwungen hat, ihn oral zu befriedigen, der sie vergewaltigt, gewürgt, mit dem Messer auf Sie eingestochen und Sie schwer verletzt im Wald zurückgelassen hat?«

»Ja, Sir.«

»Befindet sich der Mann in diesem Gerichtssaal?«

»Ja, Sir.«

»Würden Sie ihn den Geschworenen bitte zeigen?«

In den sechs Monaten, die diesem Augenblick vorangegangen waren, war sie unsicher gewesen. Sie hatte zerbrechlich und verwundbar gewirkt, hatte an ihrer eigenen Urteilskraft gezweifelt. Jetzt, nachdem sie reichlich Gelegenheit gehabt hatte, den Fall mit den Anklagevertretern durchzugehen und offenbar bestens auf den Prozeß vorbereitet worden war, erhob sich Judy im Zeugenstand, trat an den Tisch der Verteidigung und deutete in einer dramatischen Geste auf Lindsey Scott. »Dieser Mann hier«, erklärte sie.

Da Judys Identifizierung von Scott als dem Mann, der sie überfallen hatte, Hauptangriffspunkt der Verteidigung war, stellte Major Messer rasch aufeinanderfolgend vier Fragen, die dazu dienen sollten, ihren anklagenden Finger zu rechtfertigen.

»Judy ... als Sie sich vorbeugten, um den Angeklagten in seinem Wagen anzusprechen, wie weit waren Sie da von ihm entfernt?«

»Etwa zwei bis drei Armlängen.«

»Wie weit waren Sie von dem Angeklagten entfernt, als Sie mit ihm im Wagen saßen?«

»Etwa zwei Armlängen.«

»Als der Angeklagte sie vergewaltigt hat, wie weit waren Sie da von ihm entfernt?«

»Nur Zentimeter.«

»Als der Angeklagte Sie gewürgt hat, wie weit waren Sie da von ihm entfernt?«

»Vermutlich etwa ... höchstens eine Armlänge.«

Als Major Messer fragte: »Judy, können Sie mir sagen, wie lange Sie am fraglichen Abend in etwa im Wagen des Angeklagten gesessen haben?« legte Kuhnke Einspruch gegen die Formulierung ›im Wagen des Angeklagten‹ ein sowie gegen ähnliche vorangegangene Äußerungen seitens der Anklage. Kuhnke erhob Einspruch gegen die Verwendung des Terminus ›Angeklagter‹ in diesem Kontext, weil dies impliziere, daß nicht der geringste Zweifel daran bestünde, daß Judy in Scotts Wagen eingestiegen sei, daß er sie gewürgt und vergewaltigt habe und somit der Täter wäre.

Kuhnke: »Es hat mehrere Suggestivfragen dieser Art gegeben, die ich habe durchgehen lassen. Ich beanstande, daß die Art der Fragestellung unkorrekt ist.«

Richter Atkins: »Weswegen erheben Sie genau Einspruch, Mr. Kuhnke? Wegen suggestiver Formulierungen?«

»Die Fragestellung impliziert ...«

Major Messer fiel ihm ins Wort. »Hier wird überhaupt nichts impliziert, Sir. Die Zeugin hat ihn identifiziert.«

Richter Atkins: »Sie hat ihn identifiziert.«

Kuhnke: »Ich betrachte dies als irreführend und schädlich für meinen Mandanten, Euer Ehren.«

Außer sich vor Wut hieb Major Messer plötzlich mit der Hand auf den Tisch der Anklage, daß alle Anwesenden erschrocken zusammenfuhren. »Es gibt nur einen Menschen in diesem Gerichtssaal, dem Schaden zugefügt wurde, Sir! Und das ist das Opfer!«

Richter Atkins bemühte sich, die Ruhe wiederherzustellen, als sich beim Ausbruch des Anklägers unter den Zuschauern Stimmengemurmel erhob. »Immer langsam, Major«, sagte er.

»Ich werde Ihnen diese Art der Formulierung gestatten. Sie hat ihn identifiziert, aber es besteht kein Grund, sich weiter darüber aufzuregen. Fahren Sie fort.«

Und an Kuhnke gewandt: »Einspruch abgelehnt.«

Major Messer fuhr fort und führte Judy zurück zum Zeitpunkt der Photovorlage und der Gegenüberstellung, um diese offiziell als Beweise der Anklage einzubringen. Erst reichte er ihr die Photos, die ihr vorgelegt worden waren.

»Haben Sie aus dieser Photoreihe jemanden als den Mann identifiziert, der Ihnen das angetan hat?«

»Ja, Sir.«

»Und wen haben Sie ausgewählt?«

»Nummer vier.«

Dann folgten Photographien der Gegenüberstellung.

»Haben Sie bei dieser Gegenüberstellung eine Person als Täter identifiziert?«

»Ja, Sir.«

»Und wen haben Sie als Täter identifiziert?«

»Die Nummer fünf.«

(Diesmal kein Zögern von Judy Connors. Kein Wort darüber, daß sie bei der eigentlichen Photovorlage sowie bei der Gegenüberstellung und in allen darauffolgenden unter Eid gemachten Aussagen zugegeben hatte, daß sie sich nicht recht zwischen zwei in Frage kommenden Tätern hatte entscheiden können.)

Major Messer, der ewig clevere Dramaturg, forderte Judy auf, sich den Geschworenen zuzuwenden, ihr Haar anzuheben und ihnen ihren Hals zu zeigen.

Mit Grabesstimme, beinahe so als wäre das, was nun folgen würde, zu entsetzlich, um es vor Gericht offen auszusprechen, wandte der ›Killer-Ankläger‹ sich an die Jury: »Im Protokoll soll festgehalten werden, daß sich am Hals des Opfers mehrere horizontale Narben von sieben bis zwölf Zentimetern Länge befinden.«

Hierauf wandte er sich rasch wieder Judy zu. »Würden Sie den Geschworenen sagen, woher diese Narben stammen?«

»Das sind die Narben der Einstiche, die Corporal Scott mir mit einem Messer zugefügt hat.«

Stimmengemurmel aus den Reihen der Zuschauer. Richter Atkins ließ seinen Hammer niedersausen und bat um Ruhe.

Major Messer: »Die Anklage hat keine weiteren Fragen an die Zeugin, Euer Ehren.«

Kuhnke wischte sich mit einem Taschentuch über die schweißnasse Stirn. »Die Verteidigung bittet um eine zehnminütige Unterbrechung.«

Lori trat sofort auf den Verteidiger zu und führte ihn hinaus auf den Flur, wo sie ihn über etwas informierte, das sie erst kürzlich bezüglich Judys früherer Anstellung bei Hardee's erfahren hatte.

Als der Prozeß wiederaufgenommen wurde, setzte Lori sich an einen anderen Platz, damit sie, während sie sich eifrig Notizen machte, Judys Gesicht beim folgenden Kreuzverhör besser sehen konnte.

Kuhnke, ganz der gemäßigte Virginia-Gentleman, trat an den Zeugenstand, um Judy Connors ins Kreuzverhör zu nehmen, wobei er einen wahren Eiertanz vollführte.

»Mrs. Connors … ich möchte Sie wahrlich nicht in Verlegenheit bringen. Und ich möchte Sie nicht aufregen. Wenn ich es doch tue, dann nur, um die Wahrheit ans Licht zu bringen … Also, als Sie gefragt wurden, ob Sie den Mann, der Ihnen dies angetan hat, hier im Gerichtssaal sähen, sind Sie aufgestanden und haben auf den Corporal gezeigt. Mrs. Connors, ich möchte wissen, warum Sie sich in der Vergangenheit nicht so sicher waren wie vorhin … Sie haben ausgesagt, daß Sie bei der Photovorlage und bei der Gegenüberstellung meinen Mandanten identifiziert hätten. Aber tatsächlich haben Sie in beiden Fällen noch einen anderen Mann herausgepickt, nicht wahr, Ma'am?«

»Ja, Sir.«

»Und Sie sagten außerdem, daß Sie nicht sicher wären, welcher von beiden der richtige wäre, richtig?«

»Es gab einen Grund, weshalb ich bei Vorlage der Photos einen zweiten Mann ausgewählt habe.«

»Würden Sie mich und das Gericht bitte über diesen Grund aufklären?«

»Das Photo der Person, die ich als erstes auswählte und

von der ich sagte, sie sähe aus wie der Täter, war ein Photo von Corporal Scott, aber auf dem Bild war sein Haar etwas kürzer, als ich es in Erinnerung hatte. Ich zeigte auf ein zweites Photo und sagte, dieser Mann sähe ebenfalls aus wie er ... weil sein Haar in bezug auf die Länge eher dem des Täters entsprach.«

»Dann erinnern Sie sich also, daß der Täter längeres Haar hatte als Corporal Scott?«

»Ein wenig länger, ja.«

»Und bei der Gegenüberstellung haben Sie ebenfalls zwei Männer ausgewählt, nicht wahr. Und Sie sagten, es täte Ihnen leid, Sie wären sich nicht sicher?«

»Ich war neunundneunzig Komma neun Prozent sicher.«

»Aber sagten Sie nicht, es täte Ihnen leid, Sie wären sich nicht sicher?«

»Ja.«

Dies war ein sachter, aber gezielter Seitenhieb auf Judys eindeutige Identifizierung von Scott unter Major Messers Führung.

Kuhnke fuhr rasch mit Fragen fort, die von der interessanten Information abgeleitet waren, die er während der Unterbrechung von Lori erhalten hatte – Fragen, die im Gerichtssaal manch ein Stirnrunzeln hervorriefen.

»Ma'am, auf der Innenseite Ihres Pullovers wurde ein fünf Zentimeter langes negroides Haar gefunden. Erinnern Sie sich daran? Ist Ihnen diese Tatsache bekannt?«

»Ich glaube, man hat es mir gesagt, ja.«

»Wissen Sie, woher dieses fünf Zentimeter lange Haar stammt?«

»Nein.«

»Sie wissen also nicht, woher dieses Haar stammt?«

»Nein. Ich nehme an, daß es sich um ein Haar des Täters handelt oder um das Haar einer anderen Person, das an seiner Kleidung haftete.«

»Sie wissen nicht, ob dieses Haar überprüft wurde, oder? Ob es in einem Labor untersucht wurde?«

»Ich weiß nicht, ob man mir davon erzählt hat oder nicht. Ich kann mich nicht erinnern.«

»Haben Sie irgendwelche männlichen schwarzen Freunde?«

»Als ich noch im Hardee's arbeitete, ja. Ich war mit zwei schwarzen Angestellten dort befreundet.«

»Es würde Sie doch nicht überraschen, wenn ich Ihnen sage, daß wir uns mit Ihrem Vorgesetzten von Hardee's unterhalten haben?« Die Zeugin schüttelte den Kopf.

»Und es würde Sie ebensowenig überraschen, wenn ich Ihnen sagte, daß Ihr Vorgesetzter meiner Mitarbeiterin Mrs. Jackson erzählt hat, daß Sie mit den schwarzen Angestellten dort sehr eng befreundet waren, oder? Würde Sie das überraschen?«

Defensiv, scheinbar zornig und ein wenig verunsichert durch die Richtung der Befragung entgegnete Judy: »Ich war mit ihnen nicht enger befreundet als mit den anderen.«

»Aber Sie waren eng mit ihnen befreundet«, hakte Kuhnke nach.

»Ich habe hallo gesagt und mich mit ihnen unterhalten, wie ich mich mit jedem anderen unterhalten würde, ja.«

Nachdem er diesen Punkt klargemacht hatte – nämlich, daß es durchaus andere Verdächtige in diesem Fall gab, andere Männer mit anderen Motiven – hatte Kuhnke nichts mehr in der Hand, diesen Aspekt weiterzuverfolgen. Er konnte nur hoffen, in den Köpfen der Geschworenen erste Zweifel gesät zu haben.

Der Verteidiger kehrte auf festeren Boden zurück. Er konfrontierte Judy mit den Tatsachen, daß sie monatelang in ein und demselben Spanish-Gardens-Komplex gelebt habe wie Scott, daß ihr Mann und Scott Kollegen gewesen wären und eine Fahrgemeinschaft gebildet hätten und sie selbst ihm Lindseys Aussage zufolge begegnet wäre.

»Erinnern Sie sich daran, daß Corporal Scott vier Tage vor dem Verbrechen … Erinnern Sie sich, daß Sie vier Tage vor dem Verbrechen unmittelbar vor Ihrer Wohnung einem MP begegnet sind, der Ihren Mann gegrüßt hat?«

»In dem Wohnblock leben viele Leute, die meinen Mann kennen und ihn grüßen. Aber ich kann mich an niemanden Spezielles erinnern.«

»Sie erinnern sich also nicht, daß ein schwarzer ... Sie erinnern sich also nicht, Corporal Scott vier Tage vor dem Verbrechen gesehen zu haben?«

»Sofern ich ihn gesehen habe, habe ich ihn nicht bewußt wahrgenommen.«

»Sind Sie ihm je ... sind Sie Corporal Scott je begegnet, als sie im K Mart einkaufen waren?«

»Sollte ich ihn je gesehen haben, hätte ich nicht gewußt, wer er ist und ihn somit nicht weiter beachtet, nein. Ich kann mich nicht erinnern, ihn vorher schon einmal gesehen zu haben.«

»Aber Sie geben zu, daß es durchaus möglich ist, daß Sie beide einander begegnet sind, da Sie ja im selben Komplex gewohnt haben? Geben Sie das zu?«

»Mag sein, daß ich ihn ein paarmal gesehen habe. Aber ich hätte ihn nicht ... so wie andere Leute auch nehme ich Menschen, die ich nicht kenne, nur oberflächlich wahr. Ich hätte nicht ...«

»Sie haben acht Monate in Spanish Gardens gewohnt?«

»Ja, seit September vergangenen Jahres.«

Kuhnke, der ins Schleudern geriet und den Faden zu verlieren schien, ging zu einem anderen Punkt über (obwohl die Anklage, Scott und die enttäuschte Lori, die in der ersten Zuschauerreihe saß, sehr wohl wußten, was er mit seinen Fragen bezweckt hatte). Er befragte Judy ausführlich zum Verlauf des Abends ab 17 Uhr. Er ging auf ihre Identifizierung des Täterfahrzeuges ein und schwenkte dann erneut auf einen anderen Kurs.

Bevor er jedoch fortfahren konnte, wurde er vom Gerichtsstenographen, einem Gunnery Sergeant (die bei den Marines nur ›Gunney‹ genannt wurden), unterbrochen. Er saß an einem Tisch auf einer kleinen Plattform unmittelbar unterhalb des Richters und oberhalb der Tische von Anklage und Verteidigung.

»Euer Ehren, die Papierrolle für das Stenographiergerät ist am Ende«, sagte er.

Im Zuschauerraum war vereinzelt Gelächter zu hören. Richter Atkins griff zu seinem Hammer, um für Ruhe zu sorgen, aber er lächelte. »Okay, gewähren wir Gunney fünf Minuten, um die Papierrolle zu wechseln.«

Am Tisch der Verteidigung stehend, ging Kuhnke mit Judy den Verlauf des Abends durch, einschließlich ihres kurzen Wortwechsels mit dem Täter, so wie sie ihn zuvor bei der Befragung durch Major Messer geschildert hatte. Während die Anklage Judy jedoch zu der überzeugenden Aussage bewegt hatte, daß sie dem Täter mehrmals nah genug gewesen war, um ihn bei der Photovorlage und der Gegenüberstellung zu identifizieren, drehte Kuhnke dieselben Informationen zum Vorteil der Verteidigung herum. Er klärte mit Judy, daß der Parkplatz schwach erleuchtet gewesen war, als sie abgeholt wurde.

»Haben Sie den Mann im Wagen bei dieser Gelegenheit deutlich gesehen?«

»Nein, zu diesem Zeitpunkt noch nicht. Ich habe nur soviel registriert, daß es ein Mann war, ein Schwarzer, der eine Brille trug. Das ist in etwa alles, was mir in diesem Augenblick aufgefallen ist.«

»Und Sie haben weder ihn noch seinen Wagen wiedererkannt?«

»Nein, Sir.«

»Mußten Sie auf der Fahrt zur Route 1 an einer roten Ampel halten?«

»Ich glaube schon, ja.«

»Der Wagen hat also gehalten?«

»Ja, Sir. Aber nicht sehr lange.«

»Wurde das Wageninnere bei dieser Gelegenheit hell erleuchtet?«

»Ja, so hell wie eine Ampel eben leuchtet. Nicht sehr hell.«

»Und Sie haben den Mann weiter nach Ihrem Mann gefragt?«

»Ja, Sir.«

»Und dabei haben Sie ihn die ganze Zeit angesehen?«

Judy zögerte einen Augenblick, schien verwirrt, als wisse sie nicht recht, worauf Kuhnke hinaus wollte, und als fürchte sie, ihm in die Falle zu gehen, ein schädliches Eingeständnis zu machen. »Nein, nicht die ganze Zeit. Ich habe ihm in

Abständen einen Blick zugeworfen ... Ich habe ihn nicht die ganze Zeit angesehen, nein.«

»Aber Sie haben ihn angesehen. Sie haben ihn auf dem Parkplatz angesehen ... und Sie haben ihn angesehen, als Sie ihm Feuer gaben.«

»Ich denke schon.«

»Und ganz sicher haben Sie ihn angesehen, als er sich an Ihnen vergangen hat?«

»Ich habe mich bemüht, ihn möglichst nicht anzusehen ... wissen Sie, ich wollte ihn nicht ansehen, aber ich ...«

»Aber Sie haben ihn doch angesehen?«

»Ich habe mehrmals einen Blick auf ihn geworfen, ja.«

»Und Sie haben ihn später im Wald angesehen? Sie haben zu ihm aufgesehen?«

»Ich konnte nicht ... ja.«

»Erinnern Sie sich, daß ich Sie bei der Artikel-32-Anhörung gefragt habe, ob Ihnen an dem Mann irgendwelche hervorstechende Merkmale aufgefallen wären?«

Judy nickte.

»Ich habe Sie gefragt, ob er einen abgebrochenen Zahn gehabt habe oder etwas in der Art. Und was haben Sie hierauf geantwortet?«

»Ich ... daß ich nichts in dieser Richtung bemerkt hätte.«

»Ist Ihnen an seinen Zähnen irgend etwas aufgefallen?«

»Nein.«

»Haben Sie im nachhinein erfahren, daß Corporal Scott einen sehr auffälligen goldenen Schneidezahn hat?«

»Ja.«

»Und dieser Goldzahn ist Ihnen in jener Nacht nicht aufgefallen?«

»Nein.«

»Als Sie dem Mann, der Sie überfallen hat, Feuer gegeben haben, hat er da eine von Ihren oder eine von seinen Zigaretten geraucht?«

»Eine von meinen.«

»Und Sie haben ihm Feuer gegeben. Haben Sie ihm die Zigarette angezündet gereicht, oder hatte er Sie zwischen den Lippen, als Sie sie anzündeten?«

»Das weiß ich nicht mehr. Ich glaube, er hatte die Zigarette zwischen den Lippen, und ich habe ihm Feuer gegeben. Ja, ich glaube, so war es.«

»Hierbei haben Sie doch sicher zu ihm hinübergesehen, um ihn nicht zu verbrennen, oder?«

»Mein Blick war auf das Zigarettenende und das Feuerzeug gerichtet.«

»Und bei dieser Gelegenheit ist Ihnen der Goldzahn nicht aufgefallen?«

»Nein, Sir.«

»Und auch nicht zu einem anderen Zeitpunkt?«

»Nein, Sir.«

Und da war es – das Rätsel; ein Rätsel für jeden im Saal, der bereit war, es als solches zu erkennen. Wenn Judy, wie sie bei der Befragung durch den Ankläger behauptet hatte, dem Täter mehrfach nah genug gewesen war, ihn bei der Photovorlage und der Gegenüberstellung zweifelsfrei identifizieren zu können, wie konnte sie dann den auffälligen Goldzahn und die Hasenschartennarbe übersehen haben?

Kuhnke bedrängte sie nicht. Wenngleich er sie ausführlich zu anderen Einzelheiten jenes Abends befragte, förderte er nur eine möglicherweise für die Verteidigung nützliche Information zutage. Als sie die Tatwaffe beschrieb, sagte sie, das Messer hätte ein Heft gehabt, und sie erinnere sich, ein Messer mit Heft skizziert zu haben. Die Bedeutung dieses Details sollte durch die Aussage des nächsten Zeugen der Anklage deutlich werden.

Es ist eine Besonderheit bei Militärgerichtsprozessen, daß es den Geschworenen gestattet ist, Fragen an einen Zeugen zu richten, nachdem Richter und Vertreter von Anklage und Verteidigung ihre Befragung abgeschlossen haben. Dies geschieht jedoch nicht auf direktem Wege; die Geschworenen schreiben die Fragen auf (sie unterschreiben den Zettel, ihre Identität bleibt jedoch allen Anwesenden außer dem Richter verborgen). Die Fragen werden dem Gerichtsdiener übergeben, der sie dem Richter zur Prüfung überreicht. Wenn der Richter der Ansicht ist, daß die Frage relevant sei, fordert er den Vertreter jener Partei, die den Zeugen aufgerufen hat, auf, die betreffende Frage an den Zeugen zu richten.

Die Geschworenen hatten viele Fragen an Judy, vor allem bezüglich des Grundrisses und der Beleuchtung des Parkplatzes von Spanish Gardens. Während sie ihre Fragen aufschrieben, forderte Richter Atkins den Gerichtsdiener auf, die Fenster des Gerichtssaales zu schließen und die Klimaanlage einzuschalten. Für Oktober war es unerträglich heiß und schwül.

Judy beantwortete die Fragen der Jury, die von Major Messer vorgelesen wurden (da Judy seine Zeugin war), sowie eine Frage von Richter Atkins bezüglich des genauen Standortes der Laterne auf dem Parkplatz. Als sie nach langer Befragung aus dem Zeugenstand entlassen wurde, eilte sie mit hastigen kleinen Schritten aus dem Saal, wobei sie sich auf die Unterlippe biß, sich mit einem Taschentuch die Augen betupfte und weder nach rechts noch nach links sah, die feindseligen Blicke einiger Zuschauer ignorierend.

Die Anklage rief Mrs. Maxine Knight, die Verwalterin von Spanish Gardens, in den Zeugenstand. Als Mrs. Knight im Zeugenstand Platz nahm, sagte Major Messer, der an Major Thomsons Statt erfolgreich die Rolle des Wortführers übernommen hatte, an Richter Atkins gewandt, daß ›in Anbetracht der nahenden Mittagsstunde, direkte Befragung und Kreuzverhör nicht mehr als zehn oder fünfzehn Minuten in Anspruch nehmen sollten‹.

Der Richter stimmte dem lächelnd zu. »Zehn oder fünfzehn Minuten. Mir soll es recht sein. Fahren Sie fort.«

Die Anklage führte über Mrs. Knight die mutmaßliche Tatwaffe ein. Sie sagte aus, daß Scott, nachdem er aus Spanish Gardens ausgezogen sei, verpflichtet gewesen wäre, die Wohnung zu säubern, wobei er den Herd übersehen hätte. »Er hatte nichts bei sich, um die eingebrannten hartnäckigen Rückstände zu entfernen, und ich hatte in meinem Schreibtisch ein Messer, das ich selbst bei der Herd- oder Ofenreinigung verwendete, und das lieh ich ihm.«

»Hat der Angeklagte Ihnen das Messer zurückgebracht?«

»Nein.«

»Haben Sie eine Ahnung, wo besagtes Messer sich heute befinden könnte?«

»Nein, ich habe nicht die leiseste Ahnung.«

»Ich habe keine weiteren Fragen an die Zeugin, Euer Ehren.«

Kuhnke faßte sich ebenso kurz und beschränkte sich darauf, die Zeugin um eine wichtige und detaillierte Beschreibung des Messers zu bitten.

»Es war ein ganz gewöhnliches Steakmesser, keine teure Ausführung. Es war schon alt. Es war etwa zwanzig Zentimeter lang und hatte eine gezackte Klinge.«

»Stand bei dem Messer zwischen Klinge und Griff etwas ab?«

»Nein.«

»Etwas, was beim Militär als ›Heft‹ bezeichnet wird?«

»Nein.«

»Sind Sie da ganz sicher?«

»Absolut.«

Mrs. Knight war nicht sehr redselig. Knapp aber präzise. Ihre Beschreibung des Messer stand in krassem Kontrast zu der Tatwaffe, wie Judy Connors sie beschrieben hatte.

Mrs. Knight wurde aus dem Zeugenstand entlassen. Mit einem Schnaufen, das zweifellos Ausdruck ihrer Meinung zu dieser ganzen Angelegenheit war, schritt die Gebäudeverwalterin hocherhobenen Hauptes aus dem Saal.

Major Messer machte den Richter auf die Uhrzeit aufmerksam »Euer Ehren, die Anklage möchte noch mehrere Zeugen befragen, aber aufgrund der Uhrzeit, denken wir …«

Freundlich gestimmt, nickte Richter Atkins. »Sie denken ganz richtig.« Er strahlte den Anklagevertreter an. »Okay, Gentlemen, sollen wir uns bis 13 Uhr vertagen?« fragte er, als wende er sich bei einem Geschäftstreffen an seine Verhandlungspartner.

Wie ernst dieser Prozeß auch sein mochte – immerhin standen das Leben eines Mannes und die Existenz seiner Familie auf dem Spiel – die ›Normalität‹ des Lebens mußte weitergehen; die Mittagspause wurde beschlossen.

Als nächster trat Master Sergeant David Martin in den Zeugenstand, ein Marine im aktiven Dienst und Special Agent des NIS.

Martin war mit seinem Partner, NIS-Agent Rivers, am Tag nach dem Verbrechen, während Scott auf dem Quantico-Stützpunkt verhört wurde, in Scotts Wohnung gewesen, um ›mit Corporal Scotts Frau zu sprechen und potentiell sachdienliche Beweismittel zu sichern‹.

Auf Nachfrage von Major Messer erklärte er, sie hätten diverse Kleidungsstücke beschlagnahmt, die Scott nach Aussage seiner Frau an jenem Abend getragen habe, um ihre alte Wohnung in Spanish Gardens zu putzen, sowie einen silbernen Metallkochtopf, in dem sich, wie er sagte, diverse Putzutensilien befanden.

Auch die Frage von Scotts Haarlänge wurde wieder angesprochen. Martin sagte, Scott trüge sein Haar gewöhnlich kurz, im Marinestil, am Tag der Gegenüberstellung wäre es ihm jedoch ›kürzer als sonst‹ vorgekommen.

Beim Kreuzverhör durch Kuhnke gab Martin zu, daß er Scott seit etwa einem Jahr kannte, eine Zeitlang sein Vorgesetzter gewesen wäre und Scott ›überdurchschnittlich‹ gewesen sei – »in der Zeit, die er für mich gearbeitet hat, hatte ich keinerlei Schwierigkeiten mit Corporal Scott. Er hat gute Arbeit geleistet.«

Martin sagte, er habe auch privat mit den Scotts verkehrt, und Mrs. Scott habe ihn und Rivers ohne Zögern hereingebeten und sie bei ihrer ›Durchsuchung und Beschlagnahmung‹ voll unterstützt. Unter den Kleidungsstücken, die Lola ihnen aushändigte, hätten sich eine braune Baseballmütze und ein leichter Schal befunden (Judy Connors hatte bei der Beschreibung der Kleidung des Täters weder das eine noch das andere erwähnt). Martin sagte weiter, daß Scott später an diesem Tag, nachdem sie auf den Stützpunkt zurückgekehrt waren, darum gebeten habe, mit ihnen zu sprechen. Wenngleich er seine Schuld vehement geleugnet habe, habe er zugegeben, daß der silberfarbene Eimer sich an jenem Abend, an dem er seine ehemalige Wohnung gesäubert habe, in seinem Wagen befunden hätte.

Indirekt brachte Kuhnke das Thema Rassismus in seine Befragung des Zeugen ein.

»Wie viele schwarze CID-Offiziere gab es im April dieses Jahres in Quantico?«

»Zwei.«

»Zwei. Und wie lautet der Name des zweiten?«

»Sergeant Raymond Collier.«

»Sind Sie über Sergeant Colliers Dienstplan am 20. April informiert?«

»Meines Wissens hat er am Vortag seinen Urlaub angetreten.«

»Somit wäre Corporal Scott zu diesem Zeitpunkt der einzige schwarze CID-Offizier auf dem Stützpunkt gewesen?«

»Der einzige diensttuende.«

Lori und die Bürgerrechtler auf den Zuschauerrängen nickten beifällig. Das war genau das, was sie seit vielen Monaten anprangerten: die Personalpolitik der Marines auf Quantico und anderen Stützpunkten, die Diskriminierung schwarzer Marines, die bei Beförderungen übergangen und aus den elitäreren Bataillonen wie dem CID ferngehalten wurden.

Dennoch – und Lori stellte dies erst später in Frage – schien es unlogisch, daß die Verteidigung hervorhob, daß Scott einer von nur zwei Schwarzen im CID war. Zu Beginn des Prozesses hatte Kuhnke öffentlich erklärt, daß es seiner Ansicht nach für die Anklage keinen ›rassistischen Hintergrund‹ gebe. Und daß Kuhnke herausstellte, daß Scott am fraglichen Abend der einzige schwarze CID-Angehörige auf dem Stützpunkt gewesen war, konnte durchaus dazu führen, den Standpunkt der Anklage zu bekräftigen, daß Scott, da er der einzige diensttuende schwarze CID gewesen war und der Täter sich Judy gegenüber als Mitglied des CID ausgegeben hatte, nicht nur zu recht verdächtig worden war, sondern darüber hinaus der Täter sein mußte.

Kuhnke führte den Aspekt der Rassendiskriminierung jedoch nicht weiter aus, und abgesehen von einigen Routinefragen bezüglich der Durchsuchung von Scotts Wagen und seines Dienstplanes hatte der Verteidiger keine weiteren Fragen an Martin.

Bei der anschließenden erneuten Befragung hatte Major Messer noch einige Fragen an den Zeugen, wobei er sich vor allem auf das Tatfahrzeug konzentrierte: »Wissen Sie, was für einen Wagen der Angeklagte fährt?«

»Einen hellbraunen Chevy Baujahr dreiundsiebzig oder vierundsiebzig, würde ich sagen.«

Hierauf nahm Kuhnke den Zeugen wieder ins Kreuzverhör. »Wann haben Sie den Wagen des Corporals das letzte Mal gesehen?«

»Gute Frage. Ich ...«

»Er fährt nämlich gar keinen Chevy, Sergeant.«

»Ich habe nicht ... ich kenne den Markennamen nicht. Es könnte auch ein anderes Fahrzeug im Stil von General Motors gewesen sein.«

»Und die Farbe?«

»Hellbraun. Ich ... ich erinnere mich nicht.«

»Könnte es sich bei dem Wagen um einen beigefarbenen Buick mit einem weißen Faltdach handeln?«

»Möglich, ja.«

Martin wurde aus dem Zeugenstand entlassen. Als nächstes rief die Anklage Richard Leonard vom Prince William County Police Department auf und befragte ihn zu seiner Untersuchung von Scotts Wagen am Tag nach dem Verbrechen. Das erste, wozu Leonard sich äußerte, war die Beschreibung von Scotts Wagen – die im Gegensatz zu der des NIS-Agenten Martin korrekt war.

»Es war ein sechsundsiebziger Buick Skylark. Er war von gelblicher Farbe mit weißem Dach und einem Nummernschild aus Virginia.«

Leonard fuhr mit seiner Beschreibung des Wagens fort, wobei er seine Ansicht wiederholte, wie sie bereits im NIS-Bericht festgehalten war, derzufolge es den Anschein gehabt habe, als wären die Innenseite der Beifahrertür, das Fenster, der Sitz und das Armaturenbrett abgewischt worden. Der Fußraum vor dem Beifahrersitz sei feucht gewesen, sagte er, als wäre dort Wasser oder irgendeine andere Flüssigkeit verschüttet worden. Der Aschenbecher sei leer gewesen.

Kreuzverhör durch Kuhnke:

»Haben Sie den Wagen auf Fingerabdrücke untersucht?«

»Ja, Sir, das haben wir.«

»Und haben Sie welche gefunden?«

»Nur verwischte und nicht zu identifizierende Abdrücke.«

»Der Wagen hatte ein weißes Faltdach?«

»Es handelt sich um ein weißes Vinyldach. Ich würde es als Halbdach bezeichnen.«

»Aber es war weiß?«

»Ja, Sir.«

»Was befand sich auf dem Rücksitz?«

»Ein Schal, glaube ich.«

»Und welche Farbe hatte der Schal?«

»Daran kann ich mich nicht erinnern, Sir.«

Bevor der vorletzte Zeuge aufgerufen wurde – NIS Special Agent Richard Wardman, der mit Judy über den Stützpunkt gefahren war, damit sie den Wagen des Täters identifizierte – bat die Verteidigung um eine Sondersitzung, eine sogenannte Artikel-39(a)-Sitzung. Bei einer solchen Sitzung verlassen die Geschworenen den Saal, während die Vertreter von Anklage und Verteidigung sich laut mit dem Richter besprechen. Die Verteidigung erhob Einspruch gegen die Vorlage von sieben Photographien des Opfers, die die Anklage als Beweismittel vorlegen wollte, wenn sie ihren letzten Zeugen aufrief, den Navy-Arzt, der Judy in der Notaufnahme behandelt hatte. Aufgrund gewisser Besonderheiten hinsichtlich der bei Militärgerichtsprozessen zulässigen Beweise bat Kuhnke Major Roach für die Verteidigung zu sprechen.

Der Major bezog sich auf eine Vorschrift, die lautete: ›Auch wenn ein Beweis relevant ist, kann dieser zurückgewiesen werden, wenn die Gefahr unfairer Voreingenommenheit oder unnötiger Vorlage kumulativer Beweismittel substantiell schwerer wiegt als der beweistechnische Wert des betreffenden Beweisstücks.‹ Er argumentierte, daß die Aufnahmen der Halswunden des Opfers in keiner Weise dazu beitragen würden, Schuld oder Unschuld des Angeklagten zu beweisen. Die Verteidigung streite nicht ab, daß ein Verbrechen stattgefunden habe und das Opfer verletzt worden sei. Außerdem habe das Opfer bereits die Narben gezeigt, die es von besagtem Verbrechen zurückbehalten habe.

»Die Gefahr, daß diese Photographien die Geschworenen negativ beeinflussen, ist zu groß«, erklärte Major Roach. »Das viele Blut, die Narben, die Nähte und nicht zuletzt die Menge der Bilder könnten dazu führen, daß die Mitglieder der Jury ihre Entscheidung nicht auf rationaler, sondern auf emotionaler Ebene treffen.«

Major Thomson, der für die Anklage sprach, behauptete hingegen, die Photographien wären notwendig, weil die ›Vereinigten Staaten in diesem Fall versuchten Mord nachweisen wollten‹.

Nachdem er sich Argumente und Gegenargumente eine Weile angehört hatte, gab Richter Atkins dem Einspruch der Verteidigung hinsichtlich fünf der Aufnahmen statt. Zwei der sieben Photographien wurden als Beweismittel zugelassen.

Major Messer faßte sich bei seiner Befragung von NIS-Spezialagent Richard Wardman kurz. Ob er am 25. April mit Judy Connors Ermittlungsarbeit durchgeführt habe? Ja. Welcher Art? Es sei darum gegangen, ihr unter anderem den Wagen des Corporals zu zeigen und zu sehen, ob sie ihn als den Wagen identifizieren könne, in dem sie am Abend des Verbrechens gefahren und vergewaltigt worden sei. Ob sie den Wagen identifiziert habe? Ja, das habe sie. Und wessen Wagen habe sie identifiziert? Corporal Scotts Wagen.

Keine weiteren Fragen seitens der Anklage.

Kuhnke seinerseits führte ein ausführliches Kreuzverhör durch, beginnend mit der Fahrt über das Stützpunktgelände. Wardman beschrieb bereitwillig sehr detailgetreu jeden Parkplatz, den sie abgefahren hätten, und fügte präzise an, daß Judys Ehemann (der wie bereits erwähnt mit Scott eine Fahrgemeinschaft gebildet hatte und seinen Wagen kannte) sie begleitet und im Fond gesessen habe.

Wardman erklärte, Judy habe während der Fahrt und vor der Identifizierung von Scotts Wagen ›auf zwei weitere Fahrzeuge gezeigt, die in Frage kämen, da sie dem des Täters ähnlich seien‹.

»Und hatten diese beiden anderen Fahrzeuge die gleiche Farbe?«

»Sie waren – der eine war weißlich, der andere cremefarben.«

»Hat sie sich das Innere dieser beiden Fahrzeuge angesehen?«

»Sie hat sich das Innere eines der beiden anderen Wagen angesehen.«

Ohne daß Kuhnke ihn hierzu aufgefordert hätte, gab Wardman dem Gericht einen exakten Bericht der Fahrt und schloß damit, daß Judy einen Wagen identifiziert habe, der, wie sich herausstellte, Scott gehörte. Wardman sagte aus, Judy habe einen Wagen entdeckt, der so ausgesehen habe wie der des Täters. Sie sei ausgestiegen, habe sich das Wageninnere etwa eine Minute lang angesehen und dann gesagt: ›Dieser Wagen sieht genauso aus wie der, in dem ich überfallen worden bin.‹

Wardman sagte, sie habe auf vier Einzelheiten hingewiesen: der Wagen habe vorn eine durchgehende Sitzbank, einen aufklappbaren Aschenbecher in der Mitte und die gleiche runde Tankanzeige am äußeren linken Ende des Armaturenbretts. Das waren nur drei Einzelheiten, und Wardman, der inzwischen wohl im Kopf nachgerechnet hatte, fügte einen vierten Punkt hinzu: »Sie sagte: ›Am Rückspiegel hat etwas gehangen. Es war viereckig und baumelte von einer dunklen Schnur, aber jetzt ist es nicht mehr da‹.«

Kuhnke: »Corporal Scotts Wagen sah also so aus wie das Fahrzeug des Täters. Sie hat nicht gesagt: ›Das ist der Wagen‹?«

»Zum damaligen Zeitpunkt nicht. Nachdem sie ihn sich noch einmal angesehen hatte und ich sie fragte, woran sie sich speziell erinnere, wurde sie ganz nervös und sagte: ›Ja, das ist der Wagen‹.«

»Nach Ihrem Wortwechsel?«

»Ja.«

»Special Agent Wardman, würde es Sie überraschen, wenn

ich Ihnen sage, daß Mrs. Connors sich bei weitem nicht so genau an diese Szene erinnern kann wie Sie?«

»Nein, das würde mich nicht im mindesten überraschen.«

»Genaugenommen hat sie gar keinen weißlichen Wagen erwähnt.«

Da Wardman nicht viel mehr beisteuern konnte, wurde er aus dem Zeugenstand entlassen, und die Anklage rief ihren letzten Zeugen auf, Lieutenant Commander Ronald Schubert vom Naval Reserve Medical Corps. Major Thomson übernahm die Befragung.

Der Doktor erklärte, daß er am Abend des 20. April diensthabender Arzt in der Notaufnahme gewesen sei, als Judy Connors hereingebracht worden wäre. Er beschrieb ihren Zustand bei ihrer Einlieferung: »... die Wunden befanden sich dicht nebeneinander am Hals ... Mehrere Stich- und Schnittwunden. Außerdem habe ich Zahnabdrücke, eine Gehirnerschütterung sowie eine Verletzung an der Zunge festgestellt. Sie schien nicht in akuter Lebensgefahr zu sein ...«

Major Thomson: »Sind Sie der Arzt, der Judy Connors behandelt hat?«

»Das ist richtig. Ich habe die Erstversorgung übernommen und die Diagnose gestellt. Als ich nach eingehender Untersuchung zu dem Schluß kam, daß ihre Verletzungen doch lebensbedrohlich sein könnten, überwies ich sie nach Rücksprache mit den dortigen Chirurgen an das Bethesda Navy Regional Medical Hospital.«

Lieutenant Commander Schubert sagte, er habe zuerst die Blutungen gestoppt, und Judy habe sich in Anbetracht der Umstände in recht gutem Zustand befunden. Bei eingehender Untersuchung habe er dann festgestellt, daß die Wunden tiefer waren als er ursprünglich angenommen hatte. Wenngleich er nicht der Ansicht gewesen sei, daß sie in akuter Lebensgefahr schwebe, habe er sich entschieden, sie an Chirurgen zu überweisen, damit die Tiefe der Wunden exakt festgestellt würde.

Major Thomson legte die beiden Photographien vor, die von Richter Atkins zugelassen worden waren, und der Arzt zeigte auf die verschiedenen Stichwunden.

Major Thomson: »Haben Sie sich eine Meinung dahingehend gebildet, ob diese Wunden von einem scharfen, gezackten Gegenstand stammen könnten?«

»Ja. Meiner Ansicht nach …«

Kuhnke erhob sich rasch. »Einspruch, Euer Ehren.«

Der Doktor fuhr fort. »Meiner Ansicht nach …«

Richter Atkins unterbrach ihn sichtlich verärgert. »Bitte. Bitte!«

Der Zeuge: »Ich bitte um Entschuldigung.«

Richter Atkins an Kuhnke gewandt: »Womit begründen Sie Ihren Einspruch?«

Kuhnke: »Ich bitte um eine erneute Sondersitzung nach Artikel 39(a), Euer Ehren.«

Der Richter stimmte zu. Die Geschworenen verließen den Saal.

Kuhnke argumentierte, daß wenngleich der Doktor ein Experte auf seinem Fachgebiet sein möge, er kein Spezialist für forensische Beweise sei und somit die Schlußfolgerung, zu der die Anklage ihn aufgefordert habe ›rein spekulativ und voreingenommen‹ wäre.

Der Richter gestattete Anklage und Verteidigung, den Arzt nach seiner Erfahrung mit Stichwunden zu befragen.

Major Thomson: »Doktor, sind Sie dahingehend ausgebildet worden, Verletzungen dieser Art beurteilen zu können?«

Lieutenant Commander Schubert: »Abgesehen von Pathologen der Gerichtsmedizin, zu deren Ausbildung das Studium solcher Wunden gehört, erhalten die meisten Mediziner in dieser Richtung keine spezielle Ausbildung.«

»Sind Sie der Ansicht, daß eine Qualifikation als Pathologe der Gerichtsmedizin notwendig ist, um zu bestimmen, ob die Wunden im vorliegenden Fall von einem scharfen und gezackten Gegenstand erzeugt wurden?«

»Ich würde behaupten, daß diese Wunden von einem gezackten Gegenstand herbeigeführt wurden. Jedoch fühle ich mich nicht qualifiziert genug, dies zweifelsfrei festzustellen.«

Der Doktor antwortete ganz ähnlich auf Kuhnkes Fragen. Seiner Ansicht nach wären die Wunden von einem Messer mit gezackter Klinge verursacht worden, aber ›wie ich schon sagte, kann ich nicht mit Bestimmtheit sagen, daß dem so ist‹.

Kuhnke beharrte auf seinem Einspruch.

Richter Atkins: »Anklage und Verteidigung sind berechtigt, den Doktor zu seiner Erfahrung in der Behandlung solcher Stich- und Schnittwunden zu befragen, jedoch nicht zu seiner Meinung dahingehend, ob die Stichwunden von einer gezackten Klinge stammen.«

Ein seltener Sieg für Kuhnkes Verteidigung. Scott, der das Geschehen bis dahin mit ausdrucksloser Miene verfolgt hatte und kaum ein Wort mit seinem Verteidiger gewechselt hatte, nickte zustimmend.

Als die Geschworenen wieder im Saal Platz genommen hatten, nahm Major Thomson seine Befragung Schuberts wieder auf.

»Doktor, wurde Judy Connors während Ihrer Dienstzeit im Krankenhaus am Abend ihrer Einlieferung auf Spuren einer Vergewaltigung untersucht?«

»Nein. Mrs. Connors wurde nicht auf Spuren einer Vergewaltigung untersucht.«

Major Thomson schien einen Augenblick lang verblüfft – und er war nicht der einzige im Gerichtssaal, der sich von dieser Aussage überrascht zeigte. Die Zuschauer tuschelten von der ersten Reihe, in der Lori saß, bis zur letzten, wo die Pressevertreter sich eifrig Notizen machten.

»Würden Sie dies als Versäumnis bezeichnen?«

»Im Normalfall hätten wir eine solche Untersuchung durchgeführt.« Der Doktor fuhr fort und erklärte, daß ihm das Risiko, Judy noch länger in der Notaufnahme zu behalten, zu groß gewesen wäre. »Wir hatten keine andere Wahl, als sie mit einem Krankenwagen in ein größeres Krankenhaus bringen zu lassen, wo die Halswunden genauer untersucht werden konnten.«

Vielleicht in der Hoffnung, durch eingehendere Befragung zu den Verletzungen die aufsehenerregende Aussage des Arztes vergessen machen zu können, kehrte die Anklage zu diesem Punkt zurück, ehe sie den Zeugen dem Kreuzverhör überließ.

Kuhnke war die Bedeutung der Aussage des Arztes jedoch keineswegs entgangen.

»Doktor, haben Sie ausgesagt, daß Judy Connors in Ihrem Krankenhaus nicht auf Spuren einer Vergewaltigung untersucht wurde?«

»Das ist richtig.«

»Es gibt also keinen unabhängigen Beweis dafür, daß sie tatsächlich vergewaltigt wurde? Sie können nicht wissen, ob sie vergewaltigt wurde oder nicht?«

»Ich weiß, was die Patientin mir erzählt hat, und ...«

»Aber Sie haben die Angaben besagter Patientin nicht durch eine medizinische Untersuchung überprüft?«

»Nein, Sir, das habe ich nicht.«

Kuhnke legte eine kurze Pause ein, um den Geschworenen Gelegenheit zu geben, die erstaunliche Tatsache zu verdauen, daß die Vergewaltigung, derer Corporal Scott angeklagt war, nicht medizinisch nachgewiesen worden war, und fuhr dann fort, um noch einmal festzustellen, daß der Arzt nicht mit absoluter Gewißheit bestimmen könne, welche Art von Waffe Judys Halswunden verursacht habe.

Kuhnke hatte keine weiteren Fragen.

Major Thomson erhob sich steif vom Tisch der Anklage. »Euer Ehren, hiermit ist der Beweisvortrag seitens der Anklage abgeschlossen.«

Sofort forderte Kuhnke unter Berufung auf Artikel 39(a) den vorübergehenden Ausschluß der Geschworenen, ›um einige Anträge zu stellen‹.

Nachdem die Jury den Saal verlassen hatte, beantragte Kuhnke, daß das Verfahren eingestellt wurde, was er damit begründete, daß ›die Zuständigkeit des Gerichts‹ nicht erwiesen wäre. »Die Anklagevertretung kann nicht einmal belegen, wo dieses Verbrechen überhaupt stattgefunden hat ...«

Hierauf folgte ein langanhaltendes Wortgefecht zwischen den beiden Gegenparteien, bei dem Kuhnke aufgrund seiner mangelnden Kenntnis der militärischen Rechtsprechung Major Roach den Vortritt ließ. Als er erkannte, daß die Debatte einige Zeit in Anspruch nehmen würde, und da es bereits 15 Uhr 26 war, rief Richter Atkins die Geschworenen zurück in den Saal, entließ sie für den Tag und vertagte die Verhandlung auf den kommenden Morgen. Die Sondersitzung setzte sich derweil fort.

Eine Stunde später waren alle Pro-und-Contra-Argumente erschöpft, und Richter Atkins lehnte den Antrag der Verteidigung ab.

»Sonst noch irgendwelche Anträge?« fragte er Kuhnke übellaunig.

»Euer Ehren, wir haben ... wir *wollten* noch einen Antrag stellen. Wir wollten das Gericht dazu bewegen, die Klage zu streichen, Euer Ehren – wenn ich richtig informiert bin, kommt das einem Freispruch gleich. Aufgrund Ihrer Ablehnung unseres Antrages und unserer im Rahmen der militärischen Rechtsprechung eingeschränkten Möglichkeiten sehen wir jedoch von diesem Antrag ab.

Leider«, fuhr Kuhnke mit resigniertem Kopfschütteln fort, »hat die Anklage es vor diesem Gericht leichter, als es der Fall wäre, wenn dieser Prozeß im Commonwealth von Virginia verhandelt würde.«

Kapitel 11

An dem Tag, an dem die Anklagevertretung ihren Beweisvortrag gegen Corporal Lindsey Scott abschloß, klingelte gegen Mitternacht das Telefon in Lori Jacksons Schlafzimmer. Sie schreckte aus unruhigem Schlummer hoch und tastete im Dunkeln nach dem Hörer.

»Ja, hallo, wer ist da?« murmelte sie verschlafen.

»Lori, ich bin's, Ervan Kuhnke.«

Sofort hellwach und Böses ahnend, knipste sie die Nachttischlampe an und setzte sich auf. »Was ist los, Mr. Kuhnke?« fragte sie und warf einen Blick auf den Wecker neben dem Bett.

»Ich bitte vielmals um Entschuldigung, daß ich Sie um

diese Zeit anrufe«, sagte der Anwalt, »aber langsam mache ich mir Sorgen wegen des Prozesses.« Lori verkniff sich die bissige Erwiderung, die ihr auf der Zunge lag – ›dazu ist es zu spät. Sie hätten vor vier Monaten anfangen sollen, sich Sorgen zu machen‹. Statt dessen sagte sie taktvoll: »Nun, das überrascht mich nicht. Es sieht nicht allzu gut aus, nicht wahr? Aber ... was kann ich tun? Warum rufen Sie mich um diese Zeit an?« fragte sie und begegnete dem fragenden Blick ihres Mannes mit hochgezogenen Brauen. Sie legte eine Hand über den Hörer und flüsterte: »Kuhnke.«

»Honey«, sagte Kuhnke – Lori hatte sich bei ihrem Mann beklagt, daß Kuhnke sie so oft ›Honey‹ nannte, daß sie sich schon ganz klebrig fühle – »Honey, ich brauche Sie. Sie müssen Ruby Hills, Tammy Martin, die Nachbarin der Scotts, John Worsley, seinen Friseur, und den MP Sergeant Gaither aufsuchen und dafür sorgen, daß Sie alle morgen früh bis spätestens 8 Uhr 30 im Gericht sind.«

Loris Unterkiefer klappte herunter. »Wie bitte? Mr. Kuhnke, ist Ihnen klar, wie spät es ist? Ich soll *jetzt gleich* diese Leute aufsuchen? Mitten in der Nacht? Wie stellen Sie sich das vor?«

Kuhnke seufzte. »Ich weiß es nicht, Honey. Aber ich zähle auf Sie. Es ist überaus wichtig, daß wir sie als Zeugen aufrufen. Für Lindsey, zur Bekräftigung seines Alibis, um die Identifizierung durch Judy Connors zu entkräften. Einfach für alles.«

Lori schüttelte den Kopf »Das ist verrückt, Mr. Kuhnke. Aber gut, ich werde sehen, was ich tun kann. Aber ich kann nichts garantieren. Nicht zu dieser nachtschlafenden Zeit. Das einzig Positive, das ich Ihnen im Augenblick sagen kann, ist, daß ich mich bereits mit Worsley in Verbindung gesetzt habe und er versprochen hat zu kommen.«

»Gut, gut«, sagte Kuhnke. »Also, ich lege dann jetzt auf, damit Sie sich an die Arbeit machen können.«

Lori legte auf und starrte ihren Mann ungläubig an. »Ist das zu glauben? Hast du mitbekommen, was los ist?«

»Ja, in etwa. Ich habe es deinem Teil des Gesprächs entnommen.«

Lori schüttelte den Kopf und seufzte tief »Das wird kein

Zuckerschlecken für ihn morgen im Gerichtssaal – und noch schlimmer ist Lindsey Scott dran.« Sie stieg aus dem Bett und zog sich an.

»Dann willst du diese Leute also aufsuchen?« fragte Paul.

»Wir werden sie aufsuchen«, entgegnete Lori. »Du ziehst dich besser an, Paul. Wir haben einen Haufen Arbeit vor uns, und offen gestanden weiß ich nicht, wo wir anfangen sollen.«

»Fangen wir mit mindestens einer Tasse Kaffee in der Kuche an«, meinte Paul.

»Gute Idee. Und ich kann mir in der Zwischenzeit überlegen, wie wir vorgehen.«

Während sie kaffeetrinkend in der Küche saßen und Lori laut darüber nachdachte, wo sie beginnen sollten, kamen zwei ihrer Töchter herein. Sie rieben sich die Augen und gähnten – das Läuten des Telefons und die Stimmen in der Küche hatten sie geweckt.

»Was ist los?« fragte eins der Mädchen. »Warum seid ihr angezogen?«

Lori erklärte ihr, was es mit dem Anruf auf sich hatte.

»Ist es das wert, Mom?« fragte sie. »Ich meine, die viele Arbeit, die du dir aufgeladen hast, diese ganze Schinderei für diesen Lindsey Scott. Und du wirst nicht einmal dafür bezahlt!«

»Natürlich ist es der Mühe wert«, entgegnete Lori ruhig. »Ich muß das tun. Nicht für ihn, nicht nur für Lindsey Scott. Ich muß es tun, weil irgendein anderer an seiner Stelle sein und unschuldig verurteilt werden könnte, nur weil er schwarz ist und der Führungsstab von Quantico es eilig hat, das Verbrechen einem schwarzen Marine anzuhängen. Das habe ich euch doch schon erklärt. Und jetzt legt euch wieder hin, Paul und ich brechen gleich auf und ich weiß nicht, wann wir zurück sein werden.«

Sie wandte sich ihrem Mann zu. »Die wichtigste Zeugin ist diese Angestellte vom Sicherheitsdienst, diese schwarze Kaufhausdetektivin, Ruby Hills. Sie kann Scotts Alibi bestätigen. Leider kenne ich ihre Privatnummer nicht, und das Zayre's hat um diese Zeit natürlich geschlossen. Sergeant Gaither? Er ist MP und im Dienst. Vielleicht kann ich ihn ausfindig machen. Worsley ist bereits informiert. Tammy Martin? Ich wüßte nicht, inwieweit sie hilfreich sein sollte, aber wenn Kuhnke sie im Zeugenstand haben will …«

Da sie Tammy Martins Telefonnummer weder im Telefonbuch fanden noch über die Auskunft erhielten, machten Lori und Paul sich auf zu den Bayview Apartments in Woodbridge, wo Tammy mit ihrem Mann, einem Marine, wohnte (nachdem sie einige Monate zuvor aus Spanish Gardens ausgezogen waren). Dort angekommen klopfte Lori an die Wohnungstür. Es rührte sich nichts. Da sie die Nachbarn nicht stören wollte, hinterließ sie an der Haustür der Martins eine Nachricht, in der sie Tammy bat, sie oder Lola Scott baldmöglichst anzurufen.

»Ich weiß nicht, wo sie sind, ob er Nachtdienst hat, sie im Kino oder sonstwo sind«, sagte Lori. »Ich kann nicht mehr tun, als eine Nachricht zu hinterlassen. Fahren wir zu Zayre's.«

»Aber die haben doch geschlossen.«

»Ich weiß. Aber vielleicht ist ein Wachmann dort, der uns weiterhelfen kann. Vielleicht kann er Ruby für uns anrufen. Ich weiß auch nicht, Paul, aber wir müssen alles versuchen.«

Sie fuhren zu Zayre's, trafen jedoch niemanden an. Von dort aus kehrten sie zu den Bayview Apartments zurück, in der Hoffnung, daß Tammy oder ihr Mann inzwischen ihre Nachricht gefunden hatten. Aber nein, sie klebte immer noch an der Tür. Lori kritzelte eine neue Nachricht mit der Überschrift DRINGEND in Großbuchstaben, die sie an die Tür heftete.

»Und was jetzt?« fragte Paul. »Dieser Sergeant Gaither?«

»Warum nicht? Mal sehen, ob wir ihn ausfindig machen können.« Sie fuhren zum Haupttor des Quantico Marineinfanteriestützpunktes. Gaither war nicht dort. Die MP am Tor sagten, sie könnten ihr keinerlei Informationen zu ihrem Kameraden geben, das sei gegen die Vorschriften. Lori fragte, ob sie ihm wenigstens eine Nachricht zukommen lassen oder ihm ausrichten könnten, daß Lori Jackson ihn suche, falls er sich am Tor blicken ließ. Er würde schon wissen, worum es ging.

»Das war's«, sagte Lori zu Paul. »Hoffen wir, daß er morgen kommt.«

»Was hat er eigentlich mit dem Fall zu tun?« fragte Paul.

Lori zuckte die Achseln. »Ich weiß es nicht. Keine Ahnung. Kuhnke hat gesagt, daß er ihn als Zeugen haben wolle, mehr weiß ich auch nicht.« Sie sah auf die Uhr. »Inzwischen ist es schon nach zwei. Ich wünschte, wir könnten Tammy Martin irgendwie erreichen.«

»Ich glaube, mehr können wir nicht tun, Lori.«

»Ich schätze, du hast wohl recht. Wir fahren nach Hause und warten, für den Fall, daß Tammy anruft. Und gleich morgen früh, noch bevor das Zayre's öffnet, hänge ich mich ans Telefon. Das Personal ist sicher schon früher dort, vor allem der Wachdienst.«

Wieder zu Hause, ging Paul gleich zu Bett, während Lori, die zu unruhig war, um zu schlafen, sich in die Küche setzte, um ihre Gedanken aufzuschreiben und ihren bereits umfangreichen Notizen zu dem Fall hinzuzufügen. Nach einer Weile ging sie ins Schlafzimmer und legte sich vollständig angezogen auf das Bett. Ihre Gedanken wirbelten wild durcheinander, und sie zerbrach sich den Kopf darüber, wie sie helfen konnte, *ob* sie überhaupt helfen konnte. Ihre letzten Hoffnungen, daß Lindsey Scott Gerechtigkeit widerfuhr, schwanden.

Sie fiel immer wieder für kurze Zeit in leichten Schlaf, bis das Telefon kurz nach sechs klingelte. Sie fuhr beim ersten Läuten hoch und nahm den Hörer ab. »Lori Jackson.« Es war Tammy Martin. Lori erklärte ihr die Situation, und Mrs. Martin versprach, pünktlich im Gericht zu sein.

Jetzt hellwach, kehrte Lori in die Küche zurück und kochte frischen Kaffee. Dann rief sie bei Zayre's an. Es nahm niemand ab. Sie versuchte es immer wieder, bis sich schließlich jemand vom Sicherheitsdienst meldete, der gerade eingetroffen war. Ruby Hills war nicht dort und hatte an diesem Morgen auch keinen Dienst. Unter normalen Umständen hätte der Laden niemals die Telefonnummer eines Angestellten herausgegeben, schon gar nicht die eines Mitarbeiters des Sicherheitsdienstes; glücklicherweise war Lori jedoch an jemanden geraten, der wußte, wer sie war, den Fall kannte und nicht zögerte, ihr Ruby Hills' Nummer zu geben. Um 6 Uhr 30 rief Lori bei ihr an.

Ruby war überrascht, von ihr zu hören. Sie sagte, sie wisse nichts über den Fall, interessiere sich nicht weiter dafür, wäre nicht als Zeugin vorgeladen worden, und seit ihrem letzten Treffen mit Lori und Scott auf dem Parkplatz hätte sich auch niemand bei ihr gemeldet. Lori bot ihre ganze Überredungskunst auf und erinnerte Ruby daran, daß sie aufgrund ihrer Arbeit als Mitglied des Sicherheitspersonals von Zayre's viele Male vor Gericht ausgesagt habe und somit wisse, wie wichtig ein Zeuge sein könne. Ruby werde dringend vor Gericht gebraucht. Ob sie bis spätestens 8 Uhr 30 dort sein könne?

»Oh, ich weiß nicht«, entgegnete Ruby. »Ich bin gerade erst aufgestanden. Ich muß mir die Haare waschen und alles. Ich weiß wirklich nicht, ob ich es bis dahin schaffe.«

»Versuchen Sie's«, sagte Lori. »Bitte versuchen Sie's. Ich rufe später noch einmal an.«

Um sieben rief Lori erneut bei Ruby an, und dann ein drittes Mal um 7 Uhr 30, von einer Telefonzelle in der LeJeune Hall aus, wo der Prozeß um 8 Uhr 30 mit einer weiteren Sondersitzung beginnen sollte. Unmittelbar vor Beginn der Sondersitzung rief Lori ein letztes Mal an und gab sich alle Mühe, Ruby das Versprechen abzuringen, daß sie sich sofort auf den Weg machen würde. Dann suchte sie Kuhnke auf und klärte ihn über den Stand der Dinge auf.

Der Anwalt nickte beifällig, legte dann eine Hand um ihren Ellbogen, führte sie hinaus auf den Flur und zeigte auf eine Bank vor dem Gerichtssaal. »Warten Sie bitte hier«, sagte er. »Ich werde Sie heute als Zeugin aufrufen.«

Bei der Sondersitzung, die stattfand, bevor die Zeugen der Verteidigung aufgerufen wurden, wurden mehrere wichtige Punkte behandelt. Erstens mußte Richter Atkins im Protokoll festhalten lassen, daß er am vergangenen Nachmittag den Antrag der Verteidigung auf Einstellung des Verfahrens abgelehnt hatte, nachdem er eigenmächtig entschieden hatte, daß das Verbrechen auf Militärgelände stattgefunden habe. Hieraufklärte der Richter Scott offiziell über seine Rechte als Angeklagter auf, wozu auch gehörte, daß er nicht verpflichtet war, irgendwelche Beweise für seine Unschuld vorzutragen. »Es obliegt der Anklage, Ihre Schuld ohne begründete Zweifel zu beweisen«, sagte er. »Sie haben das Recht zu schweigen, und wenn Sie sich weigern, als Zeuge auszusagen, kann dies in keiner Weise gegen Sie verwendet werden.«

Kuhnke erhob sich und beschwerte sich, daß Lieutenant Colonel Harry trotz seines Ersuchens nicht als Zeuge geladen worden war (die Vorladung der Zeugen oblag der Anklagevertretung). Darüber hinaus habe er die Anklagevertretung um die Herausgabe mehrerer schriftlicher Beweisunterlagen gebeten wie MP-Eintragungsbücher und andere Berichte, diese bislang jedoch nicht erhalten.

Wieder einmal machte sich die Macht der Einflußnahme durch die Obrigkeit bemerkbar. Auf Kuhnkes ersten Vorwurf entgegnete Major Thomson schlicht: »Euer Ehren, Lieutenant Colonel Harry wurde aufgrund mangelnder Relevanz seiner Aussage weder vorgeladen noch von der zuständigen Autorität (womit Commanding General Twomey gemeint war) als Zeuge zugelassen.« Was die von Kuhnke verlangten Unterlagen betraf, könne die Anklage nur mit einem der drei angeforderten Dokumente dienen, da es die beiden anderen, vornehmlich das Wachbuch der Militärpolizei, nicht mehr gäbe. Der Major fügte (bedeutungsvollerweise) hinzu, daß »alle anderen Unterlagen entweder nicht vorschriftsmäßig geführt oder im Rahmen der üblichen Vorgehensweise bei der Militärpolizei vernichtet wurden.«

Richter Atkins musterte den Major überrascht. »Soll das heißen, daß es weder ein Wachbuch noch ein Dienstregister gibt?«

»Das ist richtig, Euer Ehren.«

Richter Atkins: »Was versteht man unter einem Wachbuch?«

»Soweit ich informiert bin, Euer Ehren, verhält es sich so, daß wenn das PMO von einem Vorfall unterrichtet wird, diese Dienststelle die MP an verschiedenen Toren davon in Kenntnis setzt, daß ein Verbrechen begangen wurde. Hierauf erfolgt in den Wachstuben an den verschiedenen Toren ein entsprechender Eintrag. Wenn die Zeitspanne, für die der Alarm gegolten hat, verstrichen ist, werden diese Einträge routinemäßig vernichtet. Es gibt keinen Hinweis dafür, daß irgendwelche dieser Einträge aufbewahrt wurden. Tatsächlich geht das Security Bataillon davon aus, daß sie einige Tage nach dem Vorfall vernichtet wurden.«

»Sind denn die Wachhabenden in Alarmbereitschaft versetzt worden?«

»Es gibt keinen Hinweis darauf, daß eine solche Benachrichtigung an die Wachhabenden erfolgt ist, Euer Ehren. Es wird nicht Buch darüber geführt, wenn die Militärpolizei in Alarmbereitschaft versetzt wird.«

Kuhnke sprang auf und widersprach Major Thomson vehement.

»Euer Ehren, einer der Zeugen, die wir aufzurufen gedenken, Sergeant Keith Gaither, wird aussagen, daß sehr wohl darüber Buch geführt wird und die Unterlagen keineswegs vernichtet werden. Sie werden in einem Ordner hinter dem Schreibtisch des MP-Sergeants abgeheftet, und wir bestehen darauf, diese Akte einzusehen und die Einträge vom Abend des Verbrechens und vom darauffolgenden Abend zu prüfen.«

Fast eine Stunde wurde heftig über das Rätsel der verschwundenen Unterlagen diskutiert. Sollte Sergeant Gaither zum PMO hinüberlaufen und versuchen, sie zu finden – sofern es sie gab – oder sollte jemand anders dies übernehmen? Eigenartigerweise gestattete Kuhnke Richter Atkins, den Vorschlag der Anklage zu akzeptieren, daß Major Thomson sich der Sache persönlich annehmen würde. Der Major verließ den Saal, und es entstand eine kurze Pause.

Als Thomson zurückkehrte, behauptete er, er habe die MP-Zentrale und die Einsatzzentrale angerufen (Scotts Bataillonskommandanten Hemming) und mit dem Bataillonskommandanten gesprochen.

»Es gibt keinen Eintrag für einen Polizeialarm, der sich auf den Vorfall vom Abend des 20. April bezieht. Ich habe erfahren, daß vor etwa einem Monat ein Zeuge der Verteidigung danach gefragt hat und damals schon keinen solchen Eintrag finden konnte. Der Bataillonskommandant sagte, wenn er sich recht erinnere, habe es keinen Alarm gegeben, weil ihnen an diesem Tag keine Beschreibung des Täterfahrzeugs vorgelegen habe. Er sagte außerdem: ›Alles, was wir hatten, war eine Beschreibung des Angeklagten, und wegen einer vagen Beschreibung eines Schwarzen oder einer sonstigen Person die MP in Alarmbereitschaft zu versetzen, wäre unhaltbar‹. Also wurde seines Wissens kein Alarm gegeben.«

Die Diskussion wurde dadurch beendet, daß Kuhnke schließlich zugab, daß es möglicherweise keinen solchen Eintrag gäbe, vielleicht habe es sich nur um einen Anruf gehandelt. Jedenfalls würde sein Zeuge aussagen, daß die MP in Alarmbereitschaft versetzt worden sei.

Für die Zuschauer – zu denen nicht mehr nur Journalisten, Loris Leute und andere Anhänger von Scott gehörten, sondern außerdem eine bunte Mischung neugieriger Marines aller Ränge, die einen der siebenundzwanzig Plätze ergattert hatten – mochte die ganze Debatte um einen Alarm übertrieben erscheinen, aber ihre Bedeutung sollte schon bald deutlich werden.

Im Baseballjargon könnte man sagen, daß Kuhnke seine Verteidigung von Corporal Lindsey Scott mit zwei Verlustpunkten durch Schlagfehler zugunsten der gegnerischen Mannschaft begann. Im Gegensatz zu seinen Opponenten am Tisch der Anklage hatte Kuhnke seine Zeugen nicht vorbereitet, wie es üblich, ja notwendig war, bevor er sie in den Zeugenstand rief. Diese Proben, die absolut rechtens und sinnvoll waren, bereiteten die Zeugen auf die Fragen bei der Direktbefragung vor, darauf, wie sie am besten zu beantworten waren, sowie auf das, was aller Wahrscheinlichkeit beim Kreuzverhör gefragt werden würde, was die Gefahr unliebsamer Überraschungen minderte.

Kuhnke hatte nicht einmal Scott, den Angeklagten, den er beschlossen hatte aufzurufen, vorbereitet, und seine Hauptzeugin Ruby Hills war gerade aus der Dusche gestiegen und hatte Lori Jacksons zweiten Anruf entgegengenommen, als Richter Atkins die Sondersitzung eröffnete.

Kuhnkes erster Zeuge war Worsley, der Friseur. Die kurze Befragung durch Kuhnke sowie das ebenso knappe Kreuzverhör drehten sich um Scotts Haarlänge an diesem Tag im Gerichtssaal im Vergleich zu der Länge seines Haares im April, um die Zeit herum, da sich das Verbrechen ereignet hatte. Da sich herausstellte, daß Worsley sich nicht erinnern konnte, ob er Scott im vergangenen April das Haar geschnitten hatte oder nicht, erwies sich seine Aussage als negativ.

Als nächstes wurde Sergeant Stephen Chaplin in den Zeugenstand gerufen, ein Zeuge, den Lori aufgetan hatte. Der Sergeant wohnte in Spanish Gardens, und am Abend des Verbrechens, beinahe genau zu der Zeit, da Judy Connors ihren Angaben zufolge vom Täter auf dem Parkplatz abgeholt worden war, hatte Chaplin ein Autoradio in seinen Wagen eingebaut. Seine Aussage schien anfangs vielversprechend, da er sagte, zwischen 20 Uhr und 20 Uhr 30 wären zwei Wagen von Anwohnern auf den Parkplatz gefahren und ein dritter hätte den Parkplatz verlassen. Wenn ein Wagen mit laufendem Motor in der Nähe seines Fahrzeugs gestanden hätte, hätte er diesen hören oder sehen müssen.

Als Kuhnke jedoch versuchte, ihn genauer darauf festzulegen, was er gesehen hatte und was nicht, gestand der Sergeant, daß er kein Zeitgefühl habe, zu diesem Zeitpunkt keine Uhr getragen habe und sich nicht mehr genau erinnern könne.

Kuhnke: »Sie sind absolut sicher, daß zwischen 20 Uhr und 20 Uhr 30 kein Wagen mit laufendem Motor auf dem Parkplatz gestanden hat?«

»Absolut sicher bin ich mir nicht, Sir.«

»Aber sie haben weder einen Wagen gesehen noch gehört?«

»Ich kann mich nicht erinnern, Sir.«

Kuhnke zeigte ihm einen Grundriß des Parkplatzes. »Erinnern Sie sich gesehen zu haben, daß gegen 20 Uhr 15 in der Nähe der auf der Karte mit einem B markierten Stelle ein Wagen gehalten hat?«

»Ich kann mich auch daran nicht erinnern, Sir.«

Kuhnke schüttelte scheinbar verzweifelt den Kopf über seinen wenig hilfreichen Zeugen. »Erinnern Sie sich, daß jemand gegen 20 Uhr 30 über den Parkplatz gegangen ist?«

»Nein, Sir.«

Verwundert oder mißtrauisch ob des Gedächtnisschwundes seines Zeugen, fragte Kuhnke: »Hat kürzlich jemand mit Ihnen über Corporal Scott gesprochen?«

»Mrs. Jackson, die mit Ihnen zusammenarbeitet, Sir.«

»Wer noch?«

»Niemand, Sir.«

»Sie erinnern sich nicht an eine Unterhaltung mit Special Agent Lindner?«

»Das war nicht kürzlich, Sir.«

»Das war nicht kürzlich«, wiederholte Kuhnke in leicht sarkastischem Tonfall. »Wann hat diese Unterhaltung stattgefunden?«

»Das erste Mal habe ich genau eine Woche, nachdem sich das Verbrechen ereignet hatte, mit Mr. Lindner gesprochen.«

»Ja? Und ...«

»Dann habe ich mit ihm telefoniert – das muß etwa zwei Tage später gewesen sein. Dann noch einmal einige Wochen später. Das ist alles, Sir.«

»Hat er anklingen lassen, daß er Sie möglicherweise als Zeugen vorladen würde?«

»Nicht als Zeuge, nein, Sir.«

Da aus Sergeant Chaplin nichts mehr herauszuholen war, überließ Kuhnke den Zeugen der Anklage.

Major Messer erhob sich und begann mit dem Kreuzverhör.

»Sergeant Chaplin, ich möchte, daß Sie sich entspannen. Ich werde ihnen keine schwierigen Fragen stellen. Sie haben ausgesagt, daß Sie am fraglichen Abend ein Autoradio in Ihren Wagen eingebaut haben.«

»Ja, Sir.«

»Gut. Würden Sie den Geschworenen bitte erklären, wie Sie das Radio eingebaut haben?«

»In Ordnung, Sir. Ich habe es vorne am Armaturenbrett

eingebaut. Ich habe viel Zeit damit verbracht, die Anleitung zu lesen, Werkzeug aus dem Kofferraum zu holen sowie unter dem Armaturenbrett.«

»Was meinen Sie genau damit ›unter dem Armaturenbrett‹?«

»Ich meine damit, daß ich im Fußraum unter dem Armaturenbrett auf dem Rücken gelegen habe.«

»Sergeant Chaplin, in Antwort auf Mr. Kuhnkes Frage, ob noch jemand mit Ihnen über Corporal Scott oder diesen Fall gesprochen habe … Erinnern Sie sich an unser kurzes Gespräch, bevor Sie den Saal betreten haben, um auszusagen?«

»Ja, Sir.«

»Und erinnern Sie sich auch an das, was ich Ihnen gesagt habe?«

»Sie haben mir geraten, nicht nervös zu werden, tief Luft zu holen und die Wahrheit zu sagen.«

»Erinnern Sie sich daran, daß ich Sie aufgefordert habe, die Wahrheit zu sagen?«

»Ja, Sir.«

»Gut. Ist es die Wahrheit, daß Sie sich im Zusammenhang mit den Ereignissen, die mit dem vorliegenden Fall in Verbindung stehen, an nichts erinnern können?«

»Ja, Sir.«

»Keine weiteren Fragen, Euer Ehren.« Der Major setzte sich wieder, sehr zufrieden damit, daß es ihm gelungen war, Sergeant Chaplins Aussage für die Verteidigung völlig wertlos zu machen. Der Sergeant konnte sich einfach an nichts Sachdienliches mehr erinnern.

Bei Sergeant Keith Gaither, dem ausgerichtet worden war, daß Lori Jackson ihn gesucht habe, und der sofort gewußt hatte, warum, hatte Kuhnke mehr Erfolg.

Der Sergeant war in der Lage auszusagen, daß die wachhabenden MP, ganz so wie Kuhnke es während der Sondersitzung behauptet hatte, an besagtem Abend in Alarmbereitschaft versetzt worden waren.

Kuhnke: »Sergeant, sind Sie auf irgendeine Weise von einer mutmaßlichen Vergewaltigung in der Nähe von Camp Upshur unterrichtet worden?«

»Ja, Sir. Ich war Torwache an Tor Vier. Ich war draußen auf der Straße und habe den Verkehr dirigiert und ... die zweite Torwache war Lance Corporal Hardy. Er war auch dort, in der Wachstube. Er erhielt einen Anruf von der Zentrale, bei dem es um einen Wagen und eine mutmaßliche Vergewaltigung auf dem Stützpunktgelände ging. Es wurde eine MPA (Military Police Alert) ausgerufen. Der gesuchte Wagen würde von einem MP gefahren. Das Fahrzeug wurde gewissermaßen zur Fahndung ausgeschrieben. Es sollte sich um einen beigefarbenen oder braunen Maverick oder einen beigefarbenen oder braunen Duster handeln, einen Zweitürer. Außerdem wurde die Beschreibung eines eins siebzig bis eins siebenundsiebzig großen Schwarzen mit Schnurrbart, längerem Haar und Brille mit schwarzem Gestell durchgegeben.«

»Wer hat Sie verständigt?«

»Beim ersten Anruf bin ich mir nicht sicher, Sir. Die zweite Torwache hat den Anruf entgegengenommen, aber es war entweder der diensthabende Sergeant oder die Einsatzzentrale. Das sind die einzigen zwei Stellen, die uns in solchen Fällen anrufen. Beim zweiten Mal rief Sergeant Kanthak an und fragte uns ...«

»Sergeant wer?«

»Kanthak. Er war an diesem Abend der wachhabende Sergeant in der Dienststelle.«

»Wie haben Sie diese Art von Meldung noch gleich genannt?«

»Eine MPA, Sir. Military Police Alert. «

Der Sergeant fuhr mit seiner Aussage fort und erklärte, daß routinemäßig im Anschluß an eine verbale Meldung an die verschiedenen Tore ein MPA-Formular ausgefüllt und in einem speziellen Ordner abgeheftet würde. Eine Kopie des MPA-Formulars würde dann an alle Tore weitergegeben.«

»Haben Sie je eine solche Kopie zu sehen bekommen?«

»Nein, Sir.«

»Aber Sie haben schon andere Kopien von MPA gesehen?«

»Ja, Sir, beim Dienst in der Zentrale habe ich selbst schon mehrere solcher Formulare ausgefüllt.«

»Haben Sie je nach dieser speziellen MPA gesucht?«

»Vor etwa einem Monat, Sir. Ich habe den Ordner durchgesehen, jedoch mit Datum vom 20. April kein MPA-Formular diesen Fall betreffend finden können.«

»Und es gibt einen Ordner, in dem diese MPA aufbewahrt werden?«

»Ja, Sir. Es gibt einen Ordner. Er liegt auf dem Schreibtisch in der Zentrale, und sämtliche MPA werden in diesem Ordner abgeheftet.«

»Und Sie haben in diesem Ordner nachgesehen und keine schriftliche Meldung dieses Vorfalls gefunden?«

»Nein, Sir.«

Kuhnke hatte keine weiteren Fragen; die Bedeutung des ›fehlenden‹ schriftlichen MPA-Berichts bestand in der Beschreibung des mutmaßlichen Täters, die bei der mündlichen MPA durchgegeben worden war – ein Schwarzer mit längerem Haar und Schnurrbart, der einen Wagen fuhr, dessen Beschreibung nicht zu der von Scotts Wagen paßte. Ohne ein schriftliches Dokument war Sergeant Gaithers Aussage reines Hörensagen; es konnte weder bewiesen noch widerlegt werden, daß es eine solche Meldung gegeben hatte. Die Aussage des Sergeants bezüglich der Beschreibung, die fernmündlich an die Tore weitergegeben worden war, war als Beweis wertlos, vor allem da Kuhnke keinen anderen MP vorzuweisen hatte, der bestätigen konnte, daß er am fraglichen Abend eine solche telefonische Meldung erhalten hatte.

Und so fiel es Major Thomson nicht schwer, mit Hilfe eines knappen Kreuzverhörs die Aussage eines weiteren Zeugen der Verteidigung als irrelevant abzutun.

»Ist Ihres Wissens eine solche Meldung schriftlich festgehalten worden? Hat es eine schriftliche Meldung gegeben?«

»Das kann ich nicht sagen, Sir, da ich nie eine gesehen – oder gesucht – habe.«

»Sie haben doch im Ordner nachgesehen, richtig?«

»Ja, vor einem Monat. Aber ich kann nicht mit Sicherheit sagen, ob an diesem Abend eine schriftliche Meldung erfolgt ist, da ich eine solche Meldung nie gesehen habe. Ich weiß nur von der telefonischen Meldung ans Tor.«

»Soweit Sie informiert sind, hat es also nie eine schriftliche MPA gegeben?«

»Meines Wissens nicht, Sir, nein, aber Sergeant Kanthak, der in der Zentrale Dienst hatte, hat mit mir telefoniert, und ich konnte nicht verstehen, warum eine so wichtige Meldung nicht schriftlich festgehalten worden sein sollte.«

»Ist es nicht Fakt, daß es keine MPA gegeben hat, weil es keine Beschreibung des Fahrzeugs gab?«

»Uns wurde eine Fahrzeugbeschreibung durchgegeben, Sir. Sie basierte auf dem, was eine Zeugin, die Frau, die ...«

Der Anklagevertreter schnitt ihm das Wort ab. »Sie haben ausgesagt, daß es keine MPA gegeben habe. Ist es nicht so?«

Der Sergeant gab sich alle Mühe, die Glaubwürdigkeit seiner Aussage bezüglich dessen, woran er sich den fraglichen Abend betreffend erinnern konnte, aufrechtzuerhalten. »Ob in der Zentrale eine MPA schriftlich festgehalten wurde, kann ich nicht sagen, Sir, aber wir haben am Tor telefonisch Meldung erhalten.«

»Sie haben in dem Ordner nachgesehen, richtig?«

»Ja, Sir, vor einem Monat.«

»War in dem Ordner eine schriftliche Meldung abgeheftet?«

»Vor einem Monat jedenfalls nicht, Sir.«

»Keine weiteren Fragen.«

Kuhnke hatte, was die MPA betraf, jedoch noch ein As im Ärmel. Als nächstes rief er Sergeant William Bryant in den Zeugenstand, einen MP im Streifendienst, der am Morgen nach dem Verbrechen um 5 Uhr 30 seinen Dienst antrat.

Major Thomson erhob sich sofort und erhob Einspruch: »Euer Ehren, die Verteidigung ruft Zeugen auf, die den Prozeß hier im Gerichtssaal mitverfolgt haben.« Sergeant Bryant, sagte der Major, habe am vergangenen Nachmittag im Saal gesessen. Dies wäre nicht rechtens, und die Regierung sei der Ansicht, daß er als Zeuge ausgeschlossen werden sollte. »Wir beantragen, ihn nicht als Zeugen zuzulassen«, sagte Major Thomson.

Kuhnke argumentierte, daß er bis zu diesem Morgen nicht gewußt habe, daß Sergeant Bryant als Zeuge von Bedeutung wäre, ihm jedoch Informationen zugetragen worden seien, denen zufolge der Sergeant wichtige Angaben zu den MPA machen könne.

Richter Atkins befragte ihn hierzu eindringlich: »Wußten Sie vor dem heutigen Tag von der Existenz dieses Zeugen?«

»Nein, Euer Ehren. Und ich weiß nicht, ob er sich gestern im Gerichtssaal aufgehalten hat oder nicht. Jedenfalls hat die Anklage die Benennung von Zeugen vorab an keine Bedingungen geknüpft.«

Richter Atkins: »Der Einspruch der Anklage wird abgelehnt. Fahren Sie fort.«

Mit einem erleichterten Aufatmen rief Kuhnke den Sergeant in den Zeugenstand.

Bryant erzählte, daß er früh an diesem Morgen das PMO betreten und Sergeant Stone, der in der vergangenen Nacht Dienst gehabt habe, gefragt hatte, ob irgend etwas los gewesen sei. »Ja, lies das.«

Stone habe ihm einen CID-Bericht über die Vergewaltigung und den versuchten Mord gezeigt. »Und wenn sich ein Vorfall dieser Art ereignet«, fuhr Sergeant Bryant fort, »wird immer die Militärpolizei per MPA alarmiert. Also habe ich das MP-Register und den Ordner durchgesehen und bin auf eine schriftliche Meldung gestoßen. In dieser Meldung hieß es, der Tatverdächtige fahre einen beigefarbenen oder braunen Duster, der Verdächtige wäre schwarz, von stämmiger Statur und trage eine vom Militär ausgegebene Brille.«

Kuhnke ermutigte den Sergeant durch ein Nicken, fortzufahren. Er spürte, daß Bryant, der entspannt dasaß, sich seiner selbst und seiner Aussage sicher war.

»Inwieweit die Wachhabenden an allen drei Toren informiert wurden, kann ich nicht sagen«, erklärte der Sergeant. »Aber ich weiß mit absoluter Gewißheit, daß wir um 6 Uhr an diesem Morgen mit der Einsatzbesprechung begonnen haben. Ich habe persönlich die MPA-Meldung mit in die Besprechung genommen und die Informationen an die Männer der neuen Schicht – das müßten sechs Torwachen und etwa fünf oder sechs Streifen – gewesen sein – weitergegeben.«

Kuhnke: »Sergeant, wann haben Sie das erstemal gehört, daß Corporal Scott der Tat verdächtigt wurde?«

»Ich würde sagen, ein, zwei, vielleicht auch drei Tage später. Die Beschreibung in der Meldung war nicht sehr genau. Sie hätte auf Corporal Scott passen können, aber ebensogut auf hundert andere Marines auf diesem Stützpunkt.«

Major Thomson erklärte mit einem leichten Schulterzucken zur Überraschung von Kuhnke, Richter Atkins und sogar ein oder zwei Geschworenen, die selbstverständlich wie gewöhnlich mit steinernen Gesichtern und scheinbarem Desinteresse dasaßen, daß die Anklage auf ein Kreuzverhör verzichte. Tatsache war, daß Sergeant Bryant zu selbstsicher war, ihn aus dem Konzept zu bringen, und ganz gleich, was er auch ausgesagt hatte, es gab keine MPA-Meldung von der Art, wie Sergeant Gaither sie beschrieben hatte. Die Anklage konnte es sich leisten, Kuhnke einen Punkt für sich verbuchen zu lassen.

Als der Verteidiger als nächste Lori in den Zeugenstand rief, protestierte Major Thomson mit derselben Begründung wie bereits beim vorangegangenen Zeugen: Lori habe seit Prozeßbeginn im Saal gesessen. Der Richter entschied jedoch wie schon zuvor und gestattete Kuhnke, Lori als Zeugin zu befragen.

Während dieser kurzen Debatten ereignete sich draußen auf dem Flur ein kleines Drama: Ruby Hills war hereingestürmt, beinahe drei Stunden später, als Lori es gehofft hatte, aber immer noch rechtzeitig, um als Zeugin der Verteidigung auszusagen.

»Gott sei Dank, daß Sie da sind!« rief Lori aus. »Ich bin gerade aufgerufen worden, und ich glaube, Kuhnke möchte Sie als nächste im Zeugenstand haben.«

»Was soll ich überhaupt hier?« heulte Ruby. »Ich weiß nicht mal, worum es geht! Und sehen Sie mich doch an, ich sehe schrecklich aus!« Als eine Frau, die immer sehr sorgfältig auf ihr Aussehen und ihre Kleidung achtete, beklagte sie sich bei Lori: »Mein Haar ist noch nicht einmal trocken, und ich hatte nicht einmal Zeit, eine Strumpfhose anzuziehen!« Sie zeigte auf ihre nackten Beine.

»Beruhigen Sie sich, Sie sehen sehr gut aus«, entgegnete Lori und tätschelte ihr begütigend den Arm. »Hauptsache, Sie sind hier. Ich bin Ihnen außerordentlich dankbar für Ihr Kommen. Ich muß jetzt rein, ich werde gerade zum zweitenmal aufgerufen. Bleiben Sie nur hier sitzen und erholen Sie sich ein paar Minuten von dem Streß.«

Wie Lori bereits befürchtet hatte und später an diesem Tag ihrem Mann erzählte, war ihre Aussage reine Zeitverschwendung. Sie konnte nicht viel zu Scotts Verteidigung beitragen, und das wenige, das sie wußte, wurde durch einen Einspruch von Major Thomson erfolgreich abgeblockt.

Lori begann ihre Aussage damit, daß sie auf weitere Vergewaltigungsversuche in der Gegend gestoßen sei. Der Täter sei übereinstimmenden Aussagen zufolge ein Marine, dessen Beschreibung sich im Groben mit der Scotts decke.

Major Thomson erhob Einspruch wegen Irrelevanz; dieser Prozeß befasse sich mit einem bestimmten Vergewaltigungsfall, und andere ähnliche Verbrechen wären ohne Bedeutung.

Kuhnke konterte, daß Loris Aussage darauf hindeuten könne, daß es möglicherweise noch weitere Verdächtige außer Scott gebe, die zu überprüfen versäumt worden sei.

Wieder fand eine Sondersitzung gemäß Artikel 39(a) statt, während derer die Anklage argumentierte, daß Kuhnke möglicherweise seine eigene Verteidigung torpediere; Loris potentielle Aussage, so Major Thomson, wäre nicht nur irrelevant, sondern könne Scotts Situation sogar noch verschlechtern. Wenn die Geschworenen von anderen Vergewaltigungen hörten, die von einem Mann begangen wurden, auf den Scotts Beschreibung passe, ›besteht die Gefahr, daß dem Angeklagten weitere Verbrechen unterstellt werden, derentwegen er nicht vor Gericht steht‹.

Kuhnke wollte Loris Aussage dennoch hören. »Ich bin ganz und gar nicht der Ansicht, daß diese Aussage als irrelevant abzutun ist«, sagte er an Richter Atkins gewandt.

Richter Atkins: »Und Sie befürchten nicht, daß die Geschworenen durch diese Aussage zum Nachteil Ihres Mandanten beeinflußt werden könnten?«

Kuhnke: »Ich habe die Gefahren sorgfältig abgewogen,

Euer Ehren, und ich glaube, daß diese Aussage im Interesse der Gerechtigkeit gehört werden sollte.«

Der Richter lehnte dies jedoch ab. Er gab dem Einspruch der Anklagevertretung statt. »Aufgrund der Gefahr, daß Ihrem Mandanten Verbrechen unterstellt werden, derer er nicht angeklagt wird, und daß die Aussage der Zeugin die Geschworenen gegen Ihren Klienten einnimmt.«

Und so kam es bei diesem Prozeß voller Widersprüche und Überraschungen zu der merkwürdigen Entwicklung, daß die Staatsanwaltschaft gegen den Willen des Verteidigers dem Angeklagten zur Hilfe kam. Das Endresultat war jedoch, daß Loris Aussage Kuhnke nicht weiter von Nutzen war, abgesehen von der Frage der Zuständigkeit, die er erneut mit ihrer Hilfe ausführlich behandelte. Kein Wort Loris zu den gesperrten Straßen und Baustellen in der Umgebung der Route 619 und um Belfair Corner war der Verteidigung von Scott auch nur im mindesten dienlich, denn was auch immer sie anführte, um Special Agent Lindners und Judy Connors' Aussagen in Zweifel zu ziehen, Richter Atkins hatte bereits entschieden, daß die Anklage die Frage der Zuständigkeit hinreichend bewiesen habe. Es war eine Sackgasse, was die Anklage und den Richter betraf, aber da er sonst nicht viel in der Hand hatte, war Kuhnke immer noch nicht bereit, die leise Hoffnung auf Einstellung des Verfahrens aufzugeben.

Eine gereizte Ruby Hills, die mit ihrem Aussehen alles andere als zufrieden war und sich ärgerte, daß man sie in letzter Sekunde überredet hatte auszusagen, obwohl sie nicht wußte, was sie gefragt werden würde und was sie antworten sollte, nahm als nächste im Zeugenstand Platz. Durch ihre Arbeit als Angestellte des Sicherheitsdienstes bei Zayre's hatte sie einige Erfahrung mit Prozessen, und im Normalfall wäre sie völlig selbstsicher in den Zeugenstand getreten. Während sie nun auf die Fragen des Verteidigers wartete, dem sie nie begegnet war und mit dem sie noch nie ein Wort gewechselt hatte, war sie verunsichert und irritiert – gab sich aber dennoch ganz professionell.

Ruby warf Kuhnke gleich zu Anfang aus dem Gleis, als er sie bat, für das Protokoll ihren Namen zu nennen.

»Ruby Wilson.«

Sichtlich überrascht (obwohl er es nicht hätte sein dürfen), warf Kuhnke einen Blick auf die Unterlagen, die er vor sich hatte. »In meinen Unterlagen sind Sie als Ruby Hills vermerkt.«

»Das ist gewissermaßen ein Pseudonym, das ich bei der Arbeit verwende. Niemand dort soll meinen richtigen Namen wissen.«

Mit seinen ersten Fragen erläuterte Kuhnke ihre Stellung bei Zayre's, bevor er sich dann den wichtigen Einzelheiten zuwandte:

»Ich möchte Ihre Aufmerksamkeit auf den Nachmittag und Abend des 20. April lenken. Wo waren Sie an diesem Tag angestellt?«

»Bei Zayre's in Woodbridge.«

»Um wieviel Uhr haben Sie Ihren Dienst angetreten, Ma'am?«

»Gegen 16 Uhr 30.«

»Und bis wieviel Uhr haben Sie gearbeitet?«

»An diesem Abend bis 22 oder 23 Uhr. Ich weiß nicht mehr genau, wann ich gegangen bin. Der Laden schließt um 22 Uhr. Manchmal gehen wir um 22 Uhr 30. Das hängt davon ab, wann die Putzkolonne fertig ist.«

»Ich möchte Sie bitten, sich diesen Mann hier anzusehen«, sagte Kuhnke und zeigte auf Scott. »Haben Sie diesen Mann schon einmal gesehen?«

»Ich versuche, mir darüber klar zu werden, wie oft.«

»Nun, wann haben Sie ihn das erstemal gesehen?«

»Ich habe ihn nur ein einziges Mal gesehen.«

»Gut. Und wann war das?«

»Das war im Frühling.«

»Haben Sie ihn im April gesehen – am Abend des 20. April?

»Offen gestanden fällt es mir schwer, mit Sicherheit zu sagen, ob ich ihn exakt an diesem Tag gesehen habe.«

Auch diese Aussage hätte Kuhnke nicht überraschen dürfen; genau das hatte Lori ihm zwei Wochen zuvor nach ihrem Gespräch mit Ruby berichtet. Tatsächlich hatte Kuhnke Lori damals gesagt, daß Rubys Aussage ihnen nichts nützen würde, wenn sie nicht bestätigen konnte, Scott am 20. April bei Zayre's gesehen zu haben. Und als Lori ihn hierauf gefragt hatte, ob er mit Ruby sprechen und sie als Zeugin laden würde, hatte der Anwalt, der damals noch überzeugt gewesen war, daß es niemals zum Prozeß kommen würde, entgegnet, Lori solle sich keine Sorgen machen. Jetzt hatte Kuhnke sich mit Rubys bedingter Identifizierung seines Mandanten selbst in eine Sackgasse hineinmanövriert.

Hoffnungsvoll hakte er nach. »Sie wissen also nicht, ob Sie ihn am 20. April gesehen haben?«

»Ich erinnere mich, daß ich ihn das letztemal im Frühling gesehen habe«, entgegnete Ruby bestimmt.

»Um welche Zeit?«

»Das war in der Zeit, in der ich meine Runde gemacht habe. Ich mache immer zwischen 20 und 20 Uhr 30 meine Runde.«

»Würden Sie uns bitte die näheren Umstände erläutern?«

»Ich war gerade am Kundendienstschalter vorbeigegangen, als ich ihn hereinkommen sah. Ich sah ihn zum ersten Regal gehen, das sich in der Herrenabteilung befindet, und sich einige Kleidungsstücke ansehen. Ich sah mir seine Kleidung an und beobachtete ihn eine Weile, um sicherzugehen, daß er kein Ladendieb war. Nachdem mein Gefühl mir gesagt hatte, daß er kein Dieb war, beachtete ich ihn nicht weiter.«

»Wie lange haben Sie ihn beobachtet?«

»Ich habe beobachtet, wie er vom ersten zum dritten Regal geschlendert ist. Von dort aus trat er an die hintere Wand, und ich hörte auf, ihn zu beobachten. Er sah gepflegt aus, und darum habe ich mir nicht die Mühe gemacht, ihn länger im Auge zu behalten.«

»Was hatte er an?«

»Er hatte eine dunkle Baseballmütze auf und trug eine Lederjacke, deren Reißverschluß bis oben geschlossen war. Dazu hatte er grüne Hosen an, die aussahen wie Arbeitshosen. Ich erinnere mich, daß er mir aufgefallen ist, weil die Jacke nicht zu diesen Hosen paßte. Die Jacke war elegant und paßte vom Stil her besser zu einer Anzughose. Und daß der Reißverschluß der Jacke geschlossen war. Viele Diebe betreten den Laden mit hochgeschlossener Jacke, weil sich darunter einiges verstecken läßt, verstehen Sie? Man kann allerlei darunter verschwinden lassen.«

»Trug er eine Brille?«

»Ja.«

»Was für eine Art von Brille? Eine von der Art, wie er sie im Augenblick auf hat?«

»Das weiß ich nicht. Das kann ich nicht genau sagen. Ich habe nicht weiter darauf geachtet. Ich konzentriere mich vornehmlich auf die Kleidung.«

»Hat Ihnen irgend jemand ein Photo dieses Mannes gezeigt?«

»Ja. Eine Frau. Ich kann mich nicht an ihren Nachnamen erinnern.

»Beschreiben Sie dieses Photo.«

»Um ganz ehrlich zu sein, waren die Aufnahmen miserabel. Aber er war gut zu erkennen, auch wenn er auf den Photos anders aussah als an jenem Abend. Es waren keine sehr guten Bilder von ihm.«

»Hat man Ihnen gesagt, was er an diesem Abend getragen hat?«

»Nein, ich habe der Frau gesagt, was er getragen hat. Sie fragte, ob ich ihn schon einmal gesehen hätte. Ich sagte ja und erklärte ihr, was er angehabt hatte und wo ich ihn gesehen hatte.«

»Haben Sie ihn seither noch einmal gesehen?«

»Ich sehe ihn jetzt.«

»Keine weiteren Fragen«, sagte Kuhnke und zog sich mit weit weniger zurück, als er sich möglicherweise von Ruby Hills (oder Wilson) erhofft hatte. Major Messer stand auf und erhob Einspruch gegen die Aussage, da sie irrelevant sei. »Wir beantragen, die Aussage aus dem Protokoll zu streichen«, sagte er. »Die Aussage der Zeugin hat deutlich gemacht, daß sie keine Angaben zum 20. April machen kann, und allein um diesen Abend geht es hier.«

Richter Atkins lehnte den Antrag ab und ließ die Zeugenaussage zu. Major Messer setzte sich wieder und verzichtete auf ein Kreuzverhör.

Die Geschworenen hatten jedoch diverse wichtige Fragen, die Kuhnke Ruby vorlas.

»Konnten Sie sich zu dem Zeitpunkt, da Mrs. Jackson Sie ansprach, an das Datum erinnern, an dem sie Corporal Scott gesehen hatten?«

»Ich konnte mich nicht an das Datum erinnern. Aber ich erinnere mich, daß er zu der Zeit im Laden war, als meine Mutter im Sterben lag. Und ich erinnere mich genau, ihn gesehen zu haben. Es muß zu der Zeit gewesen sein, als meine Mutter im Sterben lag, weil ich damals andere Schichten gearbeitet habe als sonst.«

»Mrs. Wilson, wie viele Personen haben an dem Abend, an dem Sie den Angeklagten gesehen haben, Zayre's betreten?«

»Verlangen Sie wirklich von mir, daß ich diese Frage beantworte? Ich finde sie ziemlich albern.«

»Beantworten Sie die Frage bitte so gut Sie können.«

»Warum fragen Sie mich nicht, wie viele Schwarze an diesem Abend das Kaufhaus betreten haben? Das kann ich beantworten.«

Major Thomson erhob sich und wandte sich an den Richter. »Euer Ehren, die Staatsanwaltschaft bittet darum, die Zeugin aufzufordern, die Fragen der Geschworenen zu beantworten.«

Kuhnke: »Bitte beantworten Sie die Frage so gut Sie können, Ma'am.«

,»Ich kann nicht sagen, wie viele Personen das Kaufhaus an diesem Abend betreten haben. Ich kann Ihnen nur sagen, wie viele Schwarze ich an diesem Abend habe hereinkommen sehen, weil nämlich zu den Kunden von Zayre's in Woodbridge nur wenige Farbige zählen.«

»Warum können Sie sich so gut an den Angeklagten erinnern, wo Sie ihn doch nur ein einziges Mal vor mehreren Monaten gesehen haben?«

»Ich vergesse nie ein Gesicht. Als man mir das Photo gezeigt hat, habe ich mich sofort erinnert, ihn gesehen zu haben. Ich weiß noch, was er anhatte. Das ist mein Job. Ich bin eine ehemalige Polizeibeamtin. Ich verstehe etwas von meiner Arbeit.«

»Ich versuche, das exakte Datum zu bestimmen. Sie sagten, Sie hätten an diesem Tag eine Verhaftung durchgeführt?«

»Es waren sogar zwei.«

»Lassen sich diese Festnahmen irgendwie mit dem Zeitpunkt in Zusammenhang bringen, da Sie diesen Gentleman gesehen haben?«

»Nein.«

»Es läßt sich also kein Zusammenhang herstellen? Wann war Ihre Mutter krank?«

»Von März bis zu ihrem Tod im Juni.«

»Und in dieser Zeit haben Sie ausschließlich in der Spätschicht gearbeitet?«

»Meistens von 10 bis 16 Uhr oder von 14 bis 22 Uhr. Ich hatte eine Pflegerin eingestellt, die sich zu Hause um meine Mom kümmerte und meine Arbeitszeit gestaffelt. An diesem Tag habe ich meinen Dienst um 16 Uhr 30 angetreten.«

»Und woher wissen Sie das so genau?«

»Ich hatte den Laden kaum betreten, als ich um 16 Uhr 30 die erste Verhaftung vornahm.«

»Aber Sie haben es außerdem überprüft? Sie haben zweifelsfrei am 20. April gearbeitet?«

»Ich habe um 16 Uhr 30 sowie zwischen 19 Uhr und 19 Uhr 30 jeweils eine Festnahme durchgeführt.«

»Und das war am 20. April 1983?«

»Das ist richtig.«

»Glauben Sie, das ist der Tag, an dem Sie den Angeklagten gesehen haben?«

»Ich habe diesen Mann nur zweimal in meinem Leben gesehen. Darf ich offen sprechen?«

»Natürlich, Ma'am, sprechen Sie.«

»Dieser Mann ist mir aufgefallen, weil wir, wie ich bereits sagte, bei Zayre's nicht viele schwarze Kunden haben, und die wenigen farbigen Kunden sind Stammkunden. Ich weiß, daß sie nicht stehlen werden, und darum beachte ich sie nicht weiter. Aber immer wenn ein mir bis dahin unbekannter schwarzer Kunde den Laden betritt, beobachte ich ihn eine Weile, um zu sehen, ob er ein potentieller Dieb sein könnte, und darum ist mir dieser Mann auch aufgefallen. Als mein Gefühl mir sagte, daß er harmlos wäre, beobachtete ich ihn nicht länger.«

Hierauf folgten zwei sehr wichtige und präzise Fragen seitens eines der Geschworenen (die wieder von Kuhnke vorgelesen wurden).

»Mrs. Wilson, gibt es nicht ein Eintragungsbuch für sämtliche Festnahmen, die im Laden durchgeführt werden? Und wenn ja, könnten Sie dieses dann nicht einsehen?«

»Das ist richtig.«

»Es gibt ein solches Eintragungsbuch?«

»Ja.«

»Und Sie konnten es einsehen?«

»Ja.

»Und Sie haben überprüft, daß Sie am 20. April zwei Personen festgenommen haben?«

»Das ist richtig.«

Hiermit endete die Befragung durch die Geschworenen, aber die Fakten, die sich aus diesen Fragen ergeben hatten, würden in den folgenden Jahren noch zum Tragen kommen.

Die Unsicherheit von Rubys Aussage veranlaßte Major Thomson, sie zu dem einen entscheidenden Punkt ins Kreuzverhör zu nehmen – dem Punkt, der so oder so über Corporal Lindsey Scotts Alibi entscheiden konnte.

»Mrs. Hills … Ist es Ihnen recht, wenn ich Sie Mrs. Hills nenne?«

»Nennen Sie mich, wie Sie wollen.«

»Mrs. Hills, während der Befragung durch die Verteidigung sagten sie, es wäre schwierig, eindeutig festzulegen, wann Sie Corporal Scott bei Zayre's gesehen haben.«

»Sie meinen das Datum.«

»Ja, das Datum. Lautet Ihre Aussage nun dahingehend, daß Sie ihn am 20. April gesehen haben?«

»Ich bleibe bei meiner Aussage, daß ich ihn im Frühling gesehen habe.«

»Und Sie wissen nicht an welchem Tag?«

»Nein, auf ein Datum möchte ich mich nicht festlegen.«

»Keine weiteren Fragen.«

Und keine weiteren Antworten von Ruby Hills.

Kapitel 12

Nach der Mittagspause rief Kuhnke Lola Scott in den Zeugenstand. Während die fünf Wochen alte Tochter der Scotts sich draußen auf dem Flur in der Obhut einer Freundin, Frances, befand, ging Lola zum Zeugenstand und zupfte nervös an einem Taschentuch, das sie in den Händen hielt. Sichtlich verängstigt, machte Lola die unterschwellige Spannung im Gerichtssaal deutlich. Sie setzte sich und sah sich um, blickte auf die Symbole der Macht, die sie überragten, während sie steif im Zeugenstand saß, als wäre sie selbst angeklagt: Der allmächtige Richter, die grimmigen Anklagevertreter, die düsteren, schattenhaften Geschworenen, alle in ihren dekorierten Uniformen mit Eichenlaub und Adler als Zeichen ihres Ranges. Sie sah hilfesuchend zu ihrem Mann hinüber, und Lindsey lächelte ihr ermutigend zu.

Kuhnke begann bedächtig: »Mrs. Scott, ich weiß, daß Sie nervös sind. Seien Sie nur so ruhig wie möglich. Also, Sie wurden am 21. April 1983 von zwei Agenten des CID befragt (tatsächlich hätte Kuhnke die beiden Männer als Agenten des NIS und nicht des CID bezeichnen müssen). Bitte erzählen Sie dem Gericht von diesem Gespräch.«

»Ich bin gegen 16 Uhr von der Arbeit nach Hause gekommen. Dave Martin, den ich kenne, klingelte zwischen 16 Uhr 30 und 16 Uhr 45. Als ich von der Arbeit gekommen war, hatte ich mein Geburtstagsgeschenk ausgepackt. Es war ein Fußmassagegerät, das ich gerade in einem Sessel sitzend benutzte, als er läutete. Ich fragte, wer da sei, und er antwortete: ›Ich bin's, Lola, Dave Martin.‹ Ich öffnete die Tür und ließ ihn herein, und er stellte mir den Mann vor, der bei ihm war. Sie fingen mit Smalltalk an, sagten, wie hübsch meine Möbel wären, und Rivers – das war der andere Mann – Rivers sagte, daß ihm mein Fußmassagegerät gefiele. Er sagte, daß er schon nach einem solchen Apparat gesucht hätte und fragte, wo ich es gekauft hätte. Ich erwiderte: ›Heute ist mein Geburtstag. Lindsey hat es mir geschenkt.‹ Hierauf fragte mich Dave:

›Hast du heute schon mit Lindsey gesprochen?‹, und ich sagte: ›Ja, er hat mich heute morgen angerufen.‹ Dann fragte Dave: ›Hat er dir irgend etwas Bestimmtes gesagt?‹ Ich entgegnete, daß er mir nur gesagt habe, daß er an einem wichtigen Fall arbeite und mir am Nachmittag Genaueres erzählen würde. Hiernach hätten wir uns nur ganz normal unterhalten. Dave sagte: ›Nun, das wird es gewesen sein‹ und erklärte mir, daß Mrs. Connors am vergangenen Abend, na ja, überfallen worden wäre, daß sie alle auf dem Stützpunkt befragen würden und auch mir einige Fragen stellen müßten.

Ich sagte okay, und er meinte, sie würden auch Lindsey befragen, worauf ich entgegnete: ›Du kennst doch Lindsey ...‹ Ich lachte ein wenig und sagte: ›Du weißt ja, daß Lindsey niemals zu so etwas fähig wäre‹, worauf er erwiderte: ›Ja, das wissen wir.‹ Rivers sagte: ›Wir wissen, daß er ein anständiger Kerl ist. Er wäre niemals fähig, so etwas zu tun. Aber wir müssen nun mal alle befragen. Sie hat gesagt, der Kerl wäre ein Schwarzer gewesen, und darum müssen wir alle Schwarzen auf dem Stützpunkt befragen.‹ Ich sagte: ›Ich weiß, daß Lindsey verärgert sein muß. Er wird sich in seinem Stolz verletzt fühlen. Es muß ihn schon kränken, wenn man ihn nur danach fragt‹. Und er sagte: ›Ja, er ist ziemlich sauer.‹

Dann fragten sie mich, um wieviel Uhr er am Mittwoch nach Hause gekommen wäre, und ich sagte, zwischen fünf und Viertel nach fünf. Zuerst habe ich gezögert und nachgedacht, weil er sagte, ich solle ihnen nur die ungefähre Zeit nennen. Dann sagte ich: ›Okay, notieren Sie, daß er zwischen fünf und Viertel nach fünf nach Hause gekommen ist, um mich abzuholen.‹ Wir wollten zu unserer alten Wohnung, die wir am vergangenen Abend geputzt hatten. Die Fußböden, der Herd und dergleichen mußten noch einmal geputzt werden, weil bei der Abnahme einiges beanstandet worden war. Lindsey kam nach Hause, um zu fragen, ob ich mitfahren wolle, aber ich war einfach zu müde, wissen Sie. Ich habe ihm gesagt: ›Nein, ich möchte heute nicht mitfahren. Ich bin zu müde und werde mich hinlegen.‹ Er sagte: ›Ich möchte nur, daß du mitkommst. Du brauchst mir ja nicht beim Saubermachen zu helfen.‹ Wissen Sie, gewöhnlich begleite ich ihn außerhalb der Arbeit überallhin. Wir tun alles gemeinsam, weil wir nicht nur Mann und Frau, sondern außerdem die besten Freunde sind.«

Bei diesen Worten brach die ganze emotionale Anspannung, die Lola bis dahin unterdrückt hatte, aus ihr hervor. Sie brach in Tränen aus. »Lassen Sie ihn doch in Frieden! Lassen Sie meinen Mann in Frieden!« rief sie.

Kuhnke versuchte, sie zu beruhigen. »Bitte ...«

Lola wurde hysterisch, schluckte und schrie laut und unkontrolliert. »Er hat es nicht getan! Er ist es nicht gewesen!«

Kuhnke bat um eine Unterbrechung.

Lola fuhr fort zu weinen und zu schreien, und Richter Atkins ordnete nervös eine Verhandlungspause an, während alle Anwesenden im Gerichtssaal den Gefühlsausbruch in schockiertem Schweigen verfolgten.

»Warum lassen Sie uns nicht in Ruhe? Ich bin müde und fühle mich elend. Sie haben versucht, mein Baby zu töten! Lassen Sie ihn in Ruhe. Lassen Sie ihn in Ruhe, lassen Sie meinen Mann in Ruhe! Er hat niemandem etwas Böses angetan. Er ist ein guter Mensch. Er ist durch und durch ein guter Mensch. Warum wollen Sie immer guten Menschen etwas antun? Warum?« Sie blickte nacheinander auf die Anklagevertreter, den Richter und die Geschworenen. »Warum? Warum wollen Sie uns quälen? Warum quälen Sie die Guten? Warum tun Sie uns das an?«

Alle im Gerichtssaal schienen wie versteinert, unfähig, ihrem Ausbruch ein Ende zu machen, und einige der Zuschauer stimmten in ihr Schluchzen ein, bis Scott schließlich die Starre brach, zu seiner Frau eilte und mit Hilfe einer von Loris Bürgerrechtlerinnen die immer noch weinende Lola aus dem Saal führte (zwei Männer in dunklen Anzügen, vermutlich NIS-Agenten, die unter den Zuschauern gesessen hatten, erhoben sich und hefteten sich an Scotts Fersen).

Kuhnke, der von dem Ausbruch ebenso geschockt war wie alle anderen, entschuldigte sich beim Gericht, wurde jedoch von Major Messer unterbrochen. Mit einem verächtlichen Schnauben sagte der Staatsanwalt: »Mag sein, daß Sie das nicht geplant haben, aber es hat doch ziemlich überzeugend ausgesehen, nicht wahr?«

Kuhnke starrte den Major mit offenem Mund an. Zornesröte stieg ihm ins Gesicht, und seine Hände ballten sich zu Fäusten. Aber es war Richter Atkins, der den Anklagevertreter zurechtwies. Er lehnte sich über den Richtertisch, zeigte mit einem Finger auf Messer und sagte mit offenkundiger Verärgerung: »Das war unnötig, Major. Sie werden sich bei Mr. Kuhnke entschuldigen. Sofort. Und zwar so laut, daß es alle hören können.«

Lola kehrte nach fünfzehnminütiger Unterbrechung zurück in den Zeugenstand, gefaßt, aber immer noch spürbar nervös. Frances, ihre Freundin, wich ihr nicht mehr von der Seite und hielt für den Rest ihrer Aussage ihre Hand (draußen auf dem Flur kümmerte sich Lolas Mutter Jewel für den Augenblick um ihre Enkelin). Richter Atkins hatte keine Einwände gegen Frances' Anwesenheit, belehrte die Geschworenen jedoch unmißverständlich, daß Lolas Ausbruch sie bei ihrer Beratung in keiner Weise beeinflussen dürfe. »Sie müssen sich im Beratungszimmer ausschließlich auf die vom Gericht zugelassenen Beweise und Zeugenaussagen stützen«, sagte er streng.

Kuhnke: »Mrs. Scott, ich weiß, wie schwer das für Sie ist. Ich möchte Ihnen nur noch einige wenige Fragen stellen. Hat man Sie gefragt, was Lindsey an jenem Abend anhatte?«

»Ja, Sir.«

»Und haben Sie den Ermittlern geantwortet?«

»Ja, Sir.«

»Und haben Sie ihnen alle Kleidungsstücke überlassen, die Lindsey getragen hat?«

»Ja, Sir.«

»Sind Sie sicher, daß Sie ihnen alle Kleidungsstücke überlassen haben?«

»Alle außer seiner Jacke.«

»Und warum haben Sie ihnen die Jacke nicht gegeben?«

»Sie wollten sie nicht haben. Ich hatte sie zu den anderen Sachen gelegt, aber sie meinten, die Jacke, die das Opfer beschrieben hätte, wäre braun gewesen.«

»Haben sie die Jacke gesehen? Lassen Sie mich Ihnen eine

Jacke zeigen, Ma'am (er zeigte ihr eine rote Jacke). Ist das die Jacke, die Lindsey an besagtem Abend getragen hat?«

»Ja, Sir.«

»Und am Nachmittag, als er nach Hause kam?«

»Ja, Sir. «

»Und haben Sie den Ermittlern diese Jacke gezeigt?«

»Nun, ich habe die Kleidungsstücke zusammengelegt, und sie haben sich genommen, was sie haben wollten.«

»Aber Sie haben ihnen gesagt, daß er diese Jacke getragen habe?«

»Ja, Sir.«

»Und was haben sie dazu gesagt?«

»Daß sie diese Jacke nicht bräuchten, weil die Jacke, die das Opfer beschrieben hätte, braun gewesen wäre oder etwas in der Art.«

»Aber Sie haben eindeutig erklärt, daß er diese Jacke getragen habe?«

»Unmißverständlich.«

Kuhnke brachte die Jacke als Beweisstück ein und fuhr fort: »Mrs. Scott, hat Lindsey an jenem Abend eine Brille getragen?«

»Ja, Sir.«

»Was für eine Brille?«

»Eine Brille mit braunen Gläsern, nicht ganz rund – ich weiß nicht, wie man sie nennt, aber die Gläser sind braun getönt.«

Lolas Freundin mischte sich ein. »Man nennt sie ›Schoolboy‹.«

»Ja. Dieser Brillenstil, diese Brillenmode oder wie immer man es nennen will, wird ›Schoolboy‹ genannt.«

»Haben Sie den Ermittlern an diesem Tag noch etwas anderes mitgegeben?«

»Als sie seine Kleider einsammelten, fragte Rivers ...«

»Was für Kleidungsstücke haben sie mitgenommen?«

»Grüne Drillichhosen, Army Uniformhosen, eine grüne Army Uniformjacke, eine braune Mütze und Schuhe.«

»Was sonst noch? Haben Sie außerdem noch etwas haben wollen?«

»Es befand sich alles in einem Zimmer. Wir waren gerade erst umgezogen, und im Zimmer standen überall Kisten. Rivers betrat das Zimmer mit mir, während Dave draußen im Flur blieb, an der Tür. Rivers fragte mich, ob das in der Plastiktüte auf dem Boden seine Putzutensilien wären, was ich bejahte. Er sagte: ›Können wir diesen Topf mitnehmen?‹ Ich sagte: ›Warum wollen Sie diesen Topf mitnehmen? Er hat diesen Topf nicht benutzt. Er hat das hier benutzt‹, und ich zeigte auf einen grünen Putzeimer, in dem zwei Wischmops und ein Besen steckten. Er sagte: ›Wir müssen ihn Lindsey zeigen.‹ Ich sagte, das wäre okay, aber das wäre mein Kochtopf und sie müßten die Unordnung entschuldigen, wie wären gerade erst umgezogen und ich hätte die Kiste am Vorabend ausgeräumt – sie enthielt Töpfe, Geschirr und dergleichen. Und er sagte: ›Das ist schon in Ordnung, wir müssen ihn nur Lindsey zeigen.‹«

»Denken Sie nach, Ma'am. Sie haben ihm gesagt, daß Lindsey diesen Topf an jenem Abend nicht benutzt habe?«

»Ja. Ich sagte: ›Warum wollen Sie den mitnehmen? Er hat den Topf nicht benutzt.‹«

»Und was hat er statt dessen benutzt?«

»Einen grünen Wischeimer. Olivgrün.«

»Haben Sie den Ermittlern den olivgrünen Wischeimer gezeigt?«

»Ja, Sir, ich habe ihn ihnen deutlich gezeigt.«

Kuhnke hob einen grünen Eimer vom Boden auf und zeigte ihn Lola. »Ist das der grüne Eimer, den Sie meinen?«

»Ja, Sir, das ist der Eimer.«

»Und die Ermittler haben ihn nicht mitgenommen?«

»Nein, Eimer und Jacke haben sie nicht mitgenommen.«

Kuhnke brachte den Eimer als Beweisstück ein und wandte sich dann wieder Lola zu. »Sind Sie absolut sicher, daß Sie den Ermittlern keine anderen Kleidungsstücke mitgegeben haben?«

»Ich habe ihnen gar nichts gegeben. Sie haben sich die Kleider genommen. Ich habe ihnen niemals irgend etwas gegeben.«

»Welcher der beiden NIS-Agenten hat Ihnen gesagt, daß sie die rote Jacke nicht haben wollten?«

»Rivers hat als einziger gesprochen. Er war mit mir im Zimmer.«

»Und welcher der beiden NIS-Agenten hat Ihnen gesagt, daß sie den grünen Eimer nicht mitnehmen wollten?«

»Rivers.«

Kuhnke hatte keine weiteren Fragen an Lola, und vielleicht aus Vorsicht im Hinblick auf ihren vorangegangenen Ausbruch verzichteten Major Messer und Major Thomson beide auf ein Kreuzverhör. Jedoch hatten einige Geschworene Fragen, die von Kuhnke vorgelesen wurden.

»Mrs. Scott, besitzt Ihr Mann mehr als eine Brille?«

»Die Brille, die er jetzt aufhat, und dann noch zwei oder drei dieser vom Militär ausgegebenen Brillen mit schwarzem, rechteckigem Gestell.«

»Wissen Sie, wo sich die anderen Brillen am Abend des 20. April 1983 befanden?«

»Zu Hause. Die Schwarzen? Die waren zu Hause. Er bewahrt sie auf dem Geschirrschrank auf.«

»Erkennen Sie den silbernen Eimer wieder, der als Beweisstück vorgelegt wurde? Diesen Eimer hier?« (Kuhnke zeigte auf das Beweisstück der Anklage).

»Ja, Sir. Das ist mein Eimer ... das heißt, das ist ein Topf, mein Topf. Es ist ein Kochtopf und kein Eimer.«

»Dieser Kochtopf gehört also Ihnen?«

»Ja, Sir.«

»Und wo befand sich dieser Kochtopf am Abend des 20. April?«

»Bei mir zu Hause, im Schlafzimmer, in einer der Umzugskisten.«

Lolas Aussage zu dem silbernen Topf veranlaßte Major Thomson nun doch zu einem Kreuzverhör. Er hatte nur eine Frage.

»Mrs. Scott, ist Ihnen bekannt, daß Ihr Mann Master Sergeant Martin gegenüber behauptet hat, er habe diesen Topf am Abend des 20. April bei sich gehabt?«

»Nein, davon weiß ich nichts.«

Lola wurde aus dem Zeugenstand entlassen und verließ den Gerichtssaal. Als sie an Lindsey vorbeikam, der am Tisch der Verteidigung saß, warf sie ihm einen verwirrten Blick zu.

Kuhnke wollte als nächstes Tammy Martin in den Zeugenstand rufen, da diese jedoch erst in etwa einer Viertelstunde eintreffen würde, wurde eine Sondersitzung nach Artikel 39(a) einberufen, im Laufe derer die Vertreter von Anklage und Verteidigung mit dem Richter darüber diskutieren wollten, wie Atkins die Geschworenen bezüglich der Anklagepunkte zu belehren gedachte. Der Richter war der Ansicht, daß es noch ein wenig früh für Anklage und Verteidigung wäre, sich auf die Anklagepunkte zu einigen, über die die Geschworenen urteilen sollten, aber da sie eine Viertelstunde totzuschlagen hatten, meinte er, sie könnten diese nutzen, einen Anfang zu machen.

»Das Gericht wird die Geschworenen selbstverständlich über die einzelnen Elemente des Verbrechens, über Gutachteraussagen, Glaubwürdigkeit ...«

An dieser Stelle unterbrach Kuhnke den Richter und sagte, die Verteidigung würde die Glaubwürdigkeitsbelehrung gerne sehen. Dann überlegte er es sich anders und meinte, er habe mit dem Aspekt der Glaubwürdigkeit keine Probleme. »Das ist nicht der Punkt, an den ich dachte«, sagte er. »Mir geht es um die Indizienbeweise.«

Richter Atkins fuhr fort, und Major Roach, der vom Gericht bestellte militärische Verteidiger, der sich bislang nicht geäußert hatte, übernahm das Wort, da er mit den Verfahrensweisen bei Militärgerichtsprozessen vertrauter war als Kuhnke. »Die Verteidigung wird zwei Belehrungen vorschlagen, eine hinsichtlich des Alibis und eine hinsichtlich vorangegangener widersprüchlicher Aussagen. Die Verteidigung stimmt mit der Anklage überein, daß eine Diskussion über den Alibi-Aspekt zum gegenwärtigen Zeitpunkt verfrüht wäre.«

Kuhnke wies den Richter jedoch darauf hin, daß er, wenn die Verteidigung ihren Beweisvortrag abgeschlossen habe, erneut die Einstellung des Verfahrens wegen Nichtzuständigkeit beantragen werde, ›in Anbetracht zusätzlicher Beweise hinsichtlich des Tatortes, die am heutigen Tage offengelegt wurden‹. Er bezog sich auf Loris Aussage zu gesperrten Straßen und die seiner Ansicht nach immer noch nicht geklärte

Frage, ob das Verbrechen auf dem Gelände des Quantico-Stützpunktes stattgefunden hatte oder nicht

Tammy Martin traf ein und trat in den Zeugenstand. Wenn man bedachte, welche Mühen Lori auf sich genommen hatte, damit die Zeugin vor Gericht erschien, hatte Mrs. Martin nur wenig beizutragen. Gewiß, sie bestätigte, daß sie, als sie noch in Spanish Gardens wohnte, am 20. April Lindsey Scott begegnet sei und sich kurz mit ihm unterhalten habe. Er erzählte ihr, daß sie ausgezogen seien und er die Wohnung noch etwas habe putzen müssen, weil bei der Abnahme Diverses beanstandet worden wäre. Mrs. Martin sagte, er habe grüne Hosen, eine bordeauxfarbene Jacke und eine hellbraune Baseballmütze getragen. Außerdem hätte er eine Brille mit braunem Kunststoffgestell getragen und Putzutensilien bei sich gehabt – in einer Kiste oder einem Eimer, in diesem Punkt wäre sie sich nicht sicher und könne sich nicht erinnern. Da sich diese Begegnung jedoch gegen Mittag ereignet hatte, wie Mrs. Martin aussagte, bedeutete dies nicht, daß Scott am Abend nicht etwas anderes angehabt haben könnte.

Dann wurde der letzte Zeuge der Verteidigung aufgerufen: Corporal Lindsey Scott.

In dem bis auf den letzten Platz besetzten Gerichtssaal kam greifbare Spannung auf, als Kuhnke seinen Mandanten aufrief. Man erwartete neue, möglicherweise sensationelle Enthüllungen. Was würde, was konnte er Judy Connors ›neunundneunzigprozentiger‹ Identifizierung seiner Person als Täter entgegenhalten? Wie konnte der Verteidiger alle Beweise gegen seinen Klienten widerlegen – auch wenn es sich nur um Indizienbeweise handelte?

Scott nahm im Zeugenstand Platz, blickte hinüber zu den Zuschauerbänken und hielt Ausschau nach freundlichen Gesichtern, die ihm Mut machen könnten. Er sah seinen Vater – dürr, kerzengerade und würdevoll versuchte er, sich seine Sorge nicht anmerken zu lassen – und gleich neben ihm seine Mutter, die wieder einen jener breitkrempigen extravaganten Hüte trug, für die sie während des Prozesses berühmt geworden war. Sie weinte leise in ein Taschentuch. Scott straffte die Schultern; er würde vor diesem Gericht keine Schwäche zeigen.

Während der Befragung durch seinen Verteidiger berichtete Scott ausführlich, was er am Tag und Abend des 20. April alles getan und wo er sich wann aufgehalten hatte. Er wies darauf hin, daß alle im PMO gewußt hatten, daß er am frühen Abend seine Wohnung putzen würde, weil er offen mit seinem Vorgesetzten, Gunnery Sergeant Martin darüber gesprochen und ihm gesagt hatte, daß Mr. und Mrs. Knight mit der ersten Säuberung der Wohnung nicht zufrieden gewesen wären und ihn aufgefordert hätten, die Wohnung erneut zu putzen, wenn er seine Kaution wiederhaben wolle. Scott erklärte, daß Sergeant Martin hierauf gesagt habe: »Geh und putz die Wohnung heute abend noch einmal gründlich. Wenn es dann immer noch Ärger gibt, gehe ich morgen mit dir zusammen hin, wir reden ein paar Takte mit der Lady und begutachten die Wohnung gemeinsam.«

Scott sagte, er habe das PMO verlassen und wäre nach Hause gefahren, um sich umzuziehen. Er habe eine braune Mütze, eine rote Lederjacke, grüne Baumwollsatinhosen und braune Schuhe angezogen. Dann habe er noch einen roten Schal mitgenommen, den er sich um den Kopf wickeln wollte, um sich beim Putzen gegen den Schmutz zu schützen. »Das war gegen Viertel vor zwei, zwei Uhr«, sagte er. Dann sei er Tammy Martin begegnet und habe ihr erzählt, wo er hinwolle. Er sagte, er habe bei ihrer Begegnung einen grünen Plastikeimer, zwei Wischmops, einen Besen sowie eine Plastiktüte mit allerlei Putzutensilien bei sich gehabt. Als er bei Mrs. Knight im Büro gewesen sei, erzählte Scott, habe sie ihn gefragt, ob er ein Messer mitgebracht habe, er würde nämlich eins brauchen, um den Herd richtig sauber zu bekommen.

»Sie öffnete eine Schublade und nahm ein kleines Steakmesser heraus«, sagte Scott. »Das Messer war schon alt, und auf ihrem Schreibtisch lagen verschiedene Herdteile. Sie nahm das Messer und zeigte mir die Herdstellen, an denen ich das eingebrannte Fett abkratzen sollte. Ein Scheuerkissen würde hierzu nicht ausreichen, ich würde schon ein Messer brauchen. Also nahm ich das Messer und die Scheuerkissen.«

Scott erzählte, wie er den Herd gereinigt, auf allen vieren den Fußboden geschrubbt und die ganze Wohnung auf Hochglanz gebracht habe, damit er von den Knights seine Kaution wiederbekam. Er habe bis etwa 17 Uhr gebraucht. Dann habe er beschlossen, eine Pause einzulegen und nach Hause zu fahren, um dann später noch einmal zurückzukommen und letzte Hand anzulegen, bevor er die Wohnung den Knights zeigte.

»Ich wußte, daß meine Frau gewöhnlich gegen 16 Uhr 30 von der Arbeit nach Hause kommt – sie ist Stenographin bei einem Buchhalter in Fort Belvoir – und sie erwartet von mir, daß ich um diese Zeit zu Hause bin, da wir in etwa zur gleichen Zeit Feierabend haben. Also fuhr ich nach Hause, um zu sehen, wie es ihr ginge. Ich fragte sie, ob sie mit mir zur Wohnung fahren und mir beim Putzen helfen oder nur zusehen wolle, aber sie sagte, sie wäre müde und würde zu Hause auf mich warten.«

Als Scott schließlich mit Putzen fertig gewesen wäre, habe er Mr. Knight aufgesucht und ihn aufgefordert, mit ihm rüberzugehen und die Wohnung zu inspizieren. Das sei gegen 18 Uhr 40 gewesen, sagte Scott. Mr. Knight war zufrieden und gab ihm seinen Kautionsscheck zurück. Bei eingehender Prüfung fand er doch noch einiges zu beanstanden. »Er sagte, die Matratze hätte Flecken, und ich müsse zwanzig Dollar Schadenersatz zahlen. Dann entdeckte er, daß im Kühlschrank eine Glühbirne defekt war und verlangte dafür einen Dollar.«

Scott erklärte, er habe nicht soviel Bargeld bei sich gehabt und Mr. Knight angeboten, zur Bank zu fahren, die an diesem Tag länger geöffnet war, und das Geld zu holen. Mr. Knight hätte dem zugestimmt und über den Sicherungskasten die Lichter in der Wohnung gelöscht, während Scott seine Putzutensilien zusammengesucht habe.

»Ich hatte vier oder fünf Schwämme, allerlei Scheuerkissen, Küchentücher und das Messer, das ich mir geborgt hatte. Es lag da, aber inmitten des ganzen Abfalls. Es lag auf der Küchenanrichte, und ich habe einfach alles in die leere Plastiktüte geschoben, die ich bei mir hatte. Ich habe nicht mehr an das Messer gedacht. Wir verließen die Wohnung. Er schloß die Tür ab, und ich ging zu meinem Wagen. Als ich vom Parkplatz fuhr, kam ich an einem Abfalleimer vorbei. Er befindet sich am hinteren Ende des rückwärtigen Parkplatzes. Ich fuhr dicht an den Abfalleimer heran und warf die Tüte mit dem Abfall hinein.«

Scott sagte, er wäre zurück nach Spanish Gardens gefahren, habe Mr. Knight die sechsundzwanzig Dollar bezahlt und sei dann zum PMO gegangen, um sich auf der Toilette zu wiegen (er hatte mit leichten Gewichtsproblemen zu kämpfen). Er wollte seine Frau anrufen und ihr Bescheid sagen, daß er mit Putzen fertig wäre, aber dann habe er es sich anders überlegt, weil sie dann von ihm erwartet hätte, daß er gleich nach Hause kam, während er ›die Zeit und die Gelegenheit‹ nutzen wollte, ihr ein Geburtstagsgeschenk zu kaufen. »Ich würde sagen, ich war gegen 17 Uhr 30 im PMO.« (Er meinte natürlich 19 Uhr 30 und nicht 17 Uhr 30).

»Wem sind Sie im PMO begegnet?«

»Als ich zuerst ... erst möchte ich etwas erklären. Als ich das PMO-Gebäude betreten habe, nahm ich den Schal ab, den ich mir um den Kopf gewickelt hatte. Es war ein pinkfarbener Schal. Ich konnte mich ja schlecht mit einem Schal um den Kopf in meiner Dienststelle blicken lassen ... Ich hatte meine braune Baseballmütze auf, eine rotbraune Jacke an, die grüne Hose und Wildlederschuhe. Als ich durch die Tür ging, sah ich Captain Unsworth. Er sprach mich an und sagte: ›Guten Abend, Corporal Scott, Sie sind heute abend ein wenig merkwürdig gekleidet.‹ Ich schätze, ich habe tatsächlich einen ungewohnten Anblick geboten. Er sagte: ›Arbeiten Sie heute abend verdeckt?‹ Und ich sagte: ›Nein, Sir, ich habe gerade meine Wohnung geputzt.‹ Das war alles, mehr wurde nicht gesagt.«

Scott sagte, er habe das PMO-Gebäude kurze Zeit später wieder verlassen und sei zur Dumfries Apotheke gefahren, wo er gegen 19 Uhr 50 eingetroffen wäre und seiner Frau ein Fußmassagegerät gekauft habe. Er habe das als Geschenk verpackte Paket auf den Rücksitz gelegt, wo bereits der grüne

Eimer und die Putzutensilien lagen. Dann sei er zu Zayre's gefahren.

»Wie weit, schätzen Sie, ist es von der Dumfries Apotheke bis zum Kaufhaus Zayre's, Corporal?«

»Elf oder zwölf Meilen, würde ich sagen.«

»Und wie spät war es in etwa?«

»Nun, ich bin ziemlich sicher, daß ich die Dumfries Apotheke so um acht, fünf nach acht verlassen habe ... nicht später. Ich hatte es eilig, nach Hause zu kommen, weil wir gerade umgezogen waren und meine Frau sich in der neuen Wohnung noch nicht so ganz heimisch fühlte. Ich wollte sie nicht zu lange allein lassen. Sie fühlt sich nicht wohl, wenn ich nicht bei ihr bin.«

»Wie lange waren Sie bei Zayre's ?«

»Als ich das Kaufhaus betreten habe, habe ich mich als erstes in der Herrenabteilung umgesehen. Das ist eine Angewohnheit von mir. Ich habe mich nur umgesehen. Ich würde sagen, zehn oder zwanzig Minuten.«

»Und wohin sind Sie von der Herrenabteilung aus gegangen?«

»Ich bin in einer Abteilung für Uhren, Fernseher, Stereoanlagen, Küchengeräte und dergleichen gewesen.«

»Haben Sie bei Zayre's irgend etwas gekauft?«

»Ich habe am Getränkestand haltgemacht und die Dame, die dort bediente, gebeten, mir eine Cola zu geben. Ich kaufte eine Cola, und während sie die Cola für mich holte, kam noch jemand an den Stand. Er sprach mit ihr und nannte sie beim Vornamen.«

»Wie nannte der Betreffende sie?«

»Er nannte sie Pam. Dann verließ ich das Kaufhaus. Das war um 20 Uhr 30 oder 35.«

»Wie spät war es?«

»20 Uhr 30 oder 35, so um den Dreh. Ich habe nicht auf die Uhr gesehen und nicht weiter auf die Uhrzeit geachtet. Ich hatte es zwar eilig, habe aber nicht bewußt auf die Uhr gesehen. Ich fuhr nach Hause zu meiner Wohnung, die gleich an der Route 1 gelegen ist. Auf der Heimfahrt habe ich am Chesapeake – nein, am Quikee's Drive-in-Restaurant gehalten. Ich wollte für meine Frau und mich ein Schokoladeneis holen. Eine Angestellte sagte mir, die Eismaschine wäre bereits abgeschaltet und der Grill geschlossen. Sie sagte, ich könne gern noch etwas aus dem Schaufenster haben wie beispielsweise Kartoffelchips, aber ich sagte: ›Nein danke.‹«

»Um wieviel Uhr war das?«

»Das war etwa um 20 Uhr 50.«

»Woher wissen Sie das?«

»Vom Zayre's-Kaufhaus aus waren es nur zehn bis fünfzehn Minuten dorthin. Meine Wohnung befindet sich beinahe direkt gegenüber. Ich nahm das Geschenk vom Rücksitz und räumte den Inhalt meines Kofferraums um, weil ich das Geschenk nicht mit nach oben nehmen wollte. Da sie erst am nächsten Tag Geburtstag hatte, sollte sie das Geschenk nicht schon an diesem Abend sehen. Ich legte es in den Kofferraum, in dem allerhand Zeug herumlag.

Ich nahm den grünen Eimer, die beiden Wischmops, den Besen und meine Plastiktüte und ging hinauf in meine Wohnung. Ich ging in das zweite Schlafzimmer, in dem mehrere unausgepackte Kisten standen. Überall lag irgendwelcher Kram herum. Ich deponierte den grünen Eimer, die beiden Wischmops, den Besen und die Plastiktüte dort … Dann ging ich in unser Schlafzimmer hinüber … zog mich aus … und brachte meine Kleider in das andere Schlafzimmer. Ich legte sie einfach über die Kisten … Ich sah auf den Wecker. Ich wußte, daß ich am nächsten Morgen früh aufstehen mußte. Ich sah auf meinen Wecker und stellte ihn. Mein Wecker zeigte 21 Uhr 05 an. Das ist alles, was ich an diesem Abend getan habe. Danach habe ich mich hingelegt und geschlafen.«

Kuhnke zeigte Scott eine Jacke und eine Brille und fragte ihn, ob das die Jacke und die Brille wären, die er an besagtem Abend getragen habe. Dann fragte er ihn nach seinem Haar. »Lindsey, wann haben Sie sich das letzte Mal die Haare schneiden lassen?«

»Ich würde sagen … am 16. April.«

»Und seither haben Sie es nicht mehr schneiden lassen?«

»Nein, Sir.«

»Haben Sie es seither scheren lassen?«

»Ja, Sir, aber nur an den Seiten und im Nacken.«

»Und wann war das?«

»Ich würde sagen, das letztemal vor zwei oder drei Wochen.«

Nachdem Scott bestätigt hatte, daß er sich ausschließlich von John Worsley das Haar schneiden ließ und er kurz vor der Gegenüberstellung im April bei seinem Friseur gewesen war, fragte Kuhnke: »Warum haben Sie sich nach der Gegenüberstellung nicht das Haar schneiden lassen?«

»Mir wurde befohlen, es nicht zu tun.«

»Wer hat Ihnen dies befohlen?«

»Mein Bataillonskommandant, Lieutenant Colonel Hemming.«

Kuhnke wandte sich der Untersuchung von Scotts Wagen am Tag nach dem Verbrechen zu. »Waren Sie zugegen, als Ihr Wagen durchsucht wurde?«

»Ja, zum Teil, aber nicht die ganze Zeit über.«

»Haben Sie gesehen, wie der vordere Aschenbecher geleert wurde?«

»Ja, das habe ich.«

»Gestern wurde ausgesagt, es wäre Wasser ... der Fußraum vor dem Vordersitz wäre feucht gewesen. Können Sie das erklären?«

»Ich wüßte nicht, wie irgend jemand das behaupten könnte. Im Fußraum meines Wagens war kein Wasser. Mein Wagen war nicht gesäubert worden. Ich bin an diesem Morgen gegen 7 Uhr im PMO eingetroffen. Der Wagen stand bis 19 Uhr 30 an diesem Abend auf dem Parkplatz. Die Fenster waren geschlossen. Es war ein heißer Tag. Wie also sollte der Fußraum von einer Säuberung feucht sein? Ich verstehe das nicht. Außerdem hat ein Beamter der Prince-William-County Polizei ausgesagt, daß die Fahrertür schmutziger gewesen wäre als die Beifahrertür. Meine Frau und ich – wir sind beide berufstätig – benutzen beide den Wagen, aber die meiste Zeit fahren wir allein. Die Fahrertür wird häufiger benutzt, es ist also nur logisch, daß sie schmutziger ist.«

»Corporal, wo waren Sie am 20. April um 20 Uhr 15?«

»Ich war entweder im Zayre's Kaufhaus oder dorthin unterwegs.«

»Haben Sie Mrs. Connors am 20. April gesehen?«

»Nein, Sir, das habe ich nicht.«

»Ihnen werden vier Verbrechen gegen Mrs. Connors zur Last gelegt. Sie haben sie nicht gesehen?«

»Nein, Sir, das habe ich nicht.«

»Haben Sie sie vor diesem Tag schon einmal gesehen?«

»Ich bin ihr am 16. April begegnet. Das heißt, genaugenommen ihr und ihrem Mann. Meine Frau und ich waren im K-Mart-Kaufhaus einkaufen, und ihr Mann, Lance Corporal Connors ... ich bin zu ihm rübergegangen. Ich habe mit ihm gesprochen. Ich habe ihn gefragt, wie es ihm ginge, was die Arbeit mache und dergleichen. Mrs. Connors hat neben ihm gestanden. Sie drehte sich um. Sie hat mich angesehen. Ich habe nichts zu ihr gesagt. Er hat mich ihr nicht vorgestellt oder so was in der Art. Aber ich habe sie gesehen.«

»Wie lange kannten Sie Mr. Connors schon?«

»Wir waren zusammen auf der MP-Schule unten in Fort McClelland, Alabama. Das war im Januar einundachtzig. Wir waren acht oder neun Wochen zusammen dort.«

Kuhnke zeigte Scott eine Plastiktüte mit diversen Putzutensilien. Scott erklärte, das wäre seine Tüte, die Tüte, die er bei sich gehabt hätte, als er die Wohnung gereinigt habe. Er identifizierte auch den Inhalt, wies jedoch daraufhin, daß jene Gegenstände fehlten, die er in der anderen Plastiktüte weggeworfen habe.

»Ich frage Sie noch einmal, Corporal, was haben Sie mit dem Messer gemacht?«

»Ich habe es zusammen mit den Küchentüchern, alten Schwämmen, Scheuerkissen und dergleichen in der Plastiktüte weggeworfen.«

Kuhnke hatte keine weiteren Fragen. Major Thomson bat um eine zehnminütige Unterbrechung und begann dann mit dem Kreuzverhör.

Unter den Zuschauern, die im Gerichtssaal nur einen Stehplatz ergattert hatten, machte sich Unruhe breit, als der Major sich erhob und Scott schweigend musterte. Einige sitzende Zuschauer beugten sich erwartungsvoll vor. Die Spannung im Saal stieg merklich an.

»Corporal Scott, seit diesen Vorfällen hatten Sie reichlich Gelegenheit, verschiedenen Personen zu erzählen, wo sie sich an besagtem Abend zu welcher Zeit aufgehalten haben, richtig?«

»Sir, ich verstehe nicht ganz, was Sie meinen. Reichlich Gelegenheit? Meinen Sie, mit meinem Verteidiger zu sprechen oder während der Befragung?«

»Die Frage ist so zu verstehen, wie ich sie gestellt habe, Corporal Scott. Sie hatten reichlich Gelegenheit, verschiedenen Personen zu erzählen, wo Sie sich in jener Nacht aufgehalten haben, oder?«

»Ich habe mit meinen Verteidigern gesprochen, ja.«

»Sie haben ausgesagt, daß Sie es an diesem Abend eilig gehabt hätten, nach Hause zu kommen, ist das richtig?«

»Ja, das stimmt.«

»Sie hatten es eilig, nach Hause zu kommen, als Sie in der Apotheke waren – der Dumfries-Apotheke?«

»Ich hatte es eilig, nach Woodbridge zu kommen.«

»Bei der Befragung durch den Herrn Verteidiger haben Sie ausgesagt, Sie hätten es eilig gehabt, nach Hause zu kommen.«

»Nun, Woodbridge liegt auf dem Heimweg, Sir.«

»Woodbridge liegt von der Dumfries-Apotheke aus auf Ihrem Heimweg?«

»Nein, aber das, wonach ich suchte, war dort.«

»Was haben Sie bei Zayre's in Woodbridge gekauft?«

»Ich habe mir vieles angesehen, aber ich ...«

»Ich habe gefragt, was Sie bei Zayre's in Woodbridge gekauft haben.«

»Ich habe eine Cola gekauft.«

»Sie haben ausgesagt, Sie hätten die Apotheke um 20 Uhr 05 verlassen, ist das richtig?«

»In etwa um diese Zeit, Sir.«

»Und doch sind Sie erst über eine Stunde später zu Hause eingetroffen, ist es nicht so?«

»Als ich zu Bett ging, zeigte der Wecker 21 Uhr 05 an.«

»Aber Sie hatten es eilig, nach Hause zu kommen?«

»Ich machte mir Sorgen um meine Frau, Sir.«

»Sie waren so besorgt, daß Sie erst zu Zayre's nach Woodbridge gefahren sind, um sich eine Cola zu kaufen?«

»Ich habe nach einem Geschenk gesucht, Sir. Einem Geschenk. Ich wollte dort etwas kaufen.«

»Corporal Scott, sprechen wir über einige jener anderen Gelegenheiten, die Sie hatten, verschiedenen Personen zu erzählen, wo Sie an jenem Abend waren. Stimmt es nicht, daß Sie am 21. April von Special Agent Rodgers befragt wurden?«

»Ja, Sir. Es war noch ein anderer Agent anwesend.«

»Stimmt es nicht, daß Sie ihm gesagt haben, daß Sie an diesem Abend zu Zayre's gefahren seien?«

»Ja, Sir, das ist richtig.«

»Stimmt es nicht, daß Sie ihm erzählt haben, daß Sie an diesem Abend bei Zayre's niemanden gesehen und mit niemandem gesprochen hätten?«

»Nein, Sir, das stimmt nicht.«

»Stimmt es nicht, daß Sie am selben Tag mit Master Sergeant Martin gesprochen haben, Corporal?«

»Ja, Sir, das ist richtig.«

»Stimmt es nicht, daß Sie ihm ebenfalls gesagt haben, Sie hätten bei Zayre's niemanden gesehen und mit niemandem gesprochen?«

»Ich glaube nicht, daß ich bei meinem Gespräch mit Master Sergeant Martin erwähnt habe, ob ich mit jemandem gesprochen habe oder nicht.«

»Am 27. April 1983 fand eine Anhörung statt, ist das richtig?«

»Ja, Sir.«

»Stimmt es nicht, daß Sie bei dieser Gelegenheit das erstemal erwähnt haben, daß Sie sich am Getränkestand eine Cola gekauft haben?«

»Nein, Sir, das stimmt nicht.«

»Corporal Scott, dieser Topf, das Beweisstück Nummer

dreiundzwanzig der Anklage – stimmt es nicht, daß Sie, als der Topf ins NIS-Büro gebracht wurde, leugneten, daß er sich am 20. April in Ihrem Wagen befunden habe?«

»Das leugne ich immer noch.«

»Stimmt es nicht, daß Sie Master Sergeant Martin am Abend desselben Tages gesagt haben, der Topf habe sich am 20. April in Ihrem Wagen befunden?«

»Nein, Sir, das habe ich nicht.«

»Sie leugnen dies also?«

»Ja, Sir.«

»Als Sie von Master Sergeant Martin und Special Agent Rodgers befragt wurden, haben Sie ihnen beiden geschildert, wo Sie sich am Abend des 20. April wann aufgehalten haben, ist das richtig?«

»Das ist ein Irrtum, Sir …«

»Stimmt es nicht, daß Sie ihnen berichtet haben, wann Sie sich am Abend des 20. April wo aufgehalten haben?«

»Nein, Sir. Ich habe ihnen … soll ich Ihnen sagen, was ich ihnen erzählt habe, Sir?«

»Nein, Corporal. Ich möchte, daß Sie meine Frage beantworten.«

»Sie …«

»Ich möchte, daß Sie die Frage beantworten, Corporal.«

»Ja, Sir.«

Rasch und erbarmungslos bombardierte der Anklagevertreter Scott mit Fragen, wobei er schlau von einem Thema zum anderen übersprang, um den Zeugen zu verunsichern.

»Zwischen dem Abend des 20. April und dem Nachmittag des 21. April haben Sie die Beifahrerseite Ihres Wagens gesäubert, richtig?«

»Nein, Sir, das habe ich nicht.«

»Stimmt es nicht, daß Sie die Fensterscheiben geputzt haben?«

»Nein, Sir, das stimmt nicht.«

»Stimmt es nicht, daß Sie die Sitze abgewaschen haben?«

»Nein, Sir, das habe ich nicht.«

»Stimmt es nicht, daß Sie die Armaturen abgewischt haben?«

»Nein, Sir, das habe ich nicht.«

»Stimmt es nicht, daß Sie die Polster gereinigt haben?«

»Nein, Sir, das stimmt nicht.«

»Sie haben Ihren Wagen zwischen dem 20. und dem 21. April gründlich gesäubert, nicht wahr, Corporal Scott?«

Kuhnke sprang auf. »Einspruch, Euer Ehren. Der Zeuge wird unter Druck gesetzt. Das ist keine Frage.«

Richter Atkins: »Das ist strittig.«

»Sie haben ausgesagt, daß Sie gesehen haben, wie die Spurensicherung den Aschenbecher geleert hat?«

»Ich war dabei, Sir. Der Mann von der Spurensicherung hat mir sogar den Inhalt des Aschenbechers gezeigt. Er hatte ihn in einen kleinen Plastikbeutel gefüllt.«

»Und woraus bestand der Inhalt des Aschenbechers, Corporal Scott?«

»Für mich sah es aus wie Zigarettenkippen, Sir.«

»Sie haben die Aussage von Officer Leonard heute gehört?«

»Ich weiß nicht, welcher der Offiziere es war. Es könnte Officer Leonard oder der Techniker von der Spurensicherung der William-County-Polizei gewesen sein.«

»Haben Sie seine Aussage gehört, Corporal Scott?«

»Ja, das habe ich.«

»Haben Sie ihn aussagen hören, daß der Aschenbecher leer war?«

»Ja, Sir, das habe ich.«

»Hat er gelogen, Corporal Scott?«

»Ich weiß, daß ich nicht lüge, Sir.«

Major Thomson fragte ihn, wo er sich am Abend des 20. April wann aufgehalten habe, von dem Augenblick, da er laut seiner Aussage im PMO eingetroffen war, bis zu seinem Eintreffen zu Hause.

»Um wieviel Uhr haben Sie Zayre's verlassen?«

»Ich würde sagen etwa um 20 Uhr 30 oder 35.«

»Um wieviel Uhr sind Sie zu Hause eingetroffen, Corporal Scott?«

»Ich muß so gegen 20 Uhr 55 auf den Parkplatz gefahren sein – um den Dreh.«

»Sie haben die Aussage von Master Sergeant Martin gehört, nicht wahr?«

»Ja, Sir, das habe ich.«

»Und Sie haben die Aussage von Officer Leonard gehört, richtig?«

»Ja, das habe ich, Sir.«

»Haben diese beiden Zeugen gelogen?«

»Ich sage die Wahrheit, Sir.«

»Das habe ich Sie nicht gefragt, Corporal Scott.«

»Ja, Sir, sie haben gelogen.«

Der Staatsanwalt fragte Scott nach dem Moment, in dem die Vermieterin ihm das Messer gegeben hatte. »Und Sie haben es weggeworfen?« fragte er.

»Ja, Sir.«

»Warum haben Sie es ihr nicht zurückgegeben, Corporal Scott?«

»Ich habe es vergessen, Sir. Ich war in Eile.«

Schließlich fragte Major Thomson Scott, wie gut er sich in der Gegend auskannte, in der Judy Connors nach dem Überfall aufgegriffen worden war. Scott sagte, daß er die Gegend kenne, jedoch nicht sehr gut. »Ich schätze, ich würde mich wohl nicht verlaufen. Ich finde mich zurecht. Aber ich kenne diese Gegend nicht so gut wie einige andere.«

»Keine weiteren Fragen«, sagte Major Thomson und setzte sich. Unter den Zuschauern machte sich wieder Unruhe breit; Stimmengemurmel und Seufzer waren zu hören.

Bei der erneuten Befragung durch die Verteidigung brachte Kuhnke Scott dazu auszusagen, daß Special Agent Rivers ihm im Laufe der Befragung im NIS-Büro am Tag nach dem Verbrechen einen Handel angeboten habe.

Kuhnke: »Was für eine Art Handel?«

»Ich weiß es nicht, Sir. Als ich ins Büro kam, wurde ich aufgefordert, mich auf einen Stuhl zu setzen, während sie die Köpfe zusammensteckten und sich unterhielten. Sie ließen mich fast eine halbe oder eine Dreiviertelstunde warten.«

»Haben sie Ihnen ihre Rechte vorgelesen?«

»Special Agent Rodgers … und da war ein Ermittler von der Prince-William-County … Legerfield oder Legavera oder so ähnlich ... sie haben mir meine Rechte vorgelesen. Ich sagte, ich wäre bereit, mit ihnen zu sprechen. Sie haben mich sofort von beiden Seiten mit Fragen bombardiert. Ich habe mein Bestes versucht, mit diesen Männern zu kooperieren. Der eine stellte mir eine Frage, und noch bevor ich Gelegenheit hatte zu antworten, stellte der zweite bereits die nächste. Special Agent Rodgers ... er hat mir erzählt, daß er, bevor er dem NIS beigetreten wäre, irgendwo gearbeitet hätte, wo es seine Aufgabe gewesen sei, korrupte Cops zu entlarven. Ich versuchte mein Bestes. Ich war sehr verwirrt. Ich war nervös. So wie sie mich bedrängten, konnte ich gar keinen klaren Gedanken fassen.«

Scott erzählte, daß er sich, nachdem der Ermittler von der Prince-William-County ihn einen Lügner genannt hatte, geweigert habe, ohne Anwalt weitere Fragen zu beantworten.

Kuhnke beendete seine Befragung und überließ das Wort wieder Major Thomson, der Scott erneut ins Kreuzverhör nahm, wobei jedoch nichts Neues zur Sprache kam. Die Geschworenen hatten einige Fragen, die Kuhnke vorlas, jedoch waren so viele bereits von Anklage und Verteidigung gestellt und von Scott beantwortet worden, daß Richter Atkins, der scheinbar die Geduld verlor, irgendwann eingriff und Kuhnke gestattete, einige der Fragen zu überspringen.

Spät an diesem Oktobernachmittag, als die Dämmerung bereits über den Marineinfanteriestützpunkt hereinbrach und die Lichter in der LeJeune Hall eingeschaltet wurden, wurde Scott aus dem Zeugenstand entlassen und nahm wieder seinen Platz am Tisch der Verteidigung ein. »Der Beweisvortrag der Verteidigung ist hiermit abgeschlossen, Euer Ehren«, sagte Kuhnke.

Kapitel 13

In der hereinbrechenden Dunkelheit des Spätnachmittages des 6. Oktober 1983 stand auf der Treppe der Hall eine kleine Gruppe besorgter, niedergeschlagener Menschen, die sich untereinander sowie mit den Gerichtsreportern unterhielten. Lori verschaffte sich am deutlichsten Gehör und griff Staatsanwaltschaft und Kommandostab der Marines gleichermaßen vehement an. »Lindsey Scott ist ein Opfer«, sagte sie zu den Journalisten. »Ein Opfer der Hierarchie von Quantico, die wünscht, daß der Fall einer Weißen, die von einem Schwarzen vergewaltigt wurde, rasch gelöst und ad acta gelegt wird. Und die Anklage steht unter Druck, eine Verurteilung zu erreichen.«

James Scott, Lindseys Vater, ein großgewachsener Mann mit traurigen Augen, der nervös eine endlose Kette von Zigaretten rauchte, schüttelte ungläubig den Kopf über die Tortur, die sein Sohn durchmachen mußte. »Wir sind eine harmonische, stolze Familie«, entgegnete er auf die Fragen der Reporter. »So etwas ist uns noch nie widerfahren. Wenn er jemanden in Notwehr umbrächte, könnte ich das verstehen, aber zu so etwas wäre er niemals fähig.«

Einer der Journalisten, der einen Aufhänger für seine Story brauchte, sagte zu Mr. Scott: »Glauben Sie, daß Ihr Sohn aus irgendeinem Grund zum Sündenbock gemacht wird?«

»Nun, vielleicht war man der Ansicht, daß er zu schnell aufsteige«, entgegnete Mr. Scott. »Das ist die einzige Erklärung, die mir einfällt. Aber ich sage Ihnen eins, wenn man mich heute hängen wollte, weil er das getan hat, würde ich sagen, macht nur, hängt mich auf, denn ich weiß, daß mein Sohn unschuldig ist.«

Während Lori, zwei ihrer Töchter, Scotts Eltern, die Reporter und einige der anderen Zuschauer in der Herbstdämmerung auseinandergingen, fand im Gerichtssaal eine weitere Besprechung gemäß Artikel 39(a) statt, die dazu dienen sollte, den restlichen Prozeßverlauf festzulegen und die Verhandlung so rasch wie möglich abzuschließen; der kommende Montag war ein Nationalfeiertag, der Columbus Day, und Richter Atkins hoffte, den Prozeß vorher, also Freitag oder Samstag, abschließen zu können. Während Kuhnke hiermit einverstanden war, meinte die Anklage, daß sie wahrscheinlich eine Vertagung beantragen würde, um einige Widerlegungszeugen zu hören, darunter auch NIS-Agent Claude Rivers, der hierzu von seinem derzeitigen Stationierungsposten in Okinawa zurückgeholt werden müßte. Major Thomson sagte, die Staatsanwaltschaft brauchte ihn, um Scotts Behauptung zu widerlegen, daß Rivers ihm einen Handel angeboten hätte.

Kuhnke hatte nichts gegen eine Vertagung einzuwenden, nutzte jedoch die Gelegenheit, seinen Antrag auf Niederschlagung wegen Nichtzuständigkeit zu wiederholen, weil es der Anklage nicht gelungen sei zu beweisen, daß das Verbrechen auf militärischem Gelände verübt worden wäre.

Wieder einmal und diesmal endgültig wies Richter Atkins den Antrag zurück und schloß die Sitzung. Das Gericht würde am kommenden Nachmittag noch einmal kurz zusammenkommen, um die Vertagung des Prozesses auf Dienstag morgen zu bestätigen. Bis dahin, sagte Major Thomson, würden der Anklage bis zu sieben Widerlegungszeugen zur Verfügung stehen. Darüber hinaus, sagte der Major, würde die Anklagevertretung der Verteidigung dahingehend entgegenkommen, daß sie versuchen würde, Colonel Harry nach Quantico zu holen, damit er eine sogenannte Quintuplik vorbringen könne. Das war Kuhnkes Bedingung dafür, daß er dem Antrag der Staatsanwaltschaft auf Vertagung bis Dienstag zustimmte.

Die Vertreter von Verteidigung und Anklage versicherten Richter Atkins, daß sie den Fall am Dienstag würden abschließen können.

Über das verlängerte Wochenende, während andere Prozeßbeteiligte die wohlverdiente Erholung von Druck und Anspannung genossen oder, so wie Lindsey, Lola und seine Eltern, den Großteil dieser zweiundsiebzig Stunden mit düsteren Spekulationen und innigen Gebeten verbrachten, traf Lori Jackson, die mit dem Schlimmsten rechnete, einige Vorbereitungen.

Am Dienstagmorgen, dem 11. Oktober, betrat Lori, unmittelbar bevor Richter Atkins eintrat, um um 8 Uhr 30 die Sitzung für eröffnet zu erklären, mit zweien ihrer fünf Töchter den Gerichtssaal und schnappte sich Kuhnke hinten im Zuschauerraum. Mit grimmigem, vor Zorn derart angespanntem Gesicht, daß die Venen deutlich sichtbar hervortraten, zeigte sie auf die beiden bewaffneten MP, die zu beiden Seiten der Eingangstür postiert waren (alle außer den Geschworenen betraten den Saal durch diese Tür, die direkt in den Zuschauerraum führte; die Geschworenen hatten ihre eigene private Tür am anderen Ende des Saales).

»Sehen Sie sich *das* an, Mr. Kuhnke«, sagte sie. »Mit Seitenwaffen und allem, bereit, Lindsey abzuführen und ins Gefängnis zu bringen. Wozu sollten sie sonst bewaffnete MP im Gerichtssaal brauchen? Wenn das nicht beweist, daß sie bereits überzeugt sind, daß das Urteil schuldig lauten wird, weiß ich es nicht!«

»Machen Sie sich deswegen keine Sorgen, Honey«, sagte Kuhnke. »Das hat nichts zu bedeuten.«

»Ich denke, Sie sollten deswegen beim Richter Beschwerde einlegen. Das ist ... das ist einschüchternd. Es könnte sogar die Zeugen beeinflussen.«

Kuhnke tätschelte begütigend ihren Arm. »Machen Sie sich deswegen keine Sorgen, Honey, Sie und Ihre hübschen Töchter ... Wie ich sehe, haben Ihre Freunde Ihnen Plätze freigehalten. Warten wir ab, wie es läuft. Okay?«

Murrend, wütend, verärgert und überzeugt, daß es ein schwarzer Tag vor Gericht werden würde, nahm Lori Platz, ihre Töchter an ihrer Seite. Um 8 Uhr 39 wurde die Sitzung eröffnet.

Officer Richard Leonard, ein Ermittler der Prince-William-County, wurde als erster Zeuge der Anklage erneut in den Zeugenstand gerufen. Er widersprach Scotts Aussage und meinte, als erfahrener Techniker der Spurensicherung wäre ihm aufgefallen, daß der vordere Aschenbecher leer gewesen sei und ›... die Beifahrerseite im Inneren des Wagens saubergewischt worden wäre‹.

Kuhnke vermochte diese Aussage mit keiner seiner Fragen in Zweifel zu ziehen; Leonard beharrte darauf, daß er Leiter der Untersuchung gewesen wäre und keiner der anderen Beamten, die sich mit dem Wagen befaßt hatten, den Aschenbecher von ihm unbemerkt hätte leeren können.

»Ich habe jeden Handgriff beobachtet«, sagte Leonard.

NIS-Special Agent Kenneth Rodgers, der als nächster aufgerufen wurde, leugnete, daß er Scott im Verlauf der Befragung am Tag nach dem Verbrechen gedroht, ihm irgend etwas versprochen oder ihm einen Handel angeboten habe. Auch leugnete Rodgers, daß Special Agent Rivers Scott irgendwelche Versprechungen gemacht hätte (es gelang der Anklage nicht, Rivers aus Okinawa zu holen, um ihn in den Zeugenstand zu rufen).

Da diese Aussage im Widerstreit zu Scotts stand, fragte Kuhnke Rodgers beim Kreuzverhör: »Haben Sie die Ergebnisse dieser Befragung schriftlich festgehalten?«

»Ja, Sir, das habe ich.«

»Haben Sie die Niederschrift hier?«

»Nein, Sir.«

»Haben Sie die Befragung aufgenommen? Ist während des Verhörs ein Kassettenrecorder mitgelaufen?«

»Nein, Sir.«

Kuhnke setzte Rodgers hinsichtlich des fehlenden schriftlichen Protokolls nicht unter Druck, und der Agent wurde kurze Zeit später aus dem Zeugenstand entlassen.

Die Widerlegungsaussage von Master Sergeant David Martin stand in krassem Widerspruch zu den Aussagen von Lindsey und Lola Scott. Als erstes leugnete er vehement, daß man Scott während der Suche nach dem Tatort absichtlich dadurch verdächtig habe erscheinen lassen, daß er seine Ausgehuniform getragen habe und alle anderen ›Cammies‹. Einige andere Marines hätten ebenfalls ihre Ausgehuniformen angehabt. Als nächstes behauptete er, daß Lola Scott, als er den silbernen Topf aus der Wohnung mitgenommen habe, ihm gegenüber mit keinem Wort einen grünen Eimer erwähnt hätte.

Major Thomson: »Gab es irgendwelche Diskussionen wegen einer rotbraunen Jacke?«

»Nicht wegen einer rotbraunen Jacke. Wir haben Mrs. Scott gefragt, ob sie wisse, welche Jacke ihr Mann am Vorabend getragen habe, und sie sagte, sie hätte keine Ahnung, welche Jacke er angehabt hätte.«

Wie vorauszusehen gewesen war, gelang es Kuhnke nicht, Zweifel an Martins Aussage aufkommen zu lassen.

»Sie haben nach einer hellbraunen Jacke gefragt?«

»Nein, Sir.«

»Haben Sie nach irgendeiner Jacke gefragt?«

»Wir haben sie gefragt, ob sie wisse, was Corporal Scott am Vorabend angehabt habe, worauf sie erwiderte, daß sie keine Ahnung hätte, welche Jacke er getragen habe. Sie holte die Putzutensilien und einige Kleidungsstücke aus einem hinteren Schlafzimmer. Offenbar hatte er sich dort ausgezogen ... Zumindest nehme ich das an.«

»Und Sie leugnen, gesagt zu haben, die rotbraune Jacke hätte die falsche Farbe?«

»Sie hat mir gar keine Jacke gezeigt, Sir.«

Später fragte Kuhnke beim Kreuzverhör auch Martin, ob er seine Befragung Scotts auf Band aufgenommen habe.

Martin: »Es gibt einen Eintrag im NIS-Ermittlungsbericht.«

Kuhnke: »Ich weiß, daß es einen Eintrag in der NIS-Akte gibt. Jemand anders hat ihn verfaßt.«

»Ja, Sir.«

»Aber haben Sie ein Protokoll geschrieben, Sergeant?«

»Nein, das habe ich nicht.«

»Haben Sie sich Notizen gemacht?«

»Ganz sicher ja, Sir. Aufgrund dessen konnte Mr. Lindner auch aussagen ...«

»Haben Sie diese Notizen noch?«

»Nein, Sir.

»Es gibt nämlich einen Haufen Widersprüche, Sergeant, und es ist sehr wichtig, daß Sie sich exakt erinnern.«

»Das ist mir klar, Sir.«

»Haben Sie die Gespräche mit Corporal Scott aufgenommen?«

»Ich weiß nicht, was Sie mit ›aufgenommen‹ meinen ...«

»Ich meine, haben Sie sie auf Band aufgezeichnet?«

»Nein, Sir.«

»Und Sie haben sich auch keine Notizen gemacht.«

»Doch, Sir, ich habe mir einige Notizen gemacht.«

»Und wo sind diese Notizen, Sergeant?«

»Ich weiß es nicht, Sir. Vermutlich wurden sie inzwischen vernichtet.«

Kuhnke setzte auch Martin nicht unter Druck und versäumte es, ihn mit der Frage zu konfrontieren, weshalb die Notizen eines Ermittlers, die bei einem bedeutenden Kriminalfall von so eminenter Wichtigkeit waren, vernichtet worden sein sollten, noch bevor es zum Prozeß kam.

Und so setzte sich die Litanei der Widerlegungsaussagen fort, während ein gut vorbereiteter Zeuge nach dem anderen von der Anklagevertretung aufgerufen wurde und entscheidenden Punkten aus Lolas und Corporal Lindsey Scotts Aussagen widersprach.

Kuhnke konnte nicht viel dagegen tun. Er konnte herausfordern und fragen, soviel er wollte, aber Ungereimtheiten und Widersprüche flogen durch den Raum wie Konfetti bei einer Hochzeit. Sie hingen in der drückenden Luft des Gerichtssaales wie bösartige Viren, die darauf warteten, die Schwachen, Unachtsamen und Gleichgültigen zu befallen. Es wäre leichtgläubig gewesen, jede Verdrehung gefährlicher Beweise als Versprecher oder Erinnerungslücken zu entschuldigen.

Nein, die weit logischere Erklärung war die, daß hier manipuliert wurde wie bei jedem Prozeß. Entweder logen Corporal Lindsey Scott und seine Frau, oder aber einer oder mehrere Zeugen der Anklage logen. Darüber zu entscheiden lag bei den sieben Geschworenen.

Nachdem alle Widerlegungszeugen der Anklage gehört worden waren, rief Kuhnke Harry in den Zeugenstand, der Captain Unsworth' Aussage bezüglich der Uhrzeit, zu der Scott am Abend des Verbrechens im PMO gewesen war, widerlegen konnte. Kurz zuvor war der Captain als Widerlegungszeuge gehört worden und hatte seine vorangegangenen Aussagen bestätigt.

Kuhnke: »Bitte nennen Sie für das Protokoll Ihren vollen Namen.«

»Richard Thomas Harry.«

»Und Ihr Beruf, Sir?«

»Ich bin im Ruhestand – Gott sei Dank.«

Kuhnke geriet sofort ins Schleudern, als er versuchte, Harry zu den Umständen seiner Amtsenthebung als Militärrichter durch General Twomey zu befragen. Major Thomson erhob mit der Begründung Einspruch, daß dies irrelevant sei, und Richter Atkins gab dem Einspruch statt.

»Mr. Kuhnke, ich gestatte Ihnen, diesen Zeugen zu befragen, um irgendwelchen vor diesem Gericht gehörten Behauptungen oder Zeugenaussagen zu widersprechen, aber ich muß der Anklagevertretung zustimmen, daß die Gründe der Amtsenthebung dieses Zeugen, so wie ich das sehe, irrelevant sind.«

Auch mit dem Brief, den Harry Twomey geschickt hatte, bekam Kuhnke Schwierigkeiten. Dem Antrag der Anklagevertretung, den Brief nicht als Beweismittel zuzulassen, wurde stattgegeben. Kuhnke durfte ihn allein dazu verwenden, Harrys Erinnerung aufzufrischen.

»Frischt dieser Brief Ihre Erinnerung an Ihr Gespräch mit Captain Unsworth wieder auf?«

»Ja, das tut er.«

»Und können Sie den Geschworenen sagen, wann Captain Unsworth nach eigener Aussage Corporal Scott am Abend des 20. April im PMO gesehen hat?«

»Okay. Bei der zweiten Anhörung sagte Captain Unsworth aus, er hätte Corporal Scott zwischen 19 Uhr 55 und 20 Uhr 05 im PMO gesehen. Als ich mich mit Captain Unsworth unterhielt, versicherte er mir, es wäre 19 Uhr 30 gewesen. Zwischen seiner Aussage und dem, was er mir bei einem Privatgespräch sagte – und er meinte, er wäre sich absolut sicher –, liegt ein Zeitunterschied von dreißig Minuten.«

»Welche sonstigen Ermittlungen haben Sie durchgeführt?«

»Ich habe mit dem NIS gesprochen. Ich habe mit Corporal Scotts CO gesprochen. Ich wartete acht Tage auf die Laborergebnisse, die sich dann als negativ erwiesen.«

»Wie sind Sie bei dieser zweiten Anhörung verfahren?«

»Meine Weisungen lauteten, daß wenn eindeutige Beweise vorlägen, Corporal Scott in Untersuchungshaft verbleiben würde. Da jedoch keine eindeutigen Beweise vorgelegt werden konnten, sah ich keinen Grund, Corporal Scott noch länger in Haft zu belassen.«

»Also ordneten Sie seine Entlassung an?«

»Ich ordnete seine Entlassung aus der Untersuchungshaft an.«

Wieder erklärte Kuhnke: »Der Beweisvortrag der Verteidigung ist hiermit abgeschlossen, Euer Ehren.«

Plötzlich lag knisternde Spannung in der Luft. Das war's. Keine Zeugen oder Aussagen mehr. Alles, was im Fall *Vereinigte Staaten von Amerika gegen Corporal Lindsey Scott* gesagt werden konnte, war – vielleicht – gesagt worden. Jetzt blieben nur noch die Schlußplädoyers von Anklage und Verteidigung, im Laufe derer jede Seite versuchen würde, die Geschworenen mit unwiderlegbarer Logik davon zu überzeugen, daß ihre Argumente schwerer wogen. Aber natürlich war es mehr als nur ein Rhetorikwettbewerb; das Leben eines Mannes konnte vom Können oder Unvermögen des jeweiligen Vertreters von Anklage und Verteidigung abhängen – sofern die Geschworenen, was durchaus möglich war, nicht bereits über Schuld oder Unschuld des Angeklagten entschieden hatten.

Um 13 Uhr 30 am 11. Oktober 1983 erhob sich Major Messer, um die abschließenden Argumente der Staatsanwaltschaft vorzutragen. Der Major begann seine Rede damit, daß er die Geschworenen daran erinnerte, daß das ›was die jeweiligen Parteien vortragen, nicht als Beweis zu werten ist. Sie dürfen nicht vergessen, daß Sie in diesem Prozeß die einzigen sind, die über die Fakten urteilen.‹ Was immer das bedeuten mochte, welchen Eindruck es auch auf die Geschworenen machte, es handelte sich um eine Rechtswahrheit, auch wenn sie im Rahmen eines Schlußplädoyers vorgetragen wurde, wo Zeugenaussagen und so mancher zweifelhafte Beweis als ›Fakten‹ dargestellt werden.

»Der erste Punkt, den die Staatsanwaltschaft Ihnen vortragen wird«, sagte Major Messer, »bezieht sich auf das, was sich am besten als unwiderlegbare Fakten beschreiben läßt, daß heißt, Fakten, denen niemand, der über ein gewisses Maß an gesundem Menschenverstand verfügt, widersprechen würde. Der zweite Punkt, dem wir uns zuwenden werden, betrifft die Zuständigkeit. Als drittes wenden wir uns der Identifizierung zu. Der vierte ist das Fahrzeug, das bei dem Verbrechen verwendet wurde; der fünfte das Messer, und zu guter Letzt das Alibi des Angeklagten in diesem Fall.«

Während der nächsten fünfundsechzig Minuten, in denen der Major Scott als ›das personifizierte Böse in der Uniform eines Corporal der Marines‹ bezeichnete, ließ er sich über die angekündigten sechs Punkte aus, wobei er jeweils von einer neun mal fünfzehn Zentimeter großen Karteikarte ablas, die er theatralisch zerriß, wenn er mit seinen Ausführungen fertig war. Der Anklagevertreter mischte gekonnt Schwulst mit Sarkasmus (z. B. Scotts Goldzahn betreffend: ›... dieser Zahn ist am auffälligsten, wenn der Angeklagte lächelt, und er brachte Judy Connors am Abend des 20. April nicht in den Wald, um sie anzulächeln.‹)

Die Zuständigkeit? Major Messer wischte Lori Jackson und ihre Aussage hinsichtlich gesperrter Straßen einfach beiseite. »Die Staatsanwaltschaft gesteht Miss Jackson zu, daß sie eine gutherzige Frau ist, die ihr Bestes versucht hat, herauszufinden, was der Herr Verteidiger wollte.«

Ruby Hills Aussage zunichte zu machen war leicht: »Die Verteidigung konnte die Zeugin nicht dazu bewegen, das Alibi des Angeklagten zu bestätigen. Die Zeugin hat ausgesagt, den Angeklagten irgendwann im Frühling gesehen zu haben. Irgendwann ist nicht gut genug ... Gentlemen, ganz gleich, wieviel Mühe der Verteidiger sich gegeben hat, er konnte nicht beweisen, daß der Angeklagte am fraglichen

Abend bei Zayre's gewesen ist. Und warum? Die logische Antwort: er war nicht dort ...«

Lola Scotts Aussage zu Scotts Brille und dem Eimer? »Warum hat die Verteidigung Mrs. Scott in den Zeugenstand gerufen? Ich habe nicht die leiseste Ahnung. Nun, Gentlemen, lassen Sie uns Mrs. Scott nicht in Stücke reißen wie die anderen Zeugen. Schieben wir sie sacht beiseite, weil sie ohnehin schon genug Tragisches mitmachen muß.«

Major Messer tat seine Arbeit und machte seinem Ruf als ›Killer-Ankläger‹ alle Ehre.

Sarkasmus und Schwulst waren nicht Ervan Kuhnkes Sache. Er erhob sich langsam und richtete ruhig das Wort an das Gericht. »Gentlemen und Mitglieder der Jury, ich habe keine Karteikarten, die ich zerreißen könnte. Ich habe keine Theorien, über die ich mich auslassen könnte. Ich möchte von Beweisen sprechen, von Beweisen, die Sie und ich von Zeugen gehört haben, von Beweisen, die Sie mit ins Beratungszimmer nehmen werden. Keine Theorien. Keine Spekulationen.«

Kuhnke wies darauf hin, daß die Anklage allein auf Indizien beruhe und die Beweislage dürftig sei, mit einer fraglichen Identifizierung und keinerlei labortechnischen Beweisen. Die Staatsanwaltschaft habe ihren Standpunkt nicht frei von begründeten Zweifeln beweisen können.

Sein wohl bedeutendstes Argument war seine Infragestellung der Identifizierungsbeweise. »Im Gegensatz zu dem, was der Major Ihnen gerade erzählt hat, wurde Corporal Scott keineswegs eindeutig vom Opfer identifiziert, bevor Judy Connors in diesem Gerichtssaal aufgefordert wurde, den Täter zu identifizieren, mehrere Monate nach der Anklageerhebung und nachdem er vor Gericht gestellt wurde. Sie werden sich erinnern, daß Judy Connors bei Vorlage der Photos zwei in Frage kommende Männer auswählte, Männer, von denen sie sagte, sie sähen aus wie der Mann, der sie überfallen habe. Sie werden sich erinnern, daß sie auch bei der Gegenüberstellung vier Tage später zwei Männer herauspickte. Zwei Männer, die ihr, wie sie sagte, angst machten.

Ich würde sagen, daß Mrs. Connors' dramatische Identifizierung von Corporal Scott gelinde gesagt verdächtig ist.«

Kuhnke rief den Geschworenen ins Gedächtnis, daß sämtliche Laboruntersuchungen entweder negativ ausgefallen wären oder aber keine Schlüsse jedweder Art zugelassen hätten. Er sagte, daß Judy Connors Scotts Narbe kein einziges Mal korrekt beschrieben und den Wagen des Täters mal als hellbraun, mal als gelb und dann wieder als goldfarben bezeichnet habe, als einen Nova oder Duster, alles Beschreibungen, die nicht mit Scotts beigefarbenem Buick mit weißem Dach übereinstimmten.

Er stellte die gesamte Verfahrensweise bei den Ermittlungen in Frage: die NIS-Agenten hätten sich von vornherein auf Scott eingeschossen, noch vor Beginn der eigentlichen Ermittlungen. Er erinnerte an die MPA und das seltsame Verschwinden der offiziellen Unterlagen.

Kuhnke beging jedoch hinsichtlich des Alibis einen schwerwiegenden Fehler, indem er sagte: »Ich gebe zu, daß es der Verteidigung nicht gelungen ist, ein wasserdichtes Alibi vorzuweisen.«

Tapfer fuhr er fort, wenngleich es zuweilen den Anschein hatte, als verliere er den Faden: der Tatort wäre nie gefunden worden, es gäbe keine eindeutigen medizinischen Beweise für eine Vergewaltigung. Mrs. Scott und Tammy Martin hätten ausgesagt, daß Scott eine rotbraune Jacke getragen habe, da dies jedoch nicht auf die Beschreibung gepaßt habe, die den NIS-Agenten gegeben worden war, hätten sie diese nicht aus Scotts Wohnung mitgenommen. Sie behaupteten, Lola hätte ihnen nie eine Jacke gezeigt; Judy Connors habe ausgesagt, bei der Tatwaffe hätte es sich um ein Messer mit Heft gehandelt, während das Steakmesser, das Scott benutzt hatte, um den Herd zu reinigen, kein Heft gehabt habe.

Lori die in der ersten Reihe gleich hinter dem Tisch der Verteidigung saß, verzweifelte. Mit jedem Satz sank ihre Hoffnung. Das ist nicht gut genug, dachte sie. Kuhnke war nicht kraftvoll und überzeugend genug, um die dramatischeren, überzeugenderen Argumente von Major Messer zu übertrumpfen.

Kurz vor 16 Uhr an einem grauen, regnerischen Nachmittag begann Richter Atkins, die Geschworenen zu belehren, bevor sie sich zurückzogen, um sich zu beraten. Er erklärte ihnen, daß für einen Schuldspruch mindestens eine Zweidrittelmehrheit nötig sei. Bei sieben Geschworenen bedeutete das, daß wenigstens fünf den Angeklagten schuldig befinden mußten. Wenn weniger als fünf Geschworene den Angeklagten schuldig befanden, mußte das Urteil nicht schuldig lauten.

Die Geschworenen brauchten nur drei Stunden, um sich auf ein Urteil zu einigen. Richter Atkins forderte Scott und Kuhnke auf, sich zu erheben, um den Spruch der Geschworenen zu hören, der vom Richter vorgelesen wurde:

Schuldig in allen vier Punkten der Anklage. Das Strafmaß: die unehrenhafte Entlassung und dreißig Jahre Zwangsarbeit (die Staatsanwaltschaft hatte lebenslänglich gefordert).

Scott, der Haltung angenommen hatte, ließ die Schultern hängen und senkte ungläubig den Kopf. Seine Anhänger protestierten lautstark: »Nein! Nein! Nicht schuldig! Nicht schuldig!« Lola brach in Tränen aus und schrie hysterisch, als die MP vortraten, Scott Handschellen und Fußketten anlegten und ihn aus dem Gerichtssaal führten. Weinend und schreiend lief Lola an seine Seite, klammerte sich an seinen Arm und versuchte verzweifelt, ihn zurückzuhalten. »Laßt ihn los! Laßt ihn los!« rief sie verzweifelt. Sanft zogen Frances und andere Freunde sie beiseite und stützten sie, als sie sich untröstlich auf ihren Stuhl zurücksinken ließ.

Lori war nicht geblieben, um diesen Tumult anzuhören und zu sehen, der sich noch eine ganze Weile fortsetzte, ehe der Gerichtssaal geräumt wurde. Während das Rufen und Weinen um Lola herum sich fortsetzte, verließen Lori, ihre zwei Töchter und mehrere ihrer Anhänger entschlossenen

Schrittes den Saal und steuerten den Parkplatz an. Als sie an ihrem Kombi ankamen, gab sie Anweisungen und teilte Spruchbänder aus. Dann blickte sie, bevor sie sich hinter das Steuer fallen ließ, zornig zurück auf die roten Backsteinmauern der LeJeune Hall.

»Das letzte Wort wurde noch nicht gesprochen«, sagte sie laut zu niemandem insbesondere (aber vielleicht der ganzen Welt). »Das ist erst der Anfang.«

Sie stieg in den Wagen, schlug die Tür hinter sich zu und fuhr mit ihren beiden Töchtern auf dem Rücksitz und von einer kleinen Wagenkolonne gefolgt, durch das Haupttor des Quantico-Marineinfanteriestützpunktes zum etwa einhundert Meter entfernten Iwo Jima Memorial.

Dort parkten sie ihre Wagen, und Lori, ihre Töchter und ein Dutzend Bürgerrechtler begannen, im kalten Nebel und Regen mit den Schildern, die Lori in weiser Voraussicht am Wochenende angefertigt hatte, vor dem Memorial auf und ab zu gehen. Auf den Schildern stand:

GERECHTIGKEIT FÜR LINDSEY SCOTT
LINDSEY SCOTT WIRD NICHT VERGESSEN WERDEN

Teil 2

»Gerechtigkeit unterliegt
beim Militär der Willkür
des kommandierenden Offiziers …
Es ist an der Zeit, diesem Zirkus,
dieser Verfolgung,
diesem rassistischen Angriff
gegen Lindsey Scott
ein Ende zu machen«

Lieutenant Colonel R. T. Harry,
United States Marine Corps,
seines Amtes enthobener Militärrichter

Kapitel 14

Lori Jackson war eine Kämpferin. Sie war eine Kämpferin, seit sie als kleines Mädchen von ihrer älteren Schwester Vera gezwungen worden war, sich den Schikanen einer Mitschülerin zu stellen. In den Erwachsenenjahren durch die Feuerprobe der Bürgerrechtlermärsche, Protestbewegungen und aktiven Aktionsgruppen gestählt, entwickelte sich Lori zu einer unabhängigen Verfechterin von Bürgerrechten und Gerechtigkeit. Da sie ablehnte, was sie als zeitverschwenderische Bürokratie der offiziellen Bürgerrechtsorganisationen bezeichnete, kämpfte sie auf eigene Faust gegen Bigotterie und Ungerechtigkeit. Von Natur aus ein warmherziger, großzügiger Mensch, war Lori Jackson auf ihre Art eine stählerne Faust im Samthandschuh.

Jetzt setzte sie sich mit Leib und Seele für Lindsey Scott ein.

An jenem Abend, an dem Scott in Ketten zum Gefängnis von Quantico geführt worden war, ging eine aufgewühlte, zornige Lori in ihrer Küche auf und ab und machte im Beisein ihres geduldigen Ehemannes Paul ihrem Zorn Luft.

»Wir haben die Schlacht verloren«, sagte sie, »aber der Krieg geht weiter. Dieser Fall wird erst zu den Akten gelegt werden, wenn Lindsey Gerechtigkeit widerfahren ist.«

»Und was glaubst du, was du tun kannst, Lori? Wie willst du gegen das gesamte Marineinfanteriekorps angehen?«

»Indem ich das tue, was ich am besten kann. Ich werde zur unerträglichen Nervensäge. Ich werde eine Öffentlichkeitskampagne starten, dafür sorgen, daß die Zeitungen und wenn möglich das Fernsehen weiter über den Fall berichten. Ich werde Märsche und Kundgebungen organisieren, an den Kongreß schreiben, ans Pentagon, an den Präsidenten, an jeden, der gewillt ist, mir zuzuhören. Und wohl das Wichtigste ist, daß ich, da es zu einem Berufungsverfahren kommen wird, dafür sorge, daß Scotts Frau und seine Eltern Kuhnke feuern und Anwälte engagieren, die in der Lage sind, Lindsey vernünftig zu vertreten.«

»Das könnte eine Stange Geld kosten, Lori.«

»Wir werden es aufbringen. Irgendwie werden wir es aufbringen. Und vielleicht gelingt es uns, einen Anwalt zu finden, der sich aus Überzeugung für Lindsey einsetzten möchte und sein Honorar im Rahmen hält.«

Wie gewöhnlich vergeudete Lori keine Zeit, ihre Pläne in die Tat umzusetzen. Am darauffolgenden Tag besuchte sie Scott im ›Bunker‹ und brachte ihm eine Bibel und zwei Stangen Zigaretten. (In den Vorschriften des Marineinfanteriekorps stand, daß ein Gefangener im Bunker zu verbleiben hatte, bis die ›zuständige Stelle‹, in diesem Fall der Stützpunktkommandant, den Fall geprüft hatte. Major General Twomeys Möglichkeiten als Stützpunktkommandant beinhalteten unter anderem, den Geschworenenspruch ins Gegenteil umzukehren, einen neuen Prozeß anzuberaumen oder das Strafmaß zu ändern).

Im kargen, grün gestrichenen Verhörzimmer des Bunkers saß Lori Scott an einem Metalltisch gegenüber. Sie erzählte ihm von ihren Plänen und versprach, weiterzukämpfen. Außerdem arrangierte sie gemeinsam mit Scott ein Treffen mit seinen Eltern und Lola, um mit ihnen die Entlassung Kuhnkes und die Einstellung eines neuen Anwaltes zu besprechen, der Scott beim Berufungsverfahren vor dem Militärischen Berufungsgericht des Marineinfanteriekorps vertreten sollte.

»Sie dürfen sich nicht hängenlassen, nie die Hoffnung und das Vertrauen in Gott verlieren«, sagte Lori. »Es kann Monate dauern, bis es zum Berufungsverfahren kommt, Twomey hat es nicht eilig, die Prozeßakten zu prüfen. Ich setze kein großes Vertrauen in diesen General. Andererseits gibt uns das Zeit, neue Anwälte für Sie zu finden.«

Loris kritische Beurteilung von Major General Twomey erwies sich drei Tage später wieder einmal als zutreffend. Nachdem sie sich an diesem Tag von Scott verabschiedet hatte, betrat sie den stützpunkteigenen PX, in der Hoffnung, irgendwelchen Tratsch über den Fall Scott aufzuschnappen. Sie wußte, daß der Prozeß immer noch das aktuellste Gesprächsthema in Quantico war, und sagte sich, daß sie vielleicht etwas erfahren würde, das Scott nützlich sein konnte, oder sich zumindest einen Eindruck davon verschaffen konnte, was die Marines auf dem Stützpunkt über den Fall dachten.

Kaum daß sie den PX betreten hatte, erregte jedoch nicht das, was sie hörte, ihre Aufmerksamkeit, sondern etwas, das sie sah. Ihr Blick fiel auf die Titelseite der stützpunkteigenen Wochenzeitung, *The Quantico Sentry*. Sie kaufte ein Exemplar und überflog die dreispaltige Titelstory über Scott bis hinab zu dem – ebenfalls drei Spalten breiten – Gruppenphoto von Scotts ehemaliger Einheit, dem Security Bataillon. Auf dem Bild standen die Marines im Halbkreis um den Kommandierenden Offizier, Lieutenant Colonel Hemming herum, der Colonel J. M. Romero, dem Koordinator von Quantico für die jährliche bundesweite Spendenaktion des Militärs (das Geld kam United Way und anderen Wohltätigkeitsorganisationen zugute) einen Scheck über eintausendsechshundertsechsundachtzig Dollar und sechsundsiebzig Cent überreichte.

Was Lori ebenso überraschte wie in Rage versetzte, war die Bildunterschrift, die lautete: »Die (vierzig) Marines und der (eine) Seemann (des Security Bataillons) verdienten das Geld während ihres Freigangs im August, indem sie als Komparsen in der Mini-Fernsehserie *George Washington* mitwirkten. (Anmerkung: die achtstündige Miniserie wurde 1984 auf CBS ausgestrahlt.)

Lori starrte auf das Photo, und je länger sie es anstarrte, desto wütender wurde sie. Sie stürmte aus dem PX und zu ihrem Wagen. Sie konnte es kaum erwarten, nach Hause zu kommen, das Photo Paul zu zeigen und ihren Zorn und ihre Idee mit ihm zu teilen. Die Zeitung neben sich auf dem Beifahrersitz, warf sie immer wieder einen Blick auf das Photo und das selbstzufriedene Gesicht von Lieutenant Colonel Hemming, das eine bittere Erinnerung in ihr wachrief: Sie erinnerte sich, daß Scott ihr bei ihrer ersten Begegnung erzählt hatte, daß er während seines ›Hausarrests‹ im Sommer und vornehmlich im August Kuhnke wiederholt aufgefordert habe, sich mit Hemming in Verbindung zu setzen, um mit ihm einige Details zu überprüfen, der Bataillonskommandant jedoch immer ›unabkömmlich‹ gewesen wäre.

»Klar«, dachte Lori. Jetzt weiß ich, warum er unabkömmlich war. Er war zu sehr damit beschäftigt, mit Scotts Bataillon den Bürgerkrieg nachzuspielen.«

Was Loris Empörung verschärfte, war das auffällige Fehlen schwarzer Gesichter auf dem Photo. Natürlich gibt es in der Serie haufenweise Komparsen und Kleindarsteller, die Sklaven oder Bedienstete mimen, sagte sie sich. Warum haben sie keine schwarzen Marines von Quantico eingesetzt?

Das ist es, dachte sie. Das war der richtige Augenblick, der Auslöser, die ohnehin geplanten Briefe an einflußreiche Persönlichkeiten auf Regierungsebene abzuschicken, die sich mit den Beschwerden befaßten, die ihr in den vergangenen Wochen seitens schwarzer Marines bezüglich Rassendiskriminierung auf dem Stützpunkt zugetragen worden waren und die alle mit anklagendem Finger auf einen hochrangigen Offizier zeigten.

Nachdem sie Paul den Artikel und das Photo gezeigt hatte, machte Lori sich an diesem Abend daran, ihre Karteikarten durchzusehen und Namen von Personen herauszusuchen, an die sie schreiben wollte. Während Briefe in alle Windrichtungen unterwegs waren, organisierte Lori Aktionen in der näheren Umgebung. Tag für Tag bestellte sie Mahnwachen und Demonstrationen vor dem Haupttor des Stützpunktes, Kundgebungen in örtlichen Kirchen und gab Interviews. Jeder dieser Aktionen wurden mehrere Spalten in der Lokalpresse und in der prestigeträchtigen *Washington Post* gewidmet.

Einen Tag nachdem Lori mit einer Gruppe von über zweihundertfünfzig Scott-Anhängern am Iwo Jima Memorial vor dem Haupttor eine stundenlange Mahnwache abgehalten hatte, brachte die *Post* im *Metro*-Teil einen Leitartikel (von Molly Moore) über die Mahnwache und Scott unter dem Titel ›Verurteilter Marine liebte das Korps‹. Der umfangreiche, gut recherchierte Artikel befaßte sich mit Scotts Vergangenheit und dem Fall an sich und merkte an, daß Scott, wenngleich er innerhalb eines Jahres in Berufung gehen könne, unehrenhaft entlassen werden würde, falls er mit der Berufung scheiterte, während er selbstverständlich im Gewahrsam der Marineinfanterie verblieb.

Die Reporterin zitierte Lori dahingehend, daß sie so lange demonstrieren würden, bis sie ein neues Verfahren an einem anderen Verhandlungsort als Quantico für Corporal Scott durchgesetzt hätten. ›Corporal Scott hätte niemals auch nur vor Gericht gestellt werden dürfen.‹ (Natürlich war Scott kein Corporal mehr; man hatte ihn zum Gefreiten degradiert.)

Kuhnke wurde wie folgt zitiert: ›Kein Zivilgericht hätte Scott schuldig gesprochen‹.

Auf den Vorwurf, daß Scott das Opfer eklatanter rassischer Vorurteile einiger Stützpunktoffiziere geworden wäre, für die die Verhaftung eines Schwarzen wegen tätlichen Angriffs auf eine weiße Frau ein gefundenes Fressen gewesen sei, gestand Captain William Hayes, ein in Quantico stationierter Offizier und Jurist: »Es gibt [auf dem Stützpunkt] einige Rassisten, so wie es sie in beinahe jeder Gemeinschaft gibt. Wir sind ein Spiegelbild der Gesellschaft. Aber ich glaube nicht, daß das in diesem Fall eine Rolle gespielt hat.«

Die Räder drehten sich weiter, angetrieben von Loris hartnäckigem Einsatz. Das örtliche NAACP-Büro setzte eine Belohnung von eintausend Dollar für sachdienliche Hinweise aus, die zur Verhaftung des ›wahren Täters‹ führten. Mehrere Kirchen begannen, Geld zu sammeln, um Lola zu unterstützen, da zusätzlich zu Scotts Degradierung und Inhaftierung sein Monatssold von neunhundertsiebenundzwanzig Dollar für die Dauer von sechsunddreißig Monaten um fünfhundert Dollar gekürzt worden war.

Einige Tage später, während Lori mit Lola Scott, die ihre kleine Tochter auf dem Arm hielt, und einem Dutzend weiterer Anhänger vor dem Haupttor des Quantico-Stützpunktes demonstrierte, sprach Reverend Curtis Harris, der Vorsitzende der Virgina-Vertretung der Southern Christian Leadership Conference, mit einigen Offizieren des Marineinfanteriekorps, um dagegen zu protestieren, daß in den militärischen und zivilen Sektoren ›eklatante‹ Rassendiskriminierung praktiziert würde.

Harris forderte einen neuen Prozeß für Scott. Er teilte den

Offizieren, zu denen auch Generalstabschef Colonel Paul Lessard und Militärgerichtsrat Colonel Cassady gehörten, mit, daß er besorgt sei wegen der ›Methoden, die bei den Ermittlungen und der Handhabung der Anklage in diesem Fall angewandt werden. Ich mache mir Sorgen wegen der Indizienbeweise, darüber, ob dieser Schwarze tatsächlich der Täter war oder ob er in ihren Augen so gut war wie jeder andere‹, sagte Harris.

Harris sagte, daß der SCLC sich mit Senator John Warner (Virginia), der damals Mitglied des Senate Armed Services Committee war, in Verbindung setzen und ihn auffordern werde, eine Untersuchung der Personalpolitik auf dem Stützpunkt einzuleiten.

Ein Sprecher des Marineinfanteriekorps, Major Rick Stepien, sagte, ›dies entbehrt unserer Ansicht nach jeder Grundlage‹. Und was einen neuen Prozeß beträfe, liege die Entscheidung hierüber beim kommandierenden General des Stützpunktes. Unglücklicherweise war Major General Twomey an diesem Tag nicht auf dem Stützpunkt und somit bei dem Treffen nicht zugegen. Auch konnte er nicht erreicht und um eine Stellungnahme gebeten werden.

Vor dem Stützpunkt erklärte Lori, die ein Schild mit der Aufschrift ›Gerechtigkeit für Lindsey Scott‹ trug, einem Reporter der Lokalpresse: »Wir wollen einen neuen Prozeß für Scott. Wir wissen, daß irgend jemand der Lady dies angetan hat, und wir wollen, daß der Schuldige gefunden wird. Dieses Verbrechen wurde von einem Schwarzen begangen, aber nicht von Lindsey Scott. Ich bin Mutter von fünf Töchtern, und wenn ich dächte, daß er es getan hat, würde ich hier stehen und eine längere Haftstrafe für ihn fordern.«

Plötzlich wurden der Fall Scott und Loris Aktionen in der Umgebung von Quantico von einem tragischen Vorfall überschattet, der sich viele tausend Meilen vom Stützpunkt entfernt ereignete, Quantico jedoch mitten ins Herz traf. Am 23. Oktober gab *Associated Press* ein Bulletin heraus: ›Zweihundertsiebenunddreißig Marines bei Terroranschlag in Beirut getötet.‹

Sofort schickten Zeitungen und Fernsehstationen aus Washington Reporter nach Quantico, um die Marines zu dieser Tragödie zu befragen. Mehrere Tage machte dieser tragische Vorfall bundesweit in den Medien Schlagzeilen. So wie Millionen anderer Amerikaner machte Lori ihrem Zorn über den terroristischen Anschlag Luft und sprach den trauernden Familien der toten und verwundeten Marines ihr Beileid aus. Im stillen verfolgte sie jedoch weiter ihr eigenes Ziel und konzentrierte sich weiter auf die Notlage Lindsey Scotts, der nur hoffen und beten sowie auf Lori Jacksons unermüdlichen Einsatz vertrauen konnte.

Die zahlreichen leidenschaftlichen Briefe, die Lori an verschiedene Regierungsbeamte geschickt hatte, waren bislang unbeantwortet geblieben, aber nun, am ersten November, sandte sie einen langen, detaillierten Brief an den Republikaner Ron Dellums, den Vorsitzenden des einflußreichen Congressional Black Caucus (heute Vorsitzender des House Armed Services Committee).

Dellums' Büro reagierte prompt. Special Counsel Robert Brauer rief Lori am darauffolgenden Tag an und fragte, ob sie weitere oder detailliertere Informationen besäße, die sie ihm schicken könne. Lori übersandte ihm sofort Einzelheiten zu drei konkreten Fällen, bei denen es um kriminelle Straftaten zweier weißer MP sowie um ein geringeres, nicht kriminelles Vergehen eines schwarzen MP ging. Die Handhabung der drei Fälle ergab, daß innerhalb von Corporal Scotts Einheit unter dem Kommando von Colonel Hemming eindeutig mit zweierlei Maß gemessen wurde.

Der Kongreßabgeordnete Dellums schickte hierauf einen Brief an Richter John F. Lehman jr., den für die Navy zuständigen Minister, und legte Kopien von Loris Schreiben bei. Er bat den Minister, sich ›sogleich und persönlich dieses potentiellen Justizirrtums anzunehmen‹.

Sich auf die Anschuldigungen in Loris Briefen beziehend, schrieb Dellums: ›... in Anbetracht dieser Vorwürfe hinsichtlich rassistischer Umtriebe und möglicher Verfahrensfehler, bitte ich Sie eindringlich, diesen Sachverhalt baldmöglichst persönlich zu prüfen. Außerdem möchte ich Ihnen die Lektüre der Anlagen nahelegen und höflich vorschlagen, daß Sie sich mit Mrs. Jackson in Verbindung setzen.‹

(Letztendlich hatte keine der Petitionen an den Navy-Minister oder irgendeinen anderen Regierungsbeamten spürbaren Einfluß auf Scotts Lage oder die Vorwürfe der Rassendiskriminierung auf Quantico und insbesondere innerhalb von Hemmings Security Bataillon. Im Januar 1984, zwei Monate nach Erhalt des Schreibens des Kongreßabgeordneten Dellums, wies der Stellvertretende Navy-Minister, Chapman B. Cox, Loris Vorwürfe als mehr oder weniger irrelevant zurück und bezeichnete das auf dem Stützpunkt verbrannte Kreuz als ›geschmacklosen Scherz‹. Da der Fall Scott noch nicht abgeschlossen, beziehungsweise noch nicht entschieden war, war Mr. Cox in seiner Meinungsäußerung natürlich eingeschränkt.)

Realistisch wie sie war, wußte Lori, daß all die Briefe, die Mahnwachen, die Demonstrationen und die Berichterstattung in der Presse nur nebensächlich waren. All das wäre vergeblich gewesen, wenn es ihnen zwar gelang, einen neuen Prozeß für Scott durchzusetzen, sie aber keinen oder keine Verteidiger fanden, die ausgefuchst genug waren, es mit der Rückendeckung der Anklage durch den Führungsstab aufzunehmen.

Gemeinsam mit Scotts Eltern, seiner Frau und Anhängern aus seiner Heimatstadt Louisville (wo seine Eltern immer noch lebten), suchte Lori nach Anwälten, die dieser Aufgabe gewachsen waren.

Unter den Kanzleien, die ihr empfohlen wurden, tauchte immer wieder der Name Howard & Howard auf.

Lori hatte schon von Howard & Howard aus Alexandria, Virginia, gehört. Nur wenigen Menschen, die regelmäßig Zeitung lasen oder in irgendeiner Weise in der Umgebung von Washington D. C. mit Gerichten zu tun hatten – sei es als Mandanten oder als Juristen – war der Name Howard & Howard unbekannt. T. Brooke Howard, der Seniorpartner seines Sohnes Blair, war seinerzeit eine lebende Legende gewesen. T. Brooke Howard, der sich inzwischen weitgehend aus der Kanzlei zurückgezogen hatte und jetzt vornehmlich als Berater fungierte, während Blair den Großteil der Fälle vor Gericht vertrat, hatte während seiner Laufbahn über dreihundert des Mordes ersten Grades angeklagte Mandanten verteidigt, ohne daß auch nur einer seiner Klienten je im Sinne dieser Anklage schuldig befunden worden wäre. Stets war es ihm gelungen, die Anklage gegen seine Mandanten zu mildern, die sich entweder schuldig bekannt hatten oder von einer Jury schuldig gesprochen worden waren. T. Brooke war außerdem in der Gegend – vielleicht sogar bundesweit – als ›Richtermacher‹ bekannt, da im Laufe der Jahre zahlreiche seiner Partner in Virginia ins Richteramt aufstiegen.

Im November, inmitten des Briefeschreibens, der Demonstrationen vor dem Haupttor von Quantico und ihrer täglichen Besuche bei Scott im Bunker, führte Lori das entscheidende Telefonat mit der Kanzlei Howard & Howard. Die Empfangsdame stellte den Anruf zum einzigen derzeit verfügbaren Mitarbeiter durch, John Leino, einem Mitanwalt der Kanzler.

Fast eine Stunde lang hörte Leino sich geduldig Loris Geschichte an. Ja, sagte er, er habe von dem Fall Scott gehört oder gelesen, vielleicht hatte auch seine Frau Patty etwas in der Richtung erwähnt. Jedoch wären er und Blair Howard im Augenblick schrecklich beschäftigt, und er sei nicht sicher, ob sie das Mandat übernehmen könnten. Lori blieb hartnäckig. Und Leino gefiel, was er hörte: der Klang ihrer Stimme, die Aufrichtigkeit, die Offenheit. Auch er war ein religiöser Mensch und fühlte, wie sich angesichts ihrer flehenden Bitte etwas in ihm regte.

»Okay«, sagte er schließlich. »Ich verspreche nichts. Aber kommen Sie am … 8. in die Kanzlei. Am Dienstag. An diesem Tag sind Lokalwahlen. Das Telefon wird nicht unablässig klingeln, und wir können uns ausführlicher über die Sache unterhalten.«

Bei ihrem Treffen am 8. November unterhielten sich Lori und Leino über vielerlei, einiges davon war privater, anderes juristischer Natur, das meiste betraf den Fall Scott, aber einiges auch sie selbst. In gewisser Weise verhielten sie sich wie zwei Boxer beim Sparring, die die Stärken und Schwächen des anderen ausloteten, setzten Finten und Bluffs ein, um die Wahrheit ans Licht zu bringen. Nur daß sie keine Gegner waren, sondern potentielle Verbündete, und wenn sie zusammenarbeiten wollten, war von eminenter Wichtigkeit, daß sie einander kannten und verstanden. »Wir haben«, wie John Leino es später interpretierte, »gegenseitig unsere Seelen erforscht.«

Nachdem Lori sich verabschiedet hatte, ging Leino in die kanzleieigene Bibliothek, wo Blair Howard in den Bänden, die die Wände vollständig bedeckten, Präzedenzfälle recherchierte. Blair sah von einem dicken Band auf. »Was hältst du von ihr?« fragte er Leino.

Leino lachte knapp. »Eine harte Nuß«, sagte er.

»Und?«

»Und ich denke, wir sollten uns der Sache annehmen. Was ich gehört habe, hat mir gefallen. Und mir hat gefallen, was ich in ihren Augen gesehen habe. Aber ich habe ihr nichts versprochen. Ich habe ihr gesagt, daß wir, bevor wir eine Entscheidung treffen, erst das Verhandlungsprotokoll und sämtliche anderen Prozeßunterlagen prüfen sowie mit Scott persönlich sprechen müßten. Außerdem habe ich ihr erklärt, daß Scott, bevor wir auch nur einen Finger krumm machen, Kuhnke feuern müsse. Offiziell.«

Blair lächelte ihn an. »Schön, John. Außer was das ›wir‹ betrifft. Das ist dein Fall. Ich stecke bis zum Hals in Arbeit. Ich bin für Monate mehr als ausgelastet. Das ist also der erste Fall, dessen du dich allein annehmen mußt. Wir werden dir nicht helfen können.«

Leino stimmte zu, froh und doch ein wenig verunsichert. Bislang hatte er in seiner Eigenschaft als Mitanwalt all seine Fälle gemeinsam mit Blair bearbeitet. Jetzt bot sich ihm die Gelegenheit zu beweisen, daß er als Strafverteidiger auch allein seinen Mann stehen konnte. Und es schien, als würde sich diese Bewährungsprobe als knifflig erweisen.

Jedoch hielt sich auch Gary Myers, ein Anwalt, der gelegentlich bei speziellen Fällen mit Howard & Howard zusammenarbeitete, gerade in der Bibliothek auf. »Hör mal, John«, sagte er an Leino gewandt. »Ich weiß nicht, ob es dir etwas nützen kann, aber während meiner Dienstzeit in der Army habe ich im Büro des Justizsenats gearbeitet, ich verstehe also etwas von der militärischen Denkweise. Wenn ich dir irgendwie behilflich sein kann …«

»Du bist dabei«, sagte Leino ohne zu zögern. »Wir können als Verteidigerteam auftreten. Natürlich nur, sofern wir das Mandat übernehmen. Einstweilen können wir nichts tun, bis wir nicht Bescheid bekommen, daß Ervan Kuhnke das Mandat entzogen wurde.«

Dies geschah nicht so rasch, wie es Lori lieb gewesen wäre, da Scott, seine Familie und seine Anhänger aus Louisville zögerten.

Während dieser Zeit schickte Kuhnke über den Generalstabschef Colonel Lessard einen Brief an Major General Twomey, in dem er forderte, daß Scott bis zur Wiederaufnahme des Verfahrens oder bis zum Abschluß der Prüfung des Revisionsantrages auf freien Fuß gesetzt würde. Twomey lehnte beides ab, mit der Begründung, daß er keinerlei Basis für Scotts Freilassung erkennen könne und er bis dato noch nicht einmal Colonel Cassadys Verhandlungsprotokoll erhalten habe (wie zuvor bereits erwähnt, befand sich Twomey zu dieser Zeit in Urlaub), so daß er noch keine Entscheidung habe treffen können und dies auch nicht tun werde, bevor er nicht den Bericht des Militärgerichtsrates vorliegen habe.

Einige Tage später entzog Scott Kuhnke das Mandat, und einem Treffen mit John Leino stand nun nichts mehr im Wege. Die erste Begegnung fand im Verhörzimmer des Militärgefängnisses von Quantico statt. Vier Stunden lang – während derer Scott nervös eine Zigarette nach der anderen rauchte und den Raum mit blauem Dunst einnebelte – nahm Leino ihn so gründlich in die Mangel, als wäre Scott ein Zeuge der Gegenpartei. Als Leino sich schließlich erhob, um zu gehen, sagte Scott: »Sie haben gar nicht gefragt, ob ich es gewesen bin. Ich bin es nicht gewesen. So etwas würde ich niemals tun.«

Leino nickte und schüttelte Scott die Hand. »Das weiß ich. Ich melde mich bei Ihnen. Bald.«

Zurück in der Kanzlei in Alexandria suchte Leino als erstes die Bibliothek auf, wo er auf Blair Howard und Gary Myers traf, die wie gewöhnlich über Rechtsbücher gebeugt dasaßen und sich Notizen machten.

»Wir sind im Geschäft«, verkündete er. »Während der ersten Stunde, die ich mich mit dem Mann unterhalten habe, hat mein Gefühl mir gesagt, daß er es nicht gewesen ist. Scott ist unschuldig.«

Kapitel 15

So ähnlich sie sich in ihrer Liebe und ihrem Respekt für das Gesetz waren, so sehr unterschieden sich John Leino und Gary Myers äußerlich. Leino war vierunddreißig und ein großer, ›knuddeliger‹ Bär von einem Mann mit einem stoppeligen braunen Schnäuzer. Er kleidete sich leger und war gebaut wie der Linebacker, der er für kurze Zeit im Team von Notre Dame auch gewesen war, bevor die Last seines medizinischen Vorstudiums Football zu einem Luxus erhoben hatte, den er sich nicht mehr leisten konnte. Myers, ein schlanker, eleganter Neununddreißigjähriger, zog gutgeschnittene Dreiteiler vor und hatte an der University of Delaware seinen Abschluß zum Chemieingenieur gemacht, bevor er zu Jura übergewechselt war und die hochangesehene Dickinson School of Law in Pennsylvania besucht hatte. Leino hatte im letzten Studienjahr in Notre Dame entschieden, daß Medizin nicht das richtige für ihn war, und an der neu gegründeten International School of Law in Arlington, Virginia, die später in George Mason School of Law umbenannt werden sollte, ein Jurastudium absolviert.

Bedeutsamerweise hatten beide Männer eine bemerkenswerte militärische Laufbahn hinter sich. Nachdem er seinen Abschluß in Notre Dame gemacht hatte, war Leino in bezug auf seine berufliche Laufbahn unschlüssig gewesen und den Marines beigetreten. Er hatte schon immer ein Marine sein wollen, hatte schon immer gespürt, daß die Zeit kommen würde, da er alles in seiner Macht Stehende tun sollte, um seinem Land zu dienen, einem Land, das seine finnischen Eltern aufgenommen hatte, als diese der sowjetischen Herrschaft nach dem Russisch-Finnischen Krieg entflohen waren (in dem seine Mutter Sanitäterin gewesen war, wofür sie mit einem Verdienstorden geehrt worden war). Nachdem er die Offiziersanwärterschule von Quantico absolviert hatte, wurde Leino ins Camp LeJeune in North Carolina versetzt, das größte amphibische Trainingslager der Welt, wo er einen Geschützzug befehligte, ein Platoon, das damals als ›das beste Platoon des zweiten Marineinfanterieregiments‹ galt. Er diente über drei Jahre und erreichte den Rang eines Captain, bevor er aus dem Marineinfanteriekorps austrat, um Jura zu studieren, eine Entscheidung, zu der ihn, wie er immer sagte, die Lektüre von F. Lee Baileys Autobiographie *The Defense Never Rests* inspiriert habe.

Myers diente vier Jahre in der U. S. Army und erreichte den Rang eines Captain im Büro des Justizsenats. 1971 wurde er zum militärischen Verteidiger im Fall *Vereinigte Staaten gegen Medina* bestellt, einem Fall, der in Zusammenhang zu dem schändlichen My-Lai-Massaker während des Vietnamkrieges stand. Er bewahrte sich seine Faszination für die militärische Rechtsprechung, unterrichtete dieses Fach an der Georgetown University und praktiziert sie heute noch.

Und so wäre es wohl kein Wunder gewesen, wenn die Neuigkeit, daß Howard & Howard sich des Falles Scott annehmen würden, dem Generalstab von Quantico nicht ein – unangenehmes – Kribbeln im Bauch beschert hätte. Im Vergleich zu Kuhnke, einem Mann mit guten Absichten, der jedoch weder Leinos und Myers Wissen noch ihre Erfahrung oder Dynamik besaß, waren diese Anwälte Schwergewichtler der Strafverteidiger-Liga.

In den Medien wurde berichtet, daß Leino und Myers Scott pro bono, das heißt kostenlos für einen guten Zweck, beim Berufungsverfahren vertreten würden. Das entsprach nicht der Wahrheit. Leino und Myers verlangten für die Berufung und etwaige weitere Verfahren ein Honorar von zehntausend Dollar. In Anbetracht der unvorhersehbaren Dauer und der rechtlichen Komplikationen, die sich noch ergeben sollten, sowie im Hinblick auf die großzügige Haltung der Anwälte dahingehend, wie, wann oder ob das Honorar überhaupt gezahlt werden würde, kam dies jedoch einem pro bono gleich.

Unmittelbar im Anschluß an die Thanksgiving-Ferien setzten sich Leino und Myers mit Lori Jackson zusammen, um ihre Strategie für das Berufungsverfahren auszuarbeiten. Sie waren überzeugt, daß die Chancen, daß das Urteil (von Twomey) revidiert wurde, verschwindend gering waren, und wollten eine Neuverhandlung beantragen. Was sie brauchten, war eine triftige Begründung für einen Revisionsantrag. Diese bekamen sie von Lori.

Bei diesem Treffen erfuhren die Anwälte zum erstenmal von Lori, daß sie und auch Scott der Ansicht waren, daß Kuhnke die Verteidigung verpfuscht hatte. Lori wies insbesondere darauf hin, daß Ruby Hills möglicherweise Scotts Alibi hätte bestätigen können, wenn sie nur Gelegenheit gehabt hätte, vor ihrem Erscheinen vor Gericht ihre Unterlagen noch einmal durchzusehen, um ihre Erinnerung aufzufrischen und zu bestätigen, daß sie Scott eindeutig am fraglichen Abend bei Zayre's gesehen hatte. Lori berichtete ihnen, daß Kuhnke sie mitten in der Nacht angerufen und gebeten habe, dafür zu sorgen, daß Ruby am darauffolgenden Morgen vor Gericht erschien. Ruby wäre völlig unvorbereitet gewesen, nervös und zu vage, um als Zeugin glaubwürdig zu sein. Jedoch wäre sie, Lori überzeugt, daß Ruby nun präziser sein könne, daß sie aussagen könne und würde, daß sie sich erinnere, Scott bei Zayre's gesehen zu haben – und daß sie dies mit Hilfe ihrer Unterlagen auch belegen könne.

Am Ende der Besprechung, die über drei Stunden dauerte, entschieden Leino und Myers, daß sie ihren Revisionsantrag mit völlig unzureichender Vorbereitung und Sorgfalt bei Scotts Verteidigung begründen würden, die ihm das im Sechsten Zusatzartikel zur Verfassung verbuchte Recht auf einen fairen Prozeß versagt hätten. Ruby Hills würden sie als Beispiel anführen – vorausgesetzt natürlich, daß sie sich zur Zusammenarbeit bereit erklärte.

Am 13. Dezember suchte Leino in Begleitung von Major Roach, der technisch gesehen immer noch der Scott zugewiesene militärische Rechtsbeistand war, Ruby bei Zayre's auf. Leino sagte sich, daß, gleich was bei Zayre's geschah, Roachs Anwesenheit eine Art ›Versicherung‹ darstellte. Er konnte wenn nötig die Art und Rechtmäßigkeit des Gespräches mit Ruby bezeugen. Leino setzte ihr sorgfältig die Problematik hinsichtlich eines Revisionsverfahrens auseinander und legte ihr eine eidesstattliche Erklärung zur Unterschrift vor. »Ich setze Sie diesbezüglich in keinster Weise unter Druck«, sagte er. »Es ist allein Ihre Entscheidung, ob Sie das tun möchten oder nicht, und ich muß Sie darauf hinweisen, daß Sie, wenn das Verfahren wiederaufgenommen wird, möglicherweise erneut werden aussagen müssen. Der Major und ich werden sie jetzt allein lassen und eine halbe Stunde draußen vor dem Laden warten. Dann kommen wir zurück. Denken Sie gründlich darüber nach. Lassen Sie sich Zeit.«

Als Leino und Roach wieder hineingingen, reichte Ruby Leino die unterzeichnete eidesstattliche Erklärung, in der stand, daß sie zweifelsfrei bestätigen könne, Scott am 20. April zwischen 20 Uhr 15 und 20 Uhr 30 bei Zayre's gesehen zu haben.

Mit dieser eidesstattlichen Erklärung, den Informationen, die sie von Lori erhalten hatten, und dem Verhandlungsprotokoll als Beweis waren Leino und Myers überzeugt, daß ihrem Revisionsantrag stattgegeben werden würde. Außerdem wußten sie, daß sie nicht warten mußten, bis das Berufungsgericht des Marine- und Marineinfanteriekorps ihren Revisionsantrag prüfte – der erste Schritt bei einem offiziellen Revisionsverfahren. Sie konnten sich direkt an Major General Twomey wenden. Als ›zuständige Autorität‹ lag es in seiner Macht, einen neuen Prozeß anzusetzen.

Inzwischen lagen Twomey das Verhandlungsprotokoll und ein Bericht vor, die ihm vom Militärgerichtsrat Colonel Cassady übersandt worden waren. Die beiden Verteidiger erhielten ebenfalls eine Kopie von Cassady. Leino und Myers schickten dem General postwendend einen Brief, in dem sie

Cassadys Prüfbericht anfochten und Twomey offiziell ersuchten, aufgrund der durch Ruby Hills' eidesstattliche Erklärung erwiesenen ›mangelhaften Verteidigung‹ Scotts einen neuen Prozeß anzuordnen.

Cassady konterte, indem er Twomey einen Nachtrag zu seinem Prüfbericht zusandte. Er wies Rubys eidesstattliche Erklärung als unglaubwürdigen postprozessualen ›plötzlichen Erinnerungsschub‹ zurück. Somit sei das Alibi als Begründung für eine Wiederaufnahme des Verfahrens in diesem Fall aufgrund der ›kompetenten Beweisführung‹ nicht zulässig.

Er wies Twomey darauf hin, daß anders als beim Strafprozeß selbst, bei dem die Beweislast bei der Anklage läge, im Falle eines Revisionsantrages wegen mangelhafter oder fehlerhafter Verteidigung der Angeklagte die ›gravierende Inkompetenz ... und deren Einfluß auf den Ausgang des Prozesses‹ zu beweisen habe.

Seiner Meinung nach, schrieb Cassady, sei Corporal Scott von einem kompetenten Anwalt vertreten worden, der von Beginn seiner Tätigkeit an bis zur Entziehung des Mandates seinem Klienten ein effektiver Rechtsbeistand gewesen wäre. Darüber hinaus habe Corporal Scott, auch wenn seine Behauptungen zuträfen, einen fairen Prozeß gehabt, und die angebliche Inkompetenz seines Verteidigers habe den Ausgang des Prozesses in keiner Weise beeinflußt.

Dem Schreiben war eine eidesstattliche Erklärung Kuhnkes beigefügt, derzufolge sämtliche Zeugen der Verteidigung von ihm selbst oder einem Mitarbeiter vor ihrem Erscheinen vor Gericht befragt worden wären.

Jedoch, fügte Cassady hinzu, könne Twomey, wenn er dies wolle, entscheiden, daß Scott nicht adäquat vertreten worden sei und somit eine Wiederaufnahme des Verfahrens anordnen. Allerdings, schrieb er: ›würde ich von einer solchen Anordnung abraten‹.

Scott, Lori, Leino und Myers waren enttäuscht, aber nicht überrascht, daß Twomey nicht bereit war, einen neuen Prozeß anzuordnen. Er teilte den Verteidigern mit, daß er das Urteil bestätige. Somit war ein Revisionsantrag an das militärische

Berufungsgericht des US-Marine- und Marineinfanteriekorps unumgänglich.

Leino und Myers wollten Scott aus dem Gefängnis holen, bis das Berufungsgericht entschieden hatte. Sie rechneten sich keine großen Chancen aus, wenn sie sich diesbezüglich an Major General Twomey wandten, waren jedoch der Ansicht, daß es wenigstens einen Versuch wert sei. Während Kuhnke jedoch versucht hatte, dies mit einem drei Absätze langen Brief an Twomey zu erreichen, schickten Leino und Myers Lori mit einer Petition für die Entlassung Scotts bis zur Entscheidung des Berufungsgerichts unter die Zivilbevölkerung. Innerhalb einer Woche hatte Lori Dutzende von Unterschriften und eidesstattlichen Erklärungen von Menschen gesammelt, die an Scotts Unschuld glaubten und/oder der Ansicht waren, daß er bis zur Entscheidung des Berufungsgerichts auf freien Fuß gesetzt werden solle, weil er für niemanden eine Bedrohung darstelle und auch keine Fluchtgefahr bestünde.

Die Anwälte schickten Twomey zusammen mit der Petition und den eidesstattlichen Erklärungen ein zehn Punkte umfassendes Schreiben, in dem sie hervorhoben, daß Scott während seiner Dienstzeit bei den Marines niemals negativ aufgefallen sei und auch keine Fluchtgefahr bestünde. In dem Brief hieß es weiterhin, daß es Scotts Anliegen sei, seine Verteidiger bei den Vorbereitungen für seine Revision zu unterstützen und natürlich bei seiner Frau und seiner Tochter zu sein, um seinen Pflichten als Ehemann und Vater nachzukommen.

Twomeys Antwort traf vier Tage später ein. Hier einige Auszüge: ›Ich kann nicht finden, daß Corporal Scott in irgendeiner Weise bewiesen hat, daß keine Fluchtgefahr besteht und er sich keiner weiteren kriminellen Handlungen schuldig macht, falls seinem Antrag stattgegeben würde ... Dementsprechend wird Corporal Scotts Antrag auf Entlassung aus der Haft abgelehnt.‹

Die Anwälte waren auch von dieser Ablehnung nicht überrascht, wenngleich sie schockiert waren von der Formulierung des Schreibens, das verfaßt war, als wäre Scott ein als gewalttätig bekannter Wiederholungstäter. »Unglaublich«, sagte Leino zu Myers und Lori. »Aber so wollen sie es haben. Was sie betrifft, sitzt ihr Mann hinter Gittern und soll auch dort bleiben.«

Da es nur noch wenige Tage bis Weihnachten waren, war Scott am Boden zerstört, als er von Twomeys Weigerung erfuhr, ihn aus der Haft zu entlassen, damit er wieder bei seiner Familie sein konnte. Die Hochstimmung, die ihn einige Tage lang aufgrund des raschen, professionellen Handelns seiner neuen Verteidiger erfüllt hatte, wurde durch die Unnachgiebigkeit der Obrigkeit von Quantico zunichte gemacht.

»Das ist eine Schande«, sagte Lori zu ihrer Familie, die sich über die Feiertage zusammenfand. »Es ist zwanzig Jahre her, daß ich mit Martin Luther King in Washington marschiert bin, zwanzig Jahre sind seit seiner wunderbaren Ansprache vergangen, in der er sagte: ›Ich habe einen Traum.‹ Nun, dieser Traum hat sich bislang nicht erfüllt.« Sie seufzte. »Jedenfalls nicht für den armen Lindsey.«

Lori und Scotts Verteidigerduo Leino und Myers begannen das Jahr 1984, indem sie sich mit neuem Elan für ihre Forderung nach einer Wiederaufnahme des Verfahrens einsetzten. Während die Anwälte den Schriftsatz entwarfen, den sie dem militärischen Berufungsgericht vorlegen wollten, plante Lori ihre Pressestrategie, um zu verhindern, daß der Fall Scott in Vergessenheit geriet.

Als Lori eines Abends im Wohnzimmer saß, in Gedanken und nicht weiter auf die laufende Fernsehsendung achtend, horchte sie plötzlich auf und richtete ihre ganze Aufmerksamkeit auf *60 Minutes*, die Nachrichtensendung von CBS-TV, die zu den renommiertesten des Landes gehörte.

Sie griff nach dem Telefon und rief John Leino zu Hause an. »John, kennen Sie diese Fernsehsendung *60 Minutes*? Das ist genau die Art von Sendung, die über Linsey berichten müßte! Sie wird im ganzen Land gesehen. Das würde die Marines unter Druck setzen, Lindsey einen neuen Prozeß zu gewähren!«

»Es wäre sicherlich ein großartiger Coup, wenn es Ihnen

gelänge, das zu arrangieren, Lori«, sagte Leino. »Es wird nicht leicht sein, aber es ist einen Versuch wert.«

Noch an diesem Abend schrieb Lori einen Brief an CBS, in dem sie den Fall Scott umriß. Gleich am nächsten Morgen schickte sie den Brief ab und sandte ein Stoßgebet zum Himmel, als sie den Umschlag in den Postkasten warf. »Lieber Gott, mach, daß sie ja sagen.«

Von John Leino vorgewarnt, daß der bevorstehende Kampf um einen neuen Prozeß langwierig und schwierig werden könnte, hielt Lori es für klüger, ihre Familie über ihren Anteil an dem bevorstehenden Gefecht zu informieren. Eines Abends trommelte sie nach dem Essen ihre fünf Töchter, ihre zwei Söhne und ihren Mann zusammen und erklärte ihnen, wie die Dinge lägen. Sie erklärte, daß sie dies einfach tun müsse, daß Gott sie ihrer Überzeugung nach berufen hätte, für Lindsey Scotts Bürgerrechte zu kämpfen, nicht nur Lindsey zuliebe, sondern weil er für ein Prinzip stand, das in Quantico mißachtet werde.

»Wir haben 1984, und die Menschen werden immer noch nicht gleich behandelt«, sagte sie. »Wie viele Angehörige des Militärs werden diesem Regime noch zum Opfer fallen, wenn wir diese Schlacht nicht gewinnen? Beim nächsten Mal ist es vielleicht kein Schwarzer. Vielleicht will irgendein General einen Hispano, einen Juden oder sogar eine Frau loswerden. Was ich damit sagen will, ist, daß ich eure Unterstützung und Mithilfe brauche. Jetzt wo die Revision bevorsteht, werde ich dieser Angelegenheit so viel Zeit widmen müssen, daß ich nicht weiß, wie ich es ohne eure Hilfe im Haushalt, eure moralische Unterstützung und euer Verständnis schaffen soll. Mir wird jetzt schon ganz schwindlig, wenn ich daran denke, was ich noch alles zu erledigen habe.«

Loris Augen füllten sich mit Tränen, als ihre Kinder und ihr Mann ihr nacheinander ihre Loyalität und Unterstützung zusicherten. Sie war um so gerührter, als sie im Grunde ihres Herzens wußte, daß nicht alle ihre Kinder an Scotts Unschuld glaubten, auch wenn sie kein Wort davon sagten. Und dennoch waren sie bereit, ihr in ihrem Kampf für diesen Mann bedingungslos zur Seite zu stehen.

Am 20. Januar 1984 reichten Leino und Myers beim Berufungsgericht ihren Verteidigungsschriftsatz ein. Dies war eine notwendige Maßnahme, die den Anhörungen vorausging, die vor dem Gericht stattfinden würden, sobald dieses den Schriftsatz und die Gegenargumente der Anklagevertretung gelesen und verdaut hatte. Der Generalstab von Quantico fühlte sich nicht genötigt, sich mit einer Antwort zu beeilen; er konnte es sich leisten, das Interesse, das der Fall Lindsey Scott weckte, als Lappalie abzutun, während die Situation der Marines im Libanon immer noch den Großteil der Bevölkerung, einschließlich Präsident Reagans, der Pentagon-Admirale, der Generale und der Medien beschäftigte. Außerdem wurden bereits erste Befehle erlassen, sich Lindsey Scotts anzunehmen.

In den letzten Tagen dieses Monats machte sich in Scotts Familie und bei seinen Verbündeten eine gewisse Routine bemerkbar. In seiner Heimatstadt Louisville gingen seine Eltern buchstäblich von Tür zu Tür, um Geld für seine Verteidigung zu sammeln, organisierten Kirchenbasare und suchten bei allen erdenklichen Stellen Hilfe. Die Kanzlei Howard erhielt per Post erste Schecks: merkwürdige Beiträge in Höhe von zwanzig Dollar, sechs Dollar achtundsiebzig, hundert Dollar, neun Dollar vierundfünfzig ... sowie eine Reihe von Schecks über größere Beträge von Anhängern aus Louisville.

Lori besuchte Scott regelmäßig im Bunker, hielt ihn bezüglich des Revisionsverfahrens auf dem laufenden, unterhielt sich fröhlich mit ihm und versuchte nach Kräften, ihn aufzumuntern. Seine Frau Lola besuchte ihn jeden Tag und brachte ihm jeweils die Tageszeitung und Photos ihrer fünf Monate alten Tochter Latavia. Ihrer beider Nerven waren zum Zerreißen gespannt, und Lola und Scott rauchten eine Zigarette nach der anderen. Der Streß begann, sich auf Lolas Eßgewohnheiten auszuwirken. Sie machte sich nur noch selten die Mühe, für sich selbst zu kochen, und begnügte sich statt dessen mit allerlei Junkfood. Sie nahm zu. Scott registrierte die Veränderung, sagte jedoch nichts.

Jeden Tag rief Scott John Leino an (Gary Myers war er bislang noch nicht begegnet) und erkundigte sich nach dem Stand des Revisionsverfahrens, und jeden Tag erklärte ihm

Leino, daß alles im Gang wäre, die Mühlen des Gesetzes jedoch bekanntermaßen langsam mahlten.

Kurz vor Monatsende kam der Anruf, den Lori sich erhofft hatte – von CBS. Ein Producer von *60 Minutes* teilte ihr mit, daß ihr Brief ihn beeindruckt habe und er ernsthaft in Betracht ziehe, ihre Geschichte zu bringen. Allerdings brauchte er vorab nähere Einzelheiten. Ob sie ihm weitere Informationen den Fall betreffend schicken könne?

»Und ob ich kann!« entgegnete Lori. »Das Material liegt Ihnen morgen vor, per Sonderzustellung!«

Lori legte auf; ihr dröhnte der Kopf vor Aufregung. Sie rief Leino an und gleich anschließend Lola Scott, mit der sie gemeinsam zum Gefängnis fuhr, um die Neuigkeit Lindsey mitzuteilen. Am darauffolgenden Tag suchte sie Leino auf, um mit ihm zu besprechen, wie sie die Sendung gestalten sollten, sofern sie überhaupt gedreht und gesendet wurde. »Ich weiß einfach, daß sie die Geschichte bringen werden!« rief Lori aus. »Ich fühle es! Sie werden die Geschichte bringen! Und das wird einigen der Kongreßabgeordneten, die sich nicht dafür zu interessieren scheinen, was in diesem Land vorgeht, Feuer unter dem Hintern machen!«

Während Leino ohne zu zögern zustimmte, daß eine Fernsehsendung zur besten Sendezeit Scotts Fall ins Licht der Öffentlichkeit rücken würde, wußte er auch, daß sie keinen Einfluß auf die Berufungsrichter haben würde, sofern sie die Reportage überhaupt sahen. Dennoch war die Aussicht, daß Scotts Fall im Fernsehen gebracht wurde, ermutigend. Lori steckte alle mit ihrer Aufregung an. Endlich schien es für Scott aufwärts zu gehen.

Aber ihre Freude sollte nicht lange anhalten.

Am 2. Februar wollten John Leino und seine Frau Patty gerade zu Bett gehen, als das Telefon klingelte. Böses ahnend sahen sie einander an. Gute Nachrichten kamen nicht um diese Zeit per Telefon. Der Anwalt nahm ab. »John Leino«, meldete er sich leise.

»John! John! Ich bin's, Lori! Sie bringen Lindsey nach Leavenworth!«

»Was? Wann?«

»Jetzt! In etwa zwei Stunden! Lola hat mich gerade angerufen. Sie ist außer sich. Ich fahre nach Quantico.«

»Wir treffen uns dort«, entgegnete Leino. Dann wandte er sich seiner Frau zu. »Patty, sie verfrachten Lindsey ins Gefängnis von Fort Leavenworth. Jetzt, jetzt gleich. Zieh dir was an, wir fahren sofort nach Quantico und sehen uns vor Ort an, was zum Teufel da los ist.«

Eine zornige Lori, eine weinende Lola und ein verängstigter Lindsey Scott empfingen Leino und seine Frau. Die Unterbringung im Bunker von Quantico war schlecht genug, aber die Disziplinarkaserne der U. S. Army in Fort Leavenworth war beim Militär als Hochsicherheitsgefängnis für kriminelle Angehörige des Militärs berüchtigt.

Leino konnte die Verlegung nicht verhindern. Es war Usus beim Marineinfanteriekorps, daß ›Langzeitgefangene‹ nach Leavenworth gebracht wurden – ›Langzeit‹ bedeutete, daß ein männlicher Häftling zu einem Strafmaß von mindestens fünf Jahren verurteilt worden war.

Während Lola weinte und Lori Scott versicherte, daß seine Freunde weiter dafür kämpfen würden, seine Unschuld zu beweisen, spürte Leino als ehemaliger Captain der Marineinfanterie, daß Mitgefühl an diesem Punkte nicht ausreichte, sich sogar als negativ erweisen könnte. Hier war eine Dosis starker Militärmedizin angebracht.

»Lindsey, Sie können sich im Augenblick den Luxus, sich in Selbstmitleid zu ergehen, nicht erlauben«, sagte Leino. »Ich werde Ihnen den Rat geben, den der alte T. Brooke Howard immer den jungen Männern und Frauen gegeben hat, die bei ihm anfingen: ›Sie müssen sich immer den Zeitfaktor zunutze machen.‹ Lindsey, Sie dürfen sich, während Sie dort sind, nicht zum Sklaven der Zeit machen. Sie müssen die Zeit, die Ihnen zur Verfügung steht, nutzen. Sie müssen die Sache angehen, als wäre es nur ein Job. Als wären Sie in Vietnam im Einsatz oder etwas in der Art. Betrachten Sie es als Teil ihrer Zugehörigkeit zum Marineinfanteriekorps. Sie haben eine wirklich beschissene Pflichtübung vor sich. Die schlimmste innerhalb des Korps. Aber Sie müssen sich zusammenreißen, und eines Tages wird es vorüber sein.«

Um 16 Uhr 01 an diesem Nachmittag flog Lindsey Scott von zwei Wachen begleitet mit einer Handelsmaschine vom Washington National Airport nach Fort Leavenworth, Kansas, um seine dreißigjährige Haftstrafe anzutreten.

(Viele Monate später erklärte Lieutenant Colonel Fred C. Peck vom Marineinfanteriekorpsbüro für Öffentliche Angelegenheiten auf Anfrage des Autor Ellis A. Cohen, daß Lieutenant Colonel Messer ihm versichert habe, daß ›Scott, seine Familie sowie sein militärischer und ziviler Rechtsbeistand lange im voraus von Scotts Überstellung nach Leavenworth unterrichtet worden seien. Allgemein wird eine Verlegung ein oder zwei Wochen im voraus angekündigt.‹

John Leinos Kommentar hierzu: »Völliger Blödsinn! Ich bin nie von Scotts Überstellung nach Leavenworth unterrichtet worden.«)

Kapitel 16

Nach Scotts Überstellung nach Fort Leavenworth befiel lähmende Niedergeschlagenheit Scotts Familie und Anhänger. Während er im Bunker von Quantico, also nur einen Steinwurf entfernt gewesen war, hatten dic täglichen Besuche und Anrufe das Übel seiner Inhaftierung weniger schlimm erscheinen lassen und die trügerische Illusion genährt, daß der Alptraum bei Tagesanbruch ein Ende haben und das Leben wieder seinen gewohnten Gang gehen würde.

Jetzt war dieser dünne Hoffnungsfaden gerissen; Realität war, daß Lindsey Scott weit entfernt in einem der übelsten Militärgefängnisse saß.

Lori und seine Verteidiger konnten sich jedoch ebensowenig wie Scott selbst den Luxus der Mutlosigkeit erlauben, und das wußten sie. Sie fingen sich schnell und nahmen ihre Arbeit wieder auf. Während Leino und Myers sich weiter auf die bevorstehende Anhörung vorbereiteten, sorgte Lori dafür, daß die Medien bei der Stange blieben, wobei sie gegen Ronald Reagans Ankündigung (am 7. Februar) antreten mußte, daß er befohlen habe, sämtliche Marines unverzüglich aus dem Libanon abzuziehen. Daß viele der abgezogenen Marines in Quantico stationiert wurden, sorgte ebenso auf dem Stützpunkt als auch bei der Presse für große Aufregung, aber Lori blieb am Ball. Sie rief die Zeitungen an und brachte ihren Zorn darüber zum Ausdruck, daß der Führungsstab von Quantico versucht habe, ›Scott heimlich von hier fortzuschaffen. Aber wenn sie sich einbilden, Scotts Überstellung nach Leavenworth würden die Protestaktionen dieser Gemeinde stoppen, haben sie sich geschnitten.‹

Loris Briefe wurden in alle Himmelsrichtungen verschickt und landeten auf den Schreibtischen von Zeitungskolumnisten, Fernsehnachrichtenredakteuren, Kongreßabgeordneten und prominenten Mitgliedern verschiedener Bürgerrechtsorganisationen (wenngleich Lori einigen von ihnen weiterhin mangelnde Einsatzbereitschaft vorwarf).

Während die Wochen vergingen wie im Flug, sorgten mehrere der einflußreichen Personen, mit denen Lori sich in Verbindung gesetzt hatte, für einigen Wirbel. Kommentare in der Presse, Briefe an die Navy, empörtes und besorgtes Murren – jedoch begegnete das Militär alldem mit den üblichen höflichen Platitüden oder schlicht mit Nichtbeachtung. Tatsächlich konnte, solange die Mühlen des Gesetzes hinsichtlich einer Berufung mahlten, nicht das geringste für Scott getan werden, es sei denn, es wurde von Major General Twomey befohlen – Lori war sich dessen bewußt, hielt es aber dennoch für sinnvoll, die Publicity-Kampagne in Gang zu halten. Und natürlich sah Twomey keinen Grund, irgend etwas anderes zu tun als mit wachsamem Generalsauge den Prozeß der juristischen Manöver zu verfolgen.

Im April erhielten Leino und Myers von der Anklagevertretung eine Kopie von deren Stellungnahme zu ihrer ›Auflistung von Verfahrensfehlern‹ – ihrem Schriftsatz an das Militärische Berufungsgericht des Marine- und Marineinfanteriekorps, in dem sie einen neuen Prozeß gefordert hatten. Das Antwortschreiben war von Lieutenant Commander (US

Navy) John B. Holt verfaßt, der den Posten des Revisionsanwalts im Büro des Judge Advocate General – des Justizsenats – der Navy innehatte. Holts Argumente spiegelten die vorangegangene Ablehnung eines neuen Verfahrens durch Militärgerichtsrat Colonel Cassady wider, zusammenfassend: ›... die Regierung ist der Auffassung, daß der Revisionskläger (Scott) weder gravierende Inkompetenz von Mr. Kuhnke hat beweisen können, noch daß diese angebliche Inkompetenz den Ausgang des Prozesses in irgendeiner Weise beeinflußt hat ...‹

Diese Ablehnung wurde in der Kanzlei Howard & Howard gelassen aufgenommen; man hatte nichts anderes erwartet. Die taktischen Manöver von Verteidigung und Anklage gehörten zu den Regeln in einer Art juristischer Schachpartie, bei der jedoch ironischerweise keiner der beiden Spieler der eigentliche Gewinner – oder Verlierer – war. Als nächstes würden die Argumente mündlich einem Gericht vorgetragen werden; die Anhörung würde irgendwann im Mai stattfinden.

Die gute Nachricht im April war die, daß CBS News aus New York Lori anrief und ihr mitteilte, nun wäre es offiziell: *60 Minutes* würde eine Reportage über den Fall Scott ausstrahlen. Joe Wershba, einer der Produzenten, würde nach Washington fliegen und von dort aus nach Virginia fahren, um sich mit ihr zu treffen. Er würde ein Skript für Morley Safer, den mit der Story betrauten Korrespondenten, vorbereiten. Ob sie ihm ein wenig Zeit widmen könne?

Ob sie ihm ein wenig Zeit widmen könne? Lori wäre beinahe an die Decke gesprungen vor Freude. »Soll das ein Witz sein? Natürlich! Ich kann es gar nicht erwarten zu helfen«, sagte sie. »Ich werde Mr. Wershba alle Zeit widmen, die er möchte, und ihn mit allen Informationen versorgen, die er braucht. Er kann sich ganz auf mich verlassen.«

Lori war so aufgeregt, daß sie sich in ihren Wagen setzte und die vierzig Meilen nach Alexandria zur Kanzlei Howard & Howard fuhr, um John Leino und Gary Myers die Neuigkeit persönlich zu überbringen. »Ich wollte nicht telefonisch Bescheid geben«, sagte sie, atemlos vor Erregung. »Ich mußte einfach herkommen und es Ihnen sagen. Ist das nicht großartig!«

Leino und Myers waren nicht minder begeistert. »Brillant!« rief Leino aus. »Mit wem möchten sie sprechen? Wann geht es los?«

»Ich weiß es nicht, keine Ahnung. Ich war zu aufgeregt, um irgendwelche Fragen zu stellen. Ich weiß nur, daß Producer Joe Wershba bald herkommt, um mit der Arbeit an einem Skript zu beginnen, und man mich gebeten hat, ihm zu helfen. Sie haben gesagt, sie würden mich anrufen und mir mitteilen, wann genau er herkommt. Sobald sie mich angerufen haben, gebe ich Ihnen Bescheid.« Und schon war sie aus der Tür und stürmte wie ein Wirbelwind die Treppe hinunter, elektrisiert vor Tatendrang.

»Das ist das Beste, was passiert ist, seit Lindsey mich das erstemal angerufen hat«, sinnierte Lori auf der Heimfahrt. »Gott, ist das wirklich schon acht Monate her?«

Wershba und die Crew von *60 Minutes* trafen Anfang Mai ein und begannen, an verschiedenen Schauplätzen in der Umgebung von Quantico zu filmen. Gleichzeitig fand im Navy Yard in Washington ein anderes, aber hiermit verknüpftes Drama statt: Leino und Myers traten vor den drei Richtern des Militärischen Berufungsgerichtes des Marine- und Marineinfanteriekorps – J. S. May, Edward K. Sanders und C. J. Cassel – ihrem Opponenten, Lieutenant Commander Holt, gegenüber.

Auf Loris Vorschlag hin zeichneten Wershba und Safer mit Loris Hilfe für die CBS-Kamera die Strecke nach, die Scott nach eigener Aussage an jenem schicksalhaften Abend im April 1983 gefahren war. Am darauffolgenden Tag interviewten sie Lori, Lola Scott und Ruby Hills in der Küche der Jacksons. Das Interview mit John Leino führten sie in Alexandria, in der Bibliothek der Kanzlei Howard & Howard. Wieder auf Vorschlag von Lori fuhren Wershba und Safer mit dem Kamerateam nach Palmyra, Virginia, um den ehemaligen Militärrichter von Quantico, Richard Harry, zu interviewen, der inzwischen als Zivilist eine kleine Tankstelle mit angeschlossenem Laden unterhielt und an der High-School die Footballmannschaft trainierte. Harry war so offen wie eh und je; Wershba und Safer bereuten die Fahrt nach Palmyra nicht.

Wershba forderte das Marineinfanteriekorps auf, eine Person zu benennen, die sich als Sprecher für Quantico vor laufender Kamera zum Fall äußerte, aber das Angebot wurde abgelehnt. Jedoch erhielt der für Öffentlichkeitsarbeit zuständige Offizier, Major Rick Stepien, die Erlaubnis, dem Kamerateam von CBS zu gestatten, in der leeren LeJeune Hall zu filmen.

Nach Beendigung der Dreharbeiten teilte Wershba Lori mit, daß, nachdem die Reportage in New York fertiggestellt worden wäre, Executive Producer Don Hewitt einen Sendetermin für Herbst oder Winteranfang festlegen würde.

Auch das parallel verlaufene Drama war abgeschlossen, so daß die Spieler nun nichts anderes tun konnten als auf zweierlei zu warten: die Ausstrahlung der *60-Minutes*-Reportage über Scott und die Entscheidung des Berufungsgerichts.

Am Montag, dem 18. Juni gab das Gericht seinen einstimmigen Beschluß bekannt.

Das Gericht hatte sich korrekterweise nicht mit dem Urteil befaßt, sondern allein mit dem Antrag auf Revision wegen ›mangelhaften Rechtsbeistands‹ und den Gegenargumenten der Anklage, die Mängel bei der Verteidigung leugnete und behauptete, daß auch wenn es solche Mängel gegeben hätte, aufgrund der Beweislage kaum ein anderes Urteil gefällt worden wäre.

In einem wichtigen Abschnitt entschied das Gericht: ›Das Argument der Anklage berücksichtigt jedoch nicht, daß das Gewicht unzulänglicher Prozeßvorbereitung nicht unbedingt anhand einer Prüfung des Verhandlungsprotokolls oder aus der Sicht der Prozeßbeobachter ermessen werden kann. Der Vortrag der Verteidigung, vor allem eine positive Verteidigung, ist zweifellos abhängig von der Qualität und dem hieran gekoppelten Gewicht der von der Verteidigung vorgelegten Beweise. Mangelhafte Vorbereitung auf den Prozeß seitens des Verteidigers kann die Reaktion des Angeklagten auf den Beweisvortrag der Anklage entscheidend beeinflussen …

Somit können wir die Behauptung der Anklage, daß dem Angeklagten kein Schaden entstanden sei, nicht bedingungslos akzeptieren … Unser Vorbehalt bezüglich des Antrages der Anklagevertretung … basiert nicht auf mangelnder Dynamik seitens der Anklage, die ihren Fall kompetent vertreten hat. Die Zweifel an den Bemühungen der Verteidigung in Anbetracht der nach dem Prozeß zugunsten des Revisionsklägers eingereichten eidesstattlichen Erklärungen sind es, die dieses Gericht beschäftigen …

Die mündlichen und schriftlichen Ausführungen der Anklage und des zivilen Strafverteidigers … präsentieren eine Vielzahl von eidesstattlichen Erklärungen und uneidlichen Aussagen …

›Wir stimmen mit allen Parteien darin überein, daß dies dem Protokoll nach ein hartumkämpftes Strafverfahren gewesen ist. Die Frage, die sich jedoch stellt, ist die, ob der Revisionskläger *ohne begründeten Zweifel* unabhängig von eventuellen Mängeln seitens des Verteidigers die Straftaten begangen hat, die ihm zur Last gelegt werden, oder ob er sich zur mutmaßlichen Tatzeit zwölf bis fünfzehn Meilen vom Tatort entfernt aufgehalten hat, wie es der Revisionskläger behauptet und was eine eidesstattliche Erklärung zu untermauern scheint.

Was wir jedoch zu diesem Zeitpunkt der Revisionsprüfung feststellen, ist eine mangelhafte Beweiskraft des Verhandlungsprotokolls, der Revisionsschriftsätze, der eidesstattlichen Erklärungen und der mündlichen Versicherungen seitens der Anklage und der Verteidigung vor dem Berufungsgericht in bezug auf die Leistungen des Strafverteidigers, der den Angeklagten bei der Verhandlung vertreten hat.

Wir weisen darauf hin, daß wir an dieser Stelle nicht über die hinreichende Überzeugungskraft der Beweise urteilen, die zum Ausgang dieses Prozesses geführt haben. Dies ist unserer Ansicht nach im Augenblick zweitrangig. Vorrangig geht es darum, ob der Angeklagte hinsichtlich der Prozeßvorbereitung und des Prozeßverlaufs seitens seines Verteidigers

Kompetenz und Sorgfalt erfahren hat, die einem Mitglied der Marine bei einem Militärgerichtsverfahren zustehen.

Wir sind uns der Bedeutung unserer Interimentscheidung bewußt. Offensichtlich wurde eine zu Tode erschrockene junge Frau brutal und vorsätzlich überfallen ... Das Unrecht, das dem Opfer widerfahren ist, würde jedoch nicht gesühnt, wenn dem juristischen Standard, der einem Marine zusteht, dem ein solches Verbrechen zur Last gelegt wird, nicht genüge getan würde.

Demzufolge werden das Verhandlungsprotokoll und sämtliche Revisionsdokumente dem Justizsenat der Navy zugestellt, damit er sie an die zuständige Autorität weiterleitet. Der zuständigen Autorität (womit selbstverständlich Major General Twomey gemeint war) stehen folgende Wege offen:

> A. Die zuständige Autorität kann eine beweiserhebliche Anhörung anordnen (Anmerkung des Autors: diese Art von Anhörung wird DuBay-Anhörung genannt, aufgrund einer Revision aus dem Jahre 1967 im Anschluß an das Militärgerichtsverfahren *Vereinigte Staaten gegen Private Robert L. DuBay*.) Diese Anhörung wird allein dem Zweck dienen, über das Niveau der Verteidigung des Revisionsklägers während des vorangegangenen Prozesses zu befinden. Revisionskläger und Staatsanwaltschaft werden im Rahmen dieser Anhörung Gelegenheit gegeben, Zeugen aufzurufen und in Übereinstimmung mit den militärischen Vorschriften zur Beweisvorlage dokumentarische Beweise vorzulegen. Speziell sollen mindestens folgende Punkte behandelt werden:
>
> 1. Die exakten Daten, zu denen der zivile Verteidiger formell zugunsten des Revisionsklägers tätig war.
> 2. Anzahl/Dauer der Besprechungen zwischen Revisionskläger und zivilem Strafverteidiger vom Tage der Einstellung bis zur Entziehung des Mandates durch den Revisionskläger.
> 3. Namen und Aussagen von Zeugen der Verteidigung,

die vor der Verhandlung vom zivilen Verteidiger, dem bestellten militärischen Verteidiger oder irgendwelchen Mitarbeitern der Verteidigung befragt wurden.

4. Daten und ungefähre Dauer der Befragungen sowie Identität der Personen, die die Befragung der Zeugen der Verteidigung vor Prozeßbeginn durchgeführt haben.

5. Genaue Umstände der weiter bestehenden Inanspruchnahme von Mrs. Lori Jacksons Diensten durch den Revisionskläger sowie Umfang und Art der Instruktionen des zivilen Verteidigers an Mrs. Jackson vor und während des Prozesses.

6. Dauer der Prozeßvorbereitung einschließlich der Gelegenheiten, sofern gegeben, bei denen der Verteidiger oder eine von ihm beauftragte Person den Schauplatz der Entführung sowie die Orte, an denen mutmaßlich Alibikontakte erfolgten, aufgesucht hat.

7. Umfang der Instruktionen des zivilen Verteidigers an den bestellten militärischen Strafverteidiger hinsichtlich der Aufgaben des Mitverteidigers vor und während des Prozesses.

B. Die zuständige Autorität kann im Anschluß oder für den Fall, daß die oben beschriebene beweiserhebliche Anhörung als überflüssig erachtet wird, eine Neuverhandlung des Falles anordnen.‹

Dem Gerichtsentscheid war eine Fußnote beigefügt, in der stand, daß es nicht Absicht der Berufungsrichter wäre, die zuständige Autorität in ihrer Befugnis zu beschneiden, die Anklage fallenzulassen, falls sie der Meinung wäre, eine beweiserhebliche Anhörung oder eine Neuverhandlung wären überflüssig.

Und so wurde Major General Twomey formell durch das Militärische Berufungsgericht vor die Wahl gestellt, entweder die Gelegenheit zu nutzen, Scott freizusprechen, eine Neuverhandlung anzuordnen oder eine DuBay-Anhörung anzuberaumen, um Kuhnkes Sorgfalt bei Scotts Verteidigung zu prüfen.

Der Gerichtsentscheid wurde von Scott und seinen Verteidigern mit vorsichtigem Optimismus aufgenommen. Es war nicht der volle Erfolg, den sie sich erhofft hatten: die Anordnung einer Neuverhandlung. Aber, wie John Leino der Presse gegenüber äußerte, öffnete die Entscheidung des Berufungsgerichtes neue Türen. Er und sein Mitanwalt Gary Myers waren überzeugt davon, daß Major General Twomey weder die Anklage fallenlassen noch eine Neuverhandlung anordnen, sondern statt dessen für eine DuBay-Anhörung optieren würde (Twomey wurde eine Frist von drei Wochen gewährt, sich zu entscheiden). Ervan Kuhnke sah die gleiche Entwicklung voraus und sagte, eine Anhörung wäre ihm nur recht, um seine Kompetenz und Sorgfalt unter Beweis zu stellen.

In Leavenworth, wo er zum Küchendienst eingeteilt worden war und Kartoffeln schälte und Töpfe und Pfannen schrubbte, erfuhr Scott von Leino von dem Richterentscheid und der Wahrscheinlichkeit einer DuBay-Anhörung. Er sei ›erfreut‹ sagte Scott einem Reporter der *Potomac News*, der ihn wegen eines Interviews anrief. Zumindest böte diese Entscheidung einen ›Hoffnungsschimmer‹.

(An diesem Punkt des Falles Scott trat Autor Ellis A. Cohen in Erscheinung, der vom Producer der CBS-News, Joe Wershba, erfuhr, daß dieser an einer wichtigen Sache arbeite, für die sich CBS-Entertainment, Cohens Arbeitgeber, interessieren könnte. Cohen, der die Fertigstellung eines CBS-Fernsehfilms überwachte, den er kürzlich produziert hatte, flog von seinem ›Basislager‹ in Los Angeles nach New York, um sich mit Wershba zu treffen und sich einige grundlegende Fakten geben zu lassen. Wershba sagte, er könne zum gegenwärtigen Zeitpunkt noch nicht mit Einzelheiten dienen, würde ihn jedoch anrufen und ihm einige Tage, bevor die Geschichte ausgestrahlt wurde, Bescheid geben. Diese Methode sollte verhindern, daß vor Ausstrahlung der *60-Minutes*-Sendung etwas durchsickerte.)

Wenngleich John Leino ihn zur Geduld ermahnt hatte, begann Scott, ihn und Lori alle paar Tage per R-Gespräch anzurufen und stellte beiden immer wieder dieselbe Frage: »Haben sie für eine Anhörung entschieden?« Die Antwort lautete natürlich, daß Major General Twomey seine Entscheidung bekanntgeben würde, wenn es ihm beliebte, zweifellos in den letzten Minuten der drei Wochen Bedenkzeit, die ihm gewährt worden waren.

Leino und Myers, die sich derweil im Hintergrund still und unermüdlich für Scott einsetzten, erreichten plötzlich ein größeres Zugeständnis seitens des Kommandostabes der Marineinfanterie von Quantico. Monatelang hatten sie sich dafür eingesetzt, daß Scott wieder ins Gefängnis von Quantico überstellt wurde, wo er für seine Verteidiger und seine Familie erreichbar wäre. Während sie darauf warteten, daß Twomey seine Entscheidung traf, erhielten sie am 3. Juli einen Anruf aus Quantico. Ihnen wurde mitgeteilt, daß Scott am darauffolgenden Tag – dem 4. Juli (dem Independence Day, dem Unabhängigkeitstag – ein ironischer Zufall), nach Quantico zurückgebracht werden würde.

Leino gab die Neuigkeit sofort an Lori weiter. Lori, die dies als Zeichen dafür deutete, daß noch bessere Neuigkeiten folgen würden, teilte ihrem Mann mit, daß sie die Familienpläne für den Feiertag absagen müsse. Sie müsse zum Gefängnis und Scott bei seiner Ankunft willkommen heißen. (Loris Kinder waren nicht zum ersten- und nicht zum letztenmal unglücklich über ihre Prioritätenordnung.)

Als Scott wieder in Quantico war, rief Lori Joe Wershba bei CBS News an und schlug vor, er solle mit seinem Kamerateam kommen und Scott interviewen – ein logisches, aber unmögliches Element der Reportage, solange er in Leavenworth gewesen war. Wershba war begeistert und flog nach Virginia, um sich erneut mit Lori zu treffen. Jedoch gab es delikate rechtliche Aspekte zu berücksichtigen, und als Wershba mit Leino sprach, erklärte der Anwalt, er würde mit Myers darüber sprechen, aber sie sollten Scott keinesfalls interviewen, ehe Twomey seine Entscheidung bezüglich der DuBay-Anhörung nicht bekanntgegeben habe.

Dies erfolgte schließlich Mitte Juli durch einen Befehl Twomeys an Lieutenant Colonel Atkins, den Militärrichter, der den Vorsitz über Scotts Militärgerichtsverhandlung innegehabt hatte. Während die Entscheidung der Democratic National Convention in San Francisco, Walter Mondale zum Präsidentschaftskandidaten zu nominieren, im ganzen Land für Aufregung sorgte, gab Twomey bekannt, daß er Lieutenant Colonel Atkins ›angewiesen‹ habe, eine ›beweiserhebliche Anhörung‹ durchzuführen. Lori behauptete, Twomey habe gehofft, Presserummel zu vermeiden, indem er seine Entscheidung parallel zur Entscheidung der Convention bekanntgab, insbesondere da Mondale in die Geschichte einging, weil er Geraldine A. Ferraro zum ersten weiblichen Vizepräsidentschaftskandidaten aufstellte. Die Wahl rief Lori ins Gedächtnis, wie sie sechzehn Jahre zuvor die fehlgeschlagene Kampagne für die Nominierung Shirley Chisolms als Präsidentschaftskandidatin für die Demokraten geleitet hatte – eine gewagte Kampagne, da Mrs. Chisolm nicht nur eine Frau, sondern außerdem Schwarze gewesen war.

Wenigstens stürzten sich die örtlichen Medien auf die Scott-Story. Sie zitierten Major Stepiens vorsichtige Erklärung (er war zum Pressesprecher des Stützpunktes bestellt worden) zu der DuBay-Anhörung: »Das Urteil bleibt bestehen, und die Anklage beharrt auf ihrem Standpunkt«, sagte er. Er fügte hinzu, daß Informationen zusammengetragen und dem Berufungsgericht vorgelegt werden würden, das dann entweder eine Neuverhandlung anordnen oder Scotts Verurteilung bestätigen würde. Ein Termin für die Anhörung wäre noch nicht festgelegt worden, aber vermutlich würde sie innerhalb der nächsten sechzig Tage stattfinden.

Gary Myers äußerte dem *Free Lance-Star* gegenüber, daß dies der erste Schritt dahin sei, den Fall Scott wiederaufzurollen.

Eine DuBay-Anhörung, die dazu dienen sollte, über die Kompetenz eines Verteidigers bei einem Strafprozeß zu urteilen, war nicht weniger kompliziert als der Strafprozeß selbst es gewesen war, der Umfang der Vorbereitungen und des Papierkrams waren enorm. Ehe die Anhörung stattfinden konnte, berief Lieutenant Colonel Atkins am 6. August eine Besprechung ein, um zu versuchen, mit Verteidigung und Anklage einen Konsens bezüglich der zu verhandelnden Punkte zu erreichen. Leino, Myers und Major Roach, der immer noch zum Team der Verteidigung gehörte, standen

Mitankläger Lieutenant Colonel Messer (der nach dem Scott-Prozeß befördert worden war) gegenüber. Major Thomson, der nominell immer noch als Hauptvertreter der Anklage galt, nahm nicht an der Besprechung teil, was wieder einmal darauf hindeutete, daß im Grunde Messer der eigentliche Ankläger war.

Die Parteien einigten sich darauf, daß die Verteidigung sämtliche Zeugen aufrufen durfte, die bereits beim vorangegangenen Prozeß ausgesagt hatten. Die Anklagevertretung erklärte, sie würde Ervan Kuhnke als Zeugen aufrufen. Der Termin für die DuBay-Anhörung wurde auf den 24. September festgelegt, jedoch wurde die Verteidigung aufgefordert, der Anklagevertretung im Vorfeld eine Liste ihrer Zeugen vorzulegen sowie Richter Atkins eine Liste von Punkten zur Beweiserhebung, die die Verteidigung gedachte, zusätzlich zu den sieben vom Berufungsgericht angeordneten Punkten anzuführen.

Ein wenig entspannter teilte Leino CBS News Producer Wershba mit, daß er Scott für *60 Minutes* interviewen könne, er und Myers jedoch darauf bestünden, Scott vorzubereiten (aufgrund des Verhandlungsprotokolls und Loris Einschätzung, vertrauten sie nicht allzu sehr auf Scotts Fähigkeiten im Umgang mit kniffligen Fragen). Wershba stimmte zu, und unmittelbar bevor Morley Safer und das Filmteam mit dem Interview im Gefängnis von Quantico begannen, besprachen sich die Anwälte dort unter vier – oder besser sechs – Augen mit Scott.

Leino erklärte ihm, daß sie keine Ahnung hätten, welcher Art die Fragen sein würden, die Safer ihm stellte, und es somit überaus wichtig sei, daß er unter allen Umständen Ruhe bewahre. »Das ist eine reine Publicity-Übung«, warnte Myers. »Wir möchten nicht, daß Sie sich verbittert gegen die Marines äußern.«

»Richtig«, sagte Leino. »Über fünfzig Millionen Menschen werden die Sendung sehen, und das sind verdammt viele Leute, die wir davon überzeugen können, daß die Anklagevertretung es ein wenig eilig hatte, einen Schuldigen zu finden und zu verurteilen.«

Scott nickte verstehend. »Das ist leicht. Im Grunde empfinde ich den Marines gegenüber gar keine Verbitterung.«

»Gut«, sagte Myers. Dann abrupt: »Teufel, Scott, Sie sind nur ein weiterer Nigger, der eine weiße Frau vergewaltigt hat.«

Scott versteifte sich vor Wut, als er jedoch erkannte, daß Myers nur seine Reaktion auf einen möglichen Versuch Morley Safers testete, ihn – wenn auch selbstverständlich nicht mit diesen Worten – zu provozieren, entspannte er sich und lächelte.

Myers lachte leise und wandte sich Leino zu: »Er ist bereit. Schicken wir ihn raus!«

Leino grinste. »Ja. Er ist bereit.« Er rief Safer und das Fernsehteam herein, und das Interview für *60 Minutes* begann.

Im Verlauf der restlichen Augustwochen und bis in den frühen September hinein diskutierten Leino und Myers mit der Anklage über Verfahrensweisen und Anträge, die sich auf die DuBay-Anhörung bezogen. Die Verteidigung legte eine Liste von fünfundzwanzig potentiellen Zeugen vor. Die Anklagevertreter (Lieutenant Colonel Messer und Major Thomson) konterten mit einem Antrag, der dahingehend lautete, daß die Verteidigung diese Liste betreffend eine Zusammenfassung der zu erwartenden Zeugenaussagen erstelle, die ihre Relevanz und Notwendigkeit dokumentiere.

Leino und Myers kamen der Aufforderung nach. Darüber hinaus baten sie das Gericht, Kuhnke anzuweisen, sämtliche Unterlagen vorzulegen, die sich auf seine Erfahrung als Strafverteidiger und auf seine und Major Roachs Aktivitäten als Scotts Rechtsbeistand bezögen. Dies, erklärten die Verteidiger, wäre notwendig, da Kuhnke in einer eidesstattlichen Erklärung behauptet habe, er hätte vor deren Erscheinen vor Gericht mit sämtlichen Zeugen der Verteidigung gesprochen.

Dieses juristische Hin und Her führte bei der Eröffnung der DuBay-Anhörung am 5. September zu einer weiteren Auseinandersetzung bezüglich der Verfahrensweise. Die Anklage legte Einspruch gegen das Vorhaben der Verteidigung ein, so zahlreiche Zeugen aufzurufen, und behauptete, tatsächlich versuche die Verteidigung, den Prozeß wiederaufzurollen, was weit über den Sinn und Zweck der vom Berufungsgericht angeordneten Anhörung hinausginge.

Gary Myers, der die Verteidigung vertrat – Scott saß an seiner Seite – widersprach. Es gehe nicht darum, den Fall neu zu verhandeln, sagte er, »der Grund für die Vorladung all dieser Zeugen ist der, daß wir der Ansicht sind, daß die vorangegangenen Versäumnisse und Fehler auf Seiten der Verteidigung mittels kompetenten Rechtsbeistands aufgehoben werden müssen. Beispielsweise wurde versäumt, den Lebenswandel der Klägerin gründlich zu durchleuchten, was die Verteidigung hinsichtlich der Frage der Vorbereitung als relevant erachtet. Dies war ein schwerwiegendes Versäumnis und steht in krassem Widerspruch zur Arbeitsweise eines gewissenhaften Verteidigers. Es hat viele solcher Versäumnisse gegeben, vielem ist nicht nachgegangen worden. Ich möchte nur einige Beispiele aufzählen: Es wurde versäumt, der Alibizeugin Mrs. Hills Gelegenheit zu geben, sich auf ihre Aussage vorzubereiten, Miss Pamela Biller wurde vor ihrem Erscheinen vor Gericht gar nicht erst von Mr. Scotts Verteidiger befragt. Wir können diese Vorfälle nicht auf nachlässige Beauftragung Dritter beschränken; statt dessen müssen wir alle Elemente von Mr. Kuhnkes unzureichender Vertretung des Angeklagten anführen.

... Wie schon Colonel May [vom Militärischen Berufungsgericht] sagte«, fuhr Myers fort. »›Holt die Beteiligten in den Zeugenstand; prüft sie im Hexenkessel des Zeugenstandes, findet heraus, was dort bei diesem Prozeß wirklich vor sich gegangen ist, und findet heraus, was nicht geschehen ist.‹ Nur auf diese Weise«, sagte Myers nachdrücklich, »können wir der entscheidenden Frage auf den Grund gehen, ob dieser junge Mann, der hier zu meiner Linken sitzt, einen fairen Prozeß hatte. Und genau das ist Sinn und Zweck dieser DuBay-Anhörung ...«

Lieutenant Colonel Messer widersprach und argumentierte, daß es für den Zweck der DuBay-Anhörung ausreiche, die Zeugen auf Mr. Ervan Kuhnke und höchstens Mrs. Lori Jackson, Major Roach und Private Scott zu beschränken. »Die Verteidigung ist darauf aus, durch die Vorladung dieser vielen Zeugen diese Anhörung als Sprungbrett zu benutzen, um im Groben den Fall neu zu verhandeln. Die Anklage vermutet, daß die Verteidigung darüber spekulieren wird, wie die Verhandlung besser hätte geführt werden können, wie der Fall hätte verhandelt werden können, was sich hätte ergeben können, wer hätte befragt werden können ... Die Anklage ist der Ansicht, daß Antworten auf diese Fragen bei einer DuBay-Anhörung völlig irrelevant sind ...«

Myers entgegnete, daß die Richter des Militärischen Berufungsgerichts in bezug auf die Fragen, die aufgeworfen werden könnten, sehr großzügig gewesen seien und die aufgeführten sieben Punkte als absolutes Minimum bezeichnet hätten.

Richter Atkins wandte sich an Myers: »Sollte ich heute entscheiden, daß die Kriterien des Berufungsgerichts, sprich die sieben Punkte, als alleinige Grundlage dieser Anhörung dienen sollen, wie würden Sie dazu stehen?«

Myers entgegnete, daß er gegen diesen Entscheid Einspruch einlegen würde. »Ich denke, das Militärische Berufungsgericht wäre sicher enttäuscht von der Verteidigung, wenn ihm nur die Antworten auf diese sieben Fragen vorgelegt würden«, sagte er.

Atkins entschied an diesem Tag so, wie er es bereits hatte anklingen lassen und fügte an, daß die Verteidigung nur die von der Anklage benannten vier Zeugen aufrufen dürfe: Kuhnke, Roach, Scott und Lori. Leino und Myers legten beim Berufungsgericht Einspruch ein, dieses verwies sie jedoch zurück an Richter Atkins und die DuBay-Anhörung.

Und so setzte sich der Rechtsstreit in bezug auf Anträge und Gegenanträge, eidesstattliche Erklärungen und eidliche Aussagen fort. Eine zweite Anhörung, die auf einen Termin später in diesem Monat gelegt worden war, wurde vertagt. ›Aus verfahrenstechnischen Gründen‹ wie Major Rick Stepien erklärte. Leino und Myers legten inzwischen sechs neue eidesstattliche Erklärungen von Zeugen vor, die beim Prozeß ausgesagt hatten und schworen, daß Kuhnke nie mit ihnen gesprochen hatte, bevor er sie in den Zeugenstand gerufen hatte.

Einer dieser Zeugen war Ruby Hills, die in ihrer eidesstattlichen Erklärung anführte, daß sie jetzt in der Lage wäre zu bestätigen, Scott am 20. April gegen 20 Uhr 15 bei Zayre's gesehen zu haben. Ruby erklärte, daß sie sich an diesen Tag jetzt wieder deutlich erinnern könne, weil sie an jenem Abend zwei Ladendiebe festgenommen habe und sie und ein Mitarbeiter die Verhaftungsunterlagen vom Frühling 1983 überprüft hätten. Ruby erklärte außerdem, daß sie weder von Kuhnke noch von Major Roach befragt, jedoch von Lori Jackson aufgesucht worden sei.

Lori äußerte sich dem *Courier-Journal* gegenüber wie folgt: »Wenn ein halbes Dutzend Personen, die keinerlei persönliche Interessen mit dem Fall verbinden, ein und dasselbe sagen, kann man davon ausgehen, daß es auch stimmt.«

Scott wurde im Gefängnis interviewt und gefragt, ob er bedingte Haftentlassung beantragt habe. »Ich bin nicht an einer bedingten Haftentlassung interessiert«, entgegnete er. »Ich möchte rehabilitiert werden. Ich möchte, daß vor einem Gericht meine Unschuld bewiesen wird.«

Im Anschluß an einen Wust von Anträgen und Gegenanträgen von Verteidigung und Anklage setzte Richter Atkins den 5. Dezember als Termin für die nächste Anhörung fest. Bis dahin wollte er endgültig entscheiden, welche Zeugen die Verteidigung würde aufrufen dürfen. Dies alles wurde größtenteils von der Presse ignoriert, da die Präsidentschaftswahlen am 7. November bevorstanden. Ronald Reagan und George Bush siegten mit überwältigender Mehrheit.

In Anbetracht der komplexen rechtlichen Manöver vor der DuBay-Anhörung war die Sendung *60 Minutes* beinahe in Vergessenheit geraten, als ihnen mitgeteilt wurde, daß die Scott-Story am Sonntag, dem 2. Dezember, ausgestrahlt werden würde.

(Zwei Tage vorher erhielt Autor Ellis A. Cohen einen Anruf von Producer Wershba, der ihm mitteilte, *60 Minutes* würde eine ›Story über einen US Marine Corporal bringen, der für ein Verbrechen, das er nicht begangen hat, zu dreißig Jahren Haft verurteilt worden ist‹. Mit nicht mehr als dieser vagen Information ausgestattet, telefonierte Cohen mit mehreren Marine- und Marineinfanteriestützpunkten, um herauszufinden, um wen es sich bei diesem Marine handelte. Die Abteilung für Öffentlichkeitsarbeit von Quantico gab zu, Kenntnis von dem Fall zu haben, weigerte sich jedoch, dem Autoren weitere Informationen zu geben. Statt dessen wurde er an Lori Jackson verwiesen, die als ›offizielle Kontaktperson für diesen Fall‹ bezeichnet wurde.

Am darauffolgenden Abend erreichte Autor Cohen Lori und erklärte, er sei als CBS-Fernsehfilmproducer sehr daran interessiert, sich noch an diesem Abend ihre und die Unterstützung des Corporals zu sichern, ›bevor meine Konkurrenten die Fernsehreportage gesehen haben‹.

»Geben Sie mir eine Stunde Bedenkzeit und rufen Sie mich dann zurück«, entgegnete Lori.

Cohen tat wie geheißen, und Lori sagte: »Sie sind okay. Wann sollen wir uns treffen?«

Überrascht fragte Cohen: »Mit wem haben Sie gesprochen?«

»Mit Joe Wershba und Lola«, erwiderte Lori.

(Und dies war der Beginn der Beziehung des Autors Cohen zu Lori Jackson und dem Fall Lindsey Scott).

Um sieben Uhr am Sonntagabend versammelten sich Lori Jackson, ihre sieben Kinder, ihr Mann und einige Verwandte vor dem Fernseher im Wohnzimmer der Jacksons, um sich die *60-Minutes*-Sendung mit dem Titel *Corporal Scott, USMC* anzusehen. Für einige der Anwesenden war der Bekanntheitsgrad, den der Fall Scott durch die Sendung bundesweit erreichen würde, lange nicht so aufregend wie ›Mom‹ im Fernsehen zu sehen.

Scott erschien auf dem Bildschirm; er trug einen Drillichanzug.

»Haben Sie sie vergewaltigt?« fragte ihn Morley Safer rundheraus.

»Nein, das habe ich nicht«, entgegnete Scott ruhig. »Ich bin unschuldig.« Er fuhr fort und erklärte, daß er nicht verbittert wäre und immer noch an die Marineinfanterie und an das System glaube und überzeugt wäre, letztendlich rehabilitiert zu werden.

Die Sendung zeigte als nächsten Lieutenant Colonel Harry

(a. D.) vor seiner Tankstelle mit angeschlossenem Lebensmittelladen. »Behaupten Sie immer noch, daß dieser Fall stinkt?« fragte Safer. »Das behaupte ich immer noch«, entgegnete Harry.

Ruby Hills erschien auf dem Fernsehschirm, elegant und doch sittsam gekleidet in einem weißen Kostüm. »Hätten Sie Gelegenheit gehabt, Ihre Unterlagen durchzusehen, hätten Sie dann bei der ersten Verhandlung bestätigen können, daß Sie Lindsey Scott an jenem Abend zwischen 20 Uhr 15 und 20 Uhr 30 gesehen haben?« wurde sie von Safer gefragt.

Ruby: »Es hat nie Zweifel daran gegeben, wann ich ihn gesehen habe.«

Safer: »Am 20. April?«

Ruby: »An diesem Tag, ja.«

Loris Familie war sehr beeindruckt von Ruby Hills' Erklärung im Fernsehen vor den gesamten Vereinigten Staaten. Dank ›Mom‹ würde sie eine wichtige Zeugin bei der bevorstehenden DuBay-Anhörung sein.

Aber als Morley Safer die Reportage beendete, saßen sie alle verblüfft da. Aus einem unerfindlichen Grund, der ihnen nie erklärt wurde, waren die Interviews mit Lori und John Leino herausgeschnitten worden. Lori wurde nicht einmal erwähnt. Alle blickten fragend auf Lori. Sie sagte kein Wort, sondern verließ einfach den Raum und ging in die Küche.

Nach einer Weile brach eine ihrer Töchter die Stille. »Sie hat es nicht für sich selbst getan«, sagte ihre Tochter, wenn auch mit bitterem Sarkasmus in der Stimme. »Sie hat es für ihn getan. Für Scott.«

Kapitel 17

Die Wirkung der *60-Minutes*-Reportage ließ sich am deutlichsten an der Wut ablesen, die sofort auf dem Marineinfanteriestützpunkt von Quantico hervorbrach. Die Sendung schuf böses Blut. Am darauffolgenden Morgen, dem 3. Dezember, verfaßte Colonel David Cassady, der Militärgerichtsrat des Stützpunktes, eine zornige Presseerklärung, in der er den in *60 Minutes* erhobenen Vorwurf, Lieutenant Colonel Harry sei ›gefeuert‹ worden, weil er Scott aus der Untersuchungshaft entlassen habe, als völlig absurd zurückwies. Cassady erklärte, der Vorwurf wäre von der Kommandostelle den Producern von *60 Minutes* gegenüber zurückgewiesen worden. (Das Team von *60 Minutes* erklarte natürlich, daß es zu seiner Darstellung der Ereignisse stehe).

Während die Weihnachtsferien 1984 näher rückten, hatten die Protagonisten beider Seiten im Fall Scott wenig Zeit, sich auf die traditionellen Feierlichkeiten vorzubereiten. Was die von Richter Atkins für den 5. Dezember angesetzte Voranhörung anbelangte, hatte die Anklage es leichter als die Gegenpartei. Sie brauchte nur erfolgreich ihren harterkämpften Vorteil zu verteidigen, daß die Verteidigung bei der eigentlichen DuBay-Anhörung lediglich die vier vom Richter gebilligten Zeugen aufrufen dürfe: Scott, Kuhnke, Lori und Major Roach. Da das Militärische Berufungsgericht sich geweigert hatte, über den Einspruch der Verteidigung zu urteilen, indem es entschieden hatte, nicht zu entscheiden, standen Leino und Myers vor der gewaltigen Herausforderung, Richter Atkins dazu zu bewegen, seine Meinung zu ändern.

Es handelte sich hierbei um einen fundamentalen Punkt, und wieder war der kleine Gerichtssaal der LeJeune Hall bis auf den letzten Platz mit Anhängern und Beobachtern besetzt, darunter Scotts Frau, seine Eltern, Lori und mehrere Vertreter der Lokalpresse.

Richter Atkins brachte, nachdem er die Anhörung eröffnet hatte, seine Überraschung darüber zum Ausdruck, daß die Verteidigung erneut die vollständige Liste potentieller Zeugen vorgelegt habe. Gary Myers erklärte, daß die Verteidigung – da das Berufungsgericht die Liste weder zugelassen noch abgelehnt habe – es für angebracht hielte zu beantragen, daß die Frage der Zeugenliste erneut erläutert würde, da wie im Vorfeld bereits erklärt, der Gerichtsentscheid zu strikt und restriktiv gewesen sei.

Staatsanwalt Major Thomson erhob selbstverständlich sogleich Einspruch und wies darauf hin, daß das Militärische Berufungsgericht dadurch, daß es von einer Entscheidung Abstand genommen habe, bekundet hätte, daß es an den bisherigen Entscheidungen des Richters nichts auszusetzen habe. »Wir empfinden es als Verschwendung von juristischer Zeit und Steuergeldern, einen Punkt, über den bereits entschieden wurde, erneut zu verhandeln.«

Myers entgegnete: »... Es ist an der Zeit, dies aus einer etwas weiteren Perspektive zu betrachten. Wir sind in dem Bestreben hergekommen, zu beweisen, daß einem amerikanischen Bürger sein Anspruch auf kompetenten Rechtsbeistand verwehrt wurde, weil der Rechtsbeistand, den er erhielt, in zahlreichen entscheidenden Punkten schlichtweg versagt hat, was zu einer Verurteilung unseres Mandanten zu einer sehr harten Strafe geführt hat. Wir sind der Überzeugung, daß die Zeugen, die wir Ihnen vorgeschlagen haben, sehr wohl von Bedeutung sind, um die Frage der Kompetenz des Rechtsbeistandes zu klären ... Wenn wir den Rahmen dieser Anhörung auf die vier oder fünf Zeugen beschränken, die sich im Augenblick in diesem Saal befinden, werden wir dem Zweck dieser Anhörung nicht gerecht.

... Wir haben hier eine Dunkelkammer vor uns, die wir zu erleuchten versuchen. Und der Ausschluß der anderen Zeugen von dieser Anhörung wird das Ausmaß der Inkompetenz und Nachlässigkeit des Verteidigers im vorangegangenen Prozeß nicht verdeutlichen können. Es ist absurd, diese Anhörung als beweiserheblich zu bezeichnen, wenn nur die vier oder fünf Zeugen gehört werden, die dieses Gericht als akzeptabel gebilligt hat. Dies reflektiert nicht die Realität dessen, was bei der vorangegangenen Verhandlung geschehen ist ... und es wird zu keinem gerechten Resultat kommen, weil dieses Gericht nicht die Gelegenheit haben wird, Zeugenaussagen zur Gesamtheit des Falles zu hören.

Ich behaupte, daß wenn die Versäumnisse des Rechtsbeistandes bei der Verhandlung nicht in ihrem vollen Umfang verdeutlicht werden, diesem jungen Mann, der durch das Verschulden eines Anwalts, der in diesem Gerichtssaal nichts zu suchen hatte, im Gefängnis sitzt, damit die letzte Chance auf Gerechtigkeit verwehrt wird.

Wie gelangen wir zu dieser Frage, warum er in diesem Gerichtssaal nichts zu suchen hatte. Indem wir herausfinden, ob er gewissen Mindestanforderungen genügt, die wir von Jurastudenten erwarten. Und wir werden diese Frage beantworten, um festzustellen, ob das, was er getan oder versäumt hat, den Ausgang des Prozesses beeinflußt hat ...«

Hierauf erhob sich John Leino und sagte: »Ich möchte dem noch das eine oder andere hinzufügen. Der Oberste Gerichtshof der Vereinigten Staaten bezeichnet den Strafprozeß als Feuerprobe zur Ermittlung der Wahrheit. Dies besagt, daß jemand, der eines Schwerverbrechens angeklagt wird, das Recht hat, durch seinen Verteidiger bewaffnet wie ein Gladiator in den Kampf zu gehen. Wir sind der Ansicht, daß das Feuer bei der ersten Verhandlung ein Flämmchen war und unser Mandant mit einer Mistgabel als einziger Waffe ausgestattet war.

... Hier geht es nicht um Schuld oder Unschuld. Es geht um höhere Werte, um die Verfassungsmäßigkeit dieses Falles. Um die Fairneß dieses Falles. Wenn der Prozeß nicht fair gewesen ist, wenn der Angeklagte unangemessen vertreten war, beantrage ich, diesen ersten Prozeß für nichtig zu erklären. Und darum ist diese Prüfung auch so entscheidend, weil wir diese Anhörung als Sprungbrett benutzen ...«

Richter Atkins nickte mehrmals, und als Leino sich setzte, bemerkte er an die Verteidiger gewandt: »Gentlemen, das war ein sehr überzeugender Vortrag. Aber würden Sie bitte einen Antrag formulieren, auf den ich antworten kann?«

Myers: »Wir beantragen, daß die vorgelegte Zeugenliste vom Gericht genehmigt wird und die Zeugenaussagen als relevanter Bestandteil der beweiserheblichen DuBay-Anhörung gewertet werden.«

Major Thomson und Lieutenant Messer erhoben Einspruch. »Das haben wir doch schon durchgekaut«, klagte Messer. »Und bei der letzten Anhörung hat der Militärrichter

[Atkins] entschieden, nur Scott, Roach, Kuhnke und Jackson als relevante Zeugen zuzulassen. Das war eine klare Entscheidung ... und sie sollten im Rahmen der sieben vom Militärischen Berufungsgericht aufgeführten Punkte befragt werden ...«

Myers erhob sich erneut, knöpfte sorgsam das Jackett seines dreiteiligen Anzuges zu und wandte sich feierlich an Richter Atkins: »Wenn ich einen Augenblick die Aufmerksamkeit des Gerichts in Anspruch nehmen dürfte, möchte ich darauf hinweisen, daß die Schwierigkeit, das Argument der Anklagevertretung Mr. Kuhnke betreffend, darin besteht, daß einer der besten Wege, die Glaubwürdigkeit eines Zeugen zu testen, der ist, Menschen zu befragen, von denen besagter Zeuge behauptet, sie hätten dies oder jenes getan oder nicht getan. Wenn nun Mr. Kuhnke eine Frage verneint, gleich um welche Frage es sich handelt, können wir diese Antwort ohne die Aussagen anderer Zeugen nicht auf ihren Wahrheitsgehalt hin überprüfen. Zwar bliebe mir das Kreuzverhör, aber wenn ich einen Zeugen aufrufen kann, der vor das Gericht tritt und ja sagt, wo Mr. Kuhnke nein gesagt hat, dann ... dann kann ich der Wahrheit auf den Grund gehen, was ja Sinn und Zweck dieser Anhörung ist ... Wenn Sie diese Anhörung einschränken, tun Sie dies zu Lasten der Glaubwürdigkeit und auf Kosten der Wahrheitsfindung ... Ich brauche diese Menschen, wenn ich die Pflicht erfüllen soll, die ich mir auferlegt habe, als ich den Beruf des Anwalts ergriffen, diesen Fall übernommen und vor diesem Gericht meinen Eid abgelegt habe. Ohne diese Menschen sehe ich mich nicht in der Lage, dieser Pflicht angemessen nachzukommen.«

Richter Atkins: »Entschuldigen Sie, Mr. Myers, ich habe Ihrer ›Ja‹-›Nein‹-Argumentation nicht ganz folgen können ...«

Myers: »Nun, Euer Ehren, das ist ganz einfach. Ich muß die Glaubwürdigkeit von Mr. Kuhnke mit anderen Mitteln prüfen als ausschließlich im Rahmen des Kreuzverhörs. Ich benötige Zeugen.«

Richter Atkins: »Was genau haben Sie damit gemeint, daß er nein sagen könnte, wo ein anderer ja sagt?«

Myers: »Nun, ich nenne Ihnen ein Beispiel ... Mr. Kuhnke behauptet, er habe Mrs. Hills persönlich befragt. Was hätte ich in der Hand, wenn ich Mrs. Hills hierzu nicht befragen könnte? Was sollte ich Mr. Kuhnkes Antwort entgegenhalten? Soll ich ihn fragen: ›Sind Sie auch ganz sicher, daß Sie sie befragt haben?‹«

Richter Atkins: »Okay, ich verstehe ... Mr. Myers, ist Ihr Mandant bereit, im Rahmen dieser DuBay-Anhörung in den Zeugenstand zu treten?«

»Ja, Euer Ehren, er wird aussagen.«

»Und ich darf davon ausgehen, daß seine Aussage sich auf den Zweck dieser Anhörung beschränken wird?«

»Absolut. Seine Aussage wäre strikt auf seine Beziehung zu seinem Verteidiger begrenzt und hätte nicht das geringste mit dem eigentlichen Fall zu tun.«

»Gut. Ich bin bereit, meine Entscheidung zu treffen. Nach Prüfung der Ansichten des Militärischen Berufungsgerichts des Marine- und Marineinfanteriekorps bin ich der Meinung, diese Anhörung sollte wie folgt aussehen:

Zweck der Anhörung ist die Prüfung der Vorbereitungsarbeit und Alibipräsentation seitens des Verteidigers. Zu diesem Zweck ordne ich an, daß folgende Zeugen gehört und zu den sieben vom Berufungsgericht bestimmten Punkten befragt werden. Und ich bitte darum, diese Zeugen in folgender Reihenfolge auszurufen: PFC [sic] Scott, dann Mr. Kuhnke, Major Roach, Lori Jackson, Ruby Hills, Pam Biller.«

Der Richter erklärte, daß er selbst die Zeugen als Zeugen des Gerichts aufrufen würde und die Verteidigung jeden einzelnen ins Kreuzverhör nehmen dürfe. Er würde keine weiteren Zeugenaussagen gestatten, jedoch sechs eidesstattliche Erklärungen von Zeugen zulassen, die erklärten, daß Kuhnke nie mit ihnen gesprochen habe. Was im Protokoll stand, würde auch im Protokoll bleiben.

Und so waren die Weichen für die endgültige DuBay-Anhörung gestellt. Aufgrund der bevorstehenden Urlaubszeit, wurde der Termin für die Anhörung auf Januar 1985 gelegt.

Fraglos war Richter Atkins' Entscheidung, Ruby Hills und

Pam Biller als zusätzliche Zeugen zuzulassen, ein Sieg für Scott und seine Verteidiger, und als Scott nach Abschluß der Anhörung von zwei bewaffneten Wachen abgeführt wurde, lächelte er strahlend und mit blitzendem Goldzahn in Richtung der vordersten Reihe des Zuschauerraums, wo seine Familie und Lori saßen.

»So glücklich habe ich ihn seit Monaten nicht mehr gesehen«, sagte Lola Scott. »Wir machen uns alle große Hoffnungen.«

Scotts Vater, James, sagte, er wäre überzeugt, daß die Entscheidung des Richters die Laune seines Sohnes gehoben habe. Seine Augen füllten sich mit Tränen, als er zu den Zeitungsreportern sagte: »Es wird einige Zeit dauern, bis diese Angelegenheit geklärt ist, aber er weiß, daß viele Menschen sich für ihn einsetzen, sich dafür einsetzen, daß ihm Gerechtigkeit widerfährt.«

(Eine Woche später, am 11. Dezember, vereinbarte Autor Ellis A. Cohen mit Lori, daß sie ihn mit Scott bekannt machen würde. Das Treffen fand im Gefängnis von Quantico statt. Cohen trug sich ein, wurde durchsucht, gab Schlüssel, Brieftasche und Kleingeld ab und wurde gebeten, den Grund seines Besuches zu nennen. Während der folgenden einstündigen Unterhaltung sagte Scott zu Cohen: »Ich möchte nur, daß Sie wissen, daß ich unschuldig bin. Ich habe dem Opfer nicht das geringste getan!« Lori sagte Scott, daß er Cohen trauen könne, und am Ende der Begegnung stimmte Scott zu, Cohen ›exklusiv‹ bei seinen literarischen und/oder Fernsehprojekten zu diesem Fall zu unterstützen.)

Gerade als es schien, als wären sämtliche rechtlichen Fragen im Verlauf der Voranhörungen geklärt worden und als stünde der eigentlichen DuBay-Anhörung Ende Januar nichts mehr im Wege, tauchte unvermutet ein weiteres Hindernis auf. Leino und Myers hätten bereits die Vorlage von Kuhnkes Unterlagen zum Fall Scott angefordert, einschließlich seiner Prozeßvorbereitungsunterlagen. Nun beantragte Kuhnke, diese Forderung abzuweisen, weil Scott ihm noch eintausendfünfhundert Dollar schuldig sei und er darum berechtigt wäre, einen Teil seiner Arbeitsunterlagen aufgrund des sogenannten anwaltlichen Zurückbehaltungsrechts einzubehalten.

Also wurde von Richter Atkins für den 17. Januar eine weitere Voranhörung anberaumt, um diesen Punkt zu klären.

Nachdem John Leino und Kuhnkes Rechtsbeistand, Admiral Charles McDowell (a. D.), ihre Argumente vorgetragen hatten, rief Leino Kuhnke in den Zeugenstand.

Leino: »Mr. Kuhnke, auf welchen Betrag belaufen sich Ihre ausstehenden Honorarforderungen an Lindsey Scott?«

Kuhnke: »Er schuldet mir eintausendfünfhundert Dollar.«

»Werden Sie uns, wenn Lindsey Scott Ihnen den Betrag auszahlt oder Sie diesen Betrag von anderer Seite zur Begleichung Ihrer Forderungen an Lindsey Scott erhalten, Ihre gesamten Unterlagen die Prozeßvorbereitungen im Fall Lindsey Scott betreffend überlassen?«

»Ich überlasse sie Ihnen, damit Sie Kopien anfertigen können. Ich erwarte, daß die Unterlagen an mich zurückgegeben werden.«

»Ja, Sir, das ist verständlich. Aber wir können davon ausgehen, daß die Unterlagen, die Sie uns aushändigen, vollständig sind?«

»Sie werden vollständig sein.«

»Keine weiteren Fragen.«

Auf diesen Austausch folgte ein überraschender Antrag des Anklägers Lieutenant Colonel Messer, der Richter Atkins bat, zu Leinos Gunsten zu entscheiden und der Forderung auf Herausgabe der Unterlagen stattzugeben.

Niemand war überraschter als Leino, der sich erhob und sagte: »Ich nehme an, die Hölle ist zugefroren, da wir in dieser Sache mit der Anklagevertretung auf einer Seite stehen. Ich komme mir irgendwie vor, als befände ich mich in einer Aufführung von *Der Kaufmann von Venedig*. Aufgrund der Tragweite dieser Angelegenheit – immerhin geht es buchstäblich um das Leben eines Menschen und das seiner Angehörigen – fordern wir die Herausgabe dieser Unterlagen. Ich finde es gelinde gesagt befremdlich, daß der Verteidiger [Kuhnke] sich auf gewisse Dokumente bezieht und erklärt, diese Dokumente würden den eindeutigen Beweis dafür erbringen, daß er alles Notwendige getan habe und wir alle beruhigt sein könnten, daß der Verfassung genüge getan worden wäre, und er dann herkommt, im Zeugenstand Platz nimmt und lächelnd erklärt, es gäbe so etwas wie ein Zurückbehaltungsrecht und dieses wiege seiner Ansicht nach schwerer als die Grundsätze der Verfassungsmäßigkeit. Wir sind uns bewußt, daß noch Honorarforderungen offen sind. Wenn nötig, werden wir das Geld beschaffen, und es wird rechtzeitig vorliegen, damit wir mit den Vorbereitungen für die Anhörung beginnen können. Dann werden wir hoffentlich Gelegenheit haben, Mr. Kuhnke zu seinen Prozeßvorbereitungen und seinen Unterlagen zu befragen.«

Richter Atkins: »Mr. Ervan Kuhnkes Antrag, die Forderung zur Herausgabe besagter Unterlagen zurückzuweisen, wird hiermit abgelehnt. Ich ordne an, daß er der Verteidigung die geforderten Unterlagen zur Prüfung übergibt. Diese Anweisung schließt die Anfertigung von Kopien nicht ein ... Der Verteidigung wird Einblick in die Akte gewährt. Haben Sie das verstanden?«

Leino: »Darf die Verteidigung sich Notizen machen?»«

Richter Atkins (lächelnd): »Ich gehe davon aus, daß Sie bei Prüfung der Unterlagen die Hände nicht auf dem Rücken behalten.«

Und so errangen Leino und Myers einen weiteren Sieg. Sie durften Ruby Hills und Pam Biller als Zeugen rufen, und sie hatten Zugang zu Kuhnkes sämtlichen fallbezogenen Unterlagen. Sie fühlten sich nun so gut gerüstet, wie man es erwarten konnte, um die Inkompetenz Kuhnkes nachweisen zu können und somit das Militärische Berufungsgericht davon zu überzeugen, eine Wiederaufnahme des Verfahrens anzuordnen. Im Lager der Verteidigung machte sich ein klares Stimmungshoch bemerkbar, während sie auf den Höhepunkt, die DuBay-Anhörung warteten, die nun auf den 29. Januar gelegt worden war.

Weitgehend aufgrund der bundesweiten Publicity, die Scott durch den zwanzigminütigen Bericht in *60 Minutes* erfahren hatte, traten Dutzende von Journalisten mit dem PR-Büro von Quantico in Verbindung, um Genehmigungen zu beantragen, über die DuBay-Anhörung zu berichten. Am 25. Januar brachte der *Free Lance-Star* aus Fredericksburg, Virginia, unter dem Titel ›Rechte: ein ständiger Kampf für Lori Jackson‹ einen einseitigen Artikel von Nancy Cook über Lori. Neben einer Großaufnahme von Lori recherchierte Miss Cook die Wurzeln von Loris Kindheit und ihren Einsatz in der Bürgerrechtsbewegung bis hin zum gegenwärtigen Stand des Falles Scott. Lori erzählte der Reporterin, daß sie jetzt, da sie Scott seit achtzehn Monaten kenne, mehr denn je von seiner Unschuld überzeugt wäre und sicher sei, daß er nicht mehr lange würde warten müssen.

Der Reporterin zufolge sagten Scotts Anwälte, daß Mrs. Jackson zwei Zeugen aufgetan habe, die Scott am Abend des Verbrechens beim Einkaufen gesehen hätten. Miss Cook zitierte John Leino wie folgt: ›Sie hat sich für den Fall eingesetzt, noch bevor wir hinzugezogen wurden. Sie ist Herz und Seele dieses Falles. Erst kommt Lindsey Scott, dann kommt Lori Jackson.‹

Am Tag vor der Anhörung brachte dieselbe Zeitung ein Interview mit Scott, in dem er gestand, daß die Haft ihn, seine Frau und seine Eltern sehr belaste. Er sagte, seine Frau Lola wäre einem Nervenzusammenbruch nahe gewesen, und seine kleine Tochter, die fünf Wochen vor seinem Militärgerichtsprozeß geboren worden sei, müsse ohne ihren Vater aufwachsen. Er sagte, daß er seit seiner Rückverlegung nach Quantico am 4. Juli seine Frau und seine Tochter wenigstens an den Wochenenden sehen könne, diese Begegnungen jedoch auch belastend seien. »Es ist hart«, sagte er. »Meine kleine Tochter klammert sich an mein Bein, wenn sie mich besuchen, und will, daß ich mit ihr gehe … Es ist hart, auf Wiedersehen zu sagen.«

Kapitel 18

Als Richter Atkins die DuBay-Anhörung am 29. Januar eröffnete, war deutlich, daß die Medien dem Fall Scott bundesweit große Aufmerksamkeit schenkten. Die Reporter im Gerichtssaal der LeJeune Hall waren so zahlreich, daß Richter Atkins neun von ihnen gestattete, auf der Geschworenenbank Platz zu nehmen (da bei der Anhörung keine Jury erforderlich war). Unter diesen neun befanden sich zwei Gerichtszeichner der Print- und Elektronikmedien. In der zweiten Reihe des Zuschauerraumes, gleich hinter Scotts Familie und Lori saßen unter anderem der PR-Offizier von Quantico, Major Rick Stepien, Lieutenant Colonel Richard Harry (a. D.), *60-Minutes*-Producer Joe Wershba und Autor Ellis A. Cohen. Zu den Freunden, Bürgerrechtlern und Anhängern im Zuschauerraum gehörten auch einige Menschen aus Scotts Heimatstadt Louisville sowie ein Freund und ehemaliger Marine namens Josh, der extra aus Jacksonville, Florida, angereist war.

Am Tisch der Regierung saßen dieselben beiden Männer wie schon während des Militärgerichtsprozesses, Major Donald Thomson und Lieutenant Colonel Jim Messer. Beide trugen Winteruniformen der Marineinfanterie: grüne Wollpullover über den regulären khakifarbenen Hemden und grüne Wollhosen. Am Tisch der Verteidigung saßen John Leino in einem hellblauen Blazer, marineblauen Hosen, blauem Hemd und roter Ripskrawatte und sein Partner Gary Myers in einem graugestreiften Anzug mit weißem Hemd aus feinem Wollstoff und rotgestreifter Krawatte – ganz Absolvent einer Elitehochschule. Zwischen ihnen saß Lindsey Scott in Winteruniform der Marineinfanterie. Außerdem saß Major Roach, immer noch vom Militär bestellter Verteidiger, bei ihnen am Tisch. (Er war während der Voranhörungen an John Leino herangetreten, besorgt, daß er in schlechtem Licht dastehen würde wegen seines geringen Anteils an Scotts Verteidigung beim Militärgerichtsprozeß, aber Leino hatte entgegnet, er brauchte sich keine Sorgen zu machen, was ihn und

Myers beträfe, hätte er seinen Job getan. Er wäre nie in der Position gewesen, Kuhnke zu kritisieren oder die Verteidigung selbst zu übernehmen, auch wenn er es gewollt hätte.)

Hinten im Gerichtssaal standen zwei MP in stoischer Habachtstellung, den Blick auf Scott geheftet (weniger auffällig waren zwei Männer in dunklen Anzügen, zweifellos NIS-Agenten, die an der Hintertür Posten bezogen hatten). Draußen auf dem Flur wartete, mit einem konservativen Nadelstreifenanzug bekleidet, Rechtsanwalt Ervan Kuhnke darauf, daß er aufgerufen wurde.

Wie Richter Atkins bestimmt hatte, würde er die Direktbefragung der Zeugen durchführen und diese dann der Verteidigung zum Kreuzverhör überlassen. Auch würde es der Verteidigung gestattet sein, eigene Zeugen zu befragen, nachdem der Richter sie geprüft hatte. Der Anklagevertretung standen dieselben Privilegien zu.

Scott wurde als erster Zeuge aufgerufen. Über drei Stunden saß er im Zeugenstand und wurde erst von Richter Atkins, dann von John Leino und schließlich von Lieutenant Colonel Messer ausführlich zu seinen Begegnungen und Telefonaten mit Kuhnke seit dem Zeitpunkt, da er den Anwalt über das Militärgericht engagiert hatte, befragt. Immer wieder beklagte Scott mangelnde Kommunikation mit Kuhnke während der sechs Monate zwischen seiner Verhaftung und dem Prozeß. Richter Atkins befragte ihn zum ersten Haftprüfungstermin unter Vorsitz von Lieutenant Colonel Harry:

Richter Atkins: »Sind Sie Mr. Kuhnke vor dieser Anhörung begegnet?«

Scott: »Nein, Sir, das bin ich nicht.«

»Hatten Sie während des Haftprüfungstermins Gelegenheit, sich mit Mr. Kuhnke zu besprechen?«

»Gelegenheit ja, Sir.«

»Und haben Sie sich mit ihm besprochen?«

»Nicht während der Dauer des Haftprüfungstermins, Sir.«

»Hat er versucht, während des Haftprüfungstermins mit Ihnen zu sprechen?«

»Er hat während des Haftprüfungstermins kein Wort zu mir gesagt.«

»Hat Mr. Kuhnke an dem Haftprüfungstermin teilgenommen?«

»Davon abgesehen, daß er seine Qualifikation als Anwalt erklärt hat, hat Mr. Kuhnke nichts zu diesem Haftprüfungstermin beigetragen. Sir.«

»Hatten Sie im Anschluß an den Haftprüfungstermin Gelegenheit, sich mit ihm zu treffen?«

»Er hielt sich im Konferenzsaal auf, bevor er ging, Sir. Wir gingen nirgendwo hin und sprachen auch über nichts, Sir. Er teilte mir nur mit, daß er beim nächsten Haftprüfungstermin zugegen sein würde, das war alles, Sir.«

»Wollen Sie damit sagen, daß Sie Ihren Fall während des Haftprüfungstermins am 27. April 1983 nicht ausführlich mit Mr. Kuhnke besprochen haben?«

»Genau das will ich damit sagen, Sir.«

Scott sagte aus, daß er Kuhnke bei ihrem ersten Treffen am 22. April eine beträchtliche Anzahl von Informationen gegeben habe, die er als nützlich für seine Verteidigung erachtete, einschließlich der Namen verschiedener potentieller Zeugen, die sein Alibi für den Tatabend bestätigen konnten.

Richter Atkins: »Wann fand – nach dem 22. April – das nächste Treffen mit Mr. Kuhnke statt, im Laufe dessen Sie den Beweisvortrag oder Verteidigungsstrategien besprochen haben?«

Scott: »Es gab kein nächstes Treffen, Sir.«

»Kein einziges?«

»Kein einziges, Sir.«

Scott erklärte, daß er Kuhnke mehrfach gebeten hatte, die Zeugen vorzuladen, die er ihm genannt habe, Kuhnke jedoch immer nur entgegnet habe, er solle sich keine Sorgen machen, seiner Überzeugung nach würde es gar nicht erst zum Prozeß kommen, die Anklage stünde auf zu schwachen Füßen. Einmal bezeichnete Scott Kuhnkes Haltung als ›nachlässig‹.

Mit ruhiger, gemäßigter Stimme erzählte Scott Richter Atkins, daß er Kuhnke außerdem gebeten habe, Gutachter als Zeugen der Verteidigung einzubringen, vor allem einen forensischen Sachverständigen. Er habe Kuhnke gebeten, die Übergabe der Ermittlungsakten zu fordern, die hätten zeigen können, daß die ursprüngliche Täterbeschreibung des Opfers nicht auf ihn gepaßt habe. Außerdem führte Scott an, daß Kuhnke es versäumt hätte, Beschwerde einzulegen, nachdem Ermittler des NIS ohne Durchsuchungsbeschluß seine Wohnung und seinen Wagen durchsucht hatten.

Richter Atkins: »Als der Prozeß begann, welches Gespräch haben Sie da mit Mr. Kuhnke hinsichtlich der Anwesenheit oder des Fehlens von Zeugen geführt?«

»Zu diesem Zeitpunkt, Sir ... wußte ich noch nicht, daß meine Zeugen nicht vorgeladen worden waren und Mr. Kuhnke auch in den anderen Punkten nichts unternommen hatte. Ich dachte, die Zeugen würden gehört werden.«

»Wie oft hatten Sie während des neuntägigen Prozesses Gelegenheit, sich mit Mr. Kuhnke zusammenzusetzen, um den Stand der Dinge und den Beweisvortrag zu besprechen?«

»Wir haben uns überhaupt nicht besprochen, Sir.«

»Kein einziges Mal?«

»Nein, Sir.«

John Leino ging beim Kreuzverhör sehr viel detaillierter auf Scotts Kontakte mit Kuhnke ein als Richter Atkins, bis Lieutenant Colonel Messer begann, die Relevanz in Frage zu stellen. Als Scott erklärte, daß Kuhnke ihm immer wieder gesagt hatte, er solle sich keine Sorgen machen, da die Anklage es niemals schaffen würde, den Fall vor Gericht zu bringen, fragte ihn Leino:

»Private Scott, gab es eine Zeit, in der Sie in irgendeiner Weise in Ihrer Bewegungsfreiheit eingeschränkt waren, und wenn ja, wann?«

Lieutenant Colonel Messer erhob Einspruch. »... Die Anklage möchte darauf hinweisen, daß dies an dieser Stelle völlig irrelevant ist. Das hat nicht das geringste mit der Alibiverteidigung zu tun.«

Leino: »Was die Einschränkung seiner Bewegungsfreiheit betrifft, halte ich diese sehr wohl für relevant, und wenn er seinem Verteidiger mitgeteilt hat, daß er in seiner Bewegungsfreiheit eingeschränkt oder gar verhaftet wurde, denke ich, daß ein Anwalt dies als Zeichen dafür deuten sollte, daß er es mit einer ernsten Situation und einer ernsten Anklage zu tun hat. Ich meine, ich bezweifle, daß der NIS oder andere Stellen dies nur zum Spaß tun würden. Sie haben ihn wohl kaum den Fahnenmast hinaufgejagt, um zu sehen, ob jemand salutiert.«

Richter Atkins: »Ich lasse die Frage zur Klärung der Kontakte zwischen dem Angeklagten und seinem Verteidiger zu.«

Ermutigt wagte Leino sich weiter in den eigentlichen Fall vor.

Leino: »Mir ist aufgefallen, daß in Ihren Notizen zu der Artikel-32-Anhörung steht, Sie hätten gesagt: ›Das Telefon in meiner alten Wohnung war seit über einer Woche tot.‹ Warum halten Sie das für wichtig?«

Scott: »Weil der Täter das Opfer offenbar von irgendwo aus der Nähe ihrer Wohnung angerufen hat.«

»Woher wollen Sie wissen, daß der Täter sie aus der Nähe angerufen hat?«

»Das schließe ich aus der Aussage des Opfers.«

»Und was hat das Opfer ausgesagt?«

»Das Opfer hat ausgesagt, der Täter habe zwei Minuten nach dem Anruf bereits auf dem Parkplatz gewartet.«

»Warum war der Umstand, daß Ihr Telefon tot war, von Bedeutung?«

»Ich hätte sie nicht von der Wohnung in Spanish Gardens aus anrufen können.«

»Gibt es in dem Wohnkomplex Spanish Gardens keine Münzfernsprecher?«

»Nein, es gibt keine.«

»Wann hat Ihr Anwalt Ihre Notizen erhalten?«

»Mitte September.«

»Hat er Ihnen gesagt, daß er bei der Telefongesellschaft entsprechende Unterlagen anfordern würde? Hat er etwas in dieser Art gesagt?«

»Nein, das hat er nicht.«

»Hat er Ihnen gesagt, ob er die Telefongesellschaft aufgesucht und deren Unterlagen eingesehen hat?«

»Nein.«

»Ist er zum Wohnkomplex Spanish Gardens gefahren, um

zu prüfen, ob es dort Münzfernsprecher gibt, die Sie hätten benutzen können?«

»Nein, das ist er nicht.«

»Wissen Sie, warum er nichts dergleichen getan hat?«

»Nein, das weiß ich nicht.«

Schritt für Schritt leitete Leino Scott durch die Ermittlungen, wobei er immer wieder nachfragte , ob er und Kuhnke irgendwelche bei den Ermittlungen aufgedeckte – oder nicht aufgedeckte – Beweise besprochen hätten.

Leino: »Haben Sie zu irgendeinem Zeitpunkt erfahren, daß in der Nähe des mutmaßlichen Tatorts vermeintliche Blutspuren gefunden wurden?«

»Ja.«

»Und haben Sie dies Ihrem Anwalt mitgeteilt?«

»Ja, das habe ich.«

»Hat Ihr Anwalt zu irgendeinem Zeitpunkt im Anschluß an diese Entdeckung irgendwelche Resultate von Blutanalysen oder forensischen medizinischen Tests in Zusammenhang mit dieser Blutspur erhalten?«

»Nein.«

»Also wissen wir vom rein wissenschaftlichen Standpunkt aus nicht, ob es sich tatsächlich um Blut gehandelt hat, richtig?«

»Das ist richtig.«

»Haben Sie die Blutspur gesehen?«

»Ich habe etwas gesehen.«

»Sie waren vor Ort und haben mit eigenen Augen gesehen, was die Ermittler als Blutspur bezeichneten?«

»Das ist richtig.«

»Und das haben Sie Ihrem Anwalt mitgeteilt?«

»Richtig.«

»Und wonach sah diese angebliche Blutspur für Sie aus?«

»Es waren rostrote Tropfen. Ein Haufen zerquetschter Käfer – einige davon waren Käfer. Das war nicht richtig zu erkennen.«

»Wissen Sie, ob von den Ermittlern eine Probe dieser angeblichen Blutspur sichergestellt wurde?«

»Ich habe nichts dergleichen gesehen. Ich glaube nicht, daß

Proben genommen wurden. Nein, es wurden keine Proben sichergestellt.«

»Also, wir müssen in diesem Punkt sehr genau sein. Wo befand sich dieses Blut?«

»Auf einer gepflasterten Straße.«

»Die Blutspur begann auf der gepflasterten Straße und endete auf der gepflasterten Straße, ist das richtig?«

»Richtig.«

»Hat Ihr Anwalt jemals mit Ihnen über Gerinnungsfaktoren gesprochen?«

»Nein, das hat er nicht.«

»Hat Ihr Anwalt jemals erwähnt, daß er mit einem medizinischen Sachverständigen gesprochen habe – nicht unbedingt mit jemandem, den er aufgesucht habe, er könnte auch nur mit jemandem, der als medizinischer Experte betrachtet werden kann, über Gerinnungsfaktoren gesprochen haben.«

»Nein, er hat nichts dergleichen erwähnt.«

»Dann kann man also davon ausgehen, daß er Ihnen auch nicht erklärt hat, daß eine Blutspur unter Berücksichtigung der Fakten im vorliegenden Fall durchgehend gewesen wäre, das heißt, daß das meiste Blut am Tatort geflossen sein müßte und die Blutung sich bis zum Einsetzen der Gerinnung fortgesetzt hätte?«

»Davon hat er nie etwas gesagt.«

»Es wurden doch Spürhunde eingesetzt. Oder?«

»Das ist richtig.«

»Ist Ihnen bekannt, daß die Virginia Search and Rescue Dog Association solche Suchaktionen kostenlos durchführt und Gutachter stellt?«

»Nein, das war mir nicht bekannt.«

»Und ist Ihnen bekannt, daß der Hund Bambi einen Leichnam achtzehn Meter tief unter Wasser gefunden hat, sechs Tage nach Eintritt des Todes?«

»Nein, das wußte ich nicht.«

»Hat Ihr Anwalt je mit Ihnen über Spürhunde gesprochen und über deren Zuverlässigkeit?«

»Nein, das hat er nicht.«

»Hat er je gesagt: ›Nun, sie haben den Tatort nicht finden

können, also haben wir zwei Möglichkeiten – entweder wir versuchen selbst den Tatort zu finden, oder aber wir bauen die Verteidigung darauf auf‹?«

»Nein, das hat er nicht.«

»Hat Sie irgend etwas dazu bewogen, darüber nachzudenken, daß es merkwürdig ist, daß eine Blutspur hier beginnt und dort endet und Hunde nirgendwo sonst im Umkreis weitere Blutspuren finden können?«

»Ich habe nie darüber nachgedacht.«

»Glauben Sie, das Opfer könnte in einem Wagen verletzt und auf die Straße geworfen worden sein?«

»Einspruch, Euer Ehren!« rief Lieutenant Colonel Messer.

Leino: »Ich ziehe die Frage zurück.«

Lieutenant Colonel Messer: »Der Anklage ist bewußt, daß heute Einsprüche wegen Anhäufung von Fragen und fragwürdiger Relevanz eher die Ausnahme sind, aber die Anklage möchte doch, auf die Gefahr hin lästig zu sein, Einspruch wegen Irrelevanz erheben, Euer Ehren. Außerdem haben wir den Eindruck, daß wir mehr von Mr. Leino zu hören bekommen als von dem Zeugen.«

Leino: »Nun, Euer Ehren, ich möchte anmerken, daß es sich hierbei um Informationen handelt, die schon vor langer Zeit hätten zur Sprache gebracht werden müssen. Die Tatsache, daß dies nicht geschehen ist, beruht auf dem Umstand, daß der Verteidiger es versäumt hat, zwei Telefonate zu führen. Ich bin allein durch zwei Anrufe in den Besitz dieser Informationen gelangt: der eine Anruf galt der Bundespolizei, und der zweite Mrs. Dianne Stanly.«

Richter Atkins: »Zweck dieser Anhörung ist der, daß ich mir ein Bild von der Vorbereitungsarbeit mache, die Mr. Kuhnke geleistet hat. Das ist der Maßstab, an dem die Relevanz gemessen wird.«

Leino: »Ja, Sir.«

Richter Atkins: »Ich erachte die Ausführungen der Verteidigung als diesbezüglich relevant. Fahren Sie fort.«

Dies war zweifellos ein erhebliches Zugeständnis seitens Richter Atkins', der von Leinos Enthüllungen ebenso fasziniert schien wie die Zuschauer. Und so fuhr der Anwalt in gleicher Art fort: »Nun, Sie haben den Bericht des NIS gelesen ... in dem bestimmte Einzelheiten aufgeführt sind wie beispielsweise eine Beschreibung der Verletzungen des Opfers durch den Arzt.«

»Das ist richtig.«

»Es wurde von einer Vergewaltigung ausgegangen, ist das richtig?«

»Das ist richtig.«

»Wissen Sie, was eine Vulva ist? Haben Sie den Begriff schon einmal gehört?«

»Ja, das habe ich.«

»Und worum handelt es sich?«

»Das ist das weibliche Geschlechtsor ... Ein Teil des weiblichen Geschlechtsorgans.«

»Wissen Sie, was ein vaginaler Introitus ist? Haben Sie schon einmal davon gehört?«

»Nein, das habe ich nicht.«

»Das ist der Scheideneingang. Ich habe das bis gestern abend auch nicht gewußt. Ich habe in einem Fachbuch nachgeschlagen. Hat Ihr Anwalt Sie darauf aufmerksam gemacht, daß in dem medizinischen Bericht, von dem ihm eine Kopie vorlag oder hätte vorliegen sollen, der Arzt, der das Opfer als erster auf Spuren einer Vergewaltigung untersucht hat, erklärt: ›Die Vulva ist im normalen Bereich, es sind keine Abschürfungen oder Quetschungen feststellbar‹? Und hat er Sie darauf aufmerksam gemacht, daß der vaginale Introitus ebenfalls im normalen Bereich war?«

»Nein, das hat er nicht.«

»Hat Ihr Anwalt je vorgeschlagen, einen Sachverständigen für medizinische Untersuchungen auf Spuren von Vergewaltigung zu Rate zu ziehen?«

»Nein, das hat er nicht.«

Leino fuhr fort und kam auf Scotts verzweifelten Anruf bei Lori Jackson zu sprechen, die er um Hilfe bat und die in der Lage war, Zeugen ausfindig zu machen, die möglicherweise sein Alibi stützen konnten. Leino fragte ihn nach Kuhnkes eidesstattlicher Erklärung, in der stand, Scott hätte ihn Dutzende Male in seiner Kanzlei aufgesucht. Scott bestritt dies.

Leino: »Haben Sie ihn zwanzigmal in seiner Kanzlei aufgesucht?«

Scott: »Nein.«

»Haben Sie ihn zehnmal in seiner Kanzlei aufgesucht?«

»Nein.«

»Wie oft haben Sie ihn in seiner Kanzlei aufgesucht, ihm ihre Unschuld versichert und mit ihm über den Fall gesprochen?«

»Einmal.«

»Sie stehen unter Eid. Bleiben Sie bei dieser Aussage?«

»Ja.«

»Und was sagen Sie zu der eidesstattlichen Erklärung, in der steht, Sie hätten Ihren Anwalt Kuhnke Dutzende Male aufgesucht?«

»Das entspricht nicht der Wahrheit.«

»In derselben eidesstattlichen Erklärung behauptet er außerdem, ich zitiere: ›Sämtliche Zeugen der Verteidigung wurden von mir oder meinem Mitverteidiger befragt, bevor sie in den Zeugenstand gerufen wurden‹ Zitatende. Entspricht das der Wahrheit?«

»Nein.«

»Ich zitiere wieder: ›Ruby Hills wurde aufgrund meiner Bemühungen ausfindig gemacht, eine Alibiverteidigung für Corporal Scott aufzubauen.‹ Stimmt das?«

»Nein, das stimmt nicht.«

Nach einem knappen Kreuzverhör durch Lieutenant Colonel Messer, der versuchte darzulegen, daß Kuhnke und Major Roach gemeinsam bei Scotts Prozeß ihren Mandanten angemessen vertreten hätten, fuhr Leino mit weiteren Fragen fort.

»Was hat Mr. Kuhnke bezüglich des Kreuzverhörs des Opfers zu Ihnen gesagt?«

»Er sagte, er wolle sie nicht zur Tat befragen.«

»Warum wollte er sie nicht zu der Tat befragen – die man immerhin Ihnen zur Last legte?«

»Er sagte, es würde sie und auch ihn zu sehr aufwühlen.«

Schließlich fragte Leino Scott: »Hat Mr. Kuhnke Ihnen gesagt, was er unterlassen habe?«

»Ja, das hat er.«

»Und was hatte er unterlassen?«

»Er hatte nicht mit den Zeugen gesprochen, sie nicht vorgeladen, keine der Unterlagen angefordert, die ich ihn gebeten hatte anzufordern, und er hatte entgegen meiner Bitte keine Sachverständigen geladen.«

Mr. Kuhnke, der als nächstes aufgerufen und von Richter Atkins befragt wurde, erzählte eine völlig andere Version. Sichtlich gestreßt, sich häufig verhaspelnd, in dem stickigen Saal schwitzend und sich wiederholt mit einem weißen Taschentuch Stirn und Mund abwischend, leugnete der Anwalt, daß Scott ihm bei ihrer ersten Begegnung die Namen potentieller Zeugen genannt habe, die möglicherweise sein Alibi bestätigen könnten. Auch flüchtete er sich, wenn Richter Atkins ihm schwierige Fragen stellte, in Vergeßlichkeit. Zu Beginn der Befragung fragte der Richter ihn nach dem Haftprüfungstermin:

Richter Atkins: »... Wie haben Sie sich auf diese erste Anhörung vorbereitet?«

Kuhnke: »Ich habe versucht, durch Gespräche mit Major Roach und anderen soviel als möglich über den Fall und die vorliegenden Beweise in Erfahrung zu bringen.«

»Sie haben Major Roach benutzt, um herauszufinden, welche Beweise gegen Private Scott vorlagen?«

»Ich wußte, daß er vor Ort war. Er hatte Kontakt zu den Anklagevertretern, und es war eine annehmbare ... ja, ich habe ihn zu diesem Zweck benutzt ... anfangs, ich habe ...«

»Und was hat Major Roach für Sie in Erfahrung bringen können?«

»Ich kann mich nicht mehr erinnern. Ich habe noch mit vielen anderen Leuten gesprochen ...«

»Was haben Sie noch unternommen, außer Major Roach zu beauftragen, herauszufinden, welche Beweise vorlägen?«

»Das weiß ich nicht mehr, Euer Ehren, aber ich habe eine Vielzahl anderer Erkundigungen eingeholt, so viele ich konnte.«

Richter Atkins fragte nach den forensischen Untersuchungen, die zwischen dem ersten und dem zweiten Haftprüfungstermin durchgeführt worden waren.

»Was waren das für Untersuchungen? Erinnern Sie sich, was genau getestet wurde?«

»Das weiß ich nicht mehr genau, aber … alle Untersuchungen, die eine gute Ermittlungsbehörde anordnen würde.«

»Und wem wurden die Ergebnisse dieses Tests mitgeteilt?«

»Das kann ich nicht beantworten, aber mir wurde gesagt, sie wären negativ oder nicht aufschlußreich, was dann auch beim Prüfungstermin festgestellt wurde.«

»Wer hat Ihnen dies mitgeteilt?«

»Ich weiß es nicht … vielleicht Major Roach.«

Kuhnke widersprach Scotts Aussage und behauptete, er hätte vom Zeitpunkt seiner Verhaftung bis zum Prozeßbeginn zwischen einhundertfünfzig- und einhundertfünfundsiebzigmal mit ihm Kontakt gehabt, bei etwa einem Viertel dieser Gelegenheiten hätten sie nicht per Telefon, sondern direkt miteinander gesprochen.

Richter Atkins erkundigte sich nach Kuhnkes Zusammenarbeit mit Lori Jackson, und Kuhnke gab zu, daß er sie gebeten hätte, Kontakt zu sämtlichen Alibizeugen aufzunehmen. »Warum haben Sie nicht persönlich mit Ruby Hills gesprochen?« fragte der Richter.

Kuhnke: »Sie (Lori) hat ihre Sache sehr gut gemacht. Es schien, als käme sie gut mit ihr klar.«

Richter Atkins: »Sind Sie je in Spanish Gardens, bei Zayre's oder am mutmaßlichen Tatort gewesen?«

»Ich weiß, wo sie … oft. Die verschiedenen Orte sind mir vertraut. Ich lebe seit zehn Jahren in dieser Gegend.«

»Haben Sie im Rahmen der Vorbereitungen für die Verteidigung von Corporal Scott diese Orte aufgesucht?«

»Nein, das war nicht nötig …«

»Haben Sie je die Stelle auf dem Stützpunktgelände des Marineinfanteriekorps aufgesucht, an der Spuren gefunden worden waren und an der das Opfer von einem Autofahrer aufgegriffen wurde oder …«

»Ich war schon mehrmals dort vorbeigefahren. Ich wußte in etwa, wo es war.«

»Sie sind im Rahmen der Prozeßvorbereitungen dort vorbeigefahren?«

»Nein, ich habe … das gehört zu den Dingen, um die ich Mrs. Jackson gebeten habe …«

»Ich wüßte gern von Ihnen, wie Sie die Zeugen auf ihre Aussage vor Gericht vorbereitet haben.«

»Ich habe keinen der Zeugen auf seine Aussage vorbereitet … Ich habe von ihnen erwartet, daß sie die Wahrheit sagen und wahrheitsgemäß auf die Fragen während des Kreuzverhörs antworten würden.«

Nachdem er Kuhnke zu seiner Berufserfahrung befragt hatte, vertagte Richter Atkins die Anhörung auf den nächsten Morgen.

(Den ganzen Tag verließ Lori während der ausführlichen Befragungen im Gerichtssaal immer wieder ihren Platz in der ersten Reihe des Zuschauerraumes und schlenderte durch die Flure, um sich einen Eindruck von der Stimmung der Marines zu verschaffen, die ihr begegneten. Die meisten Ledernacken betraten und verließen die LeJeune Hall geschäftig und schienen sich nicht für das Drama im Gerichtssaal zu interessieren. Jedoch bemerkte sie einige weitere Männer in dunklen Anzügen – NIS-Agenten wie sie vermutete –, die um die Bänke herumschlichen, auf denen die Zeugen darauf warteten, aufgerufen zu werden. Nicht, daß sie irgend etwas Ungewöhnliches bemerkte, aber aus Vorsicht und weil die Anwesenheit der Männer ›angsteinflößend und einschüchternd‹ gewesen sei, wie sie später erklärte, habe sie einige Bürgerrechtler aus dem Gerichtssaal geholt, die sich zu den Zeugen gesetzt hätten, um jedwedem Versuch der NIS-Agenten vorzubeugen, die Zeugen zu beeinflussen.)

Die Schlagzeile in der *Washington Post* am nächsten Morgen lautete ›Wegen Vergewaltigung verurteilter Marine strebt Wiederaufnahme des Verfahrens an‹. In dem Artikel wurde zitiert, wie Kuhnke Richter Atkins gegenüber eingestand: ›Ich war überzeugt davon, daß die Anklage nicht genug in der Hand hatte, den Fall vor Gericht zu bringen.‹ Weiter stand in dem Artikel, daß die Anhörung voraussichtlich noch zwei Tage dauern würde und es dann dem Militärischen Berufungsgericht überlassen sei ›den erstinstanzlichen Schuldspruch zu bestätigen, eine Wiederaufnahme des Verfahrens anzuordnen oder die Anklage gegen Scott fallenzulassen‹. Richter Atkins wurde dahingehend zitiert, daß die Entscheidung erst in mehreren Monaten zu erwarten sei.

Am zweiten Tag übernahm Major Thomson als erster die Befragung Kuhnkes. Theoretisch war es im Interesse der Anklage, sich hinsichtlich der Handhabung von Scotts Verteidigung an das Motto ›im Zweifel für ...‹ zu halten, um eine Bestätigung des Militärgerichtsurteils zu erreichen. Und so waren alle Anwesenden überrascht, als der Ankläger Kuhnke einer eindringlichen und tiefgründigen Befragung unterzog.

Er brachte Kuhnke ebenfalls dazu einzugestehen, daß er geglaubt habe, die Anklagevertretung hätte nicht genug gegen Scott in der Hand und es werde nie zum Prozeß kommen. Darum habe er es auch nicht für nötig gehalten, sich eingehend mit Scott über seine Verteidigungsstrategie oder die Zeugen, die er (Kuhnke) aufzurufen gedenke, zu unterhalten. Major Thomson fragte ihn, ob er die Frage der Vergewaltigung weiterverfolgt habe, ob je bewiesen worden sei, daß tatsächlich eine Vergewaltigung stattgefunden habe. Kuhnke gab zu, dies nie überprüft zu haben, weil er überzeugt gewesen sei, daß das Opfer vergewaltigt worden sei.

Major Thomson: »Und was hat Sie hiervon überzeugt?«

Kuhnke: »Der Bericht des NIS.«

»Haben Sie und Scott je davon gesprochen, Sachverständige zu Rate zu ziehen?«

»Er hat vorgeschlagen, Sachverständige als Zeugen vorzuladen. Aber die kosten Geld, viel Geld.«

»Ist Ihnen je der Gedanke gekommen, daß Gutachter gehört werden sollten?«

»Ja, ich habe daran gedacht.«

»Und zu welchem Schluß sind Sie gekommen?«

»Ich habe mich dagegen entschieden.«

»Warum?«

»Ich war überzeugt, daß wir sie nicht brauchen würden …«

»Hatten Sie die Mittel, Sachverständige als Zeugen zu laden?«

»Ich habe gesagt, Gutachter kosten Geld, viel Geld.«

»Das ist gut und schön, Mr. Kuhnke, aber das ist keine Antwort auf meine Frage. Hatten Sie in Ihrer Eigenschaft als Verteidiger von Corporal Scott die Mittel, Sachverständige als Zeugen zu laden?«

»Ich denke, ich hätte das Geld auftreiben können, wenn ich es für nötig erachtet hätte, Sachverständige zu laden.«

»Wenn Sie das nötige Geld gehabt hätten, hätten die Sachverständigen dann ausgesagt?«

»Sie waren überflüssig.«

»Mr. Kuhnke, Sie haben ausgesagt, daß Sie keinen der Zeugen auf sein Erscheinen vor Gericht vorbereitet hätten.«

»Das ist richtig. Ich hatte mit … ich hatte …«

»Augenblick. Augenblick. Wessen wurde Corporal Scott angeklagt?«

»Des versuchten Mordes, der Vergewaltigung, des erzwungenen Oralverkehrs und der Entführung. Wir haben den Fall mindestens … mindestens einhundertfünfundsiebzigmal besprochen.«

»Und Sie haben die Zeugen nicht vorbereitet?«

»Ich habe sie nicht vorbereitet, nein.«

»Haben Sie Corporal Scott vorbereitet?«

»Das war nicht nötig.«

»Warum nicht?«

»Weil … weil er seine Unschuld beteuerte … Ich habe ihn angewiesen, die Wahrheit zu sagen …«

»Mr. Kuhnke … haben Sie schon einmal vor Gericht ausgesagt?«

»Ich habe vorher noch nie vor Gericht ausgesagt. Streichen Sie das … ich nehme das zurück. Ich habe schon einmal ausgesagt, vor vielen Jahren bei einem Zivilprozeß …«

»In Anbetracht der Schwere der Anklage gegen Corporal Scott, und wenn man einmal davon ausgeht, daß Sie als Anwalt nicht oft vor Gericht ausgesagt haben und Corporal

Scott ebenfalls eher selten vor einem Gericht ausgesagt hat ... hielten Sie es da nicht für angebracht, ihn auf seine Aussage vorzubereiten?«

»Nein.«

Nach einer Verhandlungspause begann John Leino mit seinem Kreuzverhör. Er maß der von Kuhnke eingestandenen Tatsache, daß er sich bei der Beschaffung seiner Informationen bezüglich der Beweislage größtenteils auf die Berichte des NIS verlassen und die Angaben nicht persönlich überprüft habe, die größte Bedeutung bei. Und darum, schloß Leino, wäre Kuhnke zu keinem Zeitpunkt in der Lage gewesen, die NIS-Berichte in Zweifel zu ziehen; er habe sie einfach als korrekt akzeptiert.

Im Laufe einer Diskussion mit Kuhnke über seine Infragestellung der Zuständigkeit bei der Vorverhandlung aufgrund der Tatsache, daß der Tatort nie gefunden worden sei, erklärte Kuhnke, er habe Lori Jackson in die Gegend geschickt und sie dann ›spontan‹ als Zeugin aufgerufen.

Leino: »Sie haben ›spontan‹ eine Zeugin aufgerufen und zu dem Ort befragt, an dem das Opfer gefunden wurde, obwohl dies ein wichtiger Bestandteil Ihrer Verteidigung war?«

Kuhnke: »Nein. Das war aus dem Bericht ersichtlich. Das hätte ich über ... diese Information hatte ich von Lindner bekommen ...«

»Sie haben sich also diesmal auf den Hauptermittler beziehungsweise auf dessen Bericht verlassen, um Ihre Verteidigung aufzubauen. Ist das richtig?«

»Ja, um eine Verteidigung aufzubauen, derzufolge der Tatort nie gefunden wurde. Und das wurde auch zugegeben.«

»Aber sie haben eine Blutspur gefunden?«

»Ich bin nicht sicher, daß es sich um das Blut des Opfers gehandelt hat.«

»Woher wollen Sie wissen, daß eine Blutspur gefunden wurde?«

»In einem Bericht stand, es wäre eine Blutspur gefunden worden.«

»Und von wem war dieser Bericht verfaßt?«

»Das weiß ich nicht.«

»Könnte es sich vielleicht um einen Bericht des NIS gehandelt haben?«

»Vermutlich.«

»Sie haben sich also auf die Anklage verlassen, der Verteidigung möglicherweise dienliche Informationen zu beschaffen? Ist das richtig?«

»Zum damaligen Zeitpunkt war das in meinem Interesse, Herr Verteidiger.«

Kuhnke bestätigte im Verlauf von Leinos Kreuzverhör mehrfach, daß er mehrere der Zeugen, die Scott vorgeschlagen habe, weder vorgeladen noch angerufen habe, weil er der Ansicht gewesen wäre, daß ihre Aussage unwichtig oder vielleicht sogar schädlich gewesen wäre. Er sagte, er sei weder bei Zayre's noch in der Dumfries-Apotheke gewesen, um Scotts Geschichte zu überprüfen oder mit dem Personal zu sprechen, ›weil andere das für mich erledigt haben‹.

Bevor er das Kreuzverhör abschloß, kam Leino erneut auf die negative Haltung des Verteidigers in bezug auf die Ladung von Sachverständigen zu sprechen, die zu Scotts Gunsten hätten aussagen können. »Ist Ihnen nie der Gedanke gekommen, daß es wichtig sein könnte, einen forensischen Sachverständigen zu laden und eine Sachverständigenmeinung dazu einzuholen, wie es möglich sein soll, daß ein Mann, der einen Pullover trägt und in seinem Wagen eine Frau vergewaltigt, keinerlei Spuren hinterläßt, beziehungsweise, daß weder übereinstimmende Fasern noch Haare gefunden werden? Tatsächlich wurde festgestellt, daß das einzige Haar, das gefunden wurde, eindeutig nicht vom Angeklagten stammte. Waren Sie nicht der Ansicht, daß es wichtig sein könnte, dies einer Jury zu verdeutlichen? Dem Gericht klarzumachen, daß so etwas beinahe unmöglich ist?«

Kuhnke: »Alle Tests fielen entweder negativ aus oder ließen keinen Schluß zu.«

»Meinen Sie, das wäre wichtig gewesen?«

»Es war nicht notwendig.«

»Es war nicht notwendig, einen forensischen Sachverständigen zu laden und dem Gericht die Bedeutung dieser Testergebnisse klarzumachen? Die Bedeutung der Tatsache, daß obgleich laut Anklage eine Vergewaltigung stattgefunden hatte, keinerlei übereinstimmende Fasern sichergestellt wurden? Die Bedeutung dessen, daß der eilige forensische Beweis, ein Haar negroiden Ursprungs, eindeutig nicht von Lindsey Scott stammte?«

»Ich denke, das wäre unnötig gewesen. Es wäre kostspielig und überflüssig gewesen, diesbezüglich einen forensischen Sachverständigen zu laden.«

Schließlich fragte Leino: »Glauben Sie, daß Lindsey Scott zu Recht verurteilt wurde?«

Kuhnke: »Meiner Meinung nach liegt in diesem Fall ein Justizirrtum vor.«

Gary Myers übernahm die weitere Befragung Kuhnkes und versicherte dem Richter, daß er sich kurz fassen werde. Myers sagte, ein Aspekt, der ihn besonders interessiere, wäre Kuhnkes Ermittlerrolle. Ganz sachte und vorsichtig stellte er dem Anwalt eine Falle, in die Kuhnke auch prompt hineintappte.

Myers: »Als Sie beim CIA waren, Hintergrundinformationen eingeholt haben und mit delikaten Angelegenheiten betraut waren, wie Sie es, wenn ich mich recht erinnere, ausgedrückt haben, wie sind Sie da vorgegangen? Wie haben Sie Ermittlungen konkret durchgeführt? Verstehen Sie mich nicht falsch, ich erwarte nicht von Ihnen, daß sie interne Geheimnisse preisgeben.«

Kuhnke: »Das würde ich auch nicht tun.«

»Ich möchte nur wissen, wie Sie vorgegangen sind.«

»Wie man eine Ermittlung leitet?«

»Nun, haben Sie delegiert, andere vor Ort geschickt, Mr. Kuhnke?«

»Ja. Ich habe selbst ...«

»Sie waren selbst unterwegs?«

»Für eine kurze Zeit, zwei Jahre.«

»Und warum sind Sie persönlich unterwegs gewesen, Mr. Kuhnke? Warum haben Sie Personen aufgesucht und mit ihnen gesprochen?«

»Das ist gewöhnlich der zuverlässigste Weg, an Informationen zu gelangen.«

»Danke, Mr. Kuhnke. Sind Sie in Anbetracht Ihrer Tätigkeit als Strafverteidiger der Ansicht, daß jene von uns, die sich dem Strafrecht widmen, die Pflicht haben, vor Ort zu ermitteln, oder meinen Sie, daß unsere Aufgabe darin besteht, am Schreibtisch zu sitzen und Telefonate zu führen?«

»Das kommt darauf an. Das kommt auf die Situation an.«

»Gibt es einen Kriminalfall, Mr. Kuhnke, in dem Zeugen oder Unterlagen eine Rolle spielen, bei dem es vertretbar ist, nichts anderes zu tun als in seinem Büro zu sitzen und zu telefonieren?«

»Als Hauptverteidiger? Erwarten Sie, daß ein Hauptverteidiger in allen Fällen vor Ort tätig wird?«

»Ich danke Ihnen für Ihre Antwort, Mr. Kuhnke. Also, ist es nicht so, Mr. Kuhnke, daß Sie ebensogut wissen wie ich, daß in gleich welcher Angelegenheit, der beste Weg eine Ermittlung zu führen, darin besteht, vor Ort zu agieren? Und stimmt es nicht, daß der wahre Grund dafür, daß Sie nicht getan haben, was Sie, wie wir beide wissen, hätten tun sollen, der war, daß es an Barem gemangelt hat? Ist dem nicht so, Mr. Kuhnke?«

»Das ist nicht richtig.«

»Es war nur eine Frage von Dollar und Cent, oder etwa nicht?«

»Nein, das stimmt nicht.«

»Es war einfacher, Lori Jackson loszuschicken …«

»Es ging nicht um Dollar und Cent.«

»Ich habe keine weiteren Fragen, Euer Ehren. Ich danke für Ihre Geduld.«

Lieutenant Colonel Messer, der hierauf das Kreuzverhör für die Anklagevertretung begann, fragte Kuhnke, warum er der Ansicht wäre, daß in Scotts Fall ein Justizirrtum vorläge.

Kuhnke ließ sich recht langatmig darüber aus, daß die Ermittlungen seiner Ansicht nach nicht korrekt gelaufen seien. »Ich bin überzeugt«, sagte er, »daß es in Anbetracht der Umstände für einen Schwarzen schwierig, nein, unmöglich war, einen fairen Prozeß zu bekommen, für den einzigen schwarzen CID-Officer, der zu diesem Zeitpunkt auf dem Stützpunkt arbeitete.«

Der Ankläger grinste verächtlich und sagte: »Sie sind nur wütend, weil Sie nicht halten konnten, was Sie versprochen hatten: einen Freispruch.«

»Ich bin nicht wütend.«

Vor Beginn der Anhörung am dritten Tag suchte Lori John Leino auf und besprach sich mit ihm. Sie erzählte ihm, daß sie mit Ruby Hills gesprochen hätte und die Kaufhausdetektivin ihr versichert habe, daß sie bereit sei, an diesem Tag in den Zeugenstand zu treten und die Aussage, die sie in *60 Minutes* vor laufender Kamera gemacht hatte, zu wiederholen, sprich, daß sie ihre Arbeitsunterlagen geprüft habe und nun zweifelsfrei bestätigen könne, Scott am Abend des Verbrechens bei Zayre's gesehen zu haben.

Aber Ruby Hills war an diesem Morgen weder die einzige noch die wichtigste Person, um die Loris Gedanken kreisten.

»John«, sagte sie. »Gestern abend nach der Anhörung habe ich versucht, mit Major Thomson zu sprechen, und er schien sich in seiner Haut nicht ganz wohl zu fühlen. John, mein Gefühl sagt mir, daß etwas an diesem Fall Thomson bedrückt.«

Ob dem so war und wenn ja, was dem Anklagevertreter Kopfzerbrechen bereitete, vermochte keiner von beiden zu sagen. Sie ließen das Thema fallen (und es sollte erst viel, viel später in diesem Drama wieder auftauchen).

Als Lori an diesem Morgen den Flur zum Gerichtssaal hinunterging, in dem Bewußtsein, daß sie als zweite Zeugin aufgerufen werden würde (nach Major Roach), trug sie unter einem Arm eine Ausgabe sämtlicher Tageszeitungen, die mehr oder weniger ausführlich über die Anhörung berichtet hatten. Sie war sehr zufrieden mit sich. Sie wußte, daß ihr beharrlicher Einsatz für die *60-Minutes*-Reportage entscheidend dazu beigetragen hatte, die Medien zu mobilisieren. Sie zählte im Gerichtssaal fünfzehn Reporter bekannter Printmedien und Fernsehstationen: Associated Press, United Press International, The Washington Post (die Lee Hockstader, einen ihrer brillantesten Reporter, beauftragt hatte, täglich einen detaillierten Artikel über den Fall zu schreiben). Sie sah Freunde aus den Tagen der Bürgerrechtsdemonstrationen in Washington – Jim Clark, ein Reporter von WJLA-TV, der ABC-Tochtergesellschaft in Washington, der mit dem Emmy Award ausgezeichnet worden war, und Joe Johns von WRC-TV, einer Tochter von NBC-TV.

Diesmal, dachte Lori, wird im Gegensatz zur mageren Berichterstattung während des Militärgerichtsprozesses tagtäglich die Wahrheit berichtet werden, bundesweit und insbesondere den zuständigen Behörden in Washington. Und die Publicity zusammen mit einem öffentlichen Aufschrei würde ganz sicher eine Revidierung des Militärgerichtsurteils bewirken und mindestens dazu führen, daß der Fall Scott neu verhandelt wurde.

Die Aussagen von Major Roach und Lori waren nicht sehr bedeutend; beide bestätigten, daß Ervan Kuhnkes Arbeit, sofern überhaupt, größtenteils telefonisch erledigt worden war. Lori erklärte, daß sie, wenn auch von Kuhnke ermutigt, auf eigene Faust potentielle Alibizeugen ausfindig gemacht habe, darunter auch die Hauptzeugin der Verteidigung, Ruby Hills. Siebzehn Minuten nach eins an diesem Nachmittag trat Ruby Hills in den Zeugenstand und lieferte den versammelten Medienleuten *die* Story des Tages. Sie war nicht mehr bei Zayre's beschäftigt und arbeitete inzwischen als für Maryland und Virginia zugelassene Privatermittlerin vollzeit für den Staat.

Trotz eindringlicher Befragung durch Richter Atkins, die Anklagevertretung und Myers, blieb Ruby Hills bei ihrer Aussage, daß sie zweifelsfrei bestätigen könne, Lindsey Scott am Abend des 20. April zwischen 20 Uhr 15 und 20 Uhr 45 bei Zayre's gesehen zu haben, also exakt zu der Zeit, da Judy Connors überfallen worden war. Major Thomson versuchte, ihre Aussage zu entkräften, aber vergeblich.

Der wichtigste Teil ihrer Aussage, der von der Anklage als ›plötzlicher Erinnerungsschub‹ bezeichnet wurde, da sie sich beim Militärgerichtsprozeß nicht auf ein bestimmtes Datum hatte festlegen wollen, bezog sich darauf, wie sie sich nun so sicher sein konnte, daß sie Scott am Abend des 20. April gesehen hatte. Ruby erklärte, daß sie zu der Zeit, als Lori Jackson sie aufgesucht hatte, durch den kürzlichen Tod ihrer Mutter abgelenkt gewesen sei, nichts über den Fall Scott gewußt habe, niemand sie gebeten hätte, in ihren Arbeitsunterlagen nachzuschlagen, und sie völlig verwirrt und unvorbereitet vor Gericht erschienen sei.

Erst nach dem Militärgerichtsprozeß habe sie Gelegenheit gehabt, ihre eigenen sowie einige Geschäftsunterlagen zu prüfen, und als sie die Photos der Männer gesehen habe, die sie an diesem Abend wegen Ladendiebstahls festgenommen hatte, hätte sie Scott mit den beiden Männern in Zusammenhang bringen können und sich erinnert, daß sie ihn an eben diesem Abend bei Zayre's gesehen hatte. Die Photos der wegen Ladendiebstahls verhafteten Personen werden nicht bei den Verhaftungsunterlagen aufbewahrt, sondern separat, ›in Kisten ganz hinten in einem winzigen Hinterzimmer des Ladens‹.

Myers: »Und bevor Sie diese Bilder gesehen hatten, Mrs. Hills, konnten Sie nicht mehr sagen als ›Ich habe meine Unterlagen überprüft und festgestellt, daß ich am 20. April zwei Festnahmen durchgeführt habe. Ich kann aufgrund meiner Polizeierfahrung bestätigen, daß sich Corporal Scott um diese Zeit herum gesehen habe, aber ich kann nicht bestimmt sagen, ob es am selben Tag war, weil ich erst die Bilder dieser beiden Männer sehen müßte.‹ Aber nachdem Sie sie sich angesehen hatten, waren Sie ganz sicher.«

Hills: »Das ist richtig.«

»Also, Mrs. Hills, ich möchte, daß Sie diesem Gericht sagen, wann Sie sich die Bilder dieser beiden Ladendiebe schließlich angesehen haben.«

»Nachdem ich vor Gericht ausgesagt hatte, setzte sich niemand mehr mit mir in Verbindung, und darum überprüfte ich auch nichts. Ich habe mir diese Photos erst angesehen und bestätigt, Mr. Scott an besagtem Abend gesehen zu haben, nachdem Mr. Scotts neuer Anwalt, Mr. John Leino sich mit mir in Verbindung gesetzt hatte.«

»Und wann war das?«

»Nachdem der Angeklagte vor Gericht gestellt und verurteilt worden war.«

»Und jetzt sagen Sie unter Eid aus, daß Corporal Lindsey Scott sich am Abend des 20. April 1983 zwischen 20 Uhr 15 und 20 Uhr 30 im Kaufhaus Zayre's aufgehalten hat?«

»Das ist richtig.«

Nach dem Kreuzverhör von Major Thomson und weiteren Fragen von Myers entließ der Richter Ruby Hills aus dem Zeugenstand und wollte gerade die letzte Zeugin, Pam Biller, aufrufen, als Myers sich zu Wort meldete und beantragte, daß ›aufgrund der Bestätigung des Alibis seitens einer Zeugin beim Kreuzverhör‹ sämtliche Anklagepunkte gegen Corporal Lindsey Scott fallengelassen würden und das Gericht dies sofort verfügte.

Richter Atkins entgegnete, er würde seine Entscheidung treffen, nachdem die letzte Zeugin gehört worden wäre.

Was auch immer Pam Biller auszusagen hatte, war an diesem Punkt nicht mehr wichtig; alle im Gerichtssaal Anwesenden erwarteten mit angehaltenem Atem die Entscheidung des Richters hinsichtlich Myers Antrag. Reporter machten sich fieberhaft Notizen, bereit, aus dem Saal zu stürmen und ihre Storys telefonisch durchzugeben, falls der Richter tatsächlich zustimmte, die Anklage fallenzulassen. Das wäre eine Sensation.

Wie erwartet konnte Pam Biller nur wenig Wichtiges sagen – nicht nach Ruby Hills Aussage. Pam Biller bezeugte, daß sie sich erinnere, daß Scott am Getränkestand bei Zayre's eine Cola bei ihr gekauft habe, sie sich jedoch nicht mehr an das exakte Datum erinnern könne.

Hierauf richtete Atkins das Wort an die Vertreter beider Seiten: »Und was schlagen Sie nun vor, meine Herren?«

Es folgte eine Reihe juristischer Argumente darüber, welche Möglichkeiten dem Richter bezüglich seiner Entscheidung offenstanden. Die Verteidigung argumentierte, daß er, wenngleich eine DuBay-Anhörung eine rein beweiserhebliche Anhörung sei, das Recht habe, die Anklage fallenzulassen. Major Thomson widersprach und meinte, der Richter könne nur in einer Eigenschaft fungieren, und zwar als Faktenermittler. Darüber, ob die Anklage fallengelassen würde oder nicht, habe allein die zuständige Autorität, sprich Major General Twomey, zu entscheiden.

Richter Atkins ordnete eine kurze Unterbrechung an, um sich näher mit Argumenten und Gegenargumenten zu befassen. Sieben Minuten später, um 15 Uhr 42, entschied er:

»Der Antrag der Verteidigung, sämtliche Anklagepunkte gegen Private Scott fallenzulassen, wird abgelehnt. Meine Entscheidungsgewalt ist auf den Umfang der mir erteilten Befehle beschränkt.«

Myers erklärte, daß er aufgrund dieser Entscheidung beantrage, daß Scotts Strafe ausgesetzt würde, bis das Militärische Berufungsgericht über die Frage einer Wiederaufnahme des Verfahrens entschieden habe. Myers wies darauf hin, daß keine Fluchtgefahr bestünde, da Scotts Frau und seine Tochter sich hier aufhielten. »Wir sind der Ansicht, daß es nur im Interesse der Gerechtigkeit sein kann, ihm das Zusammensein mit seiner Familie nicht länger zu verwehren, selbstverständlich unter Berücksichtigung angemessener Auflagen seitens des Gerichts.«

Wieder lehnte Richter Atkins mit der Begründung ab, hierzu nicht befugt zu sein, darüber habe Twomey zu entscheiden. Myers fragte, ob es wenigstens möglich wäre, Scott im Gefängnis von Quantico zu belassen anstatt ihn nach Leavenworth zurückzuschicken, und wieder entgegnete Richter Atkins, darüber zu entscheiden obliege dem General.

Während Myers diese emotionalen Anträge einbrachte, fragte Leino Scott, der reglos und mit ausdruckslosem Gesicht dasaß: »Alles in Ordnung?« Scott nickte. Im Zuschauerraum brachten Freunde und Verwandte ihren Zorn jedoch offen zum Ausdruck; Scotts Eltern waren von der Entscheidung des Richters sichtlich erschüttert. Scotts Freund Josh, der aus Jacksonville, Florida, angereist war, beschimpfte die Anklagevertreter, die sich mühsam einen Weg aus dem Saal bahnten.

»Was sind Sie nur für eine Art Onkel Tom!« schrie Josh (dem schwarzen) Major Thomson zu und wollte sich auf ihn stürzen. Zwei männliche Bürgerrechtler hielten ihn zurück, während Thomson den Kopf abwandte und sich durch die Menge hinaus auf den Flur kämpfte.

Als Leino mit Myers und Lori den Gerichtssaal verließ, rief ein Reporter ihm zu: »Was jetzt, John?«

Psychisch und körperlich erschöpft entgegnete er, daß sie Twomey drängen würden, nicht für eine Wiederaufnahme des Verfahrens zu optieren, sondern dafür, die Anklage fallenzulassen, da jene Personen, die im April 1983 sein Alibi hätten bestätigen können, nie befragt worden seien und sich so lange Zeit später wohl nicht mehr an diesen speziellen Tag erinnern könnten.

Leino: »Wie kann Lindsey Scott einen gerechten Prozeß bekommen, wenn wir wissen, daß es irgendwo Menschen gibt, die als Zeugen für immer verloren sind.«

Kapitel 19

Nun war wieder Lieutenant General Twomey am Ball. Niemand, der den General kannte, rechnete damit, daß er die Anklage gegen Scott fallenließ, was durchaus im Bereich seiner Möglichkeiten lag. Leino und Myers hatten den Antrag eigentlich nur pro forma gestellt und erwarteten auch nicht, daß Twomey Scott bis zur Entscheidung des Militärischen Berufungsgerichts aus der Haft entließ.

Wie sich herausstellte, hatten Scotts Anwälte Twomey ganz richtig eingeschätzt. Der General teilte ihnen in einem Schreiben mit, daß er den Antrag auf Einstellung des Verfahrens für ›verfrüht‹ halte, er jedoch seine sämtlichen Möglichkeiten überdenken werde, nachdem er eine Durchschrift des Protokolls der DuBay-Anhörung erhalten, Richter Atkins' Empfehlung gelesen und sich mit Militärgerichtsrat Colonel Cassady besprochen habe. Bis dahin, schrieb der General, werde er Scott nicht auf freien Fuß setzen.

Dankbar für jedes noch so kleine Zugeständnis seitens des

Quantico-Kommandeurs teilte Leino einem Reporter der *Potomac News* mit, daß er erfreut sei, daß Twomey zumindest versprochen habe, den Fall rasch zu prüfen. »Er ist General«, sagte Leino. »Jemand, der in der Lage ist, Entscheidungen zu treffen.

Wir sind froh, daß er sich bereit erklärt hat, unsere Bitte in Betracht zu ziehen, und wir vertrauen darauf, daß er seine Entscheidung wohlüberlegt treffen wird – wie auch immer sie ausfallen mag.«

Lori fühlte sich ebenfalls ermutigt. »Das ist ein wirklich positiver Schritt«, äußerte sie sich dem *Free Lance-Star* gegenüber. »Innerhalb so kurzer Zeit eine Antwort des Generals zu erhalten ist ein durchaus positives Zeichen.«

Anklagevertreter Lieutenant Colonel Jim Messer dämpfte den Optimismus der Gegenseite jedoch sofort wieder mit einer Erklärung, derzufolge er überzeugt sei, daß der General sämtliche Anträge ablehnen werde.

»Natürlich«, sagte Messer, »kann der General tun, was ihm beliebt. Aber ich glaube nicht, daß er sein Urteil dem der Geschworenen oder des Militärischen Berufungsgerichts voranstellt. Er ist wie eine Sprosse einer Leiter. Darum glaube ich nicht, daß er in einem Anflug von Gnade das Urteil für ungültig erklären wird. Der General ist in vieler Hinsicht ein Funktionär.«

In den Augen einiger erfahrener Militärbeobachter war es recht merkwürdig, daß ein Lieutenant Colonel sich zu den Grenzen der Macht eines kommandierenden Generals äußerte. Ganz sicher stand diese Aussage in krassem Gegensatz zu John Leinos Auffassung von Twomeys Autorität. Ein eklatanter Fall von ›Majestätsbeleidigung‹ seitens des einflußreichen Anklägers? Ein Hinweis auf die Richtung, in die Twomey tendierte? Oder vielleicht ein Präventivschlag Messers, um die Optionen des Generals einzuschränken?

Einige Tage später schrieb Lee Hockstader von der *Washington Post* einen Leitartikel (in den Metro-Seiten) mit dem Titel ›Quantico befragt Linger – Neue Aussage erhöht Chancen auf Wiederaufnahme des Verfahrens‹. Während er in seinem ausführlichen Artikel den Fall Scott noch einmal aufrollte, brachte Hockstader einige neue Informationen an den Tag: die militärischen Anklagevertreter hatten eingestanden, daß Ruby Hills' Aussage ihren Stand geschwächt und Scotts Chancen auf einen neuen Prozeß erhöht habe. Wenn es jedoch zu einem neuen Prozeß käme, würde man Rubys Glaubwürdigkeit massiv in Frage stellen. Hockstader zitierte einen nicht namentlich genannten Offizier der Marineinfanterie: »›Was sie jetzt behauptet, wird dem gegenübergestellt werden, was sie zuvor ausgesagt hat.‹«

Dem Artikel zufolge war nicht sicher, daß Judy Connors erneut als Zeugin aussagen würde, falls es zu einer Wiederaufnahme des Verfahrens kam. ›Sie möchte das alles hinter sich lassen, alles vergessen‹, schrieb Hockstader und zitierte ›eine Marineinfanteriequelle, die eng mit dem Fall verbunden ist, aber darauf bestanden hat, nicht namentlich genannt zu werden.‹

(Lori erzählte Autor Ellis A. Cohen, daß Judy inzwischen geschieden wäre und bei ihren Eltern in Columbus, Ohio, lebe.)

Hockstader schrieb außerdem, daß Kritiker des Militärs den Vorwurf erhoben hätten, ›die Lamettaträger von Quantico hätten den Geschworenen, allesamt Angehörige der Streitkräfte, signalisiert, Scott schuldig zu sprechen‹. Weiter behaupteten die Kritiker, die Amtsenthebung Lieutenant Colonel Harrys, weil er Scott aus der Untersuchungshaft entlassen habe, sei wohl deutlich genug, wenngleich die Marines stets behauptet hatten, es bestünde kein Zusammenhang, Harry wäre ohnehin bald in den Ruhestand getreten. Jedoch zitierte Hockstader Harry wie folgt: die Geschworenen ›wußten genau, wie es mir ergangen war. Und sie wollten nicht, daß ihnen des gleiche widerfährt. Das ist das Problem bei der militärischen Rechtsprechung. Sie läßt viel zu wünschen übrig.‹

In einem Leitartikel mit dem Titel ›Private Scott verdient einen neuen Prozeß‹ forderte die Lokalzeitung *Potomac News* Gerechtigkeit für Scott: ›Wir maßen uns nicht an zu wissen, ob Private Scott schuldig oder unschuldig ist‹, hieß es in dem Artikel, ›jedoch ist klar, daß er nicht angemessen gegen die Anklagepunkte verteidigt wurde, die so schwerwiegend waren, daß er zu dreißig Jahren Zwangsarbeit verurteilt wurde … Gerechtigkeit für den jungen Marineinfanteristen ist der einzig gültige Aspekt dieses Falles. An diesem Punkt gibt es nur einen Weg zu bestimmen, ob Private Scott zu Recht verurteilt wurde – General Twomey sollte eine Neuverhandlung anordnen …‹

Der General war jedoch noch nicht soweit, die rasche Entscheidung zu fällen, auf die Lori und Scotts Verteidiger gehofft hatten, da die Vertreter der Anklage am 1. März eine Wiederaufnahme der DuBay-Anhörung beantragten. Major Thomson und Lieutenant Colonel Messer wollten nicht warten, bis eine Neuverhandlung die Glaubwürdigkeit von Ruby Hills in Frage stellen konnte. Sie wollten gleich dafür sorgen, und so reichten sie eidesstattliche Erklärungen zweier Beamter der Prince William County Police ein, die behaupteten, Ruby Hills habe schon einmal vor Gericht gelogen und sei somit als Zeugin nicht vertrauenswürdig.

Die beiden Polizisten behaupteten, daß Ruby Hills ihnen bei ihrer Bewerbung als Polizeibeamtin im September 1981 gestanden habe, bei einer Zeugenaussage gegen einen Ladendieb, den sie während ihrer Zeit als Kaufhausdetektivin bei Zayre's verhaftet hatte, gelogen zu haben.

Ruby stritt dies ab. »Mein Leben ist ein offenes Buch«, sagte sie. »Ich habe nichts zu verbergen.«

John Leino legte wegen Irrelevanz Einspruch gegen den Antrag der Anklagevertretung ein. »Es ist absolut unfair und voreingenommen, die Fortsetzung eines solchen Theaters zu gestatten«, teilte er Richter Atkins mit. Die Behauptungen beruhten auf einem Gespräch, das vier Jahre zuvor stattgefunden und vielleicht eine Viertelstunde gedauert habe. Im Grunde läuft es auf das eine hinaus«, sagte Leino: »Wo sind die Beweise, die ihre Aussage widerlegen? Es ist doch immer dasselbe … wenn man keine Beweise hat, greift man die Menschen an. Die Anklagevertretung spricht von ›Fehlverhalten‹. Hat die Anklage irgendwelche Beweise für ein Fehlverhalten? Liegen der Anklage schriftliche Unterlagen vor, die ein Fehlverhalten der Zeugin belegen? Nein. Sie begründet ihren Antrag auf Hörensagen. Auf Andeutungen. Meinungen. Jetzt verstehe ich, warum viele Menschen nichts mit dem System zu tun haben wollen – weil ihr Charakter, ihr ganzes Leben, unters Mikroskop gelegt wird.

Dies hat nicht das geringste mit der Frage zu tun, ob der Angeklagte kompetent vor Gericht vertreten wurde.«

Richter Atkins stimmte dem zu: die Information wäre irrelevant, und wenngleich die eidesstattlichen Erklärungen ins Protokoll der DuBay-Anhörung aufgenommen wurden, wurde der Antrag der Anklagevertretung auf Wiederaufnahme der Anhörung abgelehnt.

Leino und Lori verließen den Gerichtssaal erleichtert über den Sieg in diesem kleinen Scharmützel, und Scott lächelte ihnen zu, als man ihn zurück zum Bunker brachte.

Drei Wochen später – Lieutenant General Twomey hatte sich immer noch nicht geäußert – wurde Scott bewußtlos in seiner Zelle gefunden. Er wurde sofort in ein örtliches Krankenhaus gebracht und von dort aus ins Bethesda Naval Hospital verlegt. Die Ärzte behielten ihn zur Beobachtung über Nacht dort. Am darauffolgenden Morgen wurde er ins Gefängnis von Quantico zurückgebracht. Offenbar, so teilte ein Sprecher von Quantico mit, habe Scott ein Mittel nicht vertragen, das ihm am frühen Abend gegen eine Verspannung im Nacken verabreicht worden wäre. »Als er wieder zu sich kam«, sagte Lori, die nach Bethesda gefahren war, sobald sie davon erfahren hatte, »hatte er Schläuche im Hals und eine Infusionsnadel im Arm.«. Lori erklärte, die Ärzte hätten zu Anfang nicht sagen können, was Scott fehle, jedoch einen Psychiater zu ihm geschickt. Einer der Ärzte teilte Scott mit, die Erkrankung sei seiner Ansicht nach psychosomatischer Natur, hervorgerufen durch den psychischen Druck, unter dem er stehe.

Quantico ließ verlauten, daß aufgrund der Schweigepflicht nicht bekanntgegeben werden dürfe, welches Mittel Scott eingenommen habe. Major Rick Stepien, der PR-Officer von Quantico, erklärte jedoch der Presse und Lori gegenüber: »Ich weiß nicht, warum er krank geworden ist. Die Ursache für seinen Zustand wurde nicht gefunden«. Er beschrieb Scotts

Zustand als ›Benommenheit und Apathie‹ und sagte, die Ärzte hätten ihm mitgeteilt, Scott wäre bei seiner Ankunft im Krankenhaus von Bethesda wieder völlig in Ordnung gewesen.

Lori ließ verlauten, daß dies nicht das erstemal gewesen wäre, daß Scott in ein Krankenhaus gebracht worden sei; zwei Monate zuvor wäre er wegen akuter Magenschmerzen und Brechreiz eingewiesen worden. »Das ist verrückt«, erklärte sie dem *Free Lance-Star* gegenüber »Es sollte doch möglich sein, herauszufinden, was ihm fehlt.« Sie sagte, daß nach diesen Anfällen in Louisville das Gerücht kursiert sei, Scott wäre im Krankenhaus gestorben, die Marines wollten aber niemanden die Leiche sehen lassen.

Lori bedrängte Major Stepien immer wieder, sich zu Scotts Gesundheitszustand zu äußern. Verärgert und mißtrauisch gegenüber einer Haltung, die sie als Zeitschinderei und Verschleierung der wahren Ursachen für Scotts wiederkehrende gesundheitlichen Probleme betrachtete, geriet sie schließlich mit dem Major aneinander. Sie erklärte, daß die Marines Scott entweder gestatteten, eine eigene Pressekonferenz abzuhalten, oder sie selbst eine organisieren werde.

Die Ereignisse kamen Loris Forderung und Drohung zuvor. Am darauffolgenden Tag gab Lieutenant General Twomey in einer Stellungnahme bekannt, daß er, nachdem er sämtliche Beweise und das Protokoll der DuBay-Anhörung geprüft habe, keine Entscheidung bezüglich einer Wiederaufnahme des Verfahrens treffen, sondern Scotts Revisionsantrag an das Militärische Berufungsgericht des Marine- und Marineinfanteriekorps weiterleiten werde. Aber es kam noch schlimmer. Twomey erklärte, daß er Scott ›so bald wie möglich‹ bis zur Entscheidung des Berufungsgerichts nach Leavenworth zurückschicken werde.

An diesem Abend sagte Lori ihrem Mann Paul, daß ein dramatischer Schritt unternommen werden müsse, die Öffentlichkeit auf die ›unmenschliche Behandlung Scotts‹ aufmerksam zu machen, der erneut krank in seiner Zelle aufgefunden und nach Bethesda ins Krankenhaus gebracht worden war. Sie würde als Zeichen des Protestes in Hungerstreik treten und versuchen, Twomey dazu zu bewegen, Scott zu erlauben, im Gefängnis von Quantico zu bleiben. Ihre Familie und John Leino, die sich um ihre Gesundheit sorgten, versuchten, sie von ihrem Vorhaben abzubringen.

Sie begann, nur noch Wasser zu sich zu nehmen, wenngleich sie zugab, daß es möglicherweise vergeblich sein und keinen Einfluß auf die Haltung der Marines haben würde. »Ich könnte sterben, aber ich fühle, daß ich das einfach tun muß. So mies wie sie sich verhalten haben, wird ihnen mein Anliegen gleichgültig sein, aber es wird den Menschen etwas beweisen. Es gibt nichts, was ich sonst tun könnte.«

Am siebten Tag ihres Hungerstreiks wurde Lori von Deborah Bowers interviewt, der für die Titelseite zuständigen Redakteurin der *Potomac News*. Lori teilte der Redakteurin mit, daß sie an Scotts Unschuld glaube. Sie hätte Scotts Wesen und seine Denkweise kennengelernt. Als sie ihn das letztemal im Krankenhaus in Bethesda besucht habe, hätte er ihr gesagt, daß, auch wenn es seinen Verteidigern gelänge durchzusetzen, daß die Anklage fallengelassen wurde, er es so nicht haben wolle. Er wolle, daß seine Unschuld bewiesen wurde. »Das sind nicht die Worte eines Schuldigen«, erklärte Lori.

Miss Bowers schrieb: ›Das Wichtigste für Lori Jackson ist das zu tun, was sie für richtig hält. Sie sagt, ihr Ziel sei es nicht, Private Scotts Unschuld zu beweisen, sondern sein Recht – jedermanns Recht – auf einen fairen Prozeß durchzusetzen.‹ Dies habe sie einigen ihrer Töchter, die nicht an Scotts Unschuld glaubten, immer und immer wieder erklären müssen, vertraute sie Autor Ellis A. Cohen an. Zwei ihrer Töchter wären sogar überzeugt davon, daß Scott ein Vergewaltiger sei. ›Sie betrachtet den Fall Scott als etwas, das über die Grenzen des Quantico-Marineinfanteriestützpunktes hinausgeht‹, schrieb die Redakteurin weiter. ›Für Lori Jackson ist das, was Private Lindsey Scott widerfahren ist, eine Bedrohung dessen, wofür Amerika stehen sollte.‹

Loris Familie und ihre Freunde waren um ihre Gesundheit besorgt; am Ende der ersten Fastenwoche schienen ihre Kräfte nachzulassen, aber sie versicherte ihnen, daß es ihr gutgehe. Auf direkten Befehl von Lieutenant General Twomey wurde

Lindsey Scott in einer Nacht-und-Nebel-Aktion aus dem Bethesda Naval Hospital geholt und mit einer militärischen Transportmaschine nach Fort Leavenworth in Kansas geflogen. Er hatte nicht einmal Gelegenheit, sich von irgend jemandem zu verabschieden. Seine Frau, seine Verwandten und seine Anwälte wurden vor vollendete Tatsachen gestellt.

Genau das hatte Lori befürchtet und erwartet. Verzweifelt erkannte sie, daß ihr Hungerstreik vergeblich gewesen war. Wieder hätten sie in ihrem Kampf eine Runde verloren, erklärte sie ihrer Familie und Scotts Anwälten, aber sie würde nicht aufgeben. Sie würde ihre Kräfte für den Marsch in Washington sammeln, den sie in einer Woche geplant hatte, am Samstag, dem 20. April. Scotts Eltern, James und Mildred Scott, bereiteten sich auf die vierzehnstündige Fahrt von Louisville nach Washington vor, um an dem Marsch teilzunehmen. Geistliche und Bürgerrechtler würden sie begleiten.

Der Marsch, der auch am Weißen Haus vorbeiführte, war vom Standpunkt der Medienberichterstattung aus ein Riesenerfolg. Hunderte von Demonstranten folgten Lori mit Plakaten und Sprechchören, in denen sie Scotts sofortige Entlassung forderten, die Pennsylvania Avenue hinunter. Sie verteilten zweiseitige Informationsblätter über den Fall Lindsey Scott, die von der Kentucky Alliance Against Racist and Political Repression ausgearbeitet und bezahlt worden waren.

Nachdem sie einen langen, heißen Sommer lang darauf gewartet hatten, daß etwas passierte, wurde Leino und Myers schließlich mitgeteilt, daß für den 2. Oktober eine Anhörung vor dem Militärischen Berufungsgericht anberaumt worden sei. Als die Medien diese Neuigkeit bekanntgaben, strahlte *60 Minutes* zufällig gerade die erste von insgesamt drei Wiederholungen der Scott-Reportage aus. Nachdem die ursprüngliche Version gezeigt worden war, erklärte Morley Safer, daß Scotts Anwälte bald vor das Militärische Berufungsgericht treten würden. Safer erklärte, daß ihr Beweisvortrag diesmal die Aussage einer glaubwürdigen Zeugin beinhalten werde, die Scott ein wasserdichtes Alibi liefern könne.

Lori war unter den etwa vierzig Personen, die sich in dem kleinen, stickigen Raum im Washington Navy Yard drängten, um der Anhörung beizuwohnen. Die Hälfte der Anwesenden waren dekorierte Offiziere der Marine und Marineinfanterie, die andere Hälfte Anhänger von Scott – der selbst nicht zugegen war. John Leino erklärte, Scott habe nicht kommen wollen. »Es wäre zu belastend für ihn, den ganzen Weg von Kansas nach Washington zurückzulegen, um anschließend gleich wieder zurückgeschickt zu werden. Ich denke, davon hatten wir in diesem Jahr genug.«

Im Groben konnten Anklage und Verteidigung nicht viel mehr tun, als den drei Prozeßrichtern die gleichen Argumente vorzutragen, die sie bereits anläßlich der DuBay-Anhörung angeführt hatten – Argumente, die den Richtern, die das Protokoll gelesen hatten, bekannt waren. Jedoch konnte ein eloquenter Vortrag diese Argumente untermauern.

Der neue Mann am Tisch der Anklagevertretung, Lieutenant Commander John Holt, erklärte den Richtern, daß Kuhnke Scott ›im Rahmen des Vertretbaren‹ bei der Verhandlung verteidigt habe. Kuhnke habe ›angemessene Versuche‹ unternommen, Zeugen ausfindig zu machen, zu befragen und vorzubereiten.

Gary Myers, der für Scott sprach, konterte mit einer vernichtenden Beschreibung von Kuhnkes Verteidigung, die er als ›schlicht und ergreifend schlampig‹ bezeichnete. »In diesem Fall ist der entstandene Schaden nicht nur real, sondern irreparabel.«

John Leino: »Hat der Verteidiger versagt, und wenn ja, hat sein Versagen sich auf den Ausgang des Prozesses ausgewirkt?«

Myers führte Pam Biller, die Getränkeverkäuferin von Zayre's, als Beispiel an, die bestätigte, Scott um die Tatzeit herum eine Cola verkauft zu haben, sich jedoch nicht an das genaue Datum erinnern könne, weil ihr erst fünf Monate später Photos vorgelegt worden seien, anhand derer sie Scott wiedererkannte. Am Tag nach dem Verbrechen habe sie anhand der unscharfen NIS-Photos Scott nicht identifizieren können.

»Wir werden nie erfahren, was sie uns an diesem Frühlingstag im April des Jahres 1983 hätte erzählen können ... ein neuer Prozeß wird auch nicht dazu beitragen, ihre Erinnerung aufzufrischen. Sie ist als Zeugin für die Verteidigung für immer verloren.«

Lieutenant Commander Holt konterte wie folgt: »Es ist reine Spekulation zu behaupten, daß Pam Biller sich je sicher gewesen wäre. Es ist reine Spekulation, daß Pam Billers Aussage für den Fall von Bedeutung hätte sein können.«

Dann brachte Myers Ruby Hills' Aussage bei der DuBay-Anhörung zur Sprache. Bei Scotts Miltärgerichtsprozeß, sagte Myers, wäre sie ›ungenügend auf ihre Zeugenaussage vorbereitet [worden]‹, weil sie vor ihrem Erscheinen im Zeugenstand weder von einem erfahrenen Ermittler noch von Kuhnke eingewiesen worden sei. Hätte man ihr die richtigen Fragen gestellt und sie gedrängt, in ihren Arbeitsunterlagen nachzusehen, hätte sie bereits damals bei Scotts Prozeß eindeutig bezeugen können, daß er zum Zeitpunkt des Verbrechens im Laden gewesen war. Statt dessen erinnerte sie sich erst bei John Leinos Befragung nach der Verurteilung an die Photos, die ihre Erinnerung an jenen Tag auffrischten und es ihr gestatteten, unter Eid auszusagen, daß sie Scott an dem Abend und zu der Zeit bei Zayre's gesehen habe, als er Judy Connors vergewaltigt und niedergestochen haben sollte.

Ankläger Holt stellte Rubys Aussage bei der DuBay-Anhörung jedoch in Frage. »Ihre plötzliche Erinnerung ist doch merkwürdig«, sagte er. »Die Anklage bittet das Gericht, die Glaubwürdigkeit der Zeugin Ruby Hills zu prüfen. Sie ist keine glaubwürdige Zeugin. Die eigentliche Frage, die sich hier stellt, ist die, was – sofern überhaupt – Ruby Hills' Erinnerung aufgefrischt hat?

Die Vereinigten Staaten fordern Gerechtigkeit«, sagte Holt. »Die Vereinigten Staaten möchten keinesfalls, daß ein unschuldiger Mann im Gefängnis sitzt. Der Angeklagte hat einen fairen Prozeß bekommen ... Der Prozeß mag nicht perfekt verlaufen sein, aber er war fair.«

Die eintägige Anhörung wurde abgeschlossen, und jetzt konnten sie weiter nichts tun, als ungeduldig die Entscheidung des Berufungsgerichts abzuwarten. Wie schon zuvor gab es drei Möglichkeiten. Es konnte eine Wiederaufnahme des Verfahrens angeordnet, die Anklage konnte fallengelassen oder das Urteil bestätigt werden.

Nur daß das Gericht die Entscheidung diesmal nicht Lieutenant General Twomey überlassen konnte.

Als Wochen vergingen, ohne daß das Gericht auch nur ein Wort verlauten ließ, wurden alle nervös. »Hier ist es nicht so, als wären keine Neuigkeiten gute Neuigkeiten«, sagte Lori. »Ein unschuldiger Marineinfanterist sitzt hinter Gittern und wartet darauf, daß diese Idioten eine Entscheidung treffen.« Sie wäre überzeugt davon, daß sich ein neuer Prozeß nicht vermeiden ließe, sagte sie, aber »sie tun alles nur erdenkliche, diesen hinauszuzögern.«

Kurz vor Weihnachten – das Gericht hatte immer noch nicht entschieden – schrieb Lee Hockstader von der *Washington Post*, der den Fall die ganzen Monate über verfolgt hatte, einen umfangreichen Artikel mit der Überschrift: ›Revisionsantrag des Marine immer noch nicht entschieden‹ und dem Untertitel: ›Richter schieben Entscheidung in Vergewaltigungsfall hinaus‹. Hockstader zufolge deute einiges darauf hin, daß ›die Richter sich uneins sind‹. Es gebe verschiedene Anzeichen dafür, daß das Gericht sich schwertue, zu einer Einigung zu gelangen.

Am Freitag, dem 20. Dezember, schrieb der Reporter, habe das älteste Mitglied des Gremiums, Navy Captain John W. Kercheval II., erklärt, daß zwei oder drei Rohentwürfe des Richterentscheids unter den Richtern zirkuliert waren und sich nun wieder beim Tippen befänden. Kercheval erklärte, seiner Erwartung nach werde die Entscheidung am 15. Januar bekanntgegeben. Dann überlegte er es sich anders und meinte, die Bekanntgabe werde Ende Januar erfolgen.

»Ich weiß ehrlich nicht, ob die drei Richter ihre gegenwärtigen Positionen (zu dem Fall) beibehalten werden«, sagte Kercheval (Hockstader zufolge) bei einem Interview. »Das ist einer der schwierigsten Fälle, mit denen ich es je zu tun hatte.«

Am 28. Dezember schrieb Lori Jackson einen langen Brief an Autor Ellis A. Cohen, in dem sie ihre Frustration über das endlose Warten auf den Gerichtsentscheid zum Ausdruck brachte sowie ihre Furcht vor dem Militär, seinem Rechtssystem und seiner politischen Macht. ›Das Militär ist es gewohnt, mit Waffen zu kämpfen‹, schrieb sie. ›Und da keine richtigen Waffen im Spiel sind, sind jene, die wir einsetzten – die Gerichte – für sie ungewohnt. Wir – die wir uns für die Rechte des Einzelnen einsetzen – werden siegen, wenn wir weiter die Nachrichtenmedien einsetzen … Wenn wir dann noch das loyale Image eines vertrauensvollen Marines verwenden, der immer noch an das Militär und an unser System glaubt, haben wir das stärkste Mittel von allen auf unserer Seite: eine mitfühlende Öffentlichkeit.‹

Am 22. Januar 1986 gab das Militärische Berufungsgericht der Marine und Marineinfanterie seine Entscheidung bekannt: das Gericht bestätigte mit einer Zwei-zu-eins-Mehrheit die Verurteilung Scotts wegen Vergewaltigung, erzwungenen Oralverkehrs, Entführung und versuchten Mordes.

Kapitel 20

Die Entscheidung des Berufungsgerichts war ein harter Schlag für Scott und seine Familie, Lori und Scotts Verteidiger. Das Auf und Ab der vergangenen Monate, die abwechselnden Schübe von Euphorie und Enttäuschung hatten ihre Spuren hinterlassen. Jetzt wurden sie alle, zutiefst erschüttert und bitter enttäuscht, gezwungen, tief aus ihrem Inneren die körperliche und geistige Kraft hervorzuholen, den Kampf fortzusetzen.

Für Leino und Myers war die Begründung, die die beiden Richter für ihre Entscheidung angaben, besonders ärgerlich. Bezüglich ihrer Weigerung, den Schuldspruch wegen inkompetenter Vertretung des Angeklagten seitens seines Verteidigers zu revidieren, schrieb Richter Michael D. Rapp, ein Navy

Captain, (Kuhnke betreffend): ›Wir sind erstaunt ... von seinem Versäumnis, in Anbetracht der Umstände dieses Falles *irgendeinen* der Alibizeugen effektiv zu befragen. All dies ist uns unbegreiflich ... Ein solches Verhalten deutet wohl kaum auf einen gewissenhaften und gründlichen Anwalt hin.‹

Jedoch erklärte der Richter im Anschluß an seine negative Beurteilung von Kuhnkes Arbeit, daß die Beweislast gegen den Angeklagten so groß gewesen sei, daß Scott ohnehin schuldig gesprochen worden wäre.

›Trotz unserer Vorbehalte hinsichtlich Mr. Kuhnkes Vertretung vor Gericht‹, schrieb Richter Rapp, ›brauchen wir uns nicht bei der Beurteilung seiner Inkompetenz aufzuhalten, sondern kommen gleich zum nächsten Punkt – den Auswirkungen dieser Inkompetenz auf das Urteil.‹ Der Richter ging den gesamten Fall durch, einschließlich des Protokolls des Militärgerichtsprozesses und der DuBay-Anhörung und erklärte, daß Zweifel an der Glaubwürdigkeit Ruby Hills' bestünden. Er schloß seine Argumentation folgendermaßen: ›Die vor Prozeßbeginn gemachten Aussagen des Angeklagten gegenüber den Ermittlern sowie seine Zeugenaussage vor Gericht entkräften den Verdacht gegen ihn nicht, sondern deuten vielmehr in Zusammenhang mit der Gesamtheit der Beweise auf eine kriminelle Einstellung hin und enthalten Indizienbeweise, die für seine Schuld sprechen ... Darüber hinaus konnten die im Protokoll vermerkten Beweise die Geschworenen durchaus zu dem Urteil bewegen, zu dem auch wir gelangt sind, nämlich, daß der Revisionskläger sich vor Gericht des Meineides schuldig gemacht hat ...

Wir sind der Überzeugung, daß die meineidige Aussage des Revisionsklägers auf ein mangelhaftes Rechtsempfinden hinsichtlich wichtiger Punkte hindeutet, die sich unmittelbar auf seine Schuld oder Unschuld beziehen. Wir sehen uns außerstande, in Anbetracht der Beweislage in diesem Fall eine solche Aussage anders zu deuten als einen Versuch des Revisionsklägers, einer Verurteilung und Bestrafung für das verabscheuungswürdige Verbrechen, das er begangen hat, zu entgehen ...‹

Richter John E. Grant jr., ein Marine Colonel, pflichtete der Entscheidung Richter Rapps bei.

Der älteste der drei Richter, Navy Captain John W. Kercheval II., der sich dieser Argumentation nicht angeschlossen hatte, schrieb: ›Meinem Befinden nach entsprechen Mr. Kuhnkes Unterlassen, das Alibi seines Mandanten, auf dem die einzige und gesamte Verteidigung des Revisionsklägers aufgebaut war, gründlich zu überprüfen, sowie sein Versäumnis, die Zeugen der Verteidigung vor ihrem Erscheinen vor Gericht auch nur im mindesten vorzubereiten, nicht einmal dem Mindeststandard, der von einem Strafverteidiger erwartet werden kann. Ich empfinde Mr. Kuhnkes Versagen als schlichtweg schockierend.

Mein Vertrauen in den Ausgang des Militärgerichtsprozesses des Revisionsklägers wurde von den bei der DuBay-Anhörung vorgebrachten Beweisen soweit erschüttert, daß ich mich dafür aussprechen würde, den Schuldspruch zu revidieren und das Verhandlungsprotokoll an die zuständige Stelle zurückzuschicken, mit der Empfehlung, sofern möglich, eine Wiederaufnahme des Verfahrens anzuordnen.‹

(Der krasse Widerspruch zwischen Richter Kerchevals Beurteilung und jener der beiden anderen Richter gekoppelt mit seinen in dem Artikel der *Washington Post* von Lee Hockstader zitierten Äußerungen, denen zufolge er nicht wisse, ob die Richter ihre ›gegenwärtigen Positionen beibehalten‹ würden, ließen zahlreiche Gerüchte dahingehend aufkommen, daß sich bei der ersten, inoffiziellen Abstimmung zwei der drei Richter für Scott ausgesprochen hätten, einer der beiden jedoch unter Druck gesetzt worden sei, seine Entscheidung zu revidieren.)

Gleich nach Bekanntgabe des Gerichtsentscheides gaben Scotts Anwälte eine knappe schriftliche Erklärung ab:

›Die Entscheidung des Militärischen Berufungsgerichts, das sich gegen eine Wiederaufnahme des Verfahrens ausgesprochen hat, kommt der Verfassung nicht entgegen. Anstatt die Rechte des einzelnen zu schützen, dient diese Entscheidung dazu, Anwälte zu schützen, die keines Schutzes, sondern eher einer eingehenden Prüfung bedürfen.

Die Entscheidung versäumt es völlig, festzustellen, ob der Rechtsbeistand des Angeklagten diesen kompetent vertreten hat, und kommt zu dem Schluß, daß, was immer der Verteidiger getan oder versäumt habe, aufgrund der umfassenden Indizienbeweise gegen Private Scott keinerlei Auswirkung auf das Urteil gegen Private Scott gehabt hätte.

Dieser Schluß ist intellektuell inakzeptabel. Wenn ein Verteidiger es versäumt, seine Pflicht zu tun, ist die Anklagevertretung logischerweise in der Lage, die Geschworenen von ihrer Version des Falles zu überzeugen. Inkompetente Verteidigung führt unweigerlich zu einer Benachteiligung des Angeklagten.‹

Die Erklärung schloß mit den Worten, daß die Verteidigung beim Obersten Militärischen Berufungsgericht Berufung einlegen werde.

Dieses Gericht, das militärische Äquivalent zum Obersten Gerichtshof der Vereinigten Staaten, besteht aus einem Gremium dreier ziviler Richter, die auf Lebenszeit vom jeweiligen Präsidenten der Vereinigten Staaten ernannt werden. Wie der Oberste Gerichtshof der Vereinigten Staaten, ist das Oberste Militärische Berufungsgericht nicht verpflichtet, alle Revisionsanträge zu berücksichtigen, die ihm vorgelegt werden. Tatsächlich, so Protokollführer Thomas Granahan, bearbeite das Gericht nur acht bis zehn Prozent der etwa dreitausend jährlich eingereichten Revisionsanträge.

Falls das Oberste Gericht sich weigerte, Scotts Berufungsklage zu bearbeiten, hatten seine Anwälte nur noch die Möglichkeit, vor einem US-Bezirksgericht Beschwerde wegen Verfassungswidrigkeit des militärischen Rechtssystems einzulegen. Wenn das Oberste Militärische Berufungsgericht sich seiner Klage annahm und gegen ihn entschied, konnte ein letztes Mal, diesmal beim Obersten Gerichtshof der Vereinigten Staaten, Berufung eingelegt werden.

Scotts Frau Lola teilte bei einem Interview einem Reporter der *Potomac News* mit, daß sie über die Entscheidung des Berufungsgerichts erbost sei. »Ich dachte, man würde Lindsey wenigstens einen neuen Prozeß gewähren.« Sie sagte, Lindsey wäre in Hungerstreik getreten und habe sechzig

Pfund abgenommen. Er sei müde und verzweifelt. Er sei so sicher gewesen, daß das Gericht einen neuen Prozeß anordnen würde, daß er bereits seine Sachen gepackt und sich auf zu Hause gefreut habe. »Ich weiß nicht, wieviel er noch ertragen kann«, sagte sie.

John Leino bestätigte, daß Scott in der langen Zeit bis zur Entscheidung des Berufungsgerichts in Hungerstreik getreten war, diesen jedoch beendet habe, »als er wieder in der Lage war, sich erneut an seine derzeitige Situation anzupassen. Es muß die Hölle sein«, sagte Leino. »Er hat vom ersten Tag an seine Unschuld beteuert.«

Jetzt, sagte Leino, könnten sie nicht mehr tun, als abzuwarten, ob das Oberste Militärische Berufungsgericht sich des Falles annahm oder nicht. »Ich sage es nicht gern«, bemerkte Leino, »aber realistisch gesehen könnte es noch ein Jahr dauern, bis das Gericht eine Entscheidung fällt.«

In der für sie typischen Art stellte sich Lori der Niederlage und betrachtete diesen letzten Rückschlag als Herausforderung. Sie rief Lola Scott an und munterte die verzweifelte Frau mit ermutigenden Worten auf. »Sie können jetzt nicht aufgeben«, sagte Lori. »Nicht nachdem Sie so weit gekommen sind. Am Ende werden wir gewinnen.«

Als nächstes setzte sich Lori mit den Mitstreitern von Reverend Jesse Jackson in Verbindung und bat um seine Hilfe. Der prominente schwarze Bürgerrechtler und Vorsitzende der National Rainbow Coalition, der sich 1984 darum bemüht hatte, von den Demokraten als Präsidentschaftskandidat aufgestellt zu werden, war ein aufsteigender Stern am Polithimmel. Obwohl Jackson sich derzeit nicht in Washington aufhielt, verbrachte Lori über vier Stunden mit seinem Stab und legte sämtliche Fakten des Falles Scott dar. Sie rief sogar von Jacksons Büro aus Joe Wershba an und überredete ihn, ihr Aufzeichnungen der *60-Minutes*-Reportage zu schicken.

›Ich wollte‹, schrieb Lori an Autor Ellis A. Cohen, ›daß Jesse sich mit Lola traf und sie moralisch unterstützte, daß er Lindseys Eltern anrief, Lindsey in Kansas besuchte und last, but not least eine gewaltige Demonstration vor dem Weißen Haus und dem Hauptquartier des Marineinfanteriekorps in Washington organisierte.«

Lori sagte, Jacksons Stab hätte zornig auf ihren Bericht reagiert und spontan entschieden, sofort eine Strategie zu entwickeln, um Scott zu helfen. Wieder wuchs ihre Hoffnung; ganz sicher würde die Intervention eines so mächtigen Fürsprechers wie Jesse Jackson dazu führen, daß Scott endlich freikam.

Scott ließ sich jedoch nicht von Loris Enthusiasmus anstecken. Er rief den Autoren Ellis A. Cohen an (per R-Gespräch) und klagte, daß er im Gefängnis ›verfaulen‹ würde und die ›Wahrheit nie ans Licht kommen‹ werde. Er sagte, er hätte Schwierigkeiten mit anderen Gefängnisinsassen, weil sie in der Zeitung gelesen hatten, daß er Angehöriger des Sicherheitsbataillons von Quantico gewesen war.

»Wenn ich manche Flure hinuntergehe«, sagte Scott zu Cohen, »rufen sie mir zu: ›Hier kommt die Poooolliseiiii.‹« Auch sagte er, daß er beim Hofgang vorsichtig sein müsse, weil er befürchte, einige der Häftlinge könnten es auf ihn abgesehen haben. Wenn er nicht gerade in der Küche arbeitete, sagte Scott, vertreibe er sich die Zeit damit, in der Gefängnisbibliothek Rechtsbücher zu lesen. Außerdem rufe er einmal wöchentlich Leino an und unterbreite ihm diverse Vorschläge.

Anfang Februar erklärte Jesse Jackson, daß er sich der Kampagne zur Unterstützung Scotts angeschlossen habe und anfangen würde, lokale und nationale Gruppen zu mobilisieren, die Scotts Fall im kleinen und großen Kreis publik machen sollten. Craig Kirby, ein Mitarbeiter von Jackson, sagte, Zweck der Aktion sei es, Scott die Chance auf einen fairen Prozeß zu verschaffen.

»Wir betrachten diesen Fall als klares Beispiel von Ungerechtigkeit innerhalb des militärischen Systems«, sagte Kirby.

Jacksons Helfer machten sich daran, Kontakt zu Mitgliedern des Congressional Black Caucus sowie zu Bishof L. E. Willis aufzunehmen, einem Geschäftsmann aus Norfolk und Koordinator der Virginia Rainbow Coalition, einem Zweig der Organisation, über den Jackson seine fehlgeschlagene Kampagne zur Nominierung als demokratischer Präsidentschaftskandidat geführt hatte.

Lori begrüßte die Schritte mit dem ihr eigenen Enthusiasmus und Optimismus, und da sie nie eine Gelegenheit ausließ, sich der Medien als Sprachrohr zu bedienen, äußerte sie sich den *Potomac News* gegenüber. »Es ist traurig, daß wir als amerikanische Bürger auf auswärtige Quellen zurückgreifen müssen, um die Einhaltung unserer Verfassung durchzusetzen«, sagte sie. »Aber es kommt die Zeit, da unser System zusammenbricht, und wenn dies geschieht, ist es unsere moralische Pflicht, jeden erdenklichen friedlichen Schritt zu unternehmen, dafür zu sorgen, daß unsere Verfassung respektiert wird. Wenn das System bei einem von uns versagt, sind wir alle die Leidtragenden.«

(Loris Beziehung zu Jesse Jackson und seinem Stab verschlechterte sich rapide – eine weitere enttäuschende Erfahrung mit Bürgerrechtlergruppen, die ihren angeborenen Optimismus trübte. Sie hatte solches Vertrauen in das Gute im Menschen, daß sie, obwohl sie immer wieder mit leeren Versprechungen im Fall Scott fertig werden mußte, nie zynisch wurde. Nachdem Jesse Jackson Interesse an Scott bekundet hatte, verbrachte sie einen Großteil ihrer Zeit damit, zwischen ihrem Heim in Dale City und dem Hauptsitz der Rainbow Coalition in Washington D. C. hin und her zu pendeln. Dort, erklärte Lori, wurde sie für verschiedene Projekte der Koalition eingesetzt, die nicht das geringste mit dem Fall Scott zu tun hatten. Die großen Versprechungen der Organisationen erwiesen sich als Schall und Rauch, und so brach sie den Kontakt ab.)

Während Lori sich wieder einmal einem emotionalen Auf und Ab ausgesetzt sah, brachte die *Washington Post* am 19. Juni unter dem Titel ›Änderung im Führungsstab der Quanticoeinheit‹ einen Artikel, demzufolge Lieutenant General David Twomey als Kommandeur von Quantico zurücktrete und um 9 Uhr 30 am nächsten Morgen von Lieutenant General Frank E. Petersen abgelöst würde.

Petersen, vierundfünfzig und hochdekorierter Marineinfanteriepilot mit über dreihundertfünfzig Einsätzen in zwei

Kriegen – Korea und Vietnam – war nicht nur der erste schwarze Pilot, sondern außerdem der erste schwarze Dreisternegeneral im Marineinfanteriekorps.

Der *Free Lance-Star* zitierte Lieutenant General Petersen wie folgt: ›Wenn man Schwarzer ist, ist, sofern man sich nicht die Finger verbrennt, alles, was man tut, ein Novum. Es könnte einen zum Egotrip verleiten, aber es ist bedeutungslos. Teufel, wenn man das Attribut schwarz wegläßt, bin ich ein Marine wie jeder andere.‹

Es ist wohl überflüssig darauf hinzuweisen, daß Lori Jackson euphorisch auf diese Neuigkeit reagierte. Sie rief den Autor Ellis A. Cohen an und teilte ihm die Neuigkeit mit: »... und er ist ein Schwarzer!« Lori sagte, sie wolle zwei ganze Tage beten, daß der neue, schwarze General ›das Zeichen ist, auf das wir gewartet haben‹.

Loris Hoffnungen stiegen noch, als sie erfuhr, daß Gary Myers Petersen persönlich kannte, ihn tatsächlich einige Jahre zuvor vor Gericht vertreten und als ›ehrlichen und integren Kerl‹ in Erinnerung hatte. Ganz sicher sei auch dies ein vielversprechendes Omen, teilte Lori ihrer Familie mit: der gefürchtete Twomey war fort, und an seinen Platz war ein schwarzer kommandierender General getreten, den einer von Scotts Verteidigern persönlich kannte!

Etwa eine Woche später (wie er dem Autor Ellis A. Cohen und dem Koautor Milton J. Shapiro mitteilte) erhielt John Leino zu Hause einen Anruf. Der Anrufer, der mit lateinamerikanischem Akzent sprach, wollte seinen Namen nicht nennen, sagte jedoch, er wäre Sergeant der Marineinfanterie. Er sagte, er habe einen Freund, der in der Messe für höherrangige Offiziere arbeite (ein Ober mit gestärktem weißen Kittel und weißer Leinenserviette über dem Arm). Am Vorabend habe dieser Freund des Anrufers beim Marineinfanteriekorpskommandanten General P. X. Kelley das Dinner serviert, und Lieutenant General Petersen wäre auch unter den Gästen gewesen. Der Kommandeur (behauptete der Ober) habe Petersen gefragt, was er im Fall Scott zu unternehmen gedächte. Angeblich habe Petersen hierauf erwidert: ›Keine Bange, wir kriegen den Kerl‹.

Leino hörte sich dies alles an und sagte zu dem anonymen Anrufer: »Ich möchte gern persönlich mit Ihrem Freund sprechen. Sagen Sie ihm, er soll mich unter dem Namen ›Axel Anderson‹ anrufen, damit ich weiß, daß er es ist.«

Er habe vergeblich auf den Anruf gewartet, sagte Leino. »Aber ich war beunruhigt. Es konnte alles mögliche gewesen sein, ein Verrückter, jemand, der eine alte Rechnung zu begleichen hatte. Oder die Geschichte stimmte. Wer konnte das wissen? Alles an diesem Fall war so bizarr geworden, daß ein solcher Anruf mich nicht überraschte, er war nur Teil eines wirren Musters. Ich bekam seit einiger Zeit telefonisch Morddrohungen und wurde – und das war noch eine der höflichsten Titulierungen – als ›Nigger Lover‹ beschimpft. Lori hatte ebenfalls Drohanrufe bekommen. Wir haben dies nie publik gemacht, das hätte nichts gebracht. Ich habe die Anrufe nicht ernst genommen – das heißt, ein oder zwei vielleicht doch. Ich erinnere mich, daß mir schließlich der Kragen platzte und ich einen dieser Anrufer anbrüllte: ›Du kannst mich mal! Komm doch und hol mich!‹«

Leino hielt es für notwendig, Lori von dem Anruf zu unterrichten, auch wenn die Geschichte recht nebulös war, sie verletzen und ihren hochfliegenden Hoffnungen hinsichtlich Lieutenant General Petersen einen Dämpfer aufsetzen würde. »Aber wir ... meine Frau Patty und ich – standen Lori sehr nahe. Wir haben ihr immer alles erzählt«, sagte Leino. »Es war zwecklos, in diesem Fall den Kopf in den Sand zu stecken. Wir wußten, daß wir von Seiten der Marines nichts zu erwarten hatten.« Die nachfolgende Erfahrung, die der ehemalige Lieutenant Colonel der Marineinfanterie Dick Harry machte, trug auch nicht dazu bei, die Beteiligten in ihren Hoffnungen in bezug auf Petersen zu bestätigen. Etwa vier Wochen nachdem Petersen auf Quantico das Kommando übernommen hatte, schickte Harry ihm einen leidenschaftlichen, handgeschriebenen Brief, in dem er sich für Scott einsetzte:

›General Petersen, dieser Brief ist eine Bitte um Gerechtigkeit für einen anständigen jungen Marine. Sie sind in der Lage, dies geschehen zu lassen. Möge Gott Sie bei dieser Sache und all Ihren Entscheidungen leiten.

Ihr Vorgänger hat einem anständigen jungen Marine und somit unserem Marineinfanteriekorps großes Unrecht zugefügt. Ich bitte Sie, sich mit dem Fall Lindsey Scott zu befassen und selbst zu urteilen.

Ich war Zeuge von Lügen, Täuschungen, manipulierten Beweisen, Drohungen gegen mich und anderen schändlichen Aktionen gegen Scott und meine Person. Fragen Sie irgend jemanden, der mich kennt – ich wäre der erste, der einen schuldigen Mistkerl seiner gerechten Strafe zuführen würde, aber ich bin ganz sicher nicht bereit, mich unter Druck setzen zu lassen, gegen meine Überzeugung zu handeln.

Sie haben Gelegenheit, den Verlauf vieler Leben zu beeinflussen. Bitte unternehmen Sie etwas.‹

Harrys Brief an Petersen brachte nicht mehr als sein vorangegangenes Schreiben an Twomey. Er wurde schlichtweg ignoriert und nie beantwortet.

Den langen, heißen Sommer 1986 über und bis in den frühen Herbst hinein stagnierte der Fall Scott, hing in der Schwebe. Das Oberste Militärische Berufungsgericht schien sich offenbar nicht mit den von Scotts Verteidigern und der Regierung eingereichten Anträgen zu befassen. Scott schäumte in seiner Zelle im Gefängnis von Leavenworth vor Wut, während Leino und Myers sich anderen Fällen zuwandten, um ihren Lebensunterhalt zu verdienen – anbei sei bemerkt, daß immer noch vereinzelt Schecks eintrafen, um ihr Honorar in Höhe von zehntausend Dollar für die Verteidigung Scotts zu begleichen. Drei Jahre waren seit seiner Verurteilung vergangen; drei Jahre des Kampfes ohne ein Ende in Sicht. Drei Jahre emotionaler Höhen und Tiefen, der Frustration, der Enttäuschungen, der Haft für Scott, schlafloser Nächte und endloser Sechzehnstundentage hatten bei allen Beteiligten ihre Spuren hinterlassen.

Für Lori Jackson hatte die Tortur noch eine größere Dimension angenommen: Ihr leidenschaftlicher Einsatz für den Fall Scott war eine schwere Belastung für ihre Ehe und ihr Privatleben geworden. Vor allem ihre Töchter im Teenageralter verübelten ihr unverhohlen die Zeit, die sie für die Verteidigung ›irgendeines Fremden‹ opferte. Außerdem machte sich ihre Beschäftigung mit dem Fall Scott auch finanziell bemerkbar. Lori wurde mehrmals bei Bewerbungen für Jobs, für die sie eindeutig qualifiziert war, abgewiesen, was sie und ihr Mann dem Bekanntheitsgrad zuschrieben, die ihre Arbeit an dem Fall ihr eingebracht hatte. Und so mußte Paul den Familienunterhalt allein bestreiten, und die Kosten waren alarmierend gestiegen, seit Scott nach Leavenworth verlegt worden war. Er rief Lori regelmäßig per R-Gespräch an, und die Telefonrechnungen beliefen sich häufig auf über dreihundert Dollar monatlich. Paul erreichte die Grenzen seiner Toleranz; es gab Zeiten, in denen er ernsthaft daran dachte, Lori zu verlassen (keines von Loris sieben Kindern war von ihm, und er hatte auch nie eins von ihnen adoptiert) oder sie vor die Wahl zu stellen: ihre Kreuzzüge oder ihre Familie.

Während einer hitzigen Auseinandersetzung innerhalb der Familie sagte eine von Loris Töchtern wütend, daß sie Scott für schuldig halte. Eine zweite Tochter sagte, er wäre ihr ›unheimlich‹. »Warum verteidigst du diesen Mann, Mom?« fragte sie. »Was, wenn er tatsächlich schuldig ist?«

Sie verbrachten zahlreiche Nächte mit endlosen Debatten über Scott, den Fall ganz allgemein, Loris Besessenheit und ihre Auswirkungen auf die Familie. Wie sie es schon von Beginn an getan hatte, erklärte Lori ihren Kindern, daß es nicht allein um das Schicksal Lindsey Scotts ginge, daß sie soviel Zeit und Energie für Scotts Verteidigung aufwende, weil es um Gerechtigkeit ginge, um Gerechtigkeit für alle.

Am 11. November 1986, dem Tag des Gedenkens an die Gefallenen der Kriege Amerikas, brachte die *Washington Post* (als eine von mehreren Zeitungen) einen kurzen Artikel, in dem stand, Lindsey Scott habe Ervan Kuhnke auf eineinhalb Millionen Dollar Schadenersatz verklagt. In der Klageschrift, die beim Bezirksgericht von Prince William County eingereicht wurde, forderte Scott Schadenersatz von Kuhnke, weil dieser es als Strafverteidiger versäumt habe, irgendwelche Ermittlungen durchzuführen und vor Gericht einen Schlüsselzeugen zu befragen, der möglicherweise ein Alibi hätte bestätigen können. Kuhnke reagierte wie folgt: »Die Klage entbehrt jeder Grundlage und wird abgewiesen werden. Ich trage mich mit dem Gedanken einer Gegenklage.«

Lori war ein wenig verwirrt von dieser Zivilklage Scotts. Sie erfuhr, daß sie nichts mit Leino und Myers zu tun hatte. Sie bearbeiteten die Klage nicht; Scott hatte einen anderen Anwalt gefunden, ihn zu vertreten. Sie fragte sich (wie sie ihrer Familie gegenüber erwähnte), wie Scott hoffen konnte, zu gewinnen, wenn bislang alle Militärgerichte geurteilt hatten, daß wenngleich Kuhnkes Verteidigung zu wünschen übrig gelassen hatte, auch eine vorbildliche Verteidigung keinen anderen Ausgang des Prozesses bewirkt hätte und Scott so oder so schuldig gesprochen worden wäre.

Aber das war für Lori nur eine geringfügige Ablenkung. Der Spätherbst in Virginia/Maryland war eine Zeit, da die Abendluft erfüllt war vom Duft verbrannter Blätter und Holzscheite, der aus den Kaminen aufstieg. Die Tage waren kühl und angenehm, und die rosigen Wangen der Kinder auf den Spielplätzen kündigten den bevorstehenden Winter an. Wie viele Mütter einer großen Kinderschar plante Lori ein großes Thanksgiving-Dinner. Bis Weihnachten waren es nur noch wenige Wochen, eine Zeit der Freude, der Geschenke und auch der Hoffnung und der Gebete, daß das Jahr 1987 den Frieden auf Erden und Brüderlichkeit unter den Menschen bringen möge. Und darüber hinaus mit Gottes Hilfe vielleicht, wie Lori es ausdrückte, ›Wogen der Freude und des Glücks‹ für Lindsey Scott.

Eine Woche vor Thanksgiving rief Lori Autor Ellis A. Cohen an und erzählte ihm unter dem Siegel der Verschwiegenheit etwas, worüber er mit niemandem sprechen dürfe.

Sie hatte sich in letzter Zeit nicht allzu gut gefühlt und ihren Hausarzt aufgesucht, der eine Reihe von Tests durchgeführt hatte. Die Tests hatten ergeben, daß sich in der Magengegend ein kleiner Tumor entwickelt hatte. »Ich dachte, es wäre nur Bluthochdruck«, teilte sie Cohen mit, »wegen der endlosen Warterei und der Anspannung im Zusammenhang mit diesem Fall. Aber ich möchte nicht, daß irgend jemand davon erfährt. Nicht meine Familie – sie würde sich zu große Sorgen machen. Nicht John – er hat mit Lindsey schon genug am Hals. Und erst recht nicht Lindsey – er würde nur in Panik geraten und denken, daß ich ihn im Stich lasse. In Anbetracht der Tatsache, daß ich häufig mit diesem Fall in der Presse präsent bin, möchte ich um keinen Preis um meiner selbst willen in die Schlagzeilen geraten. Versprechen Sie, daß Sie niemandem ein Wort sagen.« Cohen versprach es (mit einigen unausgesprochenen Vorbehalten), fragte Lori jedoch ruhig, ob sie gedenke, sich in ein Krankenhaus zu begeben.

»Himmel nein, Ellis«, sagte Lori. »Sie vergessen, daß ich zu einem Drittel Cherokee bin. Bevor es all diese schlauen Ärzte und hochtechnisierten Krankenhäuser gab, waren ihre Methoden die einzigen, die den Medizinmännern zur Verfügung standen, um die Kranken zu heilen. Ich werde meine Leute aufsuchen, ganz im stillen, und sie werden wissen, wie sie mich heilen können.«

Am Thanksgiving-Tag, als sie das gewaltige Dinner vorbereitete, ging es Lori plötzlich sehr schlecht – so schlecht, daß Paul sie sofort ins örtliche Krankenhaus brachte. Das wundervolle Dinner war vergessen, und die Familie machte sich nun große Sorgen. Sie stimmten überein, die Feierlichkeiten zu verschieben und froren den Truthahn ein, in der Hoffnung, daß Lori am nächsten Tag nach Hause zurückkommen würde.

Lori kam nicht am nächsten Tag wieder nach Hause; sie mußte mehrere Tage im Krankenhaus bleiben. Offiziell erklärte sie ihrer Familie und allen anderen, sie hätte ein ›Verdauungsproblem‹, das von dem Streß des Scott-Falles verursacht worden wäre. Natürlich wußten jene, die ihr nahestanden – wie beispielsweise John und Patty Leino –, daß der Fall zu Spannungen innerhalb der Familie geführt hatte.

Trotz ihrer Proteste, daß es ihr gutginge, begannen einige von Loris Kindern, sich ernsthaft um sie zu sorgen. Gemeinsam stellten sie sie am Vorweihnachtsabend 1986 zur Rede: »Mom, bist du ernsthaft krank?«

In der für sie typischen Art lachte Lori nur und entgegnete: »Macht ihr Witze?«

Kapitel 21

Das Jahr 1987 begann positiv. Zum erstenmal seit langem konnten sich Lori, John Leino, Gary Myers, Lindsey Scott und seine Familie den Luxus eines Lächelns erlauben. Das Oberste Militärische Berufungsgericht erklärte im Januar, daß es einer Anhörung im Fall Scott zugestimmt habe. John und Gary wurden aufgefordert, am 23. Februar in Washington D.C., im Gerichtssaal in der 450 E Street Northwest, ihre Argumente mündlich vorzutragen.

Für Lori hielt der Januar ein ganz besonderes Geschenk bereit, ein Geschenk, das sie in Hochstimmung versetzte und wieder einmal ein Omen dafür zu sein schien, daß es aufwärts ging. Ihr ganzes Erwachsenenleben hatte sie den geheimen Wunsch gehegt, eines Tages ihr ›Traumhaus‹ zu finden. Und sie hatte sich geschworen, daß wenn sie dieses Haus jemals fand, nichts und niemand sie davon abhalten würde, es zu kaufen. Sie hatte so viele Jahre in beengten Verhältnissen gelebt, auf Militärstützpunkten im In- und Ausland, umgeben von ihrer vielköpfigen Familie.

Sie sehnte sich nach Privatsphäre, nach einem geräumigen, von Bäumen umgebenen alten Haus, wo sie Frieden finden würde und die morgendliche Stille nur von Vogelgezwitscher gestört wurde. In der Nacht würde sie nur das Rufen der Eulen und das Bellen der Füchse im Wald hören. Das war ihr Traum.

Eines Tages, als sie mit ihrem Mann im Auto unterwegs war, stolperte sie in Woodbridge, Virginia, über ihr Traumhaus. Es war genauso, wie sie es sich ausgemalt hatte, weit von der Straße zurückgesetzt, umgeben von einem großen Grundstück am Ende einer langen Auffahrt, die bis zu den Treppen der vorderen Veranda führte. Das Haus befand sich inmitten eines Waldes aus steinalten Eichen und hoch aufgeschossenen Birken, Ahornbäumen, Strauchkiefern und Hartriegel, der sich bis zur Straße erstreckte.

Sie verliebte sich auf den ersten Blick in das Haus. Sie

mußte es einfach haben. Das Haus stand leer und war zu verkaufen. (»Es war als hätte es nur auf mich gewartet«, vertraute Lori Autor Ellis A. Cohen an.) Ihrem Schwur treu, erwarb sie die Immobilie. Innerhalb weniger Wochen zog sie um, so glücklich wie schon lange nicht mehr. Ihr Traumhaus war wie Balsam für die Wunden, die die vielen Enttäuschungen in Verbindung mit dem Fall Scott und die Reibereien innerhalb ihrer Familie ihrer Seele zugefügt hatten. Und die Freude half ihr, die Schmerzen zu ertragen, die ihre Krankheit ihr bereitete.

(Nachdem der Umzug abgewickelt war, rief Autor Ellis A. Cohen sie an und erkundigte sich nach ihrem Leiden. Sie sagte, daß sie über ihre Beziehungen zu Native Americans einige in der Ganzheitsmedizin bewanderte ›Heiler‹ aufsuche. »Sie haben mir natürliche Heilmethoden und ein natürliches Leben verschrieben«, sagte Lori. Cohen fragte nach ihrem Tumor. Sie antwortete vage und meinte, ihre medizinischen ›Experten‹ hätten gesagt, sie fühlten, daß es okay wäre …)

Am 23. Februar, dem Termin, an dem die Vertreter von Anklage und Verteidigung vor dem Obersten Militärischen Berufungsgericht mündlich ihre Argumente vortragen sollten, fegte ein Blizzard über Washington D. C. hinweg. Es fielen an die dreißig Zentimeter Schnee, und die Anhörung wurde auf den 3. März verlegt.

Der Fall Scott war inzwischen bundesweit eine *Cause célèbre* (berühmter Rechtsstreit; Anmerkung des Übersetzers). Und so war am Tag der Anhörung der kleine Gerichtssaal vollgepackt mit Militärangehörigen (die mit Bussen von Quantico herangekarrt worden waren) und Journalisten der Print- und Elektronikmedien. Außerdem waren Lori, Scotts Eltern, Dick Harry (ehemals Lieutenant Colonel Richard Harry) und Joe Wershba von *60 Minutes* anwesend.

Um 14 Uhr wurde der braune Vorhang vor dem langen Richtertisch aufgezogen und gab den Blick auf die drei Richter frei, die hinter ihren Plätzen standen. Der Gerichtsdiener bat um Ruhe. Nach der Eröffnung der Anhörung erhob sich Gary Myers und trug ein brillantes, eloquentes Verteidigungsplädoyer vor, das ganze fünfundvierzig Minuten dauerte und im Verlauf dessen er aus dem Gedächtnis Ausschnitte aus Protokollen des vorangegangenen Prozesses und der Gerichtsurteile zitierte. Ab und an unterbrach ihn einer der Richter und stellte ihm Fragen. Myers hatte Antworten parat, die (wie Lori später bemerkte) ebenso die Richter wie die Zuschauer zu beeindrucken schienen, die wie zustimmend mit den Köpfen nickten.

Ganz so wie bei der DuBay-Anhörung konzentrierte sich Myers' Ansprache vor allem auf Kuhnkes Leistungen als Scotts Strafverteidiger. »Der Zusammenhang zwischen Mr. Kuhnkes Art der Verteidigung und dem Ergebnis des Prozesses ist ebenso greifbar wie deutlich«, sagte Myers an das Gericht gewandt. »Wenn ein Verteidiger sich nicht auf einen Prozeß vorbereitet, kommt es zu einer Verurteilung.

Der Umgang mit dem Strafrecht erfordert, daß man vor Ort recherchiert. Mr. Kuhnke hat sich jedoch damit begnügt, an seinem Schreibtisch zu sitzen.«

John Leino trug ein nicht minder überzeugendes Plädoyer vor. Er sprach von den mangelhaften Beweisen, die im Rahmen des Militärgerichtsprozesses von der Anklage vorgelegt und von Kuhnke unangefochten geblieben waren. Der für die Anhörung bestellte schwarze Anklagevertreter, Marine Captain H. C. Lassiter, argumentierte, daß die Verteidigung adäquat gewesen sei und Lori Jackson im ›Team‹ mit Kuhnke zusammengearbeitet habe.

Leino widersprach: »Die Anklage spricht von Teamarbeit. Ich möchte darauf hinweisen, daß das Verteidigerteam erst fünf Monate später ins Spiel kam«, sagte er, wobei er sich auf die Tatsache bezog, daß er und Gary Myers erst tätig geworden waren, nachdem Scott verurteilt und Kuhnke gefeuert worden war.

Lori zufolge war die Atmosphäre im Gerichtssaal eine völlig andere als bei der DuBay-Anhörung. Sie hatte das Gefühl, daß die Militärbeobachter sich Leinos und Myers' Argumentation mitfühlend und staunend anhörten.

Ein faszinierendes Detail der Anhörung war die Tatsache, daß Captain Lassiter Lindsey Scott verblüffend ähnlich sah.

Der Anklagevertreter, dessen Vortrag sich neben dem von Myers und Leino bescheiden ausnahm (er stammelte und verhaspelte sich und wirkte völlig desorganisiert, wie Lori Cohen schrieb), war in etwa gleich groß und etwa von der gleichen Statur wie Scott, hatte das gleiche Haar und die gleiche Frisur, die gleiche Hautfarbe, den gleichen Gang und trug sogar die gleiche Art Brille mit breitem Gestell. Während der Anhörung tuschelten viele auf den Zuschauerrängen, einschließlich einiger Pressevertreter, über die Ähnlichkeit.

Die Ähnlichkeit zwischen Lassiter und Scott war so verblüffend, daß einige Leute nicht anders konnten, als ihn darauf hinzuweisen. Scotts Mutter trat auf ihn zu und sagte mit zittriger, zorniger Stimme: »Sie sehen genauso aus wie mein Sohn Lindsey.«

Patty Leino, Johns Frau sagte, daß sie, als sie Lassiter das erstemal vor Beginn der Anhörung gesehen habe, geglaubt habe, die Marines hätten Scott unangekündigt zur Anhörung aus Kansas hergeflogen. Und John selbst meinte, als er den Anklagevertreter das erstemal sah, zu Gary Myers: »An wen erinnert dich der Typ?«

Gary blickte zu Lassiter hinüber und schnappte nach Luft: »Das glaube ich einfach nicht!«

Lori konnte nicht widerstehen; auch sie mußte mit dem Anklagevertreter sprechen. Nach der Anhörung ging sie zu ihm, reichte ihm die Hand und stellte sich vor. Sie sagte ihm, daß er ein Doppelgänger von Lindsey Scott sein könnte und fügte mit einem kaum verhohlenen Grinsen hinzu: »Wenn ich so darüber nachdenke ... Wo waren Sie am Abend des 20. April 1983?« (Dem Abend des Verbrechens). Lassiter schien nicht belustigt von dieser Frage und wandte nervös den Blick ab.

Wieder begann eine Zeit angespannten Wartens; würde es Wochen, vielleicht sogar Monate dauern, bevor die Richter des Obersten Militärischen Berufungsgerichts ihre Entscheidung bekanntgaben?

Während die Tage vergingen, nahm der Fall Scott eine weitere bizarre Wende. Während der Anhörung hatte Navy Captain David Larson, der als militärischer Revisionsanwalt bestellt worden war, mit Leino und Myers am Tisch der Verteidigung gesessen. Die drei Anwälte waren glänzend miteinander ausgekommen, hatten sich so richtig angefreundet. Kurze Zeit nach der Anhörung vom 3. März erfuhr Leino von Larson, daß die Marines bereits begonnen hatten, die Anklage gegen Scott in einem zweiten Prozeß vorzubereiten. Der Schluß, der sich hieraus ziehen ließ, war verblüffend: die Staatsanwaltschaft erwartete – oder schloß zumindest nicht aus – daß das Oberste Berufungsgericht zugunsten der Verteidigung entschied.

Dann rief zu jedermanns Überraschung Myers Scott in Leavenworth an. Er hatte ihn bislang noch nie angerufen, weder in Leavenworth noch im Gefängnis von Quantico. Der Anwalt teilte Scott mit, daß alles positiv aussähe und er eine gutes Gefühl habe, was die Entscheidung des Obersten Berufungsgerichts anbelange. Das Schlimmste, was er zu erwarten habe, sagte Myers, wäre ein neuer Prozeß. (Lieutenant General Petersen hatte als kommandierender General des Quantico-Stützpunktes die ganze Zeit über die Macht, die Anklage fallenzulassen.)

Noch nie zuvor hatte Myers so zuversichtlich geklungen, und so nahmen Lori und John Leino an, daß er über irgendwelche Insiderinformationen verfügte, da er sich so prächtig mit Captain Larson verstand und aufgrund der Jahre, die er als Captain im Büro des Judge Advocate General gedient hatte, was bedeutete, daß er angesehenes Mitglied des militärischen ›Klubs‹ der ›guten alten Kameraden‹ war.

Jedoch ließ sich diese Information zu diesem Zeitpunkt nicht bestätigen, noch bewegte sich alles im Bereich des Hörensagens, wenn auch aus zuverlässiger Quelle.

(Die Autoren halten es für angebracht, an dieser Stelle einen Zeitsprung einzulegen. Captain Larsons Information erwies sich als zutreffend. Am 17. August 1988, fünfzehn Monate nachdem Larson Leino den Tip gegeben hatte, erfuhr Autor Ellis A. Cohen von einer Unterhaltung, die er mit Marineinfanteriemajor Ron McNeil geführt hatte, vier Monate bevor das Oberste Militärische Berufungsgericht seine Entscheidung bekannt gab. Die Kommandantur der Marineinfanterie hatte ihn ›in aller Stille‹ vom Navy-Stützpunkt in Norfolk geholt, wo er gerade als Anklagevertreter einen Fall abgeschlossen hatte. Es begab sich, daß der neue Militärgerichtsrat von Quantico, Colonel James P. McHenry, nachdem er jeden Aspekt des Falles Scott geprüft hatte, zu der Überzeugung gelangt war, daß das Berufungsgericht die Entscheidung der niedrigeren Instanz aufheben würde. McNeil zufolge habe der Militärgerichtsrat ihm gesagt, daß er wolle, daß er – McNeil – sich des Falles Scott annehme.

Zur damaligen Zeit, im Frühling 1987, hatte McNeil den Ruf, der beste Ankläger in den Rängen des Marine- und Marineinfanteriekorps zu sein. Und tatsächlich wurde er zum Hauptanklagevertreter im zweiten Militärgerichtsprozeß gegen Lindsey Scott bestellt. Daß er McNeil befahl, um eine Metapher aus dem Baseball zu verwenden, sich im ›Bullpen aufzuwärmen‹ (Bullpen: bei Baseball Übungsplatz für Reservewerfer; Anmerkung des Übersetzers), vier Monate bevor das Oberste Berufungsgericht seine Entscheidung bekanntgab, überzeugte die Autoren sowie zahlreiche angehende militärische und zivile Anwälte davon, daß die Marines fest entschlossen gewesen waren, dafür zu sorgen, daß Scott seine dreißigjährige Haftstrafe in Leavenworth verbüßte.

Im April 1987, als Colonel McHenrys Befehl an McNeil und die Vorbereitungen der Anklagevertretung auf einen zweiten Militärgerichtsprozeß Leino und Myers noch nicht bekannt waren (wenngleich sie fest mit einer Wiederaufnahme des Verfahrens rechneten), mußten die Marines eine demütigende Bloßstellung in zweien der bundesweit wichtigsten Nachrichtenmagazine hinnehmen.

Auf der Titelseite des *TIME Magazine* vom 20. April war ein Offizier der Marineinfanterie mit einem ›Veilchen‹ abgebildet. Gleich daneben prangte die Schlagzeile: SPIONAGESKANDAL – MARINEINFANTERIEKORPS IN BEDRÄNGNIS – HIGH-TECH-ÜBERWACHUNG – SCHADENSERMITTLUNG

Dieser reißerische Leitartikel handelte von einem Spionageskandal in Zusammenhang mit der Botschaft in Moskau, der damit begonnen hatte, daß ein einsamer Wachposten der Marineinfanterie gestand, den Reizen einer hübschen sowjetischen Empfangsdame in Moskau erlegen zu sein. Eine Beziehung, die zu einem der schwerwiegendsten Fälle von Sex-gegen-Informationen-Austausch in der Geschichte der Vereinigten Staaten eskalierte. Ein Kamerad des Marines war beschuldigt worden, ihm geholfen zu haben, Sowjetagenten in den delikatesten Bereichen der Botschaft herumschnüffeln zu lassen, und in der vergangenen Woche war ein dritter Wachposten der Marineinfanterie, der in der Botschaft von Brasilia stationiert gewesen war, wegen Spionageverdachts zum Verhör nach Quantico gebracht worden. Einige weitere Marines waren aus Wien zurückbeordert worden. Weitere Anschuldigungen wegen Spionage wurden im Verlauf der Woche erwartet.

(Diese Titelstory diente Lori als Munition, während sie in Virginia und in der Gegend um Washington unterwegs war, um sich weiter unermüdlich für Scotts Freilassung einzusetzen. Sie holte eine Ausgabe des *TIME Magazins* aus ihrem abgewetzten Aktenkoffer und sagte: »Sehen Sie, das sind die gleichen Marines, die Lindsey Scott zum Täter gestempelt haben und sich weigern, ihm einen fairen Prozeß zu gewähren, im Laufe dessen seine Unschuld bewiesen werden könnte … und das ohne den Schatten eines Zweifels!«)

Am selben Tag brachte *Newsweek* in der Rubrik Inland einen Artikel mit der Überschrift: ›Befleckte Ehre‹ und dem Untertitel: die Marines: ›Ein Dolchstoß ins Herz‹.‹ Der Artikel handelte von einer Reihe von Peinlichkeiten im Zusammenhang mit dem Marineinfanteriekorps: vom Botschaftsskandal Sex-und-Spionage; von der Iran-Contra-Affäre und Marine Lieutenant Colonel Oliver North' diesbezüglichen Handels mit dem Iran, einem Todfeind der Vereinigten Staaten; Robert McFarlane, ein ehemaliger Marine, der einst als Präsident Ronald Reagans Berater für Nationale Sicherheit fungiert hatte, war so erschüttert von dem Iran-Contra-Skandal, in den er selbst tief verwickelt war, daß er versuchte, sich das Leben zu nehmen.

›Keine Gruppe ist von diesen Vorfällen peinlicher berührt und besorgter als die Marines‹, wurde eine Bemerkung von General P. X. Kelley, dem Kommandeur des Marineinfanteriekorps, vor einem Kongreßausschuß zitiert. Brigade General Walter Boomer, der oberste Sprecher des Korps, bezeichnete den Skandal als einen ›Dolchstoß ins Herz‹.

Als der Frühling in den Sommer überging und das Oberste Militärische Berufungsgericht noch nichts hatte verlauten lassen, wurde Scott unruhig und begann wieder, Lori, John Leino und Autor Cohen anzurufen, um nachzufragen, ob sie irgend etwas wüßten oder gehört hätten. »Was glauben Sie, wann das Gericht seine Entscheidung bekannt gibt?« lautete seine Standardfrage.

Lori war ebenfalls entmutigt. Eines Tages Ende April rief sie Autor Cohen an und fragte: »Was, wenn das Oberste Militärische Berufungsgericht Scott abweist? Was können wir dann noch tun?«

Cohen sagte ihr, daß sie auf eine solche Frage von dritter Seite antworten würde: »Wir müssen das Vertrauen bewahren ...« Er fragte sie, warum sie so niedergeschlagen wäre. Hierauf schwieg sie eine Weile – ein vielsagendes Schweigen, das möglicherweise zuviel verriet. Schließlich entgegnete sie, daß der Tumor gewachsen wäre. Die Heiler, die sie im stillen aufgesucht habe, hätten den Unterschied festgestellt. Aber gleich darauf fügte sie mit wiederauflebendem Optimismus hinzu, daß sie eine Unmenge Gesundheitskost aus Spezialitätengeschäften gegessen habe. Sie sprach davon, Abstand von der Rainbow Coalition zu nehmen. »Ich bin besser dran, wenn ich mich von ihrem Büro fernhalte«, sagte sie. »Meine Kraft reicht gerade noch, mich weiter für Scott stark zu machen.« Ein unheilverkündendes Geständnis aus dem Mund einer Frau, die stets grenzenlose Energie an den Tag gelegt hatte.

Im Juli wurde ein ehemaliger Division Commander des Camp LeJeune, Lieutenant General Alfred M. Gray jr., als Nachfolger von General P. X. Kelley zum Kommandeur des Marineinfanteriekorps eingesetzt. Im Lichte der angeblichen Unterhaltung zwischen General Kelley und Lieutenant General Petersen, dem Kommandeur des Quantico-Stützpunktes, beim Dinner, fragten sich jene, die von dieser Ablösung erfuhren, ob der Wechsel auf Führungsebene sich in irgendeiner Weise auf Scotts Position auswirken würde.

Fünf Tage später verkündete das Oberste Militärische Berufungsgericht, daß es in einer einstimmigen Entscheidung Lindsey Scotts Verurteilung für ungültig erklärt habe.

In der offiziellen Presseerklärung des Marineinfanteriekorps, die an Journalisten in aller Welt verschickt wurde, hieß es: ›Das Oberste Militärische Berufungsgericht der Vereinigten Staaten hat am 6. Juli 1987 entschieden, Urteil und Strafmaß im Fall Lindsey Scott, USMC, für nichtig zu erklären ... Das Oberste Militärische Berufungsgericht hat folgende Entscheidung gefällt: ›Urteil und Strafmaß werden außer Kraft gesetzt. Das Prozeßprotokoll wird an den Justizsenat der Navy zurückgesandt. Es darf eine Wiederaufnahme des Verfahrens angeordnet werden.

Die Entscheidung, Corporal Scott erneut vor Gericht zu stellen, liegt beim Justizsenat der Navy oder der vom Justizsenat benannten Stelle ...‹

Überraschenderweise hieß es in der Presseerklärung weiter: ›Der Fall Scott erregte durch eine *60-Minutes*-Reportage, die am 2. Dezember 1984 ausgestrahlt wurde, bundesweit Aufsehen.‹ (Überraschend im Hinblick darauf, daß die Marines den Wahrheitsgehalt der Reportage nie offiziell anerkannt hatten und strikt jede Zusammenarbeit an der Erstsendung und den weiteren Ausstrahlungen verweigert hatten.)

In Erwartung der Fragen seitens der Presse, waren in der Erklärung sechs Fragen mit Antworten aufgelistet:

F: Wird Scott aus der Haft entlassen?

A: Sofern das Oberste Militärische Berufungsgericht

seine Entscheidung nicht revidiert, wird die Entscheidung darüber, ob Scott auf freien Fuß gesetzt oder Untersuchungshaft überstellt wird, am 17. Juli 1987 fallen.

F: Wer wird den Vorsitz über den neuen Prozeß innehaben?

A: Der Justizsenat der Navy wird eine entsprechende Autorität mit dem Fall betrauen.

F: Wo wird der Prozeß stattfinden?

A: Das hängt davon ab, welche Autorität mit dem Fall betraut wird.

F: Welche Möglichkeiten stehen besagter Autorität offen?

A: Sie kann das Verfahren einstellen oder den Fall einem Militärgericht übergeben

F: Welches ist das höchste Strafmaß, zu dem Scott verurteilt werden könnte?

A: Das Strafmaß ist auf das der ersten Verhandlung begrenzt, also auf dreißig Jahre Haft, Aberkennung sämtlicher Sold- und Rentenansprüche und Degradierung zum gemeinen Soldaten (E-1).

F: Worauf begründet das Oberste Militärische Berufungsgericht seine Entscheidung?

A: Das Gericht hat befunden, daß Scotts ziviler Strafverteidiger sich während des Prozesses gravierende Versäumnisse hat zuschulden kommen lassen.

Dies war eine Wende von monumentaler juristischer Bedeutung, da nicht nur das Urteil von Scotts Militärgerichtsprozeß außer Kraft gesetzt wurde, sondern auch die Mehrheitsentscheidung der niederen Instanz – des Berufungsgerichtes der Marine- und Marineinfanterie – widersprochen wurde, die entschieden hatte, daß trotz gewisser Vorbehalte hinsichtlich Scotts Verteidiger Ervan Kuhnke, die Beweise der Anklagevertretung so überzeugend gewesen wären, daß Versäumnisse von Kuhnkes Seite keine Auswirkungen auf den Schuldspruch gehabt hätten.

Indem es Scotts Verurteilung außer Kraft setzte, stellte sich das Gericht offen gegen diese Entscheidung. Richter Walter T. Cox III. bezeichnete Kuhnkes Prozeßarbeit als ›unglaublich‹. Seine Unfähigkeit, eine kompetente Alibiverteidigung vorzubereiten, schrieb Richter Cox, ließe Zweifel an der Richtigkeit des Urteils zu.

»Wenn wir Kuhnkes Arbeit an den derzeitigen professionellen Maßstäben messen«, schrieb Richter Cox, »können wir nur zu dem Schluß kommen, daß seine Leistung weit unter dem Mindeststandard lag. Kuhnkes Versäumnis, sofort hinsichtlich einer Alibiverteidigung zu ermitteln, war weder das Resultat einer Strategie noch eine vernünftige Entscheidung. Tatsächlich ist dieses Versäumnis als mangelnde Vorbereitung zu werten ... und auf die unerklärliche Hoffnung zurückzuführen, der Fall würde nie vor Gericht gebracht.«

Richter Eugene R. Sullivan stimmte mit Richter Cox überein, sagte jedoch: »Ich widerspreche lediglich hinsichtlich der zu ergreifenden Maßnahmen. Meiner Ansicht nach verlangt die Gerechtigkeit, daß die Wahrheit im Laufe eines neuen Prozesses ermittelt wird. In diesem Fall würde ich eine Wiederaufnahme des Prozesses anordnen. Wenn die zuständige Autorität keine Neuverhandlung wünscht, ist diese zuständige Autorität befugt, das Verfahren einzustellen ...«

Die Reaktion auf die Entscheidung des Obersten Berufungsgerichts erfolgte sofort und wurde über die Nachrichtenmedien im ganzen Land verbreitet. Als Scott von der Entscheidung erfuhr, lief er in den Fluren von Leavenworth auf und ab und rief: »Ich komme nach Hause! Ich komme nach Hause!«

Lori rief den Autoren Cohen an, in Hochstimmung und ganz atemlos vor Freude. »Ellis, preisen Sie den Herrn!« rief sie. »Ich weiß nicht, was ich als erstes tun soll! Ich nehme mir den Tag frei, fahre zu John (Leino), und dann bete ich, daß diese Entscheidung das letzte Wort seitens der Regierung ist!«

Scotts Familie war nicht minder euphorisch. »Wir haben gebrüllt und geschrien, Freundensprünge gemacht und geweint«, erklärte Scotts Frau Lola, die inzwischen in Louisville lebte. »Es ist eine große Erleichterung, aber es wird uns noch besser gehen, wenn er durch das Gefängnistor tritt.«

John Leino, der sich im stillen über den Sieg freute, äußerte sich nüchterner: »Noch ist es nicht vorbei«, sagte er. »Indem es davon abgesehen hat, eine Neuverhandlung verbindlich anzuordnen, könnte das Berufungsgericht der Anklagevertretung signalisiert haben ›Ihr habt zu lange auf ein totes Pferd eingetreten‹. Es sind verschiedene Variablen möglich, abhängig davon, wer der Sache wo ein Ende machen will. Aber wir gehen davon aus, daß es zu einem neuen Militärgerichtsprozeß kommen wird.«

Die Reaktion des Militärs nahm sich kleinlich-mürrisch aus. Autor Cohen und Scotts Anhänger Lori, Leino, Myers und Lola telefonierten täglich herum, um von Quantico, vom Pentagon, von den Zeitungsreportern oder sogar von *60 Minutes* – von irgend jemandem, der möglicherweise einen Hinweis erhalten haben könnte – zu erfahren, wann Scott aus Leavenworth entlassen werden und wo er von dort aus hingebracht werden würde. Die Marines gaben keine Informationen preis, weder gaben sie direkte Antworten auf direkte Fragen noch gestatteten sie das Aufkommen von Gerüchten. Es schien, als hätten sie Spaß an dem ›Fragespiel wann und wo‹, wie es ein Journalist formulierte.

Derweil beschloß Lola, die davon ausging, daß Lindsey nach Quantico zurückgebracht werden würde, nach Virginia zurückzukehren, um in seiner Nähe und in Reichweite seiner Anwälte zu sein, während sie das Schicksal ihres Mannes abwartete. »Dort in Kentucky hatte ich, obwohl ich ihm näher war, das Gefühl, nichts für ihn tun zu können«, sagte Lola. »Ich denke, es ist wichtiger für mich, dort zu sein und zu versuchen, ihn rauszubekommen.« Lola glaubte, daß das Marineinfanteriekorps das Verfahren gegen Lindsey einstellen würde. Tat es das nicht, war sie überzeugt davon, daß er bei einer neuen Verhandlung freigesprochen werden würde.

Lori stimmte völlig mit Lola überein. Beide waren sicher, daß es den Marines nicht gelingen würde, Judy Connors dazu zu bewegen, bei einem neuen Militärgerichtsprozeß erneut auszusagen. »Ich glaube, es wäre sehr, sehr schwer für das

Marineinfanteriekorps, den Fall nach so langer Zeit neu zu verhandeln«, äußerte Lori den *Potomac News* gegenüber.

(Was weder Lola noch Lori wußten – was niemand wußte, bis Autor Cohen es viel später entdeckte – war, daß Major Ron McNeil während dieser ganzen Warterei und Spielerei heimlich bereits Kontakt zu Judy Connors aufgenommen hatte. Sie erklärte sich bereit, bei einer zweiten Verhandlung auszusagen. McNeil begann, sie auf ihre Aussage vorzubereiten, obwohl bisher noch nicht offiziell entschieden war, ob es überhaupt zu einer Neuverhandlung kommen würde.)

Am 16. Juli erhielt Cohen einen Anruf von John Leino, der ihm eine merkwürdige Geschichte erzählte, die er den anderen merkwürdigen Geschichten hinzufügen sollte, die den Fall Scott umrankten. Er sagte, Scott hätte ihn angerufen und ihm erzählt, daß Gunnery Sergeant Nummer (vom Fort Leavenworth-Gefängnis) ihm gesagt hätte, er, Scott, bekäme fünfundvierzig Tage Urlaub. Er habe gefragt: »Scott, wo willst du hin … nach Louisville, Quantico?«

Leino erzählte, er habe mit Nummer gesprochen und ihm gesagt, daß dies seines Wissens das erstemal sei, daß ein Gefängnisinsasse vor die Wahl gestellt wurde, wohin er nach seiner offiziellen Entlassung oder während eines Urlaubs gebracht werden wollte. Nummer sei unverbindlich gewesen, sagte Leino, aber ›ich glaube, daß Lindsey nach Quantico zurückkommen wird. Die Gerüchteküche brodelt.‹

Später an diesem Tag rief Leino noch einmal bei Cohen an und erklärte, er habe gerade mit Lieutenant Colonel Brehm vom Büro des Justizsenats auf Quantico gesprochen. Leino sagte: »Brehm hat mir gesagt, sie (das Büro des Justizsenats) würden auf Befehle warten, Scott aus der Haft zu entlassen.« Leino berichtete, daß er nachgehakt habe. »Wann?« habe er Brehm gefragt, worauf dieser erwidert hätte: »Irgendwann im Laufe des Tages.« Leino berichtete, daß er sarkastisch gefragt habe: »Und wohin bringt man ihn?«

Brehm hätte entgegnet: »Scott wird nach Quantico zurückgebracht … aber er muß nicht, wenn er nicht will. Er kann auch nach Hause gehen, wenn er das möchte.«

Inzwischen, sagte John, wäre es zu spät am Tag, noch

irgend etwas zu unternehmen, und er glaube nicht, daß vor dem nächsten Morgen etwas passieren werde. Er sagte zu Cohen: »Dasselbe Verwirrspiel ... wie jetzt ... hat in all den Wochen und Monaten vor Scotts DuBay-Anhörung stattgefunden.«

Am Morgen des 17. Juli wurde Scott aus Leavenworth entlassen, jedoch nicht, ohne daß sich die Verwirrung fortgesetzt hätte, die die Erleichterung und sogar Euphorie angesichts der Entscheidung des Berufungsgerichts trübte. Es begann früh am Morgen mit einem Anruf von Lori an Cohen. Sie teilte ihm mit, daß sie eben mit John Leino gesprochen habe, von dem sie erfahren hätte, daß Scott aller Wahrscheinlichkeit nach gerade die Entlassungsprozedur durchmache, jedoch noch immer nicht bekannt wäre, wohin er gebracht werden würde. Cohen rief einen Mr. Gooch an, einen zivilen Angestellten von Leavenworth, der bestätigte: »Lindsey Scott erledigt gerade die Entlassungsformalitäten ... und müßte bald aufbruchsbereit sein.«

Als nächstes sprach Cohen mit Lieutenant Colonel John Shotwell, dem offiziellen PR-Sprecher der Marineinfanteriekommandatur in Washington D. C., der ihm die neueste Order vorlas, in der es hieß, Private Lindsey Scott wäre offiziell befohlen worden, Fort Leavenworth zu verlassen. Shotwell erklärte weiter, daß Scott dreißig Tage Urlaub gewährt worden seien und er während dieser Zeit hingehen könne, wohin es ihm beliebe. Shotwell teilte ihm außerdem mit, daß der Befehl in Kürze den Medien mitgeteilt werden würde. »Mr. Cohen«, sagte Shotwell, »mir liegen buchstäblich Hunderte von Nachfragen seitens der Medien vor. Alle möchten wissen, was als nächstes mit Scott geschieht. Scott persönlich hat heute morgen darum gebeten, daß die exakte Uhrzeit seiner Entlassung und der Ort, an den er sich begeben wird, geheim bleiben.«

Nachdem ihm versprochen worden war, daß Scotts ›erster Anruf‹ exklusiv an ihn gehen würde, besorgte sich Cohen eine Reihe von Flugtickets, die sämtliche Möglichkeiten abdeckten: eins von seinem Wohnsitz in Los Angeles nach Louisville, eines nach Washington D. C. und sogar eins nach

Kansas City (dem dem Gefängnis am nächsten gelegenen Flughafen), für den Fall, daß Scott beschloß, auf dem Weg nach Louisville dort haltzumachen.

Ein wenig später an diesem Morgen rief Leino Cohen an und teilte ihm die letzten Neuigkeiten aus dem Büro des Justizsenats in Quantico mit: »Jetzt heißt es, Scott müsse in Quantico einen Soldschein unterzeichnen. Ich habe dem entgegengehalten, daß er, wenn er über den National Airport flöge, den Schein dort unterzeichnen und dann gleich weiterfliegen könnte – vielleicht nach Louisville.« Die Unterzeichnung des Formulars sei wichtig, erklärte John. Es erlaubte dem Korps, die Soldzahlungen an Scott wiederaufzunehmen – und zwar den Sold eines Corporals, da die Entscheidung des Gerichts die Degradierung automatisch unwirksam gemacht habe.

Was die rückwirkende Soldzahlung anbelangte, würde diese zwar erfolgen, jedoch erst, nachdem eine Entscheidung bezüglich einer Neuverhandlung gefallen sei, wie auch immer diese ausfallen würde.

Dann erklärte Leino Cohen mit einem nervösen Lachen: »Neben all diesem überflüssigen Irrsinn bahnt sich eine weitere Krise an. Gary Myers hat in guter Absicht mit Lieutenant Colonel Brehm (vom Büro des Justizsenats) gesprochen und vorgeschlagen, daß, da er in der Altstadt von Alexandria, Virginia, wohne und es von dort bis zum National Airport nur zehn Minuten Fahrt wären, Scott zu ihm kommen und sich die einstündige Fahrt nach Quantico sparen könne, um das Formular zu unterzeichnen. Die Idee hat Brehm gefallen«, fuhr Leino fort. »Als Gary jedoch heute morgen versucht hat, Scott in Leavenworth anzurufen und ihm seinen Vorschlag zu unterbreiten, teilte Staff Sergeant Fields ihm mit, daß Scott ihn nicht sprechen wolle.

Also rief Gary mich an«, fuhr Leino fort. »Er sagte: ›Ich habe es nicht nötig, mir diesen Mist von ihm bieten zu lassen‹ und erklärte, daß er sein Mandat niederlegen wolle.«

Etwa eine Stunde später, während diese beunruhigende ›Krise‹ immer noch im Hintergrund gärte, rief Gunnery Sergeant Nummer von Leavenworth aus Cohen an: »Ich soll

Ihnen von Private Scott ausrichten, daß er via Kansas City nach Louisville fliegt und gegen 22 Uhr heute abend dort eintreffen wird. Sie sollen seine Frau anrufen, von der Sie erfahren werden, wo er dort wohnen wird.«

Cohen packte hastig, rief Lola Scott und anschließend Lori an und bat sie, John Leino Bescheid zu geben. Außerdem fragte er, ob sie vorhätten, nach Louisville zu fliegen. Mit von Trauer erfüllter Stimme flüsterte sie: »Es geht mir im Augenblick nicht sehr gut. Wieder diese verdammte Grippe« – ihr Euphemismus für ihr tatsächliches Leiden. »Bitte richten Sie Lindsey aus, daß ich ihn heute abend oder gleich morgen früh anrufen werde.«

Auf dem Flughafen von Louisville empfingen etwa fünfzig Personen Scott mit Tränen und Jubelschreien. Einige trugen Schilder, auf denen beispielsweise stand ›Jesus war unschuldig, und du bist es auch‹, ›Wir lieben Lindsey‹ oder ›Willkommen zu Hause‹. Sie umringten ihn, sprachen alle durcheinander, versuchten, ihm die Hand zu schütteln, ihn zu umarmen. Sie empfingen ihn wie einen ›heimkehrenden Helden‹, wie eine Lokalzeitung die Szene am Flughafen beschrieb.

Scott dankte ihnen allen für ihre Unterstützung, sagte jedoch: »Eine Feier wäre zum gegenwärtigen Zeitpunkt wohl verfrüht, noch ist mein Fall nicht abgeschlossen.« Er erklärte, daß er für einige Tage ›in Klausur‹ gehen wolle, um mit seiner Frau und seiner Tochter Latavia zusammen zu sein, die in zwei Wochen ihren vierten Geburtstag feierte. Viele der Verwandten weinten, als er sagte: »Meine größte Freude wird es sein, mich zu entspannen und den Tag mit meiner Tochter zu verbringen. Ich habe ihre ersten Worte versäumt. Ich war nicht da, als sie ihre ersten Schritte gemacht hat. Ich hatte keine Gelegenheit, ihr die Windeln zu wechseln. Wir haben einiges aufzuholen, jetzt wo ich zu Hause bin.«

Am selben Abend fand in dem Motel, in dem Scott und seine Frau abgestiegen waren, ein privates Treffen zwischen Cohen und den Scotts statt. Cohen war überrascht, einen ganz anderen Menschen anzutreffen als den schüchternen, etwas pummeligen Marine, den er bei der DuBay-Anhörung gesehen hatte. Die fünfundvierzig Monate im Gefängnis hatten die überflüssigen Pfunde schwinden lassen, und das Gewichtheben in Leavenworth hatte seinen Körper gestählt. Das war ein selbstsicherer Lindsey Scott, modisch gekleidet, mit einem gepflegten Schnäuzer und stilvoller Brille. Während des Treffens rief John Leino an, um Scott in der Freiheit willkommen zu heißen und ihn zu warnen, daß seine juristischen Probleme noch nicht überstanden wären. »Seien Sie sehr, sehr vorsichtig bei allem, was Sie tun oder sagen«, ermahnte ihn Leino. »Höchstwahrscheinlich kommt es zu einem zweiten Prozeß.«

»Warum?« fragte Scott.

»Weil die Marines nicht gern verlieren.«

Leino nutzte die Gelegenheit, um zu versuchen, das Problem zwischen Scott und Myers aus der Welt zu schaffen. Er erinnerte Scott daran, wie hilfreich Myers gewesen war, daß er von Beginn an seine Dienste angeboten hatte und wie nützlich er bei einer neuen Verhandlung sein würde. Scott erklärte sich bereit, sich wegen des ›Mißverständnisses‹ bei Myers zu entschuldigen.

»Okay, Lindsey, gut. Noch eins, wenn Sie mit der Presse sprechen, ›tönen‹ Sie nicht über den Prozeß. Überlassen Sie die Medien Lori, Gary und mir. Und achten Sie während des Urlaubs auf sich. Der NIS beobachtet Sie wahrscheinlich auf Schritt und Tritt und wartet nur darauf, daß Sie in irgendwelche Schwierigkeiten geraten.«

(Wie Gary Myers Koautor Milton J. Shapiro später erklärte, kann er sich bis zum heutigen Tag nicht erklären, warum Scott sich weigerte, seinen Anruf in Leavenworth entgegenzunehmen. Um den Frieden zu wahren, habe er jedoch ein paar Tage später, unmittelbar bevor er zu einer kurzen Urlaubsreise nach Europa aufgebrochen sei, Scott vom Kennedy Airport in New York aus angerufen. Er fragte Scott, warum er sich geweigert habe, den Anruf entgegenzunehmen. »Scott sagte, ›Das war ein dummes Mißverständnis. Es tut mir leid. Vergessen Sie's.‹ Na ja, ich dachte, der Junge hat unter gewaltigem Druck gestanden … und da habe ich erwidert: ›Gut, Lindsey, in diesem Fall stehe ich Ihnen weiter zur Seite.‹ Ich rief ihn mehrmals aus Europa an. Ich war froh, daß die Sache bereinigt war.«)

Die ›Klausur‹, auf die Scott gehofft hatte, wurde rasch und unsanft zunichte gemacht. Zu viele Freunde und Verwandte wußten, wo er sich aufhielt, und zu viele hatten seinen Aufenthaltsort – willentlich oder nicht – an die Presse verraten. Während er und Cohen sich unterhielten, klopfte es an der Tür, und ein Fernsehreporter mitsamt eines Kamerateams marschierte unangekündigt und ohne vorherige Terminabsprache herein. Scott erklärte sich bereit, ein kurzes Interview zu geben. Kaum daß das Fernsehteam wieder abgezogen war, kam ein Reporter von einer Zeitung von Louisville herein, der erklärte, er habe ›hinter den Kulissen‹ gewartet. Scott erklärte sich mit einem weiteren Kurzinterview einverstanden. Dann begann das Telefon zu läuten …

(Ein verzweifelter Cohen beschloß, dem Medienzirkus zu entfliehen und flog um 7 Uhr früh am nächsten Morgen zurück nach Los Angeles.)

Den ganzen nächsten Tag sowie viele darauffolgende Tage umlagerten Zeitungs- und Fernsehreporter Scott oder riefen an und baten um Interviews – möglichst exklusive. Scott gab den meisten Anfragen nach. John Leinos Warnung beherzigend, durchschritt er überaus vorsichtig die Minenfelder, die einige Reporter gelegt hatten, die auf irgendeinen ›Coup‹ aus waren und hofften, Scott bei einem Lapsus zu ertappen oder zu zornigen Äußerungen gegen die Marines und Ervan Kuhnke zu provozieren – irgend etwas, das ihnen einen Aufhänger für eine Schlagzeile oder einen Schnipsel für eine Sensationsmeldung lieferte.

Scott wurde gut mit den Medien fertig. Er sagte, er hege keinen Groll gegen das Marineinfanteriekorps, und wenngleich er Kuhnke für seine Inhaftierung verantwortlich mache, äußerte er sich zurückhaltend: »So etwas kann passieren«, sagte er. Er brachte sein Vertrauen in das militärische Rechtssystem zum Ausdruck und sagte, er wäre den Marines ›dankbar‹, daß sie ihm Urlaub gewährt hätten, bevor er seinen Dienst in Quantico wieder antreten müsse.

»Man kann nicht die ganze Schuld auf das Marineinfanteriekorps abwälzen«, sagte er. Und er sei nicht verbittert. »Ich kann es mir nicht erlauben, so zu reagieren«, teilte er der *Washington Times* mit. »Ich will das alles hinter mich bringen und mein Leben weiterleben. Ich lasse mich nicht so schnell unterkriegen. Ich habe beim Korps gelernt, mich nicht unterkriegen zu lassen ... Ich bin ein guter Marine.«

Lori war trotz Scotts umsichtigen Umgangs mit den Fragen der Presse besorgt. »Ich mache mir Sorgen, daß Lindsey mit zu vielen Pressevertretern spricht«, vertraute sie Cohen bei einem ihrer Anrufe an. »Er sollte jetzt jedem Reporter aus dem Weg gehen, zumindest bis Petersen entschieden hat, was er als nächstes tun will. Ich habe Lindsey gesagt, daß der NIS ihn durch ein Vergrößerungsglas beobachten wird. Wenn er nur einen einzigen Fehler macht, wird dies unverzüglich Petersen berichtet werden ...«

Anfang August erhielt Cohen einen Anruf von Lee Hockstader von der *Washington Post*, der seit der DuBay-Anhörung regelmäßig über den Fall berichtet hatte. Der Reporter erklärte, er habe mit dem Ankläger der Marineinfanterie, Major Ron McNeil gesprochen, der ihm gegenüber geäußert habe, daß es seiner Ansicht nach zu einer Neuverhandlung kommen werde. Auch erhielt Cohen von Hockstader die interessante Information, daß der Reporter mit Judy Connors' Anwalt gesprochen habe, der ihm mitgeteilt habe, daß seine Klientin zur Verfügung stehen würde, falls man sie bat, vor Gericht auszusagen. Cohen rief den Anwalt an und fragte, ob er sich irgendwann in der Zukunft mit Judy Connors unterhalten könne. Der Anwalt erklärte ihm, Judy würde weder mit ihm noch mit sonst jemandem sprechen, der mit den Medien in Verbindung stünde.

Einige Tage später, als Scott ein Telegramm von Lieutenant General Petersens Büro erhielt, in dem ihm mitgeteilt wurde, daß ihm weitere zehn Tage Urlaub gewährt worden seien, lud Lori die Scotts zu sich nach Hause ein. »Ich möchte ein Auge auf ihn haben«, vertraute sie Cohen an. Und so hielten sie sich alle zusammen in Loris Traumhaus auf, als am 16. August die dritte Wiederholung der *60-Minutes*-Reportage über den Fall Scott ausgestrahlt wurde. Im Anschluß an den ursprünglichen Bericht brachte Harry Reasoner (der für Morley Safer eingesprungen war) ein Up-date zum aktuellen Stand der Dinge.

Am 25. August erhielt Cohen einen weiteren Anruf von Lee Hockstader. Der Reporter hatte einen Tip erhalten: eine vertrauliche Quelle aus Marineinfanteriekreisen hatte ihm anvertraut, daß Petersen endgültig einen neuen Prozeß anordnen würde, voraussichtlich Ende des Jahres. Zwei Tage später meldete Scott sich in Quantico zum Dienst. Nach einer Besprechung mit Lieutenant General Petersen wurde er wieder in den Rang eines Corporals erhoben und seiner alten Einheit zugeteilt, dem Sicherheitsbataillon – wenn auch nicht als Ermittler. Auch wurde ihm gestattet, den Stützpunkt zu verlassen, und ihm wurde rückwirkend der Sold für ein Jahr ausgezahlt. Der Rest sollte im Anschluß an den endgültigen Abschluß seines Falles ausgezahlt werden.

Während in der Presse und in Quantico Gerüchte die Runde machten, beschloß Gary Myers, seine Bekanntschaft mit Lieutenant General Petersen zu nutzen, um dessen Absichten hinsichtlich des neuen Prozesses auszuloten. »Ich kenne ihn seit zwanzig Jahren«, sagte Myers zu John Leino. »Ich werde versuchen herauszufinden, wohin er tendiert.« Petersen erklärte sich bereit, ihn zu empfangen, und die beiden Männer trafen sich zu einem freundschaftlichen privaten Gespräch in Quantico, das den Verteidigern jedoch leider zu keinerlei neuen Erkenntnissen verhalf. »Leider hat Frank seine Gedanken zum Fall Scott für sich behalten«, berichtete Myers.

(Die Freundschaft zwischen Myers und Petersen reichte bis ins Jahr 1970 zurück. Myers war damals Captain in der Army und dem Büro des Stellvertretenden Assistenten des Ministers für die Wahrung der Bürgerrechte in Washington D. C. zugeteilt. Die Abteilung deckte alle vier Bereiche der Streitkräfte ab – Army, Air Force, Navy und Marines. Petersen, damals Lieutenant Colonel der Marineinfanterie, war in Vietnam verwundet und derselben Abteilung wie Myers zugeteilt worden. Gemeinsam waren sie zu einer langen Inspektionstour der US-Stützpunkte im Fernen Osten gestartet, um Rassenprobleme beim Militär aufzudecken. Die beiden Männer verbrachten auf dieser Dienstreise viele Monate zusammen. In Anbetracht der Art ihres Auftrages fand Myers es um so ironischer, daß Petersen sich weigerte, das Verfahren gegen Scott einzustellen und statt dessen auf einer Neuverhandlung bestand.)

Nachdem diese Informationsquelle sich als unergiebig erwiesen hatte, setzte Myers sich mit Leino und Lori zusammen, und die drei kamen überein, eine Petition aufzusetzen, die die Einstellung des Verfahrens gegen Scott forderte und die Myers Petersen persönlich überreichen sollte. Lori rief Cohen (in Los Angeles) an und teilte ihm die letzten Neuigkeiten mit. Als er sie fragte, wie es ihr ginge, versicherte sie ihm: »Machen Sie sich keine Sorgen, wenn es zu einem neuen Prozeß vor dem Militärgericht kommt, werde ich wieder dabeisein.«

Am 8. Oktober traf Myers sich erneut mit Petersen und übergab ihm die Petition, die von ihm selbst, John Leino und Captain W. Brennan Lynch unterzeichnet war, dem neuen von der Marineinfanterie bestellten Strafverteidiger. Zusammenfassend ging es in der Petition darum, daß Scott inzwischen unmöglich einen fairen Prozeß bekommen könne. ›Es kann unmöglich zu einer verfassungsmäßig fairen und unvoreingenommenen Neuverhandlung kommen, die den Anforderungen eines objektiven Prozesses und einer angemessenen Verteidigung gerecht würde.

Ein neuer Prozeß kann die inkompetente Verteidigung bei der ersten Verhandlung nicht ungeschehen machen. Für immer verlorene Möglichkeiten werden das Verfahren auf eine reine Beweiserhebung beschränken wie schon in der ersten Instanz.‹

In der Petition wurde angeführt, daß Zeugen aufgrund der inzwischen vergangenen Jahre für immer verloren wären. Ruby Hills sei durch die Inkompetenz des Verteidigers kompromittiert worden …

›Sie wird nun als wankelmütig und unglaubwürdig dargestellt werden. Sie hätte das Alibi des Angeklagten bestätigen können, und bei angemessener Vorgehensweise des Verteidigers wäre ihre Aussage nie angezweifelt worden.

Es können keine neuen Beweise erbracht werden. Der Makel der ersten Verhandlung hat alles, was ein neuer Militärgerichtsprozeß ergeben könnte, begraben.

Wir erwarten massive Probleme hinsichtlich der Aufbewahrung der Beweismittel, die die Regierung verpflichtet ist, zu erhalten. Scotts Wagen ist nicht mehr vorhanden. Der Verteidigung ist außerdem nicht bekannt, wo sich das Haar negroiden Ursprungs, der Kochtopf, die Kleidungsstücke und andere Beweismittel befinden …‹

Die Petition warf darüber hinaus Kuhnke und Major Al Roach vor, daß durch ihr Verschulden ›sämtliche Entlastungsbeweise durch ihre inkompetente Verteidigung des Angeklagten‹ unwiederbringlich verloren wären. ›Da Major Roach als Strafverteidiger von der Regierung bestellt worden ist und nicht vom Angeklagten selbst, hat die Regierung die Verantwortung für seine Inkompetenz zu tragen und nicht der Angeklagte. Das Oberste Militärische Berufungsgericht hat anerkannt, daß Scott nicht die Konsequenzen für das Versagen seiner Verteidiger zu tragen habe.‹

Und abschließend: ›Wir bitten höflichst darum, das Verfahren einzustellen.‹

Exakt zwei Wochen später, am 22. Oktober um 2 Uhr 40 morgens, begann die Abteilung für Öffentliche Angelegenheiten des Quantico-Stützpunktes unter Leitung von Lieutenant Colonel Bobby Weinberger, eine Presseerklärung an die internationalen Medien zu faxen:

›Lieutenant General Frank E. Petersen, kommandierender General, Marine Corps Development and Education Command, Quantico, Virginia, hat am heutigen Tage angeordnet, daß Corporal Lindsey Scotts Fall vor einem Militärgericht neu verhandelt werden wird.

General Petersen hat seine Entscheidung in seiner Eigenschaft als zuständige Autorität nach Prüfung der Beweislage und auf Empfehlung des Militärgerichtsrates, Colonel James P. McHenry, getroffen. Ein Prozeßtermin wurde noch nicht festgelegt.‹

In der Presse folgte rasch ein bissiger Kommentar des zornigen Gary Myers, der Petersen so gut kannte:

›General Frank Petersen hat seine Dienstzeit damit verbracht, zu beweisen, daß ein Schwarzer ein guter Marine sein kann. In diesem vorliegenden Fall hat er die Verfassung ignoriert und ungerechtfertigterweise einen jungen Schwarzen vor Gericht geschickt. Dies qualifiziert ihn zweifelsfrei zur Beförderung vom Dreisternegeneral zum Kommandeur. Dies ist ein skandalöses Ergebnis, und ich erwarte einen Freispruch, und im Anschluß an diesen Freispruch erwarte ich eine Entschuldigung des Generals.

Dies wird kein schöner Prozeß werden.‹

Kapitel 22

Es war der Neujahrstag 1988, ein strahlender, kalter Wintermorgen mit eisblauem Himmel. Lori schlenderte mit ihrem Mann durch die ausgedehnten Wälder, die ihr Traumhaus umgaben. Es war windstill und der Boden weiß von Frost. Sie hatte stark abgenommen und war in einen Wollpullover und ihre Lieblingswinterjacke gehüllt. Sie liebte diese stillen und friedlichen Augenblicke, die eiskalte winterliche Morgenluft und das Knirschen des Frosts unter ihren Füßen. Obwohl sie inzwischen ernsthaft krank war, lehnte Lori Ruhe und Zurückgezogenheit ab und setzte sich weiter unermüdlich für die Bürgerrechte und Gerechtigkeit für alle ein – nicht nur für Lindsey Scott.

Sie war an diesem Morgen nachdenklich gestimmt. Vielleicht lag es am Beginn eines neuen Jahres, von dem sie ahnte, daß es nicht gut ausgehen würde. Lindsey Scotts zweiter Militärgerichtsprozeß sollte am 25. des Monats beginnen, und sie war wütend auf das Militär und Lieutenant Petersen, der Scott und seiner Familie die Qualen einer neuen Verhandlung auferlegt hatte. Aber jetzt sprach sie mit Paul darüber, wie sehr die vergangenen Jahre auf ihnen und ihren Kindern gelastet hatten. Sie wollte, daß Paul wußte, wie sehr sie seine Geduld und sein Verständnis in diesen schweren Zeiten zu schätzen wußte. »Du bist mir eine solche Stütze gewesen, ein so wunderbarer Mensch, ebenso als Ehemann wie auch als mein bester Freund«, sagte sie. »Ich möchte, daß du das weißt. Ich möchte, daß du weißt, wie ich diesbezüglich empfinde.«

Sie sprach zärtlich von ihren Kindern und davon, daß sie es ihr gestattet hatten, all die Jahre eine ›Mutter auf Entfernung‹ zu sein, daß sie stets hinter ihr gestanden hatten, vor allem ›als ich diese dummen Morddrohungen erhielt oder wir nach Hause kamen und diese Idioten unsere Mülltonnen ausgekippt hatten‹.

Sie sprach davon, daß sie immer noch eine Mission zu erfüllen habe und in Anbetracht des Prozesses, der in wenig mehr als drei Wochen beginnen würde, viel zu tun hätte. Und sie sagte: »Lindsey wird den Gerichtssaal als freier Mann verlassen, so wahr ich hier stehe!«

Zwei Wochen vor dem Prozeßtermin rief Lori Cohen an und teilte ihm mit, welcher Richter die Verhandlung führen sollte. »John hat mich gestern abend angerufen«, sagte sie. »Es ist kaum zu glauben. Erst hielten wir es für ein gutes Zeichen, als Petersen, ein Schwarzer, zum neuen Stützpunktkommandeur ernannt wurde. Inzwischen sind wir eines Besseren belehrt worden … also, jetzt kommt die große Neuigkeit. Sie haben für den Militärgerichtsprozeß einen neuen Richter benannt … und halten Sie sich fest! Er ist schwarz! Also wirklich! Es war schon schlimm genug, daß wir uns bei der ersten Verhandlung mit ihrem ›Vorzeigeneger‹ herumschlagen mußten (sie bezog sich auf den Anklagevertreter Major Thomson), und jetzt der Richter!«

(Lori, die im Laufe der Jahre so zahlreiche Bürgerrechtsgefechte ausgetragen hatte, hatte gelernt, Strukturen wie dem militärischen Rechtssystem mit großer Skepsis zu begegnen, wenn ein hochgestellter Schwarzer für eine Schlüsselrolle ausgewählt wurde. Sie stand mit dieser Ansicht bei weitem nicht allein. Scotts Vater, der in seiner Eigenschaft als Bürgerrechtler ebenfalls mehr als eine Schlacht geschlagen hatte, sah das ganz genauso. »Die Frage, die wir uns stellen müssen«, vertraute Lori Cohen an, »ist die, wie *weiß* ein Schwarzer, der es bis nach oben geschafft hat, inzwischen geworden ist.«

Der Richter selbst, Lieutenant Colonel Eligah D. Clark, damals militärischer Bezirksrichter am Atlantic Judicial Circuit, verwarf die Fragen, die von den Medien hinsichtlich seiner Wahl aufgeworfen wurden, als lächerlich. »Ich wurde aus einer Reihe verfügbarer Richter ausgewählt«, erklärte er. »Ich war eben als nächster an der Reihe.«

Am 13. Januar traten Myers und Captain Lynch in einer geschlossenen Sitzung im Richterzimmer vor Richter Clark, um ihre vorprozessualen Anträge einzubringen. Die Anklage wurde von Major McNeil als Hauptankläger und Captain Steve Hinkle (der das erstemal bei einem Prozeß die Anklage vertrat) als Mitankläger vertreten. Der erste Antrag der Verteidigung, der dahingehend lautete, die Anklage in allen Punkten fallenzulassen, wurde abgelehnt, wie es die Verteidiger nicht anders erwartet hatten. Aber ein Antrag auf Einstellung des Verfahrens erfolgte bei einem Strafverfahren mehr oder weniger automatisch – so wie die Ablehnung des Richters. Bei den seltenen Gelegenheiten, bei denen ein solcher Antrag genehmigt wurde, geschah dies weniger aufgrund der Überzeugungskraft der Argumente der Verteidigung, sondern aufgrund der eindeutig mangelhaften Beweisvorlage der Anklagevertretung.

Die Verteidigung trug ihren nächsten Antrag vor und bat um eine angemessene Vertagung des Prozesses um einige Wochen, um ›lose Enden zu verknüpfen‹ und die Zeugen vorzubereiten. McNeil erhob Einspruch und behauptete, die Verteidigung wolle nur ›Zeit schinden‹. Richter Clark wies auch diesen Antrag ab.

Da es sich um eine geschlossene Sitzung vor dem Richter handelte, erfuhren die Autoren Cohen und Shapiro erst viel später über John Leino, Gary Myers und Ron McNeil von dem kuriosen und interessanten Aspekt, der als nächstes zur Sprache kam. Die Verteidigung legte als ›potentiellen‹ Beweis, der *möglicherweise* im Laufe der Verhandlung vorgelegt werden würde, einen fünfzig Seiten umfassenden Bericht über das Opfer Judy Connors vor, der unabhängig und neutral vom örtlichen Prince William County Police Department verfaßt worden war. Den ihm vorliegenden Informationen zufolge, erklärte Leino, enthielte der Bericht zahlreiche Befragungen von Personen aus der Umgebung, die behaupteten, Judy Connors sei eine Prostituierte. (Behauptungen, auf die Lori auch bei ihren Nachforschungen zu Beginn des ersten Prozesses gestoßen war. Der NIS war damals ebenfalls von diesen Behauptungen unterrichtet gewesen.)

Diese Behauptungen implizierten, daß es für den Überfall möglicherweise ein anderes Motiv gab als Sex und dies nicht nur auf einen anderen Verdächtigen als Lindsey Scott hindeutete, sondern außerdem die Frage aufwarf, warum der NIS sich nie die Mühe gemacht hatte, nach anderen Verdächtigen zu suchen. Noch wichtiger war, daß diese Behauptungen die Glaubwürdigkeit der Aussage des Opfers zu den Geschehnissen jenes Abends in Frage stellte.

Leino erklärte Richter Clark, daß er, anstatt den Polizeibericht während der Verhandlung einzubringen, diesen im Rahmen dieser geschlossenen Sitzung vorlege, um zu erfahren, ob der Richter ihn als Beweisstück zulassen werde.

McNeil protestierte vehement, daß dieser Bericht ›irrelevant‹ sei. Er beantragte, ihn nicht als Beweisstück zuzulassen, und verwies auf das Gesetz zum Schutz von Vergewaltigungsopfern, das ebenso in der zivilen wie auch in der militärischen Rechtsprechung verankert war. (Dieses Gesetz besagt, daß ein Vergewaltigungsopfer nicht von der Verteidigung angegriffen werden darf.)

Richter Clark stimmte zu. »Aufgrund dieses Gesetzes wird dem Antrag der Regierung stattgegeben. Der Bericht wird nicht als Beweisstück zugelassen.«

Tatsächlich war dieser Zug nie mehr als eine ›gewagte Spekulation‹ gewesen, die es der Anklagevertretung gestattete, bei einem Antrag, den die Verteidigung nie die Absicht gehabt hatte, den Geschworenen vorzulegen, einen Punkt zu verbuchen. John Leino: »Wir hatten nie die Absicht, Judy Connors derart durch den Schmutz zu ziehen. Das war der ethische Aspekt. Taktisch hatten wir unsere Vorbehalte bezüglich der Integrität dieses Berichts … Wir konnten nicht ausschließen, daß es sich möglicherweise um eine Verwechslung handelte. Den Bericht vor Gericht offenzulegen, hätte, auch wenn uns dies gestattet worden wäre, nur Verwirrung gestiftet. Scotts Verteidigung sollte von Anfang an eine reine Alibiverteidigung werden. *Er war nicht dort, ergo kann er es nicht getan haben.*«

Am darauffolgenden Abend aß Cohen in Washington mit Myers zu Abend. Der Anwalt erklärte, er sei enttäuscht, daß die Anträge auf Einstellung des Verfahrens und Vertagung abgelehnt worden seien, erwähnte jedoch zum damaligen Zeitpunkt den Polizeibericht über Judy Connors mit keinem Wort. Allerdings erzählte er Cohen, daß er einen Packen Informationen von einem Anwalt aus Florida erhalten hatte, der gerade erfolgreich einen der Vergewaltigung angeklagten Mandanten mit Hilfe einer DNS-Analyse verteidigt hatte. Dieser Fall wurde in den Vereinigten Staaten zum Präzedenzfall bei Zivilprozessen. Myers sagte, er dächte daran, eine DNS-Verteidigung vor einem Militärgericht zu testen und mit dem Fall Scott zu beginnen.

(DNS – Desoxyribonukleinsäure, der Hauptbestandteil der Chromosomen, der als Träger der Erbinformation die stoffliche Substanz der Gene bildet und genetische Informationen von den Eltern an ihr Kind weitergibt. Die DNS eines Menschen oder auch der genetische Fingerabdruck, kann einer menschlichen Zelle entnommen und auf Film ›gebannt‹ werden. Die losgelöste DNS ergibt auf Röntgenbild eine Spalte von Strängen, die ähnlich aussieht wie der Strichcode im Supermarkt, und absolut einzigartig ist. Die Wahrscheinlichkeit, daß zwei Menschen denselben genetischen Fingerabdruck aufweisen, liegt zwischen 1:200.000 und 1:30 Milliarden. Diese wissenschaftliche Methode wurde von dem Genetiker Alec Jeffreys an der Leicester University in England entwickelt. Er gehörte zu den ersten, die die forensische Anwendung des Tests demonstrierten, der anhand von Blut-, Sperma-, Schweiß-, Gewebe- und sogar manchmal Haarproben erstellt werden kann. Der Test wurde zuerst von der Einwanderungsbehörde in England angewandt, um die strittige Elternschaft eines Immigranten zu klären. Wenngleich DNS-Beweise heutzutage bei Strafsachen wie beispielsweise dem Prozeß *Der Staat gegen O. J. Simpson* angewendet werden, ist jeder einzelne Fall immer noch kontrovers.)

Während des gemeinsamen Dinners von Cohen und Myers an jenem Abend unterhielten die beiden Männer sich darüber, daß der zweite Militärgerichtsprozeß bundesweit so großes Interesse bei den Medien geweckt hatte, daß die PR-Abteilung von Quantico gezwungen gewesen war, nie dagewesene Maßnahmen zu treffen, alle Prozeßbeobachter unterzubringen. Ein Mediengebäude war per Direktschaltung mit dem Gerichtssaal verbunden worden, damit jene, die im Gerichtssaal keinen Platz fanden, den Prozeß per Direktübertragung mitverfolgen konnten. Sondergenehmigungen mußten beim leitenden Offizier der PR-Abteilung, Lieutenant Colonel Bobbi Weinberger beantragt und Kopien an zwei weitere Beamte der PR-Abteilung geschickt werden, in Cohens Fall auch an Lieutenant Colonel David Tomsky in Kalifornien (dem Wohnsitz Cohens), der der offizielle Kontaktmann der Marineinfanterie für Filmproduzenten aus Hollywood war. Darüber hinaus mußte der Antrag auch Lieutenant General Frank Petersen zur Genehmigung vorgelegt werden. Cohen teilte Myers jedoch mit, daß er einen Tagesausweis haben wolle, um den Prozeß im Gerichtssaal verfolgen zu können. »Ich rede mit Lori und John, und wir lassen uns etwas einfallen«, entgegnete Myers.

In den Tagen vor Beginn des zweiten Prozesses arbeiteten Leino, Myers und Lynch nonstop an den Vorbereitungen ihrer Verteidigung. Sie verbrachten ganze Nächte damit, in der geräumigen Bibliothek der Howard & Howard-Kanzlei die Stapel von Protokollen des ersten Prozesses und der DuBay-Anhörung immer wieder durchzulesen. Tagsüber kümmerte sich Leino um die ›Feinabstimmung‹ einiger seiner Zeugen. Er rief täglich bei Lori an, die ihm mitteilte, daß sie, wie er es gewünscht hatte, Ruby Hills und Lola Scott zu sich nach Hause eingeladen und ihnen geholfen hatte, sich auf ihre Aussage vorzubereiten. Gary Myers recherchierte derweil die Möglichkeiten einer Verteidigung, die auf einer DNS-Beweisführung beruhte, und Captain Lynch brütete über militärischen Gesetzbüchern und suchte nach Präzedenzfällen, die sich während der Verhandlung als nützlich erweisen könnten. (Leino erklärte später, Lynchs Arbeit wäre schlichtweg ›brillant‹ gewesen.)

Als Teil seiner geplanten Alibiverteidigung engagierte das Verteidigerteam einen Privatdetektiv, Morgan Cherry, der beauftragt wurde, anhand von Judy Connors' Aussage eine Zeitstudie der Ereignisse am Abend des Verbrechens auszuarbeiten. Mit einer Videokamera mit Zeitdisplay, die er in seinem Wagen montierte, fuhr Cherry die Strecke ab, die der Täter angeblich von dem Zeitpunkt an, da er sie in Spanish Gardens abgeholt bis zu dem Augenblick, da er sie nach dem Überfall im Wald zurückgelassen hatte, zurückgelegt haben sollte. Zweck dieser Übung war es zu beweisen, daß Scott aufgrund der Zeit und der Entfernung unmöglich der Täter sein konnte, da er sich woanders aufgehalten hatte. (Leider erwies sich diese Maßnahme als Zeitverschwendung. Die Anklagevertretung erhob bei der Verhandlung Einspruch gegen die Zulassung der Videoaufzeichnung vor Gericht, da sie aufgrund der Tatsache, daß der Tatort nie gefunden worden war, nicht als zuverlässiger Beweis gelten könne. Richter Clark gab dem Einspruch statt, und das Videoband wurde als Beweismittel abgelehnt.)

Eines Tages, etwa eine Woche vor Prozeßbeginn, entschied Lori, daß es eine gute Idee wäre, sich ganz privat mit Scott zu unterhalten. Sie rief ihn auf dem Stützpunkt an, wo er inzwischen einen Schreibtischjob in der Versorgungsabteilung des Sicherheitsbataillons innehatte, und schlug ihm ein Treffen vor. Scott stimmte zu, und früh an diesem Abend unternahmen sie einen Spaziergang in das Zivilistendorf namens Quantico Town, das am Marineinfanteriestützpunkt klebte wie ein altes Pflaster. Sie überquerten die Eisenbahnschienen und schlenderten die zwei kurzen Blocks des Dorfes entlang, am staubigen Militärlager, den kleinen unscheinbaren Läden und dem kleinen ›Greasy-Spoon‹-Café vorbei, das zwischen zwei altmodischen Zapfsäulen eingezwängt war.

Scott fiel auf, wie dünn Lori geworden war; sie sah so zerbrechlich aus, daß er richtig erschrocken war. Erst jetzt erkannte er, daß sie ernsthaft krank war: Ihre Augen waren eingesunken und gelblich verfärbt mit dunklen Ringen. Auch ihre Haut schimmerte leicht gelblich. So schockiert er auch war, kannte er Lori gut genug, sie nicht darauf anzusprechen. Sie würde ihm sagen, was mit ihr los war, wenn sie wollte, daß er es erfuhr.

Mit heiserer Stimme erzählte ihm Lori, wie wütend sie sei, daß die Marines ihm einen weiteren qualvollen Prozeß aufbürdeten. Scott zuckte die Achseln und sagte: »Sie können tun, was ihnen beliebt, wann es ihnen beliebt, das weißt du doch.« Plötzlich bekam sie einen Hustenanfall und griff haltsuchend nach seinem Arm. Besorgt schlug Scott vor, daß sie sich eine Weile hinsetzten, vielleicht auf einen Kaffee ins Command Post Pub auf der anderen Straßenseite, einem beliebten Treffpunkt der Marines. Lori, die sich wie stets weigerte, Schwäche zu zeigen, lehnte schroff ab: »Es geht mir gut, mach dir keine Sorgen. Es ist nur diese hartnäckige Grippe, die ich einfach nicht loswerde.«

Während sie den Wollschal enger um den Hals zog, wechselte sie abrupt das Thema. Sie sagte, wie sehr Scotts Tochter gewachsen wäre und wie hübsch sie sei. Scott entgegnete, daß Latavia, obwohl sie noch keine fünf Jahre alt sei, zu verstehen schien, worum es bei dem Prozeß ging. »Also beantworten Lola und ich alle ihre Fragen. Wir sagen ihr, daß die Marines ›gute Menschen‹ sind, auch wenn sie mir unrecht tun.«

Einen Augenblick kehrte das alte Feuer in Loris Stimme zurück. »Lindsey, ich habe dir von Anfang an versprochen, daß ich nicht ruhen werde, bis du wieder ein freier Mensch bist, und wenn es das letzte ist, was ich tue. Das gilt immer noch.« Scott nickte, nahm wieder ihren Arm, und sie schlenderten die Straße zurück und überquerten erneut die Gleise, die in der strahlenden Wintersonne schimmerten. Als sie bei

Loris Wagen ankamen, blieb sie stehen, nahm in einer mütterlichen Geste seine Hände in die ihren und sagte voller Sorge: »Lindsey, vergiß niemals ... vertrau John. Vertrau Gary, und bitte, *bitte* nimm dich vor dem NIS in acht. Ich weiß, daß sie dich immer noch beobachten.«

»Ja, das weiß ich«, entgegnete Scott. »Ich sehe sie ständig ... wo ich auch hingehe. Wahrscheinlich werden wir sogar in diesem Augenblick beobachtet, aber ... warum gehst du nicht nach Hause und kurierst deine Grippe aus, Lori?«

Die Spannung wuchs, je näher der Prozeßtermin am Montag, dem 25. Januar, um 9 Uhr früh rückte. Die Anspannung zehrte an ihnen allen – an Scott, seiner Familie, Leino, Myers, Lori. Nach einem erfolglosen Versuch, das Rauchen einzuschränken, verfiel Scott wieder ins Kettenrauchen. In den vergangenen Wochen hatten die Marines, als verdächtigten sie ihn irgendwelcher geheimer Aktivitäten, in unregelmäßigen Abständen unvorangemeldete Urinproben von Scott untersuchen lassen. Lori kämpfte verzweifelt gegen die totale Erschöpfung an. Sie wurde mit jedem Tag schwächer und wehrte sich gegen jedes gute Zureden, sich doch in ein Krankenhaus einweisen zu lassen. »Noch bin ich mit meinem Einsatz für Lindsey nicht am Ende«, sagte sie dickköpfig zu Autor Cohen. »Erst wenn ich meine Arbeit als erledigt betrachte, werde ich ins Auge fassen, in ein Krankenhaus zu gehen.«

Für Scotts Verteidigerteam war dieser zweite Militärprozeß der Höhepunkt dessen, was Leino inzwischen als einen ›Heiligen Krieg‹ bezeichnete und Myers als ›Endkonflikt‹. Ebenso wie Lori Jackson hatten Leino und Myers den Großteil der vergangenen vier Jahre dem Fall Scott gewidmet; es hatte geheime Treffen gegeben, um der Kontrolle des NIS zu entgehen, nächtliche Strategiebesprechungen, Wochen und Monate, in denen sie Zeugen befragten und versuchten, neue Zeugen und Sachverständige ausfindig zu machen, und in denen sie Rechtsbücher nach Präzedenzfällen durchforsteten, deren Anführung vor Gericht ihnen von Nutzen sein konnte.

Gemeinsam hatten sie ihre kleinen Siege und ihre großen Verluste überstanden, die endlose Warterei auf Entscheidungen im Zusammenhang mit dem Revisionsverfahren, das ihnen letztendlich verwehrt worden war. Und sie hatten die Morddrohungen und nächtlichen Schmähanrufe erduldet.

Die Schufterei hatte vor allem John Leino arg zugesetzt, dessen Einsatz für die Befreiung seines Mandanten zu einem religiösen Ziel geworden war – er war ein sehr gläubiger Mensch –, unter dem sein Privatleben stark gelitten hatte. Er rauchte und aß zu viel und versuchte einen Weg zu finden, sich von dem Fall abzulenken, sei es nur für ein paar Stunden. Er besaß ein kleines Haus an der Ostküste Virginias und zwang sich regelmäßig, ›dorthin zu flüchen‹. Er begann, ohne Mörtel eine freistehende Mauer aus Felsbrocken zu errichten, die bis zu sechzig, siebzig Pfund wogen. Das half, aber jetzt verschlimmerte Loris Gesundheitszustand den Druck; John und seine Frau Patty hatten eine besonders enge Beziehung zu ihr entwickelt. Sie war für beide ›wie eine Schwester‹.

(Keiner von beiden wußte bis unmittelbar vor Beginn des zweiten Militärprozesses, wie krank Lori tatsächlich war. Sie ahnten zwar, daß sie an mehr litt als an dem, was sie als ›Grippe‹ bezeichnete, aber John steckte bis über die Ohren in Arbeit. Patty war Lehrerin. Sie hatten täglich mit Lori telefoniert, sie jedoch Wochen nicht mehr gesehen. Eines Tages beschloß Patty jedoch, Lori zu besuchen, um sich endlich ihr Traumhaus anzusehen. Sie kehrte in Tränen aufgelöst nach Hause zurück. Als sie John erzählte, daß Lori an Leberkrebs erkrankt sei, brach auch er in Tränen aus.)

Etwa eine Woche vor Prozeßbeginn und nachdem ihre vorprozessualen Anträge abgelehnt worden waren, verlegten Leino, Myers und Captain Lynch ihren ›Kommandoposten‹, wie Leino es nannte, in die Rechtsbibliothek im Keller der LeJeune Hall. Es war ein karges, seelen- und fensterloses Büro, etwa dreieinhalb mal viereinhalb Meter groß, mit ergrautem Linoleumboden, hartem Neonlicht, einem langen alten Konferenztisch und ebenso alten Stühlen, dessen Wände mit grauen Metallregalen vollgestellt waren. Leino bezeichnete den Raum, als er ihn das erstemal sah, treffend als

›Bunker‹, und der Name sollte während der Wochen ihres letzten Fronteinsatzes für die Freiheit von Lindsey Scott haften bleiben.

Kapitel 23

Um exakt 6 Uhr 30 am 25. Januar 1988 wartete Autor Ellis A. Cohen vor seinem Hotel in Old Town (einem historischen Viertel von Alexandria, Virginia) auf Gary Myers, der sich freundlicherweise erboten hatte, ihn jeden Tag die dreißig Meilen nach Quantico und zurück mitzunehmen. Dies würde Cohen eine einmalige Gelegenheit bieten, Einzelheiten der Verteidigungsstrategie für den jeweiligen Tag zu erfahren, sowie auf der Rückfahrt am Abend zu hören, wie Myers die Ereignisse des Tages beurteilte. (Ebenso vorteilhaft war, daß Cohen sich auch mit dem Hauptankläger der Regierung bestens verstand, und dieser ihn jeden Abend anrief und ihm *seine* Beurteilung des Verhandlungstages aus der Sicht der Anklage mitteilte.)

Als Cohen und Myers am Haupttor von Quantico eintrafen, bekamen sie das erstemal die neuen, strengen Sicherheitsmaßnahmen zu spüren, die in Verbindung mit dem zweiten Militärgerichtsprozeß angeordnet worden waren. Ein MP stoppte ihren Wagen. Myers mußte sich ausweisen. Dann wurden sein Name und das Nummernschild seines Wagens mit der Liste des MP verglichen, und er erhielt einen leuchtendgelben Passierschein, den er über dem Lenkrad sichtbar auf dem Armaturenbrett zu deponieren hatte. Dies sollte zu einem alltäglichen Ritual werden.

Als Strafverteidiger war Myers einer der VIP-Parkplätze hinter der LeJeune Hall zugewiesen worden, in der auch diese zweite Verhandlung stattfinden würde. Dies gestattete es Myers und Cohen, das Gerichtsgebäude durch den Hintereingang zu betreten anstatt durch den streng bewachten Vordereingang, den Besucher benutzen mußten. Im Innern des Gebäudes befestigte Myers eine der von der Marineinfanterie ausgegebenen Identifikationsplaketten mit Photo an seinem Mantel – diese Plaketten gestatteten es dem Träger, sich im gesamten Gebäude frei zu bewegen. Cohen, der wenngleich er mit Myers gekommen war, als einfacher Besucher eingestuft war, war in seiner Bewegungsfreiheit ebenso eingeschränkt wie alle anderen Prozeßbeobachter: Er durfte sich nur zwischen Gerichtssaal und Toilette aufhalten – der Zutritt zum restlichen Gebäude war ihm verwehrt. Und sogar das erforderte Diskussionen mit einem Heer bewaffneter Wachposten, einige in Uniform, andere in Zivil.

Die Atmosphäre in Quantico war merklich anders als bei der ersten Verhandlung. Der Fall hatte in den vergangenen Jahren (vor allem dank Lori Jackson) für solches Aufsehen gesorgt, daß er jetzt von den Medien als ›heißes Eisen‹ gehandelt wurde. Die drei nationalen Fernsehstationen, CNN, lokale und regionale TV- Tochtergesellschaften, Radiosender, die *Washington Post, USA Today* sowie einige kleine Lokal- und Regionalzeitungen waren nach Quantico geschickt worden, um über den Prozeß zu berichten – tatsächlich waren es so viele, daß die Marines etwa einhundert Meter vor der LeJeune Hall entfernt ein separates Medienzentrum eingerichtet hatten, das mit zahlreichen Fernsehschirmen ausgestattet und per Direktschaltung mit dem Gerichtssaal verbunden war. Mit Ausnahme von Cohen (der dank Myers und Leino eine Zutrittserlaubnis für den Gerichtssaal erhalten hatte), Lee Hockstader von der *Washington Post* (wegen des Status seiner Zeitung) und acht Journalisten, die das Glück gehabt hatten, ausgelost zu werden, mußten die Medienleute die Vorgänge vom Medienzentrum aus verfolgen, das extra mit Getränke- und Süßigkeitenautomaten, Telefonen, Photokopier- und Faxgeräten ausgestattet worden war. Geleitet wurde das Ganze von dem überaus fähigen PR-Offizier Lieutenant Colonel Bobbi Weinberger und ihrem Team.

Die Sicherheitsvorkehrungen waren so umfassend wie nie zuvor. Besucher der LeJeune Hall mußten durch einen Metalldetektor gehen, wie man ihn auf Flughäfen verwendet, und der direkt am Eingang aufgestellt worden war. Nachdem sie durch den Detektor gegangen waren, wurden die männlichen Besucher von männlichen MP und die weiblichen Besucher von weiblichen MP durchsucht. Dann wurde jeder Person, die das Gebäude betrat, um dem Scott-Prozeß beizuwohnen, eine kopierte Liste von Anweisungen ausgehändigt. Die Anweisungen beinhalteten den Gang durch den Metalldetektor und die Inspizierung von Handtaschen und Aktenkoffern. Darüber hinaus wurden ›Waffen jedweder Art, Kassettenrecorder und Kameras‹ als ›Schmuggelware‹ betrachtet und mußten im Wagen des Besuchers zurückgelassen werden. Im Inneren des Gebäudes war essen und trinken strikt verboten. Der Zutritt zum Keller- und Obergeschoß war den Besuchern verwehrt. ›Bei einem Verstoß gegen diese Anweisungen‹, stand auf dem Informationsblatt, ›wird der Betreffende aus dem Gebäude verwiesen.‹

In Quantico wimmelte es förmlich von schwer bewaffneten Wachposten. Um die LeJeune Hall herum waren bewaffnete, uniformierte Marines postiert, die ein wachsames Auge auf das Geschehen hielten. Allein ihre Anwesenheit war einschüchternd. Jeder mußte die ›Sicherheitszone‹ durchqueren, ob er das Gebäude nun durch den vorderen oder den hinteren Eingang betrat. Und nur für den Prozeß waren frischgemalte Schilder auf den Rasenflächen aufgestellt worden, die in großen Lettern verkündeten ›Betreten des Rasens VERBOTEN‹ – sie sollten dazu dienen, Besucher davon abzuhalten, sich der LeJeune Hall auf einem anderen Weg zu nähern als über den einzigen zementierten, für Besucher freigegebenen Pfad.

Als wäre das alles nicht genug, patrouillierten Scharfschützen der Marineinfanterie in Tarnanzügen und mit Gewehren mit Zielfernrohr bewaffnet in den Wäldern und Hügeln, die die LeJeune Hall umgaben.

Sogar die alten Hasen unter den Journalisten, von denen einige aus den Krisengebieten auf der ganzen Welt berichtet hatten, staunten über die Sicherheitsvorkehrungen. »Die Übertreibung des Jahrhunderts!« rief einer von ihnen aus. Ein zweiter sagte lachend zu Cohen: »Hey, Ellis, du kennst dich doch aus. Bin ich hier richtig? Findet hier der Prozeß gegen Scott statt, oder haben die Marines ein halbes Dutzend Terroristen im Keller eingesperrt?«

Die Marines gaben nie eine offizielle Erklärung zu diesen massiven Sicherheitsmaßnahmen ab. Unter den Medienvertretern ging jedoch die Theorie um, daß die Marines nach der Tragödie im Libanon keine Störaktionen seitens militanter Rechter oder Linker während des Prozesses (und nach der Urteilsverkündung) riskieren wollten. Wenngleich die Mahnwachen und Demonstrationen vor dem Haupttor von Quantico, die Lori Jackson im Anschluß an den ersten Prozeß organisiert hatte, stets friedlich verlaufen waren, war ihre erfolgreiche Mobilisierung der lokalen und nationalen Medien, die sie in Quantico zu einer Art Legende hochstilisiert hatten, den Marines immer noch ein Dorn im Auge. Und so steigerte sich die Sorge, daß Bürgerrechtler und Militante ›die Bastille stürmen‹ könnten, beinahe zur Paranoia.

Auch waren die Marines über die telefonischen Morddrohungen an Lori und John Leino informiert, und so beunruhigte sie das Erscheinen mehrerer brutal wirkender Skinheads in der Besucherschlange, von denen der NIS glaubte, sie gehörten einer Gruppierung von Neonazis an, die möglicherweise hinter den Drohungen steckte.

Im kleinen, nur vierundzwanzig Sitzplätze umfassenden Zuschauerraum des Gerichtssaales waren, nachdem jene, die sich im Besitz eines VIP-Ausweises befanden – Medienvertreter, Sicherheitsbeamte des NIS, hochrangige Offiziere von Quantico sowie Scotts Familie und Freunde – Platz genommen hatten, nur noch wenige Plätze frei. (Lori war zu krank, um in den Gerichtssaal kommen zu können, hatte Leino jedoch gesagt, daß sie kommen werde, falls sie gebraucht würde.) Im Gegensatz zu den laxen Sicherheitsmaßnahmen beim ersten Prozeß waren diesmal weder im Gerichtssaal selbst noch auf dem Flur stehende Besucher erlaubt. Da eine wahre Flut von Zuschauern erwartet wurde (und man Störungen befürchtete) hatte das PR-Büro einen separaten Zuschauerraum in der LeJeune Hall eingerichtet, der mit

Fernsehschirmen ausgestattet war (wie überall waren auch hier unauffällige NIS-Agenten in Zivil und mehrere uniformierte MP mit Seitenwaffen anwesend).

Um 8 Uhr 30 nahmen die Protagonisten in diesem Gerichtssaal ihre Plätze an den ihnen zugedachten Tischen ein und warteten auf das Eintreffen des Richters. Am Tisch der Verteidigung saßen Captain Brennan Lynch in einem khakifarbenen Hemd mit Krawatte, grünen Anzughosen und polierten schwarzen Glanzlederschuhen; Gary Myers, stets elegant, in einem dunklen Anzug, ›Yuppie‹-Hosenträgern (die ab und an zu sehen waren) und schwarzen Schuhen – sehr konservativ, sehr im Brooks-Brothers-Stil; und John Leino, wie gewöhnlich legerer gekleidet in einen beigefarbenen Anzug über einem kurzärmeligen Hemd.

Major Ron McNeil und Captain Steve Hinkle am Tisch der Anklagevertretung waren gekleidet wie Brennan Lynch, abgesehen davon, daß McNeil seine grüne Uniformjacke trug.

Corporal Scott, der neben Myers und Leino saß, war gekleidet wie McNeil, einen gelben Aufnäher am Jackenärmel, der seine vier Jahre Dienst beim Marineinfanteriekorps verkündete. Über der linken Brusttasche seiner Uniformjacke befanden sich zwei Abzeichen: Meisterschütze (ein Gewehr) und Scharfschütze (eine Pistole). Er trug eine neue Militärbrille mit schwarzem Gestell und hatte sich das Haar im Stil der Marineinfanterie kurz schneiden lassen.

Um Viertel vor neun betraten die acht ausgelosten Pressevertreter den Saal und nahmen ihre Plätze im Zuschauerraum ein. Zwei Minuten nach neun ertönte der Ruf des Gerichtsdieners: »Erheben Sie sich!«, und Richter Clark betrat durch die Hintertür den Gerichtssaal, einen Aktenkoffer und ein gelbes Sitzkissen in der Hand (während der erste Prozeß nur fünf Tage gedauert hatte, erwartete man, daß dieser sich über vier Wochen hinziehen würde). Um Viertel nach neun traten durch dieselbe Tür die elf potentiellen Geschworenen ein – sie waren alle von Commanding General Petersen in Absprache mit Colonel James McHenry, dem Militärgerichtsrat, ausgewählt worden. Aus diesen elf Geschworenen würden im Anschluß an das *voir dire* – der Befragung durch Anklage und Verteidigung – sieben als Jurymitglieder ausgewählt werden. Für einen Schuldspruch waren mindestens fünf Stimmen erforderlich.

Um zwanzig nach neun erklärten die Anklagevertreter, sie wären bereit. Die Prozeßbeobachter im Zuschauerraum, die beinahe eine Stunde unruhig auf ihren Sitzen herumgerutscht waren, machten sich bereit für die erste Runde der Schlacht.

Als erstes wurden verfahrensrechtliche Punkte abgeklärt. Richter Clark eröffnete die Verhandlung mit einer wichtigen Belehrung an die potentiellen Geschworenen: »Wenn Sie zum Mitglied der Jury gewählt werden, müssen Sie allein aufgrund der Beweise entscheiden, die im Rahmen *dieser* Verhandlung vorgebracht werden … als hätte es keinen vorangegangenen Prozeß gegeben.«

Das *voir dire* stand unmittelbar bevor, als Major McNeil sich erhob und eine Liste von neunzehn potentiellen Zeugen vorlas, die die Regierung aufzurufen gedachte. Als er fertig war, wandte Richter Clark sich erwartungsvoll den Verteidigern zu, um deren Zeugenliste zu hören. Zur allgemeinen Überraschung erklärte Myers jedoch: »Euer Ehren, bei allem gebtenen Respekt möchte die Verteidigung die Liste ihrer Zeugen nicht bekanntgeben.«

Richter Clark schoß zurück: »Mr. Myers, der Zweck der Bekanntgabe jener Zeugen, die beide Parteien vorzuladen gedenken, liegt darin, einen ›Hinterhalt‹ zu vermeiden …«

Myers und Leino besprachen sich kurz mit Captain Lynch, der den beiden zivilen Strafverteidigern mitteilte, daß sie ihre Zeugenliste würden bekanntmachen müssen (Scott stand nicht auf der Liste). Nachdem Lynch die Namen der zehn potentiellen Zeugen der Verteidigung vorgelesen hatte, erkannte er, als er einen Blick auf McNeil warf und sah, daß dieser grinste, daß er die Bemerkung des Richters mißverstanden hatte; die Verteidigung war entgegen seiner Annahme nicht verpflichtet worden, die Liste bekanntzugeben. Lynch setzte sich wieder und entschuldigte sich leise bei

Leino und Myers. »Tut mir leid, das habe ich verpatzt«, sagte er.

Die Prüfung und Auswahl der Geschworenen begann, aber nach fünfzehn Minuten der Befragung ordnete der Richter eine zwanzigminütige Unterbrechung an, weil sein Mikrophon nicht funktionierte. Nachdem der Defekt behoben worden war – inzwischen war es 10 Uhr 30, und der Richter rief den Saal zur Ordnung – kehrte wieder Ruhe ein, jedoch wurde die Befragung gleich darauf erneut gestört, als Mr. und Mrs. Scott sowie einer von Lindseys Brüdern verspätet eintrafen. Mrs. Scott zog mehr als einen verblüfften Blick auf sich, da sie, wie schon beim ersten Prozeß, gewissermaßen als Markenzeichen einen ihrer extravaganten Hüte trug – dieser war feuerlöscherrot und farblich auf ihre rote Sonnenbrille abgestimmt.

Wieder wandte sich die Aufmerksamkeit den potentiellen Geschworenen zu, die einer nach dem anderen von den Vertretern beider Parteien befragt, akzeptiert oder abgelehnt wurden. Die sieben Jurymitglieder, die letztendlich ausgewählt wurde, waren: Colonel Donald Festa (der aufgrund seines Rangs zum Obmann der Geschworenen ernannt wurde); Lieutenant Colonel Patricia R. Breeding (eine von zwei ausgewählten Frauen); Lieutenant Colonel Donald F. Bittner; Major David L. Jones (der einzige schwarze Geschworene); Major Ronald W. Richards; Captain Leon M. Papa und Chief Warrant Officer (CWO) Patricia J. Schmoller. Sie nahmen im erhöhten Zeugenstand Platz, schick in ihren grünen Winteruniformen, Lametta (Dienstabzeichen und Auszeichnungen) über der linken Brusttasche, bereit für die Eröffnungsplädoyers von Anklage und Verteidigung. Es war 16 Uhr 5, und wenngleich viele im Saal nach dem langen Tag vor Gericht unruhig wurden, erklärte Richter Clark, er wolle mit der Verhandlung vorankommen, und forderte die Anwälte auf, ihre Eröffnungsplädoyers vorzutragen. (Das Wetter paßte zu dem Drama, das nun endlich beginnen würde: während Zuschauer und Protagonisten sich in Erwartung der ›Startglocke‹ anspannten, trommelte eisiger Schneeregen gegen die Fensterscheiben.)

Als erster erhob sich Captain Hinkle und ergriff das Wort. Dies war sein erstes Plädoyer als militärischer Anklagevertreter, und er konnte einfach nicht ignorieren, daß er es im grellen Licht der Öffentlichkeit vortrug. Er würde sich nicht nur an die etwa fünfunddreißig Personen wenden, die im Saal anwesend waren, auch nicht allein an die Dutzend Besucher und Medienvertreter auf dem Stützpunkt, die den Prozeß auf dem Bildschirm verfolgten, sondern an viele Millionen Zeitungsleser und Ferschnachrichtenzuschauer.

Und so war es kein Wunder, daß der junge Captain einen nervösen Eindruck machte, als er aufstand, die Unterlagen zurechtschob, die er vor sich auf den Tisch gelegt hatte, und zu sprechen begann.

Seine Unerfahrenheit wurde bald an seiner Stimme, seinem Vortrag und daran, daß er immer wieder seine Notizen konsultierte, sichtbar. (Major McNeil sollte später bekennen, daß er es bedauerte, seinem unerfahrenen Partner den Vortrag des Eröffnungsplädoyers überlassen zu haben.) Hinkle bestätigte früh in seiner Rede, daß Scott Judy und ihren Mann gekannt habe, sie sich jedoch nicht erinnern konnte, ihm schon einmal begegnet zu sein. Dies sagte er, um den Geschworenen vor Augen zu führen, daß Scott gewußt hatte, wo Judy wohnte, sowie vermutlich auch, daß ihr Mann an diesem Abend nicht zu Hause war (Scott und Kevin Connors waren Arbeitskollegen und fuhren ab und an zusammen zum Stützpunkt. Die Kehrseite der Medaille war jedoch das – bis heute ungeklärte – Rätsel um die Schwierigkeiten, die Judy Connors vom ersten Gespräch mit dem NIS an hatte, Scott zu identifizieren.)

Hinkle führte die Geschworenen durch die Ereignisse des Abends jenes 20. April 1983 und klärte sie über die Einzelheiten der Vergewaltigung und des Mordversuches auf. Er sprach die forensischen Beweise an und sagte, die Regierung würde FBI- Experten aufrufen, die sich zu diesen Beweisen äußern würden, anerkannte jedoch, daß die forensischen Beweise negativ oder nicht schlüssig ausgefallen seien. Dann kam er auf das Identi- Kit-Verfahren zu sprechen, auf die Vorlage der Photos und die Gegenüberstellung durch den NIS und erklärte, daß Judy Scott als den Mann identifiziert hätte, der sie vergewaltigt und niedergestochen habe. Tatsächlich konnte er dem Eröffnungsplädoyer der Anklage bei der ersten Verhandlung, sofern überhaupt, kaum etwas hinzufügen: Dreh- und Angelpunkt waren immer noch Judy Connors' Identifizierung und das Netz von Indizienbeweisen, das die NIS-Ermittler um Scott herumgesponnen hatten, um diese Identifizierung zu untermauern.

»Wir werden beweisen, daß Corporal Scott im Sinne der Anklage schuldig ist«, erklärte Hinkle.

Als nächstes erhob sich Gary Myers, um das Plädoyer der Verteidigung zu halten. Er ging die Sache deutlich anders an als Captain Hinkle. Immerhin war Myers ein erfahrener militärischer Prozeßanwalt, ein Dozent für Militärrecht an der Georgetown-University und ehemaliges Mitglied der Virginia Legislature. Während Hinkle bei seinem Vortrag hinter dem Tisch der Anklagevertretung stehengeblieben war, trat Myers, den mittleren Knopf seines Jacketts zuknöpfend (ein Gary-Myers-Ritual) in die Mitte des Podiums und wandte sich den Geschworenen zu.

Ohne sich irgendwelcher Notizen zu bedienen, erklärte Myers den Geschworenen in fein abgestimmtem gemäßigtem Tonfall, daß er sich aufgrund ihres Bildungsniveaus den Luxus erlauben könne, offen und direkt zu sprechen. Er wolle, sagte er, noch einmal darauf hinweisen, daß sie von diesem Augenblick an Verkörperung und Hüter der Verfassung der Vereinigten Staaten seien, einer Doktrin, die bedeutender wäre als jedes säkulare Dokument, das je in der Geschichte der Menschheit aufgesetzt worden sei. »Dieses Dokument handelt von den Rechten des einzelnen ... ich kann gar nicht genug herausstellen, wie wichtig es ist, daß Sie das, was Sie heute hier tun, in seiner Gesamtheit betrachten.«

Hierauf kam Myers mit elegantem Übergang auf den ›Druck von oben‹ zu sprechen, ein kontroverses Thema, das von Beginn an den Fall Scott überschattet hatte. »Die Ihnen heute auferlegte Pflicht, die Verfassung zu schützen und zu wahren, ist von größerer Bedeutung als die Pflicht, ein Marine zu sein oder Befehle jedes kommandierenden Offiziers zu befolgen«, sagte er. »Sie sind es nicht nur sich selbst, sondern auch Ihren Vorgängern und Nachfolgern schuldig, dieser Pflicht nach besten Wissen und Gewissen nachzukommen.«

Von hier, dem ›philosophischen Teil‹, wie er es nannte, ging Myers zum ›praktischen Teil‹ über. Er kam auf die Tatsache zu sprechen, daß das Oberste Militärische Berufungsgericht einstimmig erklärt hatte, daß der vorangegangene Prozeß ›verfassungsmäßig mangelhaft‹ gewesen sei, weil Scotts Verteidiger seinen Mandanten ›unzureichend‹ verteidigt habe. Dies, fuhr Myers fort, wäre das gleiche wie bei einem Zugführer, der im Gefecht das Leben seiner Männer aufs Spiel setze.

»Der erste Prozeß wird bei dieser Verhandlung sein beflecktes Antlitz zeigen«, sagte Myers, »und es ist unabdingbar, daß Sie erkennen, warum und wie die Regierung versucht, die Glaubwürdigkeit der Zeugen der Verteidigung zu kompromittieren oder in Frage zu stellen.«

Hierauf startete Myers seinen Angriff auf die unmittelbaren Beweise und die Indizienbeweise der Anklage, wobei er jedoch einige Worte über das Opfer vorausschickte. »Was Mrs. Connors betrifft«, sagte er, »betrachten wir sie weder als Betrügerin oder Lügnerin, noch stellen wir ihren Lebenswandel in Frage. Wir sehen in ihr eine Frau, die von einem unwürdigen Vertreter der Gattung Mensch sinnlos und brutal mißhandelt wurde. Wir sind nicht hier, um diese Frau anzugreifen.« Jedoch äußerte Myers Zweifel an ihrer Identifizierung Scotts, dem Fundament der Anklagestrategie. Er erinnerte die Geschworenen daran, daß sie ursprünglich ausgesagt hatte – und wieder aussagen würde –, daß sie ihren Peiniger während dieses Alptraums nicht genau gesehen habe und daß sie ihn anfänglich nur vage als Schwarzen beschrieben hatte.

Die Methoden des NIS, Judy Connors zu einer Identifizierung zu bewegen, seien unzulässig gewesen, erklärte Myers. Als NIS-Offizier James Lindner mit Hilfe des Identi-Kits ein Gesicht zusammengestellt habe, hätte er Scott nicht nur gekannt, sondern außerdem die Bemerkung gehört, die

Claude Rivers am Vorabend gemacht habe, nachdem er Judys vage Täterbeschreibung gehört hatte: ›Klingt nach Scotty‹. Dies, behauptete Myers, stelle die Identi-Kit-Prozedur in Frage, weil Lindner, wenngleich er aussagen würde, daß das Opfer die Zusammensetzung des Phantombildes bestimme, das Krankenhauszimmer mit dem Gedanken ›Scotty‹ betreten habe.

Dann kam Myers auf die Photovorlage zu sprechen und wies darauf hin, daß Lindner sich fünf Photos von der Prince-William-County-Polizei geholt habe anstatt vom Marineinfanteriekorps … Mrs. Connors habe erklärt, der Täter hätte eine Brille mit dicken Gläsern und dunklem Gestell getragen. Eigenartigerweise, fuhr Myers fort, ›wählte der NIS drei Männer mit Nickelbrillen aus und einen Mann, dessen Haarschnitt sich deutlich von dem des Marineinfanteriestandards unterschied … Die beiden anderen Männer, die einzigen verbleibenden Männer, identifizierte Mrs. Connors. Die Beweise werden zeigen, daß Mrs. Connors Corporal Scott nicht eindeutig identifiziert hat.‹

Die Gegenüberstellung bezeichnete Myers ebenso als manipuliert. Jedem der Männer, die an der Gegenüberstellung teilnahmen, war eine Brille mit breitem, dunklem Gestell übergeben worden, hiervon abgesehen, sei Scott jedoch der *einzige* gewesen, dessen Gesicht bereits bei der Photovorlage dabeigewesen war. »Und auch hier werden die Beweise zeigen, daß Mrs. Connors Corporal Scott nicht nur nicht eindeutig identifiziert hat, sondern daß sie Corporal Scott nicht eindeutig identifizieren *konnte*, nicht einmal als sie, wie Agent Lindner aussagen wird, massiv unter Druck gesetzt wurde, eine eindeutige Identifizierung vorzunehmen.«

Myers fuhr fort, Punkt für Punkt die Beweise der Anklage in Frage zu stellen. Als er auf die forensischen Beweise zu sprechen kam, sagte Myers, auf seine frühere Ingenieurlaufbahn hinweisend: »Der wichtigste Aspekt sorgfältig durchgeführter wissenschaftlicher Untersuchungen besteht darin, daß diese Beweise nicht lügen, nicht von einem Motiv abhängig sind und ihre Glaubwürdigkeit nicht zur Debatte steht. Und wo sind die forensischen Beweise in diesem Fall?« fragte er rhetorisch. Es gäbe absolut nichts, was Scott wissenschaftlich mit dem Verbrechen in Verbindung bringe, sagte er.

Gegen Ende seines Plädoyers wandte sich Myers dem Standpunkt der Verteidigung zu. An dieser Stelle kam er auch auf Ruby Hills zu sprechen, die ehemalige Angehörige des Wachpersonals von Zayre's, und auf ihre Bestätigung von Scotts Alibi. Myers sprach von ihren Referenzen, davon, daß sie sich vor Antritt ihrer derzeitigen Tätigkeit als Privatdetektivin einer gründlichen Überprüfung habe unterziehen müssen. Darüber hinaus wies er auf ihre wichtige Position als Verantwortliche für das Wachpersonal sämtlicher Zayre's-Kaufhäuser in der Gegend zum Zeitpunkt des Verbrechens hin.

»Gegen 20 Uhr 15 hat Corporal Lindsey Scott sich in ihrem Laden aufgehalten«, erklärte Myers. »Und sie kann sich daran erinnern. Die Regierung wird alle zulässigen Mittel anwenden, die Zeugin in Mißkredit zu bringen. Bitte beachten Sie den vorangegangenen Prozeß und das, was er dieser Zeugin angetan hat«, sagte Myers. »Aber sie wird dennoch unerschütterlich bei ihrer Aussage bleiben, daß sich dieser junge Mann am besagten Abend zur besagten Zeit in ihrem Laden aufgehalten hat.

Eine Alibiverteidigung ist eine absolute Verteidigung«, fuhr Myers fort. »Niemand kann gleichzeitig an zwei Orten sein. Wenn Sie zu der Überzeugung gelangen, daß dieser Mann sich zu der Tatzeit bei Zayre's aufgehalten hat, hat er das Verbrechen nicht begangen.«

Myers beendete sein Plädoyer mit einer eloquenten Rückkehr zum philosophischen Aspekt des vorliegenden Falles. Zunehmend lyrisch sagte er an die Geschworenen gewandt: »Ihre Pflicht, die zu erfüllen Sie geschworen haben, besteht darin, die Verfassung der Vereinigten Staaten zu bewahren, zu schützen und gegen alle in- und ausländischen Feinde zu schützen. Und es ist Ihre Pflicht, dieses großartige Dokument im Namen jener zu erhalten, die Ihnen vorangegangen sind und von denen viele, wie wir wissen, ihr Bestes gegeben haben. Für jene, die heute anwesend sind und die im Fackelschein der Freiheit leben, aber auch für jene, die noch ungeboren und namenlos sind und nur hoffen können, daß sie nicht in eine Welt der Tyrannei hineingeboren werden, ist die Wahrung der Verfassung der größte Schutz. Am heutigen Tage sind Sie zu Hütern dieser Verfassung berufen …

Abschließend möchte ich anmerken, daß für jene, die Trommeln schlagen und mit Säbeln rasseln, kein Platz ist in den Heiligen Hallen eines verfassungsrechtlich errichteten Gerichtssaales. Ihre Pflicht ist ebenso klar wie Ihre Mission. Wir wissen, daß Sie ihr mit Ehre, Würde und Integrität nachkommen werden, so wahr Ihnen Gott helfe.«

Hiernach wurde die Verhandlung für diesen Tag geschlossen.

Kapitel 24

Beim Frühstückstoast und Kaffee konnten jene, die den Fall Scott verfolgten, in der Morgenzeitung von zwei wichtigen Vorfällen lesen, die sich am ersten Prozeßtag ereignet hatten, der eine im Gerichtssaal, der andere draußen. Der erste Vorfall ereignete sich während der *Voir-dire* -Befragung der potentiellen Geschworenen. Einer von ihnen, Colonel Donald J. Robinson II., ein ehemaliger Stabschef von Petersen, gestand Verteidiger Gary Myers, daß er einen Zeugen der Anklage, Leo Rodriguez, kenne. Darüber hinaus habe er mit einem Angehörigen des Büros des Militärgerichtsrates gesprochen und diesem Gespräch entnommen, daß der Mann Scott für schuldig hielt. Hierauf stellte Myers Robinsons Eignung als Jurymitglied vehement in Frage, woraufhin Richter Clark den Colonel von der Liste der Geschworenen strich.

Später erklärte Myers Reportern gegenüber, daß er es ›unglaublich fände, daß der Militärgerichtsrat Colonel James P. McHenry Robinson als ersten in die Liste eingetragen habe.‹ McHenry konterte, indem er sagte, er habe ›seine Meinung hinsichtlich der Beweislage‹ mit Robinson besprochen, Robinson jedoch auf die Liste der Geschworenen gesetzt, weil er ›allen vom Gesetz und dem kommandierenden General verlangten Anforderungen genügt (habe)‹.

Für viele Beobachter war dieser Zwischenfall ein Zeichen für ›Druck von oben‹, ein Eindruck, der durch den zweiten Vorfall untermauert wurde. Dick Harry, ehemals Lieutenant Colonel Richard Harry, der stets behauptet hatte, von Lieutenant General Twomey ›gefeuert‹ worden zu sein, weil er Scott aufgrund mangelnder Beweise aus der Untersuchungshaft entlassen hatte, erschien mit einem Brief, den er, wie er erklärte, persönlich Lieutenant General Petersen übergeben wolle, am Besuchereingang der LeJeune Hall. Obwohl Harry nicht eingelassen wurde – den MP war befohlen worden, ihn am Betreten des Gebäudes zu hindern – machte er einige Reporter auf sich aufmerksam und hielt auf den Stufen der LeJeune Hall eine flammende Rede. »Beim Militär unterliegt die Gerechtigkeit den Launen des kommandierenden Offiziers«, erklärte er in seiner vorbereiteten Ansprache. »Es ist an der Zeit, diesem Zirkus ein Ende zu machen, dieser Verfolgung, diesem rassistischen Angriff auf Lindsey Scott.«

Aber die Show ging noch weiter.

Am zweiten Tag begann das Kernstück des Dramas, als die Anwälte der Gegenparteien die Zeugen befragten und ins Kreuzverhör nahmen. An diesem Punkt erwartete die Regierung einen Härtetest; Leino und Myers waren aggressive, gut vorbereitete, erfahrene Strafverteidiger, die vor jedem Gericht eine gute Figur machten. Diesmal hatte die Regierung es nicht mit einem Ervan Kuhnke zu tun.

Der erste Zeuge der Anklage an diesem Tag war Todd Hamilton, der Mann, der Judy Connors nach dem Überfall aufgegriffen und zur Notaufnahme von Quantico gebracht hatte. Er berichtete, wie Judy zu seinem Wagen getaumelt war, Gesicht und Kleidung blutverschmiert, und wie sie weinend erzählt hatte, sie wäre vergewaltigt und niedergestochen worden und fürchte, sie müsse sterben. Hamilton erklärte, sie habe den Täter als ›großen Schwarzen‹ beschrieben. Während Hamilton von John Leino ins Kreuzverhör genommen wurde, brach Scotts Mutter Mildred plötzlich zusammen, fing an zu weinen und schrie hysterisch. Während Scott an seinem Platz sitzen blieb und besorgt zu ihr hinübersah, halfen Freunde ihr aus dem Saal, und Richter Clark unterbrach die Verhandlung für einen Augenblick.

In Anbetracht der Tatsache, daß er ein Zeuge der Anklage war, stärkte Hamilton in einem wichtigen Punkt den Stand der Verteidigung. Das Messer, mit dem angeblich auf Judy Connors eingestochen worden war, das Messer, von dem die Regierung behauptete, es wäre eben jenes Steakmesser gewesen, das Scott sich von seiner ehemaligen Vermieterin geliehen hatte, das Messer, das nie gefunden worden war … dieses Messer, erklärte Hamilton, entspreche nicht der Art von Messer, wie Judy Connors es ihm kurz nach dem Verbrechen beschrieben hatte. Hamilton bezeugte, Judy habe ihm gesagt, sie wäre mit einem Klappmesser niedergestochen worden.

Der nächste Zeuge der Anklage war NIS-Spezialagent James Lindner. Er war ein wichtiger Zeuge der Anklage, möglicherweise der wichtigste, abgesehen vom Opfer natürlich. Als mit den Ermittlungen betrauter Beamter hatte der oberste Ermittler des NIS die Identi-Kit-Sequenz, die Photovorlage und die Gegenüberstellung geleitet, die gemeinsam die Grundlage für die Identifizierung des Täters durch Judy Connors bildeten. Während Lindner nun im Zeugenstand saß, ging Captain Hinkle, der junge Anklagevertreter, die diversen Beweise mit ihm durch, die der NIS im Laufe der Ermittlungen zusammengetragen hatte – von A bis Z. Für die Jury mochten die Informationen neu sein – wenngleich man sich kaum vorstellen kann, daß diese auf Quantico stationierten Offiziere nicht das geringste über den ersten Prozeß und die DuBay-Anhörungen wissen sollten –, aber zahlreiche Reporter und Prozeßbeobachter hatten dies alles schon mal gehört.

Der Unterschied zum ersten Prozeß wurde bald deutlich, als John Leino Lindner, der aus London eingeflogen worden war, wo er inzwischen als verantwortlicher Assistant Special Agent des NIS Dienst tat, ins Kreuzverhör nahm. Leino ging den Methoden, die die NIS-Agenten während ihrer Ermittlungen angewandt hatten, sehr genau auf den Grund und hob die Stimme, jedesmal, wenn Lindner ausweichend auf eine

Frage antwortete. Die Informationen, die er zutage förderte, warfen bei vielen Beobachtern, einschließlich der Medienvertreter, Fragen auf hinsichtlich der Integrität des NIS in bezug auf seine Ermittlungsmethoden und Resultate. Die Wirkung auf die Geschworenen an diesem Punkt der Verhandlung war strittig – wenngleich die Verteidiger und Autor Cohen den Eindruck hatten, daß die Mitglieder der Jury dem Kreuzverhör keine große Aufmerksamkeit schenkten, vor allem dem Teil, der sich um Judy Connors' Identifizierung von Scott als Täter drehte. Immer wieder, wenn Lindner auf eine Frage antwortete: »Ich weiß es nicht«, konterte Leino in ungläubigen Tonfall: »Sie waren der leitende Ermittlungsbeamte und wissen es nicht?«

Während des lang andauernden Kreuzverhörs konzentrierte Leino sich vor allem auf zwei Dinge: auf die Methoden des NIS, sich eine Identifizierung des Täters durch Judy Connors zu verschaffen, und auf die forensischen Beweise, die Scott mit dem Verbrechen in Verbindung brachten – sofern es solche Beweise überhaupt gab.

Leino reichte Lindner die sechs Photographien, die der Agent Judy im Anschluß an die Erstellung des Phantombildes mit Hilfe des Identi-Kits vorgelegt hatte. Lindner stimmte zu, daß sie bei ihrer Beschreibung eines ›großen Schwarzen‹ erwähnt hatte, daß der Täter eine Brille mit dunklem Gestell getragen habe.

Leino: »Hat sich an der Beschreibung in den vergangenen vier oder fünf Jahren etwas geändert?«

Lindner: »Nein, Sir.«

»Ist es richtig, daß von den Männern auf den Photos drei Brillen mit zivilem Gestell tragen und zwei weitere Nickelbrillen? Ist das korrekt?«

»Ja, das ist richtig.«

»Und stimmt es nicht auch, daß der Haarschnitt von Nummer eins nicht dem Standard des Marineinfanteriekorps entsprach? Er sah eher aus wie ein Raumfahrtkadett, finden Sie nicht auch?«

»Ich würde sagen, was seinen Haarschnitt betrifft, würde er keinen guten Marine abgeben.«

»Zumindest würde man ihn nicht für den Sohn des Kommandeurs halten.«

»Nein, Sir.«

»Das Opfer hat zwei Männer ausgesucht, die dem Täter ähnlich sahen, richtig? Keiner der beiden Männer trug eine Nickelbrille. Keiner der beiden Männer war die Nummer eins mit dem modernen Haarschnitt. Sie hat die restlichen zwei ausgewählt. Von insgesamt sechs.«

»Das hat sie.«

Leino kam auf die Gegenüberstellung zu sprechen, und Lindner gab zu, daß Judy Connors auch bei dieser Gelegenheit zwei Männer ausgewählt hatte.

Leino: »Waren die Männer auf den Photos dieselben wie jene bei der Gegenüberstellung?«

Lindner: »Nein, Sir.«

»Also hat sie bei der Photovorlage zwei Personen ausgewählt, darunter Corporal Scott, und bei der Gegenüberstellung ebenfalls zwei Personen, darunter wieder Corporal Scott. Das sind drei verschiedene Personen, von denen sie behauptete, sie sähen aus wie der Mann, der sie überfallen habe.«

Bezüglich Judy Connors' Zusammenarbeit mit Lindner an dem Phantombild wies Leino darauf hin, daß sie die Lippen verändern wollte. »Die Lippen waren zu dick?«

»Zu breit«, entgegnete Lindner.

Leino erklärte weiter, Judy habe neben den Lippen eine Korrektur des Kinns und der Gesichtslänge angeregt. Lindner bejahte.

Leino: »Und stimmt es nicht, daß sie während der gesamten Dauer der Ermittlungen kein einziges Mal einen Goldzahn erwähnt hat?«

»Nein, das hat sie nicht.«

»Und sie hat während der gesamten Dauer der Ermittlungen kein einziges Mal eine Narbe an Scotts Oberlippe erwähnt.«

»Nein, das hat sie nicht.«

»Sie stimmen doch zu, daß er eine Narbe an der Oberlippe hat, nicht wahr?«

»Nein, davon wußte ich nichts. Ich wußte nur von dem Goldzahn.«

»Werfen Sie einen Blick auf Scotts Gesicht. Sehen Sie eine Narbe?«

»Von hier aus nicht, nein.«

»Würden Sie bitte näher an ihn herantreten? Versuchen Sie, die Narbe zu erkennen. An seiner Oberlippe.«

Lindner trat auf Scott zu. »Ja, jetzt sehe ich sie.«

Leino: »Aus einer Entfernung von etwa einem Meter oder einem Meter zwanzig.«

(Judy Connors hatte bei der ersten Verhandlung ausgesagt, sie sei von dem Augenblick, da sie auf dem Parkplatz von Spanish Gardens abgeholt worden war, während der Vergewaltigung, der Strangulation und dem Angriff mit dem Messer nie weiter von ihrem Angreifer entfernt gewesen als etwa eine Armeslänge; während der Vergewaltigung sei sein Gesicht sogar nur Zentimeter von ihrem entfernt gewesen.)

Leino wandte sich einem Bericht vom 16. Mai 1983 zu, den Lindner während der laufenden NIS-Ermittlungen verfaßt hatte. »Welche forensischen Tests wurden durchgeführt?« fragte er.

»Eine übliche Untersuchung auf Spuren einer Vergewaltigung. Im Krankenhaus wurden verschiedene Proben als Beweisstücke am Opfer sichergestellt: Blut, Speichel, Rückstände unter den Fingernägeln, Kopfhaarproben, Schamhaarproben … ein Vaginalabstrich. Später bekamen wir dann sämtliche Kleidungsstücke, die sie am Abend des Verbrechens getragen hatte. Dann bekamen wir Proben von Körperflüssigkeiten von Corporal Scott … Blut, Speichel, Kopfhaarproben, Schamhaarproben … seine Kleidung. Wir schickten das Ganze an das FBI-Labor in Washington D. C., um es auf Übereinstimmungen von Körperflüssigkeiten, Fasern, Haaren oder sonst etwas hin zu untersuchen, das eine Verbindung zwischen dem Verdächtigen und dem Opfer herstellte. Sämtliche Testergebnisse waren negativ oder nicht schlüssig … abgesehen von einem negroiden Haar unbekannten Ursprungs, das am Pullover des Opfers gefunden wurde.«

»Warum werden diese Tests bei Vergewaltigungsfällen durchgeführt?«

»Um zu versuchen, eine Verbindung zwischen Täter und Opfer herzustellen.«

»Sind diese Tests im Hinblick auf den heutigen Stand der forensischen Wissenschaft zuverlässig?«

Captain Hinkle erhob Einspruch. »Die Regierung hat nichts dagegen einzuwenden, daß Agent Lindner sich zu etwas äußert, das er weiß, aber wenn er anfängt …«

»Entschuldigen Sie«, fiel Richter Clark ihm ins Wort. »Möchten Sie die Kompetenz des Zeugen in Frage stellen?«

»Ja, Euer Ehren«, entgegnete Hinkle.

»Einspruch abgelehnt«, sagte der Richter.

Leino wiederholte die Frage: »Würden Sie aufgrund Ihrer Erfahrung als Ermittlungsbeamter diese Tests als zuverlässig bezeichnen? Sind die Testverfahren zuverlässig?«

»Die Testverfahren oder die Resultate?«

»Die Testverfahren, sofern Sie dies wissen, und die Ergebnisse, sofern Sie dies wissen.«

»Ich kann zu den Verfahrensweisen nichts sagen; ich bin weder Chemiker noch Labortechniker, aber die Ergebnisse gelten als Indizienbeweise.«

»Und Sie messen Indizienbeweisen keine große Bedeutung bei, nicht wahr?«

»Ich messe Indizienbeweisen sehr wohl Bedeutung bei.«

»Nun, lassen Sie mich ein Beispiel anführen. Nehmen wir einmal an, das negroide Haar, das Sie gefunden haben, wäre den Tests nach Lindsey Scott zugeordnet worden … hätten Sie dieses Ergebnis heute heruntergespielt und dem Gericht erklärt, ›Auf diesen Kram kann man sich nicht verlassen‹?«

»Nein, das hätte ich nicht. Sofern der Test eine eindeutige Übereinstimmung ergeben hätte.«

»Wenn Sie ein positives Ergebnis hinsichtlich des negroiden Haars erhalten hätten, hätten Sie also erwartet, daß es als Beweis für Corporal Scotts Schuld dienen würde?«

»Ja, das hätte ich.«

»Und warum?«

»Wegen der direkten Verbindung zum Opfer.«

»Genau. Und das ist der Punkt. Trotz all dieser Tests, die Sie ausgeführt haben, wurde kein einzige Hinweis gefunden, der eine direkte Verbindung zwischen Corporal Lindsey Scott und Judy Connors herstellt.«

»Das ist richtig.« Leino führte diesen Gedankengang fort und befragte Lindner zum Inneren von Scotts Wagen. »Wo hat der erzwungene Oralverkehr im Wagen stattgefunden, sofern Sie dies wissen?«

»Auf dem Vordersitz.«

»Auf welcher Seite des Vordersitzes? Hat der Täter sie aufgefordert, zu ihm herüberzurücken, oder hat er sich ihr auf der Beifahrerseite zugewandt?«

»Meines Wissens erfolgte der Oralverkehr auf der Seite des Täters.«

»Also in der Nähe des Lenkrades?«

»Ja, Sir.«

»Hat das Opfer eine Kopfbedeckung oder ein Kopftuch getragen?«

»Meines Wissens nicht.«

»Und das Opfer hatte langes Haar, nicht wahr?«

»Ja.«

»Und soweit Sie wissen, wurde das gesamte Wageninnere gesaugt, um Fasern sicherzustellen. Ist das richtig?«

»Soweit ich weiß, ja.«

»Die Spurensicherung geht sehr gründlich vor, nicht wahr? Es geht um mikroskopisch kleine Teile, nicht wahr? Wir reden hier nicht von Stoffetzen, sondern von mikroskopisch kleinen Fasern, die meistens identifiziert werden können. Ist das richtig?«

»Ja, Sir.«

»Darum wird auch ein Staubsauger eingesetzt, ist das richtig?«

»Ja, Sir.«

Leino schwieg eine Weile, ehe er fortfuhr. »Es wurde keine Faser gefunden. Haben Sie hierfür eine Erklärung?«

»Nein, Sir.«

Leino legte erneut eine Pause ein, während derer er Lindner wortlos musterte. Dann sagte er: »Ziemlich mickrige forensische Beweise, nicht wahr? Und das in einem schweren Fall von Vergewaltigung?«

»Ja, das stimmt«, bejahte Lindner.

Hierauf kam Leino auf die Suche nach dem Tatort zu sprechen und ließ sich bestätigen, daß dieser nie gefunden worden war. Als nächstes fragte er nach der sogenannten ›Blutspur‹. »Und Sie haben mit der Suche (nach dem Tatort) bei etwas begonnen, daß mehrfach als Blutspur bezeichnet wurde, richtig? Tatsächlich aber wissen Sie nicht einmal, ob es sich tatsächlich um Blut gehandelt hat, oder?«

»Nein, Sir, das wissen wir nicht.«

»Sie haben keine Probe sichergestellt, richtig?«

»Nein, Sir, das haben wir nicht.«

»Und warum nicht?«

»Weil es zu diesem Zeitpunkt nicht so wichtig erschien wie es das heute ist. Wir waren überzeugt davon, daß wir den Tatort finden würden.«

»Sie waren in jener Nacht etwa zwei Stunden nach dem Verbrechen dort und haben sich diese Blutspur angesehen, nicht wahr? Sie hatten einen Spürhund vor Ort, der versucht hat, die Blutspur bis zum Schauplatz des Verbrechens zurückzuverfolgen, aber der Hund hat nur zu ihnen aufgesehen, als wolle er fragen ›Was willst du von mir?‹«

Leinos Befragung brachte an den Tag, daß nie zufriedenstellend geklärt worden war, warum die angebliche Blutspur an einem Punkt A auf der Straße begann und an einem Punkt B auf der Straße endete, jedoch nie irgendwelche Blutspuren am Straßenrand gefunden wurden, obwohl das Opfer ausgesagt hatte, es wäre im Wald abseits der Straße niedergestochen worden. »Das ist reine Spekulation, nicht wahr?« sagte Leino. »Sie haben den Tatort nie gefunden und wissen bis heute nicht, ob es sich tatsächlich um eine Blutspur gehandelt hat.«

Am Ende des Kreuzverhörs kam Leino erneut auf die Gegenüberstellung zu sprechen. Lindner erkläre, daß die Gegenüberstellung, da sie so kurze Zeit nach dem Verbrechen stattgefunden habe und das Opfer sich davor gefürchtet hätte, sich die Männer anzusehen, von denen einer möglicherweise der Täter war, sehr still vonstatten gegangen sei.

Leino: »Man kann also sagen, daß es in diesem Raum still war.«

Lindner: »Ja, Sir.«

»Und sie hat sich Ihnen zugewandt und gesagt: ›Es tut mir leid, ich bin mir nicht sicher.‹«

»Das war ihre letzte Bemerkung, ja.«

»Bezeichnen sie das als eindeutige Identifizierung bei einem Vergewaltigungsfall?«

»Nein, Sir.«

»Ich danke Ihnen für Ihre Aufrichtigkeit.«

Gegen zwanzig vor sechs, nachdem die Verhandlung geschlossen worden war und der Gerichtssaal sich geleert hatte, saß Autor Cohen noch im Zuschauerraum und ging in Ruhe seine Notizen durch, als Ankläger McNeil mit Judy Connors, ihrer Mutter, dem Familienanwalt und einer Frau namens Roberta Roper eintrat. Mrs. Roper, die die Behörden von Maryland erfolgreich gedrängt hatte, in Vergewaltigungsfällen härtere Strafen zu verhängen und den Opfern größere Unterstützung zu gewähren, war anwesend, um Judy Connors moralischen Beistand zu leisten. Vor Cohens Augen – er wurde von der Gruppe ignoriert – bat McNeil Judy im Zeugenstand Platz zu nehmen und erklärte ihr, wer wo säße. Dann hörte Cohen, wie McNeil Judy anwies, die Geschworenen unverwandt anzusehen, während sie seine eigenen und die Fragen der Verteidigung beantwortete.

Später an diesem Abend rief Cohen, wie er es versprochen hatte, Lori an, um ihr die Neuigkeiten des Tages mitzuteilen – und es waren gute Nachrichten in Anbetracht von Todd Hamiltons Aussage bezüglich eines Klappmessers und Leinos Kreuzverhör von Lindner, bei dem der Verteidiger ebenfalls wichtige Punkte für sich verbucht hatte. Aber Loris Ehemann meldete sich und erklärte, Lori sei es den ganzen Nachmittag über sehr schlecht gegangen und sie schliefe jetzt.

Als Gary Myers und sein ständiger Mitfahrer Cohen am Morgen des 27. Januar, einem Mittwoch, am Haupttor von Quantico vorfuhren, um ihre Tagesausweise abzuholen, weigerten sich die Wachposten, sie passieren zu lassen, Myers regte sich natürlich schrecklich auf. »Was soll das heißen, ich darf nicht passieren! Ich bin der Strafverteidiger im Fall Scott!« schrie er zornig. Die Auseinandersetzung setzte sich fünfzehn Minuten lang fort, und Myers steigerte sich immer mehr in seine Wut hinein. Inzwischen war es zehn nach acht. Myers kam bereits zu spät für die Befragung der Zeugen der Anklage, und an diesem Tag sollte Judy Connors aufgerufen werden. Schließlich kam ein höherrangiger MP hinzu und sagte: »Sir, ich bedaure die Verzögerung ... aber wir haben Befehl, Sie nicht passieren zu lassen. Wir versuchen gerade, die PR-Sprecherin (Lieutenant Colonel Bobbi Weinberger) zu erreichen, um zu hören, was wir tun sollen.«

Schließlich erhielten die MP einen Anruf und händigten Myers seinen Tagesausweis aus. Es wurde nie eine Erklärung für diesen Zwischenfall, den Myers als ›schlichte Schikane‹ bezeichnete, abgegeben. Cohen fragte bei PAO Weinberger nach, aber im großen und ganzen teilte sie ihm nur sinngemäß mit, er solle sich um seine eigenen Angelegenheiten kümmern. Myers beschwerte sich bei Colonel McHenry, dem Militärgerichtsrat, und Richter Clark. Beide erklärten, daß eine solche Verzögerung am Tor, die sie nicht bereit waren als ›Schikane‹ zu betrachten, nicht wieder vorkommen werde. Und es kam auch nicht wieder vor.

Vor Beginn der Verhandlung bat Myers um eine ›802‹-Sitzung, eine Besprechung mit den Vertretern beider Parteien im Richterzimmer. Dort erklärte er, daß er offiziell einen DNS-Test als Teil von Scotts Verteidigung fordere. Er verlange, daß Scott eine Blutprobe entnommen wurde (was während der Mittagspause geschah) und diese an eine Firma namens Cellmark Diagnostic in Germantown, Maryland (dasselbe Labor, das die DNS-Analyse im Fall Das Volk gegen O.J. Simpson vorgenommen hat) geschickt und dort mit Spermaproben verglichen wurde, die anhand des Vaginalabstriches am Opfer nach dem Verbrechen sichergestellt würden waren. Zu Myers' großer Überraschung stimmte McNeil dem nicht nur bereitwillig zu, sondern erklärte außerdem, daß die Regierung die Kosten für den DNS-Test übernehmen werde.

Diese Forderung, erklärte Myers später an diesem Tag der Presse, war ein ›gewagter Schritt‹. 1988 galt die Erstellung eines genetischen Fingerabdrucks noch als neue Technologie. Myers sagte, er wüßte von fünf Zivilverfahren, bei denen diese Technik bislang angewendet worden sei. In allen fünf Fällen sei Berufung eingelegt worden, jedoch habe das jeweilige Berufungsgericht sich noch nicht zur Gültigkeit des Tests geäußert. Die Frage, die sich hier stellte, war die, ob in der fünf Jahre alten Spermaprobe noch genügend schwere DNS-Moleküle für eine Analyse vorhanden waren.

»Ich bin der festen Überzeugung«, sagte Myers, »daß dieser Test eines Tages bei allen Vergewaltigungsopfern und Vaterschaftsklagen die Regel sein wird.«

Wie erwartet sollte Judy Connors an diesem Vormittag aussagen, aber zuvor rief die Anklagevertretung Gunnery Sergeant Thomas H. Aultman auf (er war leitender Ermittler des CID und Scotts direkter Vorgesetzter), um ihn zu Scotts Wagen zu befragen. Während der Ermittlungen unmittelbar nach dem Verbrechen und nachdem Scott zum Verdächtigen erklärt worden war, hatte Aultman die Überprüfung des Wagens auf forensische Beweise angeordnet, die Scott mit dem Verbrechen in Verbindung brachten. Im Zeugenstand erklärte Aultman, daß er den Eindruck gehabt habe, daß die Beifahrertür und das Fenster auf der Beifahrerseite ›abgewischt‹ worden seien. Der Rest des Wagens sei ›schmutziger‹ gewesen.

Beim Kreuzverhör zeigte Captain Brennan Lynch, Scotts militärischer Strafverteidiger, Aultman Photographien des Wageninneren und fragte: »Wo ist der Kontrast auf diesen Photos?«

Aultman: »Sir, auf diesen Aufnahmen ist es nicht ersichtlich.«

Lynch: »Warum wurden dann keine Aufnahmen gemacht, die den Kontrast aufzeigten, wenn es einen gab?«

Aultman: »Ich weiß es nicht.«

So glaubwürdig Aultmans Aussage in bezug auf die Indizienbeweise – die von der Verteidigung angezweifelt wurden – auch sein mochte, sie wurde von Judy Connors' Aussage in den Schatten gestellt. Das war der Schlüsselpunkt der Anklage: Judy Connors' Identifizierung von Lindsey Scott als dem Mann, der sie vergewaltigt, zum Oralverkehr gezwungen und niedergestochen hatte.

Um Viertel nach elf rief Major McNeil Judy Connors als nächste Zeugin der Regierung in den Zeugenstand. Einige Papiertaschentücher in der linken Hand nahm Judy im Zeugenstand Platz und erzählte erneut ihre Geschichte: der Anruf, der sie davon unterrichtete, daß ihr Mann einen Unfall gehabt habe und jemand sie abholen und zum Krankenhaus fahren würde; was sie alles getan hatte, bis sie zum Täter in den Wagen gestiegen war; die Vergewaltigung, der Angriff mit dem Messer und alles, was dann geschehen war. Gut vorbereitet (was nur legitim war), sah sie die Geschworenen an, während sie die Fragen des Anklägers beantwortete. Ihr Blick (und ihre Antworten) schien direkt auf Lieutenant Colonel Patricia Breeding gerichtet.

Wieder äußerte sie sich zu ihrem ersten Blick auf den Fahrer des Wagens und dazu, daß der Parkplatz, auf dem er sie abholte, ›so hell erleuchtet war, daß ich ihn sehen und später beschreiben konnte. Ich registrierte, daß es ein männlicher Schwarzer war. Er trug eine Brille. Ich schätze ihn auf ... ich würde sagen vier- bis achtundzwanzig. Genaueres kann ich nicht sagen.‹ Sie erzählte, woran sie sich in bezug auf den Wagen – innen und außen – erinnerte, sowie in bezug auf den Gegenstand, den sie als Metalleimer oder -topf auf dem Rücksitz bezeichnet hatte. Zu all diesen Punkten sagte Judy aus, bevor die Verhandlung um zwölf Uhr mittags für eine Stunde unterbrochen wurde.

Nach der Pause fragte McNeil sie zu der Fahrt im Wagen des Täters und anschließend zu der Vergewaltigung. McNeil bat sie, das Messer zu beschreiben, mit dem der Täter sie bedroht hatte. Er brauchte diese Beschreibung, um Todd Hamiltons Aussage vom Vortag zu konterkarieren, derzufolge sie ein ›Klappmesser‹ beschrieben habe. Die Regierung vertrat wie schon bei der ersten Verhandlung den Standpunkt, daß Scott das Steakmesser mit der gezackten Klinge benutzt hatte, daß er sich von seiner Vermieterin geborgt hatte.

McNeil: »Erinnern Sie sich, wie das Messer ausgesehen hat, Judy?«

Judy: »Ja, Sir.«

»Würden Sie dem Gericht die Tatwaffe bitte beschreiben?«

»Soweit ich es erkennen konnte, war es weder ein riesiges Messer noch ein kleines Taschenmesser. Es hatte in etwa die Größe eines Steakmessers ...«

»Haben Sie irgend jemandem gegenüber geäußert, es könnte sich um ein Klappmesser gehandelt haben?«

»Ich sagte, es könnte eins gewesen sein ... Ich würde nicht die Hand dafür ins Feuer legen, daß es eins war oder nicht ... wissen Sie, es könnte eins gewesen sein, aber mir schien es kein Klappmesser zu sein.«

In entschuldigendem Tonfall stellte McNeil ihr dann einige detaillierte Fragen zu der Vergewaltigung. Weinend und sich mit einem Papiertaschentuch die Augen betupfend, sagte Judy, daß sie ›angeekelt‹ gewesen sei. »Aber ich wußte, daß wenn ich nicht exakt das tat, was er von mir verlangte, er mir weh tun würde ... ich fürchtete um mein Leben.«

»Wissen Sie, ob er ejakuliert hat, Judy?«

»Ich glaube schon, Sir, ja.«

All diese Einzelheiten waren natürlich für das Protokoll notwendig. Gleichzeitig lenkte McNeil die Antworten dahingehend, ihrer Identifizierung von Scott als dem Täter Glaubwürdigkeit zu verleihen. Und so fragte sie, als er auf den Akt der Vergewaltigung zu sprechen kam: »Und wie weit war sein Gesicht von Ihrem entfernt, Judy?«

»Es war ganz nah.«

»Können Sie uns sagen, wie nah etwa?«

»Ich weiß nicht, fünfzehn Zentimeter vielleicht.«

Als sie beschrieb, wie der Täter sie gewürgt hatte, fragte McNeil: »Judy, wie weit war sein Gesicht von Ihrem entfernt, während er sie würgte?«

»Nicht weit ... vielleicht fünfzehn oder dreißig Zentimeter.«

Dann beantwortete Judy Fragen dazu, wie sie zum Arzt gebracht worden war, bis McNeil schließlich soweit war, seine letzte Serie von Fragen zu stellen.

»Ich würde Sie gern noch etwas zum April 1983 fragen. Können Sie uns den Mann, der über Sie hergefallen ist, hier und jetzt so genau wie möglich beschreiben? Mit anderen Worten, würden Sie mit seinem Haar beginnen?«

»Er hatte einen militärischen ... also, er trug das Haar ziemlich kurz. Er hatte schwarzes Haar. Krauses Haar. Er war mittelgroß. Er trug eine Brille. Er schien mir zwischen vierundzwanzig und sieben- oder achtundzwanzig Jahre alt zu sein.«

»Und es war ein männlicher Schwarzer, richtig?«

»Ja, Sir.«

»Hatte er einen Bart oder Schnäuzer?«

»Nein, Sir, weder das eine noch das andere. Er war glatt rasiert.«

»Judy, wenn Sie diesen Mann wiedersähen, wären Sie dann in der Lage, ihn wiederzuerkennen?«

»Ja, Sir.«

»Judy, ich werde Ihnen jetzt eine überaus wichtige Frage stellen. Ich möchte, daß Sie sich im Gerichtssaal umsehen und auf den Mann zeigen, der sie vergewaltigt, zum Oralsex gezwungen, auf Sie eingestochen, Ihnen tiefe Schnittwunden am Hals zugefügt und Sie im Wald liegengelassen hat. Würden Sie bitte auf den Mann zeigen?«

Schluchzend streckte Judy Connors in einer dramatischen Geste den Arm aus und zeigte auf Corporal Lindsey Scott.

Scotts Anhänger im Zuschauerraum stöhnten und tuschelten, während Scott selbst (der diesen Augenblick mit seinen Verteidigern geprobt hatte) langsam den Kopf schüttelte und leise sagte: »Nein.«

McNeil gestattete Judy Connors, einen oder zwei Herzschläge lang anklagend auf Scott zu zeigen, bevor er erklärte: »Bitte vermerken Sie im Protokoll, daß das Opfer den Angeklagten, Corporal Scott, eindeutig identifiziert hat.«

Kapitel 25

Während der Direktbefragung durch Major McNeil beobachtete John Leino Judy Connors sehr genau. Er erkannte, wie gut sie vorbereitet war, wie professionell McNeil sie in den Monaten vor Prozeßbeginn eingewiesen hatte. Ihre Tränen und die Augenblicke emotionaler Anspannung hatten echt erschienen, aber Leino spürte, daß sie hinter dieser Fassade ruhig und gefaßt war, ihre Geschichte parat hatte, eine Geschichte, die bis zu einem gewissen Grad auch der Wahrheit entsprach. Jedoch bedurfte die Darstellung einiger Korrekturen durch die Verteidigung; vielleicht mußte aber auch ihre Erinnerung an die Vorfälle und an ihre vorangegangenen Aussagen ein wenig aufgefrischt werden.

Es mußten harte Fragen gestellt werden. Leino war bewußt, daß er, ohne die Zeugin unter Druck zu setzen, versuchen mußte, ihre Gelassenheit und ihre Selbstsicherheit zu erschüttern, und so griff er auf eine altbewährte Taktik zurück, die darin bestand, einen schwierigen Zeugen so lange als möglich im Zeugenstand zu halten und durch endlose Fragen, vor allem in delikaten Punkten, zu ermüden oder sogar in Rage zu bringen.

(John Leino erklärte Koautor Shapiro später: »Sie war so gut vorbereitet, daß sie, auch wenn sie irgendwann einmal Zweifel daran gehabt hatte, daß Scott der Täter war, inzwischen auf ihn eingeschossen war wie eine Rakete mit Wärmesensor. Ich wußte, daß ich diese Fassade durchbrechen mußte, indem ich sie immer und immer wieder zu ihrer Identifizierung Scotts befragte. Und genau das tat ich. Ich kam immer wieder darauf zurück. Sie hatte immer gesagt, sie wäre neunundneunzig Prozent sicher, so sicher, wie sie nur sein könne. Nun, das ist nicht genug. Das reicht nicht aus, einen Mann für dreißig Jahre nach Leavenworth zu schicken.«)

Um 15 Uhr 30 an diesem Nachmittag begann Leino mit dem Kreuzverhör von Judy Connors. Er behielt sie den Rest des Tages und einen guten Teil des darauffolgenden Tages im

Zeugenstand. Er hatte noch sehr gut im Gedächtnis, was Lindsey Scott während der DuBay-Anhörungen ausgesagt hatte, nämlich, daß sein Verteidiger, Ervan Kuhnke, Judy Connors nicht nach dem Überfall hatte fragen wollen, um sie nicht aufzuregen ...

Leino wußte, daß er – und Lindsey Scott – es sich nicht leisten konnten, Judy Connors mit Samthandschuhen anzufassen.

Er begann jedoch recht zurückhaltend, wie zu Beginn jeder Zeugenvernehmung.

»Mrs. Connors, Sie wissen, wer ich bin, nicht wahr?«

»Ja.«

»Wir sind uns gestern abend begegnet, nicht wahr?«

»Ja, Sir.«

»Haben Sie irgendwelche Zweifel daran, daß jeder in diesem Gerichtssaal die Wahrheit ans Licht bringen und erreichen möchte, daß der Gerechtigkeit Genüge getan wird?«

»Nein.«

Es dauerte nicht lange, und Leino kam auf ihre Identifizierung des Täters zu sprechen. Er befragte sie eindringlich zu ihrer Aussage hinsichtlich der Ereignisse auf dem Parkplatz von Spanish Gardens, wo sie vom Täter abgeholt worden war.

»Erinnern Sie sich, früher am heutigen Tag ausgesagt zu haben, daß Sie den Mann deutlich gesehen hätten?«

»Ja, Sir.«

»Möchten Sie diese Aussage nun ändern?«

»Nein, Sir.«

»Erinnern Sie sich, je etwas anderes ausgesagt zu haben?«

»Soweit ich mich erinnern kann, nein, aber wissen Sie ...«

Leino fiel ihr ins Wort: »Ich möchte gern Ihre Erinnerung auffrischen. Erinnern Sie sich an Ihre Aussage beim ersten Militärgerichtsprozeß?«

»Ja, Sir.«

Richter Clark unterbrach das Verhör, forderte die Geschworenen auf, den Gerichtssaal zu verlassen und erklärte, es gäbe eine bestimmte Verfahrensweise, um ›die Erinnerung aufzufrischen‹ und ›eine Verfahrensweise in Zusammenhang mit widersprüchlichen Aussagen unter Eid‹. Hierauf folgte eine

Rechtsdiskussion darüber, wie Leino die Befragung zu führen gedachte. Leino erklärte, er habe versucht, der Zeugin Gedächtnislücken zugute zu halten, aber nun würde seine Befragung nicht mehr nur der ›Auffrischung der Erinnerung‹ dienen, sondern der ›Aufdeckung von Falschaussagen‹. Ankläger McNeil sagte, er habe keine Einwände, sei jedoch besorgt, daß diese Art der Befragung Verwirrung stiften könne. Schließlich fragte Richter Clark Leino: »Wollen Sie damit sagen, daß es Widersprüche gibt zwischen ihrer heutigen Aussage und dem, was sie zuvor unter Eid ausgesagt hat?«

Leino: »Ja, Euer Ehren.«

Richter Clark: »Also gut. Ich werde Ihre Verfahrensweise in Anwesenheit der Geschworenen gestatten. Holen Sie die Geschworenen bitte wieder herein.« (Die Geschworenen nahmen wieder im Gerichtssaal Platz, und Leino fuhr mit dem Kreuzverhör fort.)

Leino: »Nur der Klarheit halber und damit es keine Mißverständnisse gibt – Sie erinnern sich, früher am heutigen Tag ausgesagt zu haben, daß sie nach dem dritten Telefonanruf, in dem Sie aufgefordert wurden, nach draußen zu Ihrem Wagen zu gehen, am anderen Ende des Parkplatzes einen Wagen bemerkt hätten, der rückwärts auf Sie zugefahren sei?«

»Mm-mm.«

»Und Sie erinnern sich, heute ausgesagt zu haben, daß Sie Wagen und Fahrer deutlich sehen konnten?«

»Ja, Sir.«

»Ist das richtig?«

»Ja, Sir.«

»Haben Sie je zu irgendeinem anderen Zeitpunkt unter Eid etwas anderes ausgesagt?«

»Nun, ich schätze, es kommt darauf an, was man unter ›deutlich sehen‹ versteht. Als ich diese Frage beantwortet habe, habe ich gemeint, daß ich den Fahrer deutlich genug sehen konnte, daß ich den Wagen deutlich genug sehen konnte, um die allgemeine Form und die Farbe zu erkennen, daß er ein männlicher Schwarzer war und eine Brille trug. Ich konnte mir ein Bild von seiner Erscheinung machen. Ich antworte, so gut ich kann, und bin so ehrlich wie möglich.«

»Ich verstehe.«

»Ich würde nicht sagen, daß ich ihn in allen Einzelheiten sehen konnte. Ich meine, ich würde es so formulieren, daß ich ihn deutlich genug gesehen habe, um das zu erkennen, was ich ausgesagt habe, erkannt zu haben.«

Leino hatte ihr zuvor eine Teilabschrift ihrer Aussage beim ersten Prozeß überreicht (was die Unterbrechung durch Richter Clark bewirkt hatte). Nun sagte er: »Würden Sie uns bitte Ihre vorherige Aussage vorlesen?«

»Frage: Haben Sie den Mann zu diesem Zeitpunkt deutlich gesehen? Antwort: Nein, zu diesem Zeitpunkt nicht. Ich wußte nur, daß er im Wagen saß, eine Brille trug und ein Schwarzer war. Das ist in etwa alles; was ich in diesem Augenblick registriert habe.«

Leino befragte sie weiter zu den Vorgängen auf dem Parkplatz, dazu, wie sie in den Wagen gestiegen war und mit dem Fahrer gesprochen hatte. Sie sagte, daß er, als sie auf den Wagen zugegangen sei, gesagt habe: ›Steigen Sie ein, fahren wir.‹ Daraufhin habe sie ihn angesehen.

»Hat er sich Ihnen zugewandt und etwas zu Ihnen gesagt, als Sie in den Wagen gestiegen sind?« fragte Leino.

»Nein, Sir.«

»Er hat also beim Sprechen nach vorn gesehen?«

»Ja, Sir, das hat er.«

»Also haben Sie, abgesehen von dem flüchtigen Augenblick, da er mit Ihnen gesprochen hat, bis sie losgefahren sind, sein Gesicht nicht vollständig gesehen?«

»Ja, Sir. Das heißt, das war nicht das einzige Mal, daß ich an diesem Abend sein Gesicht von vorn gesehen habe, aber zu diesem Zeitpunkt schon.«

Nachdem sie über eine Stunde lang die Fragen der Verteidigung beantwortet hatte, bat McNeil um eine kurze Unterbrechung, damit sie sich ein paar Minuten entspannen könne (und mit dem Anklagevertreter besprechen könne, bemerkte der Verteidiger). Leino hatte keine Einwände. Er taktierte nun mit Blick auf die Uhr; er wollte nicht, daß das Gericht die Verhandlung in der Mitte seines Kreuzverhörs wegen der Identifizierung schloß und auf den nächsten Morgen vertagte. Und so antwortete er, als Richter Clark ihn fragte, wieviel Zeit das Kreuzverhör seiner Ansicht nach noch in Anspruch nehmen werde: »Vielleicht noch eine Stunde, Euer Ehren. Vielleicht auch länger.«

Im Anschluß an seinen Angriff auf Judys widersprüchliche Aussagen dazu, wie deutlich sie den Täter auf dem Parkplatz gesehen hatte, wandte Leino sich der Fahrt durch den Wald zu, dem Überfall, der Rettung durch Todd Hamilton, der zufällig dort vorbeigefahren war, und ihrer medizinischen Versorgung. Leino ging jeden Punkt Minute für Minute mit ihr durch, was soweit ging, daß er fragte, wie lange sie an einer roten Ampel warten mußte, bevor sie die Route 17 überquerten. Diese Genauigkeit war natürlich wichtig im Hinblick auf Scotts Alibiverteidigung, die darauf aufgebaut war, wo er sich zur exakten Tatzeit aufgehalten hatte. Gleichzeitig jedoch führte dies das Kreuzverhör immer näher an den Augenblick heran, an dem Richter Clark um 17 Uhr 38 seinen Hammer niedersausen ließ und erklärte: »Okay. Meine Damen und Herren Geschworenen, hiermit ist die Verhandlung für den heutigen Tag geschlossen. Die Verhandlung wird morgen früh um neun Uhr fortgesetzt.«

(Hinterher trafen sich Cohen, Leino und seine Frau Patty und sprachen über Lori. Sie alle machten sich große Sorgen wegen der steten Verschlechterung ihres Gesundheitszustandes. »Sie sollte verdammt noch mal im Krankenhaus liegen«, sagte Leino. »Aber nein, sie sagt mir: ›Ich gehe erst in ein Krankenhaus, wenn ich sicher bin, daß Ruby Hills diesmal bestens vorbereitet ist, Lindseys Alibi zu bestätigen.‹«)

Als die Verhandlung am nächsten Morgen, dem 28. Januar, um 9 Uhr 11 fortgesetzt wurde, war John Leino bereit, Judy Connors' Identifizierung von Lindsey Scott als dem Mann, der sie überfallen hatte, auseinanderzupflücken. Als erstes entschuldigte er sich jedoch für die ›anstrengende Befragung des Vortages‹ und erklärte, daß die Zeiten in diesem Fall von größter Wichtigkeit wären. Judy entgegnete, daß sie dies verstünde. Dann fragte er sie nach dem Messer, mit dem der Täter auf sie eingestochen habe.

»Erinnern Sie sich, in Ihrer gestrigen Aussage gesagt zu haben, daß Sie sich vor vier Jahren, kurz nach dem Verbrechen, besser hätten erinnern können?«

»Ja, Sir.«

»Und Sie sind sich dessen absolut sicher?«

»Ja, Sir.«

»Sie haben bei der Befragung durch die Anklage ausgesagt, daß es sich bei der Tatwaffe um ein Klappmesser gehandelt haben könnte, ist das richtig?«

»Es könnte eins gewesen sein. Aber für mich sah es nicht aus wie ein Klappmesser.«

»Für Sie hat es nicht ausgesehen wie ein Klappmesser. Und doch haben Sie bei Ihrer allerersten Beschreibung der Tatwaffe von einem ›Klappmesser gesprochen. Ist dem nicht so? Das haben Sie ausgesagt.«

»Ich soll ein Klappmesser beschrieben haben?«

»Ja, Ma'am.«

»Wann soll ich das gesagt haben?«

»Bei Ihrer ersten Aussage den Ermittlungsbeamten gegenüber, und als Sie die Tatwaffe Mr. Hamilton beschrieben – er hat vor diesem Gericht ausgesagt, Sie hätten die Tatwaffe als ›Klappmesser‹ bezeichnet.«

»Ich kann mich nicht erinnern, die Tatwaffe als Klappmesser bezeichnet zu haben.«

»Dann bestreiten Sie, die Tatwaffe als Klappmesser bezeichnet zu haben?«

»Nein, Sir. Ich kann mich nur nicht erinnern, als was ich das Messer bezeichnet oder beschrieben habe.«

»Ich verstehe. Aber Sie bestreiten nicht, daß Sie die Tatwaffe in Ihren vorangegangenen Aussagen als Klappmesser beschrieben haben?«

»Ich kann mich nicht genau erinnern, was ich sagte. Ich sagte, es könnte möglicherweise ein Klappmesser gewesen sein. Ich glaube nicht, daß es ein Klappmesser gewesen ist.«

»Und doch haben Sie den Begriff Klappmesser verwendet, ist das richtig?«

»Ja, Sir.«

»Und gestern haben Sie dann von einem Steakmesser gesprochen?«

»Ja, Sir.«

»Ist es nicht so, daß Sie in den vergangenen viereinhalb Jahren zu keinem Zeitpunkt den Begriff ›Steakmesser‹ verwendet haben, um die Tatwaffe zu beschreiben? Ist es nicht so?«

»Nicht daß ich wüßte, Sir.«

(An diesem Punkt des Kreuzverhörs begann Leino, die Zeugin aus der Ruhe zu bringen, sie zu verunsichern. Bis dahin hatte sie völlig gefaßt im Zeugenstand gesessen, die Hände im Schoß gefaltet. Jetzt legte sie einen Arm über die Rückenlehne des Stuhles, schlug die Beine übereinander, und ihr oberer Fuß wippte nervös auf und ab.)

Leino. »Zwischen Ihnen und Agent Lindner bestand eine berufliche Verbindung, nicht wahr?«

»Ich verstehe nicht, was Sie meinen.«

»Nun, er war der leitende Ermittler, und Sie waren das Opfer?«

»Ja, Sir.«

»Sie haben in diesem Fall zusammengearbeitet, richtig?«

»Ja, Sir.«

»Haben Sie über Ihre Identifizierung des Täters gesprochen?«

»Ja, Sir.«

»Und stimmt es nicht, daß Agent Lindner Ihnen gesagt hat, Sie müßten den Täter eindeutig identifizieren?«

»Ja, Sir.«

»Wenn ein Zeuge den Täter nicht eindeutig identifiziert, ist die Identifizierung wertlos. Hat er Ihnen das nicht erklärt?«

»Doch, Sir.«

»Und doch haben Sie nach der Gegenüberstellung gesagt, Sie wären sich nicht ganz sicher. Ist das richtig?«

»Ich sagte, ich wäre nicht absolut sicher. Absolut bedeutet für mich einhundertprozentig. Ich war neunundneunzig Komma neun Prozent sicher.«

»Aber Sie haben bei der Gegenüberstellung nicht den Ausdruck ›neunundneunzig Komma neun Prozent sicher‹ verwendet, oder?«

»Ich kann mich nicht erinnern, Sir.«

»Sie können sich nicht erinnern? Bestreiten Sie die Tatsache, daß Sie sich Agent Lindner zugewandt und gesagt haben: ›Es tut mir leid, ich bin mir nicht absolut sicher‹? Bestreiten Sie, daß Sie das gesagt haben könnten?«

»Nein, Sir.«

»Sie bestreiten es also nicht? Sie könnten es also gesagt haben?«

»Ja, Sir.«

»Bei der Beschreibung des Täterfahrzeuges haben Sie ausgesagt, Sie wären mit Agent Wardman umhergefahren, um sich Autos anzusehen. Ist dem nicht so?«

»Doch, Sir.«

»Bei der Artikel-32-Anhörung vor vier Jahren haben Sie ausgesagt, sich nicht erinnern zu können, aus dem Wagen gestiegen zu sein, um sich irgendeinen der Wagen genauer anzusehen. Ist das richtig?«

»Ja, Sir.«

»Bleiben Sie bei dieser Aussage?«

»Ja, Sir. Aber nachdem ich darüber nachgedacht habe, glaube ich, ich könnte doch ausgestiegen sein und mir den Wagen von innen angesehen haben. Ich würde nicht mein Leben darauf verwetten. Ich kann mich nicht genau erinnern, ob ich es getan habe oder nicht.«

»Sie würden also nicht Ihr Leben darauf verwetten?«

»Ich könnte es nicht beschwören, aber es ist möglich, daß ich ausgestiegen bin und mir den Wagen genauer angesehen habe.«

»Aber das Leben dieses Mannes steht auf dem Spiel, nicht wahr?«

McNeil sprang auf. »Einspruch, Euer Ehren! Der Verteidiger argumentiert während der Befragung.«

Leino: »Ich ziehe die Frage zurück, Euer Ehren.«

Richter Clark: »Entschuldigen Sie. Würden die Herren Anwälte bitte vortreten?«

(Die Geschworenen verließen den Gerichtssaal).

Richter Clark: »Bitte setzen Sie sich. Ich möchte die Anwälte belehren. Bitte bleiben Sie sitzen, und verwenden Sie weder die Direktbefragung noch das Kreuzverhör als Gelegenheit, Schlußfolgerungen einzubringen.«

Leino: »Ja, Sir.«

Richter Clark: »Wenn erst unzulässige Bemerkungen vor den Geschworenen gemacht wurden, kann die Anweisung an die Jury, diese zu ignorieren, nur sehr begrenzt dazu beitragen, daß die Geschworenen das Gehörte tatsächlich aus ihrem Gedächtnis streichen.«

Leino: »Ja, Sir.«

Richter Clark: »Wir alle sind uns der Bedeutung dieser Verhandlung bewußt, nicht nur für Corporal Scott, sondern auch für die militärische Rechtsprechung und die Wahrnehmung der militärischen Justiz seitens der Öffentlichkeit. Hier geht es um Gerechtigkeit, und wir alle müssen dafür sorgen, daß dieses Verfahren korrekt geführt wird.«

(Die Geschworenen wurden wieder hereingerufen, und Leino setzte das Kreuzverhör fort).

»Ist es nicht so, daß Sie sich bei der Gegenüberstellung Agent Lindner zugewandt und auf seine Frage: ›Ist der Täter unter diesen Männern?‹ entgegnet haben: ›Nein, das ist er nicht‹?«

»Ich kann mich nicht erinnern, das gesagt zu haben, Sir.«

Leino befragte Judy zum Identi-Kit-Verfahren, und zu ihrer Identifizierung von Scotts Wagen, wobei er einiges bereits Festgestellte noch einmal durchging und manchmal bereits gestellte Fragen wiederholte, aber unweigerlich auf den Kern seines Kreuzverhörs zurückkam: ihre Identifizierung von Scott.

»Als Sie sich die Photographien der Männer angesehen haben, erinnern Sie sich da, auf einen braunen Umschlag geblickt und sechs Bilder gesehen zu haben?«

»Ja, Sir.«

»Und Sie haben aus diesen Männern zwei ausgewählt, richtig?«

»Ja, Sir.«

»Und auch bei der Gegenüberstellung?«

»Ja, Sir.«

»Das war, soweit Sie sich erinnern, das erstemal, daß Sie Lindsey Scott im Profil gesehen haben, oder genauer den Mann, von dem Sie später erfuhren, daß er Lindsey Scott hieß. Ist das richtig?«

»Ja, Sir.«

»Ich meine, Sie sind ganz sicher, wie Sie es auch zuvor schon ausgesagt haben, den Mann, der Sie überfallen hat, vorher nie gesehen zu haben? Ist das korrekt?«

»Ja, Sir.«

»Und doch wissen Sie, daß Sie beide in ein und demselben Komplex gewohnt haben?«

»Ja, Sir, und wenn ich ihn dort gesehen hätte, hätte ich ihn nicht bewußt wahrgenommen, da ich ihn nicht kannte. Möglich, daß ich ihn dort schon einmal gesehen habe, aber wenn dem so ist, habe ich ihn nicht registriert und kann mich nicht daran erinnern, weil er ein Fremder für mich war ...«

»Nun, wenn Sie ihm nun mehrfach zufällig begegnet wären. Sie wissen, daß bei vorangegangenen Anhörungen ausgesagt wurde, Sie und Ihr Mann wären ihm begegnet?«

McNeil sprang auf. »Einspruch, Euer Ehren. Das ist eine reine Mutmaßung und keine erwiesene Tatsache.«

Richter Clark gab dem Einspruch statt, und Leino zog die Frage zurück. Jedoch mußte er den Geschworenen eins klarmachen: daß die Möglichkeit bestand – nicht mehr als das, nur eine Möglichkeit – daß Judy Connors Scott in dem Komplex, in dem sie beide gewohnt hatten, gesehen hatte, vielleicht sogar in Begleitung ihres Mannes, da die beiden Männer Kollegen gewesen waren und eine Fahrgemeinschaft gebildet hatten. Und darum war nicht auszuschließen, daß sie, als ihr ein Photo von Scott vorgelegt worden war und sie Scott bei der Gegenüberstellung gesehen hatte, ein Gesicht, das ihr irgendwie bekannt vorkam, mit ›neunundneunzigprozentiger‹ Sicherheit als das des Täters identifiziert hatte – weil es das einzige Gesicht war, das bei ihr eine vage Erinnerung auslöste.

Und so formulierte Leino die Frage um und setzte seine Bemühungen fort, diesen Punkt herauszustellen: »Wenn Sie ihn nun mehr als einmal gesehen hätten, nicht unbedingt regelmäßig, aber doch ab und an zufällig, so wie Menschen, die Tür an Tür leben, sich nun mal hin und wieder begegnen, wenn sie das Haus betreten oder verlassen … würden Sie mir zustimmen, daß dies möglich wäre?«

»Ja, Sir.«

»Wollen Sie damit sagen, daß Sie sich, wenn Sie ihm auf diese Weise innerhalb des Komplexes begegnet wären, an ihn erinnert hätten?«

»Ja, Sir.«

»Man kann also davon ausgehen, daß Sie ihm, sofern überhaupt, nur einmal begegnet sind und ihm nie vorgestellt wurden oder ähnliches?«

»Wenn ich ihm schon einmal begegnet bin, dann vielleicht ein- oder zweimal. Vielleicht auch drei- oder viermal, aber sofern ich ihm begegnet bin, habe ich ihn nicht bewußt wahrgenommen. Ich kann mich nicht erinnern. Ich weiß nicht, wie oft wir uns möglicherweise begegnet sind, ich kann nur sagen, daß ich mich nicht erinnern kann, ihn vorher schon einmal gesehen zu haben. Ich habe ihn nicht bewußt wahrgenommen.«

»Das verstehe ich … worauf ich hinaus will ist folgendes: Sie stimmen mir zu, wenn ich sage, daß Sie Lindsey Scott möglicherweise drei- oder viermal in Spanish Gardens begegnet sein könnten, ihn jedoch nicht als jemanden wiedererkannt hätten, den Sie schon einmal gesehen haben? Ist das so richtig?«

»Ja, Sir.«

»Ist das Ihre Aussage hier und heute?«

»Ja, Sir.«

Leino ließ dieses Kapitel seiner Befragung eine Weile ruhen, um Judy erneut detaillierte Fragen zu ihrer Identifizierung von Scotts Wagen zu stellen sowie – entschuldigend – zu den sexuellen Aspekten des Überfalls. Aber er kehrte immer wieder zur Identifizierung zurück.

Leino: »Sie haben irgendwann bemerkt, daß Agent Lindner sich Ihrer Identifizierung der Person völlig sicher sein wollte?«

»Das ist richtig.«

»Und ist das nicht der Grund, weshalb Sie sagten: ›Es tut mir leid, ich bin mir nicht absolut sicher‹? Weil Sie nicht ganz sicher waren, daß der Mann, den Sie identifiziert hatten, auch tatsächlich identisch war mit dem Mann, der Sie überfallen hatte?«

»Ich war nicht hundertprozentig sicher, das ist richtig.«

Und wieder fragte Leino ein wenig später beim Kreuzverhör: »Ist es nicht so, daß Sie sich Ihrer Identifizierung bei zwei Gelegenheiten nicht absolut sicher waren und erklärt haben, Ihrer Erinnerung nach sei er es gewesen? Das erste Mal, nachdem Sie sich das anhand der Folien von Smith & Wesson zusammengestellte Phantombild angesehen, und dann später, nachdem Sie den Fall mit den Vertretern der Anklage besprochen haben? Ist das richtig?«

»Nein, ich war mir sicher. Ich war mir die ganze Zeit neunundneunzig Komma neun Prozent sicher, Sir.«

»Bei Ihrer ersten Zeugenaussage sagten Sie, Sie wären sich neunundneunzigprozentig sicher. Ist das richtig?«

»Ja, Sir.«

»Aber Sie waren sich nie absolut sicher?«

»Einhundertprozentig?«

»Einhundertprozentig. Ist es nicht so, daß Sie heute nicht absolut sicher sind, das heißt, daß Sie sich zwischen neunundneunzig und einhundert Prozent sicher sind?«

»Nein, Sir. Ich bin so sicher, wie man es nur sein kann, Sir.«

»Jetzt. Viereinhalb Jahre später. Ist das richtig?«

»Ja, Sir.«

Unmittelbar vor der Mittagspause schloß Leino sein Kreuzverhör mit einem weiteren ähnlichen Wortwechsel ab und brachte Judy Connors dazu, erneut zu bestätigen, daß sie zu keinem Zeitpunkt in der Lage gewesen war zu behaupten, sie wäre sich ›einhundert Prozent sicher‹.

Am Freitag, dem 29. Januar 1988, beschrieb Lieutenant Commander Ronald L. Schubert vom Navy Reserve Medical Corps im Gerichtssaal der LeJeune Hall in Quantico, Virginia, die Stichwunden, die Judy Connors erlitten hatte, während sich dreitausend Meilen entfernt in Richmond, Kalifornien, unbemerkt ein außergewöhnliches Ereignis zutrug. Bis heute wissen nur wenige Personen von diesem Vorfall. Nicht minder bemerkenswert ist, wie Autor Cohen davon erfuhr.

Ende des Frühlings 1988, Monate nach dem Militärgerichtsprozeß, erhielt Cohen spätabends einen Anruf bei sich zu Hause in Los Angeles. Der Anrufer nannte seinen Namen und sagte, er würde nur sprechen, wenn Cohen ihm absolute Anonymität zusichere. Cohen erkannte den Namen: es handelte sich um einen hochrangigen Offizier der Marineinfanterie, der einen wichtigen Posten in der Kommandantur des Quantico-Stützpunktes innehatte. Der Anrufer erklärte, er wäre im Besitz von Kopien ›geheimer‹ Dokumente von entscheidender Bedeutung für den Fall Scott. Er habe die Unterlagen erst kürzlich in die Hände bekommen, und wenngleich der Prozeß vorbei wäre, sei er überzeugt, daß Cohen sich für die Unterlagen interessieren würde. Dann erklärte der Anrufer, daß er sich verpflichtet fühle, den Inhalt dieser Geheimakte bekanntzugeben. Er forderte Cohen auf, nach Washington zum National Airport zu fliegen und nannte ihm eine bestimmte Fluggesellschaft und Flugnummer. Er sagte Cohen, er solle Gepäck aufgeben. Er (der Anrufer) würde am Gepäckband an ihn herantreten und ihm das Dokument übergeben.

Und genauso fand die Übergabe statt. Cohen stand am Gepäckband, als ein Mann in Zivil an ihn herantrat (Cohen glaubte, sich an sein Gesicht zu erinnern, sagte jedoch nichts), ihm einen zweiundzwanzig mal dreißig Zentimeter großen braunen Umschlag reichte, ihm die Hand schüttelte und ihm Glück wünschte, ehe er kehrt machte und in der Menge verschwand.

Die mit dem Vermerk ›Geheim‹ versehene Akte enthielt Photokopien von Photos. Sie trug das Datum 5/9/88. Sie war auf Briefpapier der Forensic Science Associates of Richmond, Kalifornien, verfaßt. Abschnitte wurden zusammengefaßt (an den gekennzeichneten Stellen) oder weggelassen, darunter einige technische chemische Analysen, die der Autor für diese

Publikation als nicht notwendig erachtet hat. Das Dokument in Briefform war an Colonel James P. McHenry, Judge Advocate, Quarters 195, Quantico, VA. 22134 adressiert. Das Schreiben begann mit den Worten:

›Folgende Informationen wurden mir von Colonel James McHenry und Lieutenant General Frank Petersen übergeben.‹

Hierauf folgte eine kurze Zusammenfassung des Falles Scott einschließlich der FBI-Untersuchung der forensischen Beweise aus dem Jahre 1983 und vom Dezember 1987, darunter Analysen der Vaginalaus- und Abstriche sowie des Slips des Opfers. Ein Teil des Dokumentes wird im folgenden wortgetreu wiedergegeben:

›Die Vaginalabstriche (Q4) und der Slip wurden im Dezember 1987 ein zweites Mal vom FBI-Labor untersucht (der Bericht trug das Datum des 7. Januar 1988). Bei dieser Analyse wurden ebenso bei den Vaginalabstrichen wie auch am Slip Spermaspuren nachgewiesen; die genetischen Tests anhand dieser Proben boten jedoch keinen Aufschluß. Im Januar 1988 wurden Vaginalausstriche zur DNS-Analyse an Cellmark Diagnostics geschickt. Auf meinen Vorschlag hin wurde auch der Slip an Cellmark geschickt. Die Cellmark-Analyse wurde vom Angeklagten selbst angeregt. Bei der Analyse konnte weder von den Ausstrichen noch von dem Slip verwertbare DNS sichergestellt werden (Bericht vom 16. Februar 1988).

Am 29. Januar 1988 traf ich mich mit Colonel McHenry und Lieutenant General Petersen in meinem Büro in Kalifornien. Bei dieser Gelegenheit teilte ich ihnen mit, daß der Versuch einer DNS-Analyse durch Cellmark kaum eine Chance auf Erfolg hätte. Ich erklärte ihnen außerdem den potentiellen Beweiswert des Slips. Die vorangegangene Annahme begründete darauf, daß das Beweisstück fünf Jahre lang bei Zimmertemperatur aufbewahrt worden war. [Anmerkung des Autors: Der Slip des Opfers wurde in einer Papiertüte in einem Aktenschrank aufbewahrt.] Ich erklärte ihnen, daß die DNS in biologischen Proben sich extrem zersetze, wenn sie so lange Zeit Zimmertemperatur ausgesetzt wäre, was eine schlüssige Analyse durch Cellmark praktisch unmöglich mache. Die einzige Methode, beweiserhebliche Informationen zur DNS-

Typisierung von diesen Proben zu erhalten, bestand in der Anwendung der unten erklärten PCR-Vergrößerungsmethode. Eine solche DNS-Typisierung wurde angeordnet, um Lieutenant General Petersen bei seiner Prüfung nach einer möglichen Verurteilung zu helfen und möglichst Licht ins Dunkel der wahren Identität des ... Täters zu bringen.

[Anmerkung: Die Autoren haben den richtigen Namen des Täters ausgelassen.] Der Zeitpunkt dieses Auftrags zur DNS Analyse im Verhältnis zum Verlauf des Prozesses schloß jede potentielle Verwendung dieser Analyse während des Verfahrens *Vereinigte Staaten gegen Corporal Lindsey Scott* aus.

Die obengenannte PCR-Vergrößerungsmethode ist eine recht technische Angelegenheit. Die Resultate lassen sich jedoch dahingehend zusammenfassen, daß der Spermatypus, der anhand der Vaginalabstriche und des Slips festgestellt wurde, einem Typus zuzurechnen war (in der Akte DQ Typ 3,7 genannt), ›der bei etwa neun Prozent der Bevölkerung auftritt. Lindsey Scott wurde als DQ Typ 3,7 typisiert; es kann also nicht ausgeschlossen werden, das das Sperma von ihm stammt.‹

Diese Begegnung von McHenry und Petersen bei Forensic Science Associates am 29. Januar während der ersten Prozeßwoche und die Ergebnisse der Analyse waren weder das Ende ihrer Aktivitäten noch der dokumentierten Ereignisse.

Gail Papure vom Park Ridge Hospital erhielt am 2. Oktober 1988 folgende forensische Beweise per Eilboten zugestellt: [Anmerkung der Autoren: Der Prozeß war noch im Gang]

1. Fünf Röhrchen Blut von ... [der richtige Name des Ehemannes des Opfers wurde von den Autoren ausgelassen] (drei ED-TA-Ampullen, zwei Koagulum-Ampullen).

Der Naval Investigative Service (NIS) von Quantico erhielt am 2. September 1988 folgende forensische Beweise per Eilboten zugestellt:

2. Ein Röhrchen Blut von ... [Name des Opfers von den Autoren ausgelassen] EDT A (1/27/88).

3. Ein Röhrchen Blut von Lindsey Scott, EDTA (1/27/88).

4. Einen Plastikbeutel, der einen Abstrich von Beweis-

stück C enthielt, Log #QV048-83, und einen Abstrich-Behälter, der einen nicht montierten Objektträger von ... enthielt, Spermamotilität.

5. Einen Plastikbeutel mit der Aufschrift ›Röhrchen saure Phosphatase mit einer Probe [unleserlich] des Opfers‹, in dem sich ein Plastikröhrchen mit der Aufschrift ... befand, 4/21/83, saure Phosphatase, Inhalt ungefähr $^1/_4$ Abstrich.

Das Dokument ist mit ›Edward T. Blake, D. Crim. [Anmerkung der Autoren: hierbei handelt es sich um den leitenden DNS-Experten, den Robert Shapiro, Hauptverteidiger von O. J. Simpson, beauftragt hat.]

Das Dokument enthielt noch weitere Informationen, aber die Autoren waren der Ansicht, daß die oben angeführten Ausschnitte die Bedeutung ausreichend belegen. Das Verteidigungsteam hatte keine Kenntnis von dieser geheimen Begegnung, und als Autor Cohen Petersen später fragte, warum er und McHenry persönlich nach Kalifornien gereist wären, verweigerte er jeden Kommentar.

Als die Verhandlung nach dem Wochenende fortgesetzt wurde, waren die meisten Beobachter der Ansicht, daß, nachdem Aussage und Kreuzverhör des Opfers beendet waren, die Anklagevertretung ihren Beweisvortrag weitgehend abgeschlossen hatte. Jedoch stand noch ein regelrechtes Feuerwerk bevor, ehe die Verteidigung ihre Zeugen aufrief.

In der *Washington Post* vom 3. Februar war zu lesen:

... beim Kreuzverhör der Zeugen der Anklage während der ersten sieben Tage von Scotts Militärgerichtsprozeß ... haben die Anwälte [der Verteidigung] anklingen lassen, daß die Ermittlungen [des NIS] bestenfalls ein krasses Beispiel für Versäumnisse und Inkompetenz wären, schlimmstenfalls ein gezielter Versuch, einen Unschuldigen eines Verbrechens zu überführen, das er nicht begangen hat ... Gary Myers, einer von Scotts drei Verteidigern, äußerte sich wiederholt zu Mängeln bei den Ermittlungen, die er als völlig unzulänglich bezeichnete.

Der Kritik seitens der Strafverteidiger liegt zugrunde, daß die Ermittlungbeamten sich voreilig auf Scott als Täter eingeschossen und die Möglichkeit anderer Verdächtiger völlig außer acht gelassen hätten. Beispielsweise sagte NIS-Agent David C. Martin [nach der Pause am Montag] aus, daß dem Security Bataillon von Quantico neunzig Schwarze angehörten. ›Welche Schwarzen wurden sonst gründlich überprüft?‹ fragte Myers, worauf Martin entgegnete: ›Meines Wissens keiner, Sir‹.

Scotts Verteidiger hatten von Anfang an beschlossen, ihn nicht in den Zeugenstand zu rufen. Sie waren der Ansicht, daß seine schwache Leistung beim ersten Prozeß darauf hindeutete, daß er zu emotional wäre. Er wurde schnell wütend, und wenn er wütend war, kam er durcheinander und wußte nicht mehr, was er sagte. »McNeil würde vor den Augen der Geschworenen Hackfleisch aus ihm machen«, sagte Leino.

Jedoch erklärte Scott am Ende der ersten Prozeßwoche, daß er in den Zeugenstand treten wolle, um einige der Dinge zu widerlegen, die die NIS-Agenten von ihm behauptet hätten. Leino und Myers sprachen sich vehement dagegen aus – aber dann ergab sich eine Gelegenheit, die es ihm erlaubte, in einer einigermaßen abgeschlossenen Atmosphäre und in Abwesenheit der Geschworenen auszusagen. Dazu kam es, als die Verteidigung Einspruch gegen die Aussage eines Zeugen der Anklage – den Polizeichef von Quantico Town, Leo Rodriguez – erhob.

Eine Besprechung nach Artikel 39(a) wurde einberufen, was bedeutete, daß die Geschworenen aus dem Saal geschickt wurden. Rodriguez sagte – wie bereits mehrere Ermittlungsbeamte vor ihm – aus, daß er den Eindruck gehabt habe, die Beifahrerseite von Scotts Wagen sei ›abgewischt‹ worden. Die Anklage behauptete, Scott hätte den Wagen gesäubert, um forensische Beweise zu vernichten. Rodriguez sagte, er habe Scott gefragt, warum er die Beifahrerseite seines Wagens gesäubert hätte, worauf Scott erwidert habe: »Zu mehr bin ich nicht gekommen.«

Scotts Anwälte erklärten, diese Bemerkung sollte in der Aussage vor den Geschworenen nicht gestattet werden, weil Rodriguez Scott vor Beginn der Unterhaltung nicht über seine Rechte aufgeklärt habe und Scott zum Abschluß seiner Befragung durch die NIS-Ermittler einen Anwalt gefordert hätte. An dieser Stelle beschlossen Leino und Myers, Scott in den Zeugenstand treten zu lassen.

Nachdem Myers ihn kurz zu seiner Äußerung befragt hatte, daß er einen Anwalt haben wolle, ehe er noch ein Wort sagte, nahm McNeil ihn ins Kreuzverhör. Während der folgenden neunundzwanzig Minuten (während derer Leino sich mit beiden Händen den Kopf hielt und Myers und Lynch schmerzliche Mienen aufsetzten) geriet Scott in arge Bedrängnis, verhaspelte sich und schien durch den Hagel von Fragen, die McNeil auf ihn niederprasseln ließ, so verwirrt und unsicher, daß seine Glaubwürdigkeit zweifelsohne Schaden nahm.

Jedoch war der Schaden, den diese qualvollen neunundzwanzig Minuten anrichteten, glücklicherweise begrenzt, da die Geschworenen nicht zugegen waren. Als er an seinen Platz zurückkehrte, sagte Scott zu seinen Anwälten: »Lassen Sie mich nie wieder da rauf.« Richter Clark gab dem Antrag der Anklagevertretung statt, und Rodriguez wurde gestattet, den Geschworenen seine Version der Wahrheit zu erzählen.

Freitag, den 5. Februar, rief die Anklagevertretung ihren zwanzigsten Zeugen auf, Commander Steven S. Sohn, einen forensischen Pathologen der Navy. Der Commander sagte aus, daß das Opfer Schnittwunden am Hals erlitten habe … deren Erscheinungsbild auf ein Messer mit gezackter Klinge schließen lasse.

Hierauf beendete die Anklage ihren Beweisvortrag.

Scotts Verteidiger brachten einen Pro-forma-Antrag ein und baten Richter Clark, den Angeklagten in allen Anklagepunkten nicht schuldig zu erklären. Der Richter lehnte den Antrag ab.

Genaugenommen hatte die Verteidigung nur ein ›großes Geschütz‹ in ihrem Zeugenarsenal: Ruby Hills. Und ihre Bestätigung von Scotts Alibi würde McNeils unweigerlichem Angriff auf ihren ›plötzlichen Erinnerungsschub‹ standhalten. Jedoch konnten Leino, Myers und Lynch sich ein wenig mit den Punkten trösten, die Leino beim Kreuzverhör von NIS-Agent Lindner und Judy Connors für die Verteidigung erzielt hatte.

Am Wochenende rief Leino Lori an, um sie vom neuesten Stand des Prozesses zu unterrichten und sich nach ihrer Gesundheit sowie der Bereitschaft ihrer ›Starzeugin‹ zu erkundigen. Er sprach auch mit Ruby persönlich. Bei der Besprechung im ›Bunker‹ am frühen Montag morgen berichtete Leino seinen Kollegen und Cohen, daß Ruby – ›dank Loris Einweisung‹ – einen gut vorbereiteten Eindruck auf ihn gemacht habe. »Aber mir ist fast das Herz gebrochen, als ich mit Lori gesprochen habe. Ihre Stimme war ganz heiser und leise. Sie hat entsetzlich geklungen. Ich konnte ihr Feuer spüren, aber nicht hören. Wie sehr ich das vermisse.«

Eine bereits vor längerer Zeit von Autor Cohen vorgetragene Bitte um ein Interview mit Stützpunktkommandant Lieutenant General Petersen wurde endlich gewährt, und am Morgen des 8. Februar geleitete PAO Bobbi Weinberger Cohen nach oben in einen Raum über dem Gerichtssaal in der LeJeune Hall zu einem Exklusivinterview mit Petersen. Da der Prozeß noch im Gang war, lehnte Petersen sämtliche Fragen ab, die sich unmittelbar auf den Fall bezogen. Dennoch stellte Cohen ihm ein paar Fragen: »Damit er wußte, wo meine Interessen lagen.«

1. Gab es einen bestimmten Grund für Ihre Entscheidung, Scott ein zweitesmal vor ein Militärgericht zu stellen?

2. Viele Anhänger von Scott sind der Ansicht, daß er auf Quantico keinen fairen Prozeß bekommen kann, daß der Führungsstab den Stützpunkt mit Äußerungen zu Scotts Schuld vergiftet hat. Gefährden Sie Ihren letzten Monat im aktiven Dienst (Petersen stand kurz vor der Pensionierung) mit der Möglichkeit, daß Scott erneut schuldig gesprochen wird – und das unter Ihrem Kommando?

Cohen berichtet: »In Antwort auf diese und weitere Fragen lächelte Petersen nur, aber PAO Weinberger warf mir vernichtende Blicke zu, weil ich dem General gegenüber so direkt war. Ich erkannte, daß ich möglicherweise aus einem anderen Grund dort war. Bevor ich ging, stellte der General mir einige merkwürdige Fragen zu meinem potentiellen Fernsehfilm … aber ich tat es ihm nach und verweigerte jede konkrete Aussage. Doch zu meiner Überraschung sagte Petersen: ›Mr. Cohen, ich habe Bill Cosby kennengelernt, und ich denke, er wäre die ideale Besetzung für meine Person in Ihrem Film.‹

Als ich Petersen verließ, ging mir der Gedanke durch den Kopf, daß, während Scott möglicherweise erneut zu dreißig Jahren Zwangsarbeit verurteilt wurde, Petersen sich nur dafür interessierte, welcher Schauspieler ihn in einem potentiellen Film darstellen würde.«

Die Woche begann wenig vielversprechend. Wieder wurde eine Artikel-39(a)-Besprechung einberufen (unter Ausschluß der Geschworenen). Die Verteidigung wollte einen neuen Zeugen einbringen: Dr. Gwynne Peirson, Dozent für Kriminologie an der Howard University, sollte aussagen, daß die NIS-Ermittler bei der Photovorlage und der Gegenüberstellung unkorrekt vorgegangen waren, um eine Identifizierung des Täters durch das Opfer zu erreichen. Peirson war außerdem bereit, die Methoden in Frage zu stellen, die der NIS bei der Identifizierung von Scotts Wagen angewandt hatte.

Peirson sagte, es wäre unkorrekt vom NIS gewesen, dem Mann des Opfers, der mit Scott zusammenarbeitete, zu gestatten dabeizusein, während NIS- Agent Wardman mit Judy Connors über das Gelände fuhr, um nach dem Tatfahrzeug Ausschau zu halten. Er sagte, hierbei hätte die Möglichkeit bestanden, daß Connors seine Frau bei der Identifizierung von Scotts Wagen beeinflußte. »Ich wüßte nicht, welche Umstände eine solche Verfahrensweise rechtfertigen würden«, sagte Peirson. »Entweder geschah dies aus Inkompetenz oder aber aus dem Bestreben heraus, Einfluß auf die Identifizierung zu nehmen.«

Die Verfahrensweise bei der Photovorlage und Gegenüberstellung wäre ebenso unkorrekt gewesen, behauptete Peirson. Er wies darauf hin, daß von den sechs Männern auf den Photos nur zwei der Täterbeschreibung des Opfers einigermaßen entsprochen hätten – und eben diese beiden Männer habe das Opfer dann auch ausgewählt. Bei der anschließenden Gegenüberstellung wäre Scott die einzige Person gewesen, die schon bei der Photovorlage in Erscheinung getreten wäre. »Wenn nur eine Person sowohl bei der Photovorlage wie bei der Gegenüberstellung vertreten ist, kann keine vorurteilslose Identifizierung erfolgen«, sagte er.

Die Anklagevertretung brachte ihren eigenen ›akademischen Experten‹ ins Spiel, um Peirson zu widerlegen. Dr. Michael McCloskey, ein Psychologieprofessor an der John Hopkins University, erklärte, daß es abgesehen von ›gesundem Menschenverstand‹ keinen ›wissenschaftlichen Beweis‹ dafür gebe, daß Gegenüberstellungen beeinflußt werden könnten. ›Der gesunde Menschenverstand‹ sage einem, daß es unfair wäre, bei einer Gegenüberstellung fünf Weiße und einen Schwarzen vorzuführen, wenn der Verdächtige ein Schwarzer sei.

Nachdem er sich die Argumente beider Akademiker angehort hatte, entschied Richter Clark, daß Peirson seine Sach kenntnis hinsichtlich Identifizierungen bei Gegenüberstellungen nicht habe beweisen können, und lehnte ihn als Sachverständigen ab.

Am nächsten Tag mußte die Verteidigung eine weitere Niederlage hinnehmen, diesmal als sie versuchte, die Videoaufzeichnung von Privatdetektiv Morgan Chery als Beweismittel einzubringen, von der die Verteidigung behauptete, daß sie beweise, daß Scott unter Berücksichtigung der Zeit/Entfernungs-Faktoren das Verbrechen unmöglich begangen haben konnte, da er sich zur Tatzeit woanders aufgehalten habe. Dies sollte dazu dienen, die Aussage von Ruby Hills zu untermauern, daß Scott sich zur angeblichen Tatzeit bei Zayre's aufgehalten hatte.

Richter Clark weigerte sich, das Band als Beweismittel zuzulassen und gab dem Einspruch der Anklagevertretung statt, der zufolge die vierundachtzigminütige Aufzeichnung unzuverlässig sei, vor allem, da der Tatort nie gefunden worden war.

Die Verteidigung rief Lola Scott in den Zeugenstand. Lola konnte nicht viel an konkreten Beweisen beitragen, abgesehen davon, daß sie die Aussage ihres Mannes bezüglich des kleinen Eimers bestätigte, der beim Beweisvortrag der Anklage eine so große Rolle gespielt hatte. Judy Connors erinnert sich an einen silberfarbenen Eimer auf dem Rücksitz des Tatfahrzeugs, der mit Gegenständen gefüllt war, die klappernd gegen das Metall stießen; die Ermittler hatten einen Metalltopf aus Scotts Wohnung beschlagnahmt, von dem sie behaupteten, daß er Putzutensilien enthalten habe. Scott hielt dem entgegen, daß er niemals einen Kochtopf für seine Putzutensilien verwendet hätte, sondern statt dessen einen grünen Plastikeimer benutzt habe, um seine alte Wohnung zu putzen. Lola stützte diese Aussage. Als ihr ein Photo von einem grünen Eimer vorgelegt wurde, sagte sie: »Ich weiß im Herzen, daß das der Eimer ist. So wie ich erzogen wurde, so wie mein Mann erzogen wurde, weiß ich und weiß er, daß man beim Putzen für das Wischwasser keinen Kochtopf verwendet«, sagte sie. »Ein Kochtopf ist zum Kochen da.«

Ein nützlicherer Zeuge – sofern die Geschworenen gewillt waren, ihm zu glauben – war Marine Sergeant Sammy Lee. Er war in New Orleans stationiert, als er jedoch vom zweiten Prozeß gegen Scott erfahren hatte, hatte er sich erboten, nach Quantico zu kommen und für Scott auszusagen. Lee sagte, er wäre zum Zeitpunkt des Verbrechens in Quantico gewesen und habe geholfen, die Gegenüberstellung vorzubereiten. Lee behauptete, daß er während der Gegenüberstellung gehört habe, wie ein NIS-Agent (Lindner) die Frau (Judy Connors) gefragt habe: »Können Sie irgendeinen der Männer identifizieren?« Lee sagte, er wäre nur knapp anderthalb Meter entfernt gewesen, als die Frau etwa fünfzehn bis zwanzig Sekunden durch den Spion gesehen habe. »Sie wandte sich ihm wieder zu«, erklärte Lee, »und sagte: ›Nein‹.«

Im früheren Verlauf des Prozesses hatten Scotts Verteidiger sich darüber beschwert, daß der NIS Lee schikanierte, seit die

Dienststelle erfahren habe, daß er aussagen würde. Er wurde zweimal verhört und aufgefordert, sich einem Lügendetektortest zu unterziehen, was er ablehnte. Auf die Frage von Journalisten, ob er glaube, daß der NIS ihn habe einschüchtern wollen, sagte Lee: »Ja, sie haben es versucht. Aber es ist ihnen nicht gelungen.« (Der Richter verbot jede Aussage diesbezüglich.)

An diesem Punkt des Verfahrens schien es, als wäre die Anklage im Vorteil. Richter Clarks verschiedene Entscheidungen zum Nachteil der Verteidigung hatten die Stimmung am Tisch der Verteidigung merklich sinken lassen. Scott begann sich zu sorgen. Während der Verhandlungspausen wurde er dabei beobachtet, wie er unruhig auf dem Flur auf und ab ging. »Ich werde langsam ein wenig nervös«, vertraute er Cohen an.

Später an diesem Tag hielt Scotts Vater spontan eine Pressekonferenz auf den Stufen der LeJeune Hall ab. Er sagte, er wäre nicht zufrieden mit der Art, wie der Richter den Prozeß führe. »Langsam sieht es aus, als würde der Prozeß erneut zur Farce«, sagte er. Diese Bemerkung von Mr. Scott wurde ebenso vom Fernsehen wie von den Zeitungen aufgegriffen, und Gary Myers schäumte vor Wut. Er trat an Lindsey heran und sagte: »Was wir jetzt wirklich nicht brauchen können, ist Kritik am Richter. Ich kann die Gefühle Ihres Vaters ja verstehen, aber bitte versuchen Sie, ihn davon zu überzeugen, sich zu mäßigen, solange wir alle versuchen, das Gericht davon zu überzeugen, daß Sie der Falsche sind!«

Donnerstag, der 11. Februar, der vierzehnte Verhandlungstag, brach kalt und klar an. Myers holte Cohen um sechs Uhr früh ab, damit sie gemeinsam mit Leino und Lynch noch vor Beginn der Verhandlung in der LeJeune Hall ›Kriegsrat‹ halten konnten. An diesem Tag sollte Ruby Hills als Zeugin aufgerufen werden. Scott würde endlich das Alibi bestätigt bekommen, das er so dringend brauchte. Als Myers und Cohen an der LeJeune Hall eintrafen, hatten sie Gelegenheit, dem alltäglichen Ritual des Fahnènappells beizuwohnen (das stets vor der LeJeune Hall abgehalten wurde, da der kommandierende General dort residierte). Während ein Hornist etwas abseits stand und auf seinen Einsatz wartete, bezogen drei Marines Aufstellung um den Fahnenmast, bereit, die ›Stars and Stripes‹ zu hissen. Zwei Offiziere standen als Zeugen hinter dem Hornisten. Myers und Cohen beobachteten die Zeremonie und vergaßen für einen Augenblick den Prozeß und weshalb sie dort waren. Es war ein bewegender Augenblick.

Bei der Strategiebesprechung im Bunker herrschte an diesem Morgen gedrückte Stimmung. Die Anwälte wußten, daß sie mit dem Rücken an der Wand standen; sie mußten mit Ruby Hills einen entscheidenden Treffer landen. Bevor sie jedoch Ruby aufriefen, wollten sie Pam Biller in den Zeugenstand holen.

Pam sagte von 9 Uhr 40 bis 11 Uhr 30 an diesem Vormittag aus. Sie sagte, daß sie sich erinnere, Scott irgendwann Ende April bei Zayre's eine Cola verkauft zu haben. Nachdem sie sich ihre Stechkarte jener Woche angesehen habe, um ihr Gedächtnis aufzufrischen, glaube sie, es wäre am 20. April gewesen, könne dies jedoch nicht beschwören.

Der Richter ordnete eine Mittagspause an, und Scotts Anwälte zogen sich zu einer Besprechung und einer hastigen Mahlzeit in den Bunker zurück. Leino war gerade mit dem Sandwich fertig, das seine Frau Patty ihm eingepackt hatte, und las einige Abschriften und Notizen durch, als an die Tür geklopft wurde. Ein Marine bat um Entschuldigung und sagte, am Haupteingang wären zwei Frauen, die ihn sprechen wollten. Leino wußte gleich, um wen es sich bei einer der Frauen handeln mußte: Ruby Hills. Er fragte sich, wer die zweite Frau sein mochte. Er zog sich sein Jackett über und lief den Flur hinunter und die Treppe hinauf in die Eingangshalle.

Dort sah er zu seiner Verblüffung Lori Jackson neben Ruby Hills stehen – eine sehr zerbrechlich wirkende Lori Jackson. Sie sah schrecklich aus. Sie war nur noch ein Schatten ihrer selbst und war derart abgemagert, daß der Mantel ihr von den schmalen Schultern zu gleiten drohte. Ihr Gesicht war von der Gelbsucht verfärbt. Ihre Stimme war nur noch ein heiseres Flüstern. »John … wie steht's? Ich habe gehört … brauchst du meine Hilfe?« Leino umarmte sie. Sie zitterte leicht in der Kälte. »Es ist alles bestens, Lori«, sagte er. »Aber was machst du hier? Es ist eiskalt draußen! Du solltest zu Hause im Bett liegen!«

»Ich weiß«, sagte sie. »Ich wollte nur sichergehen, daß heute mit Ruby alles glattgeht.«

Seine großen, kraftvollen Arme um sie geschlungen, sagte Leino: »Du bist unglaublich. Du gibst wohl niemals auf, was? Und jetzt möchte ich, daß du sofort wieder in den Wagen deiner Tochter steigst und zurück zu deinem mollig warmen Haus fährst. Ich werde dich wie üblich heute abend anrufen und dir die guten Nachrichten des Tages berichten.« Hierauf drückte er ihr einen Kuß auf die Wangen und wandte sich rasch ab, damit sie die Tränen in seinen Augen nicht sah.

Ruby Hills erfüllte an diesem Tag alle Erwartungen, die die Verteidigung in sie gesetzt hatte. Sie erklärte, warum sie bei der ersten Verhandlung nicht habe bestätigen können, daß sie Scott am Abend des 20. April 1983 bei Zayre's gesehen habe, sie hierzu jedoch inzwischen in der Lage sei. Sie habe in der Zwischenzeit Gelegenheit gehabt, ihre Unterlagen durchzusehen und könne ›mit absoluter Gewißheit‹ bestätigen, daß sie Scott am fraglichen Abend zwischen 20 Uhr 15 und 20 Uhr 30 bei Zayre's gesehen hatte. Auf die Frage eines der Geschworenen, wie sie sich Monate, ja Jahre später an Scotts Gesicht erinnern könne, entgegnete sie, daß sie ihn deshalb im Gedächtnis behalten habe, weil er so ungewöhnlich aussähe. Sie sagte, daß sein Gesicht sie an ›Howdy Doody‹ erinnere mit seinen Hamsterbacken und Froschaugen.

Ruby erklärte dem Richter, daß sie schikaniert und bedroht werde, seit sie Zeugin der Verteidigung im Fall Scott sei. Sie erzählte von den Drohanrufen, und von den Anschuldigungen, daß sie eine Affäre mit Scott habe oder ihm nur helfe, weil sie beide schwarz seien.

Gegen Ende des Verhandlungstages legte McNeil den Grundstein für seinen Angriff auf Rubys Glaubwürdigkeit. »Haben Sie jemals bei einer Aussage vor Gericht die Unwahrheit gesagt?« fragte er.

»Nein«, entgegnete Ruby.

Wenngleich Ruby ihre letzte Zeugin war, beendeten Scotts

Anwälte ihren Beweisvortrag nicht, sondern baten um eine Vertagung bis zum kommenden Dienstag, um auf die Ergebnisse der DNS-Analyse von Cellmark Diagnostics zu warten (wie bereits erwähnt, hatten sie keine Ahnung, daß Petersen und McHenry zwischenzeitlich in Kalifornien gewesen waren und Edward T. Blake von Forensic Science Associates sich dahingehend geäußert hatte, daß die DNS-Analyse, die Cellmark durchzuführen versuche, praktisch unmöglich sei).

Richter Clark gab dem Antrag statt und vertagte die Verhandlung auf Dienstag.

Rubys Aussage machte Scott und den Verteidigern wieder etwas Mut. Es war ihr erster ›Treffer‹ seit vielen Tagen. Ein Reporter des *Free Lance-Star* schrieb: ›Nachdem sie am Spielanfang mehrere Male den Ball ins Aus geschlagen haben, ist dem Verteidigerteam von Corporal Lindsey Scott gestern im neunten Inning ein Homerun gelungen. Aber ob das Spiel hiermit entschieden ist, wird sich erst in der kommenden Woche herausstellen, in der das Urteil der Geschworenen erwartet wird.‹

Gary Myers bediente sich ebenfalls einer Baseball-Analogie. Auf die Frage, ob Ruby Hills' Aussage seiner Ansicht nach Scotts Verteidigung retten könne, antwortete Myers dem Reporter von der *Washington Post*: »Denken Sie an Bobby Thomson« – eine Bezugnahme auf den Homerun im neunten Inning, den Bobby Thomson von den New York Giants 1951 in einem Spiel gegen die Brooklyn Dodgers schlug – »der Schlag ist um die Welt gegangen.«

Am darauffolgenden Tag rief Lori Cohen in seinem Hotel an. Sie schien erfreut über die Zeitungsberichte zu Ruby Hills' Aussage. Sie sagte Cohen, daß es nun für sie an der Zeit sei, sich in ein Krankenhaus zu begeben, sie jedoch erst noch Lee Hockstader von der *Washington Post* ein Interview geben wolle. Cohen versicherte ihr, daß er sie täglich anrufen würde.

»Sag bitte niemandem, wo ich bin«, bat sie. Cohen gab ihr sein Wort und versprach, sie bald zu besuchen. »Tu alles, was die Ärzte dir sagen«, sagte er.

Kapitel 26

Man kann es als bittere Ironie bezeichnen, daß Lori Jackson, eine Frau, die soviel Liebe zu geben hatte und auch gab, ausgerechnet am Valentinstag ins Krankenhaus kam. Am sonnigen, aber eisigkalten 14. Februar verließ sie ihr Traumhaus in Spotsylvania County. Ihr Ehemann Paul fuhr sie, begleitet von einigen ihrer Kinder, nach Washington D. C. zum Washington National Hospital. Als man sie in einem Rollstuhl zu ihrem Zimmer schob – dicht gefolgt von zweien ihrer Töchter, von denen die eine einen kleinen Koffer trug und die andere eine Topfpflanze – zupfte Lori, deren Interesse an den laufenden Ereignissen, an *ihren* laufenden Ereignissen, nie erlahmte, Paul am Jackenärmel und sagte: »Vergiß nicht, daß ich in meinem Zimmer Fernsehen brauche, damit ich CNN sehen kann. Und ich möchte, daß man mir jeden Morgen die *Washington Post* bringt.«

Lee Hockstaders Interview mit Lori erschien bereits zwei Tage später in der *Washington Post*. Die lange Titelstory mit dem Titel: ›Corporal Scotts unermüdlicher Schutzengel‹ (Untertitel: ›Bürgerrechtlerin aus Virginia setzt sich mit Leib und Seele für der Vergewaltigung und des versuchten Mordes angeklagten Marine ein‹) berichtete aus ihrer Vergangenheit und von den Begegnungen mit dem Ku-Klux-Klan während ihrer Kindheit in Alabama, konzentrierte sich jedoch vornehmlich auf den Fall Scott – und auf ihren Gesundheitszustand.

Hockstader beschrieb, wie sie Scott über den Brief kennengelernt hatte, den er ihr geschickt und in dem er sie um Hilfe gebeten hatte, und wie von dem Augenblick an, da sie sich entschlossen hatte, sich seiner Sache anzunehmen, der Fall von einem knappen Eintrag in der Prozeßliste von Quantico zu ihrem ganz persönlichen Kreuzzug für die Bürgerrechte und individuelle Gerechtigkeit innerhalb des Marineinfanteriekorps geworden war.

Der Reporter schrieb, daß Lori nun, da Scotts zweiter Militärgerichtsprozeß sich seinem Ende näherte, als ›Scotts engagierteste Schutzpatronin‹ betrachtet werde. Er zitierte Leinos Kommentar zu Lori: »Sie ist Herz und Seele unserer Verteidigung.«

Hockstader erwähnte, daß ihre Abwesenheit im Gerichtssaal nach fünf Jahren unermüdlichen Einsatzes für Scott aufgefallen sei. Er schrieb von dem Gerücht, demzufolge sie an Krebs erkrankt wäre. (Lori, die ihren tatsächlichen Zustand immer noch geheimhielt, stritt dem Reporter gegenüber ab, an Krebs zu leiden, und bestand darauf, von ›zu hohem Blutdruck‹ zu sprechen.) Hockstader zitierte sie wie folgt: »Ich habe auch ein Gerücht gehört. Ich läge schon auf dem Sterbebett. Sehe ich aus, als wäre ich dem Tode nah?«

Dennoch schrieb der Reporter, daß sie enorm an Gewicht verloren habe ... das Weiße ihrer Augen zitronengelb verfärbt sei und durch den Gewichtsverlust bedingt die Haut über ihren Wangenknochen spanne.

Aber das war nicht Hockstaders einzige Randbemerkung in dieser Ausgabe der *Post*. Im Rahmen seiner konstanten Berichterstattung über den Scott-Prozeß schrieb er (wie viele andere auch), daß die Ergebnisse der DNS-Analyse anhand der Spermaproben, die an Judy Connors' Slip sichergestellt und den Vaginalabstrichen entnommen worden waren, ›nicht schlüssig‹ seien. Gary Myers, die treibende Kraft hinter diesem Antrag der Verteidigung, erklärte nun, daß er Richter Clark um eine achtwöchige Vertagung ersuchen werde, damit weitere Tests durchgeführt werden könnten – vielleicht von einem anderen Institut als Cellmark Diagnostics. Myers fügte jedoch hinzu, daß er nicht damit rechne, daß der Richter seinem Gesuch stattgab. Er sollte recht behalten. Clark wies den Antrag ab.

Als die Verhandlung wiederaufgenommen wurde, setzte sich der erwartete Angriff auf Ruby Hills' Glaubwürdigkeit vehement fort. ›Starzeugin als Lügnerin bezeichnet‹ verkündete am nächsten Tag eine Schlagzeile in den *Potomac News*. Tatsächlich traten drei Polizisten aus der Gegend in den Zeugenstand und behaupteten, Ruby Hills sei eine Lügnerin.

»Sie sagt nicht die Wahrheit«, sagte Captain Charles E. O'Shields von der Prince-William-County-Polizei.

Er und Lügendetektorexperte Allen R. Marlett sagten aus, daß Hills sie '81 bei ihrer Bewerbung um eine Stelle als Polizei-Officer belogen habe. Beide erklärten, daß sie ihrer Aussage keinen Glauben schenken würden.

Die dritte Zeugin Officer Terry Lee Maxwell von der Fairfax County Police, teilte den Geschworenen mit, daß sie von mindestens einer Gelegenheit wisse, bei der Ruby Hills bei einer Verhandlung in der Prince-William-County gelogen habe, in Zusammenhang mit einer Verhaftung, die Hills vorgenommen habe. Auf die Frage McNeils, ob sie einer eidlichen Aussage Hills Glauben schenken würde, antwortete Maxwell mit einem klaren Nein.

Ruby konterte, daß O'Shields gegen sie aussage, weil sie ihm einmal auf ›die Zehen getreten‹ sei, indem sie ihn einmal wegen sexueller und rassischer Diskriminierung angezeigt habe, nachdem ihre Bewerbung um eine Stelle bei der Polizei von der Prince-William-County abgewiesen worden war. Sie begründete die Aussage gegen sie mit ›verletztem Ego und Publicitysucht‹, nachdem bekannt geworden war, daß möglicherweise ein Fernsehfilm über den Prozeß gedreht werden sollte. »Dieser Fall verwandelt Menschen in Dämonen«, sagte sie.

Die Verteidigung konterte, indem sie eine Reihe von Widerlegungszeugen antreten ließ, die einhellig aussagten, daß sie Ruby Hills als ehrlichen und integren Menschen kannten. Unter diesen Zeugen befanden sich Charles Walker, ihr ehemaliger Vermieter; Philip Qualls, ein ehemaliger Kollege von Zayre's, und Gary Pitman, ein Prince-William-County-Police-Officer.

Am Morgen des 17. Februar erklärte Gary Myers, nachdem sämtliche Widerlegungszeugen beider Seiten gehört worden waren: »Hiermit ist der Beweisvortrag der Verteidigung abgeschlossen.« Es war 10 Uhr 22 vormittags.

Richter Clark ordnete eine Verhandlungspause an. »Bleiben Sie bis 13 Uhr 30 in der Nähe Ihres Telefons«, wies er die Mitglieder der Jury an. Während die meisten Besucher im Zuschauerraum sich nicht von der Stelle rührten (aus Angst, ihren Platz einzubüßen), zog sich das Verteidigerteam in den Bunker zurück, um nachzudenken – und um dem Nachdenken zu entfliehen. Was getan war, war getan. John Leino begann jedoch, in Gedanken sein Schlußplädoyer zu proben, das im Anschluß an das des Anklagevertreters Major Ron McNeil folgen würde.

Um 14 Uhr kehrte Richter Clark zurück, einen kleinen Koffer über der Schulter und vier große Notizhefte in der Hand. Gunnery Sergeant Gasporatti – der Protokollführer – verteilte Kopien der offiziellen Gerichtsbelehrungen in Form von Heftchen an alle Anwälte. »Möchten die Herren Anwälte an dieser Stelle noch irgend etwas hinzufügen?« fragte der Richter. Myers und Leino erklären beide, daß sie die Gelegenheit nutzen wollten, öffentlich und für das Protokoll ihrem militärischen Mitverteidiger Captain Brennan Lynch für seine hervorragende Mitarbeit zu danken.

Um 14 Uhr 17 sagte Richter Clark: »Jetzt, da sämtliche Beweise vorgetragen wurden, muß die Regierung in der Lage sein, die Schuld des Angeklagten in allen Punkten der Anklage zweifelsfrei nachzuweisen.«

Drei Minuten später erhob sich Major McNeil, wandte sich den Geschworenen zu und begann mit seinem Schlußplädoyer.

Er hob hervor, wie wichtig dieser Fall sei, »wichtig für Corporal Scott ... wichtig für das militärische Rechtssystem ... wichtig für Judy Connors.« McNeil erklärte, daß er die Beweise, die durch Zeugenaussagen belegt worden seien, hervorheben werde, damit die Jury die Position der Regierung verstünde. »Und die Position der Regierung ist die, daß wir jenseits begründeter Zweifel bewiesen haben, daß Corporal Scott die ihm zur Last gelegten Verbrechen begangen hat ...« Als nächstes erklärte er, was unter dem Begriff begründete Zweifel zu verstehen wäre und führte an, daß er seine Argumentation in vier Abschnitten vortragen werde:

»erstens Judy Connors; zweitens die Ermittlung; drittens der Angeklagte Corporal Scott; viertens die Zeugen der Verteidigung und der Versuch einer Alibiverteidigung.«

McNeil kam sofort auf Ruby Hills zu sprechen: Er erinnerte die Geschworenen daran, daß zwei Frauen vor dieses Gericht getreten seien und ausgesagt hätten, Corporal Scott am Abend des 20. April 1983 gesehen zu haben. »Wem glauben Sie? Judy Connors oder Ruby Hills? Wer ist glaubwürdiger? Wer war eher in der Lage, sich an die Zeiten und Ereignisse jenes Abends zu erinnern ... an den Zeitpunkt ... und an das Datum? Wer hatte die bessere Gelegenheit, Corporal Scott zu beobachten und sich an Einzelheiten dieser Beobachtung zu erinnern?«

Der Anklagevertreter trug noch einmal den Ablauf der Geschehnisse an besagtem Abend aus Sicht des Opfers vor. Er verglich Judy Connors' Fähigkeit, den ermittelnden Beamten Stunden nach dem Verbrechen von den Vorfällen zu berichten und ihnen den Täter zu beschreiben, mit dem Umstand, daß Ruby Hills – bei der ersten Verhandlung – fünf Monate nach der Tat zu dem befragt worden war, was sie an besagtem Abend getan hatte. »In den fünf Monaten zwischen April und ihrer Aussage vor Gericht hat sie Tausende von Menschen den Laden betreten sehen ...« und während dieser Zeit, fuhr McNeil fort, habe nichts ihre Aufmerksamkeit auf Corporal Scott gelenkt oder sie bewogen, an ihn zu denken. Und doch behaupte sie, ihn um 20 Uhr am Abend des Verbrechens gesehen zu haben. Bei der ersten Verhandlung habe sie sich nicht an das exakte Datum erinnern können. Dann beschrieb McNeil, wie es – Ruby Hills zufolge – zu erklären sei, daß sie sich bei der zweiten Verhandlung an das Datum habe erinnern können. »Wir halten ihre Aussage für unglaubwürdig«, erklärte er.

McNeil sagte, daß Judy Connors zahlreiche Details akkurat beschrieben habe: Scotts Wagen, von innen und außen. Sie habe seine Kleider beschrieben, bei der Erstellung des Phantombilds des Täters geholfen, ihn bei der Photovorlage und der Gegenüberstellung identifiziert. Sie sei eine Dreiviertelstunde mit ihm zusammen gewesen, erklärte McNeil, stets in seiner unmittelbaren Nähe. »Ihre Erinnerung war gegenwärtig. Ihre Erinnerung war frisch.« McNeil verglich dies mit dem Umstand, daß Ruby Hills ihn – ihrer eigenen Aussage zufolge – vielleicht fünf bis zehn Minuten lang gesehen hatte. »Sie ist nie an ihn herangetreten, hat nie mit ihm gesprochen«, sagte McNeil. »Sie beobachtete ihn von einem erhöhten Beobachtungspunkt bei Zayre's aus. Durch ein Fernglas.«

McNeil implizierte, daß Ruby Hills möglicherweise von Lori Jackson, die ihr Photos von Scott vorgelegt hatte, beeinflußt worden war. »Ruby Hills freundete sich mit Lori Jackson an, einer Bürgerrechtlerin.« (Bei dieser Erwähnung von Loris Namen stieg Leino die Zornesröte ins Gesicht.)

McNeil kehrte zu Judy Connors' Identifizierung von Scott als dem Täter zurück und erinnerte die Geschworenen daran, daß sie wiederholt erklärt hatte, sie wäre sich neunundneunzig Komma neun Prozent sicher, daß Scott der Täter sei. Sie habe im Gerichtssaal auf Scott gezeigt und ihn als den Mann identifiziert, der über sie hergefallen wäre. Nachdem er den Geschworenen ins Gedächtnis gerufen hatte, daß Judy Connors Scott während der Fahrt in seinem Wagen und während des Überfalls räumlich sehr nah gewesen war und reichlich Gelegenheit gehabt hatte, sein Gesicht zu sehen, erging er sich in Einzelheiten der sexuellen Nötigung.

»Wir sprechen in unserem Leben sehr leicht von fünf Minuten, von zwei Minuten oder von zehn Minuten ... Ich möchte Sie bitten, etwas für mich zu tun, wenn Sie sich ins Beratungszimmer zurückziehen ... setzen Sie sich zwei oder drei Minuten still hin und stellen Sie sich vor, wie Judy Connors gezwungen wird, in dieser Zeit Corporal Scott oral zu befriedigen, und dann urteilen Sie darüber, ob sie Gelegenheit hatte, sich Corporal Scott genau anzusehen ... Dann möchte ich, daß Sie sich fünf, acht oder zehn Minuten lang bildlich vorstellen, wie Corporal Scott Judy Connors vergewaltigt, und dann darüber urteilen, ob diese Zeit ausreichend war für eine Täteridentifizierung seitens des Opfers.«

Scotts Goldzahn betreffend sagte McNeil: »Die Regierung ist der Ansicht, daß der Goldzahn des Angeklagten kein so auffälliges Merkmal ist ...«

Der Anklagevertreter fuhr mit einer Analyse der Ermittlungen fort. »Beachten sie«, sagte er, an die Geschworenen gewandt, »daß der NIS hier nicht vor Gericht steht, ebensowenig wie der CID, das Quantico-Police-Department oder das Prince-William-County-Police-Department. Corporal Scott steht hier vor Gericht und niemand sonst.« Im Gegensatz zu den Behauptungen der Verteidigung, fuhr McNeil fort, »hat der NIS keineswegs unter Druck gestanden, einen Verdachtigen zu finden ... Sie haben die Aussage von Agent Dick Wardman gehört ... er war seinerzeit der höchste Agent des NIS. Er hat ausgesagt, daß der kommandierende General keinerlei Druck auf ihn ausgeübt habe, ebensowenig wie der Stabschef, der Militärgerichtsrat oder seine Vorgesetzten innerhalb des NIS.«

McNeil erklärte, daß die Ermittler sich deshalb auf das Sicherheitsbataillon konzentriert hätten, weil der Anrufer den CID erwähnt hatte. »Und wie viele Marines auf dem Stützpunkt wissen, was der CID ist? Der Anrufer hat es aber ganz offensichtlich gewußt.« Der Anrufer, sagte der Anklagevertreter, habe in typischem Polizeijargon gesprochen. Der Anrufer kannte die Telefonnummer der Connors, wußte, wo er zu parken hatte und daß Kevin Connors an diesem Abend Dienst hatte.

Die NIS-Agenten hätten fair zu Corporal Scott sein wollen, behauptete McNeil. »Der Fairneß halber hat der NIS über einhundert Marines des Sicherheitsbataillons überprüft«, erklärte er (die Verteidigung hatte von Anfang an diese Behauptung bestritten und darauf hingewiesen, daß die Anklage dies nie habe beweisen können).

»Kommen wir jetzt auf den dritten Abschnitt meines Plädoyers zu sprechen. Sprechen wir von Corporal Scott«, fuhr McNeil fort. »Die Regierung ist der Ansicht, daß Corporal Scotts Handeln ein Tötungsbewußtsein widerspiegelt.« Sein Verhalten am Morgen nach dem Verbrechen, sagte der Anklagevertreter, die Tatsache, daß er – den Ermittlungsbeamten zufolge – nervös geschienen hätte, daß er Fragen über Sperma und forensische Beweise gestellt habe, dies alles deute darauf hin, daß er nervös gewesen sei, weil er glaubte, verdächtigt zu werden. »Und der Grund, weshalb er glaubte, verdächtigt zu werden, war der, daß er das Verbrechen auch begangen hatte …

Corporal Scott wirkte am Morgen des einundzwanzigsten April nervös, weil er nicht erwartet hatte, daß Judy Connors überleben würde … es war nicht seine Absicht gewesen, sie am Leben zu lassen … darum war er auch überrascht, als er am Morgen nach dem Verbrechen von seinem Vorgesetzten erfuhr, was sich am vergangenen Abend zugetragen hatte. Als ihm klar wurde, daß Judy Connors noch lebte und den Täter beschrieben hatte – kurzes Haar, ein Haarschnitt wie beim Marineinfanteriekorps üblich – versuchte Scott, Spuren zu beseitigen. Er säuberte seinen Wagen und ließ sich das Haar schneiden.«

Gegen Ende des dritten Abschnitts seines Plädoyers kam McNeil auf das Motiv zu sprechen. »Warum sollte Corporal Scott etwas Derartiges tun? Wir wissen nicht, warum. Wir brauchen im vorliegenden Fall kein Motiv nachzuweisen. Wir glauben, das Motiv in diesem Fall war Sex … die Absicht jedoch Mord.

Ich werde jetzt zum vierten Abschnitt übergehen.« McNeil begann, die Zeugen der Verteidigung zu diskreditieren. Pam Biller, sagte er, habe nicht das geringste beitragen können, Scotts Unschuld zu beweisen. Und was Lola Scott beträfe, täte sie der Regierung leid. »Sie versucht, ihren Ehemann zu retten … aber ihre Aussage weist Unstimmigkeiten auf …« McNeil kam auf Sergeant Lees Aussage bezüglich Judy Connors' Worten bei der Gegenüberstellung zu sprechen. »Sergeant Lees Aussage ist unglaubwürdig«, sagte der Anklagevertreter. Er erklärte, daß die Aussage verschiedener NIS-Agenten die bei der Gegenüberstellung zugegen gewesen wären, sowie eines Sergeant, der Wache gestanden habe, darauf hindeuteten, daß Sergeant Lee sich zum fraglichen Zeitpunkt möglicherweise gar nicht im Raum aufgehalten habe. All die Jahre habe Lee niemandem ein Wort von dem erzählt, was er Judy Connors angeblich bei der Gegenüberstellung habe sagen hören. »Die Regierung ist der Ansicht, daß er, wenn er tatsächlich dort gewesen wäre, das Gehörte sofort jemandem mitgeteilt hätte. Aus unerfindlichen Gründen ist er vor dieses Gericht getreten und hat ausgesagt, daß er anwesend gewesen sei und Dinge gehört habe, die er in Wahrheit gar nicht gehört hat.

Kommen wir jetzt auf die Alibizeugen zu sprechen.« Als erstes ließ McNeil sich über Pam Biller aus. Er erklärte, daß sie sich nicht an Scott habe erinnern können, als Agent Lindner ihr ein Photo des Angeklagten gezeigt hatte. Dann brachte er erneut Lori in sein Plädoyer ein und deutete an, daß sie sehr wohl Pam Biller dadurch beeinflußt haben könnte, daß sie ihr ein Photo von Scott mit Baseballmütze gezeigt und sich mit ihr über Scott unterhalten habe, »vielleicht über Scotts Situation und die Tatsache, daß er ein Alibi brauche und in großen Schwierigkeiten stecke.« (Leino, den McNeils Andeutungen in Rage versetzten, machte sich eifrig Notizen.)

»Es ist lächerlich zu erwarten, daß wir der Aussage Pam Billers Glauben schenken«, sagte McNeil.

In gleicher Manier zog McNeil Ruby Hills' Aussage in Zweifel und wies auf ihren ›plötzlichen Erinnerungsschub‹ zwischen dem ersten Prozeß, bei dem sie sich nicht auf ein exaktes Datum hatte festlegen können, und der zweiten Verhandlung hin, bei der sie behauptet hatte, nach einem Blick in ihre Unterlagen bestätigen zu können, daß sie Scott am 20. April bei Zayre's gesehen habe. »Eine unglaubwürdige Aussage«, sagte McNeil. »Sie hat sich zwischenzeitlich mit Lori Jackson angefreundet. Wir glauben, daß sie Lori Jackson helfen wollte. Sie war bei Lori Jackson zu Hause, als die *60-Minutes*-Reportage ausgestrahlt wurde.« (Tatsächlich meinte er die Dreharbeiten zu besagter Reportage.)

»Wir sind der Überzeugung, daß Lori Jackson und Ruby Hills so enge Freunde wurden, daß Lori Jackson Ruby Hills bei deren Aussage beeinflußt hat. Die Regierung vertritt die Ansicht, daß diese Zeugin nicht aufrichtig ist und man ihr keinen Glauben schenken sollte.«

Den Blick auf die Geschworenen gerichtet, kam McNeil zum Ende seines Schlußplädoyers: »Sie müssen die Aussagen und die Glaubwürdigkeit all dieser Zeugen abwägen, und ich bin sicher, daß Sie dies auch gewissenhaft tun werden. Wir glauben, die Regierung glaubt, daß wir die Schuld Corporal Scotts zweifelsfrei bewiesen haben. Aufgrund dessen fordern wir Sie auf, Corporal Scott in allen Punkten der Anklage schuldig zu sprechen.«

Richter Clark ordnete aus einem einzigen Anlaß eine Artikel-39(a)-Besprechung an (in Abwesenheit der Geschworenen): »Corporal Scott, Sie wissen, daß Sie das Recht haben, auszusagen«, wandte er sich an Scott. »Ja, Sir«, entgegnete Scott. Und das war alles. Es war 16 Uhr 10, als die Geschworenen in den Saal zurückgerufen wurden. Richter Clark teilte ihnen mit, daß Corporal Scott nicht aussagen würde. (In diesem Augenblick betrat Lola Scott zum erstenmal an diesem Tag den Gerichtssaal. Die Nerven gespannt wie Drahtseile, wollte sie doch John Leinos Schlußplädoyer hören.)

Von dem Augenblick an, da Leino um exakt 16 Uhr 12 das Wort ergriff, wurde der Unterschied zwischen seinem Stil und dem des Anklagevertreters deutlich. McNeil war verständlicherweise kühl, nüchtern, effizient, berechnend und logisch vorgegangen. Leino sprach leidenschaftlich, die Stimme emotionsgeladen. Es war offensichtlich, daß Leino aus dem Herzen sprach und seine Worte ebenso an die Herzen wie an den Verstand der Geschworenen appellierten.

Er wirkte müde, als er sich erhob, um sein Plädoyer vorzutragen, und seine heisere, angespannte Stimme verriet seine Erschöpfung, als er vor den Geschworenen auf und ab ging. »Sie werden ein wenig Nachsicht üben müssen«, sagte er. »Das ist die Last von viereinhalb Jahren Arbeit als Strafverteidiger in diesem Fall.« Er legte eine kurze Pause ein und fuhr dann langsam und in gemäßigtem Ton fort, wie es sein Stil war: »Den meisten Juristen liegen die meisten ihrer Fälle am Herzen. Einmal im Leben eines Anwaltes – wenn er Glück hat – gelangt ein Fall an einen Punkt, an dem die Verfassung der Vereinigten Staaten im Gerichtssaal zu einer realen Größe wird. Man kann sie greifen, sie spüren, schmecken und riechen, so real wie das Sonnenlicht, das durch die Fenster in diesen Saal fällt.«

Leino sprach von seinem Mentor, T. Brooke Howard (damals fünfundachtzig Jahre alt), einer ›lebenden Legende‹. Er erzählte, wie er, Leino, ihn damit aufgezogen habe, daß sein erster juristischer Partner Thomas Jefferson gewesen sei. »Wenn es eins gibt, was er mich über das Strafrecht und seine Abgründe gelehrt hat und das ich niemals vergessen werde, dann, daß der gesunde Menschenverstand die mächtigste Größe in der Rechtsprechung darstellt. Das Urteil der Geschworenen. Die Erfahrungen die wir einer Jury zusprechen. Es müssen hier über einhundert Jahre Erfahrung versammelt sein. Das Dokument, das im vergangenen Jahr gefeiert wurde, ist zweihundert Jahre alt. Und die Grundlage dieses Dokumentes ist die Vernunft. Vernunft als Ideal. Und ich möchte Sie hier und heute daran erinnern – und ich glaube nicht, daß mir irgend jemand widersprechen wird – daß das Allerwichtigste an diesem Dokument, hier bei diesem Prozeß, auch nach viereinhalb Jahren, die Zugrundelegung der Unschuld ist.« Leino fuhr abrupt herum und zeigte auf Scott.

»Er ist in diesem Augenblick unschuldig. Er ist unzweifelhaft, unwiderlegbar *unschuldig*.«

(Im Gerichtssaal herrschte atemlose Stille, während Leino sprach. Die Geschworenen, die McNeils Plädoyer ausdruckslos verfolgt hatten, schienen nun aufmerksamer. Mehrere beugten sich vor. Die beiden Frauen – Breeding und Schmoller – begannen, sich durchgehend Notizen zu machen.)

»Er wird erst dann schuldig sein, wenn Sie ihn schuldig befinden«, fuhr Leino fort. »Und wie tun Sie das? Sie erkennen die schwere Last, die das Volk der Regierung aufgebürdet hat – den begründeten Zweifel. Die Regierung kann Sie nicht bis zu den Stufen der Kathedrale führen, um Sie dann allein die Stufen hinaufsteigen und die Ehe vor dem Altar eingehen zu lassen. Sie muß Sie bei der Hand nehmen … und Ihnen zeigen, ›das ist passiert, und so ist es passiert‹ … und sie muß dies bis zum Ausschluß einer vernünftigen Verteidigung tun. Die Verteidigung in diesem vorliegenden Fall basiert auf einem Alibi. Jeder hier weiß das.

Die Verteidigung beruft sich auf eine bestimmte Zeugenaussage, die dieses Alibi belegt. Wenn Sie nicht an dieses Alibi glauben … ist er immer noch unschuldig. Warum? Weil es der Regierung nicht gelungen ist, seine Schuld zu beweisen … nicht unter Ausschluß begründeter Zweifel.«

Dann fuhr er im Flüsterton, an die Geschworenen gewandt, fort, beinahe so, als vertraue er ihnen ein Geheimnis an. »Sie kann in Ihnen nicht bloß den Verdacht wecken, daß er dies getan hat, daß er herumgeschlichen ist und diese Verbrechen begangen hat … und daß er es dann vermasselt hat und in Panik geraden ist. *So ist das nicht.*« Leino legte des Effektes halber eine Pause ein und fuhr dann mit erhobener Stimme fort. »Die Ankläger können sich nicht zurücklehnen und sagen: ›Wissen Sie, wir glauben, daß er es vermutlich getan hat.‹

Für den Fall, daß jemand hier verwirrt oder verunsichert sein sollte«, fuhr Leino fort, »möchte ich betonen, daß das Verteidigerteam bei diesem Prozeß sich des unvorstellbaren menschlichen Entsetzens, des Horrors, den Judy Connors erlitten hat, mit dem sie all diese Jahre gelebt hat und bis an ihr Lebensende wird leben müssen, sehr wohl bewußt ist. Sie ist das Hauptopfer … aber es gibt noch andere Opfer. Zum gegenwärtigen Zeitpunkt und wenn wir zugrunde legen, daß Corporal Scott unschuldig ist, ist durchaus möglich, daß auch er hier Opfer ist.«

(Wie auf ein Stichwort hin – wenngleich es natürlich nur eine Reaktion auf Leinos Worte war – stürmte Lola Scott weinend aus dem Raum.)

Leino fuhr nach der kurzen Unterbrechung fort und kam auf prosaischere Aspekte des Beweisvortrags der Anklage gegenüber der Verteidigung zu sprechen. Geschickt, die Stimme mal hebend, mal senkend, mal langsam sprechend, mal einen Satz hervorsprudelnd, griff er die Ermittlungen an, die Ermittler sowie die Beweise der Anklage, die nicht in der Lage gewesen war, Scotts Schuld »ohne begründete Zweifel zu belegen, was ihre Pflicht ist«, sagte Leino.

»Vor viereinhalb Jahren hat Judy Connors ausgesagt: ›Ich habe mir weder den Wagen noch den Fahrer genau angesehen, als er auf dem Parkplatz rückwärts auf mich zufuhr.‹ Hierin liegt nichts Unheilvolles. Ich weiß, daß sie aus dem

Grunde ihres Herzens ausgesagt hat, so gut sie sich an die Ereignisse erinnern konnte. Sie war ›ihren Anklägern‹ verpflichtet. ›Meine Ankläger‹, sagte sie. Warum hat sie sich so ausgedrückt? Denken Sie nach. Überlegen Sie. Warum betrachtet sie diese Gentlemen als *ihre* Ankläger? Ich will keine Verschwörung unterstellen … diesen Begriff hat die Anklage angeführt … aber ich behaupte, daß das Opfer durch die Entwicklung der Dinge ein zweites Mal zum Opfer gemacht wurde. Mein Mitverteidiger Gary Myers hat es auf den Punkt gebracht. Er sagte: ›In ihren Augen muß jemand für das bezahlen, was ihr angetan wurde.‹ ›Das unaussprechliche Leid, das ich erfahren habe, muß gesühnt werden, und ich verlasse mich auf meine Ankläger, verlasse mich auf die Ermittler, dafür zu sorgen … weil das ihr Job ist.‹

Und so sagt sie vier Jahre später im Zeugenstand. ›Ich habe den Wagen deutlich gesehen, ich habe den Fahrer deutlich gesehen.‹

›Ist Ihnen der Goldzahn aufgefallen?‹ ›Nein.‹ ›Warum nicht?‹ ›Weil … als er mit mir gesprochen hat, hat er das Gesicht abgewandt.‹

Und später beim Kreuzverhör sagt sie: ›Als ich am Seitenfenster stand, wandte er sich mir zu und sagte ›Steigen Sie ein, Mrs. Connors, fahren wir.‹

Sie können den Goldzahn sehen. Offen gestanden ist es mir gleich, was Claude Rivers [NIS-Agent Rivers] gesagt hat. Brooke Howard hat mich vor langer Zeit gelehrt – ich möchte an dieser Stelle nicht witzig sein, aber ich denke, es ist typisch für die menschliche Natur –, daß nur weil jemand eine Marke trägt, dies seine Lippen noch lange nicht zum Gebetbuch macht … Es geht hier um sehr wichtige Dinge, das brauche ich Ihnen nicht erst zu sagen.«

Als nächstes zählte Leino eine Anzahl von Dingen auf, die die Ermittlungsbeamten nicht getan hatten, weil sie glaubten, in Scott den richtigen Mann gefunden zu haben und nicht weiter suchen zu müssen. Sie machten sich nicht die Mühe, nach Beweisen zu suchen oder Beweise zu beachten, die im Widerspruch zu ihren Schlußfolgerungen standen. »Ich bin kein Experte für Photographie«, sagte Leino, sich auf die angebliche Säuberung der Beifahrerseite von Scotts Wagen beziehend, »aber ich glaube, daß es in Anbetracht des heutigen Standes der Photographie möglich sein müßte, einen deutlichen Unterschied des ›Sauberkeitsgrades‹ photographisch festzuhalten. Und ehrlich gesagt, konnte ich auf den Photos nichts dergleichen erkennen. Aber das ist Ihre Entscheidung.

Was ich meine, ist ... wenn sie es schon nicht photographisch dokumentieren konnten ... wenn dies seit Jahrzehnten das schlimmste Verbrechen war, das sich auf dem Stützpunkt ereignet hatte, vielleicht das schlimmste Verbrechen seit Bestehen des Stützpunktes, warum haben Sie den Wagen dann nicht beschlagnahmt?« Leino warf die Frage auf, warum Scott, wenn er so clever wäre, wie die Anklagevertretung es unterstelle, nur eine Hälfte des Wagens gesäubert habe, um sämtliche Spuren wie Haare und Fasern zu beseitigen, wenn die sexuelle Nötigung auf beiden Seiten des Vordersitzes stattgefunden habe? »Das ist es, worauf die Anklage ihren Beweisvortrag begründet. Das sind ihre Beweise. Ohne begründete Zweifel.«

(Inzwischen hatten neben den beiden weiblichen Geschworenen auch andere Mitglieder der Jury begonnen, sich Notizen zu machen: Major Jones, Captain Papa, der Obmann der Geschworenen Colonel Festa.)

Leino fuhr fort und sagte, daß er zuweilen nicht verstehe, was an dem, was Scott an jenem Tag getan habe, verdächtig sein solle, an den Putzutensilien, die er bei sich gehabt habe, und dem Eimer, den er benutzt habe – ein grüner Plastikeimer oder ein Metalltopf – alles Dinge, auf denen die Anklage herumgeritten sei. Hatten diese Gegenstände in irgendeiner Weise sein Tun verschleiert? Sollten sie das Opfer irritieren, falls es überlebte? »Ich verstehe das nicht«, sagte Leino, »aber vielleicht werden Sie mir ja entgegenhalten, daß ich kriminelle Gedankengänge nicht nachvollziehen kann.

Was deutet darauf hin, daß er ein Krimineller ist? Was gibt es im Verborgenen, worauf sie zeigen könnten? Er ist nicht mehr als ein guter Marine. Er ist nicht mehr und nicht weniger als ein guter Mensch. Verheiratet. Seine Frau erwartet ein

Kind. Und er ist aus seiner Wohnung ausgezogen. Und ich denke, es ist Ihr Recht, dies zu berücksichtigen.«

Leino, der immer noch vor der Geschworenenbank auf und ab ging und aufgrund der stickigen Luft in dem kleinen Gerichtssaal und seiner inneren Anspannung schweißgebadet war, attackierte erneut die Methoden, mit denen der NIS eine positive Identifizierung von Judy Connors erlangt hatte: die Photovorlage, das Identi-Kit. Und er stellte erneut ihre Identifizierung Scotts in Frage: »Bei der ersten Verhandlung sagte sie, sie hätte ihn nicht deutlich gesehen. Bei der zweiten Verhandlung erklärte sie plötzlich, daß sie ihn deutlich gesehen hätte.« Leino wies erneut darauf hin, daß sie ebenso bei der Photovorlage wie bei der Gegenüberstellung zwei Männer ausgewählt habe.

Er sprach von den forensischen Beweisen: »Nichts im Wagen. Nichts an seinen Kleidern. Nichts an ihren Kleidern … und wir reden hier von mikroskopischen Analysen.«

Ein wenig später, nachdem er fortgefahren war, die unprofessionelle Verfahrensweise bei den Ermittlungen zu kritisieren, die sich viel zu früh ausschließlich auf Scott konzentriert hätten, legte Leino eine Pause ein, seufzte tief und sagte dann: »Wissen Sie, ich wollte eigentlich nicht darauf eingehen, aber ich muß es tun, damit Sie verstehen. Major McNeil hat von Lori Jackson … Lori Jackson … Lori Jackson gesprochen. Sie ist im Geiste bei uns, und ich kann es fühlen. Tatsächlich hat Lori Jackson für die Wahrheit gekämpft. Von Selma, Alabama, an der Seite Dr. Martin Luther Kings, bis zu diesem Tage. Und jetzt kämpft sie in einem Krankenhauszimmer in Washington um ihr Leben …«

»Einspruch, Euer Ehren«, rief McNeil. (Das war höchst ungewöhnlich; es kam nur sehr selten vor, daß während eines Schlußplädoyers Einspruch erhoben wird, da beiden Seiten traditionsgemäß großer Handlungsspielraum eingeräumt wird).

Richter Clark lehnte den Einspruch ab, nachdem Leino auf seine Frage entgegnete, daß er dieses Thema nicht weiter ausführen werde und sich entschuldigte.

Er kam noch einmal kurz auf die Alibiverteidigung zu

sprechen. »Ruby Hills ist vor dieses Gericht getreten und hat ausgesagt. Und die Anklage hatte Gelegenheit, sie in die Mangel zu nehmen. Beim Kreuzverhör. Und was hat sie getan? Sie hat erklärt, warum sie sich deutlich an ihn erinnert hat. Nun, wenn es noch eine Verschwörung zwischen Lori Jackson und Ruby Hills gibt ... ›eine Bürgerrechtlerin‹. Ich weiß nicht, was die Anklage damit bezweckt hat. Ich hoffe, sie hat nicht das damit gemeint, was ich glaube, daß sie anzudeuten versucht hat. Es ist wohl besser, wenn wir nicht näher darauf eingehen.« Lori Jackson habe ihr einige Photographien gezeigt, sagte Leino, und diese hätten Ruby Hills' Erinnerung angeregt, woraufhin sie ihre Unterlagen überprüft habe ...

»Es ist mir egal, ob sie Mata Hari ist, es ist mir egal, ob sie Squeaky Fromme, die ehemalige Partnerin von Charles Manson ist, die versucht hat, Präsident Ford umzubringen, es gibt bestimmte Dinge, die sie weiß ...«

Dann kam er gegen Ende seines Plädoyers noch einmal auf die Identifizierung zu sprechen. »Der Wagen sieht aus wie der Wagen des Täters ... Er sieht aus wie der Mann, der mich überfallen hat ... Ich bin neunundneunzigprozentig sicher ... Und als ich den leitenden Ermittlungsbeamten am Ende seiner Zeugenaussage nach viereinhalb Jahren fragte, ob dies eine eindeutige Identifizierung sei ... entgegnete er: ›Nein‹ ... Er sagt nein. Und das soll ein eindeutiger Beweis jenseits begründeter Zweifel sein?

Wir vertreten den Standpunkt, daß es alles eben darauf hinausläuft ... auf begründete Zweifel.«

Zum Schluß sagte Leino: »Die Bürde ist schwer ... weil die Konsequenzen Ihrer Entscheidung schwer wiegen.

Ich möchte Ihnen nur noch einen Gedanken mit auf den Weg geben. Zu den besten Dingen, die ich in meinem Leben getan habe – abgesehen davon, meine Frau Patty zu heiraten – gehört, daß ich auf dem Paradeplatz von Quantico den Fahneneid geschworen habe. Damals wie heute war mir klar, daß dieser Eid – ein Eid, den ich damals als Bluteid an dieses Land und dieses Korps verstanden habe – vor allem eins bedeutete, und zwar Schutz und Verteidigung der Verfassung. Sie wissen, was dies für diese Verteidigung bedeutet ... zweihundert

Jahre der Selbstbestimmung und Freiheit ... zweihundert Jahre Gerechtigkeit.

Während Ihrer Beratung verkörpern Sie diese Verfassung. Und das ist es, was ich in diesem Fall ertaste, fühle und schmecke. Gott stehe Ihnen bei Ihrer Beratung bei.«

Inzwischen war es 17 Uhr 24 an einem dämmrigen Februarabend, und der Richter ordnete eine weitere 39(a)-Besprechung an. Nachdem er eine Weile nachgedacht hatte, rügte er Leino für einige seiner Ausführungen. »Einige sind über das Ziel hinausgeschossen«, sagte er, womit er vor allem Leinos Bezugnahme auf Lori Jackson von ›vor dreiundzwanzig Jahren‹ meinte. Als die Geschworenen wieder im Gerichtssaal Platz genommen hatten, teilte Richter Clark ihnen mit, daß sie die Erwähnung von Lori Jackson betreffend Selma, Alabama und Martin Luther King aus ihrem Gedächtnis streichen sollten.

Der Richter gestattete der Anklagevertretung eine Stellungnahme zu Leinos Schlußplädoyer, die eine halbe Stunde dauerte. Um 18 Uhr 15 begann der Richter mit einigen abschließenden Instruktionen an die Geschworenen. Zu diesen gehörte bedeutungsvollerweise auch die ›Augenzeugenbelehrung‹. Ein Zettel wurde an sämtliche Mitglieder der Jury verteilt, jedoch außerdem vom Richter laut vorgelesen, um den Vertretern von Anklage und Verteidigung Gelegenheit zu geben, gegebenenfalls dem einen oder anderen Punkt zu widersprechen. Im folgenden sind einige wichtige Ausschnitte aus diesen Belehrungen aufgeführt:

> Einer der wichtigsten Aspekte dieses Falles ist die Identifizierung des Angeklagten als Täter. Der Regierung obliegt es, dies jenseits begründeter Zweifel zu beweisen. Die Zeugin selbst braucht nicht frei von Zweifeln hinsichtlich der Richtigkeit ihrer Aussage zu sein. Sie als Geschworene müssen jedoch von der Korrektheit der Identifizierung des Angeklagten als Täter zweifelsfrei überzeugt sein, um ihn schuldig sprechen zu können.

Sollten Sie begründete Zweifel daran haben, daß der Angeklagte die ihm zur Last gelegten Verbrechen begangen hat, ist es Ihre Pflicht, den Angeklagten nicht schuldig zu befinden.

Eine Identifizierung seitens eines Zeugen ist ein Ausdruck einer subjektiven Überzeugung oder eines Eindrucks des Zeugen. Die Beweiskraft einer solchen Identifizierung ist abhängig von der Gelegenheit, die der Zeuge hatte, den Täter bei Ausübung der Straftat zu beobachten und ihn später zuverlässig wiederzuerkennen.

Wenn Sie die Identifizierungsaussage eines Zeugen beurteilen, sollten Sie folgendes beachten:

... Sind Sie überzeugt, daß die Identifizierung seitens des Zeugen infolge der Straftat auf persönlicher Erinnerung des Zeugen beruht? Sie dürfen ebenso die Überzeugungskraft der Identifizierung wie auch die Umstände, unter denen die Identifizierung erfolgte, in Betracht ziehen.

... In diesem Fall gehört die Identifizierungszeugin einer anderen Rasse an als der Angeklagte. Es hat sich gezeigt, daß es schwieriger ist, eine Person anderer Hautfarbe zu identifizieren als eine Person der eigenen Hautfarbe. Wenn sich dies mit Ihren eigenen Erfahrungen deckt, dürfen Sie dies bei Ihrer Beurteilung der Zeugenaussage berücksichtigen. Selbstverständlich müssen Sie ebenfalls berücksichtigen, ob in diesem Fall weitere Faktoren vorliegen, die eine Identifizierung erschweren. Beispielsweise dürfen Sie berücksichtigen, daß ein Zeuge, der regelmäßig Kontakt zu Personen hat, die die gleiche Hautfarbe haben wie der Angeklagte, keine größeren Schwierigkeiten mit einer zuverlässigen Identifizierung haben dürfte.

Der Richter schloß die Verhandlung für den Tag und erinnerte die Mitglieder der Jury daran, daß die Beweislast bei der Regierung liege und alles, was er (der Richter) während der

Verhandlung gesagt und was die Geschworenen möglicherweise in irgendeiner Weise beeinflußt habe, nicht berücksichtigt werden solle. Um achtzehn Uhr siebenundvierzig entließ Richter Clark die Geschworenen und forderte sie auf, sich um 9 Uhr am nächsten Morgen wieder vor Gericht einzufinden.

Auf dem Heimweg nach diesem langen, anstrengenden und erschöpfenden Tag, fuhren John Leino und seine Frau (die der Verhandlung beigewohnt hatte, um das Schlußplädoyer ihres Mannes zu hören) zum Washington National Hospital, um Lori zu besuchen. Sie war an eine langsam tropfende Infusionsflasche angeschlossen und schläfrig. Sie lächelte zu ihnen auf. Sie bestellten ihr Grüße von Gary Myers sowie von Lola und Lindsey Scott. Sie erkundigte sich, wie die Dinge stünden. Leino setzte eine tapfere Miene auf; er strotzte an diesem Punkt nicht eben vor Zuversicht. »Die Geschworenen könnten zu unseren Gunsten entscheiden«, sagte er zu Lori. »Wir drücken alle die Daumen. Die Geschworenen ziehen sich morgen zur Beratung zurück.« Lori nickte ein. Sie beugten sich über das Bett, küßten sie auf die Wangen und verließen das Krankenhaus.

Als die Geschworenen am darauffolgenden Morgen den Gerichtssaal betraten, ging Richter Clark einige der Belehrungen vom Vorabend mit ihnen durch. (Autor Cohen wurde von seinem gewohnten Platz verdrängt. Er hatte während der ganzen Prozeßdauer hinten im Saal auf einem Eckplatz neben dem Besuchereingang gesessen. An diesem Morgen ›klaute‹ ihm ein CID-Agent im Anzug und mit unter dem Jackett verborgener Handfeuerwaffe seinen Platz.)

Richter Clark fügte seinen Instruktionen vom Vorabend einen bedeutenden Satz hinzu: »Die Geschworenen sollten sich bei keiner ihrer Entscheidungen durch Rang und Position beeinflussen lassen.« Ehe er die Verhandlung um 9 Uhr 47 für geschlossen erklärte, erinnerte er alle Beteiligten daran, daß es zu einer ›Geheimwahl‹ kommen werde und für einen Schuldspruch eine Zweidrittelmehrheit – also fünf von sieben Stimmen – erforderlich sei.

Kapitel 27

Sobald die Geschworenen sich zur Beratung zurückgezogen hatten, gingen Leino, Myers und Lynch in Begleitung von Autor Cohen sowie Lindsey und Lola Scott hinunter in den ›Bunker‹. Dort wollten sie den Urteilsspruch abwarten. Verständlicherweise lag greifbare Spannung in der Luft. Der Raum war bald mit blauem Dunst vernebelt (Cohen war der einzige Nichtraucher unter den Anwesenden.) Versuche müßiger Unterhaltung wurden rasch aufgegeben.

Um 11 Uhr 40 – knapp zwei Stunden nachdem die Geschworenen sich zur Beratung zurückgezogen hatten – bat Colonel Festa, der Obmann der Geschworenen, den Gerichtsdiener, alle Beteiligten aufzufordern, sich in zehn Minuten im Gerichtssaal einzufinden.

Der Gerichtsdiener lief zum Richterzimmer, zum Anklageteam im Justizsenatsbüro gleich neben dem Gerichtssaal und zum Verteidigerteam in den Keller. Beinahe panikartig stürmten alle in wildem Durcheinander in den Saal, einschließlich der acht Pressevertreter, die für diesen Tag ausgelost worden waren, und diverser Prozeßbeobachter mit Ausweisen an Blusen oder Jackettrevers. Zuvor mußte sich jedoch jeder einer Leibesvisitation mit einem Metalldetektor unterziehen. Der Flur draußen vor dem Gerichtssaal war auf beiden Seiten von Sicherheitsleuten in Uniform und in Zivil gesäumt.

Um 11 Uhr 50 saß verblüffenderweise bereits wieder jeder an seinem Platz – erwartungsvoll, angespannt, bereit. Richter Clark betrat den Gerichtssaal, und der Gerichtsdiener bellte: »Erheben Sie sich.« Als nächstes traten die Geschworenen durch den Hintereingang ein. Der Richter forderte alle Anwesenden auf, sich zu setzen, und bat um Ruhe. Dann wandte er sich dem Obmann der Geschworenen zu: »Sind Sie zu einem Urteil gelangt?«

Zu jedermanns Überraschung – und zur Enttäuschung vor allem der Pressevertreter – entgegnete Festa: »Nein. Wir bitten um eine einstündige Mittagspause.« Der Richter stimmte zu. »Die Verhandlung wird auf 13 Uhr vertagt.«

Diesmal gesellten sich Laurie Myers (Garys Frau), Patty Leino, ein Priester der Familie Scott und Privatdetektiv Morgan Cherry (der Mann, dessen auf Video festgehaltene Zeitstudie vom Richter nicht als Beweismittel zugelassen worden war und den Leino und Myers nun als Leibwächter beauftragt hatten) zu den anderen im Bunker. Cherry teilte den Anwälten mit, daß er drei Wachen in Zivil organisiert habe, die dafür sorgen würden, daß Scott rasch verschwinden könne (natürlich in der Annahme oder Hoffnung, daß er freigesprochen wurde; die Verteidiger schätzten seine Chancen auf fünfzig zu fünfzig). Ebenfalls auf das Beste hoffend, hatten die Scotts ihre Koffer gepackt und Cherry davon unterrichtet, daß sie zu Lolas Eltern fahren wollten, die in einer Kleinstadt in Kentucky lebten, etwa zwei Fahrtstunden von Louisville entfernt.

Gegen 15 Uhr 55 hörten sie den Hornisten blasen, während die Flagge im Gedenken an einen General a. D., der verstorben war, auf Halbmast gehißt wurde. Um 16 Uhr 35 begann Scott, rastlos im Bunker auf und ab zu gehen. »Was, wenn sie mich wieder schuldig sprechen ... werden sich dann die MP auf mich stürzen?« fragte er.

Leino bemühte sich sofort, ihn zu beruhigen. »Lindsey«, sagte er, »wenn Sie schuldig gesprochen werden, werden die MP Sie einsperren ... aber wenn Sie freigesprochen werden, werden sie Spalier stehen, um Ihnen die Hand zu schütteln.« Hierauf lachten fast alle Anwesenden, und die Spannung löste sich ein wenig.

Gegen 17 Uhr kam Captain Lynch in den Bunker herab, um Leino und Myers mitzuteilen, daß er Ruby Hills beinahe gewaltsam aus dem Gebäude entfernt und nach Hause geschickt habe, nachdem man sie auf der Damentoilette weinend in der Nähe eines der Geschworenen – Lieutenant Colonel Patricia Breeding – hatte stehen sehen. Myers stürzte schockiert aus dem Raum und lief nach oben, um sicherzugehen, daß sie auch wirklich fort war. Dem Verteidigerteam war klar, daß ein solcher Vorfall ein unerfreuliches Signal an die Geschworenen senden konnte – über Breeding, von der die Verteidigung glaubte, daß sie noch in ihrem Urteil schwankte. Als Myers zurückkehrte und den anderen erleichtert mitteilte, daß Ruby fort wäre, berichtete er außerdem, daß das Gericht sich um 18 Uhr wieder im Gerichtssaal zusammenfinden würde.

Um 18 Uhr kehrten alle, diesmal ein wenig ruhiger, in den Gerichtssaal zurück. Die Geschworenen baten, die Beratung bis 8 Uhr am kommenden Morgen zu vertagen. Richter Clark erklärte, daß er die Verhandlung aus logistischen Gründen (er bezog sich auf den morgendlichen Verkehr) auf 9 Uhr am nächsten Morgen vertage. Hierauf schloß er die Verhandlung für den Tag.

Die *Washington Post* berichtete in ihrer Ausgabe vom 19. Februar groß über den Verlauf des Scott-Prozesses. ›Drama vor dem Gerichtssaal von Quantico‹, begann der Artikel. ›Eine Jury aus sieben Offizieren konnte sich gestern beim Militärgerichtsprozeß von Corporal Lindsey Scott – dem packenden Gerichtssaaldrama auf dem Quanticostützpunkt, der Debatten über Rassismus und Gerechtigkeit innerhalb des Korps aufgeworfen hat – nach sechseinhalbstündiger Beratung nicht auf ein Urteil einigen. Die ganze Woche über fand sich, je näher der Höhepunkt der Verhandlung rückte, eine immer buntere Zuschauermenge ein, eine manchmal spannungsgeladene Mischung von Menschen, zu denen unter anderem Bürgerrechtler, Verfechter der Rechte der Opfer und herausgeputzte Marines gehörten.

Sie bilden den Hintergrund eines der aufsehenerregendsten Militärgerichtsprozesse der letzten Jahre, eines Prozesses, im Laufe dessen der Vorwurf des Rassismus erhoben wurde. Scott ist Schwarzer, das Opfer eine Weiße …‹

John Leino machte sich an diesem Abend zu Hause ernsthaft Sorgen. Er war nicht sehr optimistisch, was Scotts Chancen betraf. Als religiöser Mensch fiel ihm ein finnischer Brauch ein. In Augenblicken persönlicher Krisen greifen religiöse Finnen zur Bibel und schlagen sie wahllos auf. Dann suchen sie auf beiden Seiten nach einem Zeichen, einer Inspiration.

John Leino holte seine Bibel, legte sie auf seinen Schreibtisch und schlug sie an einer x-beliebigen Stelle auf. Und dort, vor seinen Augen, war Johannes 11.43 aufgeschlagen, und die Worte sprangen ihn förmlich an: »Lazarus, komm heraus!«

Und zum erstenmal glaubte John Leino, daß Lindsey Scott freigesprochen werden würde.

Der 19. Februar brach grau, kalt und diesig an. In Quantico bemerkte ein Reporter Myers und Cohen gegenüber, daß er sich erinnern könne, daß der Himmel am 10. Oktober 1983, dem Tag, an dem Lindsey Scott schuldig gesprochen und zu dreißig Jahren Zwangsarbeit auf Leavenworth verurteilt worden war, ebenso grau und düster ausgesehen hatte. Nur John Leino legte gemäßigten Optimismus an den Tag. Er erzählte den anderen nichts von seinem Bibelexperiment und dem Lazarus-Zitat. Um 9 Uhr 7 erklärte Richter Clark die Verhandlung für geschlossen, und der zweite Tag der Geschworenenberatung begann.

Am selben Morgen, etwa um dieselbe Zeit, wurde Lori Jackson zu einem Eingriff in den OP des Washington National Hospital gebracht. Ihr Mann Paul setzte sich in ihrem Zimmer auf einen Stuhl und wartete. Paul wußte – Lori war am Vorabend informiert worden –, daß die Geschworenen aller Wahrscheinlichkeit nach an diesem Tag zu einer Einigung gelangen würden. (Später gesellten sich einige von Loris Kindern zu ihm und leisteten ihm bei seiner Wache an ihrem Bett Gesellschaft.)

Wieder baten die Geschworenen um eine Mittagspause, die wie schon am Vortag genehmigt wurde, und das Gericht zog sich für eine Stunde zurück. Diesmal wurde jedoch um 14 Uhr 5 laut an die Tür des Bunkers geklopft. Allen im Raum blieb einen Augenblick lang das Herz stehen. Der Gerichtsdiener, Sergeant McFeeter, steckte den Kopf zur Tür herein und sagte, daß der Obmann der Geschworenen, Colonel Festa, Richter Clark eine Nachricht übergeben habe und alle sich in zehn Minuten im Gerichtssaal einfinden sollten.

Als sie alle den Flur hinunterhasteten, sagte Myers zu Leino: »Nun, John, jetzt ist Showtime!« worauf Leino mit einem nervösen Lachen erwiderte: »Ja.«

Der kleine Gerichtssaal war vollgepackt mit zusätzlichen MP der Marineinfanterie mit aufgeknöpftem Pistolenhalfter, eine Hand auf dem Pistolengriff. Darüber hinaus waren zusätzliche Männer in dunklen Anzügen anwesend, deren Schulterhalfter unter dem Jackett zu sehen war. Sie waren bereit für jede Art von Tumult, für jedes Urteil. Am Tisch der Verteidigung standen Myers, Leino und Lynch in Habachtstellung. Leino beugte sich zu Scott hinüber und sagte: »Lindsey, Sie müssen auf Gott vertrauen.«

Richter Clark betrat den Saal, gefolgt von den Geschworenen. Alle setzten sich, mit Ausnahme von Colonel Festa, der vor den Richtertisch trat.

Richter Clark: »Sind die Geschworenen zu einem Urteil gelangt?«

Colonel Festa: »Ja, Euer Ehren.« Er reichte dem Gerichtsdiener einem Umschlag, den dieser dem Richter übergab.

Richter Clark: »Sprechen Sie.«

Colonel Festa richtete mit ernstem Gesicht den Blick auf Scott, der sich erhoben hatte, um das Urteil zu hören. »Corporal Lindsey Scott, United States Marine Corps, dieses Militärgericht befindet Sie NICHT SCHULDIG im Sinne der Anklage.«

Einen Augenblick lang herrschte Totenstille – dann brach im Gerichtssaal die Hölle los. Scotts Knie gaben nach. John Leino schloß ihn in die Arme. Im Zuschauerraum rief Scotts Mutter laut: »Ich danke dir, Jesus!« Sie wurde von einer Freundin aus dem Saal geleitet, da das Gericht noch tagte. Nachdem Leino Scott wieder losgelassen hatte, trat dieser mit ausgestreckter Hand auf McNeil und Hinkle zu und sagte: »Ich bin es nicht gewesen. Ich bin unschuldig.«

Während im Gerichtssaal gejubelt wurde und Richter Clark vergeblich den Hammer niedersausen ließ, um die Ordnung wiederherzustellen, sah Lori Jacksons Mann sich in ihrem Zimmer im Washington National Hospital auf CNN die Nachrichten an, um sich die Zeit zu vertreiben und sich von seiner Sorge um seine an Leberkrebs im Endstadium erkrankten Frau abzulenken. Er wußte, daß sie inzwischen im Aufwachraum liegen mußte. Plötzlich wurde hinter dem Nachrichtensprecher Bernard Shaw eine aktuelle Meldung eingeblendet.

Paul sprang auf und lief den Flur hinunter zum Aufwachraum, ein strahlendes Lächeln auf dem Gesicht.

Auf dem Flur wurde Lori auf einer Krankenhausbahre, mehrere Infusionsflaschen an ihren dünnen Armen angeschlossen, auf ihn zugeschoben. Als sie Paul entdeckte und sein Gesicht sah, griff sie nach seiner Hand.

»CNN hat gerade eine aktuelle Meldung zum Scott-Prozeß gebracht«, sagte er. »Bernie Shaw hat gerade das Urteil verlesen ...«

Lori drückte seine Hand. Ihre Lippen bewegten sich. Paul beugte sich hinab und legte ein Ohr an ihre Lippen. »Ich weiß es«, flüsterte Lori. »Ich weiß es.«

Neun Monate später, am 25. November 1988, einen Tag nach Thanksgiving, verstarb Lori Jackson friedlich im Schlaf.

»Das Gesetz sagt, er (Scott)
ist ›nicht schuldig‹.
Es sagt nicht, daß wir ihn
als unschuldig betrachten müssen.«

– Richard Cohen
›Critic at Large‹
The Washington Post Magazine

Postskriptum

»Weil wir länger brauchen, ist das militärische [Rechts]-System tatsächlich fairer als das zivile System.«

Lieutenant Colonel John Shotwell
Head Media Branch
Division of Public Affairs.
Headquarters,
U. S. Marine Corps
Washington D. C.

Wenn man die Menge der Teilnehmer und die Anzahl der Fernsehkameras betrachtete, schien es, als würde der Präsident persönlich eine Pressekonferenz geben. (Meiner Zählung nach waren mindestens fünfzehn Teams der Elektronikmedien anwesend, die die amerikanischen Fernsehanstalten und die Boulevardnachrichtensendungen sowie andere Länder der ganzen Welt repräsentierten. Darüber hinaus waren Dutzende von Zeitungen, Magazinen und Radiosendern vertreten. Aber dieser Aufmarsch galt nicht Präsident Reagan, der sich in seiner letzten Amtsperiode befand, nein, die versammelten Reporter warteten im Medienzentrum von Quantico auf den ›freien Mann‹ Corporal Lindsey Scott und seine siegreichen Strafverteidiger John Leino, Gary Myers und Captain Brennan Lynch.

(Merkwürdig: als wir alle in einem neutralen weißen Kleinbus mit verdunkelten Scheiben von der LeJeune Hall wegfuhren, wurden wir von vier bewaffneten NIS-Beamten in jenen dunklen, unauffälligen Anzügen begleitet, die jetzt von der Kommandoführung abgestellt worden waren, Scott zu *schützen*. Da muß man sich doch unweigerlich fragen: »Wäre Scott im Sinne der Anklage schuldig gesprochen worden, hätten dann dieselben Sicherheitsbeamten Order erhalten, Scott ›sicher‹ in die andere Richtung zu geleiten, zurück ins Gefängnis von Quantico?«)

Während der fünf Jahre, die dieser Fall sich hingezogen hatte, hatte Lori Jackson alle Hebel in Bewegung gesetzt, damit die Presse darüber berichtete. Eins der besten Beispiele für ihren Erfolg war die stete Berichterstattung der

Washington Post vom ersten Militärgerichtsprozeß an. Damals konnte man von Glück sagen, wenn auf Seite siebenunddreißig von dem Fall berichtet wurde. Aber Scotts Freispruch wurde unter der Schlagzeile ›Corporal Scott in zweiter Instanz nicht schuldig‹ auf der Titelseite verkündet, gefolgt von einem vierspaltigen Artikel, der die gesamte Geschichte zusammenfaßte.

Lee Hockstader, Verfasser dieses Artikels, schrieb: ›Während der Pressekonferenzen (es wurden zwei verschiedene abgehalten: eine von der Regierung und die zweite von der Verteidigung) waren sich die Anklagevertreter der Marineinfanterie und die Strafverteidiger einig, daß Zweifel an der Identifizierung Scotts seitens des Opfers vermutlich der Schlüsselfaktor der Entscheidung der Geschworenen war. Am zweiten Verhandlungstag sagte der leitende militärische Ermittler (NIS-Agent Lindner) aus, daß die Frau ihm fünf Tage nach dem Verbrechen gesagt habe, sie hätte den Täter nicht deutlich genug gesehen, um ihn eindeutig identifizieren zu können.‹

Als Corporal Lindsey Scott das Wort an die versammelten Medienvertreter richtete, äußerte er sich sehr zurückhaltend. Er sagte: »Ich habe von Beginn an meine Unschuld beteuert. Heute hat eine Jury von Kameraden meine Unschuld bestätigt ... Ich bin unschuldig. Ich bin frei.«

Weiter sagte er: »Meine Gefühle für das Marineinfanteriekorps haben sich nie geändert. Die Marines sind die beste Einheit der Streitkräfte.« Außerdem erklärte er, er habe innerhalb des militärischen Rechtssystems (das seine Verwandten und Anhänger als rassistisch und unfähig bezeichnet hatten) einen ›sehr fairen Prozeß‹ bekommen.

Beide zivilen Strafverteidiger, Myers und Leino, gaben den Reportern gegenüber einen Kommentar ab. Myers: »Ich glaube, die Geschworenen sind zu dem Schluß gekommen, daß die Schuldfrage nicht geklärt werden konnte, und Unklarheit rechtfertigt keinen Schuldspruch.« Und Leino, der den Geschworenen ein emotionsgeladenes Schlußplädoyer geliefert hatte, schloß die Pressekonferenz des Verteidigerteams mit den inzwischen bereits vertrauten Worten: »Lazarus, komm heraus!«

Als Major Ron McNeil, der Hauptanklagevertreter der Regierung, das Wort an die Presse richtete, sagte er, daß die Ermittlungen im Falle der Vergewaltigung der jungen Ehefrau eines Militärpolizisten am 20. April 1983 *nicht* wiederaufgenommen werden würden. »Der Fall ist *endgültig* erledigt«, schloß McNeil. (Aber war er das wirklich?)

In einer Exklusivstory in der *Washington Post* vom Sonntag, dem 21. Februar 1988, zwei Tage nach dem Freispruch, schrieb Lee Hockstader, daß er aus zuverlässiger Quelle erfahren habe, daß beim Geschworenenspruch nur eine Stimme gefehlt habe, den Marine ein zweitesmal schuldig zu sprechen. ›Nach Militärrecht‹, schrieb Hockstader, ›genügt eine Zweidrittelmehrheit bei der Abstimmung der Geschworenen, um den Angeklagten schuldig zu sprechen. Im Fall Scott bedeutete das, daß er mit fünf zu zwei Stimmen verurteilt worden wäre, während vier zu drei Stimmen seinen Freispruch bedeuteten.

Eine solche Teilung wird als sehr ungewöhnlich betrachtet, wenngleich es sie schon gegeben hat. Im Gegensatz zu Zivilverfahren ist bei Militärgerichtsprozessen die Möglichkeit ausgeschlossen, daß die Geschworenen sich wegen Nichteinigungsfähigkeit eines Urteilsspruchs enthalten.

Scott kann nicht noch einmal desselben Verbrechens angeklagt werden.‹

Hockstader schrieb, daß fünf Personen ihm bestätigt hätten, was Anklagevertreter und Strafverteidiger am Freitag (bei der Pressekonferenz) geäußert hätten – daß der Schlüssel zu Scotts Freispruch darin bestanden habe, daß die zweifelhafte Identifizierung Scotts durch das Opfer in den Tagen nach dem Verbrechen mehrere Mitglieder der Jury *nicht* überzeugt habe.

Als Myers zur Abstimmung der Geschworenen befragt wurde, entgegnete er: »Ich würde sagen, das ist mir gleich. Es war ein schwieriger Fall, und in schwierigen Fällen ist ein knappes Resultat nicht ungewöhnlich.«

Innerhalb von vierundzwanzig Stunden nach der letzten Pressekonferenz traf Marine Corporal Lindsey Scott in Louisville ein, wo er empfangen wurde wie ein Held. Verwandte und Freunde versammelten sich mit Schildern, die seine Rückkehr verkündeten, vor der Wohnung seiner Eltern.

Im Gespräch mit örtlichen Reportern erklärte Scott, daß er entschieden habe, daß sein zukünftiges Leben das Marineinfanteriekorps nicht einschließen werde. Er sagte, er werde innerhalb der nächsten drei Wochen ›abmustern‹. »Ich habe dreimal die Hölle durchgemacht – bei zwei Militärgerichtsprozessen und während der vier Jahre im Gefängnis ... Ich war fest entschlossen, Berufssoldat zu werden, aber jetzt halte ich es für besser, wenn das Korps und ich getrennte Wege gehen.« (Anmerkung: Das Department of the Navy bot Scott die Möglichkeit einer vorzeitigen Pensionierung, was einen ehrenhaften Austritt mit dem Rang eines Sergeant beinhaltete – sowie sämtliche Rentenansprüche. Da Scotts Dienstzeit beim Marineinfanteriekorps rein technisch gesehen am 1. Oktober 1984, während er im Leavenworth-Gefängnis eingesessen hatte, abgelaufen war, war er an keinen Einstellungsvertrag gebunden und hatte sich seither in ›Gewahrsam‹ befunden.)

Scott standen für die dreiunddreißig Monate zwischen dem Ablauf seiner Dienstzeit am 1. Oktober 1984 und dem 16. Juli 1987, als ihm der volle Soldanspruch wieder zugestanden wurde (nach der Entscheidung des Obersten Militärischen Berufungsgerichts), etwa neunundzwanzigtausend Dollar an Sold und sonstigen Bezügen zu.

Anfangs spielte Scott mit dem Gedanken, der Polizei oder Feuerwehr von Louisville beizutreten, aber letztendlich tat er weder das eine noch das andere. Nach einigen Jahren des Rechtsstreits mit seinem ehemaligen Verteidiger Ervan Kuhnke vor dem Zivilgericht klagte Scott schließlich auf eins Komma fünf Millionen Dollar wegen Vernachlässigung der beruflichen Sorgfalt. Scott und Kuhnke kamen zu einer Übereinkunft, im Rahmen derer sie sich darauf einigten, keine Einzelheiten ihrer Absprache preiszugeben. Unterrichtete Quellen verrieten jedoch der *Washington Post*, daß Scott knapp einhunderttausend Dollar erhalten hatte, die maximale Deckungssumme von Kuhnkes Versicherung.

Schließlich beschloß Scott, seinen Geburtsort Louisville zu verlassen und sich in einer kleineren Gemeinde niederzulassen, wo er sich beruflich selbständig machen könnte. Er wollte nur eins – zusammen mit seiner Frau Lola seine Tochter Latavia aufwachsen sehen.

In einer verblüffenden Erklärung am 9. Mai 1988, keine drei Monate nach Scotts Freispruch vor dem Militärgericht, erklärte der Oberstaatsanwalt der Prince-William-County, Paul B. Ebert, (der inzwischen als Anklagevertreter im Fall John und Lorena Bobbit bekannt geworden ist), daß er hoffe, den ›Zivilisten‹ Lindsey Scott derselben vier Vergehen anzuklagen, die zu dem fünf Jahre währenden Alptraum geführt hatten.

Wenngleich das Fifth Amendment (Zusatzartikel zur Verfassung; Anmerkung des Übersetzers) eine zweifache Anklage verbiete, sei er, Ebert, der Ansicht, daß dies im Fall Scott nicht zutreffe, da ›das Rechtssystem des Commonwealth von Virginia und das militärische Rechtssystem zwei separate Instanzen‹ wären.

Ebert, der bei einer Pressekonferenz vor Reportern erklärte, daß er Scott für schuldig halte und von einem ›Justizirrtum‹ überzeugt sei, schrieb an Justizministerin Mary Sue Terry, um ihre Meinung zu seinem Vorhaben der Anklageerhebung einzuholen.

Sofort wandten sich John Leino und Gary Myers an die Medien. Leino: »Offenbar sind sie auf eine Zwei-zu-drei-Entscheidung aus. Seit dem Prozeß sind gerade drei Monate vergangen, und schon hat der Staatsanwalt von der Prince-William-County Scott ins Visier genommen. Wer kommt als nächstes, Manhattan South?« Und Myers: »Was Mr. Ebert betrifft, verursacht das, was ein Mann ist, zuweilen solchen Lärm, daß man nicht mehr hört, was er selbst behauptet zu sein.«

In einem Artikel der *Associated Press* hieß es, Staatsanwalt Paul Ebert habe erklärt, sein Interesse an diesem Fall wäre durch Berichte geweckt worden, denen zufolge die Marines auch nach Scotts Freispruch Tests an genetischem Material von Scott durchführen ließen. Mit Hilfe dieser Tests sollte festgestellt werden, ob die DNS von Scotts Blut mit der des Spermas übereinstimmte, das nach der Vergewaltigung im April 1983 am Slip des Opfers sichergestellt worden war. (Einem absolut vertrauenswürdigen Offizier der Marineinfanterie zufolge, der sich unter der Bedingung der Wahrung seiner Anonymität hierzu äußerte, hatten verärgerte Angehörige des NIS Mr. Ebert vertrauliche Informationen zukommen lassen, die sich auf den dritten DNS-Test bezogen, der *persönlich* in Kalifornien vom kommandierenden General von Quantico, Lieutenant Frank Petersen, und Militärgerichtsrat Corporal James McHenry angeordnet worden war.)

Aber vier Tage nach Eberts Pressekonferenz schickte die Justizministerin von Virginia, Mary Sue Terry, ihm einen vier Seiten langen Brief, in dem sie ihm mitteilte, daß jemand nicht vom Staate Virginia angeklagt werden könne, nachdem er bereits in denselben Punkten von einem Bundesgericht angeklagt worden sei.

Auf Anfragen der Presse meinte Rechtsanwalt Gary Myers: »Ich denke, es ist vorbei. Für jeden vernünftigen Menschen war es mit der Urteilsverkündung vorbei.«

Mr. Ebert gab folgende Erklärung ab: »Von meiner Seite aus hat der Staat jede weitere Anklageerhebung untersagt. Ich hatte von Beginn an die Absicht, mich von ihrer (Terrys) Meinung leiten zu lassen.«

Nach ihrem aufsehenerregenden Erfolg setzten Scotts zivile Verteidiger ihre Juristenlaufbahn jeder für sich fort. John Leino wurde vollwertiger Partner in der renommierten Kanzlei in Alexandria, Virginia, die in Howard, Leino & Howard umbenannt wurde. Gary Myers gründete seine eigene Kanzlei, Gary Myers & Associates, spezialisierte sich auf Militärrecht und operiert nun von seiner Kanzlei in Washington D.C. aus.

Als ich am 25. November 1988, einen Tag nach Thanksgiving, bei meinen Eltern im Osten zu Besuch war, erhielt ich telefonisch die traurige Nachricht, daß meine liebe Freundin Lori Jackson im Haus ihres Sohnes in Lorton, Virginia, friedlich verstorben war.

Ihre Kinder ehrten mich mit der Bitte, auf Loris Beerdigung am darauffolgenden Dienstag die Trauerrede zu halten. Selbstverständlich erklärte ich mich hierzu bereit.

Während mein Vater (er und meine Mutter kannten und liebten Lori ebenso wie ich) mich zum Mountcastle-Bestattungsinstitut in Dale City, Virginia, fuhr, machte ich mir ein paar Notizen zu einigen Punkten, auf die ich mich beziehen wollte, wenn ich zu Loris Freunden und Verwandten sprach.

Es war ein wunderschöner, strahlender spätherbstlicher Tag, ein Tag, wie Lori ihn sich für ihr Begräbnis gewünscht hätte. Der für 13 Uhr angesetzte Gottesdienst begann pünktlich in der vollbesetzten Kapelle. John und Patty Leino saßen einige Reihen hinter uns. Der Gottesdienst wurde von Reverend Helice Green und Reverend Ambrose Perry abgehalten, während Martha King passende Interludien spielte. Rechts von Loris geöffnetem Sarg stehend, bat ich alle Anwesenden, still für den ewigen Frieden unserer lieben Freundin Lori zu beten. Dann sagte ich:

»Sie war mir eine besonders liebe Freundin. Sie hat immer gegeben ... sie hat sich immer für andere eingesetzt ... sie war immer anders ... ohne je eine Gegenleistung zu verlangen.

Vor gerade mal acht Wochen war ich zu einem Äquivalent eines Thanksgiving-Dinners eingeladen – einem Dinner, das Lori mit Hilfe ihrer Töchter zubereitet hatte. An jenem Abend habe ich Lori das letzte Mal gesehen. Nachdem der Tisch abgeräumt worden war, sprach Lori mit mir darüber, was die vergangenen fünf Jahre ihr bedeutet hatten. Und warum sie so viel Zeit geopfert hatte, die sie gemeinsam mit ihrer Familie hätte verbringen können. Beides beantwortete sie mit ein und demselben Wort: *Rechte!* Das war der Lebensinhalt unserer lieben Freundin Lori. Ihr einziges Bestreben war es, für ein wenig mehr Gleichheit in unserer Welt zu sorgen … *und das ist ihr gelungen.*

So Gott will, werden Millionen von Menschen Lori auf ewig im Gedächtnis behalten.«

Bei meinem letzten gemeinsamen Abendessen mit Lori und ihrer Familie fragte ich sie, wie sie in Erinnerung behalten werden wolle, worauf sie erwiderte: »*Als ein liebevoller Mensch!*«

Ellis A. Cohen

Nachwort

Nachdem ich den Fall *Vereinigte Staaten gegen Corporal Scott* – beinahe von Anfang bis Ende – verfolgt hatte, mußte ich oft an etwas denken, das Lori Jackson mir bei unserer ersten Begegnung 1984 anvertraut hatte: »Ellis, irgend etwas stimmt nicht mit dem, was Judy laut Protokoll ausgesagt hat. Sie hat Lindsey gekannt, aber kein einziges Mal seinen Namen erwähnt. Und an eben dem Tag, an dem sie laut ihrer Aussage vergewaltigt und niedergestochen wurde, hat sie ihren Job in Hardee's Restaurant gekündigt … Irgend etwas stört mich daran.« Diese Bemerkung hatte meine Neugier geweckt.

Nach Loris Tod Ende 1988 war ich entschlossener denn je, eine Verbindung zwischen diesem Nachmittag des 20. April 1983, an dem Judy ihre Stelle kündigte, und dem Abend herzustellen, der für sie beinahe tödlich endete. Nachdem ich die Protokolle der ersten Verhandlung noch einmal durchgelesen hatte, fielen mir eine Frage und eine Antwort auf: Scotts Zivilverteidiger Ervan Kuhnke hatte Judy beim Kreuzverhör gefragt, ob sie mit Schwarzen befreundet sei, worauf sie geantwortet hatte: »Ich war mit Schwarzen befreundet, als ich noch bei Hardee's gearbeitet habe. Ich kannte zwei Männer dort, Freunde von mir …«

Während der fünf Jahre, die der Scott-Prozeß dauerte, legte Judy von allen Beteiligten die größte Zurückhaltung an den Tag. Ich habe mehrfach versucht, ein längeres Gespräch mit ihr zu führen, habe mich sogar an ihren Familienanwalt gewandt – aber vergeblich. Ende 1988 fragte ich Major Ron McNeil, den Hauptanklagevertreter bei der zweiten Verhandlung, ob er versuchen könne, Judy zu einem Gespräch mit mir zu bewegen. Ich erklärte, daß ich ihren Kommentar wolle, um der Geschichte erzählerisch absolut gerecht zu werden. McNeil schrieb ihr auf meine Bitte hin einen Brief, in dem er sie bat, mit mir zu sprechen oder mir zu schreiben.

Hier einige Auszüge aus Judys Antwortschreiben an McNeil (McNeil gab nur jene Passagen an mich weiter, die sich auf meine Bitte bezogen):

Sie erklärte, daß sie einem Gespräch mit mir mit gemischten Gefühlen gegenüberstehe. ›Einerseits würde ich gern mit ihm sprechen und ihm zur Abwechslung einmal einige *Wahrheiten* zu diesem Fall mitteilen.‹ Aber dann führte sie eine Reihe von Gründen an, weshalb sie einem Interview nicht zustimmen werde. Sie schloß mit den Worten: ›Das einzige auf der Welt, das es mir ermöglicht, mit der Tatsache zu leben, daß Lindsey Scott auf freiem Fuß ist, ist, daß ich weiß, daß die Zeit kommen wird, da Lindsey Scott wie wir alle vor seinen Schöpfer treten muß.‹

Wenngleich es mir nie gelungen ist, ein ausführliches Gespräch mit Judy zu führen, deuten ihre knappen Kommentare darauf hin, daß sie immer noch daran glaubt, daß Scott sie überfallen hat. Ich fragte mich, ob die Regierung etwas gewußt haben mochte, das sie nie enthüllt hatte? Dies war im übrigen ein Gerücht, das unter den Reportern umging, die über den Fall berichteten.

Der Fall war vom militärischen Standpunkt aus längst abgeschlossen, aber vielleicht würde, wenn ich mich an die Schlüsselfiguren der Anklage hielt, jemand ein neues Licht auf den Fall werfen. Und so stellte ich eine kurze Liste der Personen auf, die möglicherweise etwas wußten, das bislang nicht aufgedeckt worden war:

Major Ron McNeil, die Person auf Seiten der Anklage, mit der ich den engsten Kontakt hatte, schwor, daß er keine Kenntnis von irgendwelchen ›Geheimnissen‹ das Verbrechen selbst, die Ermittlungen oder die Gerichtsverfahren betreffend habe. Tatsächlich meinte er spaßeshalber: »Wenn Sie irgend etwas Pikantes entdecken, lassen Sie es mich bitte wissen.«

Lieutenant General David Twomey, der kommandierende General von Quantico zum Zeitpunkt des Verbrechens, der Scotts ersten Militärgerichtsprozeß überhaupt erst ermöglicht hatte, äußerte sich zu keiner Zeit irgend jemandem von der Presse gegenüber. Ich versuchte, über den ›Amtsweg‹ an ihn heranzukommen, das heißt, ich bat die Marineinfanterieabteilung für Öffentliche Angelegenheiten um ein Interview. Ich habe im Laufe der Jahre mindestens fünfmal versucht, den General telefonisch oder über den Postweg zu erreichen; jedesmal erhielt ich eine fein säuberlich getippte Antwort, die lautete: ›... ich habe mit Lieutenant General David Twomey vom United States Marine Corps gesprochen und ihn gefragt, ob er gewillt sei, mit Ihnen über die Umstände des Falles Scott zu sprechen. General Twomey hat es abgelehnt, ein Interview zu geben oder sich zu diesem Thema zu äußern.«

Lieutenant General Frank Petersen, der kommandierende General von Quantico, der Scotts zweiten Militärgerichtsprozeß angeordnet hatte, gewährte mir während des Prozesses ein Treffen und hielt den Weg offen für weitere Nachfragen (glaubte ich). Tatsächlich gab er mir seine private Telefonnummer in seinem Büro in der LeJeune Hall. Nach Scotts Freispruch telefonierte ich einige Mal mit Petersen. Dann erhielt ich den ersten von einigen Briefen von Petersen auf offiziellem Briefpapier mit Dreisternegeneral-Briefkopf. In seinem ersten Brief vom 11. April 1988, den er mir auf meine Anfrage nach Beendigung des Prozesses schrieb, bezeichnete er die von mir erbetene Information als ›kompliziert und umfangreich‹ und lud mich zu einem Gespräch ein. Später machte Petersen allerdings einen Rückzieher.

Major Donald Thomson, der Hauptanklagevertreter bei der ersten Verhandlung, war am schwierigsten ausfindig zu machen. Er war 1985, im Anschluß an die DuBay-Anhörungen vom Fall Scott abberufen worden (und hatte im März '87 das Marineinfanteriekorps verlassen). Aber Ende 1990 erhielt ich bei einem zufälligen Gespräch mit einem der Medienvertreter, die über den Fall Scott berichtet hatten, einen Hinweis auf seinen Aufenthaltsort. Er arbeitete als Pflichtverteidiger in einer kleinen Gemeinde im Herzen Amerikas. Ich setzte mich mit ihm in Verbindung, und es gelang mir, ihn zu einem Treffen zu bewegen.

An einem bitterkalten verschneiten Morgen 1990, drei Tage

vor Weihnachten, machte ich mich zu unserem Treffen auf. (Zum Schutz seiner Privatsphäre wird der Ort nicht bekanntgegeben.) Thomson und ich frühstückten gemeinsam. Ich zeigte ihm meinen Kassettenrecorder, und er gestattete mir, unser Gespräch (das drei Stunden dauerte) aufzuzeichnen. Zu meiner Verblüffung erwies sich das, was Thomson mir mitteilte, als ›Bombe‹. (Nachdem Lori mir gegenüber immer wieder die Frage aufgeworfen hatte, was es mit Judy Connors' Kündigung bei Hardee's Restaurant auf sich haben mochte, bestätigte das, was ich von dem ehemaligen Marine Major erfuhr, nicht nur gewisse Gerüchte, sondern brachte Informationen an den Tag, die höchstwahrscheinlich den gesamten Verlauf des Prozesses Vereinigte Staaten gegen Corporal Scott entscheidend verändert hätten.)

»Der NIS hat den Fall gegen ihn (Scott) verpfuscht«, begann Thomson. »Ich halte es durchaus für möglich, daß er unschuldig ist.« (Ich war schockiert von dieser erstaunlichen Eröffnung. Da ich mir nach außen hin jedoch keinerlei Gefühle anmerken lassen wollte – ich wollte alles hören, was der ehemalige Anklagevertreter zu sagen hatte – fuhr ich fort, ihm allerlei Fragen in keiner bestimmten Reihenfolge zu stellen.)

Im folgenden einige der sensationellsten Aussagen, die Thomson während unserer dreistündigen Unterhaltung mir gegenüber machte – *auf Band*.

Cohen: »Haben Sie in Betracht gezogen, daß Judy Connors möglicherweise lügen könnte, und sie überprüft?«

Thomson: »Ja. Der NIS hat sie überprüft. Lindner hat das übernommen. Es geschah nicht im Rahmen der NIS-Ermittlungen. Er hat sich nur umgehört. Er sprach mit einigen ihrer Kollegen. Mir war bewußt, daß Judy Connors zu einigen schwarzen Kollegen eine sehr enge Beziehung hatte.«

Cohen: »Wenn Sie noch einmal von vorn anfangen müßten, würden Sie dann diese Schwarzen als Verdächtige überprüfen?«

Thomson: »Ich denke doch ...«

(An diesem Punkt erklärte Thomson, daß es ein Fehler gewesen sei, Kuhnke nicht über die beiden Schwarzen zu informieren.)

»Wenn ich es wußte, hätte auch er es wissen sollen«, gab Thomson zu. Weiter erklärte er, daß er Judy mit diesen Informationen konfrontiert und zu ihr gesagt habe: »Die Beweise deuten darauf hin, daß Sie zu zwei schwarzen Kollegen sexuelle Beziehungen unterhalten haben.« (Jedoch, fügte er dann an, habe sie dies geleugnet.)

Cohen: »Was Lori Jacksons Behauptung betrifft, daß einer der hochrangigen Offiziere des Stützpunktes Schwarze haßte und sich systematisch aller Schwarzen aus Scotts Bataillon entledige – wissen Sie etwas darüber?«

Thomson: »Ich teile diese Auffassung. Ich bin überzeugt, daß sie damit recht hatte.«

Cohen: »Lori Jackson sagte, der NIS führe einen Rachefeldzug gegen Scott. Als Judy in die Notaufnahme von Camp Upshur gebracht wurde, sagte einer der NIS-Agenten: ›Klingt nach Scotty!‹ Sind Sie heute der Ansicht, daß der NIS, was Scott betraf, voreingenommen war?«

Thomson: »Ja. Aber nicht nur der NIS, die Anklagevertretung ebenfalls ... Jeder ist daran gebunden (an die Maxime unschuldig bis zum Beweis der Schuld), weil wir alle Vertreter der Regierung sind.«

Cohen: »Sie scheinen nicht mehr so ganz davon überzeugt zu sein, daß Scott schuldig war?«

Thomson: »Ich kann Ihnen die Gründe nennen, weshalb ich mich wegen dieser Verurteilung unbehaglich fühle. Zum ersten ... weil ich eine Person gesehen habe, die ihm verblüffend ähnlich sah, und zweitens ... weil ich weiß, daß unmittelbare Beweise (Judys Identifizierung) die Hauptbeweise bei diesem Prozeß waren, und dem hätte nicht so sein dürfen. Ich glaube, wenn ich als Verteidiger mit diesem Fall betraut gewesen wäre, hätte ich die Anklagevertretung in der Luft zerrissen.«

Cohen: »Auf welcher Grundlage?«

Thomson: »Aufgrund mangelhafter Identifizierung.«

Zusammenfassend ... die große Mehrheit der Militärgerichtsprozesse erregen nie das öffentliche Interesse.

Männer und Frauen, Angehörige der Streitkräfte, werden innerhalb der abgeschiedenen Welt militärischer Gerichtssäle angeklagt, schuldig gesprochen und verurteilt.

Das militärische Rechtssystem ist schon allein durch seine Struktur dazu bestimmt, dazu beizutragen, die Disziplin aufrechtzuerhalten und somit ganz eindeutig gegen die Rechte des Angeklagten ausgerichtet.

Man kann nur spekulieren, wie viele Unschuldige, die ihrem Land ehrenhaft dienen, in die Falle geraten wie Lindsey Scott – ohne die Unterstützung einer Lori Jackson und die Mittel, einen Topverteidiger zu engagieren – und unglaubliche Ungerechtigkeit erfahren.

Ellis A. Cohen

Band 13 678

Francoise Hamel

Ida – Notwehr oder Selbstjustiz

Deutsche Erstveröffentlichung

›Eine atemberaubende Geschichte, die unter die Haut geht.‹ *(Marie-Claire)*

Paris. Am 18. Juli 1989, um acht Uhr morgens, erschießt die siebzehnjährige Ida Beaussart mit voller Absicht ihren Vater. Drei Jahre später sagt sie vor Gericht: »Ich bereue nichts. Ich habe das Leben meiner kleinen Schwester retten wollen und auch das meiner Mutter. Mein Vater war ein Tyrann.«
Seine geistige Heimat war die Rechtsradikalenszene von Paris und die PNFE. Er las seinen Töchtern aus ›Mein Kampf‹ vor und erzog sie mit militärischem Drill. Ida machte er ständig zum Vorwurf, daß sie kein Junge war und eine angeschlagene Gesundheit hatte. Sein eigenes Todesurteil aber unterschrieb der hundertdreißig Kilo schwere Koloß, als er von Ida das Unmögliche verlangte: Sie sollte ihre jüngere Schwester verraten und verleumden.

›Mit großer Intensität und Aufrichtigkeit geschrieben.‹ *(Elle)*

BASTEI LÜBBE

Sie erhalten diesen Band im Buchhandel, bei Ihrem Zeitschriftenhändler sowie im Bahnhofsbuchhandel.

Band 13 665

Barry Bowe
Der Wilde
Deutsche Erstveröffentlichung

Nach einer Liebesenttäuschung gerät der neunzehnjährige Bobby Nauss aus Philadelphia auf die schiefe Bahn. Er schließt sich den ›Warlocks‹ an, einer legendären Motorrad-Gang, die Drogen, Gewalt und Frauenverachtung auf ihre Fahnen geschrieben hat. Schon der Ritus, der einer Aufnahme in die Gruppe vorausgeht, ist von beispielloser Brutalität.
Nach sechs Jahren voller Exzesse und Drogendeals wird Bobby Nauss des Mordes an seiner früheren Freundin angeklagt und kommt ins Gefängnis. Doch ihm gelingt die Flucht, und der inzwischen achtunddreißigjährige Bobby beginnt unter fremdem Namen ein bürgerlich-anständiges Leben. Ist es nur eine neue Fassade, oder hat sich der wilde Mann wirklich von Grund auf geändert?

Band 13 651
Peter Laufer
Sie hat es doch gewollt
Deutsche Erstveröffentlichung

Im Frühjahr 1993 erreichte ein Drama in den Gerichtssälen von Glen Ridge, New Jersey, seinen Höhepunkt, als die Richter ein geistig zurückgebliebenes Mädchen zur allein für ihr Schicksal verantwortlichen ›Verführerin‹ abstempelten, während sie in den vier jungen Männern, von denen das Mädchen sexuell mißbraucht wurde, lediglich ›ganz normale amerikanische Jungs‹ sahen.
Obgleich bekannt war, daß das Opfer aufgrund seiner geistigen Verfassung gar nicht in der Lage war, sich zu wehren, beharrten die Richter bis zum Schluß auf dem Argument, das die Vergewaltiger zu ihrer Verteidigung vorbrachten: ›Sie hat es doch gewollt‹.

BASTEI LÜBBE

Sie erhalten diesen Band im Buchhandel, bei Ihrem Zeitschriftenhändler sowie im Bahnhofsbuchhandel.